文典古籍丛书

周　馥◇著

丁士虎　孙晓峰　李志英◇笺注

安徽省质量工程项目（编号：2019szjy072）成果

2022年安徽省『三全育人』家风文化研究基地建设项目资助出版

玉山诗集笺注

U0128435

安徽师范大学出版社

ANHUI NORMAL UNIVERSITY PRESS

·芜湖·

图书在版编目(CIP)数据

玉山诗集笺注 / 周馥著;丁士虎,孙晓峰,李志英笺注 . — 芜湖:安徽师范大学出版社,2022.12

ISBN 978-7-5676-5897-4

Ⅰ.①玉… Ⅱ.①周… ②丁… ③孙… ④李… Ⅲ.①诗集—中国—近代 Ⅳ.①I222.75

中国版本图书馆CIP数据核字(2022)第257618号

玉山诗集笺注

周馥著;丁士虎,孙晓峰,李志英笺注

YUSHAN SHIJI JIAN ZHU

责任编辑:李慧芳   责任校对:蒋 璐

装帧设计:张 玲 汤彬彬   责任印制:桑国磊

出版发行:安徽师范大学出版社

芜湖市北京东路1号安徽师范大学赭山校区

网　　址:http://www.ahnupress.com/

发 行 部:0553-3883578　5910327　5910310(传真)

印　　刷:苏州市古得堡数码印刷有限公司

版　　次:2022年12月第1版

印　　次:2022年12月第1次印刷

规　　格:700 mm×1000 mm　1/16

印　　张:28.75　　插 页:2

字　　数:693千字

书　　号:ISBN 978-7-5676-5897-4

定　　价:102.00元

凡发现图书有质量问题,请与我社联系(联系电话:0553-5910315)

周　馥

民国七年(1918 年)正月 , 周馥一家在天津英租界米多士路周学辉住宅所摄全家福

注者说明

一、《玉山诗集》是池州先贤、晚清重臣周馥所作。本书以沈云龙主编、台北文海出版社1967年出版的《近代中国史料丛刊·第九辑·秋浦周尚书（玉山）全集》中的《玉山诗集》为底本，由丁士虎录入、标点，而后与注释组成员孙晓峰、李志英分工合作，分头注释并互相交流，商榷修改。

二、本书正文前收录周馥先贤玄孙周启群撰写的《高祖周馥与他的〈玉山诗集〉》一文，作为本书序言，可助读者了解《玉山诗集》版本、诗歌的内容与特色。丁士虎撰写的后记，解释了今注工作的过程与今注的经验。

三、本书中繁体字、异体字、俗字等均改用通行字（专名不改，如瀙瀙、潩洞等）。底本中的错字、讹字，在注释中均作了说明。

四、本书的注释格式为页下注，同一句中有多个词语需要解释的，都放在一起进行注释，以便读者参看。为避免重复，本书中出现的同一人名、地名和表示同一种意思的相同词语均仅在第一次出现的地方作注释。对句中的典故，也尽可能地交代了来历。个别人物的履历、事迹，尚未找到的，则付诸阙如。人名与年号后面括号里的数字为公元纪年，括号内数字前面有"前"字，指的是公元前。

五、本书收录的是周馥的全部存世诗，组诗后面的编号，如"其

一、其二、其三……"为笺注者按原集诗篇顺序所加。诗题和诗句后面括号里的句子，是周馥本人作的注，个别处是平仄音提示。

六、对诗歌中出现的倒置、用典、双关、委婉、借代、复合偏义等修辞手法均作了解释。

七、为使读者深入理解作品旨意，笺注者按周馥的诗作编年，在注释里补充了周馥自编《年谱》里的一些史料，简述了该年内中国发生的重要历史事件。

八、诗歌中一些古代人物的传记及诗文摘引以《文渊阁四库全书》收录的图书为据。

九、需要指出的是，诗歌里有思想价值的精华固多，但作者周馥无法超脱时代、历史与阶级的局限，内容多带有主观色彩，因此，亦有落后的思想因素，这是应该摒弃的。诗歌中出现的"粤匪""粤寇"等，是对太平军的蔑称，在编辑整理时，为保持诗歌原貌，笺注者不做改动。

十、笺注者参考的资料在书末所附参考文献中作了说明。

高祖周馥与他的《玉山诗集》

周启群①

　　我的高祖名馥，字玉山。玉山公的诗作结集刊行，即《玉山诗集》，后经增订，以《周悫慎公诗集》重刊。本文中的《玉山诗集》，除了在某一段落特指1920年版单行本之外，其他情况下均统一代称不同的版本，因为无论哪个版本，其正文内都称作"玉山诗集"。

　　我的祖籍在今安徽东至县，旧称建德，属池州府，后曾陆续改称秋浦、至德，1959年，至德与东流合并成今天的东至县。我的高祖出生于道光十七年（1837年），自幼入塾，后因躲避战乱到安庆，咸丰十一年（1861年）底，在两江总督曾国藩麾下总理淮扬水师的李鸿章因偶然见到高祖的文字，颇为赏识，即将高祖招入营中办理文案，从此，高祖开始仕宦生涯，并从最基层的官员一步步成为封疆大吏，曾历任直隶总督兼北洋大臣、山东巡抚（加兵部尚书衔）、两江总督、两广总督、南洋大臣等职。高祖的一生经历了近代中国极其动荡的时期，除了协助李鸿

　　① 周启群:本名周群,玉山公周馥的玄孙,著名爱国者、实业家、古籍收藏大家周叔弢先生嫡孙,中国科学院地质研究所研究员周景良先生之子,国际著名市场数据和科技行业研究专家,东至周氏文化研究会副会长。周景良(1928—2019),周叔弢先生第七子,1945年先入辅仁大学,旋再考入燕京大学,1946年转入清华大学哲学系学习分析哲学,深得金岳霖、沈有鼎二位先生赏识。1950年清华大学哲学系毕业后,又考入北京大学物理系学习,毕业后分配至中国科学院地质研究所。1956年被选派留学苏联,获副博士学位后,在苏联科学院晶体研究所从事研究工作。1962年回国,任中科院地质研究所研究员,是我国使用电子衍射分析晶体原子结构之第一人。曾任东至周氏文化研究会名誉会长,著有《曾祖周馥》等书。

章镇压太平军、治理河道、处理甲午中日战争以及义和团运动等一系列重大事件外，同时还追随李鸿章大力推进洋务运动，成为中国迈向近代化历史阶段的重要推手之一。

我父亲在他的《曾祖周馥》一书中，对于我的高祖玉山公传奇的一生，进行了全面的梳理和深入的分析，这里我不再赘述，仅强调一点，高祖的一生中始终没有改变忧国忧民的家国情怀，始终没有放弃寒门儒生的本色，为人谦逊、简朴、好学，并且从来没有停止读书，所有这些在他的诗文中有着全面的记录，因此在他身后留下了著作《周悫慎公全集》。悫慎是高祖的谥号。

《周悫慎公全集》全书共十种三十六册：《卷首》，《奏稿》五卷（全集一），《电稿》一卷（全集二），《公牍》二册（全集三），《文集》二册（全集四），《诗集》四卷（全集五），《易理汇参》（全集六），《治水述要》十卷（全集七），《河防杂著四种》一卷（全集八），《负暄闲语》二卷（全集九），《年谱》二卷（全集十）。全集展现了不同方向的内容，例如《奏稿》《公牍》记录了清代官方的文件；《治水述要》《河防杂著四种》记录了高祖治理水患灾害的经验，实际上高祖一生另一大杰出贡献，就是成功治理永定河、黄河的水患；《易理汇参》是高祖通过对《易经》的思考与参悟，将多年读书、修身、济世中构建的思想体系，在理论层面做了整理，我甚至理解为是某种精神的皈依。孟繁之先生有长文《周馥易学思想阐微——〈易理汇参〉校读笔记》展开论述。

在全集当中，我认为其中的《负暄闲语》《年谱》和《诗集》这三部书，形成了更紧密的逻辑关联，在全集架构中凸显了全集的价值轴心。《负暄闲语》是为教育子孙留下的家训，书中以玉山公与其孙周暹（按：即我的祖父周叔弢，名暹，字叔弢）之间对话问答的方式，就各种自然、社会、人文的话题进行阐释，展现了高祖玉山公对儒家理学的通透理解以及他读书、修身与治世的哲学。该书详尽的白话注译本——《周馥〈负暄闲语〉注译》，2021年9月已由池州学院丁士虎、祝中侠二位先生和孙琪女士合作出版。《年谱》是玉山公一生大事件的记载，涵盖

了由国家、社会和家族等多个层面汇聚而成的历史线条。《诗集》，则是以编年形式收录了高祖的诗作，很多诗作都与《年谱》中的时间严格对应，而诗中的感慨是《负暄闲语》中的思想在现实生活中的延伸。

旧时的读书人，会作诗很正常，平日里以诗抒怀、交流酬酢是非常普遍的，玉山公留下大量诗作也就不足为怪了。他在《玉山诗集》自序中写道：

> 拙性喜静，偶行役所至，目有所触，心有所感，辄率意题数语。

至于存诗的数量，则说：

> 昔年，老友邓熙之广文、于晦若侍郎为我订正，略有删除，尚存八百余首。

能有八百多首诗作留下来整理结集，应该说还是颇具规模的。

对于诗文，高祖玉山公有自己的看法，在《负暄闲语·读书》篇里面就写道：

> 读古人诗文，须择理胜者，其情韵胜者次之。……诗集以《唐宋诗醇》、陶靖节、杜工部、白香山、陆放翁等集为优，以其宣畅性情，尚得风人雅致。若其他名集，专讲情趣、格调者，可以闲玩，不必多览。人能诗文，却是游于艺工夫，不能亦为士人缺憾。但落笔须具理趣，得立言体，不可粗慢油滑，若讥时骂人，则成轻薄子矣。

玉山公自己的诗作，正是体现了他对诗的看法和要求，如在自序中写道，作诗很多是因为"行役所至，目有所触，心有所感"。作为印证，

可以在于晦若（式枚）为《玉山诗集》作的序里面看到：

> （玉山公）于先后治乱之迹，感慨最深，写乱离之景象，
> 陈民间之疾苦，沉痛微婉，有少陵、次山遗风……制府（按：
> 指玉山公）自云："生平事迹，略具其中。"知此意则可以读此
> 诗矣。

从这里可以看到，玉山公很明确地讲，在诗里可以看到自己的生平事迹，同时，于晦若将玉山公的诗与杜甫、元结的诗相比拟，虽然有书面客套的成分，但是如果细读诗的内容，其感时愤世的真情实感，也确实有相呼应的地方。应该说，玉山诗的风格在唐宋之间，有唐诗的真挚，其深切若杜诗，但没有其他一些唐诗烂漫挥洒的风格；又有宋诗的哲理，似见到苏轼诗的影子，但没有其他一些宋诗刻板淤滞的弊病。

纵观玉山诗，其题材还是比较宽泛的，以诗的形式映射出了宦游生涯中几乎每一个重大社会事件，以及与之相关的人物。集中写人物的有《感怀平生师友三十五律》，以每人一首七言律诗，对三十五位与自己生涯密切相关的历史风云人物进行了描绘，其中包括曾国藩、李鸿章、醇亲王、荣禄、孙家鼐（按：帝师，其孙辈、曾孙辈多人与周氏联姻）、袁子久（按：名保龄，袁世凯的叔父）等，诗题后的人物小传附注更是还原了人物的历史风貌。同时，诗作也记录了生活中的方方面面，例如有自己生日的感怀，有对家乡的歌颂与怀念，有对儿孙的教诲，更有对理学思想的阐发。晚年还写有养生诗，写给因病休养的孙子——我祖父周叔弢（名暹），《养生歌示暹孙》诗云："多受空气，小劳筋力。高枕安眠，匀餐淡食。……"这首看似儿歌的诗对今人仍不失启示意义。

当然，《玉山诗集》内数百首诗中，绝大部分篇幅所记载的，是在晚清时期巨大动荡、变革的社会背景下，玉山公在每一任职位上，面对艰难时世，面对民生的苦难，自己尽心竭力却又感到无奈的痛苦。因他能力很强，李鸿章经常委派他处理各种复杂和棘手的事件，既有北洋的

对外战事和外交，也有治理河道水患等民生事务。《随北洋大臣阅海军，归途成六律》《闻中日和议已成，感赋》等很多诗作，都映射出中国近代历史的重大事件，在诗的题目中频频出现的"黄河""永定河""桑干河""金钟河""通州平家疃"等地名，也都反映出了玉山公勤于政务的步履。

这其中最有名的，是那首《过胶州澳》：

> 朔风雨雪海天寒，满目沧桑不忍看。
> 列国尚尊周版籍，遗民犹见汉衣冠。
> 是谁持算盘盘错？相对枯棋著著难。
> 挽日回天宁有力？可怜筋骨已衰残。

当时的背景是德国占领山东并不断扩张势力，时任山东巡抚的玉山公，面对这样的局面，并没有像前任巡抚那样回避退缩，而是主动向朝廷请命，前往山东与德国的胶澳总督见面交涉，为山东的中国民众争取权利。从京城到山东一路之上，每到一处，玉山公都把社会凋敝、民生艰苦的景象写在诗中，到山东后写下了上面的诗篇。

我父亲在他《曾祖周馥》一书中有这样一段记载：

> 在《玉山诗集》卷四，《寄黄暄庭星使二首》下面有一段较长的附注，今录如下："出使意大利黄暄庭星使来书：言在罗马晤日本头等公使高平君，云予任鲁抚时有诗一律，曾由高平君译出英文，交美国外部呈大总统，一阅击赏，属将原诗抄寄，俾得校对珍藏。且将原诗译成英文，复由英文译汉，寄予阅政。予甚异之。忆昔年巡海至胶澳，偶题七律一首，即'朔风雨雪海天寒'句也。旋将稿弃去，以伤时之作，不欲示人也。后来不知何人捡取，登于报纸。又不知日本使臣高平君因何得之，转呈美总统罗斯威路特过目。此等琐琐闲事，若拒其

请，必招猜疑。美总统夙重邦交，殆亦心乎中国，有所感而出此耶？因书前诗，寄暄庭、转寄高平君呈之，并赠暄庭二绝，以示感愧。"（最近看到台湾作家高拜石所著《新编·古春风楼琐记》（十二）中有一篇名为《老罗斯福的中国字画——美国白宫所藏的周玉山诗》即是讲此事的。）周馥这首诗感慨当时整个中国的现状，正与国人忧国之心相应。

一位中国官员的诗作，被美国总统邀约收藏，这种情况即使在今天也是很罕见的。

高祖玉山公的诗集，最早成书于1920年，诗集卷首是由名士于晦若（式枚）写的序，落款是"宣统三年夏"即1911年夏，于序之后是玉山公自序，落款是"庚申正月"即1920年初。诗集最初以《玉山诗集》的单行本刊行，以聚珍版（即铅活字）排印。由于我手边没有这部书，从网上资料看，该聚珍版的书高约26.6厘米，宽约14.8厘米，线装，蓝色封皮，仿宋印刷字体书签，郑孝胥题写内封书名，书尾附勘误表。版框高宽不详，每页十行，每行二十一字，有"上海聚珍仿宋印书局印"的牌记。

1996年，北京的藏书家胡桂林先生曾买得一部1920年排印版《玉山诗集》。胡桂林先生在京城藏书圈很有名，他的弟弟胡汝阳先生是我的同事和朋友，由此机缘，我父亲用隶书为胡桂林先生所藏这部书题写了书跋，现抄录如下：

> 先曾祖父玉山公诗集四卷，诗中感事愤时，深抱当世忧患之心。盖公少值离乱，后历官四十年，亲睹国家衰危，生民艰苦，所感尤深也。
>
> 过去私家印书，不过一二百部，推想此书亦不外如是。此书虽不比宋元佳椠，然印行至今已历八十年，其中迭经世变，天壤之间，不知能存几部。桂林先生偶得其一，亦足珍惜也。

集内收诗，止于庚申正月，阙庚申正月至辛酉九月所作十三首，谨据玉山公全集补录。

一九九七年一月五日　周景良志

对此，胡桂林先生在他的新浪博客里专门写了文章记述，在这篇博客里，胡桂林先生还展示了1920年版《玉山诗集》的书影以及我父亲手书的题跋。

高祖玉山公于1921年去世，寿八十又五（虚岁）。在他去世后，我的三位曾叔祖缉之公（学熙）、立之公（学渊）、实之公（学辉）一起将玉山公留存的诗文结集整理，于1922年以雕版刊行，定名为《周慤慎公全集》，这就是我父亲为胡桂林先生题跋里面说的"玉山公全集"，我没有见过该刻本的整套书籍，所以不知道全套书的函套装帧是什么样子。该雕版印刷的全集中，诗集的题签改名为《周慤慎公诗集》，每一册都是手写体书签，内封是篆字书名《玉山诗集四卷》，有牌记"民国十一年孟春秋浦周氏校刻"。书高约27.5厘米，宽18厘米，板框高20.5厘米，里面宽15厘米，每页十二行，每行二十五字。这一版诗集在玉山公自序之后，增加了三位曾叔祖的附注，玉山公于庚申正月至辛酉九月所作的十三首诗附在最后，这也是前面我父亲的跋语中提到过的。至此，《周慤慎公诗集》最终定稿，共分四卷，卷一收录233首，卷二收录269首，卷三收录160首，卷四收录262首，统计下来共924首。

大约是2002年夏，我随北京大学杨铸教授去海王邨旧书店买书。这里特别说明，杨铸先生教给我很多书籍和版本的知识，是我买书的开蒙老师，我要特别感谢杨铸先生！那次我随杨先生去买书，记得书店里接待我们的是一位女士，好像姓朱。当时我挑了两部书买回来，其中一部就是1922年雕版印刷的《周慤慎公诗集》两册（四卷），我准备买回来送给父亲。我本来以为父亲手里一定有这部书的，但我家一直以来有个习惯，即觉得好的书除了手头翻看的一部，通常会再买一部留存，眼前这部诗集初刻初印，品相比较齐整，除了有一枚某大学藏书印之外没有

其他钤印或点评，就打算买给父亲作为"备份本"，没想到父亲看了很高兴，说这个雕版的本子他没有，他只有后来的石印本，我这才留心到父亲手边的《周悫慎公全集》的版本问题。当年全集雕版刊行有一定的印数，分授家族内及赠送亲友以资纪念，另有一定数量存放在天津市六纬路荐福庵旁周氏天津祠堂的藏书楼里。全集的具体印数没有记载，但就雕版的工艺特点，以及可以想见的、家族内对这部书印刷的质量要求之高（我从来没有见过这套书有那种刷版较多后造成字口泛毛的本子），估计全集印刷在百部以内甚至更少。20世纪50年代初，祠堂藏书楼所藏书籍全部捐入大学图书馆，后来祠堂和藏书楼也整个拆掉了，多年之后自己家里反而没有一套完整的全集了，偶尔在市场上看到原书流出拍卖，价格又特高，特别是雕版印刷那个版本的价格更是高得难以承受，于是为了手边能够有一部全集经常翻看，20世纪90年代我父亲辗转托人高价买到一部二手的石印版，家里总算有了一套完整的全集，不过其精美程度自然无法与雕版印刷的原刻本相比。因此看到我买回的雕版印本，虽然只有两册诗集而不是全集，父亲也是非常高兴。

这里说的石印版，是依据1922年雕版印刷的本子，略为缩小石印而成。石印本全书两函，函套题签是手写体的"周悫慎公全集"。在函套内《诗集》《文集》《奏稿》等十种书每一种有独立的纸封套，纸封套上有红色印刷体题签。整套书比之前的开本略小，每册高19.7厘米，宽13.5厘米。石印本的《玉山诗集》中，两册诗集封面的题签是印刷体的《周悫慎公全集·诗集一之二·第十册》和《周悫慎公全集·诗集三之四·第十一册》，除了注明本册是全集中具体哪一种之外，也注明了本册在全集中的排序。除了这个石印本，1967年台北文海出版社出版的、沈云龙先生主编《近代中国史料丛刊》中的第九辑，将全集以《秋浦周尚书（玉山）全集》为名影印出版，这个全集只收录了内文而没有收入原书封面和牌记，所以具体是据1922年雕版书为底本，还是用之后的石印版为底本影印，就不清楚了，不过两者的内文其实是完全一样的，只是外装的封面略有不同。文海出版社出版的全集的序中写道：

民国十年（一九二一）辛酉九月，前两广总督周馥殁于天津，距生于清道光十七年（一八三七）丁酉，年八十五。

馥，字玉山，安徽建德（今秋浦县）人，起家寒素，受知于李鸿章，始以军功列保举，渐擢至封疆。逝世之日，清逊帝溥仪尚居旧京深宫中，特颁谕赐祭，予谥"悫慎"。翌年春，其家人裒集周氏奏稿、电稿、公牍、诗文、年谱等，梓以行世，名之曰《周悫慎公全集》，所涉及近代史资料者至伙。

....

清制：总督例加兵部尚书衔。光绪三十二年（一九〇六）丙午，更定内阁官制，改兵部为陆军部，仍设置尚书如故。次年，周氏卸粤督任，自是悠游林下，以迄疾殁，未再出仕。兹以影印原书，为之易名《秋浦周尚书全集》，庶几名实相副而不与时代乖违，谅亦博雅君子之所许可也。

序文里特别说明，根据清朝官制以"周尚书"重新命名本书，将文集列入历史资料的范畴，而回避了民国之后使用逊帝所赐谥号的尴尬，更主要的是说明了出版目的，是因为全集里面包含的中国近代史资料丰富，当中自然也包括诗集。2016年我听说有台北文海出版社的这个全集影印版本，就托当时和我同在德国企业共事、台湾公司总经理黎慧馨女士帮我问问能否找到库存，哪怕是二手也好。过了一段时间，黎女士回复我，说她问遍出版社和书店，因为出版年代实在太久远，找不到存书了。但令我没有想到的是，黎女士一直没有停止帮我找书，后来查到她的母校东吴大学图书馆里有这部书，于是想方设法借了出来，在一次出差的时候从台北帮我带到北京，印象中有十多本，每一本都很厚，而且有大学图书馆那种厚厚的精装书皮，把这么重的一大堆书从图书馆借出来，再从千里之外帮我带过来，待我查看了一段时间后又背回去还给东吴大学图书馆，今天想起来仍然非常感谢黎女士。当时因为时间较短，我工作之余主要注意力都在核对全集的内容上，所以后来确定这部书的

版本信息更多地还是从网上确认的。

以上是我知道的一点关于高祖的《玉山诗集》的事情，铺陈出来，有兴趣的专家学者在需要的时候可以沿着有关线索进行深入研究。就在即将整理完成上面这些文字的时候，欣悉池州学院丁士虎先生与其同事（池州学院党委书记孙晓峰教授、李志英老师），正在对《玉山诗集》进行注释，并准备出版。孙教授与李老师是池州学院家风文化研究中心的研究人员，他们是家风文化研究方面的专家，丁士虎先生1986年毕业于华东师范大学中文系，训诂和考据功底深厚，相信他们这次对《玉山诗集》的注释，能够发掘出更深邃的内涵，以飨读者。对此我非常地期待。

2021 年 7 月 6 日

目　录

《玉山诗集》序

　　《玉山诗集》四卷，建德周制府①编年之诗。始咸丰庚申②，讫宣统辛亥③，五十年中述怀纪事所作也。诗必有性情，然后能感人；亦必有事实，然后可传世。制府自述，学诗托始唐人，故不为汉魏六朝门户结习④，而独抒性灵⑤，自行胸臆，不规规于法古而自得真趣⑥。

　　少长兵间，重睹升平，故于先后治乱之迹，感慨最深。写乱离之景象，陈民间之疾苦，沉痛微婉⑦，有少陵、次山遗风⑧。至其触事舒情，

---

①制府：对明清时期总督的尊称，指玉山公。

②咸丰庚申，即咸丰十年（1860年）。咸丰：清文宗爱新觉罗·奕詝的年号。

③宣统辛亥，即宣统三年（1911年）。宣统：清朝末位皇帝爱新觉罗·溥仪的年号。

④六朝：中国历史上三国至隋朝的南方的六个朝代。即孙吴（或称东吴、三国吴）、东晋、南朝宋（或称刘宋）、南朝齐（或称萧齐）、南朝梁（或称萧梁）、南朝陈。门户：此处指文学派别。结习：积久难除之习惯。

⑤独抒性灵：指文学作品以抒发作者性情为主，不受成法所限，讲究真实、自然，以具有独创性为上。

⑥规规：拘泥的样子。法古：效法古人。真趣：真正的意趣、旨趣。

⑦沉痛微婉：感情深沉悲痛，旨意精微委婉。

⑧少陵、次山遗风：杜甫、元结流传下来的诗歌风格。少陵：即杜甫（712—770），字子美，自号少陵野老，祖籍襄阳，生于河南巩县，是唐代著名的现实主义诗人，与李白合称"李杜"。次山：即元结（719—772），字次山，号漫叟、聱叟、浪士、漫郎，河南鲁山县人。天宝十二年（753年）进士，后任道州刺史等地方军政职务，为官清廉开明，爱护百姓。其诗作注重反映政治现实和人民疾苦，散文亦多涉及时政，风格古朴。

因物寓意，如元相之称白傅所云激切赡实者①，体尤近之。

晚岁优闲，流连景光，闲适平远之作，又出入于渭南②。昔桐城张文端公③爱白、陆之诗，以为日读其诗则企见其人是也。制府自云："生平事迹，略具其中。"知此意则可以读此诗矣。白、陆之诗，犹一人之事也。同治初元，李文忠公创治淮军，削平大难，光辅中兴，久领北门，寄重分陕④。庚子之变，乘舆西幸，留台京师，实为中叶以后上下数十年，磊落数大事会归之地。制府始自佐戎入幕，以至议约收京，从事文忠，与相终始。北洋绾毂中外⑤，当时用人行政，筹海治河，兴学练兵，百端备举。制府以元从督护将吏，任事最久，无役不预。而尤精研水学河工，声绩民称至今。制府于治河，既有专书，其见于各诗中者，精思伟论，名章隽句，纷纶洞达，如读条议，可证经说，可补史志，最为奇作。此外感事怀人诸什，于内治外交之得失，文武人物之盛

---

① 元相：即元稹（779—831），字微之，别字威明，河南洛阳人。贞元九年（793年）明经及第，授左拾遗，进入河中幕府，擢校书郎，迁监察御史，一度拜相，但很快就被排挤外放到地方任职。白傅：即白居易（772—846），字乐天，号香山居士，又号醉吟先生，祖籍山西太原，生于河南新郑，是伟大的现实主义诗人。先后任翰林学士、左拾遗、太子左赞善大夫、江州司马、忠州刺史、主客郎中、杭州刺史、苏州刺史、刑部侍郎等职，晚年以太子少傅分司东都，封冯翊县侯。有《白氏长庆集》传世。激切赡实：言辞激烈直率，内容充实。"元相之称白傅所云激切赡实者"，从元稹《白氏长庆集序》："乐天之长可以为多矣，夫以讽谕之诗长于激，闲适之诗长于遣，感伤之诗长于切，五字律诗百言而上长于赡，五字七字百言而下长于情，赋赞箴戒之类长于当，碑记叙事制诰长于实，启表奏状长于直，书檄词策剖判长于尽。"这几句撮要而成。

② 渭南：即陆游（1125—1210），字务观，号放翁，越州山阴（今浙江绍兴）人，南宋文学家、史学家、爱国诗人。历任福州宁德县主簿、敕令所删定官、隆兴府通判、礼部郎中兼实录院检讨官等职，累官至宝章阁待制。嘉定二年（1209年）去世。著有《剑南诗稿》《渭南文集》《老学庵笔记》等。

③ 张文端公：即张英（1637—1708），字敦复，又字梦敦，号乐圃，又号倦圃翁，安徽省桐城人。康熙六年（1667年）进士，选庶吉士，累官至文华殿大学士兼礼部尚书。先后充任纂修《国史》《一统志》《渊鉴类函》《政治典训》《平定朔漠方略》总裁官。康熙四十七年（1708年），卒，谥号文端。

④ 寄重分陕：朝廷赋予的权力与责任，比西周初年分陕而治的周公、召公还要重大。《史记·燕召公世家》："其在成王时，召公为三公。自陕以西，召公主之；自陕以东，周公主之。"后以"分陕之重"指称朝廷对守土重臣的委任。

⑤ 绾毂：音 wǎn gū，扼制。此处指联通。中外：中央和地方。

衰，尤三致意焉，至今读之，陈迹历历，如在目前。说武乡^①之故事，感临淮^②之遗法，足为一代之史材，非独一时之治谱也，信可传矣。

《唐史》谓诗人达者惟高常侍^③，又以老寿称刘宾客^④，制府兼之。奋迹田间，朝无奥援^⑤，数遭忌抑^⑥，终以能绩致位大府^⑦。江广之节^⑧，接迹文忠^⑨，仕宦非不遇也。诸郎继起，早起科第，吏能文学^⑩，皆负时誉。群孙蜚声庠序^⑪，各守一经，门才之盛，称于江左。年逾七十，神明不衰。不废登涉，以资吟啸。近世士大夫晚福之全，罕有伦比，而制府自言其诗以为忧多乐少，拟于穷愁。庚辛^⑫以来，天下亦多故矣，时方厉行新政^⑬，托名富强，深识者已有不可终日之虑，制府为国重臣，

① 武乡：即武乡侯诸葛亮。

② 临淮：指唐代名将李光弼。他战功卓著，治军严整。《新唐书·李光弼传》："光弼用兵，谋定而后战，能以少覆众，治师训整，天下服其威名。军中指顾，诸将不敢仰视。初，与郭子仪齐名，世称'李郭'，而战功推为中兴第一。其代子仪朔方也，营垒、士卒、麾帜无所更，而光弼一号令之，气色乃益精明云。"此处指淮军名将治军严整有法。

③《唐史》：指《旧唐书》。高常侍：即高适(704—765)，字仲武，号达夫，沧州渤海县(今河北景县)人，唐朝边塞诗人，天宝八年(749年)进士及第，授封丘县尉，后为河西节度使哥舒翰掌书记，历任左拾遗、监察御史、谏议大夫、淮南节度使、太子詹事、彭蜀二州刺史、剑南东川节度使等职。广德二年(764年)，入为刑部侍郎、左散骑常侍，册封渤海县侯。著有《高常侍集》。《旧唐书·高适传》："有唐以来，诗人之达者，唯适而已。"

④ 刘宾客：即刘禹锡(772—842)，字梦得，籍贯河南洛阳，生于河南荥阳，中唐时期大臣、文学家、哲学家，有"诗豪"之称。贞元九年(793年)进士及第，初任太子校书，迁淮南记室参军、监察御史、朗州司马、连州及苏州等州刺史、太子宾客等职。

⑤ 奥援：暗中支持、帮助的力量，有力的靠山。

⑥ 忌抑：忌妒压抑，排挤打压。

⑦ 致位大府：当上巡抚、总督。

⑧ 江广之节：任两江总督、两广总督。节：使节。此处指称坐镇一方的职位。

⑨ 接迹文忠：足迹与李鸿章前后相接。文忠：李鸿章谥号。

⑩ 吏能文学：当官理政的才能与文才。

⑪ 蜚声庠序：扬名于学校。

⑫ 庚辛：光绪二十六年(1900年)、光绪二十七年(1901年)。光绪二十六年(1900年)春，八国联军以镇压义和团之名入侵中国，光绪二十七年(1901年)，清廷被迫签订了《辛丑条约》，中国自此彻底沦为半殖民地半封建社会，国家和人民蒙受了空前沉重的灾难。

⑬ 厉行：严格施行。新政：指清政府于光绪二十七年(1901年)开始的经济与政治体制改革运动。

谊同休戚①，池上之梦争②，仰屋之窃叹③，固有不能去怀者。诗人感兴，情随事迁，赏心所寓，不必尽同。桓野王④之歌怨诗，李赵公之咏汾曲⑤，同时闻者众矣，而明皇、谢傅为之沾衿；易地观之，或亦以为常语耳。制府自云："弦外之音，会心人当自得之。"知言哉！

山南于式枚⑥

宣统三年夏

---

①谊同休戚：在道义上与国家同欢乐共忧患。谊：通"义"。

②池上之梦争：指呕心沥血构思诗作。《南史·谢惠连》载，族兄谢灵运很赏识惠连，"尝于永嘉西堂思诗竟日不就，忽梦见惠连，即得'池塘生春草'，大以为工，尝云：'此语有神功，非吾语也。'"。

③仰屋之窃叹：本指仰望屋顶，私下叹息。此处指处于困境，无可奈何。《后汉书·寒朗传》："及其归舍，口虽不言，而仰屋窃叹。"

④桓野王：即桓伊（生卒年不详），字叔夏，小字子野（一作野王），谯国铚县（今安徽濉溪）人。东晋时期将领、名士、音乐家。当时朝廷重臣谢安遭孝武帝疑忌，他借参加孝武帝宫中宴聚机会，弹筝而歌唱曹植《怨诗》："为君既不易，为臣良独难。忠信事不显，乃有见疑患。周旦佐文武，《金滕》功不刊。推心辅王政，二叔反流言。"使谢安涕下沾襟，孝武帝也面有愧色。

⑤据晚唐孟棨《本事诗·事感》："天宝末，玄宗尝乘月登勤政楼，命梨园弟子歌数阕。有唱李峤诗者，云：'富贵荣华能几时，山川满目泪沾衣。不见只今汾水上，惟有年年秋雁飞。'时上春秋已高，问是谁诗，或对曰李峤，因凄然泣下，不终曲而起曰：'李峤真才子也！'"

⑥山南于式枚：生于1858年，卒于1915年，字晦若，广西贺县（今贺州八步区）人。光绪六年（1880年）进士，充当李鸿章文案十余年，光绪二十二年（1896年）随李鸿章参加俄沙皇加冕典礼，并随同出访德、法、英、美等国。回国后授礼部主事，由员外郎授御史，迁给事中。八国联军之役，助李鸿章签订《辛丑条约》，获赏五品京堂，先后任政务处帮办、提调、京师大学堂总办、译学馆监督。光绪三十一年（1905年）任广东学政，旋改提学使。光绪三十三年（1907年）擢升邮传部侍郎，不久调吏部侍郎。旋任学部侍郎、国史馆副总裁等职。辛亥革命后，隐居在山东青岛德国租界。民国二年（1913年），清史馆成立后，任纂修清史稿总阅。

周馥自序

余年十二三，偶读唐诗，爱之，未尝学也。逾数年，洪逆①扰江南，奔走流离，几无生理②。后从戎幕③，转入仕途，艰苦备尝，日劳心于公牍丛沓间④，经史几废，遑问音韵之学⑤？拙性喜静，偶行役所至，目有所触，心有所感，辄率意题数语。虫吟鸟语，自适其真，非"登高能赋⑥"比也。旧稿多散佚，从未检理。昔年，老友邓熙之广文⑦、于晦若侍郎⑧为我订正，略有删除，尚存八百余首，可谓滥且多矣。平生雪泥鸿爪之迹⑨，略具于此。诗笔薄弱，不足问世。聊存家塾，使子弟知我

① 洪逆：指洪秀全。"洪逆"是清统治者对洪秀全的蔑称。

② 几无生理：几乎没有生存的希望。

③ 从戎幕：加入李鸿章幕府，成为从事文案工作的幕僚。

④ 劳心：费心，操心。公牍丛沓：公文繁多杂乱。

⑤ 遑问：无暇过问。遑：音huáng，空闲，闲暇。音韵之学：此处指诗歌创作。

⑥ 登高能赋：登高望远，能用笔描绘所见到的一切景物。形容人有文才。

⑦ 邓熙之广文：即邓嘉缉(1845—1909)，江苏江宁人，字熙之。邓廷桢孙，邓尔晋子。同治十二年(1873年)优贡，候选训导，署铜山教谕，主讲铜山县云龙书院，兼理徐州府学事。两江总督周馥延入幕府。邓为文私淑姚鼐，宗法度，与同邑顾云、蒋师辙齐名。亦工楷隶。曾参与编纂《临朐县志》。著有《扁善斋文存》《扁善斋诗存》。与陈三立、俞明震、陈作霖、张士珩等名士均有交往。

⑧ 于晦若侍郎：即于式枚。周馥自编《年谱》"宣统三年辛亥七十五岁"条云："自著《玉山诗稿》四卷，于晦若侍郎、张楚宝京卿为之校定、作序。"可知《玉山诗集》先后经过友人于式枚、张士珩、邓嘉缉三人校订。张士珩，字楚宝，安徽合肥人。为李鸿章之甥，周馥之友。

⑨ 雪泥鸿爪之迹：鸿雁在雪地上留下的爪迹。比喻往事的痕迹。

经历艰难也。嗟呼！孟子有言："生于忧患，死于安乐。"[1]余平生忧多乐少，志也，亦命也。诗中安能道其十一？弦外之音，识者当自得之。若云"穷愁工诗[2]"，则误矣。庚申正月，皖南玉山周馥——时年八十有四。

谨案：先愨慎公编年之诗，始自咸丰庚申，讫宣统辛亥，为《玉山诗集》四卷，于晦若先生尝为序之，民国庚申正月益以壬子年以后之作，重加审定，仍为四卷，是年仲夏用仿宋聚珍版印行。翌年九月，先公弃养，泣检遗墨，谨以庚申正月后至辛酉九月所作十三首附诸卷后，至庚申正月以前之诗皆经先公手定，不敢复有所增益云。男学熙、学渊、学煇附识。

---

① 语出《孟子·告子下》，意思是忧虑祸患能使人（或国家）生存发展，而安逸享乐会使人（或国家）走向灭亡。

② 穷愁工诗：困顿忧愁的人才会擅长写诗。欧阳修《梅圣俞诗集序》："盖世所传诗者，多出于古穷人之辞也。……然则非诗之能穷人，殆穷而后工者也。"

玉山诗集　卷一

登东流县城外营垒（咸丰十年庚申二十四岁）①

西风猎猎戍旗斜②，无限春愁起暮笳③。芳草有情联故里，长江无浪没平沙。风霜狐兔移巢穴，雷雨蛟龙见爪牙。可奈仲宣④乡思切，独携书剑向天涯。

枞阳秋日二首（咸丰十一年⑤辛酉二十五岁）

其　一

南望烽烟万井⑥荒，射蛟台⑦畔戍旗黄。

秋风无限相思泪，日听悲笳送夕阳。

其　二

虫语萧骚彻耳清⑧，月光如水半床明，

西风那解离人恨，时送邻家歌舞声。

---

① 东流县：古旧县名。五代南唐保大十一年（953年）升东流场置，属江州。治所在今安徽东至县西北东流镇。以大江东流为名。北宋太平兴国三年（978年）改属池州。元属池州路。明属池州府。民国初属安徽芜湖道。1928年直属安徽省。1959年与至德县合并为东至县。咸丰十年：1860年。

② 猎猎：音liè liè，拟声词。风的声音。戍旗：边防军的旗帜。此处指与太平军对垒的湘军旗帜。

③ 暮笳：傍晚时有人吹奏的笳声。此处大概指吹军号。笳：中国古代北方民族的一种吹奏号角，通常称"胡笳"，其声悲壮。

④ 仲宣：即王粲（177—217），字仲宣，山阳郡高平县（今山东微山）人，东汉末年文学家、官员，"建安七子"之一，他先南下依附荆州牧刘表，但未受到重用。建安十三年（208年），丞相曹操南征荆州，刘表之子刘琮举州投降，王粲也归于曹操，深得曹氏父子信赖，被赐爵关内侯。建安十八年（213年），魏王国建立，王粲任侍中。建安二十二年（217年），随曹操南征孙权，于北还途中病逝，终年四十一岁。

⑤ 咸丰十一年：1861年。这年，周馥在东流县遇到湘军周某，被荐至湘祝营官处帮办文案并授其子读书。五月，湘军攻克枞阳，遂驻枞阳石堡中。十二月，接父信知祖父母悬望甚切，请假回乡。

⑥ 万井：古代以地方一里（一平方里）为一井，万井即一万平方里。也可指千家万户。

⑦ 射蛟台：位于枞阳县城西达观山之巅。《明一统志》载："射蛟台在枞阳镇，汉武帝亲射蛟即在此处。"

⑧ 萧骚：萧条凄凉。彻耳清：满耳都是凄清的声音。

登上海城楼 （同治元年壬戌至同治三年甲子二十六至二十八岁）

万幕平沙①静，凭栏寓目闲。天低星蘸海②。野阔气沉山。破釜③心原壮，闻筘鬓已斑。烽烟迷远近，何处问乡关？

次钱揆初中翰复园感旧④ （苏垣拙政园）

东风啼鸟几朝昏，阅尽游人是此园。老树应伤当日事，落花难返美人魂。鹿衔瑶草⑤春无主，鹤唳清宵月有痕⑥。谁意十年江海客，花时两度此开樽。

出门叹

束发猎群书⑦，悠然托远抱⑧。那期困乱离，偷生伤草草⑨。仗剑出

---

① 万幕平沙：在平坦沙地上排列了上万顶营帐。

② 星蘸海：星星似乎微微地碰到海面。蘸：音 zhàn，在液体、粉末或糊状的东西里沾一下就拿出来。

③ 破釜："破釜沉舟"的缩略语。意思是把饭锅打破，把渡船凿沉。表示下定决心，为取得胜利准备牺牲一切。典出《史记·项羽本纪》。

④ 钱揆初：即钱勖（？—1876），字揆初，江苏无锡人，咸丰五年（1855年）举人。早年颇有才名，所作诗歌骈文，沉博绝丽，类吴伟业、杨芳灿辈。同治元年（1862年），李鸿章率领淮军赴上海，他以内阁中书聘任入幕，因功为浙江候补知府。同治六年（1867年）九月，病殁于济南。著有《吴中平寇记》《双影庵词》。中翰：明清时期内阁中书的别称。复园：即苏州名园拙政园。咸丰十年（1860年），太平军进驻苏州，忠王李秀成在拙政园建忠王府，同治二年（1863年），李鸿章率淮军占领苏州后，将忠王府作为自己的江苏巡抚行辕，藩臬司也在其中办公。至同治五年（1866年），巡抚衙门迁离拙政园。

⑤ 瑶草：古代汉族传说中的仙草。

⑥ 鹤唳：音 hè lì，鹤鸣。清宵：清静的夜晚。

⑦ 束发：本指将头发束起来，后指成童的年龄，即15岁到20岁之间。猎群书：广泛而粗略地阅读。

⑧ 悠然：深远的样子。托远抱：怀有远大的抱负。

⑨ 偷生：苟且地活着。草草：忧虑劳神的样子。《诗经·小雅·巷伯》："骄人好好，劳人草草。"毛传："草草，劳心也。"

门去，封侯苦不早。命舛不犹人①，斑衣成素缟②。千里远归来，五鼎③空祭扫。荒村寂无人，贼氛遍城堡。欲住填沟壑，欲去伤远道。

不寐

孤灯残卷夜凄清，蜀魄④啼残百感生。

春梦欲归归不得，满窗风雨作秋声⑤。

旅馆夜读（同治四年⑥乙丑年二十九岁）

新月穿云翳⑦复明，空庭如水峭寒生。可能不速来佳客，聊寄幽思对短檠⑧。市近邻鸡常早报⑨，巢寒秋燕带归声。年来闲恨知应少，听彻寒蛩梦转清⑩。

---

① 命舛：指命运不好，事多不顺利。舛：音 chuǎn，不顺遂，不幸。不犹人：不如别人。

② 斑衣：彩衣。《北堂书钞》卷一二九引《孝子传》言：老莱子年七十，父母尚在，因常服斑衣，为婴儿戏以娱父母。后来用为老养父母的孝亲典故。素缟：音 sù gǎo，丧服。缟：未经染色的绢。

③ 五鼎：古代行祭礼时，大夫用五个鼎，分别盛羊、豕、肤（切肉）、鱼、腊五种供品。此处指自己祭扫亲人。

④ 蜀魄：即杜鹃。《太平御览·益州》引《十三州志》云："荆地有一死者名鳖灵，其尸亡至汶山，却是更生，见望帝，以为蜀相。时巫山壅江蜀地，洪水，望帝使鳖灵凿巫山，治水有功，望帝自以德薄，乃委国于鳖灵，号曰'开明'，遂自亡去，化为子规。故蜀人闻鸣，曰：'我望帝也。'"

⑤ 秋声：指秋天里自然界的声音，如风声、落叶声、虫鸟声等。古人悲秋，觉得秋声凄凉。

⑥ 同治四年：1865年。这年，李鸿章署理两江总督，周馥随至金陵。以淮军连捷功，李鸿章奏保将士，周馥被保举，奉旨以知县仍留原省补用。又以克复江苏省会苏州功，奉旨以直隶州知州留于江苏补用。

⑦ 翳：音 yì，起障蔽作用的东西。此处指被遮蔽。

⑧ 短檠：音 duǎn qíng，矮灯架，指小油灯。

⑨ 报：雄鸡啼鸣报晓。

⑩ 听彻：听到。寒蛩：深秋的蟋蟀。蛩：音 qióng。

大雪放歌①

　　前年看雪东海旁，去年看雪吴金阊②。今年看雪钟山阜③，明年看雪知何方？关山奔走炎凉过，一事无成裋褐④破。蛮府参军强事人⑤，东方先生⑥幸免饿。昨来迎养皖水涯，慈帏无恙鬓生华⑦。富贵何时⑧岁月去，人生世事如抟沙⑨。天心梦梦⑩不可说，袁生僵卧⑪抱高节。烈士暮年志足悲，酒酣徒击唾壶缺⑫。同人⑬举盏祝丰年，誓将来岁归力田⑭。呜呼！归力田，荒郊满目无人烟，县官方索丁口钱⑮。

---

　　① 放歌：放声高歌。

　　② 金阊：音 jīn chāng，苏州金门、阊门两城门，代指苏州城。苏州城在历史上曾为周朝吴国国都。

　　③ 钟山：即南京紫金山，有三个山峰，呈笔架形，为南京名胜古迹荟萃之山。阜：音 fù，本指土山。泛指山岭。

　　④ 裋褐：音 shù hè，古代穷苦人穿的一种便服。

　　⑤ 蛮府参军：晋人郝隆在桓温府上任"南蛮参军"时，在一次宴会上，他以蛮语吟诗，对自己不被重用表示不满。强：勉强。事人：侍奉人。

　　⑥ 东方先生：东方朔，字曼倩，平原郡厌次县人，文学家。汉武帝时上书自荐，拜为郎。后任常侍郎中、太中大夫等职。性格诙谐，滑稽多智，直言敢谏。其《诫子》诗说："饱食安步，以仕代农。依隐玩世，诡时不逢。"

　　⑦ 慈帏：音 cí wéi，旧时母亲的代称。无恙：音 wú yàng，没有疾病。鬓生华：两鬓长出花白头发。

　　⑧ 富贵何时："何时富贵"的倒装。意思是何时自己才能有钱又有地位。

　　⑨ 抟沙：音 tuán shā，捏沙成团。比喻聚而易散，借指心劳力拙。

　　⑩ 天心梦梦：天意昏昧不明。

　　⑪ 袁生僵卧：东汉贤士袁安在大雪天困卧洛阳租住的屋中，数日不举火，也不乞食，怕麻烦别人，后来此典故用于形容读书人的安贫不乞求于人的气节。周馥多次在诗歌中用了这一典故。

　　⑫ 唾壶缺：典出《世说新语·豪爽》："王处仲每酒后辄咏'老骥伏枥，志在千里。烈士暮年，壮心不已'，以如意打唾壶，壶口尽缺。"后用以形容心情忧愤或感情激昂。

　　⑬ 同人：指同事们。

　　⑭ 力田：辛勤种田。

　　⑮ 丁口钱：又称"丁钱""身丁钱"，指人口税。封建时代政府向成年男子征收的一种税。

自　笑

堪笑平生太率真①，何人相马到风尘②？薄云漏日难成雨，小室移花自养春。风月有情常伴客，江山信美惜非邻③。疏狂已分难逢世④，莫把穷通问夙因⑤。

三十初度四首（同治五年⑥丙寅三十岁）

其　一

三十年华弹指间⑦，半消铅椠半关山⑧。含饴⑨尚忆全家乐，负米今惭千里颜⑩。遭乱此生鱼脱网，感恩何日鸟衔环⑪。故人休道心灰冷⑫，

① 率真：直率真诚。

② 相马：音 xiàng mǎ，察看马的优劣。此处比喻察举人才。风尘：纷扰的尘世。

③ 江山：此处指周馥居住的金陵（今南京）的山川。信美：真的美丽。信：的确。

④ 疏狂：豪放，不受约束。已分：已经料定的。分：音 fèn，料定。难逢世：本指难以遇到好世道。此处指难以交好运。

⑤ 穷通：困厄与显达。夙因：音 sù yīn，前世因缘，前世的根源。

⑥ 同治五年：1865年。这年五月，周馥因祖父去世，请假回建德守孝并安葬祖父。祖父亡故百日后，在母亲敦促之下，周馥于同治五年（1866年）返回金陵销假。李鸿章委派他负责综核金陵善后工程工费，周馥听从友人裴大中的建议，专办一工。

⑦ 弹指间：原为佛教用语，佛教有"一弹指顷六十刹那"之说。比喻时间极短暂。

⑧ 铅椠：音 qiān qiàn，古人书写文字的工具。铅：铅粉笔。椠：木板片。消铅椠指从事文书工作。半关山：一半时间用在跋涉关隘山岭。

⑨ 含饴：音 hán yí，"含饴弄孙"的缩略语。形容祖孙之情。饴：饴糖，用米和麦芽为原料制成的糖。

⑩ 负米今惭千里颜：倒装句，即"千里负米今惭颜"。负米：背米。此处指为奉养父母而在外谋求禄米。此句用了子路负米养亲的典故。《孔子家语·致思》："昔者由也，事二亲之时，常食藜藿之实，为亲负米百里之外。亲殁之后，南游于楚，从车百乘，积粟万钟，累茵而坐，列鼎而食，愿欲食藜藿为亲负米者，不可复得也。"惭颜：面有愧色。

⑪ 鸟衔环：典出吴均《续齐谐记》，据载，杨宝九岁时，见一黄雀被鸱枭所搏，受伤坠地，又为蝼蚁所困，杨宝怀之以归，置于巾箱，饲以黄花，十余日后毛羽长成，飞翔，朝去暮回，如此积年，忽与群雀俱来，哀鸣绕屋，数日，乃去。是夕，杨宝三更读书，有黄衣童子说："我，王母使者。昔使蓬莱，被鸱枭所搏，蒙君之仁爱见救，今当受赐南海。"别以四玉环与之，曰："令君子孙洁白，且从登三公事，如此环矣。"后果应验。

⑫ 心灰冷：心灰意冷，意志消沉。

湖海元龙气未删①。

其　二

十载烽烟岁复灾，我生怀抱②几时开？世逢屯剥③难邀福，人识安闲不费才。大泽春深龙变化④，孤山梅冷鹤归来⑤。高怀每羡刘伶⑥达，万事无心独举杯。

其　三

年来渐觉毁誉稀，方寸惺惺⑦辨是非。东郭能竽终滥食，西门有佩只悬韦⑧。书从悟后言皆物⑨，心到虚时体自肥⑩。何日籯⑪书能读尽，一筇五岳遍游归⑫。

---

①元龙：即东汉名士陈登。陈登(163—201)，字元龙，下邳淮浦(今江苏涟水西)人。为人爽朗，性格沉静，智谋过人，少年时有扶世济民之志，并且博览群书，学识渊博。许汜曾见之，登以汜求田问舍，言无可采，久不与语。后许汜对刘备曰："陈元龙湖海之士，豪气不除。"元龙豪气：形容性格豪放。气未删：豪气没有衰减。

②怀抱：胸襟，胸怀。

③屯剥：《周易》里屯卦和剥卦的并称。此处指困厄衰败。

④此句用了大泽龙蛇典故。《左传·襄公二十一年》："深山大泽，实生龙蛇。"原指非常之地生非常之物，后用以指喻广大的乡间能孕育英雄豪杰。

⑤此句暗用林逋典故。宋朝林逋隐居杭州西湖孤山，不娶妻，无子，所居植梅畜鹤。事见《梦溪笔谈·人事二》《宋史·隐逸传上·林逋》等。后遂以"孤山鹤"为吟咏隐逸之典。

⑥刘伶：魏晋时名士，"竹林七贤"之一，性嗜酒不羁，被称为"醉侯"。

⑦方寸惺惺：保持警醒状态。

⑧西门有佩只悬韦：战国魏卜西门豹性急，因而佩韦(熟牛皮)，以韦之柔韧来警诫自己。典出《韩非子·观行》："西门豹之性急，故佩韦以缓己；董安于之心缓，故佩弦以自急。"

⑨书从悟后言皆物：人领悟了古代经典的旨意之后，说的话或写的文章，就会内容充实而有分量。

⑩心到虚时体自肥：与"心广体胖"意思相同，指人虚心大度，体态自然安详。虚：虚心，大度。

⑪籯：音yíng，箱笼一类的器具。此处指书籯。

⑫筇：竹杖。五岳：中国五大名山的总称，分别指中岳嵩山(位于河南省郑州市登封市)、东岳泰山(位于山东省泰安市泰山区)、西岳华山(位于陕西省渭南市华阴市)、南岳衡山(位于湖南省衡阳市南岳区)、北岳恒山(位于山西省大同市浑源县)。

其 四

小儿周晬后二天①，客邸连朝乐事偏②。有母故园应计日③，无朋小室自开筵。霜高鸿雁南飞久，春早梅花独放先。拟学长生不修炼，饭疏饮水蹑神仙④。

春日游孝陵灵谷寺寄刘翊卿（同治六年丁卯三十一岁）⑤

游山如读书，开卷不释手。愈探乃愈奇，余味长在口。我游钟山南，泉清土脉厚。孝陵据其麓，宏旷富所有。群山若冠佩⑥，肃立环左右。东有灵谷寺，宝志迁瘗久⑦。岿然无量殿⑧，洞门开八九。春深草上屋⑨，夜静虎挝牖⑩。野竹杂幽花，纷映高低阜⑪。王业与禅定⑫，是否真不朽？山僧农事足，茶味浓如酒。脱帽坐移时，清风生两肘。归马夕阳

---

① 小儿：周馥第三子周学涵。周晬：音zhōu zuì，周岁。

② 客邸：客居外地的府邸，客舍。连朝：音lián zhāo，连日。乐事偏：令人高兴的事情很多。偏：通"遍"，普遍，多。

③ 此句是周馥猜测母亲在建德老家惦记着孙子的生日。

④ 饭疏饮水：吃粗糙饭食，喝白水，形容安贫乐道的生活。蹑：音niè，追步。

⑤ 孝陵：即明孝陵，位于今南京市玄武区紫金山南麓独龙阜玩珠峰下，是明太祖朱元璋与其皇后的合葬陵寝。因皇后马氏谥号孝慈高皇后，故名"孝陵"。灵谷寺：初为南朝梁武帝为尊崇宝志禅师兴建的"开善精舍"，位于紫金山独龙阜玩珠峰南麓，明朝时朱元璋亲自赐名"灵谷禅寺"，并封为"天下第一禅林"。刘翊卿：周馥称人多以字，从诗歌用词推断，刘翊卿应是周馥同辈友人，其事迹待考。同治六年：1867年。这年，曾国藩回任两江总督。钦差大臣李鸿章督淮军、湘军剿捻，周馥仍襄办金陵工程局，以经手事务没结束，不得随行。

⑥ 冠佩：本指古代官员的冠和佩饰，可指古代官员。此处指明孝陵周围的群山。

⑦ 宝志：南朝名僧宝志和尚。宝志和尚知名显奇四十余载，士女恭事者不可胜数，深受梁武帝敬重，圆寂后，梁武帝礼葬他于钟山独龙阜，明太祖迁之于灵谷寺。瘗：音yì，埋葬。

⑧ 岿然：音kuī rán，高大独立的样子。无量殿：建于明洪武十四年（1381年），殿中供奉无量寿佛，因此被称为无量殿。因为整座建筑全部用砖垒砌，没有木梁、木柱，故又谐称无梁殿。此殿至今犹存。

⑨ 春深：春意浓郁。草上屋：杂草长在屋顶上。

⑩ 挝牖：音zhuā yǒu，用爪子抓挠窗户。

⑪ 纷映：纷繁杂乱，互相映衬。高低阜：高高低低的土山。

⑫ 王业：帝王之事业。谓统一天下，建立王朝。禅定：佛教修持方法，又名念佛三昧。

红，山势尽回首。岚光乍分合①，似与心目诱。始知天下理，浅深在人剖。

江宁②道中三首

其 一

赤日碧天净，千峰横益奇。蝉鸣山路热，泉冷稻香迟。古庙藤萝合③，荒溪略彴④危。老农知款接⑤，献茗意怡怡。

其 二

鸡声四野乱，凉月满河桥。小市人偏聚，长途马不骄。稻花酣晓露，芦叶响秋潮。休养期循吏⑥，常思抚字劳⑦。

其 三

林密犬声急，茅檐隔短陂⑧。晚舂⑨贫妇急，旧路老牛知。瓦缶烹茶厚⑩，荆篱引蔓支⑪。最怜菡萏艳⑫，开落自盈池。

---

① 岚光:音 lán guāng,山间雾气经日光照射而发出的光彩。乍:忽然。

② 江宁:即江宁府,清朝时期下辖上元县(今南京主城东部)、江宁县(今南京主城西部)、溧水县(今溧水区)、句容县(今句容市)、江浦县(今浦口区)、六合县(今六合区)、高淳县(今高淳区)、溧阳县(今溧阳市),治所位于江宁县和上元县,为两江总督署的驻地。

③ 藤萝:紫藤、白藤等的通称,均为爬蔓植物。合:覆盖,掩映。

④ 略彴:音 lüè zhuó,小木桥。

⑤ 款接:殷勤接待。

⑥ 循吏:奉法循理、勤政爱民的官吏。中国历代正史中多有《循吏传》,记述那些重农宣教、清正廉洁、所居民富、所去民思的州县级地方官的事迹。

⑦ 抚字:抚养,对百姓安抚体恤。字:喂养。《后汉书·列女传·陈文矩妻》:"四子以母非所生,憎毁日积,而穆姜慈爱温仁,抚字益隆,衣食资供皆兼倍所生。"

⑧ 陂:音 bēi,池塘。

⑨ 晚舂:音 wǎn chōng,傍晚时把谷物放在石臼里捣去皮壳或将米麦捣碎。

⑩ 瓦缶:音 wǎ fǒu,小口大腹的瓦器,瓦罐。烹茶:煮茶或沏茶。厚:味道醇厚。

⑪ 蔓支:"支蔓"的倒装。此处指藤蔓。

⑫ 最怜:最爱。菡萏:音 hàn dàn,荷花的别称。

秦淮晚眺①

城头薜萝深②，秋虫鸣不已。借问筑城人，年祀③辽远矣。有女城下居，倚门发皓齿。插花不如意，放骄怒阿姊。蹇蹇④出城者，云是落第⑤子。愁容如可掬⑥，局踏走行李⑦。长啸慨世人，得失徒劳⑧耳。

与甘愚亭吴梅塘夜话⑨

淡云微雨石城⑩秋，清夜红灯话驿楼⑪。世事积薪防厝火⑫，书生枕剑梦封侯。百年哀乐原如梦，一饱江湖不易求⑬。今古是非谁辨得？碧天杳杳⑭月如钩。

---

① 秦淮：河名。流经南京，是今南京市名胜之一。晚眺：傍晚时向远处看。

② 薜萝：音 bì luó，指薜荔和女萝。均为野生藤蔓植物，常攀缘于林木或屋壁上。深：茂密。

③ 年祀：年岁，年代。

④ 蹇蹇：音 jiǎn jiǎn，行动艰难的样子。

⑤ 落第：音 luò dì，科举时代应试不中，榜上无名。第：等次，名次。

⑥ 愁容如可掬：愁容满面。可掬：可以用手捧取，形容情状明显。

⑦ 局踏：音 jú jí，本形容谨慎恐惧的样子。此处形容落魄的样子。行李：旅途。

⑧ 徒劳：空自劳苦，白费心力。典出《后汉书·朱浮传》："徒劳军师，不能死节。"

⑨ 甘愚亭：即甘绍盘（1811—1880），字愚亭，又字玉亭，安徽桐城人，诸生，曾师事方东树，受古文法，又性喜研性命之学，同治元年（1862年）夏入曾国藩幕府，派赴安徽舒城散赈，次年复委查江西厘务，后相继任江苏江宁、崇明、兴化等县知县，以事殒职。去世后，同门好友方宗诚为之作《甘君愚亭权厝志》（收入《柏堂集余编》），详细介绍了甘氏一生的事迹。吴梅塘：周馥友人，家住南京。同治七年（1868年），周馥作诗《雨后访吴梅塘夜归四首》。此人可能是甘愚亭的幕宾。

⑩ 石城：金陵（今南京市）的别称。

⑪ 驿楼：驿站的楼房，供邮传人员和官员旅宿的处所。

⑫ 世事积薪防厝火：倒装句，即"世事防厝火（于）积薪"。厝火积薪：比喻隐伏的危机。

⑬ 一饱江湖不易求：倒装句，即"江湖一饱不易求"。在江湖漂泊，吃一次饱饭很不容易。

⑭ 杳杳：音 yǎo yǎo，高旷幽远貌。

游宝华山①

　　层峰插天高参差，足迹未到心讶奇。几回路转失所指，未知真形竟何是。松杉满径风骚骚，人马出没惊飞猱②。半空坐见江流细，连山起伏如波涛。攀树披荆径幽敞，有亭翼然悬崖上。过亭穿岭越方塘，塘外琳宫③宫外墙。梵音缥渺白云合④，楼台金碧树青苍。翠岚四映日光冷⑤，云窗石牖夏生凉⑥。拜经台⑦去更五里，龙池多龙如鲂鲤⑧。老僧古洞低眉坐，与龙相扰驯莫比⑨。藤萝绕户崖飞水，龙忽腾兮烟雾里。疑有仙人骑而驶，我心对之莫可拟，仙乎仙乎谁尔尔⑩？

游栖霞山⑪

　　奇峰突出群山中，作势欲并江流东。洪涛隔断不敢渡，盘旋跌宕回长风。静女幽闲复窈窕⑫，儒将文雅还沉雄。一峰独立众山俯，昂头天

---

　　① 宝华山：位于今江苏省句容市西北部，与南京接壤。原名花山，后因南北朝梁代高僧宝志来此结庵讲经，遂易名宝华山。

　　② 飞猱：音 fēi náo，善于攀援腾跃的猿。

　　③ 琳宫：仙宫，是道观、殿堂的美称。此处指佛殿。

　　④ 梵音：音 fàn yīn，指佛的声音，佛的声音有五种清净相，即正直、和雅、清彻、深满、周遍远闻，为佛三十二相之一。此处指诵佛经的声音。缥渺：清越悠扬。白云合：与白云相会。

　　⑤ 翠岚：山林中的雾气。四映：四周。

　　⑥ 云窗：云雾缭绕的窗户。借指深山中僧、道的居室。石牖：音 shí yǒu，石头砌的窗户。

　　⑦ 拜经台：又名晒经台。位于宝华山西部峰顶，相传是梁武帝会见宝志大师的地方。

　　⑧ 鲂鲤：音 fáng lǐ，鲂鱼与鲤鱼。

　　⑨ 相扰：相安。驯莫比：没有比龙更乖顺的了。

　　⑩ 仙乎仙乎谁尔尔：神仙啊神仙，你们是谁？尔尔：是是。本是表示应答的词。

　　⑪ 栖霞山：位于今南京市栖霞区，古称摄山，北临长江，由三山二洞组成，动植物和矿产资源丰富，名胜古迹很多，有"六朝胜迹"之称。

　　⑫ 静女：操守贞洁、举止安详的女子。此处指栖霞山山峰。幽闲：柔顺闲静。窈窕：音 yǎo tiǎo，本形容女子文静而美好。此处指山谷幽深。

外无牢笼。天风浩浩吹衣冷，山僧导我千佛岭①。斜阳淡沲②暮云寒，江水清泠③田万顷。齐梁衣冠④唤不回，凿山成佛空崔嵬⑤。可叹留名为勒石⑥，山颓石朽名亦摧。最喜山僧不解事⑦，不求仙佛不识字。养牛肥大能犁田，白昼犁田夜酣睡。

郑家埠有所见

黄泥滑滑⑧车嘈嘈，行人踯躅马悲号⑨。炊烟何处人家远，青天落日风萧骚⑩。夜投野店舆僮侣⑪，疏粝一饱卧空庑⑫。揭来胡姬劝客觞⑬，使我顿忘思乡苦。思乡苦，那⑭得知？酒醒后，月明时。男儿生无田半顷，走死道路安得辞⑮？从古英雄不空老，明日扬鞭指长道。

---

① 千佛岭：在栖霞山三峰最高峰——凤翔峰西南麓。此岭山岩石窟、洞龛里共凿有700尊佛像，佛像大者高数丈，小者仅盈尺。

② 淡沲：音 dàn duò，明净。

③ 清泠：音 qīng líng，清澈凉爽貌。

④ 齐梁衣冠：指齐梁时代以王氏、谢氏、萧氏为代表的名门世族。

⑤ 崔嵬：音 cuī wéi，此处指高峻、高大雄伟的样子。

⑥ 可叹留名为勒石：倒装句，即"可叹为留名勒石"。勒石：刻字于石。此处指刻名字于岩石上。

⑦ 不解事：不懂事。此处指山僧保持纯真本心，虽不识字，不求佛，但会养牛耕田，活得单纯自在。

⑧ 滑滑：音 gǔ gǔ，拟声词。此处指人走在泥泞路上，脚下发出的声音。

⑨ 踯躅：音 zhí zhú，徘徊不前。悲号：悲鸣。

⑩ 萧骚：形容风吹树叶的声音。

⑪ 舆僮：泛指地位低下的人及奴仆。古代十等人，中舆为第六等，僮为第十等。侣：音 lǚ，同伴。此句指奴仆为伴。

⑫ 疏粝：音 shū lì，粗糙的饭食。庑：音 wǔ，堂下周围的廊屋。

⑬ 揭来：音 qiè lái，往来。此处形容女子殷勤待客。胡姬：音 hú jī，原指北方或西方的外族少女。后泛指酒店中卖酒的女子。

⑭ 那：同"哪"。

⑮ 走死道路安得辞：(我将)在路上奔走劳累而死，这怎么能推辞得了。

雨后访吴梅塘夜归四首（同治七年戊辰三十二岁）

其 一

鸡鸣山下又春徂①，欲觅清闲一日无。

今日正闲闲不得，扁舟②风雨泛平湖。

其 二

插秧雨过水初平，新绿如云罨③满城。

风月五更凉趣少，平田万顷乱蛙声。

其 三

流水潺潺绕旧城，兴亡今古一棋枰④。

幽人闲恨都抛却⑤，一夜空床听雨声。

其 四

一春少放后湖船⑥，每到君家费酒钱。

四面云山一湖水，开樽⑦况遇主人贤。

邱履平归省二首⑧

其 一

把袂⑨风尘满，相逢独汝亲。艰难当此世，血性几何人⑩？一剑江湖

---

① 鸡鸣山：又名鸡笼山，北极阁，位于今南京市玄武区，北近玄武湖。春徂：春天已过完。

② 扁舟：音 piān zhōu，小船。

③ 罨：音 yǎn，覆盖。

④ 棋枰：棋盘，棋局。

⑤ 幽人：幽居之士，隐士。此处指周馥。闲恨：无端无谓的惆怅、忧愁。

⑥ 一春：整个春季。后湖：玄武湖的别称。

⑦ 开樽：亦作"开尊"，举杯（饮酒）。

⑧ 邱履平：即邱心坦（1840—1903），字履平，海州（今连云港）南城人。曾国藩任两江总督时，邱心坦入曾国藩幕府，后入淮军将领吴长庆幕府，曾任直隶静海县丞。著有《归来轩遗集》。归省：音 guī xǐng，回家探望父母。

⑨ 把袂：音 bǎ mèi，握住衣袖，犹言握手的意思。

⑩ 血性：刚正赤诚的个性。几何人：多少人。此句意思是人很少。

冷①，高歌斗室春②。丈夫有真气③，何事苦悲辛？

其 二

言别须臾④别，扁舟江海寒。微官轻得失，老母慰平安。知己天涯少⑤，心期⑥我辈宽。黄花重九日⑦，待尔共清欢⑧。

出门歌

寒鸡喔喔叫几遍，明月清霜铺满院。起对疏灯寒欲颤，家人奔走具行膳⑨。山荆恻恻理征衣⑩，口祝平安期早归。乱离几载室如洗⑪，君今别去何所依？老人涕零意不足，惊心但指风前烛。承欢何限恋春晖⑫，谋食终须营半菽⑬。出门但觉风飕飕⑭，临歧⑮送行行人愁。吁嗟乎！人生贫贱多烦恼，富贵来时苦不早，君不见糟糠属望高堂老⑯！

---

① 一剑江湖冷：一剑拔出，寒光四射，整个世界感到凄冷。形容友人武艺高强，宝剑锋利。此句化用了唐末僧人贯休《献钱尚父》诗句"一剑霜寒十四州"。

② 斗室：小得像斗一样的房子。形容极小的屋子。

③ 丈夫：有志气、有节操或有作为的男子。真气：元气，刚正之气。

④ 须臾：音xū yú，片刻，一会儿。

⑤ 知己：了解赏识自己的人。天涯：天边，指极远的地方。

⑥ 心期：胸怀。

⑦ 黄花：菊花。重九日：即重阳节，古人登高赏菊花的日子。

⑧ 待尔：等待你。共清欢：共享清雅恬静之乐。

⑨ 具行膳：准备好出行人吃的饭食。

⑩ 山荆恻恻：妻子凄伤的样子。山荆：旧时对人谦称自己的妻子。恻恻：忧伤，凄凉。征衣：本指出征人之衣。此处指远行人之衣。

⑪ 几载：几年。室如洗：家里穷得像被水冲洗过一样。形容极度贫穷。

⑫ 承欢：此处指迎合父母心意，博取其欢心。恋春晖：依恋父母的慈爱，不愿离家。

⑬ 半菽：音bàn shū，半菜半粮，指粗劣的饭食。

⑭ 飕飕：音sōu sōu，象声词。形容风声。

⑮ 临歧：音lín qí，到了岔路口。古人送别在岔路口处分手。

⑯ 糟糠：穷人用来充饥的酒渣、米糠等粗劣食物。借指共患难的妻子。属望：瞻望，期盼。高堂：指父母。

留须家人置宴感赋二首

其 一

面目天然自合宜，何须随俗问妍媸①。百年生死吾相共，少日风尘尔未知。麟阁图形②何敢望，康衢击壤尚堪期③。神仙功候儒生业④，乐境多应在老时。

其 二

绿酒黄花香满筵，妻孥祝我到华颠⑤。难追堂上⑥含饴乐，犹忆邻家掷果年⑦。岁月恐随江海老，雪霜宁挫桧松⑧坚？不辞图入茱萸会⑨，预为髯翁⑩结后缘。

春暮游宝华山（山在句容县境内，同治八年己巳三十三岁）

满山浓绿雨初晴，一路新蝉喜放声。胜境路宜多转折，离家人怕过清明。长江风顺孤帆健，碧落烟开绝巘横⑪。手折花枝长啸去，翠微⑫高

---

① 妍媸：音 yán chī，美和丑。

② 麟阁图形：指成为勋臣，在麒麟阁内留下自己的画像。"麒麟阁"是汉代阁名，在未央宫中。汉宣帝时曾画霍光等十一位功臣像于阁上，以表扬其功绩。后世以麒麟阁留下画像表示卓越功勋和最高的荣誉。

③ 康衢击壤：歌颂太平盛世，在大路上无忧无虑地玩击壤游戏。康衢：大路。击壤：古代的一种投掷类游戏。典出皇甫谧《帝王世纪》："（帝尧之世）天下大和，百姓无事。有八十老人击壤于道。"尚堪期：还是可以值得期待。

④ 神仙功候：像神仙那样的逍遥自在、看透一切的功力。周馥指称自己未来的修养境界。功候：功夫与火候。儒生业：儒生的事业。

⑤ 妻孥：音 qī nú，妻子和子女的统称。华颠：头发花白。此处指年老。

⑥ 堂上：尊长居住的地方，指父母。

⑦ 邻家掷果年：指周馥自己年轻时。那时候邻居们很友好，各自将自家树上水果摘下抛给村中儿童。

⑧ 桧松：音 guì sōng，指桧柏与松树，均为常绿乔木。

⑨ 茱萸会：古俗重阳节佩茱萸，相约登山宴饮，称茱萸会。

⑩ 髯翁：指年老多须的人。髯：两腮的胡子。也泛指胡子。

⑪ 碧落：天空。绝巘：音 jué yǎn，极高的山峰。

⑫ 翠微：青绿的山色。此处指青山。

处看云生。

养疴①宝华山杂咏六首

其　一

客中作客复离家，又向华阳问紫霞②。

春去春来人不惜，呼童为折雨中花。

其　二

深山深处有人家，一抹浮烟万树遮。

啼鸟数声春雨散，满山晴日映桃花。

其　三

万绿丛中石屋深，一声长啸暮烟沉。

白云封径客来少，闲与樵夫证道心③。

其　四

春老山窗紫翠④围，幽人野鸟两忘机⑤。

青天万里东风暖，坐看白云如马飞。

其　五

春雨春阴恼客情，萋萋⑥芳草向人生。

子规啼罢鹧鸪唤⑦，恍作天涯万里行。

其　六

一炷香销午梦清，窗前不觉白云生。

---

① 养疴：音 yǎng kē，亦作"养痾"，养病。

② 华阳：即华阳馆。在今江苏金坛市北茅山。问：访问。紫霞：紫色云霞。

③ 证道心：互相交流，印证各自对天理的领悟。

④ 紫翠：形容山岩与树木的颜色紫中带绿。

⑤ 两忘机：隐居的人与野鸟都没有机心（即利害之心），双方坦然相处，无须提防。

⑥ 萋萋：形容草长得茂盛的样子。

⑦ 子规：又叫杜宇、四声杜鹃，传说为蜀帝杜宇的魂魄所化。常夜鸣，声音凄切，古人多借以抒悲苦哀怨之情。鹧鸪：为中国南方留鸟。鸟纲鸠鸽目，体大如鸠，形似雌雉，头如鹑，胸前有白圆点，如珍珠。背毛有紫赤浪纹，足为黄褐色。诗文中常用以表示思念故乡。

金经①读罢浑无事，独坐山房听鸟声。

与山僧寻仙洞二首

其　一

荣枯本是寻常事，忧乐全凭一寸心②。

九转丹砂人不炼③，却来尘世觅黄金。

其　二

阅历方知行路难，此心安处万缘安④。

白云苍狗须臾事⑤，但在峰头仔细看。

山顶放生池⑥

浮藻青青落叶多，四时风月静无波。

游鱼应忆江湖乐，知否江湖有网罗？

自龙潭⑦登舟往上海

山居无梦到长安⑧，倏忽乘槎泛海澜⑨。细草轻波江路远，晓风微雨

---

① 金经：用泥金书写的佛经。

② 一寸心：人的内心。

③ 九转丹砂：典出葛洪《抱朴子·金丹卷》："神丹……八转之丹服之十日得仙，九转之丹服之三日得仙。……其转数多，药力成，故服之用日少而得仙速也。"此句指喻修炼心性，成就道心。

④ 心安：内心安适坦然，没有牵挂与忧虑。万缘：指一切因缘、众多缘分。

⑤ 白云苍狗：本指天上的云彩变化很快，典出杜甫《可叹》："天上浮云如白衣，斯须改变如苍狗。"后用以比喻世事变幻无常。须臾：音 xū yú，极短的时间，片刻。此句用云彩变化比喻时事变化，一语双关。

⑥ 放生池：寺庙里用于放生的池塘，信徒们将从市场上购买来的水生动物如鱼、龟等放养在这里，禁止捕杀，以体现佛教"慈悲为怀，体念众生"的理念。

⑦ 龙潭：清代为江苏句容县古镇，宋代又名龙潭铺，是长江古渡黄天荡的一部分，今为南京市栖霞区下辖街道，北濒长江，拥有远洋深水港（龙潭港）。

⑧ 无梦到长安：没有梦想到京城去，指自己没有名利欲念。典出白居易《无梦》："渐销名利想，无梦到长安。"

⑨ 倏忽：音 shū hū，很快地，忽然。乘槎：指乘船。泛海澜：渡过波涛起伏的大海。

麦秋寒，鱼龙久蛰思春暖①，燕雀低飞托地宽。随处湖山且留恋，秦淮权作②故乡看。

过常州有感

昔日从军箫鼓③喧，今朝歌醉过桥门。年丰已忘饥荒苦，乱定才知君相恩。野菜半担争早市④，垂杨小树出新村。渡江豪士⑤知多少？肠断重来吊战魂⑥。

赠甘愚亭二首

其　一

便便大腹胆轮囷⑦，赤手风尘五十春。游戏青囊聊隐世⑧，治安白屋岂无人⑨？黔驴⑩入路千民送，白羽摇风⑪四座亲。共惜奇才非百里⑫，时清人自重良循⑬。

---

　① 鱼龙：鱼和龙。泛指鳞介水族。此处指冬眠的虫蛇之类的动物。久蛰：冬眠。

　② 权作：姑且当作，暂且当作。

　③ 箫鼓：音 jiā gǔ，箫声与鼓声，借指军乐。典出《南史·曹景宗传》："去时儿女悲，归来箫鼓竞。借问行路人，何如霍去病？"

　④ 争早市：争着赶往早市。早市：专在清晨做买卖的市场。

　⑤ 渡江豪士：指同治元年（1862年）随同李鸿章东进上海的淮军将领，如刘铭传、程学启、周盛传、周盛波、张树声、潘鼎新、吴长庆等人。

　⑥ 肠断：极度悲伤。吊战魂：祭奠战死的（淮军）将士。

　⑦ 便便大腹：音 pián pián dà fù，即大腹便便，形容肥胖的样子。此处形容肚量大。胆轮囷：形容胆大气刚。轮囷：硕大，肥大。

　⑧ 游戏：娱乐消遣。青囊：即《青囊经》，传说是黄石公作，分上中下三卷，共四百余字，是风水学经典。聊隐世：姑且当作藏身世间的方法。

　⑨ 治安：政治清明，社会安定。白屋：茅屋，古代指平民的住屋。岂无人：难道没有人才。

　⑩ 黔驴：音 qián lú，比喻虚有其表、技艺低下的人。典出柳宗元《黔之驴》。从语境看，该词当是"蹇驴"的讹写。指甘愚亭清廉，离任时骑着跛脚的驴而行，群众依依惜别。

　⑪ 白羽摇风：用白色羽毛扇子扇风。此处指甘愚亭举止洒脱。

　⑫ 非百里：（其才华）不是任县令能施展得开的。此句赞颂甘愚亭能任更大的官。

　⑬ 重良循：重视奉公守法之吏。良循："循良"的倒装。指奉公守法的官吏。

其 二

弹铗吹箫①往事哀，征车到处阁争开②。贤名非借诸侯重，豪气原从里党③来。大事如公真可托，虚心无地不称才。秋风五度④秦淮畔，老困英雄志欲灰⑤。

题孙砚农诗集（同治九年庚午三十四岁）⑥

握手先惊气宇清，读君诗句更纵横。春云出谷千岩润，池柳含风万缕轻。世乱人才悲蠖屈⑦，年深宝剑亦龙鸣。与君日日长欢醉，徙倚⑧江楼看月生。

昆山⑨道中

布帆侧侧趁斜曛⑩，何处田歌⑪枕上闻。

凉雨半天鸦万点，野城春树绿如云。

---

① 弹铗吹箫：才士困顿，弹铗吹箫乞食。"弹铗"典出《战国策》，孟尝君门客冯谖弹铗，抱怨无鱼吃、无车坐、无法供养母亲。"吹箫"典出《史记》，春秋时期伍子胥在吴市吹箫乞食。

② 征车：古代征召贤达使用的车子。阁：此处指官阁，官署。

③ 里党：乡里，邻里。

④ 秋风五度：过了五个秋天。此处指过了五年，即同治四年（1865年）到八年（1869年）。这些年周馥与甘愚亭都在金陵。同治九年（1870年），甘氏任兴化县令，同治十二年（1873年）署江宁县令。

⑤ 志欲灰：志气消沉。

⑥ 孙砚农：即孙文田，生卒年不详，号砚农，籍贯不详，为帮办税务司葛显礼（先后任江海关代理税务司、海关造册处税务司、大清邮政第一任总办）幕宾，后来一直在江海关为税务司幕宾。同治九年：1870年。这年，两江总督马新贻派周馥总办江安粮道河运事宜，周馥看到主管此事的人无条理，力辞不往。三月，上句容宝华山养病。五月，游常州、苏州、上海。马新贻乃与江苏巡抚丁日昌委派他筹办防捐局。

⑦ 蠖屈：音 huò qū，形容像尺蠖一样的屈曲难伸。典出《周易·系辞下传》。比喻人不遇时，屈居下位。

⑧ 徙倚：音 xǐ yǐ，徘徊，来回地走。典出《楚辞·远游》。

⑨ 昆山：清代为苏州府下辖县，今为昆山市。处江苏省东南部、上海与苏州之间，境内河流、湖泊较多。

⑩ 侧侧：音 cè cè，风吹动布帆的声音。趁斜曛：音 chèn xié xūn，趁着落日的余晖。

⑪ 田歌：农歌，田间歌谣。

黄家滨^①

江云漠漠雨霏霏，绿树人家静掩扉。
万顷黄云风荡漾，一声柔橹雉惊飞。

西　窗

独辟西窗十二方，小庭花木自平章^②。客来清话何妨久，事过无心亦便忘。龟鹤长生宁有诀^③？鲲鹏变化^④本非常。书生作计真堪笑^⑤，甔石^⑥居然敌万箱。

忆　昔

一生九死过凶年，万水千山百困颠。急难重重蛇脱壳，梦魂恻恻雁惊弦^⑦。每当险处儿几虏^⑧，想到平时犬亦仙。地下先人心慰否？全家此日幸安全（建德自咸丰三年迄同治二年，被粤寇扰害最重，民死数万。余

---

① 黄家滨：应为"黄家浜"的讹写。黄家浜属太湖流域武澄锡虞区水系，是一条镇级河道，同时也是常州市郑陆镇一条非常重要的引排河道，主要功能为区域排涝和引水灌溉。

② 平章：音píng zhāng，本指评议，商酌。此处指侍候、摆弄。

③ 长生：寿命很长，长生不死。葛洪《抱朴子·对俗》认为，龟鹤长生不死，是因为它们会道引术，能食气以绝谷。宁有诀：岂有诀窍。

④ 鲲鹏变化：在中国古代神话中，北海大鱼"鲲"后来化作大鸟"鹏"。典出《庄子·逍遥游》。鲲鹏为志趣高远、精神豪迈、追求自由的象征，是庄子创造的具有丰富文化内涵的象征意象，承载着人类超越自身的精神品格。

⑤ 作计：谋划，考虑，打算。堪笑：可笑。

⑥ 甔石：少量的粮食。甔：音dān，坛子一类的瓦器。石：能装十斗粮食的容器。

⑦ 梦魂：古人以为人的灵魂在睡梦中会离开肉体，故称"梦魂"。恻恻：悲伤。雁惊弦：犹言惊弓之鸟。

⑧ 每当险处儿几虏：每次遇到危险时，儿子几乎被掳走。这个梦境是实境的折射，周馥自编《年谱》"咸丰九年己未二十三岁"条："……全家崎岖山顶，竟日不得食，余曾褓负大儿学海上梅岭跋涉数十里，睹贼山下杀人掳物，幸未被追及。"

家先避难本邑山谷间，后避于彭泽九都山①中，旋避于安庆江干②，盖濒死者屡矣）。

有　感

抚剑弯弓讵足豪③，坦然心地与天高。大夫射雉求娱内④，国事亡羊始补牢⑤。雾隐南山⑥徒自惜，石填东海恨空劳⑦。金丹一粒凭谁授？万里扶桑钓紫鳌⑧。

祀灶日⑨偶题二首

其　一

爆竹声喧祀灶期，客中喜气溢门楣。

酒阑⑩忽作还乡梦，记得垂髫⑪放学时。

---

①　九都山：彭泽县东南九都境内的山，即今彭泽县浩山乡的山，周馥年轻时求学于建德县元甲山王介和先生家塾，就在九都山正南面不远处。

②　江干：江边。干：音 gān，水边。

③　抚剑弯弓：按剑拉弓，指从军。讵：音 jù，岂，怎。

④　大夫射雉：指春秋贾大夫以射雉博其妻言笑的故事。典出《左传·昭公二十八年》："昔贾大夫恶，娶妻而美，三年不言不笑，御以如皋，射雉，获之，其妻始笑而言。"娱内：娱乐自己的夫人。

⑤　亡羊始补牢：典出《战国策·楚策四》："亡羊而补牢，未为迟也。"意思是丢了羊再去修补羊圈，还不算迟。比喻出问题后，想办法补救，免得再受损失。牢：此处指关牲口的圈。

⑥　雾隐南山：比喻隐居远害，洁身自好。典出《列女传·陶答子妻》："答子治陶三年，名誉不兴，家富三倍，其妻数谏不用。……妇曰：'……妾闻南山有玄豹，雾雨七日而不下食，何也？欲以泽其毛而成文章也，故藏而远害。'"

⑦　石填东海：像精卫鸟那样衔石子填东海。《山海经·北山经》："是炎帝之少女名曰女娃，女娃游于东海，溺而不返，故为精卫，常衔西山之木石，以堙于东海。"后以"衔石填海"表示矢志不渝地朝着既定目标去奋力拼搏。恨空劳：遗憾白忙了。

⑧　万里扶桑：在中国古籍中，扶桑指"在大汉国东二万余里"的扶桑国。钓紫鳌：神话传说谓天帝使十五只巨鳌轮番顶戴海上五座仙山，而龙伯国巨人则一钓而连六鳌。典出《列子·汤问》。后可以"钓鳌"比喻豪迈的举止或远大的抱负。

⑨　祀灶日：汉族传统节日之一，一般农历十二月二十三日或二十四日为祀灶日。

⑩　酒阑：音 jiǔ lán，酒筵将尽。

⑪　垂髫：音 chuí tiáo，幼童。髫：小孩前额下垂的头发。

其　二

老母池州儿蒋州①，百年欢乐几春秋。

故园好友书夸我②，为报山田岁有收。

示海、铭两儿四首

其　一

顽慧③本天生，荣辱皆自受。至爱如父母，于中难假手④。私心⑤岂能忘？经训日聒口⑥。勿以参苓汤⑦，误作鸩媒酒⑧。转眼少年非⑨，追悔复谁咎？

其　二

人生遇何常？非贵即为贱。贵贱本无分，分在凡与彦⑩。七尺异禽兽⑪，匪以服食变⑫。膏粱⑬不读书，蠢愚觍⑭人面。圣人千万语，一一理易见。贵固为国光⑮，贱亦守身狷⑯。

---

① 蒋州:此处指金陵(今南京市)。南京在隋朝时期称蒋州。

② 书夸我:写信向我夸耀。

③ 顽慧:愚钝与聪慧。

④ 假手:借手,施以援手。

⑤ 私心:个人心意。此处指两位年轻人的进德修业之心。

⑥ 经训:指儒家经籍以及唐宋学者对这些经籍的解说。日聒口:每天诵读。聒:吵闹,声音嘈杂。

⑦ 参苓汤:中医药方名,李朝朝鲜人金礼蒙《医方类聚·卷之一六五·酒病门二》所引《御医撮要》中列有此方。功效是调中和气,消酒食。参:人参。苓:茯苓。

⑧ 误作鸩媒酒:不要把古代圣贤的学说,当作害人的东西。鸩媒酒:毒酒。鸩:音zhèn,古代传说中的一种毒鸟,用其羽毛泡的酒有剧毒。

⑨ 转眼少年非:倒装句,即"转眼非少年"。

⑩ 分:区分。凡与彦:才德的平凡与杰出。

⑪ 七尺:指身躯。人身长约当古尺七尺,故称。此处指人身。异禽兽:与禽兽不同。

⑫ 匪以服食变:人与禽兽的不同,不是因吃的穿的不同而区分的。匪:非。服食:衣着食物。变:通"辨",区分,分辨。

⑬ 膏粱:肥肉和细粮。泛指肥美的食物。此处借指富贵人家子弟。

⑭ 觍:音miǎn,即觍觍,因怕生或害羞而神情不自然。

⑮ 国光:本指国家的礼乐文物。后多指国家的威望和光荣。

⑯ 守身狷:保持自身孤洁耿直的品格。

其 三

　　我家本素士①，中道遭离乱。频年营一饱，奔走若流窜。当知一粒微，皆我心血换。言归在何时，壁立廛无半②，所望尔曹③贤，慰我肯构④叹。龙猪未可卜⑤，志气从今判⑥。千里决毫厘⑦，日月休汗漫⑧。

其 四

　　武侯⑨戒子书，淡泊与宁静。圣人百世师，忠恕重垂警。所贵收放心⑩，欲绝外物屏⑪。改过如扫地，时见尘满境。读书如尝食，甘苦在心领。一步一从容，即事即思省⑫。久久心自明，豁然开万顷⑬。矢志金石坚⑭，造物难为梗⑮。

前书未尽复作此寄之三首

其 一

　　人生要有道⑯，原不重文字⑰。文字苟未能，其他遑暇议⑱？而况圣

---

　　① 素士：布衣之士。此处指贫寒的读书人。

　　② 廛无半：房地没半亩。廛：音 chán，古代城市平民的房地。在里曰廛，在野曰庐。

　　③ 尔曹：你们这些人。

　　④ 肯构：音 kěn gòu，原谓建造房屋。此处指期望儿子们能继承父亲的事业。典出《尚书·大诰》。

　　⑤ 龙猪未可卜：是成为优秀人物还是低劣人物，有作为还是没作为，无法预先占卜。

　　⑥ 志气从今判：倒装句，即"从今志气判"。从今天的志气就可以判断。

　　⑦ 千里决毫厘：开始时虽然误差很小，积累起来就会造成很大的谬误。典出《礼记·经解》：《易》曰：'君子慎始，差若毫厘，谬以千里。'"毫、厘是两种极小的长度单位。

　　⑧ 汗漫：本指广大，漫无边际。此处指浪费时光，散漫地过日子。

　　⑨ 武侯：三国蜀诸葛亮死后谥为忠武侯，后世称之为武侯。

　　⑩ 收放心：寻回丢失了的仁爱之心。此句指收回散漫、放逸之心。典出《朱子语录》。

　　⑪ 欲绝外物屏：倒装句，即"绝欲屏外物"。断绝不当的欲望，抵挡外物的诱惑。

　　⑫ 即事：遇到事情，面对事情。即思省：就思考反省。

　　⑬ 豁然：顿然，倏忽。开万顷：境界开阔。

　　⑭ 矢志：立下誓愿。金石坚：像金属与石头那样坚固。

　　⑮ 造物：此处指造物者，创造万物的神灵。难为梗：难以成为阻碍。

　　⑯ 有道：有道德和学问。

　　⑰ 文字：写诗作文。

　　⑱ 遑暇：空闲，闲暇。议：评论。

贤心，皆于文字寄。韩苏[1]天生豪，后生望却避。要之品识超，落笔自清异。科第假人身[2]，尤先重理义[3]。开卷必有益，愈寻愈出味。青灯五夜心[4]，渊然[5]含大地。

其 二

我少悔失学，负志颇骯髒[6]。功名付之天[7]，羞随人俯仰[8]。富贵岂能求，归耕计非枉[9]。偶为事畜赀[10]，栉沐走尘鞅[11]。尔若承我志，齑盐美熊掌[12]。悠悠环堵中[13]，浩歌金石响[14]。世事何深求，行藏非可强[15]。

其 三

祖母偶不怿[16]，曲意承欢私[17]。弱弟时好弄[18]，勿便怒恣睢[19]。言行出入间，肃肃而怡怡[20]。古称圣与贤，其道不外兹。胸中书有无，观貌乃

---

① 韩苏：分别指唐、宋古文家与诗人韩愈、苏轼。

② 科第：科举考试。此处指参加科举考试。假人身：借助科名身份而出仕做官。

③ 理义：此处指儒家的经义。

④ 青灯：光线青荧的油灯。五夜：即五更。古代民间把夜晚分成五个时段，用鼓打更报时，所以叫作五更、五鼓或五夜。

⑤ 渊然：深广，空旷。

⑥ 骯髒：音 kǎng zǎng，高亢刚直的样子。

⑦ 功名：旧指科举称号或官职名位。泛指功业和名声。付之天：听凭上天的安排。

⑧ 羞：以……为羞。随人俯仰：随波逐流，从俗浮沉。

⑨ 归耕：回家耕田。谓辞官回乡。非枉：不枉，表示事情没有白做。

⑩ 事畜：音 shì chù，"仰事俯畜"的省略语，指上要侍奉父母，下要养活妻儿，维持一家生计。出自《孟子·梁惠王上》。赀：通"资"。此处指维持一家生活的资财。

⑪ 栉沐：音 zhì mù，梳发与沐浴。尘鞅：音 chén yāng，世俗事务的束缚。鞅：套在马颈上的皮带。

⑫ 齑盐：音 jī yán，细切的咸菜和盐。借指素食。熊掌：又名熊膰，为熊科动物的脚掌，一般都是取自黑熊。古人用作美食的代称。

⑬ 悠悠：闲适貌。环堵：狭小、简陋的居室。

⑭ 浩歌：放声高歌，大声歌唱。金石响：本指钟磬乐器所发出的声音。此处指歌声清越。

⑮ 行藏：音 xíng cáng，出处或行止。非可强：不可勉强。

⑯ 祖母：周馥母亲叶太夫人。偶：有时候。不怿：不开心，不高兴。

⑰ 曲意承欢：赔着小心迎合老人，以博取对方欢心。私：私下里。

⑱ 好弄：爱好玩游戏。《宋史·文苑传五·黄伯思》："自幼警敏，不好弄，日诵书千余言。"

⑲ 恣睢：音 zì suī，放纵，横暴。

⑳ 肃肃：恭敬貌。怡怡：本指和顺貌，安适自得貌。此处指兄弟和睦的样子。

可知。后来福厚薄，在幼已先歧。万语不能尽，道阻伤别离。儿其置案头①，一日三致思。

忆昔三首

其 一

忆昔粤贼来，东南沉半壁②。一年百窜徙，自分死锋镝③。贼至兵先逃，杀掠等夷狄④。贼去兵复来，疮痍苦搜剔⑤。千里荒无人，荆榛杂瓦砾。初乱有人哭，久乱声寂寂。哀哀十二年，有泪无处滴。力弱未能庇，伤哉我亲戚!

其 二

猝闻贼追来，骇愕弃儿走⑥。逃死恨无路，情急足愈后。褴褛丛棘中⑦，屏息独掩口⑧。青天惨无光，但闻贼叫吼。连山烟蔽日，十人死八九。夜半忍饥归，生菜烹瓦缶。贼垒巨火明⑨，阴风搜林薮⑩。五更复潜逃，处处惊刁斗⑪。

---

① 其:语气副词,还是。置案头:放在书桌上。

② 沉半壁:半壁江山陷落。半壁:半堵墙壁,特指半壁江山。

③ 自分:自己预料。死锋镝:死于刀箭。锋镝:刀箭。泛指兵器。锋:刀口。镝:音 dí,箭头。

④ 等夷狄:与野蛮人相同。夷狄:古称四境未开化的民族。

⑤ 疮痍:音 chuāng yí,本指创伤或战乱之后的景象。此处指战乱后的苦难民众。搜剔:音 sōu tī,搜寻。此处指搜刮掠夺。

⑥ 骇愕:音 hài è,吃惊发愣的样子。弃儿走:把儿子丢下逃跑。

⑦ 褴褛:音 lán lǚ,形容衣服破烂。丛棘:丛生的荆棘。

⑧ 屏息:音 bǐng xī,屏住呼吸。独掩口:特地以手捂住嘴巴,不发出声音。

⑨ 贼垒:指太平军营垒。巨火:即炬火,点燃的火把。

⑩ 林薮:音 lín sǒu,山林与泽薮,指山野隐居的地方。此处指藏身躲避的林野。

⑪ 刁斗:古代军队中用的一种器具,又名"金柝",是带把铜锅,白天用作炊具,夜间用来警戒报时。

其　三

天人逢厄运①，祸机触处是②。胆落九都山③，魂销皖江水④。丈夫草间亡，不如报国死。壮心悲逾奋，两足踏千里。老人哭送儿，劝儿早归里。岂知儿还时，老人叫不起。东流⑤江水深，北山颓云委⑥。见面生无期，魂梦空哀毁。老母今幸健，频年犹客里⑦。承欢惜时刻⑧，谆谆告妻子⑨。

过海四首（时自上海乘轮舟赴天津，同治十年辛未三十五岁）

其　一

黑水无边天四环，一轮明月自孤闲。

参差如画青千里，知是金州过海山⑩。

其　二

玉阙瑶台⑪望已空，碧波渺渺接苍穹。

南来一鹄飞何急，万里无云趁晓风。

---

①　天人：天与人。厄运：困苦的命运。

②　祸机：隐伏待发之祸患。触处是：随处都是，到处都是。

③　胆落：吓掉了胆，形容恐惧到极点。九都山：清代江西彭泽县县治东南太平乡有六都、七都、八都、九都，九都山就是九都境内的山，即今彭泽县浩山乡的山。与周馥故乡今东至县官港镇泥溪乡接壤。周馥全家于咸丰七年（1857年）至同治元年（1862年）在九都宁家湾山中避太平军。周馥祖母、父亲，相继于咸丰十一年（1861年）、同治元年（1862年）在九都去世。

④　魂销：灵魂离体而消失。形容极度悲伤。皖江：长江流经安徽的这一段江面。周馥离家逃难，寻找出路时，多次经过这段江面。

⑤　东流：指东流县。此县后与建德县合并为东至县。

⑥　北山：指周馥家乡境内北部的山峰。颓云：下坠的云。委：聚集。

⑦　频年：连续几年。客里：离乡在外。

⑧　承欢：侍奉父母，讨父母欢心。惜时刻：珍惜父母在世的时光。周馥祖父于同治四年（1865年）去世，家里长辈只剩周馥母亲叶太夫人。

⑨　谆谆：形容恳切告诫的样子。妻子：妻与儿。

⑩　金州：即今大连市金州区。过海山：大陆山脉延伸到海上，形成海岛。

⑪　玉阙瑶台：神话传说中天帝仙人住的玉砌成的宫阙楼台。

其　三

隐隐雷车荡紫澜①，月明长啸碧空寒。

苍烟划断浮云影，多少鱼龙侧目看。

其　四

夜气沉沉蜃气②轻，红霞东指是蓬瀛③。

可怜无限黄粱梦④，同破天鸡⑤第一声。

辛未春重过上海城南旧垒访友⑥

饮马城南忽十年，重来桃李已风烟。升平鸡犬都关福，邂逅功名亦有缘⑦。马革苦心⑧宜灭贼，龙飞盛业在求贤⑨（咸同间粤匪扰南数省，朝廷常破格用人）。飘零几辈豪如故，把酒重来对月圆。

<hr>

　　① 隐隐：象声词，雷声。雷车：雷神的车子。此处指装有蒸汽机的海轮。荡紫澜：掀动紫色的大海浪。太阳光中有红、橙、黄、绿、青、蓝、紫七种光，它们的波长不一致，其中红光波长最长，紫光波长最短，因此红光穿透能力强，容易被水分子吸收，而蓝光和紫光的穿透能力偏弱，在遇到海水时，就容易发生反射，海水反射回来的光多是紫色或蓝色。

　　② 蜃气：一种大气光学现象。光线经过不同密度的空气层后发生显著折射，使远处景物显现在半空中或地面上的奇异幻象。常发生在海上或沙漠地区。古人误以为是蜃吐气而成，故称。

　　③ 蓬瀛：蓬莱和瀛洲。泛指仙境。蓬莱，亦称蓬莱山、蓬壶、蓬丘，是中国先秦神话传说中东海外的仙岛。瀛洲，传说为东海神仙居住的仙岛。

　　④ 黄粱梦：对功名富贵的梦想。典出唐代沈既济所作的传奇小说《枕中记》。

　　⑤ 天鸡：中国神话中天上的鸡。据任昉《述异记》记载："东南有桃都山，上有大树……上有天鸡，日初出，照此木，天鸡则鸣，天下鸡皆随之鸣。"

　　⑥ 辛未：同治十年（1871年）。旧垒：旧的堡垒、营垒。此处指淮军于同治元年（1862年）开赴上海与太平军对阵时，在上海城南所建的营垒。

　　⑦ 邂逅：没有相约而遇见。功名：功业和名声。此处指官职名位。

　　⑧ 马革苦心：抱着马革裹尸、为国捐躯的坚定信念。

　　⑨ 龙飞盛业：英雄得志，建树伟业。龙飞：神龙飞腾，比喻英雄得志。

夜行永定河口占①

满天明月乱飞沙，卷地狂风欲覆车。

远火②一星高不灭，招摇飞度③黑云斜。

阅永定河下游堤工④

五百年前此战墟⑤，尚留孤寨⑥枕荒渠。洪流移轨人谁辨？绿树连村画不如。水退鱼龙声寂寞，年荒鸡犬气萧疏⑦。宣防⑧自昔无长策，何况宣防久废余。

---

① 永定河：海河水系中一条较大的支流，由洋河和桑干河两大支流组成，古称治水、灅水、桑干河、卢沟、浑河、无定河，流经内蒙古、山西、河北、北京、天津等地。因上游流经黄土高原，河水含沙量大，因此有"小黄河""浑河"之称。下游河道因泥沙淤积，形成地上河，且迁徙不定，故旧称"无定河"，清康熙三十七年（1698年）因疏浚了河道，修筑了坚固河堤，从石景山一直到下游永清，用两条长堤把往复摆动的无定河中下游河道，束缚在固定的河床中，康熙帝遂赐名永定河。周馥多次襄助治理此河，留下很多诗篇记录治河活动。口占：作诗不起草稿，随口而成。

② 远火：远方的野火。此处指天上的一颗亮星。

③ 招摇飞度：天上的招摇星在飞快地越过天空。招摇：古星名，本指牧夫座γ星。此处指牧夫座α星，中国人又称大角星，是北天夜空中最亮的恒星。大角被古人视为天王座、天王帝廷，周馥为避讳，便用招摇星代替大角星。亦借指北斗。

④ 堤工：堤防工程。

⑤ 此句指朱元璋北伐，攻克元朝大都之事。明洪武元年（1368年）闰七月初一，明军主力自中滦（河南封丘西南）渡黄河，沿御河（卫河），经临清、长芦（河北景县）、通州（北京通县），向北挺进，直逼大都城下。元顺帝见大势已去，遂于二十八日夜三鼓携太子、后妃出建德门，由居庸关逃往上都开平（今内蒙古多伦西北）。八月二日，徐达率军进占大都，结束了元朝的统治。

⑥ 寨：守卫用的栅栏、营垒。

⑦ 气萧疏：气象萧条。

⑧ 宣防：又作"宣房"。汉代宫名。此处指治河。西汉元光中，黄河决口于瓠子，二十余年不能堵塞，汉武帝亲临决口处，发卒数万人，并命群臣负薪以填，功成之后，筑宫其上，名为"宣房宫"。故址在今河南濮阳县境内。《汉书·沟洫志》将"宣房"写成"宣防"。后泛指防河治水。

房山元夜（同治十一年壬申三十六岁）①

搊蒲走马杂娇鬟②，逐队街西半日间。

二十年来江海月，照人春梦又燕山③。

西　山④

树里人家对宇⑤明，清波一曲自回萦。

天青日暖牛羊散，空谷遥传杵臼声⑥。

春日涿州⑦道中

长途倦春昼，睡魔若相迫。飞尘莽天地，须眉浣⑧已白。江南东风
早，啼莺弄柳色。踏青⑨知几人？忆我天涯客。

---

①房山：旧县名。元至元二十七年（1290年）改奉先县置，治今北京市房山区。属涿州，
明因之，清属顺天府。地处华北平原与太行山交界地带，是京师西南门户。元夜：农历正月
十五日夜，又称上元节、灯节，中国传统节日之一。同治十一年：1872年。

②搊蒲：音chū pú，古代博戏名，汉代即有之，晋时尤盛行，以掷骰决胜负，得采有卢、
雉、犊、白等称，视掷出的骰色而定。其术久废，后为掷骰的泛称。走马：骑马快跑。娇鬟：美
丽的环状发髻。此处指美丽的女性。

③春梦：指春天的梦，充满春天情怀的梦。燕山：横贯河北北部的山脉，附近水系发达，
主要有洋河、潮白河和滦河等。河流多与山脉直交，切穿山地形成南北交通孔道，亦为重要
关隘，如古北口、喜峰口等。

④西山：北京西山，是太行山的一条支阜，古称“太行山之首”，又称小清凉山。宛如腾
蛟起蟒，从西方遥遥拱卫着北京城，古人称之为“神京右臂”。永定河贯穿其中，将西山截为
南北两段。

⑤对宇：“望衡对宇”的缩略语。形容一户户人家住房相距很近。

⑥杵臼声：以杵捣臼的声音。杵、臼为舂捣粮食或药物等的工具。

⑦涿州：古称涿鹿、涿邑、涿郡、范阳、涿州路、涿县。今为河北省保定市代管县级市。
地处太行山东面，河北省中部，京、津、保三角地带，为京畿南大门。辖区内有永定河、白沟
河、小清河、琉璃河、北拒马河、胡良河等，属海河流域大清河水系。

⑧浣：音wò，污，弄脏。

⑨踏青：也称“踏春”，指初春时到郊外散步游玩。

大风雪宿新桥店^①

补屋编芦^②不剪花，红炉活火倚征车^③。

人生苦乐何尝定，醉饱安眠是到家。

白塔铺^④即事

出郭四十里，未午到安肃。讹闻冰可行，车陷水没轴。攀辕心胆堕^⑤，顿辔僮奴哭^⑥。士民幸好义，救死集邻族。百计起沉渊，马蹩车折毂^⑦。斜阳犹在山，白塔高半屋。晚烟四处起，寒风动林木。喘息藉茅坐，古碑^⑧聊一读。

天津客寓二首

其　一

风雨津门客^⑨，星霜半载过^⑩。事嫌如意少，贫畏受恩多。世运当重

---

① 新桥店：直隶省（今河北省）保定府境内的村庄。周馥在治水时为获取水文资料，曾路经此地。

② 补屋编芦：即编芦补屋，编织芦苇席用于补房屋。形容住处简陋。

③ 征车：远行人乘的车。

④ 白塔铺：安肃县（今河北徐水县）城西北10里，有始建于唐代的七级白塔，名凌云白塔，村因塔而得名，称北白塔村，后改称白塔店、白塔铺。

⑤ 攀辕：拉住车辕。心胆堕：形容极端恐惧害怕。

⑥ 顿辔：音dùn pèi，犹停车。辔：驾驭牲口用的嚼子和缰绳。僮奴：奴婢、仆役。

⑦ 马蹩：马跛了脚。车折毂：车子折损了车轮。毂：音gǔ，车轮中心，有洞可以插轴的部分，借指车轮。

⑧ 古碑：明万历年间，安肃士民重建已毁的宝塔，工期19年，耗银3000余两，于万历三十三年（1605年）大功告成。当地士人立碑纪念，碑文即《重修宝塔兴圣寺记》。

⑨ 风雨：刮风下雨。比喻危难和恶劣的处境。津门：天津城的别称。明永乐二年（1404年）筑天津城，因地处畿辅门户，故称津门。

⑩ 星霜：星辰霜露。比喻艰难辛苦。此句指周馥为治理永定河，半年来顶着星，踩着霜，奔走劳碌。

泰①，天心自太和②。兴衰一转念，珍重莫蹉跎。

其　二

辽海多惊浪，亲朋少问笺③。我生星在驿④，家事月难圆⑤。忧乐宁身计⑥？功名视世缘⑦。羞将羁旅意⑧，致启大官怜。

永定河感事二首

其　一

落日长堤远树齐，宣防馆屋⑨路东西。

衙官雅有山林乐⑩，睡起茅檐听午鸡⑪。

其　二

刍饷繁兴百费裁⑫，年来谁问济川才？

摩挲⑬老树增三叹，曾见先朝御辇来⑭。

---

① 世运：世间盛衰治乱的更迭变化。重泰：再次平安。

② 天心：天的心意。自：本是。太和：亦作"大和"，天地间冲和之气。朱熹《本义》："太和，阴阳会合冲和之气也。"此句指天的性情淡泊平和。

③ 问笺：问候的书信。

④ 生星在驿：生辰八字中带驿马星，主一生奔波劳累。

⑤ 家事：家庭状况。月难圆：像月亮那样很难圆满。

⑥ 忧乐：忧愁和欢乐。宁身计：岂是为自己而谋。

⑦ 功名：功业与名声。视世缘：看自己在人世间的机缘。

⑧ 羁旅意：长久寄居他乡的凄凉情怀。

⑨ 宣防馆屋：此处指永定河治河官员与属吏住的客舍。

⑩ 衙官：泛指下属小官。雅有：颇有。山林乐：欣赏山林美景的快乐。

⑪ 午鸡：午时（上午十一点至下午一点）的公鸡鸣叫声。茅檐：茅草盖的屋顶，指茅屋。

⑫ 刍饷：同"飞刍挽粟""飞刍转饷"，快速地运输粮草，用于军事行动。百费裁：各种政务费用都削减了。

⑬ 摩挲：用手抚摩。

⑭ 先朝：指先帝。御辇：皇帝乘坐的车子。此处先帝指康熙帝，他亲自主持永定河治理工程，从康熙三十二年（1693年）到六十一年（1722年），视察永定河工地十多次。

同治十一年三月二十一日
永定河南岸石堤塞决已成，和桂礼堂别驾见寄之作①

吁天无计挽滔滔，半载风霜梦寐劳。力尽竟邀神鬼助，时清要使鳄螭逃②。一犁甘雨春回陇③，万弩飞声水不涛④。耻作焦头跻上客⑤，亡羊犹欲补前牢。

秋　夜

虫语千丝乱，风声万马惊。如何秋信⑥至，共作不平鸣？家破遭多难，途危怅远征。那堪风雪里，垂白⑦急归程。

---

① 桂礼堂：即桂本诚（1834—1892），安徽贵池梅村人，早失二亲，独身奋发，他的从祖父道光年间进士桂超万任扬州知府时，悯其孤寒，召之官廨，观摩淬励，立功过格以自督，数年，业大通。其女婿桐城文士吴闿生《北江先生文集·清故诰授资政大夫直隶补用道桂公墓志铭》述其事迹甚详。周馥在同治、光绪年间奉李鸿章之命襄助治理永定河时，与桂氏为治河同事。别驾：州通判的别称。此处指永定河道下属管河通判。桂氏后来官至道员用知府、江苏候补道。

② 鳄螭：音è chī，鳄鱼和古代传说中没角的龙。

③ 一犁甘雨：下了一犁深的好雨，指及时适量的春雨。春回陇：春天回到田间。陇：田野。

④ 万弩飞声：万弩对着潮头射出箭矢，发出声响。用了吴越王钱镠射潮筑塘的典故。此处指治水方法很成功。

⑤ 耻作焦头跻上客：因帮人救火而被灼得焦头烂额，事后被当上宾招待，自己却以此为耻。"焦头上客"与"曲突徙薪"典故同源，典出刘向《说苑·权谋》、桓谭《新论》、班固《汉书·霍光传》。耻：以……为耻。焦头："焦头烂额"的省略语，被火烧伤了额头。跻：音jī，登临。上客：贵宾。此处指贵宾位。

⑥ 秋信：秋天到来的节候变化的信息，比如落叶声等。

⑦ 垂白：音chuí bái，白发下垂。谓年老。周馥时年三十六岁，垂白是指他人而不是自指。

李藻舟①观察示永定河合龙纪事诗，
即和其韵并呈吴赞臣司马②、桂礼堂别驾

　　天心不恕虐③，白昼蛟龙游④。人事每苦厄，忠信魑魅⑤投。繄余役桑干，喜去惧还留。诏书工代赈，万民形如鸠⑥。呕心苦区画⑦，策尽无遗筹⑧。功成思善后，往略时勤搜。天意哀劳人，滔滔乃安流。涔山老鼋怒⑨，爪牙起灵湫⑩。怪雨三十日，鼓浪排山邱。嗟哉归来民，逃死复不休。大吏急上闻，谗者巧相尤⑪。时危人力竭，欲挽无万牛。旁观坐趑趄⑫，悠悠如闲鸥。诸公勇无前，两月功竟收。事定沐褒音⑬，魂梦犹

　　① 李藻舟：即李朝仪（？—1881），字藻舟，贵州贵筑（今贵阳）人，道光二十五年（1845年）进士。先后任知县、知府、山东盐运使、山东按察使等。历官三十七年，勤政爱民，有古循吏风。他是维新派大臣李端棻的叔父，梁启超的岳父。《清史稿》有传。

　　② 吴赞臣司马：即吴廷斌（1839—1914），字赞臣，安徽泾县人。咸丰四年（1854年），他随兄长吴廷华投奔湖北湘军，英勇善战，引曾国藩瞩目，由此因功屡迁。同治、光绪年间协助直隶总督李鸿章治河，为其得力助手。历任山西河东道、山东按察使、山西布政使、署理山西巡抚、云南布政使、山东巡抚等职。创建了山东高等农业学堂。光绪三十四年（1908年），因病辞官，于芜湖、宣城、南陵等地投资工商业。《玉山诗集》中还有好几首诗写到他，称他为司马（即兵备道）、太守、观察（即道台）、中丞（即巡抚），反映出吴氏职位的升迁变化。

　　③ 天心：天的心意。此处指皇上的心意。不恕虐：不容忍暴虐。此处指不容忍洪水。

　　④ 白昼蛟龙游：蛟龙白天在河中游动。古人认为洪水是蛟龙引发的。

　　⑤ 魑魅：音 chī mèi，古代传说中躲在深山老林里害人的妖怪。

　　⑥ 民形如鸠：老百姓因饥饿而很瘦的样子。

　　⑦ 区画：筹划，规划，安排。

　　⑧ 策尽无遗筹：较好的治河方略都用尽了，没有遗漏之处。筹：算筹，木或象牙等制成的小棍片，用来计数的凭证。

　　⑨ 涔山：即今山西宁武的管涔山，为永定河的发源地。涔：音 cén。鼋：鳖类中最大的一种。

　　⑩ 灵湫：音 líng qiū，深潭，古时以为深潭中往往多灵物，故称。

　　⑪ 谗者：进谗言、说别人坏话的人。巧相尤：巧妙地指责治水者的过失。相尤：互相指责。

　　⑫ 趑趄：音 zī jū，行走困难，欲进不进，犹豫徘徊。

　　⑬ 沐褒音：蒙恩得到朝廷赞扬。沐：受润泽，引申为蒙恩。

隐忧。忌者复以喜①，拙者矜良谋②。丈夫拯溺志③，岂为公与侯？要使相感奋，老马争骐骝④。吾愿与诸公，推手援九州⑤。

癸酉二月乘小舟出天津渡海入利津河口⑥二首

（同治十二年癸酉三十七岁）

其 一

贴岸纹螺⑦射日光，垂空雌霓接天长⑧。

黄花鱼⑨上东风急，十户渔家九放洋⑩。

其 二

浅水湾头舵易持，晚来风定落潮迟。

微波不动云阴合，正是鱼龙鼾睡时。

过济南⑪

山色回环水蔚蓝，济南风景似江南。

---

① 忌者：忌妒的人。复以喜：又附和我们的治水方略。以喜：随人，附和别人，这是割裂式代称修辞手法，语出《周易·序卦传·上篇》："以喜随人者必有事，故受之以《蛊》，蛊者，事也。"

② 拙者：愚笨的人。矜良谋：夸耀好的策略。

③ 拯溺：救援溺水的人，引申为解救危难。

④ 争骐骝：与骏马争先。骐骝：音 qí liú，青身骊文而黑鬣的马。泛指骏马。

⑤ 推手：伸出手。援九州：拯救天下。九州：古代中国的代称。

⑥ 利津河口：黄河流入利津县注入渤海的入海口。

⑦ 纹螺：指织纹螺，生活在近海礁石附近和泥沙底。形似圆锥体，盘旋8层，螺体细长，大小与指甲盖相仿。

⑧ 垂空：挂在天空。雌霓：虹有二环时，内环色彩鲜盛为雄，名虹；外环色彩暗淡为雌，名霓。接天长：与天相连，非常长。

⑨ 黄花鱼：又名黄鱼，石首鱼科黄鱼属的一属黄鱼的统称。生于东海中，鱼头中有两颗坚硬的石头，叫耳石，故又名石首鱼。冬季在深海越冬，春季向沿岸洄游。

⑩ 放洋：乘船出海（捕鱼）。

⑪ 济南：今山东省省会，南依泰山，北跨黄河，位于山东省中西部，境内泉水众多，拥有"七十二名泉"，被称为"泉城"，是历史文化名城。

柔桑弱柳依依绿，都有升平乐意含①。

大风飞沙舟行东阿②黄河中

不见天地色，但闻风水声。飞沙如激箭，危舸急悬旌③。未必神为助，居然险可撄④。澄清原有术，羞自请长缨⑤。

夜泊张秋镇⑥

林莽微茫戍火明，平芜凄楚乱蛙声。荒烟野渡停孤棹，浅草寒沙没古城。万国转输争咫尺⑦，九河⑧今古自纵横。中兴妙略谁能说，曾借波臣⑨四面兵（同治年，合肥李傅相督师剿捻匪，因张秋河涨，合围灭之）。

郓城⑩舟中（时黄河水涨，城陷）

森淼危城倚夕阳，风沙飒飒水云荒。暮筇催送潮声急，夜雨孤悬客梦长。远岫低昂天淡漠，长河浩瀚气悲凉。导黄济运⑪无全策，谁悯其

---

① 升平：太平。乐意：快意，欢乐。

② 东阿：山东县名，位于今山东省西部，东依泰山，南临黄河，清朝初年，属兖州府东平州，雍正十三年(1735年)，改属泰安府。

③ 危舸：遇到危险的大船。舸：音 gě，大船。悬旌：此处指收帆。

④ 险可撄：可以冒险。撄：触犯。

⑤ 请长缨：此处指请求给予权力让自己负责治水。长缨：长绳子，长带子。

⑥ 张秋镇：位于鲁西平原阳谷县境内，大运河与金堤河、黄河的交汇处。明清时期，张秋镇是大运河上的名镇，经济繁荣。咸丰五年(1855年)，黄河大决于河南兰仪(今兰考县)铜瓦厢，改向东北流，在张秋镇横穿大运河，在东阿鱼山镇夺大清河，流至利津入海，结束了其南流泗、淮入海600余年的历史，切断了运河南北交通，摧毁了张秋镇赖以发展的经济命脉。

⑦ 万国：万邦，全国各处。转输：运输。争咫尺：争先恐后。咫尺：形容距离近，周制八寸为咫，十寸为尺。

⑧ 九河：河北平原的河流。据《尔雅·释水》记载，九河指徒骇河、太史河、马颊河、覆釜河、胡苏河、简河、洁河、钩盘河、鬲津河。

⑨ 波臣：指水族。古人设想江海的水族也有君臣，其被统治的臣隶称为"波臣"。

⑩ 郓城：郓城县，清代属曹州府，今为菏泽市下辖县，位于黄河下游，山东省西南地区。

⑪ 导黄济运：引黄河水接济运河，以便运送漕粮。

鱼缅夏王①。

鱼山（曹植墓）②

风流文藻气销沉，忠爱忧谗见苦吟。

今日扁舟祠下过，碧山凄冷暮云深。

侯家林③舟中

风浪天无际，收帆濮水滨。重裘④三月冷，小酌一灯亲。疏雨蓬窗静，荒烟茅屋贫。清明浑忘却，惆怅故园春。

过济南二首

其 一

膴膴⑤平原翠接天，鹊华⑥秀色起风烟。人如燕赵悲歌壮，春到蓬莱草木妍⑦。渡海岱宗朝万壑⑧，分流汶水会千川⑨。富强自古关形势，况

---

① 悯其鱼：怜悯淹死的民众。缅夏王：怀念上古治水的贤君夏禹。

② 鱼山：坐落于今东阿县城西南的黄河北岸，属泰山西来余脉，海拔82.1米，因其形似甲鱼，故名。山脚下即滚滚黄河。曹植墓位于鱼山西麓。

③ 侯家林：今河北省衡水市桃城区何家庄乡的一村庄名，旁边有滏阳河流过。清代桃城区在直隶省冀州衡水县境内。

④ 重裘：厚毛皮衣。

⑤ 膴膴：音 wǔ wǔ，肥美。

⑥ 鹊华：指位于今山东省济南市的鹊山和华山。华山，古称华不注。元代书画家赵孟頫曾绘《鹊华秋色图》。

⑦ 蓬莱：清代山东省登州府，今为山东省烟台市蓬莱区。北濒渤海、黄海，东靠烟台市，南接青岛市，境内蓬莱阁为古代四大名楼之一。草木妍：花草树木长得很美丽。

⑧ 渡海岱宗：东北长白山余脉渡渤海而在山东境内崛起的泰山。朝万壑：使万水朝拜自己。

⑨ 分流：元代开凿京杭大运河，山东省汶上县南旺镇一带因地势较高，被称为"水脊"，成为大运河畅通的难题。明朝初期，工部尚书宋礼和汶上民间水利专家白英经过勘察，在戴村筑坝遏汶，使汶水西行，由南旺入运，七分北流以济漳卫，三分南流以济淮泗，漕运得以畅通无阻。汶水：今大汶河，发源泰莱山区，汇泰山山脉、蒙山支脉诸水，自东向西流经莱芜、新泰、泰安、汶上等地，又经东平湖流入黄河。会千川：汇集了众多小河流。

此鱼盐万井田①。

其 二

彤弓宝玉久销亡②，代马南车几战场③。三代后无甥舅礼④，九州人仰圣贤乡。铁门关去沧桑改，铜瓦河来市井荒⑤（咸丰五年，黄河铜瓦厢决，入大清河，两岸田庐尽毁，利津铁门关⑥外淤出苇洲四十里）。欲对遗城询往事，凄凉山锁黛眉长⑦。

---

① 鱼盐：鱼和盐。山东滨海的渔业与盐业发达，产海盐与井盐。万井田：一格格的盐田，呈井字形。

② 彤弓：漆成红色的弓，古代天子用来赏赐有功的诸侯或大臣。宝玉：珍贵的玉。古代国与国、人与人之间友好往来时常以玉为礼物。久销亡：消失很久了。此句指先秦时代的君臣揖让、礼尚往来的礼仪制度久已消失。

③ 代马南车几战场：北方军队与南方军队多次在济南城市与郊区发生战争。春秋时期齐国与晋国在鞌地(今济南市西)交战，齐国战败。明建文二年(1400年)，朱元璋第四子燕王朱棣，为了夺其侄子朱允炆(明惠帝)的皇位，从北平出师南伐，此年五月，兵临济南城下，山东参政铁铉死守济南，拒不投降。燕王围城数月不下，乃撤围而去。明崇祯十二年(1639年)，清军窜入山东，包围济南，军民坚守达两个月之久，最后城被攻陷。代马：此处指北方军队。南车：此处指南方军队。

④ 三代：夏、商、周。甥舅礼：此处泛指西北民族政权对中原汉族王朝的尊礼。甥舅：此处指女婿和岳父。因为中原汉族王朝曾对北方少数民族政权采用和亲政策，把女儿嫁给对方的统治者，在人伦上便成为甥舅关系。

⑤ 铜瓦河来：黄河铜瓦厢处决口，河水涌来。咸丰五年(1855年)六月，黄河从河南兰仪县铜瓦厢(黄河渡口与集镇)决堤一百七八十丈宽，河南兰仪、祥符、陈留、杞县一片汪洋，山东东明县城被洪水围困长达两年，洪水还波及直隶省(今河北省)境内。市井：集镇。

⑥ 铁门关：遗址位于今山东东营市利津县东北，是明清两代繁华的水旱码头和盐运要地。清末，铁门关屡遭黄河水淹，地上建筑物逐渐被淹没，海上交通断绝。

⑦ 凄凉山锁黛眉长：远处黛色的山，非常凄凉，显出又弯又长的剪影，像女性紧锁的眉头。

开州①道中二首

其 一

地险凭河济②，民风媲鲁齐③。一帆淇澳④外，斜日宛亭⑤西。雨足麦苗秀⑥，风和杨柳低。犹闻澶水⑦上，岁护古金堤⑧。

其 二

茶话茅亭久，锄犁过午阴。人情三代厚⑨，河患廿年深⑩。帝降勤民诏⑪，天存悔祸心⑫。几时民气复，富教踵先箴⑬。

---

① 开州：即今河南濮阳。明清时与清丰、南乐隶属于直隶省（今河北省）大名府。

② 地险：地势险要。黄河流经开州境内三百余里，都是悬河。凭：倚靠。河济：黄河与济水，此处为偏义复词，单指黄河。济水发源于河南济源王屋山上的太乙池，流经河南、山东两省入海，它与黄河原来是并存关系，魏晋以后，河南境内的济水河道已经湮没断流，黄河又多次改道南侵，逐渐冲入济水河床而入海，于是济水就不复存在了。

③ 民风：民情风俗。媲鲁齐：与孔孟之乡的山东相媲美。

④ 淇澳：亦作"淇奥"，本指淇水弯曲处。此处指水湾。

⑤ 宛亭：即春秋宛濮邑。在今河南封丘东北。

⑥ 麦苗秀：麦苗开花。

⑦ 澶水：在今河南濮阳西。嘉庆《开州志》载："澶水，在州西南，一曰繁泉，一名浮水，今名澶州陂。"

⑧ 古金堤：即堤堰金堤，汉代古堤。《钦定大清一统志》载："堤堰金堤在元城县旧府城北十九里，南自滑县接界，绕古黄河，历开州（濮阳）、清丰、南乐、大名、元城，东北接馆陶界，即汉时古堤也。"

⑨ 人情三代厚：此地人的情谊，像夏、商、西周三个时代一样的淳厚。

⑩ 河患廿年深：黄河的水患灾害二十年间越来越深。咸丰五年（1855年），黄河铜瓦厢决口，河水转向东北流，夺大清河入渤海，沿途淹没不少城镇。咸丰五年（1855年）至同治十二年（1873年）不到二十年，句中的"廿年"是大致举其整数。

⑪ 帝降勤民诏：同治皇帝颁下尽心尽力于民事的诏书。勤民：尽心尽力于民事。

⑫ 天存悔祸心：上天有了后悔降祸于民的心意。

⑬ 富教：使人民富裕，并再加以教育。出自《论语·子路》："冉有曰：'既庶矣，又何加焉？'曰：'富之。'曰：'既富矣，又何加焉？'曰：'教之。'"踵先箴：遵循前人的箴规。

兰仪^①道中

隐隐长堤亘若虹，龙祠箫鼓遍西东^②。六州河患横终古^③，千载民脂竭此中。茅舍春寒杨柳瘦，沙田雨足麦苗丰。大行遗址^④依稀在，犹见劳臣补葺功^⑤。

过阳武汉陈平张苍故里^⑥

受金盗嫂事无赖^⑦，伏锧^⑧封侯遇亦殊。

自古功名半侥幸^⑨，不须锥股读《阴符》^⑩。

---

① 兰仪：古地名，道光四年（1824年）由兰阳县与仪封县合并而成，属开封府。

② 龙祠：祭祀龙神的祠庙。箫鼓：箫与鼓。泛指奏乐。

③ 六州河患：荆、扬、兖、豫、青、徐六州遭受黄河水患。六州为黄河中下游所流经的地区，历史上频遭水患。横终古：贯穿了整个古代。

④ 大行遗址：指今兰考境内的黄陵岗塞河功完碑。明弘治八年（1495年）立，刘健撰文，李伦篆额，李真、周文书丹。碑文主要记载了明弘治二年（1489年）至八年（1495年），开封东至山东西南和江苏西北交界处这一段黄河决口及治理的经过。

⑤ 劳臣：此处指治水功臣。补葺功：修补加固加高堤防的功绩。

⑥ 阳武：古县名。秦时设置为县，西汉时被拆分成多个县。阳武县城多次迁移，直到唐宋时期才稳定在今河南原阳一带，清属怀庆府。1949年与原武县合并，改称原阳。陈平：生年不详，卒于公元前178年，阳武县（今河南原阳）人，西汉开国重臣，《史记》称之为陈丞相，曾六出奇计以助刘邦，因功先后受封为户牖侯和曲逆侯。谥献侯。张苍：生于公元前256年，卒于公元前152年，阳武县（今河南原阳）人。早年在荀子门下学习，与李斯、韩非等师出同门。西汉大臣，官至丞相。谥文侯。

⑦ 受金盗嫂：典出《史记·陈丞相世家》："绛侯、灌婴等咸谗陈平曰：'臣闻平居家时，盗其嫂；臣闻平受诸将金，金多者得善处，金少者得恶处。平，反覆乱臣也，愿王察之。'于是汉王疑之。"后指因小过错而遭谗言受猜疑。无赖：没有依傍。

⑧ 伏锧：古代有腰斩的死刑，施刑时罪犯裸身俯伏砧上，故称。锧：砧。张苍曾犯死罪，将被处死时，王陵因其身体肥白而奇之，遂向沛公求情，免其死罪。

⑨ 功名：官职名位。侥幸：由于偶然的原因而获得好处。此处指官职名位。

⑩ 锥股读《阴符》：苏秦为了营求富贵，发奋用功，夜里读书欲睡时，引锥自刺其股，血流至足。他读的那本书是姜太公的《阴符》。事见《战国策·秦策一》《史记·苏秦列传》。

卫辉①道中

拂拂南风麦穗长，淇门淇水自汤汤②。清波乳鸭柳阴暖，野庙闲僧草阁凉。三代衣冠存大帛（土人俭朴，多著白衣），百泉风月有闲堂。枋头（今道口）车辙③今何在？日落平沙思渺茫。

登大伾山④（山下即禹河故道⑤，子贡墓⑥在其麓）

禹王故迹高贤宅⑦，一望平原落照中。大造英灵原不死⑧，飞沙苍漭势犹东⑨。山城日暖风帆静，松柏阴寒洞府雄。世事迁流桑海变，浮邱人满梵王宫⑩。

---

　　① 卫辉：指清朝时卫辉府，西依太行山，南临黄河，东接直隶太平府，北靠河南漳德府。府治汲县。清末辖汲县、新乡、获嘉、淇县、辉县、延津、浚县、滑县、封丘等县。

　　② 淇门：位于今河南浚县西南，为卫辉与淇河交汇处。淇水：古为黄河支流，发源于山西陵川，南流至今卫辉东北淇门镇南入黄河。东汉建安末，曹操于淇口筑堰，遏水东流入白沟（今卫河），遂成为卫辉支流。汤汤：音shāng shāng，水流大而急。

　　③ 枋头车辙：此处指东晋时在枋头打仗的桓温等人的车迹。晋废帝太和四年（369年），大司马桓温率步骑共五万大军，从姑孰（今安徽当涂）出发，攻打前燕，推进到距离前燕都城仅几十里的枋头，但后来还是失败了。

　　④ 大伾山：又名黎山，位于河南浚县城东南，山势巍峨，松柏苍郁，秀丽幽静。大伾山上有众多道教与佛教寺庙，如观音寺、兴国寺、天宁寺、吕祖祠、禹王庙等。

　　⑤ 禹河故道：大禹治理黄河的一段河道遗址。

　　⑥ 子贡墓：在大伾山东南的张庄村北，这是明万历十九年（1591年）浚县知县宁时镆考察确定的地址，大伾山南麓的子贡墓是当地人造的假墓。子贡：生于公元前520年，卒于公元前456年，姓端木，名赐，字子贡，又作子赣，亦称作卫赐，春秋末卫国黎地（今河南浚县）人，"孔门十哲"之一。

　　⑦ 高贤宅：高贤子贡的墓宅。

　　⑧ 大造：大功劳，大恩德。英灵：英魂，受崇敬的人的灵魂。此处指大禹的灵魂。

　　⑨ 飞沙：飞扬的沙子。苍漭：空阔辽远，没有边际。

　　⑩ 浮邱：即河南浚县城西浮丘山，为太行山余脉。山上有唐代开凿的千佛洞，有明代建的祭祀泰山神碧霞元君的碧霞宫。梵王宫：本指婆罗门教最尊神大梵天王的宫殿。后泛指佛寺。

登道口①城楼望古河道

漳沱南去长淮北，都是黄流荡激乡。砥柱洪流奔马下，井田遗制饩羊亡②。平沙细草犹耕牧，矮屋荒年少盖藏。安得议郎③献奇策，导河西徼入遐荒。

行路叹四首

其　一

颠摇步步叹艰难，午畏炎歊④晓畏寒。

客梦欲醒还欲睡，白云芳草路漫漫（轿车）。

其　二

小艇篷低舵不灵，回风激浪带蛟腥。

垂杨两岸秋阳瘦，更著哀蝉送客听（小艇⑤）。

其　三

托身咫尺苦低昂，赤日隆隆沙路长。

遥望高田禾黍动，微风未到意先凉（手推车⑥）。

---

①道口：即道口古镇。位于古黄河西岸的鲧堤之上，依卫河而兴，始于宋朝。因有李姓人家在此渡口摆渡而得名，史称李家道口。道口古镇依靠大运河航运，上通辉县（今辉县市）百泉，下达天津，交通顺畅，航运发达，素有"小天津"之称。

②井田遗制：即井田制度。西周时期，道路和渠道纵横交错，把土地分隔成方块，形状像"井"字，因此称"井田"。井田属周王所有，分配给庶民使用。领主不得买卖和转让井田，还要交一定的贡赋。《孟子·滕文公上》载："方里而井，井九百亩。其中为公田，八家皆私百亩，同养公田。公事毕，然后敢治私事。"饩羊：音 xì yáng，古代用为祭品的羊。

③议郎：官名，西汉置，为光禄勋所属郎官之一。此处指谏官，为高级郎官，不入直宿卫，职掌顾问应对、参与议政，指陈得失，为皇帝近臣，秩比六百石。东汉更为显要，常选任耆儒名士、高级官吏，除议政外，亦或给事宫中近署。

④炎歊：音 yán xiāo，暑热。

⑤小艇：轻便的带篷小船，分带帆与不带帆两类。

⑥手推车：独轮手推车，俗称"鸡公车"，车架上可载人，亦可载物，可通过羊肠小道。

其　四

破壁灯昏虫乱飞①，雨余腥气袭征衣②。

茅檐高挂荒荒③月，一夜酣眠不梦归（野店）④。

四月沿卫河⑤回天津二首

其　一

霎时风雨霎时晴，南浦重阴北浦明。

翠麦连云溪路断，青山转处一帆行。

其　二

杏子花时客载途⑥，归来烟水⑦满平湖。

梦醒疑在江南路，风雨扁舟听鹧鸪。

过汶上⑧

石梁⑨中断水分歧，岁告司农⑩为补堤。

辛苦仓皇叹鱼鳖⑪，半年东去半年西。

---

① 破壁：破损颓坏的墙壁。灯昏：灯光昏暗。

② 雨余：雨的尾声。征衣：远行的人穿的衣服。

③ 荒荒：凄清，黯淡迷茫貌。

④ 酣眠：睡得很沉很香。野店：乡村客店。

⑤ 卫河：别名白沟、永济渠、御河，为海河水系南运河的支流。因源于春秋时卫地得名，发源于山西太行山脉，流经河南新乡、鹤壁、安阳、濮阳，沿途接纳淇河、安阳河等，至河北馆陶与漳河汇合，称漳卫河、卫运河。最后再流经山东临清入南运河，至天津入海河。

⑥ 杏子花时：杏树开花时，指农历二月。客：指周馥和参与治水的同事。载途：乘车、船等交通工具出行。

⑦ 烟水：雾霭迷蒙的水面。

⑧ 汶上：汶上县，清代为兖州府下辖县，今为山东济宁下辖县。地处山东省西南部，东临古城兖州，西接大运河，南依微山湖，北枕东岳泰山。县域地处汶水（大汶河）之上，因此得名。

⑨ 石梁：本指建在拦河坝上的石桥。此处指与汶上县接壤的宁阳县汶河南岸石梁口堤坝，历史上曾多次溃决，使下游地区遭受水灾。

⑩ 司农：户部。

⑪ 仓皇：匆忙急迫。叹鱼鳖：对着鱼鳖叹息。

癸酉七月催办桑干堤工①

　　柳老蝉鸣水落滩，秋风三度到桑干。弊深何忍吹毛索②，势去方知援手难③。幕府④文书飞箭急，金堤风雨授衣寒⑤。济川要在资群策⑥，多愧诸人壁上观⑦。

永定河有感四首

其　一

　　浊水回澜⑧万马奔，坐看昏垫⑨失平原。

　　西山野老闲无事，日日携筇看水源⑩。

其　二

　　当年此水抵金城⑪，大雪穹庐列戍兵⑫。

　　恩怨如山都去尽，怒涛何有不平声？

---

　　① 癸酉：即同治十二年（1873年）。催办桑干堤工：指会办永定河南四汛九号堵口大工。

　　② 吹毛索："吹毛索疵""吹毛索瘢"的缩略语。意思是吹开皮上的毛寻疤痕。比喻故意挑剔别人的缺点，寻找别人差错。

　　③ 方知援手难：才知道出手挽回局势很难。

　　④ 幕府：本指将帅在外的营帐。后亦泛指军政大吏的府署。此处指李鸿章直隶总督署。

　　⑤ 金堤：原为古黄河两岸大堤，位于山东、河南省界。此处指永定河大堤。授衣：农历九月的别称。

　　⑥ 济川：本指渡河。此处指治河。要在资群策：关键在于依靠大家想办法。

　　⑦ 壁上观：也作"作壁上观"，在营垒上观看人家交战。壁：营垒。典出《史记·项羽本纪》。此处指官府同仁坐看周馥等人治洪水，不出手相助。

　　⑧ 回澜：回漩的波涛。

　　⑨ 昏垫：指困于水灾。此处指水患灾害。典出《尚书·益稷》："洪水滔天，浩浩怀山襄陵，下民昏垫。"

　　⑩ 携筇：持着手杖。筇：音qióng，因筇竹可为杖，即称手杖为筇。

　　⑪ 金城：本义是坚固的城。此处指京城。据史料记载，康熙七年（1668年）、乾隆二年（1737年）、嘉庆七年（1802年）、光绪十六年（1890年），永定河洪水均漫进京城，京畿地区一片汪洋，民众生命财产损失惨重。

　　⑫ 穹庐：游牧民族居住的圆顶帐篷，用毡子做成。此处指参与救灾的士兵的营帐。列戍兵：戍守边疆的士兵。

其　三

急水飞沙泻自天，龙宫只恐变桑田。

老农难待澄清日，自凿溪头一亩泉。

其　四

两岸鱼罾①面面开，鲤鱼强项②独罹灾。

此间不是龙门③路，如此风波为底来？

义　犬

有犬死中野，饥雀啄其肉。群犬环守之，雀近辄追逐。感此动中怀，呼童为掩覆。因知恻隐④义，其情通众畜。王子充良知⑤，范公重收族⑥。扩此理天下，地平万物育⑦。在礼有明训，葬亲限期速⑧。汉晋不葬亲，不得食君禄⑨。何时此律删，停柩⑩遍山谷。人岂犬不如？我欲补刑牍⑪。

---

① 鱼罾：音 yú zēng，方形鱼网。

② 强项：倔强不屈。

③ 龙门：山名，也称伊阙。位于今河南洛阳南郊。

④ 恻隐：对受苦难的人表示同情，心中不忍。

⑤ 王子充良知：指王阳明希望人们每天都扩充自己的良知。《王文成公全书·卷之三·语录三·传习录下》："我辈致知，是各随分限所及，今日良知见在如此，只随今日所知扩充到底。明日良知又有开悟，便从明日所知扩充到底，如此方是精一功夫。"

⑥ 范公重收族：指范仲淹收容照顾家族亲人，不使流离失所。收族：以父系亲族成员上下尊卑、亲疏远近之序团结族人。

⑦ 地平："地平天成"的缩略语。平：治平。成：成功。原指大禹治水成功而使天之生物得以有成。后常比喻一切安排妥帖。万物育：万物得以成长。

⑧ 葬亲限期速：安葬亲人，限定了很短的时间，要求迅速完成。

⑨ 此联意思是汉、晋两朝规定，人们不在一定时限内安葬亲人，就不许做官享用俸禄。《晋书·载记·慕容俊》："廷尉监常炜上言：'大燕虽革命创制，至于朝廷铨谟，亦多因循魏、晋，唯祖、父不殡葬者，独不听官身清朝，斯诚王教之首，不刊之式。'"《新唐书·颜真卿传》言："（颜氏）使河东，劾奏朔方令郑延祚母死不葬三十年，有诏终身不齿。"宋朝时"未葬亲不许入仕"尝著为法令，此禁甚严。

⑩ 停柩：亦称"殡"，即死者入棺后，灵柩停放待葬。

⑪ 刑牍：此处指法律文卷，法律律例。

秋夜独坐

无定河边秋月明，水声虫语共凄清。辞家烽火余魂梦，访旧天涯半死生。九折风尘牛马老①，几时郊薮凤凰鸣②？齑盐岁月儒生分③，但愿茅檐卧太平。

邹岱东明府示九日诗④，即答其意五首（时同塞桑干决河）

其 一

淳淳远水逗秋光⑤，立马沙堤柳万行。

何限秋风何限思，十年客里度重阳。

其 二

五台山⑥上雪光明，云表皑皑照晚晴。

可叹玉门关⑦外路，北风如水客长征。

---

①九折风尘：此处是周馥指自己多次领命治理河道，奔走于风尘之中。典出《汉书·王尊传》。牛马：比喻为生活所迫供人驱使从事艰苦劳动的人。此处为周馥自称。

②郊薮：郊野草泽之地。凤凰鸣：凤凰鸣唱。"郊薮凤凰鸣"指称天下太平。《山海经·海内经》："有鸾鸟自歌，凤鸟自舞……见则天下和。"

③儒生分：读书人分内的事。

④邹岱东：即邹振岳（1831—1893），字岱东，山东淄川（今淄博市淄川区）人。同治二年（1863年）进士，授翰林院庶吉士。因政绩卓著，先后出任怀安、饶阳、清苑知县，易州知州。光绪十四年（1888年）擢宣化府知府。接着任直隶首府保定府知府，不久升任候补道、天津知府，钦加二品衔，赏戴花翎。在任才优守卓，勤政爱民。光绪十九年（1893年）山西奇灾，他劝谕绅商赈济难民。同年夏，旋因抗洪救灾，积劳病殁。明府：知县的代称。

⑤淳淳：水平静貌。逗：招引。秋光：秋日的风光景色。

⑥五台山：属太行山系的北端，山西五台县境内，周五百余里，由一系列大山和群峰组成。其中五座高峰峰顶平坦如台，故名五台。五台之中以北台最高，北台海拔3058米，有"华北屋脊"之称。

⑦玉门关：又称小方盘城，耸立在敦煌城西北90公里处的一个沙石岗上。始置于汉武帝开通西域、设置河西四郡之时，因西域输入玉石时取道于此而得名，为汉朝通往西域各地的门户。此处指山西代州（今忻州市代县）境内的雁门关。

其　三

仆仆应怜我马癏①，授衣三度老金台②。凭高为羡将雏燕，新自江南万里来（太夫人③上年南旋建德旧居）。

其　四

桑干饮水誓澄清，茅屋宵深话短檠。

各有雄心眠不得，梦回络纬④似鸡鸣。

其　五

九月浑流已见冰，霜天马足更超腾。

与君别作茱萸会，要上恒山最上层⑤。

早行拟剑南体⑥二首

其　一

月黑霜高夜四更⑦，一灯黯澹梦松惺⑧。

鸡声老屋人烟密，马足平沙海日生。

其　二

薄雪初晴晓雾寒，茅檐曝背⑨老农欢。

---

①仆仆：形容旅途劳累。癏：音tuí，马病。

②授衣：授以寒衣。三度：三次。金台：此处指帝京。此句是说周馥来帝京已有三年。

③太夫人：指周馥母亲叶老夫人。周馥于同治十年（1871年）三月应李鸿章之召请北上（参与治水工程），迎母亲至天津侍养，次年十月，叶老夫人回故乡。周馥送至临清州，因堵塞永定河决口事务很紧要，叶老夫人催周馥回天津。

④络纬：即莎鸡，俗称络丝娘、纺织娘。夏秋夜间振羽作声，声如纺线，故名。

⑤恒山：即"北岳恒山"，位于山西大同浑源县城南，主峰天峰岭海拔2016.8米，号称"人天北柱""绝塞名山"。

⑥剑南体：陆游的诗体。陆游的诗内容丰富，抒发政治抱负，反映人民疾苦，书写日常生活与山川景物，语言平易清新，风格上兼融李白的飘逸奔放和杜甫的沉郁顿挫于一炉。剑南：唐道名。以地区在剑阁之南得名。陆游曾留蜀约十年，喜蜀地风土，因题其生平所为诗曰《剑南诗稿》，后人因以"剑南"称之。

⑦四更：丑时。凌晨一时至三时。

⑧松惺：音sōng xīng，苏醒。

⑨茅檐曝背：在茅草屋檐下晒太阳。

风清场圃①家家静，天净云山面面宽。

瓶梅三首

其 一

犹是罗浮梦②里身，清标未肯逐风尘③。楼居高士常离地，壶里仙翁④别有春。幽榻⑤只宜书作伴，明窗好与月传神。瑶台琼室⑥知多少，爱尔冰心对故人⑦。

其 二

灞桥几日独寻芳⑧，分得春风到草堂。但觉轩窗添雅韵，不沾雨露有余香。冰壶月印心俱澈⑨，纸帐魂清梦亦凉⑩。惆怅玉人⑪离别久，相思谁与问江乡？

---

①场圃：打谷晒谷场地，庭院。

②罗浮梦：典出柳宗元《龙城录》，隋开皇中，赵师雄游罗浮，傍晚，在醉醒间，于松林间见一女子淡妆素服出迓，师雄喜之，与其到店中饮酒交谈，饮醉睡着了，醒来发现睡在一棵梅花树下。此典被用来比喻好景不常，人生如梦。后也用其指代梅花。

③清标：俊逸出众。逐风尘：追求浮华世界。

④壶里仙翁：指插在瓶里的梅花。梅花雅称癯仙。陆游《射的山观梅》："凌厉冰霜节愈坚，人间乃有此癯仙。"

⑤幽榻：颜色幽暗而狭长的案桌，古人常置书、琴、珍玩于其上。

⑥瑶台琼室：玉砌的楼台宫室。泛指华丽的宫廷建筑物。典出《晋书·江统传》。

⑦冰心：像冰一样晶莹明亮的心。比喻心地纯洁。对故人：面对着老朋友。此联赞瓶梅没当帝宫的摆设而是甘充贫士的清玩。

⑧灞桥几日独寻芳：独自在灞桥寻找梅花多日。此处运用了唐代诗人孟浩然骑驴冒雪在灞桥寻梅的典故。

⑨冰壶：盛冰的玉壶。此处指盛梅花的瓶子洁白晶莹。月印：月光映照。心俱澈：心与冰壶一样的清澈。

⑩纸帐：以藤皮茧纸缝制的帐子。魂清：精神清爽。赵葵《梅花》："夜深梅印横窗月，纸帐魂清梦亦香。莫谓道人无一事，也随疏影伴寒光。"

⑪玉人：对亲人或所爱者的爱称。此处可以指周馥友人或者妻子，也可指梅花的同伴，梅花被摘，被迫与同伴分开。

其　三

满袖馨香欲寄谁，天涯千里共相思。折来姑射山①中路，供入林逋②水上祠。小阁琴樽③添兴远，疏帘风月度香迟。孤芳寂寞何人赏？惆怅梁鸿寄庑④时。

武清⑤道中四首

其　一

寥落村墟不近城⑥，黄沙惨淡与云平。

老农身世犹能说，家是前朝⑦骠骑营。

其　二

荒郊无树鸟飞稀，一望茅庐水四围。

拟掘草根赒饿殍⑧，层冰满地雪花飞。

---

　　① 姑射山：音 gū yè shān，神话传说中的仙山。《庄子·逍遥游》："藐姑射之山，有神人居焉，肌肤若冰雪，绰约若处子。"

　　② 林逋：生于967年，卒于1028年，字君复，人称和靖先生，奉化大里黄贤村人，北宋著名隐逸诗人，性孤高，隐居西湖孤山，终生不仕不娶，惟喜植梅养鹤，自谓"以梅为妻，以鹤为子"，人称"梅妻鹤子"。逝世后，宋仁宗赐谥和靖。

　　③ 琴樽：即琴与酒樽，为文士悠闲生活用具。

　　④ 梁鸿寄庑：《后汉书·梁鸿传》载，梁鸿作《五噫歌》感慨时事，"肃宗闻而非之，求鸿不得"。梁鸿乃变姓名，与妻孟光隐居齐鲁之间，有顷又去，"遂至吴，依大家皋伯通，居庑下，为人赁春"。后遂以"梁鸿赁庑"称贤士在民间隐居。庑：音 wǔ，堂下周围的走廊、廊屋。

　　⑤ 武清：清直隶省顺天府下辖县，今为天津市武清区，北接北京。地处华北冲积平原下端，境内地势低平，有永定河、北运河、青龙湾河。

　　⑥ 寥落：荒凉，冷清。村墟：村庄。

　　⑦ 前朝：此处指明朝。明朝在北部边境沿长城线相继设了九个军事重镇（甘肃、固原、宁夏、延绥、大同、宣府、蓟州、辽东、山西），曾在这九个军事重镇及其附近实行世袭军户屯田制度，军户是"人以籍为定""役皆永充"，从征者永隶军籍，世世承应军差，亦兵亦民。

　　⑧ 赒饿殍：救济饥饿的灾民。赒：音 zhōu，接济，救济。饿殍：音 è piǎo，本指饿死的人。此处指饿得快要死的人。

其 三

宣防旧堰利犹长，岁岁缗钱①孰主张？

但使茭刍填蚁穴②，不须辛苦拜龙王。

其 四

午夜犹闻车马驰，黄尘满面素衣缁③。

京华此去无多路，停骖何妨住少时。

安肃县元夜二首（同治十三年甲戌三十八岁）④

其 一

一路银花满树枝，冰桥曾忆折轮⑤时。

万家歌舞团圞⑥月，独向征人照别离。

其 二

汲水浇城战士亡，升平儿女换歌场。汴宫泯灭金都改⑦，赢得金铙唱六郎（宋将杨延昭守遂城，天寒汲水灌城成冰，以御敌攻，即今安肃地）⑧。

---

①缗钱：指以千文结扎成串的铜钱，汉代作为计算税课的单位。后泛指税金。此处指沿河民众每年必须摊征的治河御灾经费。

②但使：只要让。茭刍：本指作饲料的干草。此处指河堤开始缺小口时用来堵塞的柴草。蚁穴：指引起溃堤的白蚁窝。

③素衣缁：白色的衣服变成黑色的衣服。形容灰尘多。

④安肃县：北宋景德元年（1004年）改静戎县为安肃县。元废入州。明洪武二年（1369年）改州为安肃县，属保定府。民国三年（1914年）改为徐水县，今为保定市徐水区。同治十三年：1874年。这年春夏，周馥办理天津入海减河（俗称金钟河）工程，奉旨加二品衔。后又办北运河筐儿港减河、通州潮白河堵筑事宜。

⑤折轮：折毁车轮。此处指车子无法顺利通行。

⑥团圞：圆貌，形容月圆。

⑦汴宫：指北宋的宫殿。北宋建都汴京（今河南开封市），故称。泯灭：灭绝，消失。金都：金朝的都城。此处指辽朝五都之一的辽南京，位于今北京西南。

⑧金铙唱六郎：民间艺人击打铜铙钹演唱杨六郎故事。六郎：即杨六郎（958—1014），本名杨延朗，后改为杨延昭，亦称杨六郎，并州太原（今山西太原）人，北宋名将。遂城：古称武遂、遂州，历史名城，隋时为遂城县县府所在地。北宋时为宋、辽界城。金天会七年（1129年），在遂城立州治名遂州，明洪武初降州为县。明洪武八年（1375年），遂城县并入安肃县。民国三年（1914年），安肃县改称徐水县。

立 春①

蓟门②杨柳又逢春，辗转风尘万里身。好梦难寻醒后客，清时偏乐劫余人。飞鸣吾党骞腾易③，哀乐中年感触新。一饭报恩④愧知己，征轺愁对溺饥民⑤。

夏夜独坐

万梦酣沉⑥月落西，虫飞攘攘屋阴低⑦。百年有债千忧集，一枕无心万事齐。途倦栈驴贪夜卧，露凉水鸟报更啼。明星欲退红尘动⑧，多少征人困马蹄。

---

① 立春：二十四节气之首，又名立春节、正月节、岁节、岁旦等，为一岁之首。此处指同治十三年(1874年)十二月二十八日立春。

② 蓟门：原指古蓟门关。唐代以关名置蓟州后亦泛指蓟州(今天津蓟州区)一带。

③ 飞鸣：边飞边鸣。此处比喻显身扬名。吾党：吾辈，我们这些人。骞腾：音 qiān téng，飞腾。此处指地位上升。

④ 一饭报恩：受人一餐饭的恩，予以回报。古人一饭之恩必报的故事很多，如北郭骚自杀以明晏子之贤；晋国灵辄报答赵盾，救了赵盾性命；韩信报漂母施饭之恩，以千金酬谢。

⑤ 征轺：音 zhēng yáo，远行的车。溺饥：比喻生活痛苦。《孟子·离娄下》："禹思天下有溺者，由己溺之也；稷思天下有饥者，由己饥之也。是以如是其急也。"

⑥ 万梦酣沉：很多人正在酣畅地眠睡。

⑦ 攘攘：乱纷纷。屋阴：月光下屋子的阴影。

⑧ 明星：此处指启明星，即金星。先日而出。《诗经·郑风·女曰鸡鸣》："子兴视夜，明星有烂。"红尘动：车马出动，路上开始扬起飞尘。

金钟河工次有感三首①

其 一

棋到艰危局更新，苍茫肝胆见何人②？情亲转觉言无力③，事急方忧疢在身。时势兴衰随气运，劳生俯仰困风尘④。黄山闻说多灵药⑤，归去何缘二仲⑥邻？

其 二

不受人怜天不怜，孤踪万里泊辽天。身如出岫云游漠⑦，心似经秋水退川⑧。王粲浮沉伤乱世，谢安哀乐⑨感中年。海天寂寞成连⑩远，独立苍茫眺晚烟。

---

① 金钟河：位于天津市东部，明清时期因淤塞多次疏浚，清同治十二年（1873年）后重开新河，该河西起旧三岔河口（子牙河、南运河、北运河的三河交汇处）北，流经今河北区、东丽区、宁河区，东至北塘流入渤海，有泄洪、航运两重功能。工次：工棚，工地上的房舍。

② 苍茫：辽阔空旷的原野。此处指心胸开阔。肝胆：此处指真诚而有血性的人。见何人：谁能显示出来。见：音xiàn，古同"现"，出现，展示，显现。

③ 情亲：感情亲切。转觉：回过头来觉得。

④ 劳生：劳碌辛苦的人生。俯仰：随世俗周旋应付。困风尘：受困于行旅劳顿。

⑤ 黄山闻说多灵药：传闻说黄山有很多灵药。《太平御览·江东诸山·黟山》："《歙县图经》曰：'北黟山，在县西北一百六十八里，高一千一百七十丈，丰乐水出焉。旧名黄山，天宝六年，敕改焉。……山中峰有丘公仙坛，彩霞灵禽，栖止其上，是浮丘公与容成子游之处所。'"

⑥ 二仲：指羊仲、求仲二位廉洁逃名之士。赵岐《三辅决录》："蒋诩字元卿，隐于杜陵，舍中三径，唯羊仲、求仲从之游，二仲皆挫廉逃名之士。"

⑦ 出岫云：从山穴中飘出来的云。游漠：飘荡在空旷的天穹。漠：广漠，空旷。

⑧ 水退川：河道水位急剧下降。此处形容内心纯净，可以坦然向人展示。

⑨ 谢安哀乐：《晋书·王羲之传》："谢安尝谓羲之曰：'中年以来，伤于哀乐，与亲友别，辄作数日恶。'"谢安：生于320年，卒于385年，字安石。陈郡阳夏（今河南太康）人。历任征西大将军司马、吴兴太守、侍中、吏部尚书、中护军等职。在淝水之战中，为东晋一方的总指挥，以八万兵力打败了号称百万的前秦军队。太元十年（385年）病逝，获赠太傅、庐陵郡公，谥文靖。

⑩ 成连：春秋时期著名的琴师。蔡邕《琴操·卷上》载："《水仙操》者，伯牙之所作也。伯牙学琴于成连先生，先生曰：'吾能传曲，而不能移情。吾师有方子春者，善于琴，能作人之情，今在东海上。子能与我同事之乎？'伯牙曰：'夫子有命，敢不敬从？'……乃与伯牙俱往，至中蓬山，留伯牙曰：'子居习之，吾将迎之。'刺船而去。旬时，伯牙延望无人，但闻海水洞涌，山林杳冥，怆然叹曰：'先生移我情矣！'乃援琴而歌，作《水仙之操》。"

其 三

烂额焦头敢道功①? 当时举玦②话难通。世缘于我何曾薄，午夜评心本至公③。万古江河趋下泽，百年人世几春风④? 为身为国都无补，虚负韶光马足中⑤。

金钟河雨后，寄刘芝田观察⑥

蒲苇冥冥鸥鹭飞，荒寒雨气透重帏。海枯不见鱼传信⑦，春老休闻鸟唤归。天下几人同患难? 年来十事九乖违。丈夫未死犹难料，欲把长戈挽落晖⑧。

① 烂额焦头：灼伤了额，烧焦了头，形容奋不顾身帮人救火而被灼伤。敢道功：岂敢宣扬自己的功劳。此句暗指别的治河大臣疏忽怠政，周馥临场救急，虽然一身创痛，但不敢言功。

② 举玦：举起玉玦，暗示应当机立断采取行动。典出《史记·项羽本纪》："增数目项王，举所佩玉玦以示之者三，项王默然不应。"此处指周馥曾向上司委婉暗示，促其尽快采取治水行动。

③ 午夜：半夜，夜里十二点前后。评心：审视评点自己的内心。本至公：以大公无私为原则。

④ 百年人世：人的一辈子。春风：春天的风。比喻恩泽。

⑤ 虚负韶光：白白地辜负美好的时光。马足中：在骑马奔走中。

⑥ 刘芝田：即刘瑞芬(1827—1892)，字芝田，号召我，安徽贵池人，秀才。咸丰十一年(1861年)，湘军主帅曾国藩与太平军战于东流，这年五月刘芝田与其堂弟刘含芳到东流投奔曾国藩，被招为幕僚。同治元年(1862年)，应李鸿章聘请，主管水陆军械转运。光绪二年(1876年)，代理两淮盐运使。光绪四年(1878年)，授苏松太道，兼任江海关监督。光绪八年(1882年)，擢江西按察使，迁布政使、护理巡抚。光绪十一年(1885年)，奉命出使英、俄等国。光绪十五年(1889年)，任广东巡抚。光绪十八年(1892年)，卒于任所。著有《养云山庄全集》等。《清史稿》有传。观察：道台的代称。

⑦ 鱼传信：又称"鱼传尺素"，指传递信息。典出乐府古诗《饮马长城窟行》："呼儿烹鲤鱼，中有尺素书。"此处指周馥友人的书信。

⑧ 欲把长戈挽落晖：打算挥动长戈挽回落日。此处指周馥希望能够排除困难，扭转治水困局。《淮南子·览冥训》："鲁阳公与韩构难，战酣日暮，援戈而挥之，日为之反三舍。"

通州平家疃工次①

萧萧窗叶忽惊秋，风雨频添客里愁。山雾暖藏龙子卧，潭星凉见蚌珠游②。几家秔稻如乡国③，百里云霄望帝州④。客路欲归今更远，塞鸿⑤飞处怯登楼。

慈　雀

天寒空林雀呼饥，老雀觅食归来迟。有蛇入巢吞其鷇⑥，绕林哀噪⑦不忍离。须臾忽引众雀至，群飞啄蛇蛇委地。蛇死顿供众雀饱，得丧循环报何异。我家江南尝苦兵，人啖人肉骨纵横。人心不古天降祸，至今父老犹吞声⑧。我作此歌示人子，养育恩深同一理。区区口腹何多求⑨，劝儿见猎休心喜⑩。

---

①通州平家疃：即今北京市通州区宋庄镇平家疃村，为通州区北部最大自然村。疃：音tuǎn，村庄，屯。工次：工棚，工地房舍。

②潭星：水潭里倒映着天上的星星。蚌珠："珠蚌"的倒装。产珍珠的蚌。

③秔稻：音jīng dào，粳稻。乡国：故乡。

④云霄：极高的天空，天际。帝州：京城。

⑤塞鸿：音sāi hóng，塞外的鸿雁。塞鸿秋季从北方迁往南方，春季从南方迁往北方。

⑥鷇：音kòu，需要母鸟哺食的雏鸟。

⑦哀噪：悲哀地鸣叫。噪：音zào，此处指鸟叫声。

⑧父老：对老年人的尊称，一国或一乡的长者。吞声：无声地悲泣。

⑨区区：此处形容口腹不重要。口腹：指口腹之欲，饮食。

⑩见猎：看到别人打猎。有成语"见猎心喜"，典出程颢、程颐《二程遗书》。后来多比喻看见别人在做的事正是自己过去所喜好的，不由得心动，也想试一试。

甲戌生日，友人吴赞臣太守、查晓峰大令招饮天津酒楼二首①

其 一

多君樽酒慰离思②，浪迹江湖两鬓丝。四海难逢知己集，百年幸睹中兴时③。送人作郡④寻常惯，教子传经绍述迟⑤。击罢唾壶⑥聊妄语，封侯原不藉毛锥⑦。

其 二

西风远水起惊波，何日微阳转太和？往事每思鱼纵壑，余年已幸鸟逃罗⑧。启期三乐⑨漫相慰，平子《四愁》⑩还自歌。独抚韶光⑪私自问，此生是否未蹉跎？

----

① 甲戌生日：周馥三十八岁生日，即同治十三年（1874 年）十一月二十三壬戌日。查晓峰大令：周馥友人，名宗仁，号晓峰，安徽铜陵人，祖籍安徽泾县查济，廪膳生。同治年间为淮军筹饷有功，赏加五品衔，遵例捐直隶知县，李鸿章称其"诚笃耐劳，尽心民事""属为守兼优之员"，光绪八年（1882 年）任山东宁津知县，在任期间兴利除弊，以劳疾病卒于官，贫不能旋里，绅富资助以归，士民立碑颂之。光绪《宁津县志》有传。

② 多：感谢。君：对友人的敬称。樽酒：杯酒。此处指酒食。离思：离别后的思绪。

③ 百年：百岁的老人。中兴：通常指国家由衰微而复兴。

④ 送人作郡：送别人作郡守。典出《太平御览·人事部一百三十九》"揶揄"条引南朝檀道鸾《续晋阳秋》中罗友揶揄桓温的故事，后世用为婉转求官的典故。

⑤ 教子传经：称颂人诗书传家，教子有方。《汉书·韦贤传》："（韦）贤四子：长子方山为高寝令，早终。次子弘，至东海太守。次子舜，留鲁守坟墓。少子玄成，复以明经历位至丞相。故邹鲁谚曰：'遗子黄金满籯，不如一经。'"绍述：继承。此处指继承前辈们的美好行为。

⑥ 击罢唾壶：停下敲击唾壶，以示平复激昂的情绪。唾壶：古代的痰盂。

⑦ 毛锥：毛笔的代称。此处指文书工作。

⑧ 余年：一生中剩余的年月。指晚年、暮年。逃罗：逃出罗网。

⑨ 启期三乐：启期即春秋时隐士荣启期，他认为人生有三乐，即乐生为人，乐为男人，乐长寿。后用为知足常乐之典，典出《列子·天瑞》。

⑩ 平子《四愁》：即张衡《四愁诗》。平子：即张衡（78—139），字平子，南阳郡西鄂县（今河南南阳石桥镇）人。东汉时期杰出的天文学家、数学家、发明家、文学家。

⑪ 韶光：美好的时光，多指美丽的春光。

早春郊行（光绪元年①乙亥三十九岁）

冰泮②土膏润，乡村穑事先③。晴岚④浓似絮，沙路软于绵。白积阴崖雪，青横晓市烟。柳条眉渐展⑤，莺语舌初圆⑥。浅草游群犊，和风送纸鸢⑦。澄清蘋泛沼⑧，嫩绿荠⑨生田。鹊噪⑩来何喜，鸡占竞问年⑪。劝农休用使⑫，耕凿乐尧天⑬。

入都展觐⑭途中作

十年早作归耕计，今日缁衣尚染尘⑮。蹭蹬壮心风退鹢⑯，艰难糊口

---

① 光绪元年：1875年。这年夏，周馥赴通州防汛。秋，办永定河南二大工。因此，得吏部从优议叙，加一级，记录三次。此外，奉直隶总督兼北洋大臣李鸿章之命，驻海防支应局经理事务。

② 冰泮：水面冰块融化。

③ 穑事：音 sè shì，农事。穑：收割庄稼。

④ 晴岚：晴日山中的雾气。

⑤ 眉渐展：柳叶渐渐舒展开来。

⑥ 莺语：莺的啼鸣声。莺：又叫黄鸟、黄鹂、仓庚、青鸟。莺属雀形目，是小型鸣禽，体型纤细瘦小，嘴细小，羽色多为褐色或暗绿色，鸣叫声清脆，富有韵律。舌初圆：此处指莺声流利动听。

⑦ 纸鸢：风筝。鸢：音 yuān，老鹰。

⑧ 蘋泛沼：青蘋在积水的洼地漂浮。蘋：生于浅水，叶圆形，开白花，可食用或用于祭奠。唐末多称绿蘋、青蘋、白蘋，为水鳖科植物。沼：音 zhǎo，积水的洼地。

⑨ 荠：荠菜。

⑩ 鹊噪：鹊鸣声。俗谓喜兆。

⑪ 鸡占：鸡卜，亦称"鸡骨卜"，古代占卜法之一。竞问年：争相问年成丰歉。

⑫ 劝农：鼓励农耕。在春夏农忙季节，古代政府要求地方官员巡行乡间，劝课农桑，称劝农。休用使：不要派遣劝农大臣。

⑬ 耕凿乐尧天：凿井耕田，为生活在太平盛世而感到欢乐。尧天：太平盛世。《论语·泰伯》："巍巍乎，唯天为大，唯尧则之。"谓尧能法天而行教化。后以"尧天"称颂太平盛世。

⑭ 展觐：音 zhǎn jìn，敬词。朝见。

⑮ 缁衣：古代用黑色帛做的朝服。染尘：沾染红尘。

⑯ 退鹢：音 tuì yì，退飞之鹢。典出《春秋·僖公十六年》："六鹢退飞，过宋都。"鹢：古书上记载的一种像鹭的水鸟。

鸟依人。懒云出岫①难成雨，小草逢时亦自春。席帽②乍抛怜志事，虚将名籍达枫宸③。

拟榜人棹歌④七首

其　一

下水应嫌上水迟，旁风究比逆风宜⑤。

看花那遇⑥花开日？赏月难逢月满时。

其　二

团团明月照皇州⑦，照见郎舟照妾楼。

妾梦常随明月转，郎心莫像水东流。

其　三

走尽天涯阅岁年，人间何事不论钱？

天上无云不作雨，湖中无水不生莲。

其　四

三叉河口小园家，岁岁花开来吃茶。

多谢园家识人意，不栽松柏只栽花。

其　五

家鸡逐去傍门栖⑧，养雉三年东忽西。

① 懒云出岫：悠悠懒懒的云从山上飘起。岫：音 xiù，山穴，山。

② 席帽：古代的帽名，以藤席为骨架，形似毡笠，四缘垂下，可蔽日遮颜。

③ 枫宸：音 fēng chén，宫殿。宸，北极星所在。后指帝王的殿庭。汉代宫廷多植枫树，故有此称。

④ 榜人棹歌：船夫行舟时所唱的歌。

⑤ 旁风：从侧面刮的风。逆风：与船行进方向相反的风，迎面的风。

⑥ 那遇：哪遇，何曾遇到。与下句"难逢"义大致相同。

⑦ 皇州：帝都，京城。

⑧ 家鸡逐去傍门栖：家养的鸡被驱赶，还是不离开家。逐去：被赶走。傍门栖：音 bàng mén qī，倚靠着门停息。

人有亲疏物有性，休将野雉当家鸡①。

其　六

有酒有肉朋友好，无衣无食家人羞②。

炎凉世界一般样，天上乌鸦无白头。

其　七

莫用机关莫乞神③，横财不富命穷人④。

田中拾穗堪一饱，梦里拾金那是真？

村夏晚霁

痴云拖屋黑⑤，返照⑥射苔黄。戢羽⑦鸡声静，腾腔蛙意扬。雨催林果堕，雷起菌茎长⑧。向晚⑨儿童乐，连翩浴野塘⑩。

立秋日⑪雨后

一雨生秋思，庭阶逗晚凉。天高新月淡，日落暮山长。归计何年

---

　　①家鸡:本指家养的鸡。此处指喻明媒正娶的夫人。雉:本指野鸡。此处指喻妓妾。诗中运用了双关修辞手法。

　　②家人羞:家里人都会为你而感到害臊。

　　③机关:计谋,心机。乞神:乞求神仙护佑。

　　④横财:音 hèng cái,用不正当手段获取的钱财或侥幸获得的钱财。命穷人:命里注定贫穷的人。

　　⑤痴云:停滞不动的云。典出李商隐《房中曲》:"娇郎痴若云,抱日西帘晓。"拖:牵连。此处意为笼罩。

　　⑥返照:日落时日光的反射。

　　⑦戢羽:音 jí yǔ,敛翅。

　　⑧菌:蘑菇。长:音 zhǎng,生长,增高。

　　⑨向晚:临近晚上的时候,傍晚。

　　⑩连翩:又作"联翩"。连续不断。野塘:野外的池塘。

　　⑪立秋日:此处指光绪元年(1875年)七月初八壬寅立秋。

遂①，关心卜岁穰②。江南好风景，无梦到沧浪③。

明长陵④

松柏拿云满岫阴⑤，至今王气尚沉沉⑥。迁都守塞尊三辅⑦，伐虏攻心媲七擒⑧。峻法易摧忠义气，谀词难掩觊觎心（明十三陵惟长陵有功德碑，碑语叙当时不得已起兵清君侧意）⑨。雄才英略方高帝⑩，可惜貂珰种⑪祸深。

---

① 归计：归乡的念想。遂：实现。

② 卜岁穰：占卜年成丰收。穰：音 ráng，丰收。

③ 无梦到沧浪：没有梦见到风景名胜之地游览。沧浪：青碧的水。此处指风景名胜之地。

④ 明长陵：为明十三陵之首，是明成祖朱棣和其皇后徐氏的合葬墓，位于北京市昌平区天寿山主峰南麓。

⑤ 拿云：凌云，上揽云霄。岫：音 xiù，山谷。

⑥ 王气：指帝王的气象。沉沉：形容兴盛的样子。

⑦ 迁都守塞尊三辅：指明成祖朱棣把首都从南京迁到北京，凡天下关塞，专设官统兵镇守，而且在北京设置了一个直隶于京师的行政区——北直隶，以北京为主，把周边的不少地区都划到这里，北直隶包括今河北、天津全部以及山东、河南的一部分，是明朝时北部的中枢。尊三辅：重视京畿地区的地位。

⑧ 伐虏攻心媲七擒：指明成祖朱棣带兵五次北伐蒙古，从精神上或心理上瓦解对方，使敌人归顺，可与诸葛亮七擒七纵相媲美。七擒："七擒七纵"的缩略语。《三国志·诸葛亮传》载，三国时，诸葛亮出兵南中，将当地酋长孟获捉住七次，放了七次，使孟获真正服输，不再与蜀汉为敌。

⑨ 谀词：为了讨好他人而说的奉承话。此处指臣下对朱棣篡夺皇位的行为所作的粉饰美化话语。觊觎：音 jì yú，非分的希望或企图，渴望得到不应该得的东西。清君侧：清除君主身旁的亲信、奸臣。出自《公羊传·定公十三年》："此逐君侧之恶人。"

⑩ 方高帝：可以与明太祖相比。

⑪ 貂珰种祸：埋下了太监误国的灾祸。貂珰：音 diāo dāng，貂尾和金银珰，古代侍中、常侍的冠饰。后来借指宦官。《明史·宦官传一·序》："盖明世宦官出使、专征、监军、分镇、刺臣民隐事诸大权，皆自永乐间始。"

明思陵①

寿山西去短冈西，禾黍离离古木低②。寝殿虚无成藁葬③（思陵崩后，昌平州吏目与乡民觅尸浮葬），忠珰烜赫宠宸题④（殉节太监王承恩墓在陵侧，封植甚固，御题碑襃美）。天心惨淡兵荒扰⑤，国步苍凉举错迷⑥。南渡儿嬉能几日⑦？孝陵⑧风雨夜乌啼。

秋霁堤上

一雨千峰净，天高木叶疏。霜清初熟稼，水冷欲归渠（是秋永定河溢）。大道有隆替⑨，吾生共卷舒⑩。冥心随遇好⑪，不必问樵渔⑫。

---

① 明思陵：为明十三陵之一。位于今北京市昌平区天寿山。本是明思宗宠妃田贵妃之陵，明崇祯十七年（1644年），明朝首都北京被李自成农民军攻破，明思宗在绝望中于紫禁城后景山自缢身亡，李自成命人将明思宗及其皇后周氏合葬于田贵妃之墓，为笼络人心改名思陵。思陵近旁有明思宗的贴身太监王承恩陪葬墓。清顺治帝、康熙帝曾为王承恩立碑，以嘉许其忠贞殉主。

② 禾黍离离：农作物生长茂盛。禾黍：稻谷与小米。泛指粮食作物。离离：繁茂的样子。古木：古树。

③ 寝殿：此处指明思陵的陵宫建筑，如门、院落、地上祾恩殿、存放灵柩的地下宫殿等。虚无：空无所有。藁葬：音gǎo zàng，草草埋葬。

④ 忠珰：忠心的太监。此处指与崇祯帝一起上吊自杀的太监王承恩。烜赫：音xuǎn hè，声名昭著。宠宸题：得到皇帝的恩宠题字褒奖。清顺治二年（1645年）营建思陵时，也在陵边为王承恩修墓，顺治帝褒奖王承恩"贞臣为主，捐躯以从"，在其墓前立了二米高的石碑，撰写了二百四十字旌忠碑文，顺治十七年（1660年），顺治帝又在这块石碑后面复立四米高的石碑，写下八百字旌忠碑文。康熙帝也在思陵附近为王承恩树碑立传，以称颂他护佑君主、从容捐躯的忠贞品性。

⑤ 天心：君主（明思宗）的心意。惨淡：悲惨凄凉。兵荒扰：战乱与饥荒困扰着国家。

⑥ 国步：国家的命运。举错：即"举措"。此处指治国理政的举动、措施等。

⑦ 南渡：犹南迁。晋元帝、宋高宗皆渡长江迁于南方建都，史称南渡。此处指南明弘光政权。儿嬉：同"儿戏"，本义为儿童游戏。比喻处事轻率，不严肃。

⑧ 孝陵：明太祖朱元璋与其皇后的合葬陵寝。位于南京紫金山南麓。

⑨ 大道：自然法则。隆替：兴废。

⑩ 卷舒：卷起与展开。此句指与道契合，在世间或显扬或隐息。

⑪ 冥心：泯灭俗念，使心境宁静。随遇：任凭际遇。好：音hǎo，合宜。

⑫ 问：向……询问。樵渔：樵夫与渔夫。打柴和捕鱼的人。亦泛指乡村民众。

平家疃①二首 （北通州地）

其 一

禅堂②长昼静，屋角绿阴重。风涌泉声急，云归雨意慵③。泥途朝趁市，麦碓夜喧舂④。望岁占晴⑤思，殷勤过老农。

其 二

水合两川一，山环四面三。蝉鸣雨后树，龙啸月中潭。戍古⑥秋云冷，禾深晓露酣⑦。耕田足衣食，那解说廉贪。

永定河三首

其 一

力苦邱山徙，思深神鬼通⑧。万夫一呼集，片刻九河东⑨。阅历多盘错⑩，询谋每异同⑪。回思负薪日⑫，魂梦尚忡忡⑬（塞决）。

其 二

天末阴云重⑭，宵凉宿鸟惊（夏日在芦沟桥望太行西北阴黯，天气转

---

① 平家疃：今北京市通州区宋庄镇平家疃村。疃：村庄。

② 禅堂：佛徒打坐习静之所。

③ 雨意慵：天没有下雨的意思。雨意：将要下雨的迹象。

④ 麦碓夜喧舂：倒装句，即"麦碓夜舂喧"。麦碓：音 mài duì，舂麦子用的石碓，可以把麦粒捣成粉末状。

⑤ 望岁占晴：盼望丰收，以某一日天气晴好来占卜年成丰收。

⑥ 戍古：即古戍，古老的戍楼。

⑦ 露酣：露水浓。

⑧ 该联形容治水的艰难，治水构想的巧妙入神。

⑨ 片刻：一会儿，短暂的时间。九河：此处指永定河的干流与支流。永定河除了上游的桑干河、洋河外，干流上的较大支流有妫水河、清水河、湫河及泛区的天堂河、龙河等。

⑩ 盘错：盘绕交错。比喻事情错综复杂。

⑪ 询谋：询问（河官）治水的谋略。每：总是。异同：不同，不一致。

⑫ 负薪日：堵塞河堤缺口的日子。典出《汉书·武帝纪》："夏四月，还祠泰山。至瓠子，临决河，命从臣将军以下皆负薪塞河堤，作《瓠子之歌》。"

⑬ 忡忡：音 chōng chōng，形容忧虑不安的样子。

⑭ 天末：天边，天际。阴云重：天阴时，云积得很厚，有很多层。

寒，三日内大水即至）。冲波如倒海①，列火等防城②。履险都忘命，呼天但祝晴③。艰难过白露，箫鼓赛④神明（守涨）。

其　三

十里一茅庄，长途手倦缰。风声山岳动，天色水云黄。沉马⑤年年事，哀鸿处处伤⑥。补牢原未晚，谁肯惜亡羊⑦（巡堤）。

霸州道中（光绪二年丙子四十岁）⑧

五代舟师此伐辽⑨，千秋猿鹤⑩不堪招。人间恩怨何须问，界水成田海驾桥（宋时塘泺今多淤成沃壤。五代益津关以东为海口。今霸州抵大沽海口三百余里矣）⑪。

---

① 冲波：激浪，大波。倒海：音 dǎo hǎi，形容水势浩大。

② 列火：烈火。此处指竖起的熊熊火炬。等防城：等同防守边城。

③ 但祝晴：只祈祷天晴。

④ 赛：行祭礼以酬神，答谢神的赐福。

⑤ 沉马：将马沉于河以祭祀河神。夏朝第九任国王帝芒继位，首开沉祭黄河仪式，即把猪、牛、羊沉于河中，还把当年舜帝赐给大禹象征治水成功的"玄圭"（黑色的玉圭）也沉入河中，以表示虔诚。

⑥ 哀鸿：悲鸣的鸿雁。此处指称哀伤苦痛、流离失所的人。伤：为……而悲伤。该句是倒装句，即"伤处处哀鸿"。

⑦ 惜：哀怜。亡羊：跑丢了的羊。此处指遭受洪灾而逃难的老百姓。

⑧ 霸州：清代直隶省顺天府下辖州。位于今河北省冀中平原东部，京、津、保三角地带中心，也是黄河大冲积扇与永定河冲积扇的交叉点。北宋初期，宋辽在霸州岐沟关交战，数万宋军将士牺牲。光绪二年：1876年。这年，周馥办理东明、长垣、开州黄河南堤工，工毕，与友人傅诚游曹州定陶、巨野，过兖州曲阜，谒孔庙，登泰山。

⑨ 五代舟师此伐辽：指周世宗伐辽。《旧五代史》《资治通鉴》《宋史》载，后周显德六年（辽应历九年，959年）四月，周世宗乘舟自沧州督师北伐，辽守将终廷晖投降，收复益津关。五月，以益津关置霸州，命韩令坤为霸州都部署，率兵驻守，并诏发民夫，筑霸州城。

⑩ 千秋猿鹤：指五代时伐辽牺牲的军人亡魂。猿鹤：据《艺文类聚·兽部下·猿》载："《抱朴子》……又曰：'周穆王南征，一军皆化，君子为猿为鹤，小人为虫为沙。'"后遂以猿鹤沙虫指代阵亡的将士或死于战乱的人民。

⑪ 塘泺：音 táng luò，池塘湖泊。益津关：唐置，属永清县。后晋石敬瑭于天福元年（936年）割十六州赂契丹，故益津关入辽。《旧五代史·世宗纪》载，五代周显德六年（959年）四月，帝自乾宁军"驾御龙舟，率舟师顺流而北，首尾数十里。辛丑，至益津关。……以益津关为霸州"。大沽海口：大沽河（今海河）入海口。

过易水①

秦凶正焰岂能摧②，易水衣冠③感侠才。

自是时人论成败，黄金台④后更无台。

山东河上

七年苦行役，两度到河湄⑤。春日班鸠店⑥，秋风黑虎祠⑦（皆地名）。独山游骑远⑧，汶水送舟迟。久欷民防乱，长贫吏亦疲。如何胥溺⑨日，竟忘积薪危⑩？极目川原荡⑪，伤心妇子离⑫。补天终有石⑬，填

---

① 易水：河流名。在河北省西部。源出易县境内，向东南流入南拒马河。

② 秦凶：秦国的凶恶。正焰：正在上升势头上。

③ 易水衣冠：此处指荆轲、高渐离等人物。《史记·刺客列传》载："（荆轲将入秦行刺秦王），太子及宾客知其事者，皆白衣冠以送之。至易水之上，既祖，取道，高渐离击筑，荆轲和而歌，为变徵之声，士皆垂泪涕泣。又前而为歌曰：'风萧萧兮易水寒，壮士一去兮不复还！'复为羽声慷慨，士皆瞋目，发尽上指冠。于是荆轲就车而去，终已不顾。"衣冠：衣和冠。古代士以上戴冠，因用以指士以上的服装。

④ 黄金台：古台名。又称金台、燕台。故址在今河北省易县东南。相传为战国燕昭王筑，置千金于台上，招纳天下贤士，故名。

⑤ 河湄：河岸，水与草相接的地方。湄：音méi，水的边岸。

⑥ 班鸠店：地名，即"斑鸠店"。现为斑鸠店村，位于今山东省泰安市东平县。西靠黄河下游支流金堤河，东南面对东平湖。

⑦ 黑虎祠：即黑虎庙，位于今山东省济宁市梁山县西北部，山东、河南交界处。

⑧ 独山：独山屯。今为山东省菏泽市巨野县独山镇，位于巨野县东南部。游骑：担任巡逻突击的骑兵。此处指周馥骑马出巡查勘河道，勘察大运河治理问题。

⑨ 胥溺：音xū nì，相继沉没。此处指国运艰危。

⑩ 积薪危：潜伏的危险。积薪：堆积柴草。比喻潜伏的危机。

⑪ 极目：纵目远望。川原荡：原野洪水泛滥。

⑫ 妇子离：妻离子别，一家人被迫分离四散。

⑬ 补天终有石：终会有合适石块补天上的缺口。《列子·汤问》有则神话故事传说，往古天曾破裂，女娲氏炼五色石修补。此处指周馥早先乐观估计最终会有充足的工程材料用来堵塞决堤。

海①竟无期。首鼠如持两②，其鱼恐莫追③。南应冲泗道④，北虑犯畿陲⑤。天子忧民日，苍生望泽时。茭楗薪可属⑥，璧马礼应施⑦。自愧无三策⑧，徒伤对孑遗⑨。铁门⑩空涉险，铜瓦漫循涯⑪。肠断河梁⑫月，年年照鬓丝。

①填海：填平大海。此处指治理河道，使河水安澜。

②首鼠如持两：义同"首鼠两端"。指在两者之间犹豫不决、动摇不定。典出《史记·魏其武安侯列传》。

③其鱼：人变成鱼。此处指洪水所造成的灾难。《左传·昭公元年》："……刘子曰：'美哉禹功！明德远矣。微禹，吾其鱼乎！'"恐莫追：恐怕没法补救。追：补救。

④南应冲泗道：黄河南大堤在河南、山东境内溃决，河水会向南冲入泗水，夺淮入海。泗水：又称泗河，洙泗河。发源于今山东省新泰市东南太平山西麓，南流至淮阴（今淮安）杨庄汇入淮河，为淮河最大支流。元代京杭大运河全线贯通后，泗河下游成为运河航道，泗河上游成为运河的支流。历史上多次发生黄河侵泗夺淮入海事件，沿途村镇多被洪水冲决淤埋。

⑤北虑犯畿陲：担忧黄河北面大堤溃决，河水会流向河北平原，侵入京城周围地区。

⑥茭楗：音jiāo jiàn，干草和竹竿木条。此处指防汛材料，用于堵塞堤坝溃口。可属：可以编连起来用于堵塞堤坝溃口。

⑦璧马礼应施：要举行祭祀河神的仪式。《史记·河渠书》载，元封二年（前109年），汉武帝为堵塞黄河瓠子堤决口，"自临决河，沉白马玉璧于河。令群臣从官自将军已下，皆负薪填决河"。

⑧无三策：没有贾让那样高明的治河策略。此处是周馥自谦。贾让：哀帝初为待诏。时黄河从魏郡以东多溢决，因广求能浚川疏河者。贾让奏治河三策，为治理黄河提供上中下三种方案。班固把它完整地记入《汉书·沟洫志》中，三策极具卓识，是我国治理黄河史上第一个除害兴利的规划。

⑨孑遗：音jié yí，指遭受重大灾难后，遗留下来的少数人。

⑩铁门：指黄河铁门关，在今山东利津境内。始建于金初，明清时期最为繁荣，是我国唯一建在黄河上的海关、盐关、税关，其内控黄河，外锁海运要津，古有"铁门锁浪"之誉。咸丰五年（1855年），黄河改道夺大清河入海，铁门关建筑物被洪水淹没、冲毁。没有了关门，再没有船只到此，也就谈不上涉险了。

⑪铜瓦：铜瓦厢。清时为河南省兰仪县集镇，黄河码头。位于今河南省兰考县西北部，现在叫东坝头。咸丰五年（1855年），黄河在这里决口改道，结束了近700年夺淮入海的历史。漫：随意，随便。循涯：循着水边走。在唐代及后世诗文中，"循涯"与"省分"同义，表示"衡量自己的能力"。"循着水边走"为该词后起的词义。此句指黄河水从铜瓦厢缺口流出后，顺地势流入别的河流中。

⑫河梁：桥。此处指周馥治水途中遇到的河桥。

登岱①三首

其 一

天风浩浩扫余炎，**矗**石岩岩势静严②。千里何人瞻匹练③？万峰如浪涌群尖。阴阳齐鲁提封在④，河海东西映带兼⑤。七十二君消灭尽⑥，樵风牧雨⑦到茅檐。

其 二

巍巍西向压恒嵩⑧，天地中无更比崇。元气滋生人颂母⑨，明禋享报礼先公⑩。眼前云海三千界⑪，脚底松涛万壑风。封禅圣明原不事⑫，省方几次独巡东⑬。

---

① 登岱：登泰山。岱：音 dài，泰山的别称。亦称"岱宗""岱岳"。

② 岩岩：形容山石高耸、高大的样子。静严：整肃。

③ 瞻匹练：看到黄河水像丝带。

④ 阴阳齐鲁：泰山北为阴，南为阳。古代齐国在泰山北，鲁国在泰山南。提封：疆域。

⑤ 河海东西：指泰山的东面是大海（渤海与黄海），西面是黄河。映带：关联照应。此处指景物相互衬托。

⑥ 七十二君：指古代曾封禅泰山的七十二位君王。《史记·封禅书》："管仲曰：'古者封泰山禅梁父者七十二家，而夷吾所记者十有二焉。'"消灭尽：很久前都死亡了。

⑦ 樵风牧雨：顺风好雨。《会稽记》："汉太尉郑弘尝采薪，得一遗箭，顷有人觅，弘还之，问何所欲，弘识其神人也，曰：'常患若邪溪载薪为难，愿旦南风，暮北风。'后果然。"后因以"樵风"指顺风、好风。

⑧ 压恒嵩：指泰山居高临下俯视北岳恒山和中岳嵩山。

⑨ 元气滋生：培植使万物生长的生命之气。人颂母：人人赞颂泰山圣母——碧霞元君。

⑩ 明禋：音 míng yīn，洁敬。指明洁诚敬地献祭。享报：享用祭品。礼先公：礼敬先王。此处指东岳大帝（又称泰山神、泰山府君）。

⑪ 三千界："三千大千世界"的省称。此处指人间世界。

⑫ 封禅：古代帝王到泰山祭祀天地的大典。在泰山筑坛祭天叫封，在山南梁父山上辟基祭地叫禅。圣明：贤明的人。此处指清代帝王康熙帝。康熙帝多次派人祭祀泰山神，并两次登临泰山，但并未在此举行封禅大典。原不事：本来就不会举行封禅活动。

⑬ 省方：帝王巡视四方。几次独巡东：几次独自东巡盛京。清王朝定鼎中原前，在山海关外的盛京（今沈阳）地区修建了三座帝王及后妃的陵墓。康熙帝开始东巡盛京、拜谒祖陵，此后乾隆、嘉庆、道光帝均有东巡活动。此处指康熙帝东巡盛京。

其 三

层层楼阁树千章①，谁抚残碑②叩汉唐。地阙东南无界限，星分氐角接苍茫③。虹垂海外④知何国？日起更深照上方⑤。汶泗西流天有意⑥，中原千古济输将⑦。

谒孔庙⑧

殿阁沉沉桧柏遮⑨，抠衣礼肃思无邪⑩。《诗》《书》已见通西国⑪，天地常存此世家⑫。颂德群碑如画日⑬，寻芳古杏尚余花。舞雩⑭风浴城

---

① 千章：大树千株，形容大树之多。

② 残碑：残缺的碑石。泰山石刻很多，最早的是秦朝李斯的石刻，汉代石刻罕见，唐代石刻较多。

③ 星分：即分星。我国古天文学称与某国或某地域相对应的星宿。氐角：二十八宿里东方苍龙七宿中的氐宿与角宿。

④ 虹垂海外：彩虹的一端垂挂在海外方向的天幕上。

⑤ 日起更深：深夜太阳从东方升起。更深：指半夜以后，夜深。上方：住持僧居住的内室。亦借指佛寺。此处指泰山上的佛寺与道观。

⑥ 汶泗西流：汶水（今大汶河）与泗水（今泗河）向西流去。天有意：上天特意这么做。指明清时期借汶河水与泗河水济京杭大运河，使京杭大运河航运通畅。

⑦ 中原：指以洛阳至开封一带为中心的黄河中下游地区。狭义上指今天的河南省。与外族对应时，又泛指古代中国。千古：很久以来。济：借助，依赖。输将：运送。此处指向京师运送东南的粮食与财富。

⑧ 谒孔庙：进孔庙拜祭孔子。孔庙：即孔子庙，又称文庙，是纪念中国伟大思想家、教育家孔子的祠庙建筑。此处指曲阜孔庙。

⑨ 殿阁：殿堂楼阁。沉沉：宫室深邃貌。

⑩ 抠衣：提起衣服前襟。古人迎趋时的动作，表示恭敬。礼肃：礼仪庄重。思无邪：思想纯正。

⑪ 《诗》《书》：指《诗经》《尚书》《论语》等儒家典籍。已见通西国：已看到在西方国家流传。

⑫ 世家：门第高贵并且世代相延续的人家。此处指孔子家族。

⑬ 画日：指为帝王草拟诏令。《新唐书·百官志四上》："皇太子监国，下令书则画日，至春坊则庶子宣传，中舍人奉行。"后来引申表示为帝王草拟诏令。此处是指赞颂孔子美德的碑辞像诏令一样典雅庄重。

⑭ 舞雩：音 wǔ yú，古代求雨时举行的伴有乐舞的祭祀。《周礼·春官·司巫》郑玄疏："若国大旱，则帅巫而舞雩。"此处指舞雩台，它是鲁国求雨的坛，在今山东省曲阜市南。古代求雨祭天，设坛命女巫为舞，故称舞雩。雩：古代求雨的一种祭祀。

南地，芳草无人一径斜。

谒颜庙①

高墙数亩宫，古柏欲拿空②。辂冕才难用③，箪瓢乐在中④。百年谁上寿⑤？一贯独先通⑥。簪绂云礽盛⑦，应知吾道隆⑧。

谒周公庙⑨

丰神奕奕古须眉⑩，想见忧劳作相时⑪。三载斧斨家国恨⑫，《六官》

---

① 谒颜庙：进颜子庙拜祭颜回。颜庙：又称复圣庙，位于山东省曲阜城北门内，陋巷街北首与孔府后花园隔街遥对，是祭祀孔子弟子颜回的祠庙。

② 拿空：凌空，伸向空中。

③ 辂冕：此处指帝王。辂：音lù，古代一种大车，多指帝王出行用的车。冕：音miǎn，古代中国汉族冠饰之一，为天子、诸侯、卿、大夫所戴的礼帽。南北朝以后，只有帝王可以戴冕。才难用：难用颜渊的才。

④ 箪瓢乐在中：生活艰辛却乐在其中。此处指颜回安贫乐道。《论语·雍也篇》："子曰：'贤哉，回也！一箪食，一瓢饮，在陋巷，人不堪其忧，回也不改其乐。贤哉，回也！'"箪：音dān，用竹子等编成的盛饭用的器具。瓢：水瓢。

⑤ 百年谁上寿：倒装句，即"谁上寿百年"。谁能活到上寿（一百岁）。上寿：古称长寿之尤者为上寿，其说有三：一百二十岁、一百岁、九十岁。此处指一百岁。

⑥ 一贯：指孔子的忠恕之道。《论语·里仁篇》："子曰：'参乎！吾道一以贯之哉。'曾子曰：'唯。'子出，门人问曰：'何谓也？'曾子曰：'夫子之道，忠恕而已矣。'"独先通：唯有颜回最先领悟。

⑦ 簪绂：音zān fú，冠簪和缨带，古代官员服饰。亦用以比喻显贵，仕宦。云礽盛：子孙后代很兴盛。

⑧ 吾道：我的学说与思想。此处指孔子学说与儒学思想。隆：兴隆。

⑨ 谒周公庙：进周公庙祭拜周公。周公庙：此处指曲阜周公庙。位于今曲阜市迎宾大街东侧，在延恩东路周公庙街口，是纪念西周杰出政治家周公姬旦的庙宇，早年是鲁国的太庙，宋朝时建为周公庙。周公是周文王姬昌的第四子，周武王姬发的弟弟。

⑩ 丰神：风貌神情。奕奕：精神焕发貌。古须眉：胡须与眉毛浓密。

⑪ 忧劳：忧虑劳苦。作相：做宰相。

⑫ 三载斧斨：指周公在兄长周武王死后，摄政三年里的武力征讨。伏生《尚书大传》云："周公摄政，一年救乱，二年克殷，三年践奄。"斧斨：音fǔ qiāng，泛指各种斧子。此处指用武力征讨。家国恨：指周公兄弟管叔、蔡叔、霍叔与商朝残余势力联合掀起的叛乱。

经体帝王师①。风雷天使贤君悟②，吐握③人余后世思。祀典煌煌家法在④，莫将门祚⑤论兴衰。

少昊⑥陵

遥想金天氏，清阳⑦日月新。古书创鸾凤⑧，大乐感人神⑨。九扈官

---

①《六官》：指《周礼》，据说是周公所作，由《天官》《地官》《春官》《夏官》《秋官》《冬官》（此篇已佚）六篇组成，它是一部将官吏制度体系与政治思想体系相结合的理想政治典章。书中宣扬的礼、法兼用以治国的思想，对后世政治产生了极大影响。经体："体国经野"的缩略语。意思是把都城划分为若干区域，由官宦贵族分别居住或让奴隶平民耕作。泛指治理国家。《周礼·天官》："惟王建国，辨方正位，体国经野，设官分职，以为民极。"

② 风雷天使贤君悟：上天刮风打雷让贤君周成王明白了周公公忠体国的事迹。《史记·鲁周公世家》："周公卒后，秋未获，暴风雷，禾尽偃，大木尽拔。周国大恐。成王与大夫朝服以开金縢书，王乃得周公所自以为功代武王之说。二公及王乃问史百执事，史百执事曰：'信有，昔周公命我勿敢言。'成王执书以泣，曰：'自今后其无缪卜乎！昔周公勤劳王家，惟予幼人弗及知。今天动威以彰周公之德，惟朕小子其迎，我国家礼亦宜之。'王出郊，天乃雨，反风，禾尽起。二公命国人，凡大木所偃，尽起而筑之。岁则大孰。"

③ 吐握：指周公勤劳王事。《史记·鲁周公世家》载，周公自言："我于天下亦不贱矣。然我一沐三握发，一饭三吐哺，起以待士，犹恐失天下之贤人。"

④ 祀典：记载祭祀仪礼的典籍。《国语·鲁语上》："凡禘、郊、祖、宗、报，此五者国之典祀也。"此处指周公所作的《周礼》。周公制礼作乐，创建了一整套具体可操作的礼乐制度，将饮食、起居、祭祀、丧葬等社会生活的方方面面，都纳入"礼"的范畴，潜移默化地规范人们的行为，这就是周代的礼制。煌煌：鲜明。家法在：治家的礼法仍然存在。

⑤ 门祚：家世。

⑥ 少昊：上古五帝之一。黄帝之子，嫘祖所生，名挚，修太昊之法，故称为少昊。以金德王，故也称为金天氏。亦称青阳氏、穷桑氏、云阳氏，在神话中被尊为西方上帝。都于曲阜，在位八十四年。其部族以玄鸟（燕子）为图腾，娶妻凤鸿氏之后改以凤凰为图腾。

⑦ 清阳：即青阳。青阳氏是少昊的别称，青阳又是春天的别称。《尔雅·释天》："春为青阳。"郭璞注："气青而温阳。"所以周馥想到少昊氏别称青阳氏的时候，就联想到春天。

⑧ 古书创鸾凤：创制了鸾凤体古文字。《墨薮·五十六种书》曰："少昊金天氏，作鸾凤书，以鸟纪官，文章衣服，取象古文。"

⑨ 大乐感人神：伟大的音乐感动神灵与人类。

名鸟①，高坟石蹙鳞②。治功齐太昊③，千载肃明禋。

大　风

白日忽黯惨④，遥闻万马声⑤。妇女呼鸡犬，家家闭柴荆⑥。须臾天半黑，飒杂千山倾⑦。我车适在道，瑟缩马不行。艰难觅破屋，人马聚一楹⑧。飞沙射檐隙，屏息两目盲。飙驰神鬼怒，雷轰天地惊。阴阳鏖混沌⑨，真宰莫支撑⑩。冥坐⑪忘生死，恶梦摇峥嵘⑫。五更风小息⑬，觑眼⑭窗月明。我仆牵我马，相视庆更生⑮。

东明荒庄⑯

我行见荒庄，中有百亩塘。村民绕塘住，亭亭植垂杨。塘上新茅屋，塘底见高墙。借问此何故？父老告我详。咸丰五载夏，河决铜瓦

---

① 九扈官名鸟：少昊氏以九扈鸟为官名，九扈分掌九种农事活动，故又称九农正。春扈叫分循，夏扈叫窃玄，秋扈叫窃蓝，冬扈叫窃黄，棘扈叫窃丹，行扈叫唶唶，宵扈叫啧啧，桑扈叫窃脂，老扈叫鹦鹦，各随其宜以教民农事。

② 石蹙鳞：石块像鱼鳞一样整齐地凑在一起，贴在墓周围。蹙：音 cù，聚拢。

③ 太昊：上古华夏部族的祖先和首领，三皇之首，亦作大暤、太皞。风姓，号伏羲氏。以木德王，是为春皇。在位百余年，定都汶上。

④ 黯惨：昏暗惨淡。

⑤ 万马声：此处指大风的呼啸声。

⑥ 柴荆：用柴荆做的简陋门，柴门。

⑦ 飒杂：同"飒沓"，象声词，形容风声猛烈。千山倾：似乎有千山倒塌。

⑧ 一楹：一间房子。

⑨ 阴阳：指天地间化生万物的二气。鏖：音 áo，艰苦而激烈的战斗。混沌：模糊，不分明。

⑩ 真宰：宇宙的主宰。莫支撑：没办法勉强维持阴阳平衡局面。

⑪ 冥坐：闭目而坐。

⑫ 恶梦：使人恐惧的梦。摇：摇动。峥嵘：音 zhēng róng，高峻的山峰。

⑬ 五更：即天将明，寅正四刻（凌晨四时四十八分左右）。小息：短暂的休息。

⑭ 觑眼：音 qū yǎn，眯着眼睛看。

⑮ 更生：死而复生。

⑯ 东明荒庄：清直隶省大名府东平县（今山东省泰安市东平县）小村。

厢①。国家急兵事，千里失宣防②。我村恐漂没，筑堤为保障。堤外日淤高，堤内水洋洋。新屋视旧屋，相去三丈强。可怜失巢燕，犹觅旧日梁。去年丁中丞③，疏筑卫一方。流民渐来复，塘侧谋耕桑④。逃死无乐土⑤，还家亲戚亡。麦苗稀欲槁，泣对沙茫茫。我闻此语悲，抚绥谋难臧⑥。何人挽狂澜⑦？为民起疮痍。

早　醒

早醒身慵起⑧，劳骨甘氍毹⑨。默数游历远，浑忘日月徂⑩。素衣尘未浣⑪，累累虱生雏。祸患中所忽，屑小起近愉⑫。痛肆一朝愤⑬，安能绝根株？人生要有忍，万事乃可图。

---

　　① 河决铜瓦厢：指咸丰五年（1855年），黄河在河南省开封府兰仪县（今兰考县）铜瓦厢决口，引起黄河大改道。由于河政腐败，国家多故，黄河失于治理，加之悬河已经达到一定高度，河道状况恶化，汛期时上游特大洪水齐来，下游河道宣泄不及，造成此次河堤溃决，黄河改道。

　　② 失宣防：防洪工程失修。

　　③ 去年：此处指光绪元年（1875年）。丁中丞：指时任山东巡抚的丁宝桢。丁宝桢（1820—1886），字稚璜，贵州平远（今贵州织金县人。咸丰三年（1853年）进士，后历任翰林院庶吉士、编修、岳州知府、长沙知府、山东巡抚、四川总督。在任兴利除弊，清廉有为，以爱民养民为第一要事，政绩卓著，死于四川总督任上，朝廷追赠其太子太保，谥文诚。《清史稿》有传。中丞：明代改御史台为都察院，都察院的副职即左右副都御史相当于汉代的御史中丞。清代各省巡抚例加右副都御史衔，因此也称中丞。

　　④ 塘侧：堤坝一边。耕桑：种田与养蚕。亦泛指从事农业。

　　⑤ 逃死：逃避灾祸或致死的危险。乐土：安乐的地方。

　　⑥ 抚绥：安抚，安定。谋难臧：谋划难完美。

　　⑦ 挽狂澜：挽回危险的局势。韩愈《进学解》："障百川而东之，回狂澜于既倒。"挽：拉。狂澜：汹涌的大浪。

　　⑧ 慵起：懒于起身。

　　⑨ 劳骨：劳累的筋骨。甘氍毹：乐于待在毛毯上。氍毹：音 qú shū，毛织的地毯。此处指毛毯被。

　　⑩ 浑忘：全忘。日月徂：岁月流逝。徂：音 cú，往，逝。

　　⑪ 浣：音 huàn，洗濯。

　　⑫ 屑小：本指盗贼，后指坏人。近愉：身边为自己喜欢的人。

　　⑬ 痛肆一朝愤：尽情发泄一时的愤怒。此处指想办法除去衣服上的虱子。

过茌平①有感

泉冷鱼游稀，花暖鸟飞乐。万物生阳和，人情厌寂寞。男儿一堕地②，动为婚宦缚③。贤愚少适意④，种种鬓毛落⑤。富贵赋之天⑥，每为巧者攫⑦。茫茫苍天高，此理谁与酌？

宿高唐州⑧

月明街宇静，万梦寂无声。北风翛然⑨来，窗纸鸣瑽琤⑩。严霜皓如雪，茅屋横峥嵘。策马谁家子？忍寒事宵征⑪。腰横千金剑，气欲馘长鲸⑫。古来贤达士，十九在躬耕。世人无远识，徒矜竹帛名⑬。

---

① 茌平：清山东省东昌府下辖县，今为山东省聊城市茌平区。位于黄河下游山东鲁西平原，境内河流较多，属海河水系。

② 堕地：落地。此处指出生。

③ 动：老是，常常。婚宦：结婚与做官。

④ 贤愚少适意：无论是贤良的人还是愚昧的人很少能称心如意。

⑤ 种种：头发短少，有老迈衰颓之意。《左传·昭公三年》："齐侯田于莒，卢蒲嫳见，泣且请曰：'余发如此种种，余奚能为？'"杜预注："种种，短也。"鬓毛落：鬓发脱落。

⑥ 赋之天：即"天赋之"，上天赋予的。

⑦ 每为：常被。巧者攫：聪明灵活的人夺取。

⑧ 高唐州：清山东东昌府下辖直隶州，今为山东省聊城市高唐县，位于山东省西北部，南接茌平。境内有徒骇河、马颊河等著名河流贯通。

⑨ 翛然：音 xiāo rán，没有牵挂，自由自在的样子。

⑩ 瑽琤：音 cōng chēng，象声词。形容玉石等碰撞的声音。此处形容风吹窗纸发出的声音。

⑪ 宵征：夜行。典出《诗经·召南·小星》："肃肃宵征，夙夜在公。"《毛传》："宵，夜；征，行。"

⑫ 馘：音 guó，古代战争中割取敌人的左耳，用以计数报功。此处指斩杀。长鲸：指巨寇。

⑬ 徒矜竹帛名：徒然夸耀写在史册或典籍上的人名。徒矜：徒然夸耀。竹帛：古代供书写用的竹简和白绢，借指典籍、史册。

长垣①道中

村村阡陌②路相通，黄土墙低屋半弓③。

垂柳清疏红杏瘦，蓬门④各自有春风。

夏夜泊张秋镇⑤

雨止蛙声起，林深雾色昏。热星天竞沸，新涨夜逾喧。旅困原吾分⑥，归程敢细论⑦? 丈夫⑧四方志，不尽为酬恩。

四十自寿九首

其　一

四十无闻后可知，此生直恐老藩篱⑨。举樽北海⑩嫌空酒，种豆南山叹落其⑪。只有疏狂宜隐市⑫，况无奇策可干时⑬。浮沉不遇庸何恨⑭? 耕

---

① 长垣:清直隶省大名府下辖县,今为河南省长垣市(县级市,新乡市代管)。

② 阡陌:音 qiān mò,田地中间纵横交错的小路。

③ 半弓:半弓之地。形容面积很小。弓:旧时丈量地亩的计算单位。一弓等于五尺。

④ 蓬门:用蓬草编成的门,借指贫苦人家。

⑤ 张秋镇:清山东省兖州府阳谷县(今山东省聊城市阳谷县)下辖镇,位于鲁西平原,大运河与金堤河、黄河的交汇处,为历史名镇。

⑥ 旅困:旅居辛苦困顿。原吾分:原本是我的职分。

⑦ 归程:本指回归的路程。此处指回归的日期。敢:岂敢,不敢。细论:详细讨论。

⑧ 丈夫:男子汉,有所作为的人。此处为周馥自称。

⑨ 老藩篱:守着乡园保持平民身份一直到老。藩篱:本指用竹木编成的篱笆或栅栏。此处指乡村民居。

⑩ 举樽北海:汉末孔融为北海相,时称孔北海,非常好客。《后汉书·孔融传》载:"及退闲职,宾客日盈其门。常叹曰:'坐上客恒满,尊中酒不空,吾无忧矣。'"

⑪ 种豆南山叹落其:化用了杨恽《报孙会宗书》中的句子:"田彼南山,芜秽不治。种一顷豆,落而为其。"意思是辛勤而无所得。

⑫ 疏狂:豪放,不受拘束。宜隐市:适合隐居在都市。

⑬ 奇策:神奇的计策。干时:求合于当时。

⑭ 庸何:何,什么。恨:遗憾。

稼原为分所宜①。

其 二

尘土频年浣素襟，韶光徒自惜骎骎②。屡探虎穴魂犹悸③，动拂龙鳞口欲喑④。年少之奇伤达懦⑤，命穷方朔叹浮沉⑥。抱关⑦寄食原常事，终愧因循恋栈心⑧。

其 三

衰宗宅土已千年⑨，父老多情盼日边⑩。安得椎牛膰长幼⑪，虚教举火望邻姻⑫。陈群世德⑬惭卿长，范氏家风⑭重义田。不博科名非懒拙⑮，

---

① 耕稼：种庄稼。此处指当个农夫。分所宜：按本分来说是适当的。

② 韶光：美好的时光。骎骎：音 qīn qīn，形容马跑得很快的样子。此处指时光流逝迅疾。

③ 屡探虎穴：多次冒着危险。悸：音 jì，因害怕而心脏急速跳动。

④ 动：常常。拂龙鳞：触犯龙的逆鳞。此处指为人直道而行，敢于对长官的过失犯颜直谏。喑：嗓子哑，不能出声。

⑤ 年少之奇：年少的有远见卓识的贤臣宫之奇。宫之奇：春秋时虞国贤臣，明于料事，具有远见卓识。深明唇亡齿寒之理，坚决主张虞虢联盟。虞国国君不听宫氏劝谏，借路让晋国军队灭了虢国，结果虞国也被晋军灭亡。伤：受伤害。达懦：心里明白、洞明事理却性格懦弱。该句典出《谷梁传》。

⑥ 命穷：命运塞滞。方朔：即东方朔。他常在汉武帝面前谈笑取乐，曾言政治得失，上陈"农战强国"之计，汉武帝始终视为俳优之言，不予采用。叹浮沉：叹息沉沦下僚。

⑦ 抱关：看守城门，借指小吏的职务，亦指职位卑微。周馥此诗连用古贤宫之奇、东方朔自比，暗示自己的境遇，即建言不被采用，职位卑微。

⑧ 因循：沿袭，拖延。恋栈：马舍不得离开马棚。比喻做官的人舍不得离开自己的职位。

⑨ 衰宗：衰落的宗族。此处指以唐代周访为始祖的建德（今东至县）周氏家族。宅土：所居住的土地。此处指周馥在建德安家落户。

⑩ 日边：太阳的旁边，指极远的地方。又可指称京师附近。此处指住在京师附近的周馥。

⑪ 椎牛：音 zhuī niú，本指击杀牛。此处指椎牛祭祀祖先神灵，而后宴饮宗族亲友。膰：古代祭祀用的熟肉。

⑫ 虚教举火望邻姻：家乡的邻里姻亲盼我资助以生火做饭，我能力不够，让他们失望了。虚教：白白地使得。举火：生火做饭。望：盼望。指盼周馥资助。邻姻：邻里姻亲。

⑬ 陈群世德：陈群出身于汉末至魏晋时期的望族"颍川陈氏"。其祖父陈寔，父亲陈纪，叔父陈谌，在当世皆负盛名，其子孙亦为勋贵。

⑭ 范氏家风：指范仲淹建立的淳朴节俭、谦恭、关爱族人的家风。范氏晚年在家乡苏州购置良田千余亩，指定为范氏宗族的公产，救济族中贫苦人，称为"义田"。周馥与妻子吴氏也为族人购置了两千亩田产，作为义田，用以救济贫寒族人。

⑮ 不博：不取得。科名：科举功名。非懒拙：不是懒惰与笨拙。

欲留余庆待儿贤。

其 四

但求菽水乐晨昏①，迎养②明春发故园。富贵那随人意至，飞鸣难与少年论③。塞翁失马宁非福④？邻屋瞻乌亦见恩⑤。乐事无多忧事免，此生无意扫侯门⑥。

其 五

十三就傅廿从军⑦，忽到桑干眺夕曛⑧。尝胆只期天悔祸⑨，焦头何

---

① 但求菽水：只想求得微薄的养生之资。菽水：豆与水。比喻粗糙清淡的饮食，形容生活清苦。后常以"菽水"指晚辈对长辈的供养。乐晨昏：使长辈快乐。晨昏："晨昏定省"的缩略语。意思是晚间服侍就寝，早上省视问安。这是旧时侍奉父母的日常礼节。典出《礼记·曲礼上》。

② 迎养：迎接尊亲（指母亲）同住一起，以便孝养。

③ 飞鸣：边飞边鸣。比喻显身扬名。语出《韩非子·喻老》："虽无飞，飞必冲天；虽无鸣，鸣必惊人。"难与少年论：难以与后起之秀相提并论。

④ 塞翁失马：《淮南子·人间训》里说，古时有个住在边塞的老人丢了一匹马，后来这匹马居然带了一匹好马回来。后用以比喻虽然受到暂时的损失，但也许会因此得到好处。宁非福：难道不是福气。

⑤ 邻屋瞻乌：看到邻居屋上的乌鸦。亦见恩：也友好地对待它。此句暗用了"爱屋及乌"的典故。

⑥ 扫侯门：指巴结权贵。《史记·齐悼惠王世家》载，汉魏勃少时欲求见齐相曹参，贫无以自通，乃常早起为齐相舍人扫门。齐相舍人怪乃为之引见。后以"扫门"为求谒权贵的典故。

⑦ 十三就傅：十三岁从师求学。廿从军：二十岁从军。周馥自编《年谱》载，周馥十三岁离家，步行七十里到衰家山王应兆（字介和）先生处受业，一直学习到十八岁。咸丰十年（1860年），周馥二十四岁时，入湘军军官祝某营幕帮办文案，并授祝氏子读书。同治元年（1862年）正月，周馥二十六岁时，在安庆入李鸿章军营办文书。

⑧ 夕曛：音 xī xūn，落日的余晖，也指黄昏。

⑨ 尝胆：品尝苦胆。比喻刻苦自励。只期：只盼。天悔祸：上天后悔造成祸害，不再引发洪水。

意帝酬勋①。金茎有露臣难饱②，飧璧无私鬼亦闻③。屡欲发棠④难再复，可怜冯妇尚殷殷⑤。

其　六

筋咏秦淮往事空⑥，无端投辖滞江东⑦。本来去就无私意，耻向尘埃剖素衷⑧。路到绝时偏得地，天生吾辈本非穷。湖山难忘南朝⑨胜，早已诛茅待寓公⑩。

其　七

同学凋零半劫灰⑪，十年离乱⑫尚余哀。人方逃死天偏雨，我正携家

---

① 焦头："焦头烂额"的缩略语。此处指周馥参与治水，身心俱疲。何意：哪料到。帝酬勋：皇上对有功勋的人给予爵位等奖赏。

② 金茎：用以擎承露盘的铜柱。有露：承露盘有露水。臣难饱：臣子难以吃饱。此句比喻待遇菲薄，无以为生。

③ 飧璧无私：没有收受别人给予的财物。指周馥无私。典出《左传·僖公二十三年》。鬼亦闻：连鬼都听说了。

④ 发棠：音 fā táng，发放棠地积谷以赈济灾民。典出《孟子·尽心下》："齐饥。陈臻曰：'国人皆以夫子将复为发棠，殆不可复？'"棠：齐地名。

⑤ 冯妇：人名。春秋时期晋国人。善搏虎，改行后又重操旧业。周馥此处以冯妇自比。冯妇故事见《孟子·尽心下》。尚殷殷：还在勤恳地（从事治水）。

⑥ 筋咏秦淮：与同事友人在金陵秦淮河畔饮宴欢聚。往事空：过去的事情已成虚幻。

⑦ 无端：无缘无故地。投辖：音 tóu xiá，指周馥被上司殷勤挽留在江东金陵做事。典出《汉书·陈遵传》："遵耆酒，每大饮，宾客满堂，辄关门，取客车辖投井中，虽有急，终不得去。"辖：车轴两端的键。后以"投辖"指殷勤留客。

⑧ 尘埃：本指飞扬的灰土。此处指世俗，尘世。剖素衷：展示赤诚的心。

⑨ 南朝：此处指建康（古代又称金陵、江宁，今南京）。东晋灭亡后，刘宋、萧齐、萧梁、南朝陈四朝统称为南朝。历史上，孙吴、东晋、刘宋、萧齐、萧梁、南朝陈六朝均以建康为都，所以后世许多文献皆以六朝或南朝来代指南京。

⑩ 诛茅：本指芟除茅草，引申为结庐安居。寓公：客居他乡的人。周馥早期在江宁复成仓附近购置了住舍，光绪五年（1879年）出卖，后来又赎回。

⑪ 凋零：本指草木凋谢零落。此处指同学们的离世。周馥自编《年谱》载，他少时同学十余人，仅存王德遐，此人被太平军掳走，拷逼索银，九死一生。幼时同学在乡在城者，四五十人，皆遭兵死。劫灰：本指劫火烧剩的灰烬。此处指战乱后的残迹。

⑫ 十年离乱：太平军于咸丰三年（1853年）攻下安庆，周馥一家开始了逃难生活，至同治二年（1863年）全家老小到安庆避难方才结束，时间恰好十年。逃难期间，周馥祖母、父亲相继于咸丰十一年（1861年）、同治元年（1862年）去世。

贼适来。力薄未能援戚里，生全幸比到蓬莱。菊江梅岭桃源路，尚欲寻踪吊哭回。（余咸丰六年避难彭泽九都山中，全家仅以身免，姻族中遭难者极多。）

<h2 style="text-align:center">其 八</h2>

头角髫年许出俦①，河汾问字六年秋②。每逢暮雨常留饭，为念家贫自减脩③。鸡酒何时重酹墓④？龙泉无分觅封侯⑤。侯芭尚抱冰心在⑥，清白无贻长者羞（谓袁家山王介和师）⑦。

<h2 style="text-align:center">其 九</h2>

玉峰山⑧下叹无禾，意欲重寻安乐窝⑨。访友何妨城市近，力耕要使土田多。儿孙一艺免求世⑩，人寿百年难俟河⑪。无业不归原妄想⑫，未

① 头角髫年：幼童时期。头角：梳在儿童头顶两旁的发辫。许出俦：称许我超出同辈。俦：音chóu，同辈。

② 河汾：黄河与汾水的并称，隋朝王通设教河汾之间，受业者达千余人。后以"河汾"指称王通及其学术流派。此处指王介和先生家塾。问字：请教学问。

③ 减脩：减学费。脩：原意为干肉，古时常用作馈赠的一般性礼物。又可指称学生馈送给教师的酬金。

④ 鸡酒何时重酹墓：何时再来墓地用鸡与酒祭奠王介和先生。酹：音lèi，把酒浇在地上，表示祭奠。

⑤ 龙泉无分：身怀杰出才干，却没有机缘。龙泉：剑名。原名龙渊，唐朝时为避唐代高祖李渊名讳而改称龙泉。此处指杰出才干。无分：没有机缘。觅封侯：寻觅封侯的机会。

⑥ 侯芭：又名侯辅，西汉巨鹿人，著名文学家、哲学家扬雄的弟子，学习了扬雄的《太玄》《法言》。扬雄于天凤五年（18年）卒，侯芭为之起坟，服丧三年。冰心：纯净高洁的心。此处周馥以侯芭自指。

⑦ 清白：操守清廉。王介和：周馥恩师，年寿七十一。字应兆，贵池建德县（今池州市东至县）元甲山人，庠生，品学纯正，教生徒极多，宣统《建德县志》有传。周馥十三岁至十八岁，从王先生受业，先生初见，即许以大器，爱之如子侄，诱掖备至。

⑧ 玉峰山：周馥故乡的山，位于今池州市东至县城尧渡东北的茹兰溪旁，旧名"峰子山"，梁昭明太子游此，视其山石光莹如玉，命名为"玉峰山"。

⑨ 安乐窝：指安静、朴素、舒适的住处。

⑩ 一艺：通一门技艺。免求世：免得向世人求助。

⑪ 难俟河："难俟河清"的缩略语。比喻即使活到一百岁，也难以看到天下安宁（古人认为，黄河水清是国家的祥瑞）。《左传·襄公八年》："俟河之清，人寿几何？"河：黄河。

⑫ 无业不归：没有财产就不归乡。原妄想：原来是虚妄的想法。该句意思是即使没有财产，也应归乡。

闻巢许觅岩阿①。

秋日过桃花寺（光绪三年丁丑四十一岁）②

落日苍黄野色昏，乱鸦声急赴前村。荒田退水鱼虾贱③，秋稼登场鸟雀喧。萍梗④自伤天地窄，香烟徒见鬼神尊。湖波阅尽兴亡事，岁岁寒潮到旧痕⑤。

赵北口⑥舟中有见

火云飞素空，炎景午更烈。维舟桥阴下，解衣濯澄澈。高车黄尘道，迎送礼琐屑⑦。手版候日斜⑧，红灯照夜彻。烹炮⑨满厨传，蝇蚋⑩肆贪啮。主人苦供张⑪，伛偻饥欲绝⑫。万钱不下箸⑬，一揖乃告别⑭。相

---

① 巢许：巢父和许由的并称。相传巢父和许由皆为尧时隐士，尧让位于二人，二人皆不受。因用以指隐居不仕者。岩阿：山的曲折处。此处指隐居的山陵巢穴。

② 桃花寺：位于清直隶省顺天府蓟州（今天津市蓟城区）西马坊村北的桃花山上。始建于唐，明万历十五年（1587年）重修，清乾隆八年（1743年）奉敕重修，并在寺旁建成桃花寺行宫。光绪三年：1877年。这年，周馥与清河道叶伯英查勘滹沱河，力陈此河不能分水南行。三月署永定河道，五月卸任。仍回海防支应局。

③ 贱：应是"溅"之讹字。与对句句末"喧"形成对偶，形容鱼虾因缺水而蹦跳。

④ 萍梗：音 píng gěng，比喻行踪如浮萍断梗一样，漂泊不定。

⑤ 寒潮：寒凉的潮水。旧痕：往年潮水水位痕迹。

⑥ 赵北口：清直隶省任丘县古镇，北距雄县县城十来里，西濒白洋淀。此镇今属河北省安新县。宋代筑堡屯戍于此，名赵堡口，后称赵北口。附近河流众多。

⑦ 琐屑：烦琐，细碎。

⑧ 手版：又称手本、名帖，明清时期门生见老师或下属见上司所用的帖子，上面写着自己的姓名、职位等。

⑨ 烹炮：音 pēng páo，烧煮熏炙。

⑩ 蝇蚋：音 yíng ruì，苍蝇和蚊子。

⑪ 主人：当地官员。供张：举行宴会。

⑫ 伛偻：音 yǔ lǚ，弯腰曲背。也表示恭敬的样子。饥欲绝：饿得快要死了。

⑬ 万钱不下箸：花了很多钱置办的宴席，却不动筷子吃。此句形容客人生活极其奢侈。

⑭ 一揖：一拱手，略施一礼。此句描写客人告别主人时，举动傲慢无礼。

属①果何辞？冷耳不曾热。寒暄②各有时，趋舍毋乃谲③？伤哉夷门客④，穷老守孤洁。

读史有感

孔圣善教人，愤悱乃启发⑤。齐饥⑥岂不重，请粟弗再谒⑦。炫玉虽爱君⑧，三献适取刖⑨。感恩固宜报，知己情乃竭⑩。知己非其人，忠言听亦忽。岂惟听之忽，谗者反龁龁⑪。穷途一盂饭⑫，冤狱至销骨⑬。以

---

① 相属：互相劝酒。苏轼《前赤壁赋》："驾一叶之扁舟，举匏樽以相属。"

② 寒暄：冷暖。此处指仕途得意与失意。

③ 趋舍：进退，动止。毋乃：莫非，岂非。谲：音 jué，诡诈，怪诞。

④ 夷门客：指战国时魏国看守都城东门——夷门的小吏侯嬴。此人修身洁行，足智多谋，家贫，年七十，为大梁夷门监者。

⑤ 愤悱乃启发：化用《论语·述而》"不愤不启，不悱不发"句意。朱熹集注："愤者，心求通而未得之意；悱者，口欲言而未能之貌。"后因以"愤悱"谓积思求解。

⑥ 齐饥：齐国遭受饥荒。《孟子·尽心下》："齐饥。陈臻曰：'国人皆以夫子将复为发棠，殆不可复？'孟子曰：'是为冯妇也。……'"

⑦ 请粟弗再谒：倒装句，即"弗再谒请粟"。意思是不会再拜见国王，请求发粟赈济饥民。齐国饥荒，孟子不再请齐国国王发粮，赈济灾民。其间缘故，宋代朱熹认为，孟子说这话的时候，齐王已不愿意用他，不愿意听他的话了，而孟子自己也知道这个情况，准备离开齐国，所以才有不愿再作冯妇的说法。周馥用《孟子》中的典故，说明人应该像孟子一样，审时度势。

⑧ 炫玉虽爱君：倒装句，即"虽爱君炫玉"。炫玉：夸耀美玉。此处指献玉给楚王。

⑨ 三献：卞和多次向楚王奉献美玉。适取刖：正好受到砍去下肢的处罚。《韩非子·和氏》："楚人和氏得玉璞楚山中，奉而献之厉王。厉王使玉人相之。玉人曰：'石也。'王以和为诳，而刖其左足。及厉王薨，武王即位，和又奉其璞而献之武王。武王使玉人相之。又曰：'石也。'王又以和为诳，而刖其右足。武王薨，文王即位。和乃抱其璞而哭于楚山之下，三日三夜，泪尽而继之以血。王闻之，使人问其故，曰：'天下之刖者多矣，子奚哭之悲也？'和曰：'吾非悲刖也，悲夫宝玉而题之以石，贞士而名之以诳，此吾所以悲也。'王乃使玉人理其璞而得宝焉，遂命曰'和氏之璧'。刖：音 yuè，古代一种砍去下肢的酷刑。

⑩ 知己情乃竭：在赏识自己的人面前，才会尽力而为。

⑪ 龁龁：音 yǐ hé，侧齿咬噬，引申为毁伤、排挤、倾轧。

⑫ 穷途一盂饭：指历史上某个人走投无路，快饿死时，被人用一盂饭救活。盂：音 yú，盛饭的器皿。此句咏东汉末年名士蔡邕被权臣董卓强行征辟授官并蒙器重的事。

⑬ 冤狱：冤屈的案件。销骨：销蚀骨体。形容伤害之烈。《后汉书·蔡邕列传》载，董卓被杀，蔡邕在司徒王允座上发声叹息，遂被收付廷尉治罪，死狱中。搢绅诸儒闻之，莫不流涕。

死酬君心，君心杳秦越①。

杯棬（光绪四年戊寅四十二岁）②

杯棬凄凉雨拂帏，青山依旧绕茅茨③。千年乔木存先泽，十载戎旃④怅远离。禄不逮亲⑤何必仕，书能遗子在求师。蓬门亦有平章事⑥，补屋牵萝未敢迟。

己卯八月初九得一孙⑦，九月十八复得一孙

（光绪五年己卯四十三岁）⑧

四十三年抱两孙，衰宗犹喜见枝蕃。祠堂奠酒亲含笑，绣褓⑨盈筐客到门。他日功名谁绝足⑩？清风世德早培根⑪。传家只有遗编⑫在，堂

---

① 杳：音yǎo，幽暗、深远。秦越：春秋时秦在西北，越居东南，相距极远。诗文中常并举以喻人际关系疏远隔膜，互不相关。

② 杯棬：音bēi quān，亦作"杯圈"，一种木质饮器。《礼记·玉藻》："母没而杯圈不能饮焉。"郑玄注："圈，屈木所为，谓卮匜之属。"孔颖达疏："杯圈，妇人所用，故母言杯圈。"后用作思念先母之词。光绪四年：1878年。这年，周馥三儿周学涵于四月十七日病故，因伤心孙子病逝，周馥母亲叶太夫人于六月十一日逝世。

③ 茅茨：音máo cí，茅草盖的屋顶。亦指茅屋、陋室。

④ 戎旃：音róng zhān，军旗、军帐。此处指军旅生活。

⑤ 禄不逮亲：得到了俸禄，却没赶得上用它孝养双亲。

⑥ 蓬门：指用蓬草编成的门。借指贫苦人家。亦有平章事：也有事务需要商酌处理。

⑦ 八月初九得一孙：即周馥二子周学铭的长子周明启（1879—1897），光绪二十三年（1897年）四月初一殁，年十八岁。

⑧ 九月十八复得一孙：即周馥长子周学海的长子周达（1879—1949），一名明达，字美权，又字梅泉，号无否，后来成为著名的集邮大王和数学家。周今觉是他写集邮文章的署名。光绪五年：1879年，这年，周馥先后迁葬祖父母、父亲、叔父，修复故乡秋田坂唐山寺并于寺旁建周氏宗祠三楹。

⑨ 绣褓：亦作"绣葆"。覆裹婴儿的绣被。

⑩ 他日：将来。功名：功业与名声。绝足：千里马。此处指杰出人才。

⑪ 清风：此处指高洁的品德。世德：祖先累世的德行。培根：培植道德根性。

⑫ 遗编：前人留下的著作。此处指建德周氏家族祖先唐代周繇、周繁兄弟的著作与周馥本人编著的书。

构殷勤与细论①。

余遭内艰②，庚辰秋已服阕矣③，拟终老田里不复出仕。辛巳三月，洪琴西都转④约我东游。适接天津如冠九都转⑤之信，复辞南就北。临行感怆，因赋二首（光绪六年庚辰至九年癸未四十四岁至四十七岁）

其　一

拜别祠堂涕泪流，椎牛何日返林邱⑥？遇非知已官无补⑦，仕到因

---

①堂构殷勤与细论：倒装句，即"殷勤与细论堂构"。堂构："肯堂肯构"的缩略语。比喻继承祖先的遗业。典出《尚书·大诰》："若考作室，既底法，厥子乃弗肯堂，矧肯构？"殷勤：频繁。

②遭内艰：古代官员遭遇母丧。

③庚辰：光绪六年（1880年）。服阕：音 fú què，守丧期满，脱去丧服。阕：终了。明清时规定，儿子为父母服丧守孝三年，俱以闻丧月日为始，不计闰二十七个月。

④洪琴西都转：即洪汝奎（1824—1886），字莲舫，号琴西，湖北汉阳人，祖籍安徽泾县。道光二十四年（1844年）举人。咸丰初，考取官学教习，期满以知县用。参曾国藩军事。同治初，洊保至江南道员。总理粮台，供应防军及他省协饷。又筹还西征洋债，出入逾二千万，综核名实，不避嫌忌。光绪五年（1879年），特擢广东盐运使，不久调两淮盐运使，方欲大有为，受一冤案牵连，汝奎以失察，被褫职遣戍，未几赦归，遽病卒。《清史稿》有传。周馥曾写诗感怀他。

⑤如冠九都转：即如山（1811—1889），姓赫舍里氏，字冠九，号古稀男子。道光十八年（1838年）进士，曾任武昌府知府、浙江金衢严道、长芦都转盐运使、四川按察使等职。工书。善画山水，笔意苍厚。都转：都转盐运使的简称。

⑥椎牛何日返林邱：倒装句，即"何日返林邱椎牛"。何日才能回故乡椎牛祭祀祖先神灵并宴饮宗族亲友。

⑦遇非知已官无补：遇到的长官不是爱才的知己，即使做了官也没什么意思。

贫①志可羞。钟鼎②岂能当菽水，貂蝉未必出兜鍪③。伤心弧矢承先志④，虚负春晖二十秋。

其 二

空谷跫然⑤听足音，使君期望抑何深⑥！潜鱼纵壑须乘浪，飞鸟营巢故择林。莲幕逍遥聊寄食⑦，豆羹去就岂无心⑧？馈贫不必粮千斛⑨，珍重兰言⑩抵万金。

再赴直隶

山居无梦到长安，一纸书来见肺肝⑪。万事转头公论⑫在，四方屈指

---

① 仕到因贫：因贫穷而入仕求禄。语出《孟子·万章下》："仕非为贫也，而有时乎为贫。"

② 钟鼎：钟和鼎。喻指富贵生活。

③ 貂蝉：貂尾和附蝉，古代为侍中、常侍等贵近之臣的冠饰。借指貂蝉冠。兜鍪：音dōu móu，古代战士戴的头盔。秦汉以前称胄，后称为兜鍪。此句意思是未必能以军士身份发迹而成为勋贵。陆游《后寓叹》："貂蝉未必出兜鍪，要是苍鹰忆下韝。"

④ 弧矢：弓箭。此处指志向高远。《周易·系辞下传》："弦木为弧，剡木为矢，弧矢之利，以威天下。"古代国君世子生，以桑弧蓬矢射天地四方，期其有志于远大。后以"弧矢"指男子当从小立大志。承先志：秉承先辈的志愿。此句意思是自己承先辈的期望而志向高远，却没有创造出业绩，所以很伤心。

⑤ 跫然：音qióng rán，形容脚步声。

⑥ 使君：对州郡长官的尊称。此处指友人如冠九盐运使。抑：语气词，表示感叹。

⑦ 莲幕：军政大员的府署。此处指李鸿章幕府。逍遥：安闲自在。聊：姑且。寄食：依靠别人过活。

⑧ 豆羹：以豆器（高脚盘）盛羹汤，比喻饮食菲薄，待遇一般。去就：离去或留下。

⑨ 馈贫：馈赠贫困的人。斛：中国旧量器名，亦是容量单位，一斛本为十斗，后来改为五斗。

⑩ 兰言：情投意合之言。《周易·系辞上传》："二人同心，其利断金；同心之言，其臭如兰。"

⑪ 一纸书来：一封信寄到。见肺肝：像看透肺肝一样。此处指见到友人真诚的内心。

⑫ 公论：此处指公正的评论。

俊才难。高情聊借陈蕃榻①，多事重弹贡禹冠②。为感吴淞刘越石③，片帆相送渡晴澜（时刘芝田观察为余买舟北渡）。

辛巳④六月摄理天津海关道印务二首

其　一

蛮语难通海外州⑤，书生恩遇若为酬⑥。重臣移镇奸萌折，上国怀夷⑦礼数优。但使干戈成玉帛⑧，何妨雠敌共乘舟⑨。此中轻重难平准⑩，扬激还应视上流⑪。

其 二

寰瀛今日若比邻①，万国共球此问津②。三辅当冲大都会③，六官分职小行人④。安能帷幄筹前箸⑤，愁向屠沽算折缗⑥。物力艰难臣略悉⑦，敢将征榷困斯民⑧？

喜洪琴西都转赦还入关过访，即用《冰天春霁图》⑨原韵

津门春融雪斓斑⑩，天外故人忽叩关⑪。把袂悲喜如在梦，涉世祸福无端环。尚有余痛念朋友，自拟闲身放湖山。圣恩高厚行起用，莫叹铩羽⑫倦飞还。

---

① 寰瀛：音 huán yíng，天下，全世界。寰：广大的地域。瀛：大海。若比邻：好像是邻居。

② 问津：探询渡口。此处指重要渡口。

③ 三辅：京城附近地区。西汉治理京畿地区的三个职官（京兆尹、右扶风、左冯翊）合称为三辅，后来三辅亦指京城附近地区。当冲：在道路的冲要处。大都会：大城市。此处指天津城。

④ 六官：指《周礼》中的天官冢宰、地官司徒、春官宗伯、夏官司马、秋官司寇、冬官司空，又称为六卿。隋唐以后，六官用以统称吏、户、礼、兵、刑、工六部尚书。分职：分掌职务，分治其事。小行人：官名，掌接待宾客。这里周馥把自己津海关道职务比作春官（礼部）掌"宾礼"的主客清吏司官员，负责处理对外交涉事务。

⑤ 安能：怎能。帷幄：军中营帐。筹前箸：即"箸前筹"，用筷子上前指点谋略。

⑥ 屠沽：宰牲和卖酒。此处指职业微贱、收入不高的人。算折缗：计算因交税的银子或铜钱成色不足而额外加征以足数。折：音 shé，折耗，亏损。缗：音 mín，一串一千文铜钱为一缗。此处指税钱。

⑦ 物力艰难：财物来之不易。臣：周馥自称。略悉：完全了解。

⑧ 敢将：岂敢用。征榷：音 zhēng què，国家征收商品税与官府专卖。困：使……陷入困境。

⑨《冰天春霁图》：晚清画家何维朴绘。画意与周馥诗境吻合。何维朴（1842—1922），湖南道县人，何绍基之孙，字诗孙，晚号盘叟、秋华居士、晚遂老人，室名颐素斋、盘梓山房。以山水画著称。

⑩ 斓斑：音 lán bān，本指颜色驳杂。此处形容融雪之景斑驳不纯。

⑪ 天外：极远的地方。故人：友人。忽叩关：忽然叩关门请求回到关内。

⑫ 铩羽：音 shā yǔ，翅膀被摧残。比喻失意或失败。

正月二十八日，洪琴西过谈。复用前韵作二歌劝饮

其　一

儿女牵裾①泪痕斑，荷戈六月远出关。朔风吹寒尘扑面，平沙渺冥天低环②。寄书不达沧海远，飞梦时绕宛陵山③。我歌一曲君且醉，此乐何如衣锦还？

其　二

晴窗悲鸣鹧鸪斑，一笑放尔出城关。好生自是体天道，微臣敢望报衔环④。世事前定怨何有？但感君恩重若山。浮云富贵何足道？冥冥报复相往还⑤（起四句用琴西在扬州都转任内事）。

题刘景韩观察诗集⑥

南徽烽烟冷薜萝，中年哀乐足悲歌。亲朋踪迹团圞⑦少，秦蜀山川

---

① 儿女牵裾：儿女牵着父亲的衣襟，舍不得父亲离开。裾：音jū，衣服的大襟。

② 平沙渺冥：广阔的沙原渺远无边。天低环：天低低地笼罩四野。环：环绕。

③ 宛陵山：安徽芜湖、宣城一带的山。宛陵：古郡名，东汉置。汉顺帝刘保永和四年（139年）至汉桓帝刘志建和元年（147年）在丹阳郡南部置宛陵郡。以境内有宛陵县而为郡名。区域包括今安徽芜湖市、铜陵市、池州市、宣城市一带。后世多以宛陵代称宣州（今宣城市）。

④ 微臣敢望报衔环：不敢希望放生的斑鸠也衔玉环报恩。

⑤ 冥冥：指主宰人世祸福的神灵世界。报复：指报答恩与仇。此处指报恩。

⑥ 刘景韩观察：即刘树棠（1831—1903），安徽宣城人，寄籍云南保山，字景韩，号仲良。监生出身。光绪十五年（1889年）以江宁道迁江苏按察使。后历任福建、浙江、河南布政使。二十年（1894年）授河南巡抚，兼署东河河道总督。二十四年（1898年）调浙江巡抚，二十六年（1900年）因教案解职。任事果敢，干略尤长。诗画兼优，尤工书，有《师竹轩诗集》传世。诗集：指《师竹轩诗集》。

⑦ 团圞：此处指团聚。

感慨多。伤乱官如元漫叟①，回文人比窦连波②。功名到老知何限？此集琳琅已不磨③。

题刘芗林亲家④《少年策马从军图》二首

其　一

跃马吴郊气欲吞，当年壮志与谁论？

沧桑莫叹须眉白，彼此生儿又抱孙。

其　二

几时归隐旧岩阿⑤，春草王孙别恨多⑥。

海上风涛关塞月，此生原不算蹉跎。

---

① 元漫叟：即元结，唐代诗人、地方官员。元结老时自称漫叟，其《漫歌八曲》序云："壬寅中，漫叟得免职事，漫家樊上，修耕钓以自资，作《漫歌八曲》。"

② 回文：回文诗。是前秦女诗人苏蕙（字若兰）所作，将841个字织在一副锦上，可以读出八千多首诗。窦连波：即窦滔，字连波，十六国时期前秦大臣，曾在前秦任秦州刺史，后来因忤上，被秦王苻坚发配至沙州服苦役，旋奉命出镇襄阳，本欲携妻妾同往，正妻苏蕙为丈夫新娶爱妾赵氏，愤而赌气不从，窦滔只好带着赵妾赴任，苏蕙独守长安空闺中，对丈夫的思念与日俱增，便将无限情思写成一首首诗文，并按一定的规律排列起来，然后用五彩丝线绣在锦帕之上，这就是流传千古的回文诗《璇玑图》。此句意思是刘氏诗作像窦连波的妻子苏蕙的回文诗那样有才气。

③ 琳琅：音 lín láng，美玉。比喻优美珍贵的东西。不磨：不可磨灭。

④ 刘芗林亲家：即刘含芳（1840—1898），字芗林，安徽贵池人，少孤，受学于从兄刘瑞芬。同治中，随李鸿章征太平军与捻军，积功被擢二品衔直隶候补道员。署津海关道，授山东登莱青道，监督东海关。长期从李鸿章治办军械，主持扩充机器制造局、创设电气水雷学堂、编立水雷营及沿海营务处诸事务。其长女刘温卿为周馥四儿周学熙妻子。《清史稿》有传。亲家：音 qìng jia，此处指称儿子的丈人。

⑤ 岩阿：山的曲折处。此处指隐居的山岩。

⑥ 春草王孙：怀念友人的词。刘安《招隐士》："王孙游兮不归，春草生兮萋萋。""王孙春草"原是感慨士人弃旧室，离旧土，避世不归之辞，后代文人遂常以"王孙春草"喻惜别、怀友之语。王孙：泛指贵族子孙。古时也用来尊称一般青年男子。

辞关榷①后知交有疑之者，作此示之五首

（光绪十年甲申四十八岁）

其　一

物情忌高明②，世路趋肥浊。平生守贫志，常惧萌谣诼③。况尔齐竽滥，东郭凤未学④。辗转已三年，清白幸未斫⑤。安敢迷忘归⑥，濡首不自濯⑦？

其　二

世人忧贫乏，劳苦为儿孙。为问儿孙贤，几人守田园⑧？儿孙苟不肖⑨，益使神明⑩昏。况乃官所得，民力与君恩。无以报国家，只图充寒门。吾恐寒门充，贾祸及后昆。

其　三

吾闻大母⑪言，岁饥不果腹。除夕祀灶时，抱憾无酒肉。吾父性慷慨，辛苦寡积蓄。吾母生勤劬⑫，负汲忘栉沐⑬。小子出门年，欲博养亲

---

①辞关榷：辞去津海关道职务。周馥于光绪十年（1884年）五月十一日卸津海关道，由盛宣怀署理，九月奉旨回津海关道任。关榷：音 guān què，设关卡收税。此处指海关。

②物情：世态人情。忌：猜忌，猜疑妒忌。高明：品性高尚纯洁的人。

③萌谣诼：音 méng yáo zhuó，引起别人造谣毁谤。

④此联意为滥竽充数的人比较多，我向来没学南郭先生，不想入这班人中间。齐竽：音 qí yú，犹滥竽，指不学无术的人。东郭：为南郭讹写。此联用了"南郭处士吹竽"的典故。

⑤斫：斩丧。

⑥安敢：怎敢。迷忘归：迷失善性，忘记回到正道。

⑦濡首：音 rú shǒu，沉湎于酒而有失本性常态。典出《周易·未济》爻辞："上九，有孚于饮酒，无咎。濡其首，有孚失是。《象》曰：'饮酒濡首，亦不知节也。'"此处指贪图财富而不知悔改。濡：音 rú，沾湿。濯：音 zhuó，洗。

⑧守田园：守着田地菜园。

⑨苟不肖：假如不贤良，没有出息。不肖：没有出息。

⑩神明：人的精神和智慧。

⑪大母：祖母。

⑫勤劬：音 qín qú，辛勤劳累。劬：过分劳苦。

⑬负汲：身背柴物，从井里打水。忘栉沐：忘了梳洗。

禄①。命也不如人，终身有余哭。吾食忠厚报，丰食而美服。安敢堕先德，不为惜后福？

其 四

君子食君禄，贵能行其志。苟安忘其初②，非贪竟何意？贪禄亡报称③，与盗曷以异④？三年鬓欲霜，所补竟何事？旁人谬称许，清夜惭吏议⑤。

其 五

家事无逋负⑥，从未受人恩。小子头角伸⑦，独立无攀援⑧。年来亲戚辈，分润馈余膰⑨。苟听亲戚言，祝我比鹏鲲。贵贱在天命⑩，行止自讨论⑪。偷闲安我拙，庶或老邱樊⑫。时人目高尚，咄咄使我冤⑬。

甲申七月海上作二首（时法、越构衅未已）⑭

其 一

国耻要当雪，国仇要当复。贵在操胜算⑮，不在腾空牍⑯。书生执安

---

① 博养亲禄：获取用于养亲的俸禄。

② 苟安：只顾享受眼前安乐，不做长远打算。忘其初：忘记了自己的初心。

③ 亡：通"无"，没有。报称：报答朝廷对自己的恩义。

④ 与盗曷以异：与盗贼有何不同。曷：音hé，何，什么。

⑤ 清夜惭吏议：在寂静的深夜为自己好的官声而感到惭愧。吏议：官吏议事。

⑥ 逋负：音 bū fù，拖欠的赋税、债务。

⑦ 小子：周馥自称。头角伸：义同"头角峥嵘"。年轻有为，才华出众。头角：比喻显露出来的才华。

⑧ 独立：不依附别人，只靠自己的力量去做某事。无攀援：没有攀附贵人以谋取高位。

⑨ 余膰：古代祭祀后剩下的熟肉。此处指周馥节省下来的薪俸。

⑩ 贵贱在天命：人的身份高贵还是低贱是由上天的意志来决定的。

⑪ 行止：自己的行动，个人出处的选择。自讨论：由自己研究决定。

⑫ 庶或：或许。邱樊：园圃，乡村。常指隐者所居。

⑬ 咄咄：感慨声，表示感慨。此处表示惊诧。使我冤：使我蒙冤。此联为谦辞。

⑭ 甲申：光绪十年（1884年）。法、越构衅：法国与越南构成衅隙，结怨。此处指法国入侵越南。

⑮ 操胜算：拥有必胜的把握。

⑯ 腾空牍：发布内容空洞的文章，在口舌上逞强。

攘①，动言惩非族②。焉知武备弛，遑忿适取戮③。大官老于事，持重徒鹿鹿④。桑土未绸缪⑤，外侮何由伏？两者互水火⑥，为祸但迟速。苟能卧薪治⑦，十年如树木。虽无眼前捷，他日功可卜⑧。何当两见融，为推万里毂⑨。

其　二

中华昆仑东，地大物复博。百货资懋迁⑩，奔走遍戎索⑪。圣祖宽大诏⑫，柔远何落落！疆吏不善承，宽严每失著。庚申一战罢，要立城下

---

① 书生：本指读书人。此处指称只注重书本知识，不注重实践，脱离实际的知识分子。执安攘：坚持"安定内部，排斥外患"的策略。

② 惩：惩罚。非族：非同族之人。此处指欺凌中国的外国列强。

③ 遑忿：使性子，发脾气。取戮：自取屠戮。

④ 持重：行事谨慎稳重。徒：只，仅仅。鹿鹿：平庸。

⑤ 桑土未绸缪：未能预做防备。《诗经·豳风·鸱鸮》："迨天之未阴雨，彻彼桑土，绸缪牖户。"朱熹集传："桑土，桑根皮也。……我及天未阴雨之时，而往取桑根以缠绵巢之隙穴，使之坚固，以备阴雨之患。"土：同"杜"，树根。

⑥ 两者：此处指轻躁冒进、急于复仇的书生与老于世故、一味持重而不敢有所作为的大官。互水火：互不相容。

⑦ 苟能：假如能够。卧薪治：刻苦自励，发奋图强治理国家。卧薪：睡觉睡在柴草上，磨炼毅力。薪：柴草。

⑧ 功可卜：功绩可以预先断定。

⑨ 推毂：音 tuī gǔ，推车前进，古代帝王任命将帅时的隆重礼遇。典出《史记·张释之冯唐列传》。

⑩ 懋迁：音 mào qiān，贸易。

⑪ 奔走：急走。戎索：戎人和索虏（南北朝时，南人对北人的蔑称）。此处指在中国从事贸易的外国商人。索：发辫。

⑫ 圣祖：即爱新觉罗·玄烨（1654—1722），顺治帝第三子，清朝第四位皇帝（定都北京后的第二位皇帝），年号康熙。康熙六十一年（1722年）崩于畅春园，庙号圣祖。宽大诏：指康熙帝解除海禁的命令。康熙二十三年（1684年），康熙帝颁布"开海"命令："今海内一统，出洋贸易，得旨允行"。

约①。昔者吏虐夷，今乃受夷虐。西夷尔何能？谋利无矩矱②。峨舸③载巨炮，四海肆作恶。中国武备修，十年可等略④。所望驭英贤⑤、勿为文法缚⑥。

有感二首

其　一

温公用人法⑦，先德而后才。苟无忠实心，多才为祸胎。当道矫其弊，反向愚陋推。硁然⑧守一节，焉足谈九垓⑨？天地不藏宝⑩，斯世岂无才？所贵眼力超，白屋腾风雷⑪。徒阻志士心，声绩日凌颓。感激⑫欲上书，掩涕复徘徊。

---

① 此联指咸丰十年(1860年)，英法联军入侵中国，举世闻名的皇家园林圆明园被毁，清政府被迫签订了丧权辱国的《天津条约》和《北京条约》。要：音 yāo，强迫，胁迫。立：订立。城下约：义同"城下之盟"。敌军兵临城下时被胁迫订立的盟约。也泛指被迫签订的条约。《左传·桓公十二年》载，楚国攻打绞地(今湖北郧县西北)，"大败之，为城下之盟而还。"

② 矩矱：音 jǔ huò，规矩法度。

③ 峨舸：音 é gě，高大的船。

④ 等略："略等"的倒装。意思是差不多，大约相等。

⑤ 驭英贤：驾驭英贤，操控德才兼备的杰出人才(让他们为国效力)。

⑥ 勿为文法缚：不要被僵化的法令条文所束缚。文法：法令条文。

⑦ 温公用人法：指司马光用人的方法。温公：即司马光(1019—1086)，世称涑水先生。宋仁宗时中进士，宋英宗时进龙图阁直学士。宋神宗时，因反对王安石变法，出知永兴军。熙宁四年(1071年)，判西京御史台，居洛阳十五年，专门从事《资治通鉴》的编撰。哲宗即位，还朝任职。元丰八年(1085年)，任尚书左仆射兼门下侍郎，主持朝政，排斥新党，废止新法。数月后去世。追赠太师，温国公，谥文正。在用人思想上，他提出"凡取人之术，苟不得圣人、君子而与之，与其得小人，不若得愚人""德才兼备为圣人，德才兼亡为愚人，德胜才为君子，才胜德为小人""人不可以求备，必舍其短，取其所长"。

⑧ 硁然："硁硁然"的缩略语。意思是浅薄固执的样子。硁：音 kēng。《论语·子路》："曰'敢问其次？'曰：'言必信，行必果，硁硁然小人哉！抑亦可以为次矣。'"

⑨ 九垓：音 jiǔ gāi，指中央至八极之地，亦指天或九天之外。

⑩ 天地不藏宝：天地不会隐藏宝贝。

⑪ 白屋：以干茅草盖的房屋。指穷人家住的房子。腾风雷：风雷激荡。比喻贫士崛起，成为非凡人物。

⑫ 感激：感奋激发，激动。

其 二

　　帝王制礼乐，圣人垂彝训①。原为禁民奸，讵以觊非分②？后世选举穷③，开科试策问④。贤愚岂系此⑤？聊使白衣奋⑥。乃致帖括辈⑦，终身病摭捃⑧。非无贤达流，荣身取声闻⑨。十才沦其九，识者增悲忿。西夷谋事精，物理考斤斤⑩。彼夸有用学，视此为土粪。

治 水

　　五行⑪水属智，惟智能治水。大智如无智，专视水行止。人心与水一，水自听指使。岂人能使水，乃水自使耳！滔天泛滥时，水本非得已。疏塞失水性⑫，水患从此起。

----

①彝训:音 yí xùn,尊长者对后辈的教诲、训诫。

②讵以:岂以。觊:觊觎,希望得到不该得的东西。非分:非本分所应有的名利与地位。

③选举:推荐举拔人才。穷:窘困,困顿。

④开科:举办科举考试。试策问:出策问考题。策问是殿试考试的主要内容,一般是以皇帝的口吻发问,其内容主要关于经义或治国安邦、国计民生的政事。

⑤贤愚岂系此:人的品性贤良还是愚昧岂是与他们的科举考试能力相关联？系:音 xì,关联。岂:表示反诘。哪里,怎么。

⑥白衣:本义是白色的衣服,古代平民服。后用来称无功名或无官职的人或平民。奋:奋发,振作。

⑦帖括辈:熟记经书和八股文范文的士子。

⑧摭捃:音 zhí jùn,义同"捃摭"。采集,摘取。此处指拼凑文字。

⑨荣身:使其身份荣显。取声闻:获得名声。声闻:又作"声问"。名声。此联意思是也有贤达的人,通过科举考试使身份变得高贵,得到大的名声。

⑩考斤斤:研究得非常透彻。斤斤:明察的样子。

⑪五行:金、木、水、火、土。古人认为,五行中,火属义,木属仁,金属礼,土属信,水属智。

⑫疏塞:疏浚河道与筑堤堵塞。失水性:违背水性。水性:水的性能、特点。水有随势而流的特性,不同河流在深浅、流速、泥沙量、容量等方面具有不同的特点。

寿洪会庵茂才①六十

洪君长我年十三，我幼兄事学共参②。十年离乱不相见，梦魂常绕玉峰岚③。忆昔仓皇痛分手，风尘澒洞④迷东南。我悲从军君避世，生还已分力不堪⑤。沧桑百变人世改，君归高卧林下庵。读书琅琅⑥深屋里，眉丰鬓美发鬖鬖⑦，排门⑧禾黍生事足，绕膝儿孙乐意含。少时身弱苦多病，老来味道神耽耽⑨。四方远近称长者，亦使薄俗羞顽贪。我欲告归随杖履，苦恨自缚如春蚕。官书满几两眼暗⑩，时忧掣肘心惔惔⑪。世俗但分穷与达，谁辨其中苦与甘？我歌一曲为君寿，长斋礼佛如瞿昙⑫。山中猿鹤尚相忆⑬，应笑故人颜甲⑭惭。

① 洪会庵茂才：贵池建德县(今池州市东至县)纸坑山人，字会庵(会安)，恩赐副榜，父早世，事母以孝，抚兄遗孤如己子，为人忠厚，寿八十六。

② 兄事：像敬侍兄长一样对待他。学共参：共同钻研学问。

③ 岚：山林中的雾气。

④ 风尘澒洞：此处指战火硝烟弥漫。澒洞：音 hòng dòng，弥漫无际的样子。

⑤ 生还已分力不堪：即使自己能幸运活着回家，也已是筋疲力尽了。生还：从危险的遭遇中活着回家。已分：已经料定。力不堪：力气不能承受。

⑥ 琅琅：音 láng láng，拟声词。此处指响亮的读书声。

⑦ 鬖鬖：音 lán sān，头发长。

⑧ 排门：推门。

⑨ 味道：体察道理。神耽耽：神情凝重。耽耽：音 dān dān。本形容威严地盯视，后用以形容严肃专注。《周易·颐》卦"六四"爻辞："虎视耽耽，其欲逐逐。"

⑩ 官书：公文。满几：堆满书桌。两眼暗：两眼发黑，看不清东西。

⑪ 掣肘：音 chè zhǒu，拉着胳膊。比喻有人从旁阻挠。惔惔：音 tán tán，灼烧。

⑫ 长斋礼佛：终年吃素，念佛，礼敬佛陀。如瞿昙：像和尚一样。瞿昙：释迦牟尼的姓，一译乔答摩。亦作佛的代称。借指和尚。

⑬ 猿鹤：猿猴与鹤。此处指隐逸之士。尚相忆：尚且还能想起我。相：指代性副词，译为"我"。

⑭ 颜甲：脸厚如甲。谓不知羞耻。典出王仁裕《开元天宝遗事·惭颜厚如甲》。

游唐山观取石炭机厂①（时有议禁矿务者，因感而作此）

渠水清且涟，恍游江南道。雨足禾黍丰，村树绿于葆②。我游唐山下，信宿见情好。石炭③取代薪，轮机惊创造。汉唐重力田④，矿务弗深讨⑤。今日田无余，生齿日繁浩。乃仍严矿禁，忍听斯民槁。况乃民所需，金帛输夷岛。譬如桑不蚕，岁岁乞鲁缟⑥。伤哉闽粤民，海外涂肝脑⑦。

泛七里海⑧（在昌黎县，时筹边备，过此）

积沙枕海濆⑨，冈陇纷起伏。西留卅里湖，清荡豁心目。扼险提一旅，万骑不敢扑。土人足鱼虾，终岁资事畜。垂杨荫门巷，稚子戏相逐。夜暖一灯明，百蟹竞趋簏⑩。谋生术诚巧，竭泽毋乃蹙？群动日相欺，强食困弱肉。大哉圣人道，服人使自服。

---

① 取石炭机厂：即唐山煤矿。

② 葆：音 bǎo，即翠葆，帝王仪仗的一种，以翠羽连缀于竿头而成，形若盖。此处形容草木青翠茂盛。

③ 石炭：煤炭。

④ 力田：努力耕田。泛指勤于农事。

⑤ 矿务：采矿事务。弗深讨：不做深入研究。

⑥ 鲁缟：古代鲁国生产的白色细绢。泛指名贵丝织品。

⑦ 海外：国外。涂肝脑：形容惨死。此联指的是福建、广东沿海居民，被贩运到国外做苦力，受尽凌辱与苦难，很多人失去人身自由，死于非命。

⑧ 七里海：位于今河北省秦皇岛市北戴河新区。

⑨ 海濆：音 hǎi fén，海边，海岸边。

⑩ 簏：音 lù，用竹或柳条编成的圆形器具。此处指捕蟹的笼子。

与卢龙张恭和大令谒夷齐庙①

独石障洪流，高台凌绝壑。崇祠石崖上，寂寞可罗雀。我来秋雨霁，寒风起丛薄。凛凛清正气，顽夫望犹却。从古乱贼生，情因迷好爵②。至道有经权③，常为伪者托④。夫子拒新朝，介然何趠跞⑤！此心孤日悬，千载尚落落⑥。贤宰荐蘋蘩⑦，馂余⑧乱杯杓。遥望首阳山，夕阳逗崖崿⑨。

登碣石⑩

清晨登碣石，浓露犹滴林。枣实已纂纂⑪，覆檐十亩阴。山顶天桥

---

① 卢龙：清直隶省永平府下辖县，今为河北省秦皇岛市所辖县。张恭和：即张谐之(1836—1904)，字公和(一作恭和)，号敬斋，河南陕州(今三门峡市陕州区)人，同治四年(1865年)进士，授兵部主事，后外放任昌黎、卢龙、邢台等县知县，蔚州知州，官至宣化府知府。光绪二十四年(1898年)致仕，寓居太原。著有《读书记疑四种》《尚书古文辨惑》《东明纪行》《困学录》《陶渊明述酒诗解》《敬斋存稿》等。为学宗程朱，为官守清慎勤三字官箴。殁年六十九岁。谒：拜见。夷齐庙：也称清圣庙、清节庙、清节祠，位于滦河西岸，原属卢龙县，中华人民共和国成立后划归滦县。此庙始建于汉，唐始祭祀，宋元因之。明清时期，拜谒祭祀达到高峰。康熙、乾隆帝多次登临此庙。题匾作诗赞颂古贤伯夷、叔齐。

② 迷：迷恋。好爵：高官厚禄。

③ 至道：最好的学说。有经权：人做事时守原则，叫"经"，特殊情况下，可以变通，叫"权"。

④ 常为伪者托：常被虚伪的人用作借口。

⑤ 介然：耿介，高洁。趠跞：音 chuō luò，同"逴荦"，超绝。

⑥ 千载：千年。形容时间长久。西周初至清末，时间有三千来年。落落：清楚、光明的样子。

⑦ 荐蘋蘩：奉献祭品。蘋蘩：音 píng fán，蘋和蘩。两种可供食用的水草，古代常用于祭祀。

⑧ 馂余：音 jùn yú，吃献神(伯夷、叔齐)后撤下来的祭品。

⑨ 崖崿：音 yá è，山崖。

⑩ 碣石：山名。在今河北省昌黎县北。主峰为仙台顶，海拔695米，是渤海近岸最高峰。此顶是碣石观海最佳位置。《尚书·禹贡》："导岍及岐 …… 太行、恒山，至于碣石，入于海。"

⑪ 纂纂：音 zuǎn zuǎn，集聚貌。此处形容枣实累累。

柱①，古人遗足音。茫茫大禹迹，何人为追寻？平沙渺以远，沧海阻且深。滔滔不可挽②，惜此牛蹄涔③。一苇④将何去？感叹发长吟。

山海关⑤

长城何巍巍，联山跨水涯。百步一碉台，十里一官衙。荒苔蔽石磴，枯树鸣寒鸦。战魂杳何许？惊风吹黄沙。胜朝缮边备⑥，力比秦赵奢⑦。谗间时内哄⑧，胜于外侮⑨加。南塘不终任（戚继光）⑩，李氏（李

---

① 天桥柱：位于碣石山碧云峰西北方向的一山崖上端，柱身有30米高，呈四方形，石色青白，四面如斧砍刀劈，陡直峭立，柱的上半部由三层巨石摞就。

② 滔滔：形容大水奔流的样子。挽：扭转。

③ 牛蹄涔：音niú tí cén，牛足印中的水。形容容量、体积等微小。

④ 一苇：一束芦苇，古人浮之水上而渡。后为小船的代称。

⑤ 山海关：又称榆关、渝关、临闾关，在清直隶省永平府临榆县（今河北省秦皇岛市）境内，明长城唯一与大海相交汇的地方。向北是辽西走廊西段，地势险要。关城北倚燕山，南连渤海，故得名山海关，冀、辽在此分界。

⑥ 胜朝：已灭亡的前一个朝代。此处指明朝。缮边备：整顿边境地区的军备。

⑦ 力比秦赵奢：守边的兵力比先秦时代秦国和赵国防御匈奴的兵力还要充裕。

⑧ 谗间：音chán jiān，用谗言离间人。时内哄：集团内部经常发生冲突。

⑨ 外侮：来自外国的侵犯或欺侮。

⑩ 南塘不终任：戚继光没能在职位上干到任期结束。戚继光（1528—1588），字元敬，号南塘、孟诸。山东登州（今山东省蓬莱市）人。明朝抗倭名将。隆庆年间，蓟镇东起山海关，西至居庸关，拱卫京师，是九镇中最重要的一镇，戚继光为蓟镇总兵官。他因地制宜，修长城，改进火炮，操练精兵，使蓟门固若金汤。因功被封为太子太保，又加封少保。万历十一年（1583年），调往广东。万历十三年（1585年），兵科给事中张希皋弹劾戚继光，戚继光遂被免职，回乡后病死。著有《纪效新书》《练兵实纪》《止止堂集》等。

成梁及其子如松如柏）世其家①。伤哉熊廷弼②，孤愤遭众挝③。痛哭帝阍④远，朋党相揄揶⑤。忠名虽不死，身死亦可嗟。至今战场上，春草不萌芽。

出山海关

当年关外判山河⑥，谁向横流挽逝波⑦。朋党半从科第起⑧，弹章繁

① 李氏世其家：指辽东总兵李成梁之子继承父亲家业与职位，掌军权，镇守辽东。李成梁（1526—1615），字汝契。高祖英自朝鲜内附，授世铁岭卫指挥金事，遂家焉，明朝后期名将。在明朝万历年间，镇守辽东三十年，其间，率领辽东铁骑先后奏大捷者十，边帅武功之盛，二百年来所未有。但他位望益隆后，奢侈无度，甚至虚报战功，为言官所劾。万历十九年（1591年）罢官，万历二十九年（1601年）复职。子如松、如柏、如桢、如樟、如梅等多任军职。

② 熊廷弼：生于1569年，卒于1625年，字飞白，号芝冈，湖广江夏（今湖北省武汉市江夏区）人，明朝将领。万历二十六年（1598年）中进士，任保定推官，迁监察御史。万历三十六年（1608年），授右副都御史、巡按辽东，请求屯田。万历四十七年（1619年），萨尔浒之战后，出任兵部右侍郎、辽东经略，招集流亡，整肃军令，制造兵器，浚壕缮城，巩固守备。天启元年（1621年），再任辽东经略，与广宁巡抚王化贞不和，终致士兵溃败，坐罪下狱，卷入党争。天启五年（1625年），坐罪处死。崇祯二年（1629年），得以恢复官爵，谥襄愍。有《熊襄愍公集》等作品传世。

③ 孤愤：因孤高嫉俗而产生的愤慨之情。遭众挝：遭到众人的打击。挝：音zhuā，敲打，击。

④ 帝阍：音dì hūn，天门，天帝的宫门。此处指紫禁城门，宫门。

⑤ 朋党：因利益、政见不同而形成的相互倾轧的宗派。相揄揶：音xiāng yú yé，嘲弄他。相：指代性副词，译为"他"。

⑥ 判山河：分割山河，割据国土。此处指努尔哈赤在东北地区崛起并建立后金政权。判：分割。

⑦ 谁向横流挽逝波：谁能面对危急局势而力挽狂澜。横流：河水冲决堤岸而漫流。指喻明王朝面临后金八旗军队咄咄逼人的攻势，局势很危险。

⑧ 科第起：科举考试被录取并做了官的人引起。科第：唐以来设科取士，因次第有甲乙，所以称科举为"科第"。

比战书多①。锦衣狱②急官如草，皮岛人降士倒戈③。却叹路旁望夫石④，年年风雨泣烟萝⑤。

临榆⑥道中望长城

太行东走矗云霄，嵥嶱⑦长城界蓟辽。碧血余腥含草木，牙幢⑧遗址换渔樵。田侯不卖卢龙塞⑨，秦帝空填渤海桥⑩。今日东防重西北⑪，汉廷谁继霍嫖姚⑫？

---

① 弹章：音 tán zhāng，弹劾官吏的奏章。战书：对敌方宣战的文书。

② 锦衣狱：明朝特务监狱，由锦衣卫管理，又称诏狱。

③ 皮岛人降：天启二年（1622年）十一月明将毛文龙率部入据朝鲜椵岛，改称皮岛。明廷遂设东江镇于此岛，由毛文龙负责，与辽东沿海诸岛及旅顺明军互为犄角，虎视辽东沿海诸城，威胁后金腹地。崇祯十年（1637年，清崇德二年），清皇帝皇太极命贝子硕讬、恭顺王孔有德等军进攻皮岛。已投降清的朝鲜接到清朝征兵命令，遂派平安兵使柳琳、义州府尹林庆业率军协助清军进攻皮岛。皮岛守将明东江总兵沈世魁坚决抵抗，四月初八夜，清兵分兵两路偷袭，明兵万余人阵亡。金日观、楚继功等明将领等力战殉国，沈世魁被俘，不屈而死。皮岛上的所有男丁，被清兵诛戮殆尽。次年二月，沈世魁之侄沈志祥率二千五百军民接受招降，归顺皇太极。倒戈：投降敌人，掉转武器向己方攻击。

④ 望夫石：传说是孟姜女站立望夫之石。位于山海关以东凤凰山上的孟姜女庙。

⑤ 年年风雨泣烟萝：倒装句，即"年年烟萝风雨泣"。烟萝：草树茂密，烟聚萝缠。

⑥ 临榆：临榆县，古县名，又称"榆关"，位于今河北省秦皇岛市海港区、抚宁区、山海关区。清乾隆二年（1737年）建临榆县。境内山海关长城是万里长城的入海处。

⑦ 嵥嶱：音 jié là，形容山势连延的样子。此处形容长城随山势高低起伏的样子。

⑧ 牙幢：即牙旗。旗杆上饰有象牙的大旗。多为主将主帅所建，亦用作仪仗。

⑨ 田侯不卖卢龙塞：周馥指自己像三国时田畴一样有操守，有功也不请赏。《三国志·田畴传》载，田畴，字子泰，右北平无终人也。曹操北伐乌丸，田畴以司空户曹掾随军，建议偷越卢龙口出击并亲为向导，有功，封亭侯，不受，曰："岂可卖卢龙之塞，以易赏禄哉？"后因以"不卖卢龙塞"为不以功邀赏之典。

⑩ 秦帝空填渤海桥：此句用了"秦皇架石桥"之典故。传言秦始皇曾在今山东省滨海处造过石桥。徐坚《初学记·卷六·地部中》"秦桥汉柱"条引《三齐记》曰："青城山，秦始皇登此山筑城，造石桥，入海三十里。"后用此作为咏秦始皇、咏东海的典故，也借以咏桥。

⑪ 东防：东边的防卫（日、俄）。重西北：比防守西北（指英国，英国当时已占领印度与阿富汗）更重要。

⑫ 汉廷：汉朝。此处喻指清朝。霍嫖姚：音 huò piáo yáo，指汉武帝时抗击匈奴的名将霍去病。以其受封嫖姚校尉，故名。

往黑岩子中路，宿王庄，见灾民甚苦①

中秋碣石月无光，重九越支菊②断筋。寒雨晚林人闭户，冷烟孤店客求粮。秋禾潮偃③百千里，估舶时通三两航④。闻道长官膺上考⑤，三年曾否莅荒庄？

小　憩

半载关山马足尫，茅檐小憩拂炎埃。

长途苦比热官乐，午梦酣时无客来。

行海滨，渔父赠鱼

出水时鲜堪佐杯，晚饥慰我比琼瑰。

平生一饭非人力，得失都从意外来。

题邱履平少尹⑥诗集

履平奇男子，血性独异人。手擅文武艺，足踏万里尘。功名富贵岂

---

① 这首诗是周馥任李鸿章文案时，前往黑沿子(时称黑沿子汛，今河北省唐山市丰南区黑沿子镇)途中，住宿王庄(时称王家庄，今河北省唐山市南堡开发区滨海镇老王庄)时，抒发的感受。黑沿子汛与王家庄在唐胥铁路正南方不远处，紧靠渤海。

② 越支菊：生长在越支的菊花。越支：古地名，一名越支社。在今河北省丰南市东南三十里。盛产盐。清于此置盐场，并设盐大使。《钦定大清一统志·遵化州》："越支盐场在丰润县南一百里，东接济民，西北至斗沽，接宝坻县芦台场，广袤二百四十里。"民国初并入芦台场。

③ 秋禾潮偃：秋天庄稼因潮水(江潮或海潮)浸灌而倒伏。

④ 估舶：音 gū bó，商船。三两航：两三艘船。

⑤ 长官：此处指河南唐县人贡生牛昶煦。牛昶煦于光绪八年(1882年)署丰润知县，练达勤民，士民戴之。光绪十年(1884年)调任迁安知县。膺上考：官吏考绩列上等。

⑥ 邱履平：即邱心坦(1840—1903)，字履平。海州(今连云港)南城人。曾随淮军转战关陇、燕赵，曾国藩任两江总督时，他被征入曾幕府，后又为淮军将领吴长庆幕僚，甲午中日战争前，随吴军派驻朝鲜。甲午中日战争失败后，离开军旅，入赀为候选县丞，以静海县丞终。著有《归来轩集》。少尹：官名。唐初诸郡皆置司马，开元元年(713年)改为少尹，是府州的副职。至宋，名存实亡。后为州县辅佐官如县丞、典史、吏目、巡检之类的别称。

难致，谁为知己报以身。年深匣剑蛟龙吼①，奇气吐作诗千首。酒酣弹铗为我歌②，飒飒寒风吹户牖。我别履平二十秋，英姿如昔雪盈头。风尘百折人世改，何期沧海复同游。沧海连天波浪恶，旗帜蜿蜒遍沙漠。丈夫有志天可回③，乃使英雄受束缚。嗟嗟④！男儿一穷见风骨⑤，乘时云雨亦倏忽⑥。谁怜马上杀贼雄，付与闲曹弄风月？银台大夫开幕府（时吴清卿通政奉诏募兵）⑦，昨闻奉诏召罴虎⑧。愿君投笔树一帜，手馘鲸鲵报圣主⑨。

旅　夜

偶伤醉饱夜眠迟，梧影垂窗月半规⑩。

---

①匣剑：匣中的宝剑。喻指被埋没的人才。蛟龙吼：指宝剑在匣中发出蛟龙般的吼声。原指剑的神通，后比喻有大材的人希望被任用。典出王嘉《拾遗记》："（帝颛顼）有曳影之剑，腾空而舒，若四方有兵，此剑则飞起，指其方则克伐。未用之时，常于匣里如龙虎之吟。"

②酒酣：音jiǔ hān，酒喝得尽兴，畅快。弹铗：音tán jiá，敲弹剑面。铗：剑或剑把。

③天可回：可以扭转天的运行方向。形容力量大，能扭转很难挽回的局面。

④嗟嗟：感叹词。表示赞美。

⑤男儿：男子汉，有志气与骨气的男子。一穷：一旦困顿不得志。见风骨：展现出刚正的气概。

⑥乘时云雨亦倏忽：形容某些人得到好的机会，会很快发迹。乘时：趁时机。云雨：兴云作雨。

⑦银台大夫：宋时有银台司，掌管天下奏状案牍，因司署设在银台门内，故名。明清的通政司职位和银台司相当，所以也称通政司为银台。吴清卿通政：即吴大澂（1835—1902），字止敬，又字清卿，号恒轩，晚号愙斋，江苏吴县（今江苏苏州）人。同治七年（1868年）进士，授编修，出为陕甘学政。光绪三年（1877年）赴山、陕襄办赈务，不辞劳苦，得左宗棠、曾国荃等保荐，次年，授河北道。光绪六年（1880年），诏给三品卿衔。次年，授太仆寺卿。后历任左副都御史、河道总督等职。光绪二十年（1894年），甲午之战，他督师出关，兵败罢职。通政：通政使司长官，吴氏于光绪九年（1883年）十一月任此职，在任一年。通政使司掌内外章奏和臣民密封申诉之件，俗称银台。

⑧罴虎：音pí hǔ，喻勇士。

⑨手馘：亲手斩杀。鲸鲵：音jīng ní，即鲸。雄曰鲸，雌曰鲵。代称凶恶的敌人。报圣主：报答贤明的皇上。

⑩月半规：月亮半圆。指农历初八、九或二十二、二十三，月亮上弦、下弦的日子。

宿草故人①消息断，何因把手梦来时？

纂集道光以来通商各国条约②，书成感题

（光绪十一年③乙酉四十九岁）

惊心五十年间事，盘敦干戈④几变迁。前辙后车非鉴远，徙薪曲突在机先。市船可算非无术，琴瑟难调应改弦。气局日新谁遏得？盛衰莫尽诿天缘。

读袁爽秋农部⑤诗有感

红尘十丈人如海。展读新诗眼为明。江上钓丝牵客梦，酒边吟管带离声。车轮碌碌青春老，案牍茫茫白发生。拟约丁沽⑥看柳色，登楼恐惹故乡情。

---

① 宿草故人：死去已久的友人。宿草：隔年的草。借指坟墓或人死多时。

② 纂集：音 zuǎn jí，编纂汇集。道光以来通商各国条约：鸦片战争以后西方列强与世界其他国家与中国签订的条约。未纳入《周馥全集》中，也未见出版。

③ 光绪十一年：1885年。这年正月，李鸿章委办周馥创建天津武备学堂。

④ 盘敦干戈：指中国与外国外交往来与战争冲突。盘敦：指珠盘和玉敦。古代天子或诸侯盟会所用的礼器。敦以盛食，盘以盛血，皆用木制，珠玉为饰。后以"敦盘"指宾主聚会或使节交往。

⑤ 袁爽秋农部：即袁昶（1846—1900），原名振蟾，字爽秋，一字重黎，号渐西村人，浙江桐庐人。光绪二年（1876年）进士，历官户部主事、总理衙门章京，办理外交事务，后任安徽宁池太广道、江宁布政使，为政能持大体。迁光禄寺卿，擢太常寺卿兼总理各国事务大臣。光绪二十六年（1900年），三次上书力言义和团不可任，触怒枢臣，被清廷处死，同时赴刑的还有许景澄、徐用仪、立山、联元四人，史称"庚子五大臣"。《辛丑条约》签订后，清廷为其平反，谥忠节。他是同光体浙派诗人的代表。著有《渐西村人初集》《安般簃诗续钞》《春闱杂咏》《水明楼集》《于湖小集》等。

⑥ 丁沽：即丁字沽。在今天津市北红桥区北部，北运河西岸。顾祖禹《读史方舆纪要·卷十一·北直二·武清县·清沽港》："丁字沽，以三水会流如丁字也。沽东南去天津六十里。"

丙戌四月醇亲王莅天津，巡阅北洋水陆各军，余充总理营务，随军襄事。役毕感赋六律（光绪十二年①丙戌五十岁）

其 一

海国妖氛散②，忧危庙略宜③。名王新阅伍④，大将久屯田⑤。舰激风涛壮，旗开岛日悬⑥。群酋⑦争拜舞，喜气幸甘泉⑧。

其 二

百战中兴后⑨，岩疆久罢兵⑩。诸军争负弩⑪，圣世重干城⑫。金帛分

---

① 光绪十二年：1886年。这年正月，周馥会禀立集贤书院，四月，醇亲王奕譞巡阅北洋水陆军队，周馥随至大沽、旅顺、大连湾、威海卫、胶州澳，助理阅操议防诸事。阅操一应事宜都由周馥精心安排，周馥为此撰写了《醇贤亲王巡阅北洋海防日记》，逐日详细记述醇亲王巡阅的全部活动。五月，禀建胥各庄至阎庄运煤铁路。八月，被户部误劾，奏请严议革职，旋经李鸿章查明，此案奉旨撤销。十月，署长芦盐运使。

② 海国：近海地区。妖氛：不祥的云气。喻指凶灾、祸乱。

③ 忧危：忧虑戒惧。庙略：朝廷的谋略。宜：宣示。

④ 名王：皇族有封号的王。此处指醇亲王奕譞。新阅伍：新近检阅军队。

⑤ 大将久屯田：指周盛传兄弟在光绪初年领盛军在天津小站垦区屯田，兴修水利的事。

⑥ 旗开：旗子展开。岛日："日岛"的倒装。日岛位于威海市刘公岛东南2000米的海面上，原名衣岛，远远望去，露出海面的一片礁石，像一堆衣服漂浮在海面上，由此得名衣岛。因其位于太阳升起之处，且当地方言"衣"与"日"两字同音，于是便有了日岛之称。

⑦ 群酋：指参与此次巡阅活动的英、法、日等国的海军官员、武官及北洋舰队聘用的各类专职外国技师（时称教习）。

⑧ 甘泉：本指甘泉宫，故址在今陕西省淳化县西北甘泉山。始建于秦，汉武帝增筑扩建，在此朝诸侯王，飨外国客，夏日亦作避暑之处。此处指醇亲王接见北洋海陆军将领及外军将领的公馆。

⑨ 百战中兴后：倒装句，即"中兴百战后"。指清王朝在百战后得到复兴。中兴：指国家由衰退而复兴。百战：指镇压太平军、捻军等战事。

⑩ 岩疆：边远险要之地。罢兵：停战。

⑪ 负弩：背负弓箭，开路先行。古代迎接贵宾之礼。典出《史记·司马相如列传》。

⑫ 干城：保卫国土的将士。《诗经·周南·兔罝》："赳赳武夫，公侯干城。"干：盾牌。城：城墙。干和城均起防卫作用，喻捍卫者。

棚①赐，毡裘肃队迎②。应怜褒鄂③老，图像上承明④。

其　三

　　恩诏从天下，三军咸共呼。谁怜疮裹甲⑤？犹怯谤成书⑥。重译传雄略⑦，群歌隘广途。轼蛙⑧心可见，访士逮屠沽⑨。

其　四

　　自古沧溟⑩险，如今化坦途。闭关难卧治⑪，彻土⑫勿迟图。欲建非常业，宁教俗例拘？姬公负扆日⑬，九译舞天衢⑭。

---

　　①棚：清末陆军编制，兵士十四人为一棚。

　　②毡裘：本指古代北方民族用毛制的衣服，代指胡人或其酋长。肃队迎：恭敬整齐地列队迎接。

　　③褒鄂：唐太宗时功臣褒国公段志玄与鄂国公尉迟敬德的合称。此处指立下赫赫战功的湘军、淮军等诸军老将。

　　④图像：绘制功臣图像。承明：西汉未央宫承明殿。此处指中南海紫光阁，清代乾隆、道光、同治、光绪年代均曾绘功臣图像于此阁。

　　⑤疮裹甲：是"甲裹疮"的倒装。意思是用铠甲包扎创伤。

　　⑥犹怯：仍然害怕。谤成书：毁谤人的文字积成一本书。此句指周馥害怕受别人中伤。

　　⑦重译：辗转翻译。传雄略：传承非凡的谋略。此处指翻译西方发达国家的治军章程。

　　⑧轼蛙：典出《韩非子·内储说上·七术》："越王虑伐吴，欲人之轻死也，出见怒蛙，乃为之式。从者曰：'奚敬于此？'王曰：'为其有气故也。'明年，请以头献王者，岁十余人。"后用为教育部属、鼓舞士气、征求勇士的典故。

　　⑨此句赞美醇亲王热心寻觅人才，寻访下层人。

　　⑩沧溟：音 cāng míng，大海。

　　⑪闭关难卧治：倒装句，即"难闭关卧治"。意思是难以关闭国门，无为而治。闭关：佛教名词。即闭居修养道业。此处指关闭国门，提升军事实力。卧治：以伏在几案上休息的方式来治理郡县。比喻政事清简，无为而治。典出《史记·汲郑列传》。

　　⑫彻土：提前做好准备。典出《诗经·豳风·鸱鸮》"迨天之未阴雨，彻（剥）彼桑土（桑树根），绸缪牖户"，意思是趁着天未阴雨，剥取那桑皮桑根来修补鸟巢，将窗扇门户缚紧。

　　⑬姬公：周公姬旦，又可指周文王姬昌。此处指醇亲王。负扆：音 fù yǐ，亦作"负依"。背靠屏风。此处喻指帝王临朝听政或摄政王听政。扆：古代宫殿内设在门和窗之间的大屏风。《淮南子·氾论训》："周公继文王之业，履天子之籍，听天下之政，平夷狄之乱，诛管、蔡之罪，负扆而朝诸侯。"高诱注："负，背也。扆，户牖之间。言南面也。"

　　⑭九译：辗转翻译。此处指从外国来中国从事政治与商贸活动的人。舞天衢：在京城道路上高兴地舞蹈。

其　五

　　三辅咽喉地，楼台十万家。衣冠联岛国①，衡宇接京华②。设险千年计，宣威万里遐。要知忧国意，清夜听悲筋。

其　六

　　华盖明星纬③，先觇紫气临④。欲回天地运，如见吏民心。慈极嘉谟入⑤，黄图后计深⑥。他年佳话在，辽海遍棠阴⑦。

晓出郭外二首（时法、越构衅初平）

其　一

　　湿云蒸日出⑧，晓郭沸人声。水市鱼筐满，沙堤马足轻。时艰难作吏，岁熟若忘兵。郊垒多平没⑨，春农正乐耕。

其　二

　　六载关门尹⑩，劳劳鬓已皤⑪。官书夷汉杂⑫，樽酒送迎多⑬。得失鸡

---

　　① 衣冠:本指衣服和帽子。借指士大夫、官绅、名门世族。联:联络。岛国:此处指英国、日本等国。

　　② 衡宇:门上横木和房檐,代指房屋。接京华:连结到京城。

　　③ 华盖明星纬:周馥以华盖星出现在天空中,来称颂醇亲王莅临天津阅军。华盖:即华盖星,中国天文中的星官之一,属紫微垣,共十六星,形似伞状。又可指贵人乘坐的车子。星纬:音 xīng wěi,天文星象。亦指以星象占定人事吉凶祸福的方术。《后汉书·姜肱传》:"肱博通《五经》,兼明星纬,士之远来就学者三千余人。"

　　④ 觇:音 chān,窥视,观测。紫气临:紫色云气来临。古代以紫气为祥瑞之气。

　　⑤ 慈极:本指皇太后所居之宫。借指皇太后。此处指皇太后垂帘听政的紫禁城养心殿东暖阁。嘉谟:音 jiā móu,高明的谋略。入:采纳。

　　⑥ 黄图:即皇图,宏大的规划。此处指醇亲王对海军建设所做的规划。黄:通"皇",大。

　　⑦ 辽海遍棠阴:用了"甘棠遗爱"典故,赞美醇亲王爱民。典出《诗经·召南·甘棠》。

　　⑧ 湿云蒸日出:倒装句,即"日出湿云蒸"。湿云:湿度大的云。蒸:升腾。

　　⑨ 郊垒:郊外的防敌营垒。多平没:大多被推平了。

　　⑩ 关门尹:管理关门的官员。指津海关道。周馥于光绪七年(1881年)任津海关道。

　　⑪ 劳劳:辛劳。鬓已皤:鬓发已白。皤:音 pó,白色。

　　⑫ 官书:公文。夷汉杂:外文公文与汉文公文杂在一起。

　　⑬ 樽酒:杯酒。代指酒食。送迎:送往迎来。指交际应酬。

争粟①，行藏蚁附柯②。欲归归未得，岁月愧蹉跎③。

长子学海以拔萃科应朝考④，未取前列，颇不乐，作此示之

美境当存退步思，缀名拔萃已非迟。夺标亦恐为郎老⑤，捧檄⑥方知作吏卑。随分诗书原有福⑦，逢时勋业亦何奇⑧？男儿得失寻常事，志向先从远大期。

苦　雨

赤日破云红半壁，忽然天黑飞霹雳。龙公老手亦失机，欲求转环失过激。我屋雨漏床屡移，十旬病湿蜗沿壁。东邻墙塌儿遭压（近事），南亩禾飘妇抱恝⑨。推窗望霁⑩湿云飞，庭树摇风送余滴。年年赈贷司农

---

① 得失：得与失。指名利的得到与失去。鸡争粟：鸡争抢粟米。形容得与失微不足道。

② 行藏：指出处或行止，行迹。蚁附柯：本指像蚂蚁一样成群地附着在树枝上。此处形容官场生涯，如同南柯一梦，没有意义。

③ 蹉跎：音 cuō tuó，时间白白地耽误过去。

④ 拔萃科应朝考：以拔贡生资格参加朝考。拔贡：明清科举制度中选拔贡入国子监的生员的一种。名额是每个府学二名，州、县学各一名。清制，初定六年一次，乾隆七年（1742年）改为每十二年（即逢酉岁）一次，由各省学政选拔文行兼优的生员，贡入京师，称为拔贡生，简称拔贡。功名仍为秀才。同时，经朝考合格，入选者一等任七品京官，二等任知县，三等任教职，更下者罢归，谓之废贡。周学海登乙酉拔萃科，因捐饷议叙得补内阁中书。

⑤ 夺标：夺取锦标。此处指朝考得第一等。亦恐为郎老：也恐怕到老只做到郎官这一级。郎官：是古代官名。此处指六部司官，如郎中、员外郎等，品级都不高。

⑥ 捧檄：接到委任的通知。

⑦ 随分：安本分，依据本性。诗书：阅读诗书。

⑧ 逢时：遇上好时运。勋业：建立功勋和事业。

⑨ 南亩禾飘：农田里禾苗被洪水冲走。抱恝：音 bào nì，满怀忧愁。恝：忧思，伤痛。

⑩ 霁：音 jì，雨后转晴。

忧①，况复防汛如防秋②。捐金输粟岂至计，徙薪曲突谁为谋？夜深云收月华吐，遥听溪流绕烟树。城南白浪大于山，何人为唱《公无渡》③？

丁亥十一月以卓异入都展觐，归至保定，
感述五律（光绪十三年④丁亥五十一岁）

其 一

匝月觥筹走帝京⑤，欢然握手若平生⑥。愧无时事徙薪策，虚辱公卿倒屣迎⑦。世路腥膻惭宦味，侯门冷暖看人情。岿然却羡前丞相，独乐园中享太平（宝佩蘅相国鋆⑧年八十余，风姿健爽，论事明决如昔）。

其 二

楼阁沉沉晓月妍，午门鹄立待传宣。身家天语承重问⑨，戎马臣劳

---

① 赈贷：救济(灾民)。司农：官名。汉始置，掌钱谷之事。亦称大司农，为九卿之一。清代以户部司漕粮田赋，故别称户部尚书为大司农。

② 防汛：在江河涨水时期采取戒备措施，预防洪水泛滥成灾。汛：音 xùn，涨水。防秋：古代西北各游牧部落，往往趁秋高马肥时南侵。届时边军特加警卫，调兵防守，称为"防秋"。《旧唐书·陆贽传》："又以河陇陷蕃已来，西北边常以重兵守备，谓之防秋。"

③《公无渡》：即《公无渡河》，乐府古题，又名"箜篌引"。《乐府诗集·相和歌辞》收入此歌，它是有记载的最早的一首由朝鲜传入中国的民歌。歌词是："公无渡河，公竟渡河！堕河而死，当奈公何！"此句指有妇女为淹死的男人而哭嚎。

④ 光绪十三年：1887年。这年三月底，卸署长芦盐运使，李鸿章奏准，让周馥暂缓回津海关道任，派令总理北洋沿海前敌水陆营务处兼督办旅顺船坞工程。

⑤ 匝月：音 zā yuè，满一个月。觥筹：音 gōng chóu，酒器和酒令筹。此处指参加饮宴。

⑥ 欢然：高高兴兴地。若平生：好像是相交已久的朋友。

⑦ 虚辱：空承美意。倒屣迎：音 dào xǐ yíng，古人家居脱鞋席地而坐，争于迎客，将鞋穿倒。形容热情迎接宾客。典出《三国志·王粲传》。

⑧ 宝佩蘅相国鋆：即宝鋆(1807—1891)，索绰络氏，字佩蘅，号锐卿，满洲镶白旗人，世居吉林。道光十八年(1838年)进士，授礼部主事，擢中允，三迁侍读学士。咸丰时曾任内阁学士、礼部右侍郎、总管内务府大臣。同治时任军机处行走，并充总理各国事务大臣、体仁阁大学士。光绪年间晋为武英殿大学士。卒谥文靖，入祀贤良祠。

⑨ 身家：本人和家庭。此处指身世事历。天语：皇帝说的话。据周馥自编《年谱》载，光绪十三年(1887年)十月二十六日"上召见，问籍贯、年岁、在李鸿章营多少年、服官年月甚悉"。重问：指皇上详细垂询。

忝廿年①。内侍开帘琼宇静，尚书捧简玉班联②。殷勤枢相③呼名奏，敢道亲藩为举贤。

其 三

神京西北水云区，劫后春风土未苏。小辟荒芜聊点缀，为承色养助欢娱④。射堂讲武风生树，战舰鸣笳⑤月满湖。自是圣明不忘武，一游一豫见雄谟（昆明湖建离宫数所，并起武备学堂，调轮船炮船操阵）⑥。

其 四

两度辞官未脱官，恩纶再著惠文冠⑦。同时流辈飞腾尽⑧，顾我疏慵

----

① 戎马：军马。借指军旅、军务。忝：音 tiǎn，谦辞，表示愧于做某事。廿：音 niàn，二十。同治元年（1862年）正月，李鸿章驻营安庆北门外，周馥入营办理文案，开始了戎马生涯。至光绪十三年（1887年），其间，除了同治六年（1867年）至九年（1870年）在金陵襄办善后工程外，一直受李鸿章指派办理各种繁难事务，前后二十来年。

② 尚书：指吏部尚书，光绪十三年（1887年）的吏部尚书有出身蒙古八旗的锡珍（兼授总理各国事务衙门大臣）和出身汉军八旗的徐桐（兼充翰林院掌院学士）。捧简：捧了记载官员籍贯履历事历的文书。玉班：玉笋班。指英才济济的朝班。

③ 枢相：音 shū xiàng，清代对官至大学士的军机大臣的称谓。光绪十三年（1887年）的枢相为满军八旗出身的额勒和布。

④ 色养：和颜悦色地奉养父母。典出《论语·为政》。此处指光绪帝为孝敬慈禧太后，特修理清漪园。

⑤ 鸣笳：吹奏笳笛。此处指在湖里操练的平底小战船鸣汽笛。当时置办了十来艘小船，其中包括八只炮艇。

⑥ 昆明湖：位于清代皇家园林清漪园（即颐和园）内，北依万寿山，南向平野，总面积有三千亩。武备学堂：即光绪十二年（1886年）设立，光绪二十一年（1895年）撤销的京师昆明湖水操内外学堂。该学堂是中国历史上第三所且是唯一一所专门培养八旗子弟的近代海军学校。时任津海关道周馥为此出资捐献了一只小轮船，名为翔云。

⑦ 恩纶：ēn lún，犹恩诏。语出《礼记·缁衣》："王言如丝，其出如纶。"惠文冠：冠名。相传为赵惠文王创制，故称。汉谓之武弁，又名大冠。诸武官冠之。侍中、常侍加黄金珰，附蝉为文，貂尾为饰。侍中插左貂，常侍插右貂。因又称"貂珰""貂蝉"。

⑧ 流辈：同辈，同一流的人。指李鸿章帐下淮军将佐和文幕人物。飞腾：飞黄腾达，做了大官。

引退难①。父老相谈犹感旧，孤贫闻信更增欢。频年却愧刘公干②，海峤孤羁耐岁寒（刘芗林观察含芳资劳亦二十余年，尚未补署）③。

其 五

朔风吹雪点征裘④，一路看山到保州⑤。鸡酒故人频慰藉⑥，鸿嗷大府重咨诹⑦。羽毛依旧投梁燕，风浪经多泛海鸥。今日思归归更远，乡园东指析津楼⑧。

雪后早行

灯火微茫晓月残，朔风凛凛雪漫漫。羸骖步懔层冰滑⑨，冻雀声喑万木寒⑩。障日云顽如作雨⑪，出山泉暖尚生澜。受恩容易酬何易⑫？僮仆休嗟行路难。

---

① 顾：反省。疏慵：音 shū yōng，懒散。引退：辞去官职。

② 刘公干：即刘桢（？—217），字公干，东平宁阳（今山东省宁阳县泗店镇古城村）人。东汉末年名士、诗人，"建安七子"之一。博学有才，警悟辩捷，选为丞相（曹操）掾属，与魏文帝和曹植兄弟交好。参加曹丕筵席时，平视王妃甄氏，以不敬之罪罚服劳役，署为小吏。建安二十二年（217年），染疾而亡。他在诗歌创作方面，负有盛名，与曹植并举，称为"曹刘"。此处指周馥的同乡好友刘含芳，周馥四儿周学熙的岳父。

③ 海峤：音 hǎi qiáo，海边山岭。孤羁：孤身一人留守。资劳：资格和劳绩。

④ 朔风：北风，寒风。点：飘落到。征裘：战士穿的毛皮衣。

⑤ 保州：即保定。北宋建隆元年（960年）于清苑县置保塞军。太平兴国六年（981年），保塞军升为保州，清苑县更名保塞县。

⑥ 鸡酒故人频慰藉：用了倒装与省略句法，即"故人携鸡酒频慰藉我"。表示友人的好客情意。

⑦ 鸿嗷：鸿雁哀鸣。比喻饥民流离失所、痛苦哀号。大府：上级官府，明清时亦称总督、巡抚为"大府"。咨诹：访问商榷。《毛诗注疏》："访问于善为咨，咨事为诹。"

⑧ 析津楼：此处指位于天津老城厢中心的鼓楼。周馥任津海关道八年，居家天津。析津：天津县的别称。周馥十月初十抵保定，十九日回天津。

⑨ 羸骖：音 léi cān，瘦弱的马。步懔：行走小心。懔：音 lǐn，害怕，警惕。

⑩ 冻雀：寒天受冻的鸟雀。声喑：不能发声。

⑪ 障日：遮蔽太阳。云顽：乌云密布不散。

⑫ 酬：回报。何易：哪容易。

玉山诗集　卷二

暑日途中（光绪十四年①戊子五十二岁）

其　一

返照篮舆②里，炎风③六月天。

农家方歇午④，高枕柳阴眠。

其　二

槐荫午风凉，行人此释担。

急行枉自劳，迟行抑何憾？

京寓杂作二首

其　一

敢谓公卿下草茅⑤，衣冠随俗未能抛，

不争见面争投刺⑥，留得心交胜面交⑦。

其　二

一月京尘衣化缁⑧，敝车羸马路嵚崎⑨。

秋风秋月多离思，日赴朱门弄酒卮⑩。

---

　　① 光绪十四年：1888年。这年，光绪帝大婚，北洋海军成立。正月，周馥赴旅顺大连湾勘炮台工程，三月回津海关本任，复随李鸿章勘大连湾、威海卫各处工程并同阅水师操，三月二十九日奉旨补授直隶按察使。四月，会同海军统领丁汝昌、记名总兵林泰曾、候补道罗丰禄等议订北洋海军章程。

　　② 篮舆：音lán yú，古人乘坐的交通工具，形制不一，一般以人力抬着行走。

　　③ 炎风：炎热的风。

　　④ 歇午：午饭后休息。

　　⑤ 敢谓：敢说。公卿下草茅：朝廷勋贵对地位微贱的平民非常加礼。

　　⑥ 投刺：投递名帖。古代礼节，通报姓名以求相见或表示祝贺。刺：指名刺或名帖。

　　⑦ 心交：本指知心朋友。此处指名片，认为名片体现了真心实意。面交：当面应酬。

　　⑧ 衣化缁："素衣化缁"的缩略语。意思是白衣变成了黑衣。形容灰尘极多。

　　⑨ 敝车羸马：音bì chē léi mǎ，破旧的车子与瘦弱的马。嵚崎：音qīn qí，险峻。

　　⑩ 朱门：古代王侯贵族的府第大门漆成红色，以示尊贵。后用此词泛指富贵人家。弄酒卮：举杯喝酒。酒卮：音jiǔ zhī，盛酒的器皿。

老　马

天街①一雨没腰泥，骥子龙孙②气亦低。

不是老来筋骨懒，久经历险怕伸蹄。

李蠡纯检讨③讯旅顺风景，占此答之三首

其　一

北干西分渡海山，飞轮遥指白云间。

朝宗④万派瀛寰水，此是神京第一关。

其　二

四山雾起知风发，九月云阴见雪飞。

共道今年天气暖，征人三伏著春衣⑤。

其　三

军容如火照瀛洲⑥，白发元戎十载谋⑦。

蛟鳄爪牙⑧应自敛，雷霆终古护神州。

---

①天街：帝都的街道。

②骥子龙孙：骏马子孙。此处指驾车的老马。

③李蠡纯检讨：即李昭炜（1836—1908），字理臣，号蠡纯，安徽婺源（今属江西）李坑村人，同治甲戌（1874年）翰林，后来任詹事府詹事，从二品内阁学士兼署经筵讲官，兵部左侍郎，工部右侍郎兼署礼部右侍郎等职。检讨：明清时隶属翰林院，位次于编修，掌修国史，与修撰、编修同称为史官。

④朝宗：本指古代诸侯春夏间朝见天子。此处指江河的水汇入大海。

⑤春衣：春季穿的衣服，即夹衣。

⑥军容如火：指军队和军人的礼仪法度、军阵和装备，威武雄壮。瀛洲：神话传说中的东海仙山。此处指旅顺军港。

⑦白发元戎：白头发的元帅。此处指李鸿章。十载谋：十年间谋划海军建设。李鸿章于同治十三年（1874年）提出"海防论"，积极倡议建立近代化的海军。光绪元年（1875年），时任直隶总督、北洋大臣的李鸿章奉命创建北洋水师，光绪五年（1879年）、十一年（1885年），相继向英国与德国订造巡洋舰与铁甲舰共八艘。光绪十四年（1888年）十一月十五日，北洋水师正式成立。共拥有大小舰船二十多艘。

⑧蛟鳄爪牙：此处指外国侵略者的野心。

光绪十四年三月升授直隶臬司，六月陛见。旋奉醇亲王奏留，襄订海军章程①，至八月竣事，九月初三出都三首

其 一

九月初三夜，皇都第一程。殊恩方拔滞②，多难亦成名③。韬略惭难继，鱼龙喜效诚④。贤王神武在⑤，洗眼看澄清⑥。

其 二

温语钦慈极⑦，尧庭独对时⑧。臣心三月瘁⑨，令典万年垂⑩。天使鸿荒破⑪，人须故辙移。饱腾看士气，十万壮熊罴（章程虽奏明定案，惟兵舰尚少，不足自成一军，应从速添舰练兵。已于章程册端叙明）。

---

① 襄订海军章程：协助制订海军章程。据周馥自编《年谱》载，光绪十四年（1888年）四月，周馥会同海军统领丁汝昌、记名总兵林曾泰、候补道罗丰禄等议订《北洋海军章程》。六月，海军衙门趁周馥升任直隶按察使晋京谢恩之机，奏留周馥襄订章程。海军衙门在奏折中说："直隶按察使周馥，在津海关道任内，经臣李派其总办水路营务处，深资得力。现在该员来京陛见，例应即日请训赴任。唯北洋创办海军，该员经手最多，适届详拟章程之时，尚赖其随同参订，方能尽善。臣等公同商酌，拟请按察使周馥暂留海军衙门，襄理创办海军章程事宜，实有裨益。"周馥等人借鉴英国与德国海军规章，结合北洋海军的特点，在八月底终于制订成《北洋海军章程》。其内容包括船制、官制、升擢、事故、考校、俸饷、恤赏等事项。

② 殊恩：特别的恩宠。方：正在。拔滞：提拔怀才不遇的人。

③ 多难亦成名：周馥自称经历了许多困难，也享有了一些名气。这里的困难是指参与治水，监理海防工程等事务中遇到的困难。

④ 效诚：表达诚意。该句意思是大海安澜。

⑤ 贤王：贤明的王爷。此处指醇亲王奕譞。神武：神明威武。

⑥ 洗眼：犹拭目，谓仔细看。澄清：水由混浊变为清明。喻国家消除了混乱，天下太平。

⑦ 温语：温和的话语。钦：钦承，恭敬地承受。

⑧ 尧庭：尧帝的朝廷。此处指乾清门，清朝皇帝御门听政的地方，皇帝在此接受臣下的朝拜和上奏，颁发诏令，处理政事。独对时：独自一人回答皇上的垂问。据周馥自编《年谱》载，六月十二日，皇上召见一次，八月二十七日周馥请训，复召见一次。其时周馥于三月二十九日补授直隶按察使，四月与丁汝昌、林泰曾等人议订北洋海军章程，周馥请假回籍省墓，光绪帝与周馥的谈话，主要与这些事有关。

⑨ 三月：三个月。此处指襄订《北洋海军章程》主要花了三个月时间。瘁：音cuì，劳累。

⑩ 令典：好的典章制度。此处指《北洋海军章程》。万年垂：传承久远。

⑪ 鸿荒破：指出现以前从未有过的事。此处指创建现代化海军并制订章程一事。鸿荒：太古，混沌初开之世。

其　三

畿辅提刑重①，行军司马②尊。敢夸中执法，欲使下知恩。常听鸡声起，宁同狗尾论③？中流谁击楫④？簪笏溢龙门（章程奏准后，提督至千把授实职者三百余人）。

光绪戊子乡试揭晓⑤，长子学海中江南举人⑥，
次子学铭中顺天副榜⑦，诗以志喜二首

其　一

善门余庆缪前知⑧，好学髫年自得师⑨。吴下白门常并马⑩，江南冀

---

①畿辅提刑重：担任直隶按察使，责任很重。

②司马：殷商时代始置，位次三公，与六卿相当，与司徒、司空、司士、司寇并称五官，掌军政和军赋，春秋、战国沿置。在西周时，司马作为全国军队的最高管理官，除管理国家军赋和组织军事训练外，还是军法的执行者。此处应指周馥以津海关道身份，会办天津营务处兼北洋行营翼长时事，此兼职负责襄办交涉、营务及海防诸事，其中包含督查违法违纪行为。

③宁同狗尾论：把兼北洋行营翼长一职当作严肃对待的职务。宁同：岂同。狗尾论：把它当荒草来看待。狗尾：草名，狗尾巴草，古称莠。

④中流谁击楫：有谁能中流击水，立志奋发图强。《晋书·祖逖传》："中流击楫而誓曰：'祖逖不能清中原而复济者，有如大江！'"击：敲打。楫：船桨。

⑤光绪戊子：光绪十四年（1888年）。乡试：明清两代在各省省城举行的科举考试。每三年于八月举行一次，一共考三场，时间分别是初九、十二、十五日。录取后称举人，第一名称解元。举人可参加次年春天在京城举行的会试。

⑥中江南举人：指周学海以原籍秀才身份到江南贡院参加乡试并中举。

⑦中顺天副榜：指周学铭以寄籍秀才身份到顺天府（今北京）贡院参加乡试，中副榜。

⑧善门余庆：积德行善之家，恩泽及于子孙。善门：行善的人家。余庆：指先代的遗泽。《周易·坤》卦《文言传》："积善之家，必有余庆；积不善之家，必有余殃。"缪前知：（这条格言）我以前恭敬地知道了。缪：音mù，古同"穆"，恭敬。

⑨好学：爱好学习。髫年：音tiáo nián，幼童时期。自得师：自然得到好老师。

⑩吴下：吴地，今苏南、浙北一带地区。白门：南京的别称。常并马：常骑马并行出游。

北各扬鳍①。副车能中欣非误②，三戟同穿恐太奇（是科四子学熙卷亦堂备）③。欢喜忽增风木痛④，重帏不见策名时⑤。

其 二

乱后千家百不存，几家遗福到儿孙？长安鹤俸休嫌薄（学海登乙酉拔萃科，因捐饷议叙得补内阁中书，今属其回京供职）⑥，先代牛衣尚觉温（余家自唐咸通年中丞公由邑之周家山迁居纸坑山。千余年间，列科名登仕版者寥寥）⑦。多难犹余妻子泪（余自咸丰六年避难彭泽山中，后又避难于安庆江上，叠更粤匪土匪官兵之乱，艰苦困折，几无生理。忆出门时妻负长子学海送余半里，盖不啻死诀），荣归同沐圣君恩（余时升直桌，奉旨准假一月回籍省墓，学海亦自金陵返建德）。文章孝友家风在（中丞公为咸通十哲，当时人称孝友。余以"孝友"名堂，欲励子孙崇德业，继

---

① 江南：指江南省。冀北：指顺天府（设在京城的府），辖地比较大。各扬鳍：大鱼各自张开鱼鳍在江海纵游。此处指兄弟二人在乡试中争先展示才华。光绪十四年（1888年），周学海中江南乡试二十九名举人，周学铭中顺天乡试副榜第七名。鳍：音qí，鱼类和某些其他水生动物的类似翅或桨的附肢。

② 副车能中：乡试中副榜。旧时乡会试因名额限制，未能列于正榜而文字优良者，于发榜时取若干名，列其姓名于正榜之后，称为副榜，乡试副榜贡入太学肄业，是为副贡，又称副车。欣非误：很高兴不是你文章有失误。

③ 三戟：《新唐书》载，唐制，三品以上官员，得门前立戟。后用以指贵官之家。此处指周学海弟兄三人。同穿：同时刺中目标。此处指同时被录取。卷亦堂备：即答卷也成为堂备卷。清制，各省乡试考官在发榜前，还要在未录取试卷中找一些尚可之卷作为备用卷，内批堂字或堂备字，以备临时替补。此类考卷即为堂备卷。

④ 风木痛：父母亡故，不及奉养的悲痛。韩婴《韩诗外传》："夫树欲静而风不止，子欲养而亲不待也。"

⑤ 重帏：一层又一层帷幔，深闺。此处指周馥母亲。策名：科举考试及第。

⑥ 长安：唐代都城。此处指称京城（今北京）。鹤俸：音hè fèng，鹤料。唐代称幕府的官俸。后亦泛指官俸。登：录取。拔萃科：以拔贡生资格参加朝考。捐饷：周馥于光绪十二年（1886年）为东三省捐枪炮银二万两，部议照海防例给奖，学海候补内阁中书，学铭候补刑部员外郎，分江西司，学熙候补工部员外郎，分都水司。

⑦ 牛衣：用麻或草织的给牛保暖的护被。此处指先人传下来的麻布衣。中丞公：周馥祖先、唐代诗人周繇（841—912），字为宪，池州至德县（今东至县）人，工吟咏，时号为"诗禅"。与段成式友善。咸通十三年（872年）举进士及第。调福昌县尉，迁建德令。后辟襄阳徐商幕府，检校御史中丞。

前徽也）①，努力期高里闬门②。

自沽口至之罘③，风浪险恶，余眩吐几殆④。
抵岸后戏述其事十二首

其 一

黑风吹浪矗如山，日月无光雾气顽。

水泼舵楼冰打面，征人转折半床间。

其 二

万斛轮舟⑤风叶轻，忽高十丈忽如倾。

行人眩晕浑如死，呕尽心肝欲绝声。

其 三

阻风沽口暴期⑥遭，得驾乘时欲逞豪。

天地无心听趋避⑦，枉夸忠信涉波涛（轮舟名驾时）⑧。

其 四

衣履浑如泛芥舟⑨，主奴僵卧不相谋。

---

① 文章：才学。此处指周繇、周繁兄弟的文学才华。孝友：孝顺友爱。此处指周氏兄弟关系和谐友爱。咸通十哲：活跃于晚唐宣宗至昭宗年间的寒士诗人群体，包括许棠、喻坦之、任涛、温宪、郑谷、李昌符、张乔、周繇、张蠙、剧燕、吴罕、李栖远十二人。他们诗作语言清新雅洁，写景状物技巧颇显精到，内容多是抒发困顿失意的牢愁，吟咏月露风云、山川形胜，多酬赠往还诗。前徽：前人美好的德行。

② 高里闬门：使里门建得高大。此处意思是成为德高身贵的人。里闬：音 lǐ hàn，里门。

③ 沽口：即大沽口，因位居大沽河（今海河）入海口而得名。位于今天津市东南海河入海口南岸，隔河与塘沽相望，西连海河平原，东濒渤海湾。之罘：也作芝罘，山名。在今山东烟台市北。

④ 眩吐：眩晕呕吐。几殆：很危险。

⑤ 万斛轮舟：可装载万石货物的大船。此处指大海轮。

⑥ 暴期：风暴日。

⑦ 趋避：快走躲开，规避。

⑧ 枉夸：白夸。忠信涉波涛：忠诚守信的人可以（平安地）越过波涛汹涌的大洋。

⑨ 衣履：衣服与鞋子。泛指衣着。浑如：非常像。泛芥舟：漂浮的小船。《庄子·逍遥游》："覆杯水于坳堂之上，则芥为之舟，置杯焉则胶，水浅而舟大也。"陆德明《释文》："芥，小草也。"后因以"芥舟"比喻小船。

雷霆濆洞①风如吼，舱底犹闻细水流。

其　五

汗盈头脑泪盈腮，滴水犹浇未死灰。

一点贪瞋痴不著②，听他唾面自干③来。

其　六

廉颇④入夜矢三遗，儿女朝来不泣饥。

万事都为收手日，百年此是息心时。

其　七

眠巢饥雀翼难舒，出水游鳞口尚呿⑤。

一滴甘泉那得乞，行厨远若万重居。

其　八

瓦甑难全灶突摧⑥，贾胡⑦嗜酒亦停杯。

笼鸡伏翼垂垂死，谁复操刀一割来⑧？

其　九

发鬃目钝足欹斜⑨，著地如浮眼眩花。

三日岸居床屋动，惊魂飘荡未还家。

---

① 雷霆濆洞：雷声轰响。

② 贪瞋痴：佛教语，指贪欲、瞋恚与愚痴三种烦恼，此三者毒害人最剧，故又称三毒。不著：不沾染。

③ 唾面自干：别人往自己脸上吐唾沫，自己不擦掉而让它自干。形容逆来顺受。此处指因海船遇到风暴，周馥晕船，头上冒汗，眼泪滴到脸上，因没气力揩，就让其自干。

④ 廉颇：战国末期赵国名将。

⑤ 游鳞：游鱼。呿：音 qū，张口。

⑥ 瓦甑：音 wǎ zèng，陶制炊器。灶突：灶上烟囱。摧：折断，崩塌。

⑦ 贾胡：音 gǔ hú，本指经商的胡人。此处指外国商人。

⑧ 操刀一割：拿刀宰鸡，一刀致命。来：来着，语气助词，表示曾经发生过什么事情，也可表示一般的询问语气。该句意思是没有谁来宰鸡，因为鸡也快死了。

⑨ 鬃：音 zōng，毛发杂乱。足欹斜：脚站不稳。欹斜：音 qī xié，歪斜不正。

其 十

人道北洋少飓风，南成北铁一航通①（山东成山在南，奉天铁山在北，晴明相望）。浪如山涌天如墨，多恐南车术已穷②。

其十一

揽辔有人壮气伸③，几回颠沛吐车茵④。须知破浪乘风客，自是人间一种人（时有陆营将士欲充水师将官之选者）。

其十二

十年辽海几经过⑤，已遭孤身受百磨。

人道风波老来惯，老来心更畏风波。

乘轮舟遭飓风⑥几殆，入之罘市访友

登崖若出鬼门关，为访知交到市阛⑦。拄杖心神摇曳里，挑灯生死梦魂间。楼前烟火人如海，槛外风雷浪似山。好作家书报生在，别来三日鬓毛斑。

---

①南成：山东登州府荣成县成山（今为山东省威海市荣成市下辖镇），地处山东半岛最东端，镇东尽头是成山头，三面环海，一面接陆，是风景名胜区。北铁：即奉天府旅顺镇南面的老铁山（位于今辽宁省大连市旅顺口区铁山街道尹家村），为辽东半岛的尖端，系千山山脉的余脉，与山东半岛隔海相望。

②南车术已穷：指气象学不够精，没能准确预报海上的狂风巨浪。南车：本指导航术。

③揽辔：手拉马缰绳。比喻很有志气，抱负很大。《后汉书·范滂传》："滂登车揽辔，慨然有澄清天下之志。"辔：音 pèi，驾驭牲口用的嚼子与缰绳。

④颠沛：颠簸摇荡。吐车茵：本指醉后失误，呕吐物吐在车座垫上。此处指陆军将领成为海军将领后，开始还不适应航海，晕船呕吐。《汉书·丙吉传》："吉驭吏嗜酒，尝从吉出，醉呕丞相车上。"

⑤周馥自编《年谱》言及自己于光绪十年（1884年）奉委赴渤海周边各海口编查民船，立团练，以防止法军入侵。光绪十二年（1886年）曾陪同醇亲王视察北洋海军，为建旅顺军港而自请督工。这些活动都要涉海进行。

⑥飓风：带狂风的热带气旋。此处指台风。中国古籍中，明以前将台风称为飓风，李肇《唐国史补》卷下："南海人言，海风四面而至，名曰飓风。"

⑦市阛：音 shì huán，市场的门。此处指称市场，市区。

大风息逾日，海波如镜，由之罘航海赴沪

暴风过后例无风，海色澄清万里同。凡事只应忙里错，快心翻恐吉成凶①。晴峦如笑千峰出，皓月相依四照空。明日申江拼一醉②，八年我未到江东③。

还乡三首

其 一

丹枫乌柏满郊原，策马重寻山外村。衣锦还乡④游子贵，过家上冢圣君恩⑤。钓游少日蹊途熟，鸡酒乡邻古谊敦⑥。叹息新居荆棘里，春风未扫战场痕。

其 二

举火相依七十家⑦，年来分俸惠难赊⑧。买田娶妇都成业，挈酒携浆

---

① 快心：恣意行事，只图痛快。翻恐：反而怕。

② 申江："春申江"的简称。即今上海市黄浦江。相传为春申君所凿，故名。此处指上海市。拼一醉：不顾酒量，一醉方休。

③ 八年我未到江东：指周馥八年没有到上海去了。周馥于光绪五年（1879年）迁葬祖父母、父亲、伯父，修复故乡唐山寺并在寺旁建宗祠，开销很大，故于该年四月赴上海，向亲家——苏松太道刘瑞芬借贷五百两银子，后过瓜州栈，向亲家徐文达借银三百两，并于次年安葬母亲。至光绪十四年（1888年）十月奉旨回乡省墓，航海回籍，便道过沪上，访上海知县裴大中，间隔八年多。

④ 衣锦还乡：义同"衣锦荣归"。指富贵以后穿着华丽的衣服回到故乡。

⑤ 周馥自编《年谱》："（光绪十四年）八月二十七日请训，复蒙召见一次，奉旨准假一个月回籍省墓。"

⑥ 鸡酒：指乡邻杀鸡置酒招待周馥。古谊：古代人之间的淳厚情谊。敦：加厚。

⑦ 举火：生火做饭。七十家：指宗族和外戚人家七十户。

⑧ 赊：音 shē，久远。

竞迓车①。剩有遗民谈劫火②，半多客户艺桑麻③。玉峰山下兰溪④水，照影应惊两鬓华。

其　三

当年伤乱走崎岖，犹忆青磷⑤泣路隅。国破难为巢卵计（咸丰三年正月，安庆失守，二月，金陵亦失），生全疑得鬼神扶。垂髫⑥同学今谁在？夹道高门⑦已半芜。拜罢松楸⑧有余恸，敢忘名德继前模？

赴周家山⑨祭扫途中作九首

其　一

两面青山树万枝，车声轧轧路逶迤⑩。

一肩行李黄尘晚，记得垂髫上学时。

其　二

当年落魄避兵场，今日衣冠迓道旁。

席帽蓬车仍故我⑪，世人眼底自炎凉⑫。

---

　　① 挈酒携浆：携带着酒。挈：音 qiè，手提。竞迓车：争相迎接我的车子。迓：音 yà，迎接。

　　② 劫火：此处指战火。

　　③ 客户：此处指外来农户。艺：栽种，种植。

　　④ 兰溪：指周馥家乡玉峰山下的一条河，又称茹兰溪。周馥以兰溪为号，表明他对故乡的深情。

　　⑤ 青磷：俗称鬼火。此处指死于战乱者的魂灵。

　　⑥ 垂髫：音 chuí tiáo，古时儿童不束发，头发下垂，因以垂髫指儿童。

　　⑦ 夹道高门：房屋深邃的富贵人家房屋。夹道：两边有墙壁的狭道。高门：高大的门。指富贵人家。

　　⑧ 松楸：音 sōng qiū，松树与楸树。墓地多植，因以代称坟墓，特指父母或长辈坟茔。

　　⑨ 周家山：位于今池州市东至县城尧渡南四十里官港镇秧畈村境内，原为东至周氏家山，家族先人葬于此山。

　　⑩ 逶迤：音 wēi yí，形容道路蜿蜒曲折。

　　⑪ 蓬车：同"篷车"，旧时带篷的马车。周馥在该句中以带帽与乘车为例，说明自己无论是过去地位低，还是现在地位高，品行还是与过去一样。

　　⑫ 炎凉：喻富贵与贫寒。

其 三

六年负笈受心知①，鸾凤②曾将远大期。四十余年重问路，门生已到白头时（余年十三始就外傅袁家山王介和先生）

其 四

曾闻绰楔③表祠堂（余幼时族人曾悬匾额于唐山寺），又扫荆榛起栋梁（寺毁于兵燹，至是予复邀乡族建之）。莫怪未衰生白发，半生眼底几沧桑。

其 五

帝命还乡④荐藻蘋，荒溪草木亦知春。周家山里唐山寺，人道唐贤有后人（唐山寺后祖墓，族人失祀多年，遂不知墓所在。余葺祠堂三楹，按谱牒立栗主⑤，以祀先代之葬兹土者）。

其 六

当年勤苦足星霜，忠厚传家卜后昌。今日九泉心慰否？孙曾衣锦拜泷冈（王父母茔在唐山寺西三里马鞍岭）⑥。

其 七

恤贫⑦一日散千金，百里亲朋感叹深。

---

　　① 六年：周馥从十三岁到十九岁一直在王介和先生塾读书，共六年，从道光二十九（1849年）年始，到咸丰四年（1854年）太平军占领建德县境而止。负笈：背着书箱。指游学外地。受心知：蒙受老师的器重。

　　② 鸾凤：音 luán fèng，鸾鸟和凤凰。古代传说中的神鸟。此处比喻贤良、杰出的人。

　　③ 绰楔：音 chuò xiē，亦作绰削、绰屑。古时树于正门两旁，用以表彰孝义的木柱。

　　④ 帝命还乡：光绪十四年（1888年）三月二十九日，周馥奉旨授直隶按察使，八月底，奉旨准假一个月回籍省墓。

　　⑤ 栗主：栗木做的牌位，宗庙神主。

　　⑥ 泷冈：山冈名，在今江西省永丰县南凤凰山。宋代欧阳修葬其父母于此，并为文镌于阡表，即世所传诵的《泷冈阡表》。此处指周馥祖父祖母的墓地。王父母：祖父祖母。《尔雅·释亲》："父之考为王父。"

　　⑦ 恤贫：救济贫穷的人。此处指接济贫穷亲友。周馥自编《年谱》"光绪十四年戊子五十二岁"条："……携长子学海过皖至建德省墓，周恤亲友三千余金。"

非是沽名非种德①，睦姻原为体亲心②。

其　八

岭上馨香七百春（十八世祖泰星公，宋徽宗时为振武特军，殁葬贵冲岭巅，时显神应，至今香火不绝），岁时牲酒走村邻。英灵不灭青山在，血食何尝藉后人③？

其　九

破屋炊烟远近村，当年留客意温存④。

可怜乱后亲朋尽，为问几家遗子孙。

还乡晤亲友，感述二首

其　一

嗟我同时人，见面皆老丑。儿童忽强壮，耆旧伤邱首⑤。五十未称翁⑥，沧桑如反手⑦。叹我书屡上⑧，告归志未偶⑨。非敢恋荣利，知足保忠厚。誓逢周甲年⑩，归作垂纶叟⑪。为告玉峰灵⑫，此语期无负。

---

① 沽名：利用手段谋取声誉。种德：犹布德。施恩于人。

② 睦姻：对宗族与外戚友爱。体亲心：体会长辈对姻亲的美好情意。

③ 血食：受享祭品。古代杀牲取血以祭，故称。《左传·庄公六年》："若不从三臣，抑社稷实不血食，而君焉取余？"何尝：何曾。

④ 温存：亲切抚慰。

⑤ 耆旧伤邱首：对老人们都已去世了感到伤心。耆旧：音 qí jiù，年高有声望的人。邱首：坟墓。

⑥ 五十未称翁：男子五十岁时未自称老翁。陆游《醉中到白崖而归》："行路八千常是客，丈夫五十未称翁。"

⑦ 沧桑："沧海桑田"的省略语。意思是大海变成了种桑树的田地，种桑树的田，变成了大海。比喻世事变化很大。如反手：如同翻手一样的容易。此处形容时间过得快。

⑧ 书屡上：指多次向上司提交辞职书。

⑨ 告归：官员告老还乡。志未偶：愿望没实现。

⑩ 周甲年：满六十岁。周甲：满六十年。干支纪年一甲子为六十年，故称。

⑪ 垂纶叟：钓鱼的老人。此处指隐居的老人。

⑫ 玉峰灵：玉峰山上的神灵。

其　二

日者①言我寿，七十有二岁。四月廿四午，我乃谢人世。此语何敢信？修短听所诒。伤予寡陋资②，徒负驹光逝③。功名岂无心④？十事九阻滞。多活二十年，于事何所济。秋风落木多，感慨发哀涕。安得同心人⑤？抚景相激励⑥。

过扬州⑦

十载平山发醉歌（予己卯⑧过扬，友人陈伯奎大令觞我于平山堂⑨，今十年矣），片帆今又逐云过。城经劫火无乔木，水带黄流卷急波（时郑工尚未合龙口）。泽国鱼盐商客利，高楼弦管寓公多。年来耆旧知无几，

---

①日者：此处指算命的人。

②寡陋：见闻狭窄，学识浅陋。资：资质，禀赋。

③徒负：徒然承担，白白地承担。驹光：转瞬即逝的光阴。

④功名岂无心：倒装句，"岂无功名心"。意思是难道没有获取功名的心。功名：封建时代指科举称号或官职名位。

⑤安得：从何处得到，怎么得到。同心人：志趣相同的人。

⑥抚景：对景，览景。激励：鼓励，勉励。

⑦扬州：古称广陵、江都、维扬，位于江苏省中部、长江与京杭大运河交汇处，为明清时期两淮盐运中心，是历史文化名城。

⑧己卯：此处指光绪五年（1879年）。

⑨平山堂：位于今江苏省扬州市西北郊蜀冈中峰大明寺内，始建于宋庆历八年（1048年），时扬州知州欧阳修爱此地清幽古朴，于此筑堂。坐于堂上，江南诸山，历历在目，似与堂平，因而得名。咸丰年间此堂毁于兵燹，同治九年（1870年）重建。

停棹殷勤访薜萝（谓魏荫亭、程尚斋两观察、林绶卿廉访）①。

过淮安吊韩信二首②

其 一

淮水桥边漂母祠③，遥怜胯下④众咻时，

丈夫忍辱寻常事，不到真王⑤人不知。

---

①魏荫亭：即魏承樾，生卒年不详，字荫亭，湖南衡阳人，嘉庆十二年（1807年）举人。咸丰年间在罗泽南家与曾国潢（曾国藩四弟）家教馆任教师，并入曾国藩幕府，奔走效劳而不受薪水。同治元年（1862年），入李鸿章幕府，负责招募淮军与钱粮支应，亦颇受知遇。官至道员。同治十一年（1872年），与周馥、李朝仪一起办理永定河金门闸减水石坝工程。有《左传便读》《性怡斋诗草》传世。程尚斋：即程桓生（1819—1897），字尚斋，歙县人。先后师事婺源程烈光、当涂夏炘、歙县程可山等人，后在歙县棠樾鲍氏家中当塾师，湘军东下时入曾国藩幕府。后以广西候补道身份任江西督销盐引委员，两任两淮盐运使。林绶卿：即林述训（1830—1896），字佩彝，号绶卿，安徽和州（今河县）人，道光三十年（1850年）进士，授户部湖广司主事。升四川司员外郎、江西司郎中、户部宝泉局监督。后历任广东高廉雷道、南韶连道，长芦盐运使、山东盐运使、山东按察使。廉访：按察使别称。

②淮安：清代江苏省淮安府，位于江苏中北部，下辖山阳、清河、盐城、阜宁、安东、桃源六县，清代江南河道总督署设在清江浦（今江苏省淮安市），品级为从一品或正二品，负责江苏河道的疏浚及堤防。吊：吊唁。韩信：生年不详，卒于196年，泗水郡淮阴县（今江苏省淮安市）人，西汉开国功臣、军事家，与萧何、张良一起被誉为"汉初三杰"。汉高帝五年（前202年），带兵会师垓下，围歼楚军。项羽死后，解除兵权，徙为楚王。因人诬告，贬为淮阴侯。吕后与萧何合谋，诱杀于长乐宫钟室，夷灭三族。

③漂母祠：纪念当年韩信落魄时，曾供给韩信饭食的那位漂洗丝绵的妇女。漂母祠原在古淮阴县漂母墓侧，明初废圮。时淮安卫指挥使丁裕新建于楚州西门外。弘治中，知府杨逊移建于萧湖边。

④胯下：此处用了"胯下之辱"的典故，典出《史记·淮阴侯列传》。意为从别人胯下钻过去的耻辱。

⑤真王：真正得到实封的王。据《史记·淮阴侯列传》载，韩信带兵平定赵、燕、齐国后，使人送信告诉汉高帝刘邦，要求做齐国的代理国王（理由是齐国人伪诈多变，而且南边与项羽地盘楚国接壤），刘邦正被项羽围困于荥阳，接信后很不高兴。此时，"张良、陈平蹑汉王足，因附耳语曰：'汉方不利，宁能禁信之王乎？不如因而立，善遇之，使自为守。不然，变生。'汉王亦悟，因复骂曰：'大丈夫定诸侯，即为真王耳，何以假为！'乃遣张良往立信为齐王，征其兵击楚"。

其　二

灞陵呵止①有何羞？韩信偏容少日仇②。

自是英雄能大度，尘埃③那易识王侯？

过清江浦④二首

其　一

借黄济运运随淤⑤，当日权宜术本疏。却羡潘公灌塘法，自留
《〈金鉴〉未编》书（灌塘之法，先于黄河南淮水来处筑一围堤，缺其南
面，引粮艘泊其中，因戽淮水入塘，涨高开其北面，放粮艘渡黄而北。盖
河运之役，自嘉道以后，淮低于黄，百计俱穷，上下皆困，泾县潘文慎公
锡恩⑥督南河时创此法，诚一时权宜之策。古无行之者，《续行水金鉴》⑦，
公手编之书也）。

---

①灞陵呵止：典出《史记·李将军列传》："家居数岁。广家与故颍阴侯孙屏野居蓝田南
山中射猎。尝夜从一骑出，从人田间饮。还至霸陵亭，霸陵尉醉，呵止广。广骑曰：'故李将
军。'尉曰：'今将军尚不得夜行，何乃故也！'止广宿亭下。"霸陵，即灞陵。后以"灞陵呵止"谓
失势者蒙受小人凌辱。

②韩信偏容少日仇：韩信偏偏能容忍少年时代侮辱过自己的仇人。《史记·韩信列传》
载，韩信帮助刘邦灭项羽后，为楚王，都下邳，"召辱己少年令出胯下者，以为楚中尉"。

③尘埃：此处指凡夫俗子。

④清江浦：古地名，大致范围是今江苏省淮安市清江浦区。明清时期是京杭大运河沿线
繁荣的交通枢纽、漕粮储地和商业城市，江南河道总督、淮扬道均驻节此地。咸丰六年（1856
年），南河总督被裁撤，漕运总督署由淮安府（今淮安区）迁至清江浦江南河道总督署内。

⑤借黄济运运随淤：借黄河之水增补运河的水量，但黄河水含沙量很高，运河在借黄济
运的同时，泥沙不断沉淀，导致河道变浅淤塞。

⑥潘文慎公锡恩：即潘锡恩（1785—1866），字纯夫，又字芸阁，安徽泾县人，嘉庆十六年
（1811年）进士。官至江南河道总督兼漕运总督。晚年晋封太子少保。谥文慎。

⑦《续行水金鉴》：为研究清代河流变迁、水利兴废的重要典籍。清黎世序、潘锡恩等主
编。所收资料从雍正元年（1723年）至嘉庆二十五年（1820年），以及对康熙以前水利方面的
材料在《行水金鉴》中未备者，加以补续。分河水、淮水、运河水、永定河水、江水五大水系，资
料中多增有河工章牍，更详于工程原委，约二百万字。

其　二

河入淮流泗道填①，中河开后运尤便②。

转盘不用唐时法③，斗米宁知石米钱？

过沂州④吊荀卿

（《史记》：荀卿⑤仕齐遭谗适楚，春申君⑥以为兰陵令。春申君死，荀卿因废。沂州古兰陵也。）

荀卿奔楚困微官，不遇春申亦挂冠⑦。

---

①河入淮流泗道填：黄河水流入淮河，泗水河道最终淤塞。泗：即泗水，源于山东沂蒙山区，古为淮河支流，经山东曲阜、兖州南流至徐州，西会古汴水。至下邳东会沂水，至宿迁西纳睢水，至淮阴杨庄汇入淮河。今徐州至淮安故黄河，大体上就是古泗水的流道。泗水有多条支流汇入，其中以汴水影响最大。汴水自河南鸿沟，东流经今开封、商丘、萧县，于徐州城东北入泗水。泗水还是沟通黄、淮的重要运道。

②中河：清康熙二十六年（1687年）由河道总督靳辅主持开凿。河身在当时黄河北岸缕、遥二堤之间。起自宿迁市西张庄运口，经骆马湖口，历桃源县（今泗阳县），至清河县（今淮阴市西南废黄河北岸）西仲家庄建石闸与黄河相通为运口。又自仲家闸分中河东流经安东县（今涟水县），转东北由潮河入海，名下中河。用以分泄黄水，因兼盐运之利，故又名盐河。二十七年（1688年）正月竣工。自后南来粮船北上，出南运口后，行黄河数里，即入中河，直达张庄运口，避开了黄河一百八十里风涛之险。三十八、九年总河于成龙弃中河桃源县以下半段，以北堤为南堤，另筑北堤，称新中河。后又因新中河三义坝（位于今泗阳县东南）以北河身浅狭，改用旧中河，与新中河合为一河。重加修浚，运道称便。

③转盘：即转般法，宋代漕运方式之一。起源于唐。自开宝五年（972年）起，陆续在漕运路上泗、楚、真、扬四州（州治今安徽泗县，江苏淮安、仪征、扬州等地）分设转般仓，卸纳东南六路漕粮，再换船转运至京师。实行后六路所需淮盐也可利用回空船只。不用唐时法：不用唐朝创立的办法。

④沂州：中国古州名。北周灭北齐，改北徐州为沂州，其因沂河而得名。其范围曾包含过今山东南部的临沂大部、枣庄东部，山东中部的沂源、新泰，还有山东东南部的日照大部分以及苏北一带。

⑤荀卿：战国末期赵国人。著名思想家、文学家、政治家，儒家代表人物之一。曾三次出齐国稷下学宫的祭酒，后为楚兰陵（今山东兰陵）令。

⑥春申君：本名黄歇（前314—前238），楚人。游学博闻，善辩，明智忠信，宽厚爱人，礼贤下士。楚考烈王元年（前262年）为令尹（楚相），封为春申君。

⑦挂冠：指辞去官职。《后汉书·逢萌传》载："（逢萌）遂去，之长安学，通《春秋》经。时王莽杀其子宇，萌谓友人曰：'三纲绝矣！不去，祸将及人。'即解冠挂东都城门，归，将家属浮海，客于辽东。"

千载儒生同一叹，独持仁义说君难①。

泰安②道中

陂陀③起伏路欹斜，短日黄尘困客车。山渡东瀛余王气④，水同北干⑤带流沙（青齐诸山自奉天旅顺口渡海而西，乃北干之支派也），风烟海岱横千里，宇宙人文有几家⑥？七十二君俱寂寞，谁谈封禅⑦问休嘉？

渡汶水二首

其　一

山川体性似民情，顺易图功逆不成。若使胶莱河⑧可凿，不教汶水向南行（汶水所以能使之入泗者，以分水处乃地脊耳。若当日稍改向北，则北流较多，于漕运尤宜。时人不知地脉水性，犹谓胶莱河可以凿成，妄逞臆见，可嗤也）。

其　二

汶水虽通南北舟，河防漕务费难酬。天心为国添长算，特遣黄河入

① 独持仁义说君难：单拿仁义学说游说君王，难被对方听取。说：音 shuì，游说。古代说客周游各国，分析当时形势，劝说统治者采纳他的政治主张。

② 泰安：清代山东省泰安府下辖县（今为山东省泰安市下辖新泰市）。位于山东省中部，因境内泰山而得名，寓国泰民安之意。

③ 陂陀：音 pō tuó，山势倾斜不平坦的样子。

④ 山渡东瀛余王气：山脉从海底延伸到东南方向的日本。东瀛：此处指日本。王气：旧指象征帝王运数的祥瑞之气。

⑤ 北干：此处指外兴安岭。

⑥ 宇宙：此处指天地四方，古往今来。人文：此处指文化遗产。有几家：有多少人。此处指有很多人。

⑦ 封禅：音 fēng shàn，封为"祭天"，禅为"祭地"，封禅指中国古代帝王在太平盛世或天降祥瑞之时祭祀天地的大型典礼，一般由帝王亲自到泰山上举行。远古暨夏、商、周三代，已有封禅的传说。典出《管子·封禅篇》。

⑧ 胶莱河：流经山东半岛西部的人工开凿的运河。元世祖占领江南后，为发展漕运，南自胶州湾麻湾口，北至莱州湾海仓，沿胶水开凿新运河。元至元十七年（1280年），动工，经四年而成。取两湾首字命名"胶莱河"。清朝时以胶河口之西八华里的姚家（今属宅科乡）村东分水岭为界，称胶莱南河、胶莱北河。明清时期多次实行"海禁"，胶莱河逐渐荒废。

济①流（昔大学士刘权之②综计河运粮一石费银十六两或至十八两，而河防之费，尚不在内。乾隆以后，河防耗费日多，工需不足，继以捐，例皆牵于漕运故也。自咸丰五年，铜瓦厢决后，运道中梗，国家岁由海道输粮百数十万石，公私节省，不可胜计。冯敬亭宫允桂芬、魏默深刺史源先时已极论黄河入济之善③，第河行山东，漕事虽停，而东民屡苦河患，当事者不知所以治之，殊可忧耳）。

长清④道中

古木浓阴数百春，茶棚瓜担此为邻。

行人消尽清凉福，谁忆当时种树人？

过济南二首

其　一

几亩名园傍市廛⑤，清泉瀔瀔⑥藻衣鲜。

---

①黄河入济：黄河入济水。指黄河于咸丰五年（1855年）在河南铜瓦厢决堤后，滔滔河水夺路北上，穿过山东运河，经小盐河，最终流入大清河，并由此入海。今黄河在山东东阿鱼山附近进入大清河，自鱼山至济南段河道，是济水故道，同时也是原大清河河道。自济南段以下，今黄河河道大部分是大清河河道，但并不是济水故道。

②刘权之：生于1739年，卒于1819年，字德舆，号云房，湖南长沙人，乾隆二十五年（1760年）进士。先后任大理寺卿，吏部尚书、军机大臣、兵部尚书、礼部尚书等职，官至体仁阁大学士，管理工部，加太子少保。谥文恪。

③冯敬亭：即冯桂芬（1809—1874），字林一，号景亭，吴县（今江苏苏州）人，道光二十年（1840年）进士，曾师从林则徐。授编修，咸丰初在籍办团练，同治初，入李鸿章幕府。少工骈文，中年后肆力古文，尤重经世致用之学。在上海设广方言馆，培养西学人才。先后主讲金陵、上海、苏州诸书院，为改良主义之先驱人物，最早表达了洋务运动"中体西用"的指导思想。著有《校邠庐抗议》《说文解字段注考证》《显志堂诗文集》。魏默深：即魏源（1794—1857），名远达，字默深、墨生、汉士，号良图，湖南省邵阳县（今邵阳市）人，道光二十五年（1845年）中进士。清代启蒙思想家、政治家、文学家。官高邮知州，晚年弃官归隐，潜心佛学，法名承贯，为近代中国"睁眼看世界"的首批进步知识分子的代表。

④长清：清属山东省济南府下辖县，东与今济南市接壤。处泰山隆起边缘，地势东南高，西北低。境内河流较多，主要有黄河、南北大沙河水系，还有玉符河、清水沟等河流。

⑤市廛：音shì chán，街市店铺。

⑥瀔瀔：音guó guó，流水声。

绿杨城郭江南景，冷日风沙蓟北天。

其 二

岱北诸泉汇济州，济源原出太行陬。谁能细绎桑经注，错把诸泉认济流（桑钦《水经》云：济出王屋，为沈，至温县为济，三代上，黄河行今之天津，则王屋、大行、东南西三面皆河所过。而谓济于巩县与河合，又过成皋、阳武、钜野、寿张与汶水会。岂清伏浊下既附河而东，而又越河而南欤？汉、唐以后，河屡决于金堤①，济渠早为黄沙所掩，乃考古者竟以岱北诸泉目之为济，岂岱北重山绵亘，不应别有泉耶？谙水性者当知其谬也）。

雪后平原②道中

黄沙白草莽无垠，阴风怒号卷荒榛③。积雪满地迷畦畛④，马蹄欲进徒踆踆⑤。野店葱饼如车轮，黄土为几草为茵⑥。下车两足跛难伸，索持一杯润我唇，喉干欲坼口生尘，欲投行李四无邻。忽忆款段⑦寻芳辰，罗绮轻踏江南春，作诗为寄江南人。

---

① 金堤：此处指位于今山东省、河南省界的古黄河两岸大堤，最初为汉代所筑。

② 平原：清济南府下辖县（今为山东省德州市下辖县）。地处黄河下游的鲁西北平原。

③ 荒榛：杂乱丛生的草木。

④ 畦畛：音 qí zhěn，田间的界道。畦：有土埂围着的一块块排列整齐的田地，一般为长方形。畛：田地间的小路，界限。

⑤ 踆踆：音 cūn cūn，迟疑不前的样子。

⑥ 黄土为几：黄土垒成的小桌子。草为茵：用草编的坐垫。

⑦ 款段：本指马行迟缓。借指驽马或小马。

过德州①古黄河

（按：孔颖达《疏》②："禹北疏河为九，以防其溢，又同合一大河，是为逆河。"似误。蔡沈《传》③："河上播为九，下同而为一，皆水势之自然，禹特顺而导之"云，此语庶几近之。而世儒或谓禹创开九河，此臆说也。因作歌辨正之。）

既分为九复归一，此功虽成何得失？况是海滨泻卤④地，又拂水性功莫必⑤。神禹决不若是愚，后儒穿凿⑥费纸笔。惟因《尔雅》⑦缀名字，不肯传疑⑧妄证实。自有天地有此河，河不两行人尽悉⑨。安能随意作分

---

① 德州：清代山东省济南府所辖散州。在山东省西北部，与直隶省接壤。

② 孔颖达《疏》：指唐代学者孔颖达《尚书疏》，又称《尚书正义》。此处所引"禹北疏河为九，……是为逆河"是孔安国《尚书传》两节传文的撮要，非孔颖达疏文原文。蔡沈《书经集传》注云："九河，《尔雅》：'一曰徒骇，二曰太史，三曰马颊，四曰覆釜，五曰胡苏，六曰简洁，七曰钩盘，八曰鬲津。其一则河之经流也。'先儒不知河之经流，遂分简洁为二。既道者，既顺其道也。"九河经流之地，均在黄河下游，即今河北、山东之间平原上。禹根据山川形势，疏通河渠，使小河水流入大河，大河水流入大海。

③ 蔡沈：生于1167年，卒于1230年，字仲默，号九峰，建州建阳（今福建）人。蔡元定次子。专意为学，不求仕进，少从朱熹游，后隐居九峰山下，注《尚书》，撰《书经集传》，其书融汇众说，注释明晰，为元代以后试士必用。宝祐五年（1257年），朝廷赠太师、追封永国公。《传》：指《书经集传》。

④ 泻卤：音 xiè lǔ，盐碱地。

⑤ 拂水性：违逆河水从上往下流动的本性。功莫必：收效无法实现。

⑥ 穿凿：本指开凿、挖掘。此处指牵强附会地解说。

⑦ 《尔雅》：我国第一部按义类编排的综合性辞书，是疏通包括五经在内上古文献里词语的重要工具书。成书于战国或两汉之间，收录4300多个词语，按义类编排，计2091个条目，是中国辞书之祖。本20篇，现存19篇（按类别分为"释诂""释言""释训""释亲""释宫""释器""释乐""释天""释地""释丘""释山""释水""释草""释木""释虫""释鱼""释鸟""释兽""释畜"等）。

⑧ 传疑：保留对有疑问的问题的怀疑。

⑨ 两行：两者一起通行、流动。此句指一条河（黄河）不会有两个平行的干流，不可能同时在两处流动。

合，数百里间功独密。事出有因或讹会，九河必非河所出①。或因南潦疏断潢②，或因北条决堙窒③。偶施畚挶顺其性④，同归逆河⑤免泛溢。九河流细无专名，同名为河归一律。后儒读书矜口耳⑥，治河师此必荡汩⑦。聊为妄语⑧笔之篇，世有知者言可质⑨。

冬日早行，戏效应试体⑩

行李中宵发，凌兢⑪手足僵。枕边残梦破，辕下一灯凉。茅屋烟笼重，澄潭水放光。林寒犹战叶，星淡欲收芒⑫。隐隐⑬街头柝，棱棱⑭马背霜。树阴惊突兀，铃语听郎当。趁市⑮人初起，离巢鹊未翔⑯。素娥⑰犹耐冷，流影照河梁。

---

① 非河所出：不是黄河导衍的支流。

② 或因南潦疏断潢：倒装句，即"或因疏南潦断潢"。南潦：黄河南岸外的积水。潦：音 lǎo，积水。断潢：音 duàn huáng，低洼的水坑。

③ 或因北条决堙窒：倒装句，即"或因决北条堙窒"。北条：黄河北向的支流。决堙窒：疏通堵塞之处。堙窒：音 yīn zhì，堵塞不通。

④ 畚挶：音 běn jú，盛土和抬土的工具。此句指动用工具，顺水性，疏通河道。

⑤ 逆河：黄河入海处的一段河流。以迎受海潮而得名。

⑥ 后儒：后世读书士人。矜口耳：炫耀口耳相传的书本里（不正确）的知识。

⑦ 荡汩：音 dàng yù，迅速流动。此处指洪水漫流成灾。

⑧ 妄语：虚妄不实的话。此处为周馥自谦辞。

⑨ 言可质：话可以印证。

⑩ 应试体：清代科举考试时所用的试体。清代乡、会试用五言八韵，童试用五言六韵。

⑪ 凌兢：音 líng jīng，亦作"凌竞"，形容寒冷。

⑫ 收芒：收敛光芒。

⑬ 隐隐：响亮。

⑭ 棱棱：音 léng léng，严寒的样子。

⑮ 趁市：赶集。此处指赶早集。

⑯ 此句是倒装句，即"鹊未离巢翔"。

⑰ 素娥：嫦娥的别称。亦为月的代称。此处指月。

梦后口占二首

其　一

十载乡园被寇频，自伤虎口孑遗①民。

四方平靖②身将老，梦里犹为避乱人。

其　二

少年遇事瞩机先③，欲把鸿泥④后代传，

遇水得桥山得路，此中当自有天缘。

腊月初十日，天津寅友祖送红桥⑤，别后途中成七律六首

其　一

车马河桥雪黯天，苔岑臭味⑥感离筵。半生宦梦依三辅⑦，再客津门又八年（予同治十年辛未奉李傅相⑧奏调赴津，至光绪四年戊寅请假养亲，已逾八年。复于光绪七年辛巳起复来津，迄今光绪十四年戊子又逾八年矣）。但觉民情犹古意，何尝直道少人缘。相公不使离群久，尚许戎轩再执鞭（李傅相奏请履奥任后仍兼理北洋水陆营务）。

---

①虎口孑遗：指遭受兵灾战乱等大变故，多数人死亡后遗留下的少数人。

②平靖：音 píng jìng，局势稳定安宁。

③遇事：遇到事情。此处指在战乱时个人出处的选择与如何安顿家人。瞩机先：看出事情将要发生时的苗头。

④鸿泥：鸿鸟在雪泥上留下的爪印。比喻往事的痕迹。苏轼《和子由渑池怀旧》："人生到处知何似，应似飞鸿踏雪泥。"

⑤寅友：同僚朋友。祖送：义同祖道、祖饯。此处指设宴送行。红桥：位于今天津市红桥区西于庄子牙河上，初建于光绪年间，为彩虹状拱桥。

⑥苔岑臭味：音 tái cén xiù wèi，典出郭璞《赠温峤》："人亦有言，松竹有林。及尔臭味，异苔同岑。"后世用以指朋友之间志同道合。

⑦三辅：京城附近地区。

⑧李傅相：李鸿章。时为太子少傅、文华殿大学士（相当于宰相），故有此称。

其　二

抱关几载候妖烽①，愧乏军谋佐折衷（余任津关时适值朝鲜多事，法国构衅，烦劳不可言状）。幸及彻桑②筹渤海，谁能曲突奠箕封③（朝鲜国政日非，久必为中国患，人尽知之而一时无敢为远计者）？骄夷痴望羝生乳④，来哲须防寇属墉⑤。为国富强富尤呕，独伤无计振商农⑥（余欲为津民兴利事甚多，皆苦力薄未办）。

其　三

曾司军实理烦苛，榷税频经涤宿疴⑦。敢以饮冰夸末俗⑧，竟因投杼

---

① 抱关：看守城门。借指职位卑微。妖烽：邪恶的敌人燃起的战火硝烟。

② 彻桑：指未雨绸缪，预先做好准备。典出《诗经·豳风·鸱鸮》。

③ 曲突奠箕封：提前做好防备，使朝鲜国局势稳定。曲突："曲突徙薪"的缩略语，把烟囱改建成弯的，把灶旁的柴草搬走。比喻事先采取措施。典出桓谭《新论》："淳于髡至邻家，见其灶突之直而积薪在傍，谓曰：'此且有火。'使为曲突而徙薪，邻家不听，后果焚其屋，邻居们来救火，乃灭。烹羊具酒谢救火者，不肯呼髡。智士讥之曰：'曲突徙薪无恩泽，焦头烂额为上客。'盖伤其贱本而贵末也。"奠箕封：稳定朝鲜封疆。周武王灭商之后，商纣王的叔父箕子在朝鲜半岛建立了政权，史称箕子王朝，存国近千年。此处箕封指称李朝朝鲜国土。《史记·宋微子世家》云："于是武王乃封箕子于朝鲜而不臣也。"

④ 骄夷：骄横的夷人。此处指某列强国家。羝生乳：指公羊产乳。比喻不可能发生的事。典出《汉书·苏建子武传》》："（匈奴）乃徙武北海上无人处，使牧羝，羝乳乃得归。"颜师古注："羝不当产乳，故设此言，示绝其事。"。

⑤ 寇属墉：敌寇爬上城墙。此处指外敌入侵。属：聚集。墉：音 yōng，墙。

⑥ 振商农：振兴农业与商业。

⑦ 榷税：音 què shuì，征税。此处指所征津海关税金。涤宿疴：革除了往日的弊政。宿疴：音 sù kē，旧病。

⑧ 敢以：敢于拿。饮冰：清苦廉洁。此处周馥用以比喻自己操守廉洁。夸末俗：对世俗之人夸耀。末俗：世俗之人。指平庸的人。

犯严诃①（予曾因收洋药税事误被阎大司农②严劾褫职，旋奉恩旨开复）。成全幸值遭逢厚③，坦率终防缪误多。薄俸散完④双鬓白，此官原觉未蹉跎。

其　四

穷乏频周滞狱清⑤（予累年捐赈捐工所费巨万。中外交涉案最称棘手，幸自授事以来，无积滞未结者），讲堂射圃几经营⑥（天津博文书院课习四方游士，武备学堂教督各营弁兵，皆予手创成之）。闾阎暑雨差无怨⑦（天津街极窪，雨后泥泞没足，行人苦之。市多流民，五方杂处，每多斗殴抢

---

①投杼：因为谣言众多，动摇了皇上对自己的信任。《战国策卷四·秦策·秦武王谓甘茂》：“昔者曾子处费，费人有与曾子同名族者而杀人，人告曾子母曰：‘曾参杀人。’曾子之母曰：‘吾子不杀人。’织自若。有顷焉，人又曰：‘曾参杀人。’其母尚织自若也。顷之，一人又告之曰：‘曾参杀人。’其母惧，投杼逾墙而走。夫以曾参之贤，与母之信也，而三人疑之，则慈母不能信也。”严诃：严厉谴责。诃：音 hē，谴责，责问。周馥自编《年谱》：“（光绪十二年）八月，户部以洋药（即鸦片）税厘箱数不符，奏请严议革职。旋经李相国查明，奏请更正。奉旨撤销参案。”

②阎大司农：指光绪八年（1882年）至十三年（1887年）间任户部尚书的阎敬铭。其为晚清廉能之吏。

③成全幸值遭逢厚：指有幸得到李鸿章、荣禄、醇亲王奕譞等勋贵的信任与关怀，自己得以洗雪冤屈。

④薄俸散完：指周馥把自己的俸禄全部捐出，用于赈济亲友和兴建工程。周馥自编《年谱》载，光绪八年（1882年）“时议收捐修由天津城东接至租界官路，自捐一万两倡之”。光绪九年（1883年），“捐银一万两助本邑研经书院膏火”。因书院并入学校，“续捐四千两，皆凑作公益典本”。光绪十年（1884年），“助建复圣庙（按：即建德县文庙）工费一万两”。光绪十二年（1886年），“正月，会禀立集贤书院，使四方游士有所肄业，先捐二千六百两。……四月，禀建博文书院于东圩门外，招学生习洋文，自捐三千两”。这年，又“捐买东三省枪炮银二万两”。光绪十四年（1888年），“至建德省墓，周恤亲友三千余金”。

⑤穷乏：贫困的人。频周：经常周济。周：周济，救济。滞狱清：此处指将积压或拖延未予审决的中外交涉案件清理完毕。

⑥讲堂：教室。此处指周馥于光绪十二年（1886年）正月会禀成立的集贤书院，四月禀建的博文书院（招学生习外语）。射圃：习射之场。此处指周馥参与创办的武备学堂。武备学堂，别称天津武备学堂、陆军武备学堂、北洋武备学堂，为中国第一所陆军学堂。光绪十一年（1885年）正月，李鸿章仿照西洋军事学院创立。学堂初设步、马、炮、工程四科，光绪十六年（1890年）后增设铁路科。光绪二十六年（1900年），八国联军入侵天津，学堂被焚毁。

⑦闾阎：此处指平民。差：略微，比较。

窃之案，予设码头等捐，岁可收经费三万两，以备修路巡缉之费），海岛风云应有情（威海卫、大连湾两处为北洋停兵船要口，最关利害。予建议设防，助筹兵饷，幸醇邸[1]、李傅相采纳行之）。几处减征成永例（津钞关税重，予为折减征收。稍直口、三汊河两卡不便于民[2]，余皆裁撤。其三河[3]等处税卡亦欲裁并，竟为例章所拘未办，至今以为恨事），三军挟纩[4]起欢声（津关道奏明兼北洋行营翼长，乃前任各官与各营不通闻问。予丞与联络调燮之，承上启下，幸皆悦服）。区区事业何堪论？虚荷乔迁愧圣明[5]（予因津关卓异，引见后数月即蒙升擢直臬）。

其　五

使节追随久滥竽（予于同治元年随合肥相国赴上海，后复随赴苏赴江宁。同治十年又调直隶。中间除曾文正留宁四年，马端敏留沪二年，计先后随相节者二十四年）[6]，贤王近复采迁疏。时艰补救无全策，责重勋名

---

①醇邸：醇亲王奕譞。

②稍直口：天津古地名，位于南运河畔，今天津市西青区与南开区交界处。因元代末年蒙古族士兵在此设立渡口而得名。清朝在此设卡征税。三汊河：三汊河口位于天津老城厢北隅（今狮子林桥附近），为子牙河、南运河（卫）、北运河（潞）的三河交汇处，被称作天津的发祥地。元朝时，三汊河口成为海运、漕运的南粮船队的必经之路，开始繁荣。清朝时，三汊河口一带成为天津商业、娱乐业的繁华中心。

③三河：即清顺天府三河县（今为河北省三河市），位于今北京市之南，天津市之西。因地近洳河、鲍邱河、沟河而得名。

④三军挟纩：三军之士因为周馥对他们的关爱行为，感到像披了丝绵衣一样温暖。《左传·宣公十二年》："申公巫臣曰：'师人多寒。'王巡三军，拊而勉之，三军之士皆如挟纩。"

⑤虚荷：空自承受。乔迁：升职。《诗经·小雅·伐木》："伐木丁丁，鸟鸣嘤嘤，出自幽谷，迁于乔木。"愧圣明：有愧于圣明的皇上。

⑥使节：朝廷派驻一方的官员。滥竽：滥竽充数。比喻没有真才实学而占据一定的职位。此处是周馥自谦辞。合肥相国：李鸿章。赴苏：前往江苏省巡抚衙门驻地苏州。赴江宁：前往两江总督衙门驻地，今南京市。曾文正：即曾国藩（1811—1872），字伯涵，号涤生。晚清时期政治家、理学家，湘军的创立者和统帅。与李鸿章、左宗棠、张之洞并称"晚清中兴四大名臣"。马端敏：马新贻（1821—1870），字穀山，号燕门，又号铁舫，回族，山东菏泽人。道光二十七年（1847年）中进士，历任安徽建平知县、合肥知县、安徽按察使、安徽布政使、浙江巡抚、两江总督兼通商大臣等职。同治九年（1870年）七月二十六日，马新贻回署衙时遭刺客行刺，次日身亡，终年49岁。朝廷赐恤，赠太子太保，谥端愍，入祀贤良祠。

岂易图？扪虱缪谈天下事①，丸熊②谁效古人愚？万言欲上犹停手，独坐闻鸡叹夜徂。

其 六

为警贪狼避道行③，复因腐鼠背鸢争④（余授津关七年，计在任只四年余，中间病假一次，署运篆一次，奉差巡海一次）。简书竟与初心负⑤，富贵何关我辈荣。苍狗白衣⑥多变态，鲈鱼莼菜⑦负归情。屠龙未得逢时技⑧，痴抱残经⑨望太平。

---

① 扪虱：指按着虱子。此处比喻举止粗放，不拘小节。典出《晋书·王猛传》。缪谈：胡乱谈论。此处为周馥自谦辞。缪：音 miù，错误。

② 丸熊：用熊胆和制的药丸，用以指喻母教严格。典出《新唐书·柳仲郢传》。

③ 为警：因为提防。贪狼：贪婪的豺狼。此处指贪腐的贵官。避道行：避路而行。

④ 腐鼠：腐臭的老鼠。此处指津海关道职位。用了典故"鸱得腐鼠"，出自《庄子·秋水》。后因以喻庸人俗辈得到权势利禄。背鸢争：此处指避开权势争夺。鸢：音 yuān，一类小型猛禽的通称。

⑤ 简书：用于告诫、策命、盟誓、征召等事的文书。《诗经·小雅·出车》："岂不怀归，畏此简书。"朱熹集传："简书，戒命也。"此处指朝廷任命周馥为直隶按察使的文书。初心：最初的心愿。此处指归隐故乡的心愿。

⑥ 苍狗白衣：浮云像白衣，瞬间变得像苍狗。比喻世事变化无常。典出杜甫《可叹诗》："天上浮云如白衣，斯须改变如苍狗。"苍：青黑色。

⑦ 鲈鱼莼菜：典出《晋书·文苑·张翰传》，张翰在外做官，因见秋风起，乃思吴中莼菜、莼羹、鲈鱼脍，遂辞官回乡。后成为表达思乡之情深切的典故。

⑧ 屠龙：指屠龙术。比喻高超却无用的技艺。此处是谦辞。指周馥所学的治水之术。典出《庄子·列御寇》："朱泙漫学屠龙于支离益，单（殚）千金之家。三年技成，而无所用其巧。"逢时技：迎合时世的技艺。此处周馥用以指喻曾学过的技艺。他认为它们与时代脱节，没有施用的机会。

⑨ 残经：指周馥所携已残损的儒家经书。

己丑九月自天津返保定舟行淀中二首

（光绪十五年己丑五十三岁）①

其 一

去年此日出京华，今日雄关舣②水涯。双鬓逢人惊白雪，一生为客负黄花。身羁空羡随阳雁③，力竭谁怜缀壁蜗④？夜半闻鸡时起舞，峥嵘北斗向西斜⑤。

其 二

当年辽宋此分疆，今日垂虹十二梁⑥。民乐升平忘战垒，天教塘泺变粳乡⑦。鸦藏杨柳村如画，鱼唼⑧菱花水亦香。漫道饥穰随岁运⑨，斡旋端赖有循良⑩。

---

① 淀中：此处指白洋淀。清代天津与保定经白洋淀有水运航线。府河、白洋淀、大清河干流是联系津保之间的重要水上通道。光绪十五年：1889年。这年二月，周馥赴旅顺大连湾勘工，八月初十接署直隶布政使，十一月十八日，回按察使本任。

② 舣：音 yǐ，使船靠岸。

③ 随阳雁：指大雁。因其为最有代表性的候鸟，随着太阳的偏向北半球和南半球而北迁南徙，故称。

④ 缀壁蜗：爬墙壁的蜗牛。此处周馥指喻自己。

⑤ 峥嵘：高远。北斗向西斜：指北斗星斗柄指向西方。

⑥ 垂虹十二梁：十二座连桥像天边的彩虹垂在赵北口村南北长堤上。赵北口村在白洋淀东北部，是白洋淀向东流入大清河的咽喉，水陆交通要道，有南北长堤七里，堤上绿柳成荫，每隔不远，就有一座形式不同的桥梁，前后共十二座，每座石桥、木桥形态各异，又有亭、台、阁、栏槛、牌坊等建筑点缀其间，景致优美如画。

⑦ 粳乡：稻田。

⑧ 唼：音 shà，此处指鱼吃东西。

⑨ 漫道：别说，不要说。饥穰：音 jī ráng，饥荒与丰收。岁运：本年的运气。

⑩ 斡旋：调解，扭转（饥荒岁运）。端赖：全靠。有循良：有奉公守法的地方官。

咏雪，戏用白战①法

夜半风初紧，侵晨日欲沉。静闻窗纸响，清见屋庐深。小市稀逢客，连林已断禽。痴云②浓有意，流水寂无音。鸡犬凄凉色，松篁③冷淡心。霁光明几席，寒气透书琴。有麦农先喜，寻梅士苦吟。南山堪放猎，万壑气萧森。

雨霁轮舟渡海

海水绿于油，晴云浓似絮。飞轮日千里，俨若风可御④。窃恐雷雨来，仓猝失所据。人言海市⑤奇，楼阁神仙署。美观能几时？勿忘来时处。

舟行西淀⑥四首

其　一

乱苇垂杨暗远天，平湖落日听鸣舷。

夜来忽作江南梦，黄浦滩头⑦放鸭船。

其　二

一雨郊原绿可怜⑧，家家斗米不论钱。

年丰鸡犬都清福，放胆花阴自在眠。

---

① 白战：指作"禁体诗"时禁用某些较常用的词。此处是指咏雪时不用常见的形容雪的词。

② 痴云：停滞不动的云。

③ 松篁：音 sōng huáng，松树与竹子。

④ 俨若：音 yǎn ruò，宛若，好像。风可御：可御风，可以乘风飞行。

⑤ 海市：一种光学现象，旧称蜃景，是大气因光折射而形成的反映地面物体的现象。

⑥ 西淀：淀泊名。跨直隶省（今河北省）雄县、安新、高阳、任丘数县，西起白洋淀，东至任丘之柴伏淀。西北与西南诸山之水汇注，是调蓄大清河水系洪水的主要湖泊，也是海河平原上最大的湖泊。

⑦ 黄浦滩头：上海黄浦江两岸河滩。

⑧ 郊原：郊外，原野。绿可怜：草木翠绿得可爱。

其 三

菱角禾多莲叶稀，渔家生计本来微。县官莫报升科急①，浅水滩头且筑围（乡人于淀中私筑小堤谓之围）。

其 四

斜阳古渡史家庄②，绿叶成阴柳万行。

岁岁东风好护惜，不须人说比甘棠③。

过定兴④有借民屋寓予宿者，竟夕愁苦不寐

（光绪十六年⑤庚寅五十四岁）

疲马三叉道，炎风六月天。长征愁日晚，小店据途偏。扑面尘三斗，低头屋数椽。井泉咸带碱，村路涝通船。看客儿童喜，投名椽吏先⑥。蚊虻穿座闹，鸡犬傍床眠。破灶鱼游釜，颓垣藓在砖。蛾飞灯敛焰，蜗卧榻流涎。倦扇肱无力，沾杯口带膻。敢言宾渎主⑦？真觉夜如年。腐鼠⑧何滋味？磨驴自转旋。终宵不成寐，凝望晓星悬。

---

① 县官莫报升科急：倒装句，即"县官莫急报升科"。升科：明清定制谓开垦荒地，满规定年限（水田六年，旱田十年）后，就按照普通田地收税条例征收钱粮。科：征税。

② 史家庄：今河北省文安县西北部史各庄镇，位于东淀与西淀之间，赵王河、赵王新河、大清河穿境而过，是重要水陆码头。

③ 比甘棠：比作西周燕国第一任国君召伯的德政。

④ 定兴：清直隶省保定府下辖县，今为保定市下辖县。地处冀中平原腹地，境内地势平坦，土层深厚，拒马河、北易水、中易水三条河流自西向东横贯全境。

⑤ 光绪十六年：1890年。这年六月，周馥赴永定河督办北二上汛漫口大工程，两个月内，溃口合龙。奉旨赏头品顶戴。

⑥ 投名：投递名帖拜会。椽吏：当为"掾吏"讹写，音yuàn lì，分曹治事的属吏，官府里的办事员。

⑦ 敢言：岂敢说。宾渎主：当为"主渎宾"倒装，主人怠慢客人。渎：音dú，怠慢，简慢。

⑧ 腐鼠：此处周馥指自己的职位。典出《庄子·秋水》。

光绪十六年六月，永定河大涨，水由芦沟桥下北决，淹及京南三百里，中旨严催速堵。李傅相奏派余督筹塞决。七月赴工，九月初十竣事。归途作二律寄同事诸君

其　一

自别桑干十六春，重来沉璧祀河神①。平生惯作焦头客②（余曾于同治十年、十一年、十二年光绪元年四次赴永定河堵决），仓卒难逢合手人③（会办吴赞臣观察即余同治年在永定共事者，颇获益助）。敢诩老谋抒急难④，剩怜后辈见交亲（同治年间委员如唐成棣、朱津、潘秋水数君早归道山⑤。今数家子孙任河官，皆能承其家学）。鸿嗷遍野⑥春无麦，忍为灾黎惜负薪⑦？

---

①沉璧祀河神：祭祀河神时沉玉璧于河。此处指举行祭祀河神仪式，兴工堵塞永定河决口，不是真的沉璧于河。

②焦头客：救火人。此处指多次参与堵塞河缺，抗洪救灾。

③仓卒：急促，匆忙。合手人：齐心协力，配合协调的人。

④敢诩：岂敢自夸。诩：音xǔ，夸耀。老谋：周密的谋略。抒急难：排除危难。抒：通"纾"。解除，排除。

⑤委员：旧时被委派担任特定任务（此处指治水）的人员。唐成棣：江苏江都人，监生，曾任试用主簿，咸丰六年（1856年）至咸丰九年（1859年）任直隶南头上汛、霸州州同。同治元年（1862年），任昌平州知州。同治十一年（1872年），任石景山同知。同治十三年（1874年），调任永定河北岸同知，协助周馥成功堵塞永定河溃口，光绪元年（1875年），被赏三品封典。朱津：浙江归安人，监生，同治六年（1867年）至九年（1870年）任直隶固安三角淀通判，十年（1871年）四月调任永定河南岸同知，该年六月因永定河溃决，被下部议处，革职留任。次年以直隶永定河堤工修筑完竣，蒙旨复职。潘秋水：浙江山阴人，吏员。同治七年（1868年）至十年（1871年）任南七汛，接着又任南二汛。

⑥鸿嗷遍野：遍地饥民。鸿嗷：音hóng áo，鸿鸟悲鸣。比喻灾民求食。典出《诗经·小雅·鸿雁》："鸿雁于飞，哀鸣嗷嗷。"

⑦忍：怎忍，岂忍。为灾黎：为了受灾的民众。惜负薪：指顾惜自己治水辛苦。负薪：本指背柴草。此处指堵塞河堤决口。《史记·河渠书》载，汉武帝曾率群臣背柴草、沉玉璧以塞黄河瓠子决口。

其　二

诏书重叠恤灾区，海上金钱急转输（江督曾沅圃宫保①筹银十万两助
工费）。马上愧无投石力（时有谓抛石塞决为便者，不知此法欲速反迟），
梦中犹听渡河呼。挥戈士众韬钤②少（近年河官谙机宜者绝少），堆案书
多玉检③无（条陈河事者中外颇多，少中肯綮④）。侥幸功成宁自慰⑤？欲
将曲突赞良谟⑥。

东西淀⑦即北宋时塘泺，所用以限戎马者，庚寅大水，秋稼尽
没。制府李傅相赈恤备至，而塞决之工，自夏迄冬未已。忆十
余年前，官民于淀内创筑堤埝⑧甚多，无非与水争地。旱时多
占地一分，涝时多添灾一分。舟过淀中，目击灾象，作此寄意

塘泺古分界，当时恨不深。今编畿辅内，反患怒涛侵。圣主防川

---

① 曾沅圃宫保：即曾国荃（1824—1890），字沅甫，曾国藩的九弟，晚清名将，咸丰二年
（1852年）取优贡生。咸丰六年（1856年），攻打太平军有功，赏"伟勇巴图鲁"名号和一品顶
戴。同治三年（1864年），以破金陵城功，加太子少保，封一等伯爵。光绪元年（1875年）后历
任陕西巡抚、山西巡抚，署两广总督。光绪十年（1884年）署礼部尚书、两江总督兼通商事务
大臣。光绪十五年（1889年）加太子太保衔。翌年，卒于位，谥忠襄。

② 韬钤：音 tāo qián，古代兵书《六韬》《玉钤篇》的并称。后因以泛指兵书。借指用兵谋
略。此处指治水谋略。

③ 玉检：本指玉牒书的封箧，借指玉牒文，即古代帝王封禅、郊祀的玉简文书。此处指记
载朝廷治水政令之因革的典册、史籍。

④ 中肯綮：音 zhòng kěn qìng，击中要害，抓住了问题的关键。肯：附在骨上的肉。綮：
筋骨结合处。肯綮：引申为要害或关键。语出《庄子·养生主》："技经肯綮之未尝。"

⑤ 宁自慰：岂会自我安慰。

⑥ 赞：助。良谟：良谋。此次工程结束后，周馥建议创设永定河北岸头工、二工石堤事
宜，举荐道员张莲芬会办，此后，永定河北岸上游的河水，不再决堤而流入京城南苑。

⑦ 东西淀：即东淀与西淀。东淀：即三角淀，位于大清河的中下游，因大清河泛滥而成，
故又称"溢流淀""溢流洼"，位于今河北省廊坊市霸州、文安境内，东淀沟通天津至保定及沿
途各县水路的运输，在汛期，还起到蓄水和保护天津市免遭洪水威胁的作用。西淀：含白洋
淀在内的湖，为海河平原上最大的湖泊，位于河北省中部。

⑧ 堤埝：音 dī niàn，田里或浅水里用来挡水的土埂。此处指在湖滩用土石垒成一圈堤
坝，坝内种庄稼。

意，农氓望稼心。鱼龙都避舍，榆柳渐成阴。岂见升科诏①？徒捐拯溺金②。民无先事虑，官忘守成箴。要为千家计，须防十日霖。更张③吾乏力，慷慨付悲吟。

夜　舟

白露浓于雨，空蒙雾雾雾④。前船何所往？问答语偶闻。我舟屡误道，胶浅困溪濆⑤。舟人相怒詈⑥，篙橹乱其群。寄语勿自乱，缓行道自分。

舟行西淀，大风雪

我农盼春雪，甚于饥望赈⑦。朝来皓盈眸，千里春苗润。天心宽吏责⑧，幸此苏荒馑。榜人⑨坐愁叹，寸步篙难进。世事无两利，安能彼此顺。君子务远大，小人徒侥幸。

---

① 岂见：哪见。升科诏：升科税的诏令。此句是说朝廷行仁政，不忍心对垦荒地按熟地征税。

② 拯溺金：救灾款。拯溺：音 zhěng nì，搭救溺水的人。引申为解救危难。

③ 更张：音 gēng zhāng，本指更换琴弦。比喻从根本上加以改变。

④ 空蒙：迷茫的样子。雾雾：音 fēn fēn，本指霜雪等很盛的样子。此处指雾很浓。

⑤ 溪濆：音 xī fén，溪岸。

⑥ 相怒詈：互相怒骂。

⑦ 甚于：超过。饥望赈：饥荒时盼望赈济。赈：音 zhèn，救济，赈济。

⑧ 天心：上天的心意，天意。宽吏责：减轻官吏责任。

⑨ 榜人：船夫。

随北洋大臣^①阅海军，归途成六律（光绪十七年^②辛卯五十五岁）

其 一

蒐狩天王礼^③，金汤^④战士功。鸾书初授钺^⑤，龙节复临戎^⑥。军撼三山震，旗张万里通。盱衡溟渤外^⑦，气已压群雄。

其 二

铁甲摧山破，铜鱼^⑧伏水飞。夺来神鬼巧，算入斗星^⑨微。旗鼓通南北，雷霆效指挥^⑩。鹍鹏摩万里^⑪，只视羽毛肥^⑫。

---

① 北洋大臣：又称北洋通商大臣，同治十年(1871年)设立，管理直隶(今河北)、山东、奉天(今辽宁)三省通商、洋务，办理有关外交、海防、关税及官办军事工业等事宜。此处指李鸿章。李鸿章担任直隶总督兼北洋大臣达28年之久。

② 光绪十七年：1891年。这年四月，李鸿章奏调作者随同巡阅海军。周馥建议从速扩充海军军备，经费不可省。李鸿章知此事必办不成，为之嗟叹。

③ 蒐狩：音 sōu shòu，春蒐和冬狩，古代帝王春、冬时的射猎活动。《谷梁传·昭公第十》："因蒐狩以习用武事，礼之大者也。"天王礼：天子的礼仪。

④ 金汤："金城汤池"的缩略语。形容城池坚固。战士功：战士的业功绩。

⑤ 鸾书：书信。此处指诏书。授钺：古代大将出征，接受天子所授的符节与斧钺。表示授以兵权。

⑥ 龙节：龙形符节。此处指奉王命出使者所持之节。复临戎：再次亲临军阵。

⑦ 盱衡：音 xū héng。扬眉举目，纵观。溟渤：音 míng bó，指溟海和渤海。泛指大海。

⑧ 铜鱼：此处指鱼雷。

⑨ 算入斗星：指能准确导航和定时。斗星：北斗星。古人据北斗星斗柄指向判定季节与方位。

⑩ 雷霆：此处指大炮。效指挥：听从指挥。

⑪ 鹍鹏：古代神话传说中的大鸟名。比喻才能卓异、志向高远的人。摩万里：迫近万里高空。

⑫ 羽毛肥：本指长得肥的禽鸟。此处指清朝海军的作战对象。

其　三

北溟朝万国①，旅顺是冲途②。凿海龙鸣沼③，屯营虎负嵎④。四山雄作障，万姓聚成都。牙爪当关踞，层冰敢渡狐⑤。

其　四

我自茹荼苦，人思食蛎甘⑥（大连湾原名大蛎湾）。彻桑当雨未，求艾恰年三⑦。势已龙头踞，威防虎视眈。长城新壁垒，几度路曾谙（大连湾布置防务余曾参议其事，惟恨工未全备耳）。

其　五

威海前朝镇⑧，师船今建营⑨。山川归锁钥⑩，韬略出书生（谓戴孝

①北溟：此处指渤海。朝万国：使万国前来朝拜。此处指渤海为交通要地，各国使节来京城，都取道此地。

②旅顺：位于辽东半岛最南端的城镇，东临黄海、西濒渤海，南与山东半岛隔海相望，北依大连旧市区。光绪年间，李鸿章在此建成北洋水师舰队基地。甲午中日战争中被日军侵占，随后又被俄罗斯强行租借。冲途：交通要地。

③凿海：军舰在大海巡游。龙鸣沼：龙在池沼中吼叫。沼：音zhǎo，水池，积水的洼地。

④屯营：军营。此处指陆军部队。虎负嵎：音hǔ fù yú，虎背靠山曲。指军队依凭险要地势可以凶猛地抵御入侵的敌人。

⑤层冰敢渡狐：是指军人勇敢，能冒险犯难。该句反用了狐疑的典故。典出《汉书·文帝纪》颜师古注："狐……性多疑，每渡冰河，且听且渡，故言疑者称狐疑。"

⑥人思食蛎甘：双关语，他人设想吃海蛎是在享受甘美食物。此处指别人以为周馥监理海防工程是个美差，不知道那是苦差。

⑦求艾：音qiú ài，寻求治病之药。此处指寻求完成海防工程的方法。艾：一种草药，灼灸人的穴位可以治病。恰年三：正好三年。周馥于光绪十四年（1888年）至十六年（1890年）多次从天津赴旅顺大连湾勘工，监理、验收旅顺船坞炮台、大连湾炮台工程。

⑧威海前朝镇：威海卫是明朝的军镇。明洪武三十一年（1398年），为防倭寇袭扰，在山东半岛东北端设卫，称威海卫，与烟台和辽东半岛上的旅顺互成三角之势，为渤海锁钥，拱卫京津海上门户。前朝：此处指明朝。

⑨师船：兵舰。今建营：今天建立了营地。光绪元年（1875年）始在威海卫建炮台，光绪十四年（1888年），设水师提督署，驻水雷营，置制造所和水师学堂等，于海湾南北两岸和刘公岛、日岛、黄岛等地新筑炮台多座，成为海防要塞和北洋海军基地。

⑩锁钥：军事要地。

侯观察）^①。发炮云开阵，登坛雨洗兵。相期东海上，揽辔见澄清。

其　六

奇局开千古，劳臣惜寸阴^②。朝廷尝胆志，将士枕戈心。规自贤王拓（醇贤亲王），功知元老深。韬钤^③谁继起，抚剑动长吟。

过十方院^④

栴檀几辈阅冠裳，谁把荣枯问十方（予同治十一年过十方院，但见破壁数堵而已，历年叶冠卿、史松园、刘景韩三观察相继修葺^⑤，旁拓行馆数楹，始成大观。叶升陕抚，史被劾去，今皆归道山矣）。野鸟喧晴禾穟熟，村童嬉水柳阴凉。天清远浦帆帆动，日落危堤树树长。尘迹漫言闲趣少^⑥，西来三宿水云乡^⑦。

---

① 韬略：本指古代兵书《六韬》《三略》，引申为战斗用兵的计谋。戴孝侯观察：即戴宗骞（1842—1895），字孝侯，安徽寿州（今淮南寿县）人，初为生员，复补廪生。以乡试不中，弃文从戎。同治六年（1867年），上《平捻十策》，得李鸿章器重，委办全军营务处，积勋至知县。晋迁知府。光绪八年（1882年），负责建造威海卫军港，论功晋道员。光绪二十一年（1895年），日军进攻威海卫，"光杆司令"戴宗骞率部下十九人奋力抵抗，失败后吞金自杀。著有《海上屯田志》，后人辑有《戴孝侯诗集》。《清史稿》有传。

② 劳臣：勤劳的大臣。惜寸阴：珍惜时间，哪怕一寸光阴都不浪费。语出《淮南子·原道训》："故圣人不贵尺之璧，而重寸之阴，时难得而易失也。"

③ 韬钤：此处指称用兵谋略。

④ 十方院：保定府城月潭僧院，俗称十方院。

⑤ 叶冠卿：即叶伯英（1825—1888），安徽怀宁人，字孟侯，号冠卿。以附贡官户部广东司主事，从钦使毛昶熙剿河南捻军，出谋划策。同治九年（1870年），入李鸿章幕府，负责河务。同治、光绪年间，几次任清河道，治水有方，勤勉奉职。光绪七年（1881年），任陕西按察使，后迁布政使。光绪十二年（1886年），擢陕西巡抚，卒于任。民国《怀宁县志》有传。史松园：即史克宽（？—1892），安徽六安人，字洪修，号松园。咸丰中，与兄克谐办乡团御太平军。太湖陷，克谐殉。克宽从克太湖、宿松，解六合围，以国子监典簿保知县。同治初，刘铭传剿捻，移征西回，皆挟克宽与俱。叙功，擢知府。光绪间，董工程局，掌河事，治滹沱。后被劾罢官。光绪十八年（1892年），卒。《清史稿》有传。事迹见马其昶《抱润轩文集》。

⑥ 尘迹：行迹。漫言：莫言，别说。闲趣少：闲适的情趣很少。

⑦ 水云乡：水、云相接，风景清幽的地方。

子学海、学铭同榜登第①，志喜兼勖熙、渊、煇三子②
四首（光绪十八年壬辰五十六岁）

其　一

泥金③双报喜充庭，知有重慈带笑听。（铭嗣祖母时在建德）谁解评文持定价（合肥李傅相先评海、铭闱艺，谓必登第，且判名次先后）？人言有子尚传经。二周芳躅宁追步（远祖繇公，唐进士第时称咸通十哲。弟繁公亦举进士，文章齐名）④，千佛萱帏许乞灵⑤。自是贻谋承祖德⑥，错教僚友说祥刑⑦（有人谓予平反冤狱极多，故获是报，此俗说也。儒者不道）。

其　二

妙笔何尝属大魁⑧，外官⑨正可练宏才。时怀退步心常泰，浪博佳名谤亦来。好理宣防追邵埭⑩（属海就中书，指分南河同知），莫教风月负

---

① 子学海、学铭同榜登第：指周馥长子周学海、次子周学铭于光绪十八年（1892年）分别中三甲三十九名、二甲第四名进士。同榜者有蔡元培、张元济、赵熙、汤寿潜等。

② 勖：音 xù，勉励。熙、渊、煇三子：周馥第四子周学熙（1866—1947）、第五子周学渊（1878—1953）、第六子周学煇（1882—1971）。

③ 泥金：用金箔和胶水制成的金色颜料。用于书画、涂饰笺纸。此处指泥金帖子，即泥金涂饰的笺帖，喜报所用。

④ 二周：周馥先祖唐代诗人周繇、周繁兄弟。芳躅：音 fāng zhú，前贤的踪迹。躅：足迹。宁：宁愿。追步：追随。进士第：中进士。举进士：应举参加了进士科考试。

⑤ 千佛萱帏许乞灵：千佛山娘娘碧霞元君答应周家人的祈求，赐福于参加会试的二位年轻人。萱帏：音 xuān wéi，犹萱堂，代指母亲。此处指济南千佛山娘娘。

⑥ 贻谋：音 yí móu，父祖对子孙的训诲。《诗经·大雅·文王有声》："诒（通"贻"，留下）厥孙谋，以燕翼子。"承祖德：继承祖先美好的德性。

⑦ 祥刑：音 xiáng xíng，善用刑罚。典出《尚书·吕刑》："有邦有土，告尔祥刑。"孔传："告汝以善用刑之道。"

⑧ 大魁：指科举时代的状元。

⑨ 外官：地方官。与京官相对。

⑩ 宣防：指防河治水工程。邵埭：即邵伯埭，水利设施。《晋书·谢安传》载："（谢安）及至新城，筑埭于城北，后人追思之，名为邵伯埭。"追邵埭：筑防洪治水工程，向先贤谢安所筑的邵伯埭看齐。

蓬莱①。分镳各有通天路，稳步青云到上台。

其　三

髫龄骑竹重闱喜②，今日登科我已衰。禄养伤余瞻墓木③，声华望汝护门楣。从来劝学天无负，须属诸孙志莫移。夜静家人谈往事，最怜襁褓避兵时。

其　四

熙能百步未穿杨（熙乡试屡荐未售）④，渊始弯弓欲挽强⑤。才质玉堂⑥原有分，功夫青案莫相妨⑦。胸无俗味书方入，笔挟生机气自昂。三载连科应听捷⑧，阿煇学步好随行。

天津至保定⑨途中杂咏八首

其　一

杨柳堤边万缕柔，往来二十二春秋。年年杨柳青如故，堤上行人已白头（杨柳青在津城西三十里）。

---

①莫教风月负蓬莱：倒装句，即"莫教负蓬莱风月"。莫教：不要，别让。风月：清风明月，指学海任职地方——南河（江苏境内长江以北的大运河）的美景。

②髫龄：音 tiáo líng，指幼年。骑竹：骑竹马。竹马：儿童游戏时当马骑的竹竿，一端安了轮子，孩子跨立上面，假作骑马。重闱喜：祖父母很高兴。重闱：音 zhòng wéi，深闺，旧时称父母或祖父母。

③禄养伤余瞻墓木：倒装句，即"余瞻墓木伤禄养"。意思是自己看到亲人墓上的树感到悲伤，做官得到俸禄，却不能供养他们，让他们感到幸福。

④熙能百步未穿杨：此句用射箭作比喻，周学熙射箭能射得很远却没有射中目标，意在说明周学熙科举考试能力还差了一点。

⑤渊始弯弓欲挽强：此句用射箭作比喻，希望周学渊拉弓要拉最坚强的弓，在科举考试能力培养方面，要迎难而上。

⑥玉堂：代称翰林院。北宋太宗淳化年间，赐翰林"玉堂之署"四字，后遂用玉堂代称翰林院。

⑦功夫青案：参加科举考试的应试诗、八股文写作本领，与作词本领。莫相妨：不要互相妨碍。此处是周馥怕儿子学熙热衷写词，影响仕进，故委婉劝阻。

⑧三载：三年内。连科：即连科及第，指科举考试中，两个以上的科目都进榜。

⑨天津至保定：周馥任津海关道多年，在天津安家，保定是他任直隶按察使时，察署衙门驻地。当时两地可以从水路乘船直达。

其 二

寒鸦墅里见寒鸦，野水西风三两家。河伯也怜民力苦，尽驱鱼蟹让桑麻（韩家树一名寒鸦墅，其旁皆大淀泊^①，近年永定河水淤成膏壤）。

其 三

杨芬晴港遍菰蒲^②，盗薮^③年来变坦途。

长忆国侨称众母^④，可能用猛靖萑苻^⑤？

其 四

界河^⑥水浅草萋萋，当日杨家按鼓鼙^⑦。千载尊攘^⑧同一念，至今人羡六郎堤（六郎堤在苏桥之西，人谓宋杨延昭所筑）^⑨。

---

① 淀泊：较浅小型湖泊或季节湖，位于地势低洼区，起蓄河流洪水作用。

② 杨芬晴港：在保定府辖区内，位于今河北霸州杨芬港乡，为大清河入三角淀之口。遍菰蒲：长满了茭白和香蒲。菰：植物名，即茭白。

③ 盗薮：音 dào sǒu，强盗窝，强盗聚集的地方。薮：生长着很多草的湖泊，也指有草无水的沼泽。

④ 国侨：即子产（？—前 522），春秋时期著名政治家、思想家。姬姓，公孙氏（一说国、东里亦为其氏），名侨，字子产，谥成，历史典籍以"子产"为通称，亦称"公孙侨""公孙成子""国侨"等。他是郑穆公之孙，公子发之子，先后辅佐郑简公、郑定公，为政有方，特著贤声。他在临终时，告诫继任者子大叔，"唯有德者能以宽服民，其次莫如猛。"子大叔未听从，后来，"郑国多盗，取人于萑苻之泽。大叔悔之，曰：'吾早从夫子，不及此。'兴徒兵以攻萑苻之盗，尽杀之，盗少止"。称众母：被孔子称为众人之母。此句指保定知府（周馥友人朱靖旬）像子产那样爱民。朱靖旬为官清正，体恤民瘼，于光绪九年（1883 年）擢升保定知府，连任十年。

⑤ 可能用猛靖萑苻：大概是使用武力剿灭了东淀、西淀芦苇荡里的强盗团伙。可能：大概。靖：平定。萑苻：音 huán fú，春秋时郑国泽名，曾有强盗在泽中劫人。此处指直隶省（今河北省）东淀、西淀。

⑥ 界河：北宋与辽国的界河，即拒马河，又称白沟河，后世称大清河。

⑦ 按鼓鼙：敲击军鼓，从事征战。鼓鼙：古代军中常用的乐器。指大鼓和小鼓。

⑧ 尊攘：指尊王攘夷。意思是尊敬王室，排除夷狄。

⑨ 六郎堤：位于清直隶省顺天府霸州（今为河北省霸州市）的西南部，北宋名将杨延昭率军民建筑的一条东西向挡水大堤，以拦挡洪水淹没霸州。此堤东接中亭河的老堤，往西一直入雄州境内。苏桥：苏桥镇，位于直隶省顺天府文安县（今河北省廊坊市文安县）境内。传说苏洵任文安主簿时，看到大清河两岸的居民来往不便，就在大清河上修建了一座木桥，当地老百姓为了纪念苏洵的功绩，把原来的村名"八姓庄"改为"苏家桥"。

其 五

苏桥风月在苏祠①，那有甘棠系去思②？多少雄才名不显，只因身后少佳儿（老泉③但食文安主簿俸耳，未尝一日莅官而土人建祠祀之，误也）。

其 六

清河西去孟良营④，鸡犬连村乐太平。

野老不知家国恨，至今曝背说东征⑤。

其 七

燕云已失复谁何⑥，塞上年年输挽多⑦。汴水已湮塘泺改⑧，舟人犹指赵王河（大清河旁支名赵王河，北宋藏粮渠也）。

---

① 风月：风和月。泛指美好景色。苏祠：指文安县苏桥镇祭祀苏洵的庙宇。

② 甘棠：循吏的善政与遗爱。去思：地方士民对离职官吏的怀念。《汉书·何武传》："欲除吏，先为科例以防请托，其所居亦无赫赫名，去后常见思。"

③ 老泉：即苏洵（1009—1066），字明允，自号老泉，眉州眉山（今四川眉山）人，北宋文学家，与其子苏轼、苏辙并以文学著称于世，世称"三苏"，均被列入"唐宋八大家"。欧阳修《故霸州文安县主簿苏君墓志铭并序》："初，修为上其（指苏洵）书，召试紫微阁，辞不至，遂除试秘书省校书郎。会太常修纂建、隆以来礼书，乃以为霸州文安县主簿，使食其禄。与陈州项城县令姚辟同修礼书，为《太常因革礼》一百卷。书成，方奏未报，而君以疾卒。"

④ 清河西去孟良营：大清河从东往西经过孟良营。此句中周馥将大清河支流白沟河当成主流来写的。孟良营：清直隶省顺天府霸州境内村庄，位于今河北省高碑店市辛桥镇东北，传说宋、辽两国开战，宋将孟良在此地安营扎寨，故得名。今有孟良营村位于白沟河（大清河北支下段，河水从东北向西南流过）边，白沟河为宋、辽两国分界线。

⑤ 曝背：以背向日取暖。说东征：此处指北宋东征辽国。

⑥ 燕云已失：指失去幽云十六州。复谁何："无复问谁何"的缩略语。意思是不要再责怪哪一个人了。

⑦ 塞上年年输挽多：年年往北方边镇输送很多粮食与物资。塞上：指军事位置重要的边境地区。亦泛指北方长城内外。输挽：运送粮食与物资。

⑧ 汴水：又称汴河。即隋炀帝时开凿的通济渠，流经开封、永城、宿州、泗县等地，唐宋时称为汴河。南宋高宗为了防止金兵以舟船运兵进逼，下诏毁坏所管境内的汴渠水道，南北水运遂告断绝。宋金划淮为界后，通济渠不再通航，后逐渐湮废。已湮：已经堵塞。塘泺：此处指北宋年间人工建造的军事防御工程，在今河北省境内。

其 八

当年设险瓦桥关①，辽宋宾车岁往还②。

游女不知离别恨③，年年花发唱刀镮④（雄县）。

余儿时见族人业农者终岁勤劬⑤而不获一饱，心实哀之。咸丰间粤匪扰江南，我族死于兵荒者数十人，存者十不及一，荒田颇多，落落十数家，躬耕堪以自给而后生多有不事力作者，因追述前人苦况，作诗数章以示警焉四首

其 一

麦欲老时雨如缕，冒雨腰镰裸两股。割来一束釜中煴⑥，姑妇夜舂儿渴乳。人家麦熟忙上仓，侬家麦熟已断粮。半纳田租半偿债，耞板⑦未停检衣卖。东家老农怜我饥，手分遗穗供作糜。夜深一饱枕蓑卧，蚊雷殷殷来噆肌。三更炊饭四更起，入山采樵二十里。樵归担向市中卖，（村妇皆三更起炊饭，待熟呼夫男起，餐毕，腰镰入山，仍裹粮备充午饥，迫售薪归来，则星月载途矣。）杯盐升米养妻子。夜来西风透骨寒，一家喜跃忘衣单。橡林坠果纷满地，拾来可供三日餐。侬家无田分外苦，何

---

① 瓦桥关:位于河北平原中部,今雄县城西南,因地属古瓦桥,以地为名。约唐末置此关以防契丹。其时在这关的东北面又连置益津关和淤口关,合称"三关"。北宋初年,集结重兵驻扎"三关",以防契丹辽军南侵。"三关"四周尽属平原,为增强御敌能力,宋真宗时驻防瓦桥关的六宅使何承矩,"因陂泽之地,潴水为塞",壅塞九河中徐、鲍、沙、唐等河流,形成众多水泊,河泊相连,赫然构成一条南北防线。后水域逐渐增广,成为一道沿流曲折八百里的水上长城。

② 辽宋宾车:辽国与宋国(北宋王朝)使臣的车子。岁往还:每年来来往往。

③ 游女:本指出游的妇女。此处指歌妓。

④ 花发:花开的时候。指春天。唱刀镮:唱着送别歌曲,希望恋人能顺利返回家乡。镮:"还"的双关语。

⑤ 勤劬:音 qín qú,辛勤劳累。劬:辛劳。

⑥ 釜中煴:在锅里烘焙。煴:音 yùn,同"熨",烘烤。

⑦ 耞板:槤枷板。槤枷由一根长柄和一组平排的竹条或木板组合而成,用来拍打稻麦谷穗,使谷粒掉下来。

用劝农动官府①。山头垒石尚栽粮，贫人安得一亩土（村东有老林山多橡树，数百年物也，严冬狂风竟夜，村人晨起争拾橡栗以充饥。咸丰末年，遭粤贼乱，橡树全毁，其近村石山上，前人有于石凹实土栽菽粟者，今亦荒颓矣）②。

其　二

山居宜种淡巴菰③，叶鲜味厚价自殊。可怜粪田无豆饼④，典衣买饼培田腴⑤。无衣或且借衣典，邻里痛痒关肌肤。六月炎风天忽雨，烟叶沾濡色如土。妇子收烟忙若奔，淋浪⑥遍体无干缕。侬家无田无烟卖，忍饥不负三分债（乡人种淡巴菰，谓之烟叶，春间借债买豆饼壅田，秋后加息二三分⑦还之）。

其　三

三月招得采茶娘⑧，四月招得焙茶工⑨。千箱捆载百舸送，红到汉口绿吴中⑩。年年贩茶苦价贱，茶户艰难无人见。雪中芟草雨中摘，千团

---

①何用劝农动官府：倒装句，"何用动官府劝农"。意思是哪用得着派遣地方官员在春夏农忙季节巡行乡间，劝课农桑。

②橡树：又称栎树或柞树，木质坚硬。橡栗：橡树的果实。也叫橡实、橡子、橡果，是坚果。含淀粉，可食，味苦。

③淡巴菰：烟草。原产于南美洲，叶子含有尼古丁，可制成各类香烟制品。

④粪田：给田施肥。豆饼：大豆榨油后剩下的渣子压成的饼，可用来做肥料或饲料。

⑤典衣：典押衣服。腴：音yú，肥沃。

⑥淋浪：流滴不止貌，沾湿貌。

⑦加息二三分：相当于本金的十分之二三为息钱。

⑧采茶娘：采摘茶叶的妇女。

⑨焙茶工：烘焙炒制茶叶的师傅。

⑩红：红茶。绿：绿茶。汉口：武汉三镇之一。地处武汉长江、汉水以北的地域，隔长江与武昌相望，隔汉江与汉阳相望，自明清以来就是中国南方重要的商业中心。吴中：旧时对吴郡或苏州府的别称。此处指苏州、杭州、上海等地。

不值一匹绢①。钱小秤大价半赊，口唤卖茶泪先咽②。官家榷茶岁算缗③，贾胡垄断术尤神④。佣奴贩妇百苦辛⑤，犹得食力饱其身，就中最苦种茶人！

其 四

种田莫种黄泥沟⑥，嫁女莫嫁莲花洲⑦。沟田年年发秋水，洲家顿顿餐穄子⑧（俗谚）。结姻仍是旧姻家，但求佳婿足桑麻。朝出负薪暮汲水，日助锄苗夜纺纱。柳林霜重争收叶，菜圃天干独灌瓜。渠侬不劳乏生路⑨，但解治生劳不苦⑩。只恐青黄不接⑪时，嫁衣典尽饥难度（亦俗谚）。幸免饥寒愿即伸，终身荆布敢辞贫？茫茫天道那堪问？此辈偏多孤寡人。

---

①团：本指茶饼。此处指茶包。匹：音 pǐ，量词，用于指称纺织品或骡马等。

②咽：音 yàn，吞食。

③官家：官府。榷茶：官府对茶叶征的税。算缗：亦称"算缗钱"。西汉初年所行税法之一，对商人、手工业者、高利贷者和车船所征的赋税。一缗为一贯（1000钱），一算为120钱，一缗财产要征一算的税。此处指清代直接向民众征收的各种税，如田赋、漕粮、杂税、耗羡、榷关税等。

④贾胡：音 gǔ hú，指经商的胡人。此处指外国商人。垄断：把持、独占商品生产与买卖的行为。术尤神：方法尤其神奇。

⑤佣奴：音 yōng nú，佣人。贩妇：女商贩。

⑥黄泥沟：即建德县下乡黄泥坂（今池州东至县泥黄村），三面环水，北与东接乌沙河，西临黄溢河，南面临山，秋天发水，水流排泄不畅，易形成内涝，不宜种庄稼。

⑦莲花洲：即莲花洲村，位于今安徽省望江县雷池乡东兴圩内，北面背靠武昌湖，南面临长江，清代由长江北岸望江县与江南岸的东流县分治，地势很低。东流县与建德县于1959年合并为东至县。

⑧穄子：音 jì zi，即高粱米，有黄、白二种，可酿酒。

⑨渠侬：音 qú nóng，方言词，他，他们。乏生路：缺少谋生的办法与途径。

⑩解治生：能谋生，能谋取活命之路。劳不苦：即使劳累也不觉得辛苦。

⑪青黄不接：庄稼还没有成熟，陈粮已经吃完。农家常指春夏之间。

上　海

三十年前此驻师，斜阳并马出江湄①。木棉花发黄婆庙②（先朝闽妇来苏教人纺织者，至今人庙祀之），石堰潮通太仆祠③。门系渔舟秋捕蟹，机鸣灯火夜缫丝④。北城歌舞南城战，苦乐茅檐总不知（谓同治元年李傅相督师⑤时事）。

①　并马：两匹马并排前进。江湄：音 jiāng méi，江岸。

②　木棉花：此处指棉花。黄婆：即黄道婆。南宋末年出生于松江府乌泥泾（今上海华泾镇），十二三岁被卖当童养媳，其后，不堪公婆的虐待而流落崖州（今海南岛崖县），在那里生活了 30 多年，并从当地人那里学到了一整套棉纺织加工技术。元朝元贞年间，年老的黄道婆搭乘海船，回到故乡，在家乡推广先进的植棉、纺纱、织布技术，并改革纺织工具，推动了当地手工棉纺织业和经济的发展。去世后，当地民众感恩洒泪葬之，建庙祭祀。

③　石堰：拦在河上，用以挡水、溢流的石筑低坝。可抬高水位，便利灌溉和航运。太仆祠：祭祀清朝周中鋐太仆寺卿的祠庙。周中鋐：字子振，浙江山阴（今绍兴）人，康熙年间任崇明县丞、华亭知县，雍正时，擢松江知府。雍正六年（1728 年）三月，督工建设吴淞江陈家渡筑拦潮堤坝，落水身亡。雍正帝闻讯，下诏追赠周中鋐为太仆寺少卿，赐祭葬。当地百姓在坝边为他建祠。同治《上海县志·私秩》："周太仆祠，在吴淞江陈家渡口。雍正六年，士民建，祀松江府知府周。道光八年，总督蒋攸铦、巡抚陶澍，提请列祠。"

④　缫丝：音 sāo sī，把蚕茧制成生丝的过程。

⑤　李傅相督师：指同治元年（1862 年）李鸿章率领淮军驻扎上海城郊抵御太平军。

曹耕之太守辞官后携家寓金陵^①，颇享湖山之乐，昨书来，以余两儿今科通籍^②，辱诗致贺。依韵答之，聊抒离索之绪云尔二首

其　一

彩笔飞来五色云，梓乡^③当日仰雄文。杖鸠人已推耆宿^④，轩鹤余还愧旧群^⑤。见说阶兰争苗秀^⑥，早闻棠棣竞华纷^⑦（耕之昆仲昔年皆以文名于时，子弟亦多秀起）。龙门学步谈何易？珍重先生借齿芬。

---

① 曹耕之：即曹翰田，字耕之，安徽铜陵人。道光庚子举人。咸丰末年入曾国藩幕府。同治元年（1862年）十月，曾国荃因克复太平府与沿江关隘，顺利进兵金陵，保举大批出力行间的文武弁员，曹氏名列其中。保单要求"举人拣选知县曹翰田……均请以知县，不论单双月归部尽先选用"。同治、光绪年间先后任知县、知府等职。著有《寄园诗钞》。太守：清代知府的代称。

② 通籍：中了进士，开始做官。"籍"是二尺长的竹片，上写姓名、年龄、身份等，挂在宫门外，以备出入时查对，因此后来便称做官为"通籍"。

③ 梓乡：音 zǐ xiāng，故乡。周馥与曹太守同属池州府人，可称同乡。

④ 杖鸠人：拄着鸠杖的人。鸠：鸠杖，又称王杖，扶手处做成像斑鸠鸟形状的拐杖。汉代七十岁以上老人，朝廷赐予此杖，老人持此杖可以出入官府，行走驰道，到市上买卖可以免税，殴辱持鸠杖老人者按大逆不道论罪。已推：已经被推选。耆宿：音 qí sù，年老资深德高望重的人。

⑤ 轩鹤：此处是谦辞，周馥指自己如同乘轩的鹤，身享富贵荣宠，有些僭越了。

⑥ 阶兰：长在家里台阶上的兰花。比喻曹太守有出息的儿子。《晋书·谢安传》："譬如芝兰玉树，欲使其生于庭阶耳。"后以"芝兰玉树"比喻有出息的子弟。争苗秀：争着开出鲜艳的花。此处指曹太守儿子们很有出息。

⑦ 棠棣：本是树名或花名。此处指兄弟。竞华纷：竞相展示文采光华。此处指曹氏弟弟也很有成就。

其 二

知音自昔拟牙钟①，鸿燕分飞②岭万重。无定河边惊落木③，莫愁湖上采芙蓉④。别来世事浑难说，老去文章兴更浓。吾欲携儿躬问道，谈经今孰比丁恭⑤？

读杨忠愍公椒山家书墨迹⑥，感赋长句

（此书，十余年前公裔孙贫不能支，质于保定典库。任筱沅方伯⑦捐金赎存直隶藩库中。此书蓝纸小楷，后幅字微松放，与市售榻本字迹迥异，信真迹也。）

---

① 牙钟：即俞伯牙、钟子期。《吕氏春秋·本味篇》："伯牙鼓琴，钟子期听之，方鼓琴而志在太山，钟子期曰：'善哉乎鼓琴！巍巍乎若太山。'少选之间而志在流水。钟子期又曰：'善哉乎鼓琴！汤汤乎若流水。'钟子期死，伯牙破琴绝弦，终身不复鼓琴，以为世无足复为鼓琴者。"

② 鸿燕分飞：大雁与燕子分开飞翔。此处指喻周馥与友人的分别。

③ 无定河：是海河流域最长的河流，东汉时叫㶟水，隋唐时期叫桑干河，宋、辽、金时期叫卢沟河，元朝时叫小黄河，明朝时叫浑河，清朝时叫无定河，康熙皇帝命直隶巡抚于成龙实施治河工程，筑堤浚河，使河水安流。康熙帝欣然赐名"永定"。从此，无定河改称永定河。同治、光绪年间，周馥多次参与治理此河，功劳卓著。落木：落叶。此句暗示周馥因忙于治水，连时节变化都不知道，见到落叶飘零，方知秋天已到。

④ 莫愁湖：位于今南京市建邺区外秦淮河西侧，是南京主城区内仅次于玄武湖的第二大湖泊，有"金陵第一名胜"的美誉。昔有妓卢莫愁家此，故名。采芙蓉：采摘荷花。此处指曹耕之迁居金陵后的游乐生活。

⑤ 丁恭：山阳郡东缗（今山东金乡县东）人，字子然，东汉初经学家，习《公羊严氏春秋》。曾任谏议大夫、博士。后升为侍中祭酒、骑都尉，卒于任上。他学识渊博，居家授徒常有数百人，在地方威望很高。事迹见《后汉书·丁恭传》。此句中周馥把友人比作丁恭。

⑥ 杨忠愍公椒山：即杨继盛（1516—1555），字仲芳，号椒山，北直隶容城县（今河北蓉城）人。因弹劾奸相严嵩反遭诬陷迫害致死，死后被奉为北京城的城隍，追谥忠愍。著有《杨忠愍文集》。家书：即《谕应尾应箕两儿》。此信呈现了杨继盛居家做人之道，他要求儿子们立志做君子。如果做了官，必须正直忠厚赤心。要远离匪友，与老成忠厚，肯读书、肯学好的人肝胆相交。孝敬母亲，礼让堂兄弟，照顾亲戚、族人和家里仆人。见贤思齐，持家俭朴，待人谦诚，扬人善隐人过。读书习举业要勤奋，多记多作，择好师。

⑦ 任筱沅方伯：即任道镕（1823—1906），字筱沅，一字砺甫，号寄鸥，江苏宜兴人，道光二十九年（1849年）拔贡，考授教职。咸丰中在家乡襄办团练，任松江府奉贤县训导，因筹饷功，授湖北当阳县知县，多善政，调任江夏知县，同治二年（1863年），擢知顺德府，因击退捻军，晋道员衔。累迁至江西按察使、直隶布政使、山东巡抚、河道总督等职。《清史稿》有传。

一谏远谪再谏死，英气凛凛奇男子。欲将只手挽乾坤，祸机那计肉投机①。信而后谏圣所量②，道乖不合身可藏③。天地阴曀魑魅横④，乃施爝火⑤引阳光。至今一疏悬北斗⑥，当时硕果留纲常。我读公书泪频落，云是死前一日作？从容絮语告儿知，落落但分田负郭⑦。人见公孙尚起敬，可怜门衰苦不竞。公神在天日照空，千秋万古慑奸庸⑧。

宿拱极城⑨二首

其　一

风送驼铃彻夜声，飞砂檐隙作鸥鸣。

唤回二十年前梦，细雨寒灯拱极城。

---

① 祸机那计肉投机：错综句，即"那计肉投几祸机"。祸机：隐伏待发之祸患。肉投机：当为"肉投几"之讹写，肉投放在几案上，供人宰割。陆游《剑南诗稿》卷五《放怀亭独立有感》："委肉本知居几上，剪翎何恨著笼中。"陆游与周馥诗句都是比喻他人掌握生杀大权，自己处于被任意宰割的地位。

② 信而后谏：君子得到君主的信任之后才去进谏。《论语·子张篇》："子夏曰：'君子信而后劳其民，未信，则以为厉己也；信而后谏，未信，则以为谤己也。'"圣所量：圣人所斟酌考虑的。

③ 道乖不合：世界违背了道，不合自己的理念。身可藏：可藏身。此处指隐居不仕。

④ 阴曀：音 yīn yì，云气掩映日光，天气阴晦。此处指政治昏乱。魑魅：音 chī mèi，此处指以魏忠贤为首的一伙阉党。

⑤ 爝火：音 jué huǒ，火把，小火。

⑥ 一疏：一篇上疏。指杨继盛于嘉靖三十二年（1553年）正月十八日所上《请诛贼臣疏》，疏文历数权奸严嵩"五奸十大罪"，疏呈入后，嘉靖帝朱厚熜已发怒，严嵩复进谗言，杨继盛被下诏狱，受酷刑，终被处死。

⑦ 落落：清楚分明的样子。分田负郭：分负郭田。负郭田：近城之田，这类田最肥沃。此处代称杨家祖坟附近的田地。

⑧ 慑奸庸：震慑奸邪庸鄙的人。慑：使恐惧。奸庸：奸邪庸鄙。

⑨ 拱极城：在今北京市丰台区卢沟桥东头。明崇祯十年（1637年）于卢沟桥东侧筑城，名拱北，特设参将控制。清改名拱极城，设西路捕盗同知及巡司、游击驻守。

其 二

惠济祠①边古木疏，浑流②时涨复时淤。

凋零朋旧知多少，怕说沧桑未变初③。

永定河二首

其 一

两岸高于屋，奔流拗折行。水浑如土赦④，风劲挟沙鸣。昔比黄河险，今犹尺地争。筑垣居骇浪，自古患难平。

其 二

痛痒宁关意⑤? 时艰议论多。回澜虽有柱⑥，挽日竟无戈⑦。欲作徙薪计⑧，其如筑室何⑨? 空余热肠在，奔走鬓须皤。

---

① 惠济祠:永定河沿岸祭祀河神的惠济祠有两座,一座位于卢沟桥以南,始建于金代,清康熙三十七年(1698年)重修,易名为惠济庙,今已无存。另一座位于石景山以南、庞村之西,始建于清代,称北惠济庙,至今仍存。此处指卢沟桥南边的惠济庙。

② 浑流:永定河河水。永定河古代亦被称作浑河。

③ 沧桑:本指世事变化巨大。此处指经历许多世事与磨难。未变初:未改初心。

④ 赦:音xì,赤红色。

⑤ 痛痒:痛觉和痒觉。此处指利害关系。宁:岂。关意:挂心,关心。

⑥ 回澜:波涛回旋。柱:砥柱,位于河南省三门峡东,屹立于黄河急流之中的山。周馥以砥柱自喻,认为自己性格坚毅,可以挽回局势。

⑦ 挽日竟无戈:没武器(比喻权力)回天挽日,彻底治理河道,使水安流。此处化用了"挥戈返日"典故。《淮南子·览冥训》:"鲁阳公与韩构难,战酣日暮,援戈而挥之,日为之反三舍。"后多用为力挽危局之典。

⑧ 徙薪计:此处指预防水灾的计谋。《汉书·霍光传》有徙薪故事:"臣闻客有过主人者,见其灶直突,傍有积薪。客谓主人更为曲突,远徙其薪,不者且有火患,主人嘿然不应。俄而家果失火,邻里共救之,幸而得息。"

⑨ 其如:怎奈,无奈。筑室:"筑室道谋"的缩略语。比喻朝廷对于如何治水心无主见,一会儿听这个,一会儿听那个,最终会一事无成。语出《诗经·小雅·小旻》:"如彼筑室于道谋,是用不溃于成。"意思是说盖房子的时候随便向过路的人请教,人多口杂,主意不同,那是肯定盖不好的。

涿州①道中四首

其 一

水急滩高响入城，黑云故故傍山行。

清时那有蚩尤雾②，风卷黄沙万马声。

其 二

卢水③西来月又圆，新晴草木入春妍。

岭云欲合还飞去，马上看山雪际天。

其 三

二十年前桥上游④，醉吟犹忆水边楼。

自家老去浑忘却，翻遇故人惊白头⑤。

其 四

当年见猎耳生风，怯冷今成曲背翁⑥。

---

①涿州：清直隶省顺天府下辖州，今为涿州市，是河北省保定市代管县级市。古称涿鹿、涿邑、涿郡、范阳、涿州路、涿县，位于河北省中部、保定市北部，地处京、津、保三角地带，京畿南大门。地质构造属太行山山洪冲积扇，地势平坦，土质肥沃。

②蚩尤雾：雾气。最早的雾气据说是蚩尤所作，故称。《太平御览·卷十五·天部十五·雾》："《志林》曰：'黄帝与蚩尤战于涿鹿之野，蚩尤作大雾，弥三日，军人皆惑。黄帝乃令风后法斗机作指南车以别四方，遂擒蚩尤。'"蚩尤：传说中的古代九黎族首领。以铜作兵器，与黄帝战于涿鹿，失败被杀。

③卢水：此处指北拒马河，此河水从西往东流入涿州。拒马河古称涞水，发源于河北省涞源县西北太行山麓，中途分南北两支，后又在白沟镇汇合而入大清河。此句中周馥误将"涞水"写作"卢水"，卢水为滦河支流，源出辽西丘陵，与涞水一东一西。

④二十年前：同治十年（1871年）。本诗作于光绪十八年（1892年），二十年前的同治十年（1871年），周馥奉李鸿章函招北上赴天津面商公事，随即被指派筹划西沽筑城事。《钦定大清一统志·天津府一》："西沽在天津县北三里，子牙河入北运河处也，其上流为大清河。又，丁字沽在西沽北，清河入运河，纵横作丁字形。"周馥首次游涿州，当在此时。桥上游：在涿州永济桥游观。永济桥横跨拒马河，为中国第一长石拱桥。

⑤翻：反而。故人：旧友。惊白头：为对方头发白了而吃惊。

⑥怯冷：怕冷。曲背翁：背部佝偻弯曲的老人。

哪有八骓前导①从？可怜新妇闭车中②。

小园二首（保定臬署③）

其 一

鞫囚心若碎④，披牍眼为昏⑤。孳孳蛀木蠹⑥，戚戚系槛猿⑦。庭西有隙地，瓦砾高于垣。一朝理荒秽，风日便清温。非徒散腰脚⑧，兼以净心魂。所恨土膏薄⑨，日汲井水浑。园丁乃笑我，公胡不惮烦？一官一性情，一岁一寒暄。焉知后来人⑩，长此护篱藩？要为我适意⑪，久远非敢论。

其 二

我家兰溪侧，绕屋青琅玕⑫。清风翛然来，日坐水云端。别来几何时，松菊忽已残。苍苍数茎竹，如对故人欢。岂不畏霜雪，护持耐岁寒。譬彼高卧士⑬，貌瘦神独完⑭。感此三叹息，涉世同艰难。

---

① 八骓前导：八卒骑马前导。古代贵官出行，有八卒骑马前导。萧子显《南齐书·王融传》："又叹曰：'车前无八骓卒，何得称为丈夫！'"

② 新妇闭车中：新娘子关在车厢里。比喻行动不自由，事事受约束。周馥在此句中用典故表示令人快快无气的处境。典出《梁书·曹景宗传》："景宗谓所亲曰：'我昔乡里，骑快马如龙，与年少辈数十骑，拓弓弦作霹雳声，箭如饿鸱叫，平泽中逐獐，数肋射之，渴饮其血，饥食其肉，甜如甘露浆，觉耳后风生，鼻头出火。此乐使人忘死，不知老之将至。今来扬州作贵人，动转不得，路行开车幔，小人辄言不可。闭置车中，如三日新妇。遭此邑邑，使人无气。'"

③ 保定臬署：指位于保定府(今河北省保定市)的直隶提刑按察使公署。

④ 鞫囚：音 jū qiú，审理罪案。鞫：审问犯人。

⑤ 披牍：翻阅司法案卷。眼为昏：眼睛视觉变得模糊。

⑥ 孳孳：音 zī zī，勤勉不息。蛀木蠹：吃木头的蠹虫。此句写直隶按察使厅署实景，蠹虫不停地啃咬厅署梁柱木头。

⑦ 戚戚：忧伤，悲伤。系槛猿：系在木笼里的猿猴。此处比喻受拘禁而不得自由的人犯。

⑧ 非徒：不单是。散腰脚：舒活一下腰肢与腿脚。

⑨ 土膏薄：土地中的养分少。此处指土层薄。

⑩ 焉知：怎么知道。后来人：此后继任的官员。

⑪ 要：重要。为我适意：使我感到舒心合意。

⑫ 青琅玕：音 qīng láng gān，一种青色似珠玉的美石。此处指翠竹。

⑬ 高卧士：隐居不仕的人。

⑭ 貌瘦神独完：外貌显得瘦弱但精神很健旺。

过大清河①

几辈乘风下水船②? 几人失手覆沉渊③?

重来却似辽东鹤④, 空向秋风叹逝川⑤。

白沟河怀陈作梅先生⑥

屡向金台把酒卮, 白沟河上折杨枝⑦。

故人去尽头如雪, 犹忆元龙⑧共榻时。

苦 蝇

欲作华胥梦⑨, 清风唤不回。此身恣唼嘬⑩, 何计避炎埃。拔剑驱难

---

① 大清河:中国海河流域支流之一,一称上西河,因相邻的永定河、滹沱河两河均为多沙河流,而居中的大清河,河水清澈,得名大清河。

② 几辈:几批人,几类人。乘风下水船:乘顺风下驶的船。

③ 失手:比喻失败。覆沉渊:翻船掉入深渊。此句是指有些人很不幸运。

④ 辽东鹤:指化鹤归来的仙人丁令威。传说中的辽东人丁令威修道升仙,化成白鹤飞回故乡。人们多以辽东鹤慨叹故乡风景依旧,而人事全非。

⑤ 逝川:流逝的河水。此处比喻流逝的光阴。

⑥ 白沟河:是海河支流大清河的北支下段,曾为宋辽两国界河。陈作梅先生:即陈鼐(?—1872),字作梅,号竹湄,江苏溧阳人,具经世大略,道光二十七年(1847年)进士,庶吉士,先后入曾国藩、李鸿章幕府。官至直隶清河道,署按察使。卒于官。

⑦ 白沟河上折杨枝:指往日在白沟河堤送别友人陈作梅。唐宋时有折柳送别习俗,故用折杨枝以表示送别友人。

⑧ 元龙:本指东汉末年名士、官员陈登(字元龙)。此处指陈作梅。

⑨ 华胥梦:美好的梦。典出《列子·黄帝》,此文谈到黄帝梦入华胥仙国。该国百姓听任自然,甚为自得。后遂用华胥梦、梦华胥、华胥境等指梦境、仙境,或指无所管束的理想境地。

⑩ 恣唼嘬:音zì dàn zuō,恣意舐舐吮吸。

去①，杖阍②纷又来。老人能忍事，听尔点樽罍③。（王思性急，拔剑逐蝇。《北史·慕容俨传》：代人库狄伏性鄙吝愚很④，居室患蝇，杖门者曰："何故听入？"）

出　郭

出郭饶生意⑤，篮舆此暂临。烟描山态活⑥，雪沁麦根深。旭日初迎户，轻霜半染林。所嗟苦潢潦⑦，农事误秋霖。

积水叹

天阴阴，云漫漫，野田积水渺无岸。阴风呼号冰欲凝，饥蹲破屋舟车断。东家养女嫁高原，年丰余粟饲鸡豚。西家养男志四方，双亲饿殍仆路旁⑧。天失运兮凤变鵩⑨，地失运兮陵变谷。朝朝妇子赛龙神⑩，今日蛟龙乃瞷⑪屋，街头古庙烟火冷，皓月凄凉照夜永。朝来官家作道场⑫，日为灾民施一饼。

---

① 拔剑驱难去：拔剑驱赶(苍蝇)，也难以(把它们)赶出去。典出《三国志·梁习传》："(王)思亦能吏，然苛碎无大体，官至九卿，封列侯。"该句后有裴松之注："《魏略·苛吏传》："……思又性急，尝执笔作书，蝇集笔端，驱去复来，如是再三。思恚怒，自起逐蝇不能得，还取笔掷地，蹋坏之。"

② 杖阍：用棍棒击打看门人。阍：音hūn，门，看门人。

③ 点樽罍：音diǎn zūn léi，沾污樽与罍。樽与罍皆是盛酒器。罍似坛。

④ 代人库狄伏：即代地人库狄伏连。北魏与北齐之交时的人物。《北史·慕容俨传》下附《库狄伏连传》："尔朱氏将帅归神武者，又有代人库狄伏连……然鄙吝愚狠。为郑州刺史。好聚敛，又严酷，居室患蝇，杖门者曰：'何故听入！'其妻病，以百钱买药，每日恨之。"鄙吝愚很：粗野吝啬，愚昧固执。

⑤ 出郭：出城。饶生意：充满勃勃生机。

⑥ 烟描山态活：烟霭贴着山岭袅袅升起，使山景变得灵动活泼。

⑦ 潢潦：音huáng liáo，地上流淌的雨水。

⑧ 仆路旁：倒在路上。

⑨ 鵩：音fú，古书上说的一种不吉祥的鸟，形似猫头鹰。

⑩ 朝朝：音zhāo zhāo，天天，每天。妇子：妻与子。赛龙神：祭祀龙神，报答神明赐福。

⑪ 瞷：音jiàn，窥视，偷看。

⑫ 作道场：请道士僧人做法事。

有　感①

穷荒洪水久不治，上帝哀民屡叹咨②。巨灵狡狯③一试手，劈山顿使河流移。山东万人尸而祝④，山西百人葬鱼腹。功多过少帝称能，胡乃旁观意不服？南极老人独抗章⑤，手械巨灵楚山阳⑥。西人拍手东人讼，功过纷错难评量。帝起皋陶⑦推此狱，先从公私论直曲。假公脱罪罪宜科⑧，为私立功功不录。上帝闻之恻然惊，为薄其罚原其情。治事要当论成败，功疑惟重罪疑轻⑨。速颁赦书复冠带，巨灵已死逾三庚⑩。才小

---

① 此诗内容与康熙年间治水能臣、河道总督靳辅的得力助手陈潢的事迹多有契合。陈潢（1637—1688），字天一，一作天裔，号省斋，秀水（今浙江嘉兴）人，一说钱塘（今浙江杭州）人，治河名臣。他主张把"分流"和"合流"结合起来，把"分流杀势"作为河水暴涨时的应急措施，而以"合流攻沙"作为长期安排。康熙二十六年（1687年），靳辅疏言陈潢佐治勤劳，下部议，授潢佥事道衔。康熙二十七年（1688年），江南道御史郭琇劾靳辅，辞连陈潢，同年，陈潢病卒。康熙三十一年（1692年），靳辅复起，疏请复陈潢官，部议以陈潢已卒，寝其奏。

② 叹咨：音tàn zī，叹息咨嗟。

③ 狡狯：音jiǎo kuài，诡诈。

④ 尸而祝：主祀人执祭版对着神主而祝祷，以表尊崇之意。《庄子·逍遥游》成玄英疏："尸者，太庙之神主也；祝者，则今太常太祝是也；执祭版对尸而祝之，故谓之尸祝也。"

⑤ 南极老人：星名，即南极星。旧时以为此星主寿，故常用于祝寿时称颂主人。《史记·天官书》："狼比地有大星，曰南极老人。老人见，治安；不见，兵起。"此句指一位年高元老上书皇上，要求惩处某治水大臣。因为治水没能做到万无一失，导流后，下游有百人淹死。抗章：向皇帝上奏章，上书直言。

⑥ 手械：指手铐。楚山阳：楚山南面。楚山：陕西商山、湖北荆山、楚地之山均称楚山。此处为周馥虚拟的山名，非实指。

⑦ 皋陶：相传为尧舜时人，舜命为管理刑政的士师（大理官），负责氏族政权的刑罚、监狱、法治。禹即位后，被禹选为继承人，但皋陶先于禹去世了，未能继位。他是与尧、舜、大禹齐名的"上古四圣"之一，被奉为中国司法鼻祖。此处指刑部大员。

⑧ 科：依法律条文来审理判罪。

⑨ 功疑惟重罪疑轻：典出《尚书·大禹谟》："罪疑惟轻，功疑惟重。与其杀不辜，宁失不经。"意思是罪行轻重有可疑时，宁可从轻处置；功劳大小有疑处，宁可从重奖赏。与其错杀无辜的人，宁可犯执法失误的过失。

⑩ 三庚：此处指三年。

志大古所戒，弱水至今流恨声①。

正月冰泮②游湖上（光绪十九年癸巳五十七岁）

风光骀荡瑞烟浮③，放棹④湖东见白鸥。云净远山明似画，雪消春水绿于油。村庞喜迓寻芳客⑤，野鸟啼依卖酒楼。自是丰年占有象⑥，祥霙⑦三度遍皇州。

怀朝鲜金判书允植云养⑧

从来忠信困风波，如此风波奈尔何。援手恨难身缩地⑨，含冤竟比石沉河⑩。象胥馆⑪里谋谟在，鳄窟洲边岁月多。屡欲作书犹待发，近闻魑魅尚纷罗⑫。

---

① 弱水：水道水浅而不通舟楫，只用皮筏济渡的，古人往往认为是水弱不能载舟，因称弱水。此处指有主见有点本事的某个河臣治理过的某条河。此句指此人功大过小而遭朝廷处分，死后方得平反，恢复冠戴，被他治理的河，都为之流出不平的声音。

② 冰泮：音 bīng pàn，冰开始融解。

③ 风光骀荡：音 fēng guāng dài dàng，春天的风景使人舒畅。瑞烟：祥瑞的烟气。多为焚香所生烟气的美称。

④ 放棹：音 fàng zhào，乘船，行船。

⑤ 村庞：音 cūn páng，村里老年人。喜迓：高兴地迎接。

⑥ 自是丰年占有象：倒装句，即"自是有象占丰年"。有象：有吉祥征兆。

⑦ 祥霙：音 xiáng yīng，雪的别称。

⑧ 金判书允植云养：即金允植(1835—1922)，字洵卿，号云养，本贯清风。朝鲜近代史上的政治家、思想家、文学家。从政早期亲近中国，是"事大党"的领袖，历任要职。光绪七年(1881年)闰七月，被朝鲜国王李熙任为领选使，与从事官尹泰骏、翻译官卞元圭率领近百人的使团出使中国，并常驻中国天津学习洋务。期间曾与李鸿章、周馥等洋务派官员有交往。

⑨ 援手：伸手救助。缩地：传说中化远为近的神仙之术。葛洪《神仙传·壶公》："费长房有神术，能缩地脉，千里存在，目前宛然，放之复舒如旧也。"此句是倒装句，即"身恨难缩地援手"。身：自己。恨：遗憾。

⑩ 石沉河：抱石沉河的屈原。屈原信而见疑，忠而被谤，却被楚顷襄王流放，在绝望之中，屈原自投汨罗而死。

⑪ 象胥馆：本指接待外国使臣的馆舍。此处指高丽王朝外交部。象胥：音 xiàng xū，古代接待四方使者的官员。亦用以指翻译人员。

⑫ 魑魅：此处指占领朝鲜半岛的日本殖民者。纷罗：杂然罗列。

怀朝鲜鱼参判允中一斋^①

长髯方颊辩词雄，裙屐翩然过海东。信有孤忠^②能报国，偶来一揖见名公^③。万言痛效长沙哭^④，三黜^⑤欣追柳下风。自是兴衰关国运，莫将身世论穷通。

李莼客^⑥侍御寄《白华绛柎阁诗初集》，读罢感题二首

其 一

曾于斋壁睹雄篇，豹采惊窥^⑦恨未全。今日《华柎》烦远寄，始知《风》《雅》^⑧有真传。百年家国^⑨樽前泪，千里湖山梦里天。尤见诗人敦

---

① 鱼参判允中一斋：即鱼允中（1848—1896），字圣执，号一斋，本贯咸从，出生于朝鲜京畿道广州。1869年科举及第。光绪年间曾三次访问中国。1883年任西北经略使，负责中朝边界勘察。1894年入金弘集内阁，任度支部大臣。1896年俄馆播迁（即1896年2月11日朝鲜王朝君主高宗李熙率领王族从日本控制的王宫逃到俄国驻朝公使馆的事件）时逃亡回乡，在龙仁被仇人杀死。谥号忠肃。

② 孤忠：忠贞自持，不求人体察的节操。

③ 一揖见名公：一拱手拜见中国有名望的达官贵族。此处指鱼允中参判为人洒脱，不拘于礼仪。

④ 长沙哭：贾谊为国家命运担忧而哭。贾谊：生于公元前200年，卒于公元前168年），洛阳人，著名政论家、文学家，世称贾生，少有才名，汉文帝时任博士，迁太中大夫，受大臣周勃、灌婴排挤，谪为长沙王太傅。三年后被召回长安，为梁怀王太傅。梁怀王坠马而死，贾谊歉疚抑郁而亡。贾谊《陈政事疏》："臣窃唯时势可为痛哭者一，可为流涕者二，可为长太息者六。"

⑤ 三黜：三次被罢官。此处指称朝鲜金云养判书仕途不顺。《论语·微子》："柳下惠为士师，三黜。人曰：'子未可以去乎？'曰：'直道而事人，焉往而不三黜？'"

⑥ 李莼客：即李慈铭（1830—1894），字爱伯，号莼客，室名越缦堂。浙江会稽（今绍兴市）人。清末文学家。光绪六年（1880年）进士，任户部郎中，官至山西道监察御史。遇事敢直言，多次弹劾大臣，无所畏惧，是周馥儿子周学海弟兄三人的老师。著有《越缦堂日记》等。

⑦ 豹采惊窥：很惊讶地看见了豹子身上的一片斑纹。此处用了窥豹一斑典故，比喻只看到事物的一部分。

⑧ 《风》《雅》：本指《诗经》中的《国风》和《大雅》《小雅》诗篇。此处指《诗经》体现出来的文学精神。

⑨ 家国：本指家与国。此处指个人与国家民族休戚与共的情怀。

厚意，陈雷①肝胆照重泉。

其　二

禄养当年不逮亲②，与君同是乱离人。沧桑阅尽头成雪，枕葄③功深笔有神。戴仲④讲经曾夺席，张纲⑤抗疏欲埋轮。文章报国儒生事，珍重千秋著作身。

秋晚堤上

垂柳荫西东，蝉鸣一路中。涛声风断续，林影月玲珑⑥。对景佳人⑦远，伤秋往事空。摩挲⑧手植树，生意尚菁葱⑨。

过永定河，偶忆往事四首

其　一

水下金门瀑布流，重来二十有三秋⑩。

---

① 陈雷：此处指东汉陈重和雷义。陈重和雷义均是豫章郡人，他们很有操守，交情深厚。乡里为之语曰："胶漆自谓坚，不如雷与陈。"

② 禄养：以官俸养亲。古人认为官俸本为养亲之资。不逮亲：不及为亲人享用。

③ 枕葄：音 zhěn zuò，枕藉。引申义为沉迷。此处指沉迷古代经典。葄：垫（动词）。

④ 戴仲：即戴凭，字次仲，东汉初汝南郡平舆（今临泉）人。少时聪颖，博学多才，钻研《京氏易》，十六岁被推举为明经，征试博士，拜郎中。后为光武帝侍中，又拜虎贲中郎将，《后汉书·戴凭传》载："正旦朝贺，百僚毕会，帝令群臣能说经者更相难诘，义有不通，辄夺其席以益通者，凭遂重坐五十余席。故京师为之语曰：'解经不穷戴侍中。'"

⑤ 张纲：生于108年，卒于143年，字文纪，东汉犍为郡武阳（今四川省彭山县）人。汉留侯张良的后代（七世孙），顺帝时任朝廷御史，汉安元年（142年），朝廷选遣八使徇行风俗，纲独埋其车轮于洛阳都亭，曰："豺狼当路，安问狐狸！"遂弹劾权贵，声震天下。后来收服盗寇，并任广陵太守，政绩卓著，深得民心。事迹载《后汉书·张皓子纲》。

⑥ 玲珑：月光皎洁的样子。

⑦ 佳人：可指称恋人、丈夫、美人、君子等。此处指周馥思念的某位友人。

⑧ 摩挲：音 mó sā，用手轻轻地抚摸。

⑨ 生意：生机，生命的意态。菁葱：葱绿色。

⑩ 二十有三秋：此处指同治十年（1871年）至光绪十九年（1893年）。周馥自编《年谱》"同治十年辛未三十五岁"条："六月，直隶大水。八月，会同永定河道李藻舟朝仪、道员祝爽亭垲、知府徐季贤本衡筹办筑堵事宜。"据此，至光绪十九年（1893年），整整二十三年。

摩挲老树犹如此①，争怪行人不白头。

其 二

仗策当年数解围②，周南徐北各分飞。

英雄成败争呼吸，堪笑痴人辨是非。

其 三

史家才气自纵横③，李广安能与吏争④？

事后荣枯谁料得，可怜恩怨太分明⑤。

其 四

凶吉明明兆有因，曾持杯珓卜龙神⑥。

河清难俟头如雪⑦，枉负横流砥柱⑧身。

---

① 摩挲老树犹如此：用了典故。《晋书·桓温传》载，桓温自江陵北伐，行经金城，见年轻时"所种柳皆已十围，慨然曰：'木犹如此，人何以堪！'攀枝执条，泫然流涕"。

② 仗策：执马鞭。数：多次。解围：本指解除敌军的包围。此处指治理洪水灾害。

③ 史家才气自纵横：赞颂司马迁才情雄健奔放，所作纪传文情节纵横跌宕，非常精彩。

④ 李广安能与吏争：李广岂能与吏相争。《史记·李将军列传》写道，李广领兵与大将军分进合击匈奴单于军队，因迷路而未成功，卫青要给天子上书报告详细的军情，李广没有回答。大将军派长史急切责令李广前去幕府受审对质，李广到大将军幕府后，不愿面对那些刀笔吏，悲愤自杀。

⑤ 可怜：可悲。恩怨太分明：此处指李广将恩惠和仇恨的界限分得太清楚。《史记》载："（李广）尝夜从一骑出，从人田间饮。还至霸陵亭，霸陵尉醉，呵止广。广骑曰：'故李将军。'尉曰：'今将军尚不得夜行，何乃故也？'止广宿亭下。居无何，匈奴入杀辽西太守，败韩将军，韩将军后徙右北平。于是天子乃召拜广为右北平太守，广即请霸陵尉与俱，至军而斩之。"

⑥ 杯珓：音 bēi jiào，古人用以占卜吉凶的器具。原用蚌壳投掷于地，视其俯仰情形，断其吉凶。后改用竹子或木片，做成蚌壳状替代。卜龙神：向水神占卦问卜。

⑦ 河清难俟：黄河水清很难等到。河清：黄河水浊，少有清时，古人以"河清"为升平祥瑞的象征。此处指国家政治清明、太平安定。头如雪：头发全白。

⑧ 横流砥柱：同中流砥柱，指屹立在黄河急流中的砥柱山。此处指在艰难的环境中能起支柱作用的周馥。

芦沟桥①

瀔水出云中②，环畿一派通。涛声奔怒马，晴影落长虹。东去九门③
近，西来万轨同。劳劳双鬓白，谁认弃繻童④？

芦沟桥店

冷月清霜万瓦明，红尘⑤初动马蹄惊。

西风吹断还家梦，一夜驼铃枕上声。

赴芦沟桥勘估减水石坝⑥

水落沙痕挂石栏，欲分清浊莫狂澜。

书生莫笑持筹拙⑦，调剂盈虚自古难。

---

①芦沟桥：即卢沟桥，位于今北京市丰台区永定河上，因横跨卢沟河（即永定河）而得名，是北京市现存古老的石造联拱桥。南宋淳熙十六年（1189年）六月，卢沟桥始建，明清时期多次重修。

②瀔水：音 léi shuǐ，桑干河的古名，是海河流域七大水系之一。云中：古郡名。在今内蒙古的托克托。

③九门：指北京城。此城有九门，即正阳门、崇文门、安定门、宣武门、德胜门、东直门、西直门、朝阳门、阜城门。

④弃繻童：汉代少年英雄终军。此处指年轻时的周馥。《汉书·终军传》："初，军从济南，当诣博士，步入关，关吏予军繻。军问：'以此何为？'吏曰：'为复传，还当以合符。'军曰：'大丈夫西游，终不复传还。'弃繻而去。"繻：帛边。书帛裂而分之，合为符信，作为出入关卡的凭证。弃繻：表示决心在关中创立事业。后因用为年少立大志之典。

⑤红尘：此处指闹市中车马扬起的飞尘。

⑥减水石坝：河道一侧建造的溢流石坝。

⑦书生莫笑持筹拙：倒装句，即"莫笑书生持筹拙"。持筹：音 chí chóu，手持算筹。多指理财或经商。此处指治水计算。

挽周蓉第别驾①

授职我曾书纸尾，盖棺今为写铭旌。

天涯久客知何味，听尽邻家歌哭声。

雪霁②早行

雪霁风和暖气宣，老农占岁③识丰年。千家鸡犬朝迎日，万顷琼瑶
艳射天④。尚觉马毛寒似猬⑤，欣闻鸟语软如绵。黄尘三斗归来客，已抱
春心向酒边。

过刘伶墓（安肃县境光绪二十年甲午五十八岁）⑥

酗酗⑦垂戒古之常，先生独以醉名扬。乱世逃名无处所，壶中日月

---

①周蓉第：生于1846年，卒于1893年，字春晖，号镜芙，浙江乌程人，同治三年（1864年）
举人，同治四年（1865年）中三甲九十名进士，钦点吏部主事，籤分吏部文选司行走。光绪六
年（1880年），任永定河三汛州判。光绪十八年（1892年），任南上汛霸州州同，时灰坝漫口四
十余丈，被劾处革职留任。别驾：州通判之代称。

②雪霁：雨雪停止，天放晴。

③占岁：占卜年成。我国民间一般以正月初八天气的阴晴来占卜本年年成。其说始于
汉代东方朔的《岁占》。

④万顷琼瑶：积雪的原野。万顷：一万顷，即一百万亩，形容面积大。琼瑶：音qióng
yáo，原指美玉。此处指积雪。

⑤马毛寒似猬：因为天气寒冷，马毛都像刺猬一样缩成一团。鲍照《代出自蓟北门行》：
"马毛缩如猬，角弓不可张。"

⑥刘伶：生于221年，卒于300年，字伯伦，沛国（今安徽濉溪县）人，魏晋时期名士，与阮
籍、嵇康、山涛、向秀、王戎和阮咸并称为"竹林七贤"。其人嗜酒不羁，好老庄之学，作品《酒
德颂》表现出他对"名教"礼法的蔑视及对自然的向往。刘伶墓：山东、河南、江苏、河北都有
刘伶墓，实况难考。此处指河北安肃（今徐水）县境内的刘伶墓。光绪二十年：1894年。这年
正月，周馥随东河河道总督许振祎赴永定河勘工，会同道员窦延馨办卢沟桥减水坝石工，三
月随许帅勘怀来县合河口建坝事。中日战事起，他有建言，惜不被当道采听。被任筹办后
路粮台事宜。军械粮饷转运采买，萃于一身，艰苦备尝，保证了军需供应。

⑦酗酗：音xù yòng，酒醉狂乱。

有羲皇①。眼高心远百不挂②，直与造物游渺茫。养生妙术在自取，訚訚持论嗤嵇康③。青青长松林，瑟瑟短茅冈。何人为酹高士墓？终日尘飞大道旁。先生醉乡在何乡？问津后许陶柴桑④。寥寥千古永相望，个中滋味谁能尝，作记且付无功王⑤。

过居庸关⑥二首

其　一

风号谷口卷黄沙，牛铎驼铃镇日哗⑦。地瘦千岩枯似铁，春深二月冷无花（土人多艺杏，时已春分，未见一蕊）。连山古堞⑧难寻路，失业遗兵半寓家。风景愁人正凄绝，那堪孤客望天涯。

其　二

万峰迎面水潺湲⑨，一望长城苍莽⑩间。大漠四时飞朔雪，神京千古

① 壶中日月：义同"壶中天地"。指道家悠闲清静的无为生活。此处指醉乡世界。羲皇：即伏羲氏。生于成纪（今"羲皇故里"甘肃天水），卒于宛丘（今"羲皇故都"河南淮阳），年不详。又称宓羲、庖牺、牺皇、皇羲、太昊等。华夏太古三皇之一，与女娲同被尊为人类始祖。

② 眼高心远：眼界很高，胸襟开阔。百不挂：所有的事都不放在心上。

③ 訚訚持论嗤嵇康：倒装句，即"嗤嵇康訚訚持论"。訚訚：音 yín yín,(嵇康)侃侃争辩的样子。持论：提出主张。嗤嵇康：嗤笑嵇康，认为没必要为养生话题而作文与人争辩。嵇康的《养生论》阐述了养生的必要性与重要性，主张形神共养，尤重养神；提出养生应见微知著，防微杜渐，以防患于未然；要求养生须持之以恒，通达明理。颇具卓见。

④ 陶柴桑：即陶渊明（约365—427），字元亮，晚年更名潜，字渊明。别号五柳先生，私谥靖节，浔阳柴桑（今江西省九江市）人。东晋末到刘宋初杰出的诗人、辞赋家、散文家。被誉为"隐逸诗人之宗""田园诗派之鼻祖"。

⑤ 无功王：王绩（约589—644），字无功，号东皋子，绛州龙门县人。隋唐大臣，文中子王通的弟弟。其人个性简傲，嗜酒，著有《五斗先生传》等文章。事迹载《新唐书·王绩传》。

⑥ 居庸关：位于清直隶省顺天府昌平县（今北京市昌平区）境内，是京北长城沿线上的著名古关城，北京西北的门户。关城所在的峡谷，属太行余脉军都山地，西山夹峙，下有巨洞，悬崖峭壁，地形极为险要。是历代兵家必争之地。

⑦ 牛铎：音 niú duó，牛铃。亦指牛铃声。驼铃：系在骆驼颈下的铃铛。此处指驼铃声。镇日哗：整天喧闹。

⑧ 古堞：此处指古代长城边墙。堞：音 dié，城墙上如齿状的矮墙，设在向外一侧。

⑨ 潺湲：音 chán yuán，水慢慢流动的样子。

⑩ 苍莽：音 cāng mǎng，广阔无边的样子。此处指无边的原野。

镇雄关。流泉响滴弹琴峡^①，落日寒笼驻跸山^②。笑我封侯无骨相^③，寻源虚犯斗牛还^④（时偕许仙屏河帅^⑤履勘永定上游分水坝基，竟以无法施工而止）。

宣化^⑥道中二首

其　一

秦时上谷古幽都^⑦，中外藩篱此奥区^⑧。拓跋雄图青盖杳^⑨，蚩尤敛迹赤旗无。天荒似水风沙黯，戍冷如冰草树枯。圣代^⑩车书通万里，请

---

① 弹琴峡：居庸关关沟七十二景之一。温榆河从北流入，河水在谷底乱石中流淌，发出有节奏的响声，加上峡谷的回音，远听犹如弹琴声。

② 驻跸山：又名神山、神岭峰。在清直隶省顺天府昌平县（今北京市昌平区）西二十五里。《明一统志·顺天府》："驻跸山：山石刻'驻跸'二字，金章宗尝游此。"

③ 笑我封侯无骨相：倒装句，即"笑我无骨相封侯"。"封侯骨"典出《汉书·翟方进传》。

④ 寻源虚犯斗牛还：用了"星槎"典故。张华《博物志》："天河与海通，近世有人居海渚者，年年八月，有浮槎去来，不失期。人有奇志，立飞阁于槎上，多赍粮，乘槎而去。……奄至一处，有城郭状，屋舍甚严，遥望宫中多织妇，见一丈夫牵牛渚次饮之，牵牛人乃惊问曰：'何由至此？'此人具说来意，并问：'此是何处？'答曰：'君还，至蜀郡，问严君平则知之。'……后至蜀，问君平，曰：'某年月日，有客星犯牵牛宿，计年月正此人到天河时也。'"

⑤ 许仙屏河帅：即许振祎（1827—1899），字仙屏，江西省奉新县人。咸丰三年（1853年）捐官做内阁中书，曾两次加入曾国藩幕府，因功劳得同知衔，同治二年（1863年）考中进士，入翰林院，后被外放做官，历任陕甘学政、河南按察使、东河河道总督等职。主张废止厘金，节用民力。河帅：指河道总督。许振祎于光绪十六年（1890年）至光绪二十年（1894年）任东河河道总督。

⑥ 宣化：清直隶省宣化府下辖县，今为张家口市宣化区。东南近北京，西接大同，北接内蒙古草原，被称为"神京屏翰"之区。

⑦ 上谷：上谷郡。战国时燕王派秦开破袭东胡，置上谷、渔阳、右北平、辽西等郡，宣化属上谷郡。秦朝与西汉时，郡名未改。幽都：即幽州。夏商时期中华分九州，宣化先属幽州，后属冀州。

⑧ 中外：中原和边疆。藩篱：篱笆。比喻门户或屏障。奥区：音ào qū，险固之地，腹地。

⑨ 拓跋：音tuò bá，北魏皇族的姓。此处指北魏政权。雄图：宏伟的计划。青盖：青色的车盖。汉制用于皇太子、皇子所乘之车。此处借指帝王。杳：消失，不见踪影。

⑩ 圣代：旧时对于当代的谀称。此处指大清王朝。

缨谁为指伊吾①。

其　二

九边②节钺旧登坛，杀气销沉四塞宽。统幕（即土木）血销③空堡冷，磨笄④云黯一峰寒。朔风断柳悲呼日，骤雨流沙蓦起澜。揽辔澄清原宿志，敢辞羸马踏桑干⑤？

怀来县⑥

榆堡⑦门前柳映扉，妫川河⑧畔杏沾衣。危峰积雪日相射⑨，荒碛⑩无风沙自飞。关路通边茶马利⑪，讼庭如水⑫吏民稀。可怜遗垒⑬成村落，

---

① 请缨：请求给他一根长缨。比喻主动请求担当重任。《汉书·终军传》："南越与汉和亲，乃遣军使南越，说其王，欲令入朝，比内诸侯。军自请：'愿受长缨，必羁南越王而致之阙下。'"伊吾：古地名。隋大业六年（610年）置伊吾郡，治所在今新疆哈密。此处泛指边疆。

② 九边：又称九镇，为抵御北方游牧民族入侵，明弘治年间在中国北部沿长城防线东起鸭绿江，西抵嘉峪关，绵亘万里相继设立了辽东镇、蓟州镇、宣府镇、大同镇、偏头关（又称山西镇）、延绥镇（又称榆林镇）、宁夏镇、固原镇（又称陕西镇）、甘肃镇九个军事重镇。

③ 统幕血销：指明英宗时，战死在统幕（土木）的明军几十万将士鲜血痕迹已经销亡。明正统十四年（1449年），瓦剌首领也先率兵进攻大同、宣府。明英宗率军亲征，在土木堡（今河北怀来东）被俘，明军几十万人几乎全军覆没。史称"土木堡之变"。

④ 磨笄：本义是磨利束发的簪子。此处是山名。在保安州东二十里，即今河北省张家口市东南。传说春秋末，赵襄子姊代君夫人因国亡夫死而在此磨笄自杀，故名。

⑤ 敢辞：岂敢辞谢。羸马：音 léi mǎ，瘦弱的马匹。踏桑干：踏在桑干河岸边，视察水情。

⑥ 怀来县：清直隶省宣化府下辖县。境内桑干河、洋河、妫水汇为一水，即永定河。解放后在境内修建了官厅水库。

⑦ 榆堡：即榆林堡，距离清朝怀来县治正东不远处。地处今北京延庆县康庄镇，东临八达岭，西靠康西草原。在明代，榆林堡、土木堡和鸡鸣驿是京北三大堡。

⑧ 妫川河：即妫河，为永定河的一级支流，发源于延庆县城东北，向西南流进怀来县境内，流向官厅山峡，到那里去同洋河、桑干河相汇合，注入官厅水库。

⑨ 危峰：高峻的山峰。积雪日相射：太阳光照射在积雪上，产生漫反射，雪会反射绝大部分的阳光。

⑩ 荒碛：荒漠。碛：音 qì，浅水中的沙石，引申为沙漠。

⑪ 茶马利：内地人用茶叶等交换边疆民族的马匹，给彼此都带来利益。

⑫ 讼庭如水：指地方官员清廉如水，执法公平。讼庭：讼堂。

⑬ 遗垒：古代的堡垒，旧堡垒。

一熟畲田①岁计微。

呈许仙屏河帅

文如清泉走涧谷，字如俊鹘栖秋木。先生余事已惊人，况乃经济斡时轴②。黄河万里来滔滔，先生镇之鲸鳄逃。击环斩草断事快，一扫云翳青天高。偶分余策治濩水，不旋踵间百事理。人疑先生冷铁面③，雍容裘带书生耳。两月桑干暮复朝，敢言臭味比兰椒④。青蝇白璧浑闲事⑤，惭愧知音爨下焦⑥（时予遭言官诬劾，仙帅为雪之，且加褒语）。

仙屏河帅以所刊王涧香节妇⑦遗集见示，读罢因题四首

其　一

魏晋丰神唐宋词，大家风范女中师。

---

①畲田：采用火种的方法种地。畲：焚烧田地里的草木，用草木灰做肥料的耕作方法。

②经济："经世济民"的缩略语。治国平天下。斡时轴：旋转时间轴。此处指扭转时局。

③冷铁面：形容公正无私，不怕权势，不讲情面。

④敢言：敢说。臭味：思想志趣。比兰椒：比作兰花与花椒。屈原曾把这两种香草比作君子。此句是周馥指喻自己与许河督志趣相投。

⑤青蝇白璧：青蝇玷污白璧。比喻佞人陷害清白的人。青蝇：绿头苍蝇。比喻佞人。白璧：洁白的玉。比喻清白的人。浑闲事：惯见的事，寻常事。

⑥知音爨下焦：知音人及时抢出了正在当柴烧的一段可制作古琴的良木。此处用了借喻修辞手法，指许振祎是搭救自己的知心友人。周馥在其自编《年谱》"光绪二十年甲午五十八岁"条目下言及自己被人弹劾的缘故，有人条奏开永定河两堤放水灌田，李鸿章饬各道员商议此事，大家畏避不敢言，周馥具稿详陈利害，各道员欣然同意，李鸿章也很赞同，上奏皇上，皇上遂下旨不许开堤放水。原来提议放水之人恼羞成怒，弹劾周馥四大罪（办公不实、溃决不报、用私人、通贿赂），河道总督许振祎奉旨查覆，据实奏报，对周馥加以褒奖，为其洗雪冤屈。爨下焦：即焦尾琴，借指高雅之古曲。《后汉书·蔡邕传》："（邕）在吴，吴人有烧桐以爨者，邕闻火烈之声，知其良木，因请而裁为琴，果有美音。而其尾犹焦，故时人名曰'焦尾琴'。"

⑦王涧香节妇：字采蘋，江苏镇洋县人，王原祁六世女孙，无锡举人程培元夫人。母亲张纨英与三位姨母均能诗词，有诗词集传世。少依舅父张仲远于武昌官舍，与妹采繁、采藻，同受教于很有文才的姨母，著有《棣华馆诗课》《读选楼诗》。采蘋精书善画，年七十余，河督许振祎聘为女儿教师。

如何天赐凌云笔①，独予孤鸾②写怨思？

其　二

传经梁苑养闲身③，白发青裙百苦辛。

千古才流同一叹，直疑造物④妒诗人。

其　三

客窗痛饮首频搔⑤，星斗寒芒射眼高⑥。

香草美人⑦心不死，一篇哀怨抵《离骚》。

其　四

恤老赒孤⑧散俸金，人钦幕府⑨义何深！

表章苦节扬风雅，犹是衡文佐化心⑩。

---

① 凌云笔：为文作诗的高超才华。杜甫《戏为六绝句·其一》："庾信文章老更成，凌云健笔意纵横。"

② 孤鸾：失偶的鸾鸟。此处指孤独失偶的人。

③ 传经梁苑：指王采蘋在许河督公馆担任河督女儿们的家庭教师。传经：传授经典。梁苑：也称兔园，西汉梁孝王刘武所建的东苑。故址在今河南省开封市东南。园林规模宏大，方几百余里，宫室相连属，供游赏驰猎。梁孝王在其中广纳宾客，当时名士司马相如、枚乘、邹阳等均为座上客。养闲身：养活漂泊无依的自己。

④ 造物：指创造宇宙万物的神。此处指命运。

⑤ 痛饮：畅快地饮酒。此句暗引了"痛饮酒，熟读《离骚》"典故，典出《世说新语·任诞》："王孝伯言：'名士不必须奇才，但使常得无事，痛饮酒，熟读《离骚》，便可称名士。'"

⑥ 星斗：北斗星。寒芒：宝剑发出的清冷光芒。此处暗用了"丰城剑气"典故，典出《晋书·张华传》。比喻王采蘋的杰出才华。

⑦ 香草美人：比喻忠贞贤良之士。旧时诗文中也用以象征忠君爱国的思想。香草：比喻贤臣。美人：比喻君主。

⑧ 恤老赒孤：音 xù lǎo zhōu gū，救济老人与孤儿。

⑨ 幕府：旧时将帅办公的地方。后也泛指衙署。此处指东河河道总督许振袆。

⑩ 衡文：品评文章。此处指资助刊刻出版他人诗文集。佐化：以助教化。

游西山古寺①

老慵晚悟道，守寂卧空门②。古庙香烟冷，乔柯鸟雀喧。庭无求福客，室有望云轩。城阙黄尘里，终朝车马烦。

游灵光寺③（观失意诸贵人题壁）

山腰吐一泓，绀宇环而密。有泉山乃灵，天巧非人术。老僧晚有悟，终岁户不出。时逢市朝客，来此遣愁疾。白皮松何古，斧斤不敢诘。下有潜壑鱼，饮冰甘如蜜。物以无用寿，人以寡言吉。佩服空王语，无得自无失。

妻六十生辰④

结缡⑤又到白头辰，回首牛衣⑥百苦辛。乱后有谁同福命？老来依旧爱清贫。儿孙幸助含饴乐，里党难忘待爨⑦人。笑尔此生原不负，惭予无补尚风尘。

---

① 西山古寺：即西山大觉寺，位于今北京市海淀区阳台山麓，始建于辽咸雍四年（1068年）。寺庙坐西朝东，殿宇依山而建，自东向西由天王殿、大雄宝殿、无量寿佛殿、大悲坛等四进院落组成。此外还有四宜堂、憩云轩、领要亭、龙王堂等建筑。

② 空门：泛指佛法。大乘以观空为入门，故称。卧空门：守持佛教。

③ 灵光寺：位于今北京市石景山区翠微山东部西山八大处，创建于唐代大历年间，因供奉释迦牟尼佛牙舍利而闻名于世。

④ 妻六十生辰：光绪二十年（1894年）二月初三是周馥妻吴夫人六十岁生日。吴夫人是建德县（今东至县）尧渡老街人，生于道光十五年（1835年）二月初三，十九岁与周馥成亲。生有四子（学海、学铭、学涵、学熙），吴夫人于归周家后，孝敬长辈，相夫教子，勤劳俭朴，善举无数。

⑤ 结缡：音 jié lí，古代女子出嫁，母亲给女儿结头巾，叫结缡，俗称盖头。旧时用作女子结婚的代称。

⑥ 牛衣：给牛御寒用的用乱麻或草编的覆盖物。《汉书·王章传》："初，章为诸生，学长安，独与妻居。章疾病，无被，卧牛衣中与妻决，涕泣。"此处形容往日生活艰辛。

⑦ 待爨：音 dài cuàn，等待救济以烧火做饭。

哀体诚弟①五首

其 一

聪明倜傥②亦英才，泡幻如何悟不开③？

客死宁无魂入梦，年年犹望尔归来。

其 二

宽严相勖④意深长，友爱真惭诏勉方⑤。

地下双亲如见问，凭将何语慰高堂？

其 三

十年信绝始招魂⑥，跨灶⑦惟应望后昆。泮水一游⑧花遽谢，痛无遗荫到儿孙（弟遗梓、檚二子，梓入泮后即殇去）。

----

① 体诚弟：周馥弟弟周宗馨（1848—？），出嗣叔父周光徵，乳名玉新，字体诚，娶施氏，于光绪四年（1878年）外出未归，殁年不详，后家族招魂归葬乡里。以侄学熙贵，赠光禄大夫。有子二人：长学浚，邑庠生；次学湛。

② 倜傥：音tì tǎng，豪爽洒脱，行为不受世俗礼节拘束。

③ 泡幻：空幻虚无，如同水泡一样，风吹即破灭。悟不开：不能破除迷执，不能开通觉悟。此处周馥暗示了弟弟对世俗事物（如财富）的执念，没能领悟人生的真谛。

④ 相勖：音xiāng xù，相勉励。

⑤ 友爱真惭诏勉方：倒装句，即"方真惭诏勉友爱"。意思是诏书以"兄弟友爱"之语来褒扬我、勉励我，我正为此感到惭愧。

⑥ 信绝：音讯断绝，没有书信往来。招魂：风俗仪式，古人借此招回生者或死者之魂。

⑦ 跨灶：意谓儿子超越父亲。一说灶上有釜，釜上为父字，因以灶喻父。也有认为马前蹄上有两空处名灶门，善走之马后蹄之印痕常在前蹄之先，谓之跨过灶门。

⑧ 泮水一游：进学宫读书，成为秀才。泮水：古代学宫前的水池，形状如半月。《诗经·鲁颂·泮水》："思乐泮水，薄采其芹。"毛传："泮水，泮宫之水也。"郑玄笺："泮之言半也。"后多用以指代学宫。

其 四

五世荆花损次枝①，此中气数邃难知。

同怀何事差堪慰②？一子三孙奉尔祠。

其 五

秋风孤雁痛离群，消息虚传粤海濆③。

可叹白头嫠妇④在，年年空上葬衣坟⑤。

伤学涵⑥儿九首（学涵原名安瑞）

其 一

髫龄举止独安详，作字舒徐墨有光。

犹记刘师⑦期望语，此儿他日姓名香。

---

①荆花：紫荆花。此处指同胞兄弟。吴均《续齐谐记》："京兆田真兄弟三人，共议分财。生资皆平均，惟堂前一株紫荆树，共议欲破三片。明日，就截之，其树即枯死，状如火燃。真往见之，大惊，谓诸弟曰：'树本同株，闻将分斫，所以憔悴。是人不如木也。'因悲不自胜，不复解树。树应声荣茂，兄弟相感，合财宝，遂为孝门。真仕至太中大夫。"损次枝：兄弟中的老二房头下，人丁多折损。周馥《负暄闲语·祖训》载："我高祖生长子礼仪公，次子礼信公，皆二三世而绝，我曾祖礼俗公而下至我父，三世皆一子单传，而次房每少亡，无后，历代过继。今我弟承继我叔父后，亦早世。幸有二孙。此中气数难喻。"

②同怀：同胞兄弟。此处指周馥本人。差堪慰：略微可以感到安慰。

③虚传：不实的传闻。粤海濆：广东沿海的海岸。濆：音 fén，水边，岸边。

④嫠妇：音lí fù，寡妇。

⑤葬衣坟：即衣冠冢，只埋着死者衣帽等遗物的坟墓。

⑥学涵：周学涵（1863—1878），乳名安瑞，周馥第三子。周学涵聪慧伶俐，读书刻苦，光绪四年（1878年）染温症被医者误治，四月十七日病故，年十六岁。

⑦刘师：可能指刘丹庭。据《周学熙自述》载，同治十一年（1872年），周馥迎接母亲与妻儿移居天津。在津期间，学涵与学熙在光绪初年师从张鉴廷、李幼龙，读书作文。光绪九年（1883年），学熙从刘丹庭（精八股文写作）看课，治举业。

其 二

金马曾期三十后①，白鸡那忆少年逢②？

追思日者③如先见，小舛常遭亦大凶④。

其 三

魂礧⑤偏伤赤子身，恨无舞象⑥散天真。世间舐犊⑦非惟我，为刻遗方⑧普赠人（儿勤读，遂患胸痞）。

其 四

育麟⑨曾忆皖江边，转徙相携十六年。

离乱生来太平去，远闻邻姥亦哀怜。

其 五

阶前兰玉⑩郁芬芳，独惜三郎折雁行⑪。

一种聪明向何处，思来一十六年长。

---

① 金马曾期三十后：周馥曾期望周学涵三十岁以后成为翰林。金马：本指金马门，西汉长安未央宫北门，亦简称金门。《史记·滑稽列传》："金马门者，宦署门也，门傍有铜马，故谓之曰金马门。"汉代征召来人中才能优异者令待诏金马门。后用以指称翰林院和翰林。

② 白鸡：此处指不祥之年（辛酉年）。典出《晋书·谢安传》："（安）自以本志不遂，深自慨失，因怅然谓所亲曰：'昔桓温在时，吾常惧不全。忽梦乘温舆行十六里，见一白鸡而止。乘温舆者，代其位也。十六里，止今十六年矣。白鸡主酉，今太岁在酉，吾病殆不起乎！'……寻薨，时年六十六。"后用以指不祥之兆。那忆：哪料到。"忆"为"意"之讹字。

③ 日者：古时以占候卜筮为业的人，给人看相算命的人。

④ 小舛：小不顺遂，小的不幸。舛：音 chuǎn，不幸。大凶：大的凶祸，死亡。

⑤ 魂礧：音 kuǐ lěi，垒积不平的石块。此处指喻周馥儿子胸中郁积的不平之气。

⑥ 舞象：十五岁成童时学象舞。此处指体育娱乐活动。《礼记·内则》："十有三年，学乐，诵诗，舞勺；成童，舞象，学射御。"郑玄注："先学勺，后学象，文武之次也。成童，十五以上。"孔颖达疏："舞象，谓舞武也。熊氏云：'谓用干戈之小舞也。'"

⑦ 舐犊：老牛以舌舔小牛，以示慈爱。此处指父亲对儿子的疼爱。

⑧ 刻遗方：刊刻中医方。据周馥自编《年谱》："（光绪四年）学涵乳名安瑞，患温症，医者误以伤寒治之，病已深，且谓渐愈，余复以治寒药投之，遂不起，安瑞于四月十七日病故。年十六矣。我母哭之痛，自此减餐，体益羸，一日痰厥不起。痛哉！我痛乡无良医，误死者多，屡刊方示人。"

⑨ 育麟：生下贵子。指周馥生下周学涵。

⑩ 阶前兰玉：庭院台阶前的芝兰玉树。比喻光耀门庭的青年才俊。典出《语林》。

⑪ 折雁行：即"雁行折翼"。比喻兄弟的死亡。雁行：指雁飞时有序的行列，可指兄弟。

其 六

九郎风骨亦清温①，破涕时为拭泪痕②。何必探环③问前世，善门应有好儿孙（人谓阿辉神情似涵儿，或其转世，此戚族慰解之词耳）。

其 七

破例移枝④寄爱心，弄珠掌上比兼金⑤。邓山果有椎牛日，应见清风满竹林（学铭第二子明诒继学涵后，学涵葬城东邓家山虎形，附我叔光徵公圹）。

其 八

半生菽水少承欢⑥，天末归来泪眼干⑦。

最是伤心儿去后，老人从此减加餐⑧。

其 九

鬼神莫挽穷途运，贤哲难忘患难心。

旧事思量抛未得，灯前一夜泪痕深。

---

① 九郎：指周馥第六子周学辉（1882—1971）。周馥有六子三女，周学辉最小，故称"九郎"。风骨：风度神采。清温：清秀文雅。

② 破涕：周馥因伤心三儿周学涵的去世而流泪，脸上有泪痕。时为拭泪痕：指周学辉时时为父亲揩拭泪痕。

③ 探环：借指转世。《晋书·羊祜传》："祜年五岁，时令乳母取所弄金环。乳母曰：'汝先无此物。'祜即诣邻人李氏东垣桑树中探得之。主人惊曰：'此吾亡儿所失物也，云何持去！'乳母具言之，李氏悲惋。时人异之，谓李氏子则祜之前身也。"

④ 移枝：移花接木，把某种花木的枝条嫁接到另一种花木上。此处指周馥将周学铭的次子周明诒，过继给已去世的周学涵为子。

⑤ 弄珠：玩赏宝珠。此处指周学铭第二个儿子周明诒。比兼金：比作最贵重的金子。兼金：价值倍于常金的好金子。

⑥ 菽水少承欢：倒装句，即"少菽水承欢"，很少有时间奉养父母，使父母欢乐。承欢：迎合人意，博取欢心。《礼记·檀弓下》："啜菽饮水尽其欢，斯之谓孝。"

⑦ 天末：天边。此处指天津。泪眼干：泪水流干，形容非常伤心。

⑧ 老人从此减加餐：此处指周馥母亲叶太夫人痛哭孙儿之死，从此减餐。

定兴①道中遇雨

骤暖晴难久，云阴忽蔽空。麦肥三月雨，柳折五更风。小市②前朝镇，新堤卒岁功③。泥涂愁日晚④，老马辨西东。

开芦沟减水渠。同事陈敬如⑤总戎以诗见贻，依韵奉答

沙堤难束怒涛奔，减水酾渠郭外原⑥。挥汗万夫朝举锸⑦，占晴⑧五夜月窥门，斩蛟周处惭无力⑨，建埭陈登⑩事可论。自是君余湖海气⑪，强将豪语慰羁魂⑫。

---

① 定兴：清代直隶省保定府下辖县，位于冀中平原中部，附近有拒马河、易水流过。

② 小市：做小买卖的地方。具体位置不详。

③ 卒岁功：一整年的劳绩。

④ 泥涂：即"泥途"。泥泞的道路。愁日晚：为傍晚而发愁。

⑤ 陈敬如：即陈季同(1851—1907)，字敬如，号三乘槎客，福建侯官(今属福州)人。早年肄业于福建船政学堂。光绪元年(1875年)初，受朝廷委派随洋员游历英、法、德、奥四国，次年归国，著有《西行日记》。光绪三年(1877年)，他以翻译身份随官派留欧生入法国政治学堂学"公法律例"。后任驻德、法参赞，代理驻法公使兼比利时、奥地利、丹麦和荷兰四国参赞。戊戌时期，他积极赞助维新运动，在上海创办《求是报》，译介西学新知，宣传维新思想。光绪二十四年(1898年)，他创办近代中国第一所女学堂——上海中国女学堂。他还是一个是翻译家，曾将中国文学和文化习俗用法文介绍给西方。

⑥ 减水酾渠：减弱水势的导流渠。酾：音 shī，疏导，分流。郭外原：城外原野。

⑦ 举锸：举起掘土工具。锸：音 chā，铁锹，掘土的工具。

⑧ 占晴：占卜是否天晴。

⑨ 斩蛟周处惭无力：周馥想为民除害，却没有周处那样有力量。《世说新语·自新》载："周处年少时，凶强侠气，为乡里所患。又义兴水中有蛟，山中有白额虎，并皆暴犯百姓。义兴人谓为三横，而处尤剧。或说处杀虎斩蛟，实冀三横唯余其一。处即刺杀虎，又入水击蛟，蛟或浮或没，行数十里，处与之俱，经三日三夜……竟杀蛟而出。"

⑩ 建埭陈登：东汉建安年间，任广陵太守的陈登，沿洪泽湖修筑了很长的堤堰，可防御淮水东侵，人称"捍淮堰"。埭：音 dài，堵水的土坝。此诗把陈季同比作陈登，夸奖他有豪气。

⑪ 自是：自然是。君：指友人。湖海气：豪侠之气。

⑫ 强将：尽力拿着。豪语：豪迈的话。慰：安慰。羁魂：指旅人的心情心境。

怀来县官亭铺寻前制府高公所筑玲珑坝遗迹①

两崖如削浪中奔，风雨雷霆日斗喧，水挟流沙分瀚海，天留奇险护中原。渔樵生计②都无路，斧凿神工③尚有痕，试问玲珑坝何在？岩花寂寞鸟无言。

柳　絮

落絮翩翩弄晚晴，马头如送复如迎。扶持自信风无力，飞洒犹胜雪有情。关塞十年伤远别，冰霜万里叹长征。当年张绪④凭谁识？荏苒流光白发生⑤。

任邱⑥道中

萑苇冥冥天苍苍，危堤一线入渺茫。湿气作云雨断续，微风掀浪船低昂。林扉⑦昼掩鸡犬静，羽檄宵征⑧车马忙。野鸟啼饥向人泣，秋禾半

①怀来县：清直隶省宣化府下辖县。地处今河北省西北部、张家口市东南部。永定河穿过县境。官亭铺：怀来县所辖村镇，即今官厅镇。高公所筑玲珑坝：乾隆时直隶河道总督高斌所筑杀河水水势的石坝。玲珑坝：乾隆六年（1741年），直隶河道总督高斌提出上拦、中泄、下排的永定河治理方案。上拦就是在永定河上游"就近取石，堆叠玲珑之坝，以勒其凶暴之势，则下游之患，可以稍减"，并主张"层层截顿，以杀其势"。乾隆九年（1744年），在怀来县南桑干河、洋河、妫水三水汇合口修建了两道石坝，以杀水势，坝以乱石垒成，水从石罅穿流，故称。乾隆十二年（1747年），坝被水冲毁，所存无几。

②渔樵生计：打鱼砍柴以维持生活。

③斧凿神工：义同"鬼斧神工"。像是鬼神制作出来的。形容艺术技巧高超，非人力所能达到。

④张绪：是南朝齐人，俊美潇洒，齐武帝称赞他如杨柳一样风雅。事迹见《南齐书·张绪传》。

⑤荏苒：音 rěn rǎn，（时间）渐渐过去。流光：如流水般逝去的时光。

⑥任邱：清直隶省河间府下辖县，今为河北省辖县级市，位于河北省中部，北依京津、毗邻雄安，西临白洋淀。境内海拔较低，洼地星罗棋布，狭长带状岗地穿插其间。

⑦林扉：指山林中的屋舍。扉：音 fēi，门扇。引申义为屋舍。

⑧羽檄宵征：古代军事文书连夜传送。羽檄：古代军事文书插鸟羽以示紧急，必须迅速传递。宵征：夜行。

没水中央。

乘小轮舟过西淀

激浪高飞雪，吹烟密布云。风声奔马疾，人语乱蛙纷。倏忽凫鸥①散，依稀井树分②。沧波渺无极，回首惜离群。

聂功亭总戎在朝鲜成欢御日本③，以五百人击退敌数千。高升运船④被毁，我海军无力往援，粮绝路断，聂乃全军随叶曙卿提军由牙山退至平壤⑤。喜闻作此

出险二千里，艰危一月中。浑身都是胆，绝口不言功。莫补亡羊计，真成搏虎雄。从来多算胜⑥，谁为策元戎⑦？

---

　①凫鸥：野鸭与鸥鸟。泛指水鸟。

　②依稀：模模糊糊，不很清楚的样子。井树：本指井与树荫。此处指村落与树林。

　③聂功亭：即聂士成（1836—1900），字功亭，安徽合肥人，周馥友人，淮军名将，官至直隶提督，先后参与剿捻、中法战争、甲午中日战争、庚子之变，战功卓著，于庚子之变的天津保卫战中阵亡。清廷追赠他为太子少保，谥号忠节。著有《东游纪程》等传世。总戎：总兵。朝鲜成欢：成欢驿位于朝鲜忠清道平泽县东南，是汉城通往天安、全州的南北咽喉要地。光绪二十年（1894年），中、日两国军队在朝鲜进行的第一次陆战即在此附近，清军战败。

　④高升运船：清政府租借的英籍商船，用以运兵赴朝鲜，在朝鲜丰岛海面遭日军炮击而沉没。

　⑤叶曙卿：即叶志超（1838—1901），字曙青，安徽合肥人，淮军将领。早年以淮军弁从刘铭传镇压捻军起义，积功至总兵，甲午中日之战，因弃城逃走被清廷下令夺职，于光绪二十六年（1900年）获释，次年去世。提军：提督，全称为提督军务总兵官，为武职官名，负责统辖一省陆路或水路官兵，为一省武职最高长官。

　⑥多算：多的计谋。《孙子·计篇》：“多算胜，少算不胜。”

　⑦为策：出谋划策。元戎：主帅。

出山海关①

秋霁高天迥，扬鞭指浿西②。云山浓似画，砂路净无泥。风力出关壮，烟痕罩海低。古来征战地，驻马听乌啼。

过大凌河③有感

大凌河西松杏山④，宁远州⑤接山海关。当年神武受天命⑥，一旅⑦崛起清尘寰。策府鸿文稽掌故⑧，大义深仁天眷顾⑨。画沙授策兵如神⑩，

① 山海关：又称榆关、渝关、临闾关，位于今河北省秦皇岛市东北，是明长城的东北关隘之一。明洪武十四年（1381年），筑城建关设卫，因其依山襟海，故名。山海关城周长约4000米，与长城相连，以城为关，城高14米，厚7米，有"天下第一关"之称。

② 浿西：浿水之西，指中国辽东地区。浿：音pèi，即浿水，今朝鲜清川江、大同江的古称。汉朝在此置浿水县，属乐浪郡。

③ 大凌河：古称渝水、龙川、白狼水，辽代以后改称凌河（灵河）、大凌河。是古代沟通东北与中原的交通枢纽。此处指建在河边的大凌河城，原为明代建在东北的军事城堡，在锦州东三十里，为屏蔽锦州的重要堡垒。明崇祯四年（1631年，后金天聪五年），皇太极率领五万军队进攻大凌河城，围城、劝降、攻坚、打援相结合，守城明将祖大寿弹尽粮绝，待援不继，只得投降。战后明军在关外的精锐已不复存在，加速了明亡清兴的历史进程。

④ 松杏山：松山堡与杏山堡。为明清时锦州南不远处的两个军事城堡。

⑤ 宁远州：清康熙二年（1663年）改宁远卫置，属奉天府（后改属锦州府）。治所在今辽宁兴城市。辖境相当今辽宁葫芦岛市以西，山海关以东，明水堂、白石咀门以南至海一带。民国二年（1913年）改为宁远县，次年又更名为兴城县。

⑥ 神武：原谓以吉凶祸福威服天下而不用刑杀。此处指称皇太极。受天命：受命于天，登基称帝。

⑦ 一旅：旅为古代军队的一级组织，人数编制人数不一，有五百人、二千人不等。此处指人数很少的一支军队。

⑧ 策府鸿文：皇太极设立的文馆中精通满、蒙、汉文的文学侍从之士。策府：帝王藏书之所。此处指文馆。文馆是清代内阁的最早的组织，供职于文馆的侍从之臣称为文馆大学士，是清代最早的大学士。后金天聪三年（1629年）四月置于盛京，命儒臣翻译历代王朝典章制度，以历代帝王得失为鉴，并记国家政事，以昭信史。鸿文：巨著，大作。此处指文馆儒臣。稽掌故：考核古代文化典章制度。

⑨ 大义深仁：极尽仁义之道。皇太极即位后，对汉人采取"恩养"政策。眷顾：音juàn gù，垂爱，关注。

⑩ 画沙授策：在沙上画地图，指授用兵方略。兵如神："用兵如神"的缩略语。调兵遣将如同神人。形容善于指挥作战。

解食推心人尽附①。思陵②求治心如焚，举棋不定③徒纷纷。严刑峻罚术已竭④，可惜贤愚瞀⑤不分。拨乱扶衰须破例⑥，岂有英才困拘制？卧薪尝胆金石开，主圣臣贤鱼水契。燕雀处堂⑦百事非，何须塞外问戎机⑧？科名取士⑨非无用，只笑文人经济稀⑩。

马上口占⑪三首

其　一

士气欲吞虏，军储可借筹⑫。如何迟不决，竟使覆难收⑬。小试翻贻

①解食："解衣推食"的缩略语。把衣服脱给别人穿，把食物让给别人吃。形容对别人生活极为关怀。推心："推心置腹"的缩略语。推出自己的赤心，放置在别人的腹中。比喻真诚待人。此句写皇太极的仁慈与真诚。

②思陵：明思宗朱由检与周皇后及田贵妃之合葬墓，是明十三陵之一。此处指明思宗朱由检。

③举棋不定：拿着棋子不能决定怎样走。比喻拿不定主意。

④严刑峻罚：严厉的刑罚。据统计，崇祯帝在位17年，一共杀掉7个总督，11个巡抚，换了17个刑部尚书和50个内阁大学士。术已竭：治国方略已经用尽，到了束手无策的地步。

⑤瞀：音mào，眼睛昏花。

⑥拨乱扶衰：平定祸乱，扶持衰弱。指国家想要平乱复兴。须破例：需要打破常规，不拘一格录用人才。

⑦燕雀处堂：燕雀在堂上筑巢，自以为生活安定而不为防备。比喻处境危险而自己不知道。

⑧塞外：也叫塞北。指长城以北的地区。其中"塞"有边界的含义，指历史上不同时期农耕文明与北方游牧部落的分界线。问戎机：过问作战事宜。

⑨科名取士：通过科举考试选拔人才。

⑩经济稀：治理国家、处理事务的能力薄弱。

⑪马上口占：骑在马上，不打草稿，即兴随口成诗。

⑫军储：指粮秣等军需物资。借筹：为人谋划。周馥在此句中自信表示，可以代为筹划军资供应。

⑬覆难收：覆水难收，倒在地上的水难以收回。比喻事情已成定局，难以挽回。

患①，甘言蓄诡谋②。相期推毂帅③，鼓舞动貔貅④。

其　二

行军有至要，飞挽⑤事宜先。况已兵深入，安能釜待悬。箕封欣稔熟⑥，比户叹流迁。时雨王师降⑦，先须奠市廛⑧。

其　三

祭酒军谘⑨重，师行司马⑩尊。岂容参战伐，竟等牧鸡豚⑪？士辱何妨死，威驱不感恩。焦头宁足惜⑫？深恐火燎原。

辽阳农家四首（用朝鲜进贡使臣韵）

其　一

雅有江南景，林峦百卉荣。山深日落早，溪曲水流平。场圃封秋稼，牛羊卧晚晴。衡门无礼数⑬，蓬首揖公卿。

---

① 小试：小加试验。此处指光绪十二年（1886年）北洋海军应邀派定远、镇远等舰赴日本东京、长崎访问一事。翻贻患：反而留下患害。

② 甘言：好听的话。蓄诡谋：暗藏诡计。此处指日本为了麻痹中国，在甲午中日战争前的一些外交言辞。

③ 相期：期待。推毂帅：受皇上礼遇，具有专征权力的大帅。

④ 鼓舞：使大家振作起来，增强信心或勇气。动貔貅：使勇猛的军队行动起来。貔貅：音pí xiū，别称辟邪、天禄等，俗称貔大虎，古书中记载的一种猛兽。后用以比喻勇猛的军队。

⑤ 飞挽：义同"飞刍挽粟"。快速运输军队粮草。《汉书·主父偃传》有"使天下飞刍挽粟"之句，颜师古注："运载刍橐，令其疾至，故曰飞刍也。挽谓引车船也。"

⑥ 箕封：朝鲜国。商朝灭亡后，纣王叔父箕子带领族人东迁到朝鲜，建立箕子朝鲜国。欣稔熟：高兴听到谷物已成熟。

⑦ 时雨王师降：清朝军队像及时雨一样降临朝鲜（帮助高丽王朝镇压东学党农民起义）。

⑧ 奠：安定。市廛：此处指城市商业活动。

⑨ 祭酒军谘："军谘祭酒"的倒装。曹操时称军师祭酒，是曹操为幕僚特辟官职，意为首席军师。晋朝因避司马师讳，改称军谘祭酒。诸将军府置，位在诸僚佐之上。此处指领兵赴朝鲜的清将叶志超首席幕僚。

⑩ 师行司马：即行军司马，此职始建于三国魏元帝咸熙元年（264年），职务相当于军谘祭酒。唐代在出征帅及节度使下皆置此职。唐后期军事繁兴，多以掌军事实权者充任。

⑪ 牧鸡豚：放养鸡与猪。指操持微贱琐事。

⑫ 宁足惜：岂值得顾惜。

⑬ 衡门：横木为门。指简陋的房屋。此处指农家。无礼数：没有礼貌，不懂礼节。

其 二

但喜田畴辟，浑忘轩冕荣，地偏唐靺鞨①，邑古汉襄平②。晚雨狼寻食，晨烟雀噪晴。著书为何事？皓首笑虞卿③。

其 三

木棉初上架，果种挂南荣④。不识狐裘贵，惟贪酒价平。粪田愁夏潦⑤，负贩快冬晴。见说前村富，新交贵戚卿。

其 四

对宇⑥兵民洽，先朝家世荣。农桑忘战伐，鸡犬乐升平。辽水秋前浪，天山雪后晴。邮亭咏风景，岁见外藩卿。

感愤五首

其 一

岂真气数力难为，可叹人谋著著迟。自古师和方克敌⑦，何堪病急始求医。西邻漫恃和戎策⑧，东海宁逢洗辱时？蠢尔岛夷何负汝⑨？茫茫天道竟难知。

---

① 靺鞨：中国古代少数民族名。周时称肃慎，汉魏时称挹娄，北魏时称勿吉，隋唐时称靺鞨，五代时称女真。

② 襄平：古邑名。战国燕邑。即今辽宁省辽阳市。

③ 虞卿：名信，卿是他的官职，战国时游说之士。《史记·平原君虞卿列传》载："一见赵王，白璧一双，赐黄金百镒；再见，拜为上卿。"故号为虞卿。在长平之战前主张联合楚、魏迫秦求和；邯郸解围后，力斥赵郝、楼缓的媚秦政策，主张以赵为主联合齐魏抵抗秦国。后因拯救魏相魏齐的缘故，抛弃高官厚禄离开赵国，困于魏都大梁。著有《虞氏春秋》。

④ 南荣：房屋的南檐。荣：屋檐两头翘起的部分。

⑤ 粪田：给田施粪肥。夏潦：音 xià liáo，夏季因久雨而形成的大水。

⑥ 对宇："望衡对宇"的缩略语。此处形容兵营与民居距离很近。

⑦ 师和方克敌：军队内部和睦才能战胜敌人。《左传》："师克在和，不在众。"

⑧ 漫恃：粗心大意地依靠。和戎策：指与少数民族或别国媾和修好的政策或和亲政策（封建王朝与边境少数民族统治者结亲交好）。

⑨ 蠢尔：无知蠢动貌。《诗经·小雅》："蠢尔蛮荆，大邦为仇。"朱熹集传："蠢者，动而无知之貌。"岛夷：本指中国东部近海一带及海岛上的居民。此处指日本。何负汝："中国何负汝"的省略语。意思是中国哪里对不起你（日本）。

其 二

敢道亡羊始补牢，是谁升木自教猱①。六州铸铁无斯错②，万口烁金安所逃？东国缙绅余涕泪，中原杼柚亦忧劳。可怜老马空皮骨，输挽从登九折高。

其 三

十载经营③瞥眼空，敢言掣肘怨诸公？独支大厦谈何易，未和《阳春》曲已终④。好固藩篱留北道⑤，深防雀鼠启西戎⑥。贤王远略心如见，雪涕陪陵墓木风（先是醇贤亲王意欲大建海军，力图自强，不愿开衅列邦）。

其 四

悬军深入海天孤（我师先入朝鲜西南牙山，乃海角绝地，水陆无援），弃险凭城更失图（我军退至平壤，不守郊外山险，群聚城厢）。千里士难遵帅令（时有奉天左、丰二军，北洋叶、卫二军，皆不相辖，各听

---

① 是谁升木自教猱：运用了"教猱升木"的典故。《诗经·小雅·角弓》："毋教猱升木，如涂涂附。"比喻唆使、引导恶人做坏事。猱：音náo，猕猴，天生擅长攀爬树木。

② 六州铸铁无斯错：运用了"铸成大错"的典故。孙光宪《北梦琐言》载，唐末，罗绍威继其父为魏博节度使，与驻守汴州的朱温（全忠）结亲，来往亲密。魏博有从六个州招募来的牙军八千人，待遇优厚，挟制长官，十分骄横。罗绍威想铲除他们，就与朱温定计，将武器库内的弓甲弄坏，然后与朱温军内外配合，将牙军全部消灭。罗绍威虽然心愿实现，但朱温借机向罗不断索要财物。罗绍威很后悔，对亲信人说："合六州四十三县铁，不能为此错也。"错：本为锉刀，或指周代刀形币，此处为双关语，指错误。后以此典指造成重大错误、失误。

③ 十载经营：此处指清光绪十年（1884年）至二十年（1894年），李鸿章负责筹建了颇有规模的水陆军港军镇与北洋海军舰队。

④ 和：音hè，依照别人诗词的题材和格律做诗词，以相呼应。《阳春》：即《阳春白雪》，古代楚国的一种艺术性较强难度较大的歌曲。后泛指高雅的文学艺术。此处指醇亲王的诗作。

⑤ 藩篱：用竹木编成的篱笆。比喻国家屏障。留北道：保留好通向北方的交通要道。北道：本指我国古代中原地区对西域交通的主要道路之一。此处指向北方的道路。

⑥ 雀鼠：粟鼠。比喻小人。启西戎：鼓动西方列强的野心。

本省帅令）①，十年彼已读《阴符》②。市人驱战同心少③，骏竖成功自古无④。叹息国殇沦异域⑤，春来南亩⑥半荒芜。

其 五

雪地冰天困短车，筐床清泪梦醒余。犯颜愧少诚相感，效死宁教愤一摅。斩佞上方难请剑，知兵黄石更无书，澄清会有中兴日，可惜微臣鬓已疏。

夜坐（光绪二十一年乙未五十九岁）

星斗凌兢夜色凄，愁云如墨罨东西。饥乌啄肉忠魂泣，天狗⑦流声怪鸟啼。神鬼岂能回劫运，苍穹何意祸穷黎？独怜白首心难死，起舞犹惊未晓鸡。

入山海关

（时奉旨入关总理营务，因将前敌转运事交袁慰庭观察⑧专办，盖以春暖冰泮直隶沿海戒严也。）

雪霁尘沙扑面飞，严寒三月未更衣。事随天末惊鸿去，人似辽东化鹤归。耳底鼓鼙余梦寐，眼中烟树认依稀。此身马革知何处？深愧诸君为指挥（聂功亭诸公请余驻唐山以便策应榆关、大沽南北两路转运等事）。

---

① 奉天左、丰二军：驻扎在辽宁的左宝贵所率领的奉军、丰升阿率领的奉天练军盛字营。北洋叶、卫二军：北洋叶志超率领2400人赴朝部队、卫汝贵所率盛军。

② 十年彼已读《阴符》：指日本为了侵略朝鲜与中国，研究兵法谋略已很久了。《阴符》：《太公阴符》《太公六韬》，周初太公望（姜子牙）著，内容涉及战争观、军队建设、战略战术等。

③ 市人驱战：即"驱市人战"，赶着街市上的百姓去打仗。典出《史记·淮阴侯列传》。

④ 骏竖：音 sì shù，笨蛋。

⑤ 国殇：音 guó shāng，此处指甲午中日战争中牺牲的人。沦异域：战死在外国。

⑥ 南亩：农田。南坡向阳，利于农作物生长，古人田土多向南开辟，故称。

⑦ 天狗：星名。《史记·天官书》："天狗，状如大奔星，有声，其下止地，类狗。"裴骃集解引孟康曰："星有尾，旁有短彗，下有如狗形者，亦太白之精。"

⑧ 袁慰庭观察：即袁世凯(1859—1916)，字慰亭，号容庵、洗心亭主人，河南项城人，中国近代史上著名的政治家、军事家，北洋军阀领袖。与周馥是儿女亲家。清末新政期间积极推动近代化改革，辛亥革命期间逼清帝溥仪退位，推翻清朝，成为中华民国临时大总统。

闻中日和议已成，感赋

一度交绥①一退师，伤心南北撤藩篱②。万家痛哭迁无地，四海烦言责有辞③。卧榻岂容鼾异类④？盈廷谁复痛朝危？民心思奋深仁在，正是殷忧启圣时。

李傅相自日本议和回津，知各军不日撤退。余以病请告⑤，奉恩旨开缺。五月初二日自大沽登轮舟。聂功亭士成、章鼎臣高元、吴瑞生宏洛、吴乐山育仁、郑承斋崇义、罗耀庭荣光诸提

---

① 交绥：音 jiāo suí，交战。

② 南北撤藩篱：南方与北方撤除了护国屏障。此处指清末时中国南方台湾岛与北方的辽东半岛被日本割占。因俄德法三国干涉，日本在索要了三千万两白银的所谓"赎辽费"后，被迫将辽东半岛交回中国。

③ 烦言：说气愤或不满的话。责有辞：有话指责造成甲午战败的淮军文武大员。

④ 卧榻岂容鼾异类：自己床上怎么能容得外族人安睡。比喻自己的势力范围或利益不容别人侵占。典出杨亿《杨文公谈苑》。鼾：鼾睡，熟睡并打呼噜。异类：旧时称外族。

⑤ 请告：此处指请求退休。

军①，张燕谋翼观察、沈小舫若球别驾、裴仿白敏中诸公②，饯
送于塘沽，黯然赋别

同治十年初北游，到今二十五春秋。无多事业云过眼，有限光阴雪
满头。感事尚余清夜泪，放归已荷主恩优。临歧多谢良朋语，他日还期
展壮猷。

小舟暑夜，时在高邮州运河

月黑天高雾满汀，一湾浅水带鱼腥。

雨师风伯知何处？空把蒲葵逐蚋蝇③。

---

① 章鼎臣高元：即章高元(1843—1913)，字鼎臣，清末淮军将领，安徽合肥人，早年加入
淮军，隶属刘铭传部下，参加镇压太平军与捻军，积功至副将，后擢总兵。是青岛建置的第一
任总兵。《清史稿》有传。吴瑞生宏洛：即吴宏洛(1843—1897)，字瑞生，清末淮军将领，安徽
合肥人，本姓刘，以父命出继舅后，遂姓吴。初隶淮军，为裨将，同治间，累功以总兵记名。光
绪间任台湾澎湖镇总兵，练新兵五营，号宏军。官终直隶通永镇总兵。事迹见马其昶《抱润
轩文集》。吴乐山育仁：即吴育仁(1839—1898)，字从起，号乐山，清末淮军将领，安徽合肥
人。同治元年(1862年)，投效淮军，积功以副将尽先补用。同治六年(1867年)，借道员吴毓
兰于扬州城东击败赖文光捻军余部，诏以记名总兵请旨简放。光绪十年(1884年)，授通永镇
总兵，独领"仁字营"，旋调任直隶正定镇总兵。光绪二十四年(1898年)，病逝于正定任所。
郑承斋崇义：即郑崇义(？—1900)，字承斋，清末淮军将领，安徽合肥人。历任守备、都司、参
将等职。光绪元年(1875年)，随李鸿章调至直隶。光绪二十六年(1900年)，署南澳镇总兵，
不久病死。

② 张燕谋翼观察：张翼(1846—1913)，字燕谋，直隶通州人。原为醇亲王奕譞侍从。后
历任江苏候补道、直隶矿务督办、热河矿务督办、开平矿务局总办、路矿大臣等职。沈小舫若
球别驾：为制造水雷专家，光绪年间中法战争时，奉李鸿章之命赴滇、桂军营听从差遣。事迹
待考。别驾：州通判的别称。裴仿白敏中：即裴敏中，安徽霍邱人，字仿白，增贡生。为周馥
友人裴大中胞弟。曾任昌平州知州。八国联军入侵，光绪帝与慈禧太后逃难路经此州，适裴
氏生病，只有霸昌道凤昌在城中主持事务。因未接到通知，凤昌没开城门接纳光绪帝与慈禧
太后，光绪帝为此指责裴氏，令"顺天府、安徽巡抚一体严密查拿，解赴行在，刑部严行讯办。"
他自忖无可逃避，以自杀了结。

③ 蚋蝇：音 ruì yíng，蚊子与苍蝇。

大风二首（时中日战事初平）

其 一

湖上风波日日新，舟师豚酒赛湖神。

可怜帆倒樯倾客，半是乘风快意人。

其 二

中流万里望林邱，咫尺顽云瘴不收①。

倏忽风清魑魅散②，夕阳芦港卧扁舟。

湖上对酒，寄刘芗林观察（刘时在东海关道③任）

将进酒④，杯莫停。桃花满地梅青青，春风一去谁能挽？夸父追日徒伶俜⑤。日光西落犹再晓，白发还元⑥古来少。对花不饮空叹嗟，相看不若花前鸟。风涛漫天瘴不开，长蛟食人骨累累。我无斩蛟三尺剑，坐听豗突⑦声如雷。年年客道收帆好，我道收帆不如早。楚州城⑧西水如縠，淮南米贱酒初熟。春风待尔到秋风，莫到雪霜满岩谷（芗林接此诗即告归）。

---

① 咫尺：音 zhǐ chǐ，形容距离很近。咫：古代长度单位，周代指八寸，合现市尺六寸二分二厘。顽云：密布不散的乌云。瘴：旧指南方山林中的湿热空气。

② 风清魑魅散：此处是双关语，既指湖上开始云雾笼罩，随后风吹云散，又指喻中日战事初平，日军从中国撤走。

③ 东海关道：即山东登莱青道，隶属于北洋通商大臣。

④ 将进酒：请饮酒。将：音 qiāng，请。

⑤ 夸父追日：夸父是古代神话传说中的人物，善于奔跑，曾与太阳赛跑，路上口渴而死。后以夸父追日为人有大志或不自量力之典，典出《山海经·海外北经》。徒伶俜：白白地辛苦。伶俜：音 líng pīng，此处指辛苦、艰苦。

⑥ 白发还元：指白发变成原来的黑发。还元：即"还原"。

⑦ 豗突：音 huī tū，冲撞。此处指湖水惊涛拍岸的声音。

⑧ 楚州城：江苏淮安城。隋废山阳郡置楚州，唐初称东楚州，不久复称楚州，治所均在江苏山阳县（1914年改称淮安县）。明清时期属淮安府。

旱

拜社①求神事总非，稻田龟坼②麦苗稀。

蛟龙不起缘何事？日见闲云作阵飞。

放舟游京口三山③

霜落天高万象清，西风送我作山行。六朝已往诸峰在，万里归来两屐轻。沧海烟销晴日吐，澄江秋尽浪花平。故乡此去无多路，猿鹤相招有旧盟④。

登金山

南北青山依旧青，重看楼阁照沧溟（殿宇皆粤匪平后重建）。天空倒影江摇碧，风过无心塔响铃。三石有沙连铁瓮（山南涨沙成陆三石早不见），一泉何处问中泠⑤？英雄事业⑥销沉尽，玉带⑦摩挲见典型。

---

① 拜社：拜土地神（以祈雨）。

② 龟坼：音 jūn chè，形容天旱土地裂开。龟：通"皲"。坼：裂开。

③ 京口三山：指金山（位于镇江市区西北的长江南岸）、焦山（位于镇江市区东北，岿然耸立扬子江心）、北固山（位于镇江市区东侧江边，形势险要，风景秀丽，与金山、焦山成犄角之势。有"京口第一山"之称）。

④ 猿鹤相招有旧盟：用了"猿鹤旧盟"典故。周馥用以表示自己本为山野之人，与猿鹤结盟为友，现在猿鹤相招，自己愿意再续盟好，归隐山林。

⑤ 中泠：音 zhōng líng，泉名。位于镇江市金山寺外。此泉原在江中，由于河道变迁，泉口处已变为陆地。相传其水烹茶最佳，有"天下第一泉"之称。

⑥ 英雄事业：指宋代韩世忠领兵在金山下与金兵交战并打败敌人。

⑦ 玉带：金山寺珍藏的苏轼玉带。与周鼎、金山图、铜鼓合称为金山四宝。玉带长约二尺，环约二寸，由二十四块米白色的玉片连缀而成，玉片有长方形、圆形、心形三种。

登焦山①

拄杖蓬瀛最上头，苍茫一览海天秋。千重山外孤峰立，三十年来两度游。四面风帆潮上下，半岩金碧影沉浮。结庵欲伴焦公②老，可有红尘到此不③？

登北固山

甘露楼空狠石孤④，犹传胜事⑤纪东吴。江涛莫洗英雄恨，风景犹供过客娱。京口夕阳明旧垒，淮南秋色暗平芜。登高漫寄凌云想，瀛岛⑥如今是坦途。

游惠山，谒淮军昭忠祠⑦

跃马横戈我亦曾，芒鞋今日访溪僧。未夸血食留千载，且上云岚第

---

① 焦山：原名樵山、谯山、狮子山、狮岩、双峰山等，因焦公隐居此地而改名。孙处玄《润州图经》记载，焦山因"焦光所隐，故以为名"。焦光于汉末隐居此山，在石洞中搭棚为屋，铺草为床，以砍柴为生，悬壶济世，汉献帝三诏他为官，他都拒绝了。

② 焦公：既有称为焦光者，也有称为焦先者。孙处玄《润州图经》称为"焦光"。皇甫谧《高士传》："焦先，字孝然，世莫知其所出也，或言生汉末，及魏受禅，常结草为庐于河之湄，独止其中。冬夏袒不着衣，卧不设席，又无蓐，以身亲土，其体垢汗皆如泥滓。不行人间，或数日一食。行不由邪径，目不与女子忤视。口未尝言，虽有警急，不与人语。后野火烧其庐，先因露寝，遭冬雪大至，先坦卧不移，人以为死，就视如故。后百余岁卒。"李昉《太平广记》、葛洪《神仙传》亦有"焦先"传。

③ 红尘：此处指俗世事务与烦扰。不：音fǒu，否。

④ 甘露楼空：北固山甘露寺楼（被太平军烧毁）空空如也。李丙荣《重建甘露寺佛殿记》载，咸丰年间，太平军占领镇江后，甘露寺"仅存天王殿长廊及石帆楼数椽，余则荡然无存。"狠石：音hěn shí，形状如羊的石头。此石至今仍在。

⑤ 胜事：指民间传说，刘备在甘露寺招亲，娶了孙权的妹妹。

⑥ 瀛岛：即瀛洲，神话传说中的海上仙岛。此处指海岛。

⑦ 淮军昭忠祠：在今无锡市锡惠公园。昭忠祠地址原有惠山寺，同治二年（1863年），淮军与太平军激战于惠山，此寺被毁，当地绅民于同治三年（1864年）至同治四年（1865年）在遗址上建起昭忠祠，祭祀克复江苏全境的湘淮水陆诸军阵亡将士。以程学启主位，春秋择日而祭，此祠依山而建，至今尤存。

一层。山好宜人温似玉，泉清到齿冷于冰。池南尚有逃名士，挂杖敲门唤未应（谓杨临笾观察）①。

望皇山泰伯墓②（山在无锡东五十里）

江南启宇化文身，千古逃名第一人。家国兴衰争出处，弟兄艰苦慰君亲。清风已自同孤竹③，至德还应轶逸民。欲奠蘋蘩云巘远④，夕阳掩映水鳞鳞（朱子言泰伯不欲传嫡，亦不愿灭商，与程论异）。

苏州城外有感

四郊战垒化云烟，七里官河沸管弦。怊怅⑤东西长陌上，思量三十二年前。长枪大剑非无用，落溷飘茵各有缘。笑我老来寻旧梦，梦中山水亦凄然。

五人墓⑥

五人墓，共一坏，前逼山塘后虎邱。五人名，动九有，过客往来奠厄酒。五人心乃万人心，万人心同无古今。乾坤正气郁森森，山岳鼎峙

---

① 应：音 yìng，回答。杨临笾观察：即杨以迥，字霖士，无锡人，官至候补道。与兄宗濂、弟宗瀚均入李鸿章幕府，为洋务派重要成员，父杨延俊为李鸿章同年进士、挚友。"临笾"疑为"霖士"的讹写。

② 皇山：无锡市东郊的鸿山。泰伯：吴国第一代君主，姬姓，吴氏，名泰。父亲为周部落首领古公亶父，兄弟三人，排行老大，弟弟为仲雍和季历。父亲欲传位于季历及季历子姬昌，太伯和仲雍主动避让，迁居江东，建立勾吴。

③ 孤竹：本指商代位于今冀东辽西地区的北方诸侯国孤竹国。此处指商末孤竹国两位王子——伯夷和叔齐。伯夷为长子，叔齐是三子。孤竹国君年老，欲立三子叔齐继承王位，父卒，叔齐让位于伯夷，伯夷以父命为由，遂逃出孤竹国；叔齐亦不肯立，亦逃之。他们忠于故国，周朝建立，耻为周臣，不食周粟，隐于首阳，采薇而食，饿死首阳。后世称之为圣贤。

④ 奠蘋蘩：陈设祭品。云巘：音 yún yǎn，高耸入云的山峰。

⑤ 怊怅：音 chāo chàng，惆怅，感伤。

⑥ 五人墓：为明代苏州市民反对魏忠贤斗争中殉难的颜佩韦、杨念如、沈扬、马杰、周文元等五位义士之墓。位于今苏州市姑苏区阊门外山塘街。复社领导成员张溥为作《五人墓碑记》，歌颂了义士们反抗阉党暴政，蹈死不顾的壮烈行为。

海水深。赫然一怒不可遏，魑魅退藏神鬼钦。我昔曾过魏阉里①，荒草寒烟没久矣。居民恶人问名字，断础移作浮图址。吁嗟乎，五人生亦编氓耳，自幼何曾读书史？我恐读书史、求禄仕，一朝愚直不为此②。嗟哉五人真男子！

狮子林（相传倪云林居此）③

高人有洁癖，城市讵能容？叠石偶为戏，环瀛无此峰。檐前留画本，户里寄游踪。此日伤萧索，颓垣碧藓封。

吴　园

（即拙政园，合肥李傅相同治初年驻节于此，余适从焉，今售为八旗奉直会馆。）

树冷无花鸟不乳，寂寞吴园已易主。画楼犹忆雨催诗，射圃④曾看

---

①魏阉里：明末权阉魏忠贤的家乡肃宁县大张家庄。当地建的魏氏生祠因其倒台而改建为福田寺。魏忠贤（1568—1627），字完吾，北直隶肃宁（今河北肃宁县）人，明熹宗时期，出任司礼秉笔太监，极受宠信，被称为"九千九百岁"，排除异己，专断国政。明思宗继位后，打击惩治阉党，治魏忠贤十大罪，命逮捕法办，魏氏被迫自缢而亡，其余党亦被肃清。

②一朝愚直不为此：倒装句，即"不为此一朝愚直"。意思是不会因为忠臣受权阉迫害而以生命为代价奋起与阉党斗争。愚直：愚笨而戆直。此处用为褒义，赞美颜佩韦等五位义士激昂于大义，不畏强暴，不恤丧身的壮烈行为。

③狮子林：因园内石峰林立，多状似狮子，故名。位于今苏州市姑苏区，始建于元至正二年（1342年），是中国古典私家园林建筑的代表之一，苏州四大名园之一。倪云林：即倪瓒（1301—1374），初名倪珽，字泰宇，别字元镇，号云林子，江苏无锡人，元末明初著名画家、诗人，擅画山水和墨竹，有诗、画传世。

④射圃：音 shè pǔ，习射之场。

风啸羽。少年但说从军乐，意气如云命如土。长参短簿①皆英俊，豪吟纵饮恣欢舞。只今白首几人存？寥落晨星只三五。貂蝉那见出兜鍪②，巫觋旋看考钟鼓③。时来空谷焕云霞，事去荒台泣风雨。君不见虎邱山上阖闾坟，岁岁春风呼杜宇④。

沧浪亭⑤

偶因会饮发狂歌⑥，毕世勋猷委逝波。浊水岂如清水好，南山常遇

---

① 长参短簿：指李鸿章幕府中的文职人员。《世说新语·崇礼》："王珣、郗超并有奇才，为大司马所眷拔。珣为主簿，超为记室参军。超为人多须，珣状短小。于时荆州为之语曰：'髯参军，短主簿。能令公喜，能令公怒。'"髯：音 rán，两腮的胡须。参军：即参军事，本参谋军务之称。明清时期以参军为经历（明清都察院、通政使司、布政使司、按察使司等亦置经历，职掌出纳文书）的别称。主簿：古代各级主官属下掌管文书的佐吏。《文献通考·职官考》："盖古者官府皆有主簿一官，上自三公及御史府，下至九寺、五监以至州郡县皆有之。所职者簿书，盖曹掾之流耳。"

② 貂蝉：本指貂尾和附蝉，古代为侍中、常侍等贵近之臣的冠饰。此处指显贵的职位。兜鍪：音 dōu móu，古代打仗时戴的头盔。此处指武卒。

③ 巫觋：音 wū xí，古代称女巫为巫，男巫为觋，合称"巫觋"。考钟鼓：敲击钟鼓。考：敲击。《诗经·唐风·山有枢》："子有钟鼓，弗鼓弗考。"

④ 杜宇：又称子规、杜鹃。传说为蜀帝杜宇的魂魄所化，鸣声凄切，古人多咏此以抒悲苦哀怨之情。

⑤ 沧浪亭：位于江苏省苏州市城南，是苏州最古老的一所园林，北宋庆历四年（1044年）集贤院校理苏舜钦在汴京遭贬谪，翌年流寓吴中，见孙氏弃地约六十寻，以四万钱买入，在北碕筑亭，命名"沧浪亭"。苏舜钦常驾舟游玩，自号沧浪翁，作《沧浪亭记》。

⑥ 偶因会饮发狂歌：因为偶然在一次宴聚时放声而歌。据《宋史·文苑传》载，庆历四年（1044年），范仲淹荐苏舜钦有才，召试集贤校理，监进奏院。该院在每年办赛神会时，便卖掉废旧纸张，得钱用于集体饮宴。苏舜钦在这年秋办赛神会时，变卖废纸，又自己出钱，邀请王洙、梅尧臣等十多位年青官员宴饮，会上，集贤院校理王益柔吟《傲歌》，诗云："醉卧北极遣帝扶，周公孔子驱为奴。"宰相吕夷简、御史中丞王拱辰遂拿此事来打击政敌杜衍（苏舜钦岳父）、范仲淹、富弼等一干推动"庆历新政"的革新派人士。结果，苏舜钦被革职为民，永不叙用，其他参与聚餐的官员或革职为民、或贬官外放。

北山罗①。忘形傲物才人累②，闻字求诗墨客多。莫说鸡竿人不及③，至今风韵满岩阿（苏子美云"不及鸡竿下坐人"，盖伤其不得赦复也）。

天平山④

方巾簇立笏朝天⑤，子姓绳绳万口传⑥。家至微时方鹊起⑦，人从贵后指牛眠⑧。庆阳忠烈⑨留遗像（庆阳有遗像碑），吴郡家风重义田。理定不难回气数，是谁齑粥抗前贤⑩?

虎　丘⑪

英灵化虎虎守坟，击虎之人冢亦焚（秦始皇曾发阖闾坟）。生前威令

---

　　①南山常遇北山罗：用了《搜神记·吴王夫差小女》里的典故，吴王小女紫玉因父亲不同意书生韩重求亲，气结身亡。韩重求学回来后，哭泣哀恸，具牲币，往吊于墓前。紫玉鬼魂从墓出，流涕而歌，"南山有鸟，北山张罗。鸟既高飞，罗将奈何！"意思是人鬼异途，阴阳两隔，韩重即使回来了，也无法结成婚姻了。后来人们用"南山有鸟，北山张罗"指南辕北辙，方法不对。此处指遭遇他人的陷害。

　　②忘形傲物：得意忘形，对人傲慢。才人累：有才华的人受此拖累。

　　③鸡竿：一端附有金鸡的长竿。古代多于大赦日树立。此处指大赦。《新唐书·百官志》："赦日，树金鸡于仗南，竿长七丈，有鸡高四尺，黄金饰首，衔绛幡长七尺，承以彩盘，维以绛绳，将作监供焉。"后用为"赦罪"之典故。人不及：（指苏氏）没赶上。

　　④天平山：古称白云山，又名赐山，是北宋名臣范仲淹先祖归葬之地，向以"红枫、奇石、清泉"三绝著称。位于今苏州古城西南，太湖之滨，有"吴中第一山""江南胜境"之美誉。

　　⑤方巾簇立笏朝天：指天平山山石如戴方巾的人（即文士）簇立一起，如万笏朝天。

　　⑥子孙绳绳：子孙后辈接连不断。《诗经·周南·螽斯》："螽斯羽，薨薨兮。宜尔子孙，绳绳兮。"朱熹注："绳绳，不绝貌。"万口传：万人传扬。此联大意是天平山风水好，（范氏杰出的）子孙会连绵不断，很多人都是这么传颂的。

　　⑦家至微时方鹊起：一个家族到了微贱时才会勃兴。

　　⑧人从贵后指牛眠：人富贵发迹后，世俗人士会指着这人父祖坟墓，说墓地风水绝佳。

　　⑨庆阳忠烈：指甘肃庆阳忠烈庙。范仲淹于北宋庆历年间任庆州（今甘肃庆阳）知州，抵御西夏，后来当地人立忠烈庙以纪念其保境安民之功。

　　⑩齑粥：咸菜稀饭，指食物简陋。此处形容贫苦力学。齑：切碎的姜、蒜或韭菜。此处指切碎的咸菜。抗前贤：与前贤分庭抗礼。

　　⑪虎丘：即苏州虎丘山。位于苏州古城西北角，有"吴中第一名胜"的美誉。吴王阖闾葬于此，传说葬后三日有"白虎蹲其上"，故名。又一说为"丘如蹲虎"，以形为名。

暴如虎，死后都无一坏土①。江山犹是城郭非，魂魄早作黄尘飞。空余纸上战伐迹，白骨如莽丛讥诽。何点当年栖隐处，池台曾辟王珣②墅。尹焞③留得读书堂，千秋德业腾高炬（宋尹焞曾读书此山）。我笑吴人不解事，应为彦明奉樽俎④。琳宫别馆几兴衰⑤，竞霸图王空《尔汝》⑥。茫茫四顾谁与言？一塔斜阳如倚杵。

吴　船⑦

吴儿操舟疾于马，妇男篙橹亦脱洒⑧。柁楼⑨风雨长子孙，八十老翁犹健者。种田苦潦粟不余，驾船饭稻还食鱼。人生得饱事即了，何须跨马乘高车。时事日非趋巧捷，飞轮万斛⑩不用楫。但走江海不入湖，尔食龙膏我虾虀⑪。老翁阅世忧患多，子孙生计将如何？海滩闻有闲田地，

　　① 一坏土：泛指坟墓。坏：音 pī，同"坯"。《尔雅·释山》："山三袭，陟；再成，英；一成，坏。"

　　② 王珣：生于349年，卒于400年，字元琳，小字法护，琅琊临沂（今山东省临沂市）人。东晋丞相王导之孙、中领军王洽之子。初任大司马（桓温）主簿，深得桓温敬重。以才学文章受知于晋孝武帝司马曜，累迁左仆射、征虏将军，领太子詹事。隆安元年（397年），迁尚书令。司马道子征讨王恭时，担任卫将军、都督琅琊水陆军事。平乱有功，加位散骑常侍。隆安四年（400年）去世，时年五十二，获赠车骑将军、开府仪同三司，谥号献穆，累赠司徒。

　　③ 尹焞：生于1071年，卒于1142年，字彦明，一字德充，洛阳人。靖康初年召至京师，不欲留，赐号和靖处士。为著名理学家程颐直传弟子。绍兴四年（1134年）授左宣教郎，充崇政殿说书。绍兴八年（1138年）权礼部侍郎，兼翰林院侍讲。因力主抗金，与秦桧不合，遂辞官。

　　④ 彦明：尹焞。奉樽俎：献上酒食。樽俎：又写作"尊俎"，古代盛酒食的器皿，樽以盛酒，俎以盛肉。

　　⑤ 琳宫别馆：豪华的宫殿和行宫。几兴衰：多次建立起来又衰败下去。

　　⑥ 竞霸图王：争王争霸。空《尔汝》：徒然地唱着一首王朝覆灭的挽歌——《尔汝歌》。《世说新语·排调》："晋武帝问孙皓：'闻南人好作《尔汝歌》，颇能为不？'皓正饮酒，因举觞劝帝而言曰：'昔与汝为邻，今与汝为臣。上汝一杯酒，令汝寿万春！'帝悔之。"

　　⑦ 吴船：此处指吴地（以太湖流域为核心，今苏南、浙西一带）渔民家庭拥有的小船。

　　⑧ 妇男：男子与妇女。篙橹：音 gāo lǔ，撑船与摇船的工具。脱洒：动作熟练。

　　⑨ 柁楼：音 tuó lóu，指船上操舵之室，后舱室。

　　⑩ 飞轮万斛：用蒸汽机作动力的机械推进大型船舶。

　　⑪ 龙膏：传说中龙的脂膏。此处指美食。虾虀：音 xiā liè，虾的触须。此处指粗劣食物。

买来姑作凶荒备①。

虞　山②

虞山特孤峻，盎然平地起。顶梳东海风，足濯尚湖水。巫咸墓难觅，虞仲③冢犹峙。碑亭何岿然，共指子游子④。人言后裔微，卜兆非佳址。此乃儿童见，方寸笑千里。乾坤有元气，形毁气不毁。迹在商周间，神游覆载里⑤。文物启东南⑥，清风绵万纪⑦。理在神自在，何问地恶美？嗟哉富贵人，石马⑧徒累累！

吴江农家五首

其　一
稻田泄水趁晴暄⑨，穗老垂头脚露根。

分付儿曹须护惜，莫教随意放鸡豚。

其　二
十顷桑田绿荫浓，好教培壅过残冬。

螟虫食叶如蝌蚪，错被旁人问吉凶。

---

① 姑作：姑且当作。凶荒：饥荒。

② 虞山：位于常熟境内，北濒长江，南临尚湖，因商周之际吴国先祖虞仲（即仲雍）死后葬于此而得名。

③ 虞仲：周太王的次子、吴太伯之弟，名仲雍，是商末所建吴国的第二任君主。

④ 子游子：即言偃（前506—前443），字子游，吴郡常熟（今常熟市虞山镇）人。春秋时期思想家、"孔门七十二贤"中唯一的南方弟子。擅长文学，曾任鲁国武城县令，阐扬孔子学说，使用礼乐教化士民，境内到处有弦歌之声，孔子称赞"吾门有偃，吾道其南"，人称"南方夫子"。去世后葬于虞山东麓，从祀孔庙，成为称"孔门十哲"第九人，享受官府祭祀，后世追封为丹阳公、吴国公。

⑤ 神游覆载里：先贤仲雍的神灵永远在天地间悠游。覆载：指天地。

⑥ 文物：指礼乐制度。《左传·桓公二年》："夫德，俭而有度，登降有数，文物以纪之，声明以发之，以临照百官。"启东南：开启了中国东南地区（吴地）的文明。

⑦ 清风绵万纪：高洁的品德传颂千秋万代。纪：计时单位。岁星（木星）绕天球一周约需十二年，故古称十二年为一纪。

⑧ 石马：石雕的马。古时多列于帝王及贵官墓前。

⑨ 晴暄：天气晴朗温暖。暄：音xuān，（太阳）温暖。

其 三

木绵①数亩御冬寒，纺织声中度岁阑。

为恐老牛先怯冷，自编蒲苇补牛栏。

其 四

石桥处处跨长空。十幅蒲帆任好风。

城内官人好闲事，无端写我画图中。

其 五

黄云卷尽稻生孙②，妇子嘻嘻庆岁成。

不但鸡豚饱余粒，陂塘③鹅鸭亦欢声。

平望庙④前

风起鼍鸣浪泼天，风平鸥鹭镜中眠。

老僧饱食闲无事，日日凭栏阅过船。

望亭桥⑤上

入眼青山似故乡，江南九月气初凉。西风远水帆帆白，南亩清霜顷顷黄。高阁人声茶酒市，丛祠⑥灯火绮罗香。年丰自是升平象，何必悲歌敩楚狂⑦。

---

① 木绵：此处指棉花。

② 稻生孙：稻子割完后，根部秸秆上复抽穗长成稻粒。

③ 陂塘：音 bēi táng，池塘，水塘。

④ 平望庙：指位于苏州平望镇的小九华寺。坐落在风景秀丽的莺脰湖畔，四周环水，风景绝佳。明万历四十年（1612年）为供奉地藏王菩萨而建。后世屡有兴废。

⑤ 望亭桥：长洲县（今苏州市相城区）望亭镇横跨大运河上的一座桥，原名问渡桥。据方志记载，望亭桥在南望亭跨运河上，由关帝庙耆民吴怡始建，太平天国战火毁桥。同治八年（1869年），长洲县乡民捐款重建。

⑥ 丛祠：乡野林间的神祠。

⑦ 敩楚狂：效法楚国狂人。敩：音 xiào，效法。楚狂：楚国狂人，后成为狂士的代称。《论语·微子》："楚狂接舆歌而过孔子之门，曰：'凤兮凤兮！何德之衰？往者不可谏，来者犹可追。已而，已而！今之从政者殆而！'"

舟过嘉兴二首

其 一

寒雨菰蒲暮泊船，市桥灯火静无眠。

夜来轮舶声如吼，惊起凫鹥①过水田。

其 二

十里平湖绿似油，未霜红叶已先秋。

何人扶杖身无事，日过溪桥上酒楼。

登吴山②

孤峰突兀俯金汤，胜迹犹传有美堂③。风月只今属苏白④，江山无限感兴亡。朱甍碧瓦⑤千家静，月色涛声半夜凉。乐事他年须记取，蓬莱顶上作重阳。

西 湖⑥

天目独峙天南都⑦，龙飞凤舞趋海嵎⑧。欲开奥府⑨逞雄怪，万马回

---

① 凫鹥：音 fú yī，野鸭与鸥鸟。泛指水鸟。

② 吴山：春秋时为吴西边界，故名。位于今杭州西湖东南。

③ 有美堂：宋代梅挚修建。宋嘉佑二年（1057 年），梅挚赴杭州知州任，仁宗皇帝作《赐梅挚知杭州》送行，第一句为"地有湖山美，东南第一州。"梅挚到任后于吴山之巅紫阳山顶修建此堂。

④ 风月：清风明月。泛指美好的景色。只今：如今。属苏白：属于苏堤、白堤。苏堤是跨湖连通南北两岸的唯一通道，是北宋元祐五年（1090 年），苏轼（东坡）任杭州知州时，疏浚西湖，利用浚挖的淤泥构筑并历经后世演变而形成的湖堤。白堤原名白沙堤，为贮蓄湖水灌溉农田而建。人们认为是白居易主持兴建，故称白堤。

⑤ 朱甍碧瓦：音 zhū méng bì wǎ，红色屋脊，青绿色的琉璃瓦。借指华丽的建筑。

⑥ 西湖：即杭州西湖。

⑦ 天目：即天目山。地处今杭州市临安区境内，浙皖两省交界处。"天目"之名始于汉，有东西两峰，顶上各有一池，长年不枯，故名。天南都：南方的都市。

⑧ 海嵎：音 hǎi yú，临海的区域，海滨。

⑨ 奥府：音 ào fǔ，指物产聚藏之所。焦延寿《易林·乾之第一》："江、河、淮、海，天之奥府，众利所聚，可以饶有，乐我君子。"

勒环中衢。西湖非湖乃人力，一水灌注开雄图。杭州作汴①亦幸耳，山温水腻柔肌肤。我爱湖上蕲王②驴，我爱养鹤处士③逋。心闲意远别有托，岂避朝市寻欢娱。迩者乡人更好事④，祠堂济济吹笙竽。留连风月本闲事，安能醉梦甘烹屠？金陵亦有元武湖⑤，苏州丹阳与具区⑥。山溪视人作强弱，兴亡何系险有无。我愿立祠祀武肃⑦，不抗天命守一隅。后之视今今视昔，呜呼来者其鉴夫！

灵隐寺⑧

就山造像⑨整还斜，一涧穿亭洞口谺⑩。造物弄人⑪真狡狯，浮屠炫俗竞纷华。花钿宝马焚香路，樵笠渔蓑卖酒家。白鹤未来天竺远，谁能扶杖访烟霞？

---

① 杭州作汴：把南宋的都城杭州看作北宋都城汴梁。

② 湖上蕲王：即南宋武将韩世忠(1089—1151)，字良臣，自号清凉居士，延安人。高宗时，平苗傅、刘正彦之乱，破金兀术于黄天荡，名重当时。后以秦桧主和，罢其兵柄，乃口不谈兵，隐居西湖，时跨驴携酒，从一二童奴游西湖以自乐，平时将佐罕得见其面。谥号忠武，孝宗追封其为蕲王。《宋史》有传。

③ 养鹤处士：即宋代处士林逋，他隐居西湖孤山，植梅养鹤，终身不娶，人谓"梅妻鹤子"。《宋史》有传。

④ 迩者：音ěr zhě，近来。好事：音hào shì，喜欢生事。

⑤ 元武湖：即今南京市玄武湖。

⑥ 丹阳与具区：丹阳湖和太湖。

⑦ 武肃：指吴越王钱镠(852—932)，钱氏字具美(一作巨美)，小字婆留，杭州临安人，五代十国时期吴越国创建者。他在唐末跟随董昌镇压农民起义，累迁至镇海节度使，后击败董昌，逐渐占据两浙十三州，先后被中原王朝封为越王、吴王、吴越王。在位四十一年，庙号太祖，谥号武肃王。《新五代史》有传。

⑧ 灵隐寺：中国佛教古寺，又名云林寺，位于今杭州市。寺始建于东晋咸和元年(326年)，是中国最早的佛教寺院和十大古刹之一。

⑨ 就山造像：指灵隐寺前飞来峰石刻佛像。飞来峰是一座高约168米的石灰岩山峰，诸洞穴及沿溪间的峭壁上分布着300多处五代至元代的石刻佛像。

⑩ 谺：音xiā，山谷空旷貌。此处指山洞口很空旷。

⑪ 造物弄人：即造化弄人，命运捉弄人。

岳王坟①

为拜崇封一感伤②，可怜雄略遇孱王③。奸谋④自探君心出，和议遂教国耻忘。朔漠风霜遥祭日，西湖歌管太平乡（当时称秦桧⑤为太平翁）。千秋公道民心在，又铸顽金跪下方（秦桧等四石像先经粤匪毁碎，近土人又铸铁像跪伏坟前）。

杭州城外闲步五首

其 一

芋熟菱香橘味清，秋风又到越王城⑥。

扶筇⑦独立斜阳久，为爱村村打稻声。

其 二

觚棱临水大王祠⑧，铙鼓喧阗报赛期⑨。

---

① 岳王坟：又称岳飞墓、岳王庙，地处今杭州市栖霞岭南麓，是南宋抗金将领岳飞的墓地。此墓始建于南宋嘉定十四年（1221年），后历朝都进行过重修。

② 崇封：高大的坟墓。感伤：因有所感触而悲伤。

③ 可怜：值得怜悯。雄略：非凡的谋略。孱王：音 chán wáng，懦弱的君王。此处指宋高宗赵构。

④ 奸谋：奸邪的计谋。此处指与金人媾和的计策，即杀害抗金将领岳飞。

⑤ 秦桧：字会之，生于湖北黄州，籍贯江宁（今江苏南京），南宋奸臣。

⑥ 越王城：越王勾践屯兵抗吴的重要军事城堡。遗址位于今杭州市萧山区越王山之巅。

⑦ 扶筇：音 fú qióng，拄着拐杖。

⑧ 觚棱：音 gū léng，宫阙上转角处的瓦脊成方角棱瓣之形。亦借指宫阙。大王祠：即大王庙。旧时杭州南门外建有大王庙，供奉漕运之神与商业之神金龙四大王。金龙四大王，原名谢绪（1250—1276），祖籍浙江杭州钱塘县。其先祖是东晋宰相谢安，堂姑母是南宋末年理宗的皇后，谢翱是其堂兄。后南宋灭亡，谢绪投水自杀。乡人将其葬于金龙山麓，在溪北塑像立庙，百年后，神灵叠著灵应，明隆庆间，追谥谢绪为"金龙四大王"，庙遂称大王庙。对金龙四大王的崇拜，是明清时期伴随着京杭大运河的全线贯通和漕运的兴盛而产生的一种民间信仰，对其祭祀被列入国家正祀之中。

⑨ 铙鼓：应为"铙鼓"，音 náo gǔ，铙和鼓。泛指打击乐器。此处"饶"为"铙"的讹字。铙：铜制圆形乐器，中间隆起，正中有孔，每副两片。常和大钹配合演奏。喧阗：音 xuān tián，又作"喧阗"，声音喧闹杂乱。报赛：古时农事完毕后举行谢神的祭祀。此处指酬谢金龙四大王。

破衲老僧焚祝罢①，自挑野菜度朝饥。

其 三

江水甘寒湖水清，城闉污渎自纵横②。

决渠引水犹拘忌③，况挽天河为洗兵④。

其 四

山头壁垒驻新军，日运薪粮度栈云⑤。

兵士亦黏脂粉气，战裙四角绣花纹。

其 五

倚岩古佛咽秋风，曾见铜驼荆棘⑥中。

哲匠良材世不乏，何人发愿起珠宫⑦？

湖乡杂咏六首

其 一

南湖菱叶密如毡，小艇收菱白露天。

生事无多官事少，催科⑧不上采菱船。

其 二

连日狂风浪拍堤，钓船空系断桥西。

何人为决南湖水，放却渔竿事短犁。

---

① 破衲：破的僧衣。焚祝：焚香祷祝。

② 城闉：音chéng yīn，城内重门。此处指城郭，城郊。污渎：音wū dú，水沟。

③ 拘忌：拘束顾忌。此处指开水渠引水，要顾虑漕运之神金龙四大王是否同意。

④ 挽天河为洗兵：挽来银河的水，洗干净铠甲和兵器，收藏不用，使天下永远太平。杜甫《洗兵马》："安得壮士挽天河，净洗甲兵长不用。"

⑤ 栈云：高耸入云的栈道（在险绝的崖壁上凿孔架木而筑成的道路）。

⑥ 铜驼荆棘：形容国土沦陷后残破的景象。铜驼：铜制的骆驼，古代置于宫门外。《晋书·索靖传》："靖有先识远量，知天下将乱，指洛阳宫门铜驼，叹曰：'会见汝在荆棘中耳！'"

⑦ 发愿：表明心愿或愿望。珠宫：本指龙宫。此处指佛寺。

⑧ 催科：催收租税。租税有科条法规，故称。

其 三

朱陈旧俗易婚姻①，近日时妆②照眼新。

珠翠何关温饱事，却倾仓廪③饰冠巾。

其 四

破灶经年不见鱼，百钱尺鲤贵何如。

小园秋旱偏伤蠹④，七十老翁身灌蔬。

其 五

蚕桑生计本来微，新法牵纱巧更稀。

闻道日成三万匹，天边织女亦停机。

其 六

辛苦吴牛⑤背已疮，龁残枯草⑥卧斜阳。

似闻野雀呼群乐，已向冬巢集岁粮。

溪桥晚步四首

其 一

蟹篓鱼筐湿浸街，道人随意踏芒鞋⑦。

小楼谁筑清溪畔，也学临湖画舫斋⑧。

其 二

户户修廊涧水边，茶寮酒榭落帆天。

---

① 朱陈：古村名。后用为两姓联姻的代称。白居易《朱陈村》："徐州古丰县，有村曰朱陈。……一村唯两姓，世世为婚姻。"易婚姻：使男婚女嫁很容易。

② 时妆：时兴的装饰，打扮。此处指婚庆服装配饰。

③ 倾仓廪：把粮食卖光。仓廪：粮仓。

④ 偏：假借为"遍"，普遍。伤蠹：音 shāng dù，损害，伤害。

⑤ 吴牛：苏浙一带的水牛。

⑥ 龁残枯草：吃残留的干枯野草。龁：音 hé，咬。

⑦ 道人：路上的人。芒鞋：用芒草之类的茎编织成的鞋。泛指草鞋。

⑧ 画舫斋：指苏州怡园的一座船形建筑，三面临水，宛如一叶轻舟，浮于水面之上。

谁家姹女当垆坐①，灯火宵深听数钱②。

其 三

野市扃门静夜风，签声忽听卖饧翁③。
儿童游戏浑无意，信手输赢一掷中。

其 四

一钱争执语相诃，芋饭蓴羹值几何？
闲里是非谁管得，且从踏月听渔歌。

九月十六晚大雪极冷夜不成寐六首

其 一

闻道立冬余七日，无端酷冷透重绵。
老人惊怪真奇事，雪洒重阳节后天。

其 二

垂老归田望岁丰，敝裘补缀御西风。
可怜最是机窗女④，裙布犹存质库中⑤。

其 三

篷窗淅沥不堪闻⑥，小酌残灯酒半醺⑦。
一事思量不成寐，数州秋稼尚如云⑧。

---

① 姹女：音 chà nǚ，亦作"奼女"。意为少女，美女。垆：旧时酒店里安放酒瓮的土台子。

② 灯火宵深听数钱：暗引了"姹女数钱"典故。说明女店主精明能干，会聚财。《后汉书·孝灵帝纪》"将左右羽林至河间奉迎"句末，有唐章怀太子注："《续汉志》曰：'车班班，入河间。河间姹女工数钱，以钱为室金为堂。'"这首童谣嘲笑汉灵帝母永乐太后让儿子卖官聚钱，贪得无厌。

③ 签声：古代晚间报更时，更筹掷地的响声。卖饧翁：卖饴糖的老翁。

④ 机窗女：窗户旁织布的女子。

⑤ 裙布：粗布衣裙。贫家妇女的装束。质库：中国古代进行押物放款收息的商铺，又称典当行、当铺。普通劳动者多以生活用品作抵押向质库借钱，质库放款期限很短，利息甚高，且任意压低质物的价格，借款如到期不能偿还，则没收质物。

⑥ 淅沥：音 xī lì，此处形容雪霰的声音。不堪闻：不忍心听。形容十分凄惨。

⑦ 半醺：音 bàn xūn，半醉，微醉。

⑧ 秋稼尚如云：秋季的庄稼像云一样覆盖田野，尚未收割。

其 四

夜半西风冷透肌，孤舟儿女自呻咿①。

老人惊醒忽堕泪，梦到辽天雪战时②。

其 五

最惜菊花开最迟，无端风雪压疏篱。

园丁笑向游人道，正是此花培养时。

其 六

炎凉尽处转机缄③，连日西风冷太严。

人事天时应料得，明朝晴暖挂帆归。

丹阳④舟中怀古漫兴十三首

其 一

秦始筑城防塞北，隋炀引水⑤达吴中。

如何后世蒙深利，不数当时浚筑功⑥？

其 二

苻坚伐晋举朝非⑦，梁武降侯⑧国运微。

---

① 呻咿：音 shēn yī，因痛苦口中发出的声音。

② 辽天雪战：指甲午中日战争中，在辽宁雪原上与入侵的日军作战。此联中做梦的老人指的是周馥自己，甲午中日战争中他负责转输粮饷军火。

③ 机缄：音 jī jiān，本义是机关开闭。此处表示天气，气候。

④ 丹阳：位于江苏省南部，属太湖流域片区，境内河道纵横。

⑤ 隋炀引水：此处指大业六年（610年），隋炀帝重新疏凿和拓宽长江以南运河古道，形成北起江苏镇江、扬州，绕太湖东岸达江苏苏州，南至浙江杭州的江南河。

⑥ 数：本指计算。此处指称说，称道。浚筑功：隋炀帝修大运河与秦始皇筑长城的功绩。

⑦ 苻坚伐晋：前秦皇帝苻坚在统一中国北方之后，执意发兵攻打偏安南方的东晋，淝水战败后，苻坚身死国灭。举朝非：整个朝廷都批评反对。

⑧ 梁武降侯：梁武帝招降侯景。侯景（503—552），本姓侯骨，字万景，朔州（今山西省朔州市）人，羯族。剽悍好武，擅长骑射，选为怀朔镇兵士，六镇起义，趁势建功立业，投靠大将军尔朱荣，从平葛荣起义，拜定州刺史。后归顺东魏权臣高欢，拜吏部尚书，迁河南尹。太清元年（547年），投降梁武帝，册封河南王。太清二年（548年），发动叛乱，囚杀梁武帝父子。大宝二年（551年），篡位自称皇帝，国号为汉。梁元帝承制后，组织江州刺史王僧辩和扬州刺史陈霸先，率军收复建康，平定侯景之乱。侯景逃跑后，为部下羊鹍所杀。

气运败时无力挽，多原躁竞昧先几^①。

其　三

清谈那解宗黄老^②？佛法何能理国家？

同是帝王资秉薄^③，华林元圃后庭花^④。

其　四

刘氏刘柴持玺绂^⑤，到家担粪^⑥亦朱轩。

旧宫农具休惭色，留取艰难示子孙。

其　五

国步危时倒太阿，勋臣无命竟如何？

量才谁是夷吾器^⑦，侥幸功名史上多。

---

① 多原：多因为。躁竞：急于进取而争竞。昧先几：看不到事情的先兆。

② 清谈：魏晋时期崇尚老庄，空谈玄理的风气。话题重心集中在有无、本末、才性四本之辨。哪解：哪里懂得。宗黄老：尊崇黄帝老子无为哲学。此处指魏明帝曹睿的养子齐王曹芳，受辅政大臣清谈家何晏影响，清谈治国。

③ 同是帝王：都是皇帝。指曹芳和陈叔宝。曹芳(232—274)，字兰卿，沛国谯县(今安徽省亳州市)人。三国时期魏国第三位皇帝。陈叔宝(553—604)，字元秀，小名黄奴，吴兴郡长城县(今浙江省长兴县)人。南朝陈末代皇帝，陈宣帝陈顼嫡长子，在位期间，荒废朝政，耽于酒色，醉心诗文和音乐。祯明三年(589年)，隋军大举南下，攻破广陵等地，陈朝灭亡，他被掳至长安，薨后，追封长城县公。资秉薄：禀赋不厚。

④ 华林元圃：即华林园。它是中国古代一座皇家园林。曹魏明帝时，在洛阳大规模建设宫苑中的芳林园，是当时重要的皇家御苑，后因避齐王曹芳讳改名华林园，园内部分设置都保留了东汉苑圃的遗风。后庭花：花名。生长在江南，因多栽在庭院，故称。花朵有红、白两色，白花盛开时树冠如玉一样美丽，故又有"玉树后庭花"之称。陈后主作《玉树后庭花》赞美此花，末二句"花开花落不长久，落红满地归寂中"，被人视为不祥之言。

⑤ 刘氏刘柴持玺绂：刘裕在没发迹时以砍柴为生，后来当上了皇帝。《南史·武帝》载，刘裕年青时樵渔山泽，耕于丹徒，称帝后，将所用旧农具藏宫中，以示子孙。玺绂：音 xǐ fú，玺绶，古代帝王印玺上所系的彩色丝带。

⑥ 到家担粪：到彦之以担粪为业。到彦之(？—433)，字道豫，彭城武原(今江苏省沛县)人，南朝宋名将。早年家贫，以担粪为生，随从刘裕平定孙恩之乱。刘裕即位后，封为佷山县侯。景平二年(424年)，护送刘义隆入朝称帝，是为宋文帝。宋文帝即位后，以为中领军，委以军政，打败荆州刺史谢晦，封为建昌县公，迁南豫州刺史。作为元嘉北伐统帅，带兵收复洛阳等地，为北魏所败，免官下狱，起为护军将军。元嘉十年(433年)，病逝，谥号忠公，配享太祖庙庭。

⑦ 夷吾器：具有管仲那样的才干。

其 六

边女争桑①酿国仇，当年吴楚事堪忧。

圣王治外先治内，遑悆安能语远谋？

其 七

星斗去人几万里②，称名问兆枉谈空。

求名处士真堪笑③，日办棺衾④望碧穹。

其 八

江左偏安狃素风⑤，世家亭馆遍江东。

皇陵亦似寻常冢，都没耕烟牧雨中。

其 九

鄂渚原为形便地⑥，更逃建业宅钱江⑦。

和戎那借书生策⑧，千古忠贤泪满腔。

---

　　① 边女争桑：吴、楚两国边界之女为争桑而斗，致使两国发生战争。《史记·吴太伯世家》："初，楚边邑卑梁氏之处女与吴边邑之女争桑，二女家怒相灭，两国边邑长闻之，怒而相攻，灭吴之边邑。吴王怒，故遂伐楚，取两都而去。"

　　② 星斗：此处指天上的星星。去人：离开人。

　　③ 求名处士：追求名声的隐居不仕的人。处士：古时候称有德才而隐居不愿做官的人。真堪笑：真值得嘲笑。

　　④ 棺衾：棺材和衾被。泛指殓尸之具。

　　⑤ 江左偏安：在中国江南偏安一隅。指东晋与南朝宋、齐、梁、陈政权。江左：即江东，指长江下游南岸地区，也指东晋、宋、齐、梁、陈各朝统治的全部地区。偏安：指封建王朝失去中原而苟安于仅存的部分领土。狃素风：拘泥于习俗。狃：音niǔ，拘泥，因袭，习惯了不愿改变。

　　⑥ 鄂渚：相传在距离今湖北武昌黄鹤山上游三百步的长江中沙洲。此处指武汉三镇（武昌、汉口、汉阳）。形便地：地理形势便利之地。

　　⑦ 逃建业宅钱江：逃离建业（今南京），以杭州为国都。南宋绍兴八年（1138年）正月，宋高宗离开建业，定都临安（今杭州）。

　　⑧ 和戎：此处指南宋与金国媾和。那借：那样地借助。书生策：此处指秦桧等主和派的主张（最终南宋与金国签订了《绍兴和议》）。

其 十

赤手难扶三季运①，聚奎空说五星联②。

天生贤哲③知何意，半老名山半谪边④。

其十一

洪武都南虑后衰，燕王北徙重边陲。

天时地利无强弱，只在君心一转移。

其十二

谋国要须论成败，圣贤事业岂疏迂？

我伤正学齐黄⑤辈，国社迁移九族诛。

其十三

长围御贼宁持久⑥，骁帅监军讵解兵⑦？

---

① 赤手：空手，徒手。三季运：末世运。三季：本指夏、商、周三代的末期。此处指宋代末期。

② 聚奎空说五星联：宋初，金、木、水、火、土五大行星汇聚于奎宿，是天开文运的吉兆，但宋代贤士却备遭摧残，不能施展才华，所以这种吉兆白白浪费了。五星联：五大行星汇聚。古代视为最吉祥天象。《史记·天官书》："五星合，是为易行，有德，受庆，改立大人，掩有四方，子孙蕃昌；无德，受殃，若亡。"后代诸史天文志和星占著作多宗其说，把五星汇聚看作改朝换代、文明昌盛的征兆。乾德五年(967年)三月，五大行星聚于奎宿，宋人认为奎宿主文，所以文士彬彬大盛。

③ 贤哲：指濂闽关洛诸子以及他们的杰出弟子。

④ 半老名山半谪边：指宋代的贤哲或者没有被朝廷礼聘为官而隐居山野，或者被流放到边远地区。

⑤ 正学齐黄：指明孝文帝时大臣方孝孺、齐泰、黄子澄。他们施政迂腐，建文帝失国，与他们谋划失当有关。乾隆帝曾在《钦定胜朝殉节诸臣录》中评价说："当时永乐位本藩臣，乃犯顺称兵、阴谋夺国，诸人自当义不戴天。虽齐泰、黄子澄等轻率寡谋，方孝孺识见迂阔，未足辅助少主，然迹其尊主锄强之心，实堪共谅。及大势已去，犹且募旅图存、抗词抵斥，虽殒身湛族，百折不回，洵为无惭名教者。"

⑥ 长围御贼宁持久：指咸丰三年(1853年)钦差大臣向荣领清兵在南京钟山南麓孝陵卫一带驻扎，连营数十座，摆出一字长蛇阵，围攻太平天国都城，号称江南大营。咸丰六年(1856年)，江南大营第一次被太平军击破。咸丰八年(1858年)初，和春再度重建江南大营，两年后，李秀成统太平军再次攻克江南大营。

⑦ 监军：监督军务的官吏。此处指督办江南军务的和春。讵解兵：哪懂得用兵。

衰旺因时有天数，叮怜竖子亦成名①。

九月二十四日渡江返淮安

去年此日走重关，匹马天山望故山。一梦忽醒风雨散，此身仍堕水云间。天清帆影波如镜，秋老芦花鬓已斑。漫拟乘风破高浪，江湖烟月本清闲。

平山堂②怀欧阳永叔

政事文章八百年，未教遗迹化云烟。何人小筑如蓬岛，赢得清风在管弦。槛外杨花摇落久，江南山色古今妍。堪嗟弟子曾三至，弹指声中雪满颠③（谓苏东坡）。

露筋祠④

清淮渡口露筋祠，千古冰心照水湄。生世何年无可考，幽贞传说为含悲。湖光潢漾⑤风生树，虫语凄凉月映墀。可叹蚊虻⑥难扑尽，春来庭草又离离⑦。

---

① 可怜：可悯。竖子：小子，对人的蔑称。亦成名：也成就了名声。指和春在江南大营攻破后，夺围走常州，督兵迎敌，被重创，退至无锡，卒于军。朝廷念和春前功，虽兵机屡挫，尚能血战捐躯，复原官，依例赐恤，予骑都尉兼云骑尉，合前世职并为二等男爵，谥忠壮，附祀江宁昭忠祠。

② 平山堂：欧阳修在宋庆历八年（1048年）任扬州太守时，欣赏这里清幽古朴，于是筑堂于西北郊蜀冈中峰大明寺西侧，坐此堂上，江南诸山历历在目，似与堂平，因而得名。

③ 弹指声中：指时间很短暂。此处暗引了苏轼《西江月·平山堂》中的前两句"三过平山堂下，半生弹指声中"。弹指：佛教名词。比喻时间短暂。《翻译名义集》："壮士一弹指顷六十五刹那……时之极少名刹那……二十念为一瞬，二十瞬为一弹指。"雪满颠：满头白发。

④ 露筋祠：俗称"仙女庙"。故址在今江苏省高邮县城南三十里，附近有贞女墓。古代文士多有题咏。《高邮州志》载，唐时有一女子，不详其姓氏，或曰郑荷花，又曰萧氏，又曰金节娥。与嫂行郊外，日暮，嫂挽女投宿田舍，女不从，乃露坐草中。时秋蚊方殷，弱质不胜，嗣旦，血竭露筋而死，后人因号露筋女，为立祠以敬祀之。

⑤ 潢漾：音 huàng yàng，闪动，摇动。

⑥ 蚊虻：蚊子和牛虻。

⑦ 离离：茂密的样子。

将抵淮安寓庐，忽遇逆风

绳牵篙挽夜将阑，怅望茅庐隔数滩。世事到头多蹭蹬[1]，吾侪[2]随处有艰难。事当努力机应转，去固无心住亦安。聊借一杯消寂寞，布衾先怯晓霜寒。

蜗 室

少年匹马逐跳丸[3]，白首蜗眠一室宽。身带盲聋惟欠哑，恩留冠带不名官。在家略似侨居客[4]，省事何妨并日餐。明岁携挈归上冢，扁舟还过子陵滩[5]。

虫 叹

鱣鲔唼鲤鲤唼虾，万类搏噬争纷拿[6]。微虫亦有避祸术，况乃卫身具爪牙。力有不胜亦偶耳，岂能常令刀俎加。蝼蚁战斗雨争穴[7]，蜜蜂

① 蹭蹬：音 cèng dèng，路途险阻难行。比喻遭遇挫折。

② 吾侪：音 wú chái，我辈，我们这类人。典出《左传·宣公十一年》："吾侪小人，所谓取诸其怀而与之也。"

③ 跳丸：古代百戏之一，表演者两手快速地连续抛接若干圆球。

④ 略似：完全像。侨居客：寄居他乡的客人。

⑤ 子陵滩：即七里滩，富春江的一段，在今浙江省中部建德县（今为市）境内。此处指周馥故乡安徽建德的河滩。

⑥ 纷拿：同"纷挐"。混乱貌，错杂貌。

⑦ 蝼蚁战斗雨争穴：在快下雨之前，不同群落的蚂蚁交战以争夺洞穴。蝼蚁：偏义复词，单指蚂蚁之类。

号令午排衙①。燕知戊子雀知岁②，蘷且怜蚿蚿怜蛇③。天生物性识利害，谁能坐困如井蛙？猩猩得酒戏着屐④，掩取何异笼里豭⑤。先生食饱无一事，感物多情念乳孳⑥。世间马耳射东风⑦，聊作小诗破昏睡。

冬夜读书偶题，示家人

背灯把卷欲三更，栖乌无声月照楹。瘦骨添衣寒气早，晚餐减食梦魂清。读书胜对时人语，饮酒何期死后名？闻道诸公参庙略，儿孙应见享升平。

读《朱子集》⑧偶感

濯除旧见启新知，此事惟应智勇期。国狃承平⑨谁破例？人乘权势

---

① 蜜蜂号令午排衙:群蜂听从号令在午间聚集簇拥蜂王,如旧时官吏到上司衙门排班参见。

② 燕知戊子:为"燕知戊巳"讹写。道教传说,燕子知道戊巳日而不垒巢。《抱朴子内篇·至理》:"鹤知夜半,燕知戊巳,而未达于它事也。"《太平广记·禽鸟·千岁燕》:"齐鲁之间,谓燕为乙,作巢避戊巳。"戊巳为土,土为中央。燕子知道在戊巳日不衔土筑巢,以免犯土。雀知岁:可能是"鹊知岁"之讹写。《说文》:"鹊,知太岁所在。"《本草四十九卷》:"喜鹊营巢,开户背太岁。"

③ 蘷且怜蚿蚿怜蛇:蘷羡慕多脚的蚿(即百脚虫),蚿羡慕无脚的蛇。典出《庄子·秋水》。

④ 猩猩得酒戏着屐:典出李肇《唐国史补》:"猩猩者好酒与屐,人有取之者,置二物以诱之。猩猩始见,必大骂曰:'诱我也!'乃绝走远去,久而复来,稍稍相劝,俄顷俱醉,因遂获之。"

⑤ 掩取:乘其不意而夺取或捕捉。笼里豭:笼子里的猪。豭:音jiā,公猪。泛指猪。

⑥ 念乳孳:产生各种思绪,大发感慨。

⑦ 世间马耳射东风:世间的一切,如同东风吹到马耳朵里,本身也没什么特殊意义。李白《答王十二寒夜独酌有怀》:"吟诗作赋北窗里,万言不直一杯水。世人闻此皆掉头,有如东风射马耳。"后因以"东风吹马耳"比喻充耳不闻,无动于衷。

⑧ 《朱子集》:即宋代著名理学家朱熹的诗文集。常见本有钦定四库全书文渊阁本《晦庵先生朱文公文集》(又称《朱文公文集》)《晦庵集》《朱子大全文集》《朱子大全》《朱子文集》)。

⑨ 国狃承平:国家拘守承平之久的陋习。狃:音niǔ,因袭,拘泥。承平:持久和平。

易徇私。炊砂作饭^①难充腹，簇锦成文等镂脂^②。千古悠悠同一叹，微言谁与奉师资^③?

庄　子

天外悬知更有天，鲲鹏云路大椿年^④。心游万古鸿蒙^⑤上，道在先生麈尾^⑥边。释老相方嫌作弄^⑦，阴阳无意任周旋。闵言自足砭浇薄^⑧，可惜灵光^⑨探未全。

哭朱敏斋廉访^⑩二首

其　一

上考三膺十二年，谁教沉滞到华颠？闾阎久颂张堪^⑪政，绛灌^⑫宁知贾谊贤？宿债更添迁秩后，新恩叠报盖棺前。平反多少关心事，北望燕山泪黯然。

---

① 炊砂作饭：拿沙子做饭。比喻白费力气，劳而无功。顾况《行路难》："君不见担雪塞井徒用力，炊沙作饭岂堪吃？"

② 簇锦成文：形容文章辞藻华丽。等镂脂：等同于雕刻脂肪，徒劳无益。

③ 微言：含蓄而精妙的言辞。谁与：与谁一道。奉师资：尊奉为自己的老师。

④ 鲲鹏云路：大鹏鸟扶摇直上九万里高空而飞往南海。大椿年：大椿的年龄。后世用为祝人长寿之词。《庄子·逍遥游》："上古有大椿者，以八千岁为春，以八千岁为秋。"

⑤ 鸿蒙：宇宙形成以前的混沌状态。

⑥ 麈尾：音 zhǔ wěi，古人闲谈时执以驱虫、掸尘的一种工具。直到唐代，还在士大夫间流行。宋朝以后逐渐失传。

⑦ 释老：释迦牟尼和老子的并称。相方：相比较。嫌作弄：嫌做作。

⑧ 浇薄：人情、风俗刻薄，不淳厚。

⑨ 灵光：指人的良善的本性，天赋的德性。此处指心性之学。

⑩ 朱敏斋廉访：即朱靖旬(1834—1895)，字敏斋，河南安阳人，咸丰九年(1859年)进士，历官知县、知府、道员，政绩卓著，光绪二十一年(1895年)四月，朝廷批准周馥辞去直隶按察使，朱氏接任，同年十月十九日，朱氏病卒。

⑪ 张堪：字君游，南阳宛县(今河南南阳)人，光武帝时曾任蜀郡太守、渔阳太守，渔阳百姓讴歌赞美他："桑无附枝，麦穗两岐。张君为政，乐不可支。"

⑫ 绛灌：西汉开国元勋绛侯周勃和颍阴侯灌婴。他们鄙朴无文，曾谗嫉陈平、贾谊等。

其　二

二十五年交谊在，三千里外疆音来。生留遗爱谁知己？死固如归我惜才。大度不谈乌攫肉①，浮言犹自影摇杯②。传家治谱休轻弃，渐见儿孙出草莱③。

闲行偶兴

最羞东郭乞膰骄④，不学南宫载宝朝⑤。屋里弦歌无格调，人间鹏鷃各逍遥⑥。古人饥卧余多愧⑦，同辈飘零独后凋。竹杖翩然无远近，高歌鼓腹颂唐尧⑧。

盐城⑨道中

野水荒陂露涨痕，孤帆逐处傍篱樊。酒香灯影桥边市，树色雅声⑩

---

①大度不谈乌攫肉：度量大，不揭属吏阴事以显为政明察。乌攫肉：《汉书·黄霸传》："尝欲有所司察，择长年廉吏遣行，属令周密。吏出，不敢舍邮亭，食于道旁，乌攫其肉。民有欲诣府口言事者适见之，(黄)霸与语道此。后日吏还谒霸，霸见迎劳之，曰：'甚苦，食于道旁乃为乌所盗肉。'吏大惊，以霸具知其起居，所问毫厘不敢有所隐。"

②浮言犹自影摇杯：关于朱靖旬的流言蜚语尚且从饮宴场合流传开来。影摇杯：人举杯欲饮时，影子在斟满酒的杯面晃动。此处指饮宴场合。韩琦《中秋遇雨》："何须寒影摇杯面，且向高歌醉目前。"

③草莱：乡野。

④最羞东郭乞膰骄：典出《孟子·离娄下》"齐人东郭乞膰"故事，表示不愿意屈身乞求别人的施舍。乞膰：本指向祭墓的人乞讨吃食。喻指屈身辱节以求个人富贵利益的无耻行为。

⑤南宫载宝朝：典出《礼记·檀弓上》："南宫敬叔反，必载宝而朝。"意思是南宫敬叔(他原来失去官职，离开了鲁国)回国，必定带上宝物朝见国王(以谋取好处)。此处指不愿向执政权贵送礼物，以营求富贵。

⑥鹏鷃：鹏是神话传说中的大鸟，鷃是小雀。此处分别指称杰出人物与平凡人物。各逍遥：各遂其性，自由自在。

⑦古人饥卧余多愧：面对古人饥饿卧床不外出乞讨，我感到很惭愧。

⑧高歌鼓腹："鼓腹高歌"的倒装，一边拍肚皮，一边高声唱歌，形容豪放不羁，闲散自乐。唐尧：古代贤明的帝王。此处指光绪帝。

⑨盐城：清江苏淮安府下辖县。今为江苏省辖地级市。古代因盐场环城而得名。

⑩雅声：即鸦声。

浦上村。岁晚稻粱输海舶，日斜鸥鹭戏田园。桔槔①那用机心转，场圃风来浪自翻。

兴化②道中

积土成村市井通，舍南舍北没凫翁③。天垂四野云连水，浪蹴千塍海啸风。越绮齐纨舟楫便，羹鱼饭稻岁年丰。何须塘泺④拦戎马，绝境桃源⑤在眼中。

---

① 桔槔：音 jié gāo，也叫吊杆。中国传统提水工具，利用杠杆原理，使提水省力。此处指不用人力的水车。

② 兴化：清江苏扬州府下辖县，今为县级市，由泰州市代管，位于江苏省中部。

③ 凫翁：音 fú wēng，水鸭的颈毛。此处指水鸭。史游《急就篇》："春草鸡翘凫翁濯。"颜师古注："凫者，水中之鸟，今所谓水鸭也。翁，颈上毛也。"

④ 塘泺：此处指古人利用水塘、沼泽、湖泊等建造的军事防御工程。

⑤ 桃源：桃花源。指与世隔绝、和谐安宁的地方。典出陶渊明《桃花源记》。

玉山诗集　卷三

丙申元日① （光绪二十二年丙申六十岁）

幻梦一生事，艰危白折身。那期周甲寿②，又作太平民。举盏齐眉③在，分甘绕膝亲④。韦编⑤堪送老，斗酒待寻春。投刺⑥稀逢客，占年⑦亦问神。庭闲风日暖，人静鸟乌驯。涉世初知足，浮家易卜邻⑧。天涯多故友，犹愧寄书频。

过枞阳⑨

（咸丰十年冬，粤贼伪英王陈玉成⑩率众十余万欲夺枞阳，解安庆之围，

---

① 丙申元日：光绪二十二年（1896年）正月初一。

② 周甲寿：六十大寿。古代用干支纪年，一甲子为六十年，故称。

③ 举盏齐眉：举杯达到自己眉毛的高度。此处指称周馥的夫人对他很敬爱。《后汉书·梁鸿传》有"举案齐眉"故事。以喻夫妇相敬如宾。

④ 分甘：长辈分享甘美之味给晚辈。绕膝：此处指围绕在周馥身边的孙子们。

⑤ 韦编：用皮条或藤条将竹木简编连起来。此处指书籍。

⑥ 投刺稀逢客：倒装句，即"稀逢客投刺"。周馥指自己应酬不多，很少有客人拜会。投刺：投递名帖，拜会主人。

⑦ 占年：占卜年成。

⑧ 浮家："浮家泛宅"的缩略语。本指以船为家，在水上生活，漂泊不定。此处指客居他乡。《新唐书·张志和传》："愿为浮家泛宅，往来苕、霅间。"卜邻：选择邻居。

⑨ 枞阳：地名，清代属于安徽省安庆府下辖桐城县的一部分，与今池州市贵池区隔江相望，时为桐城县东乡、南乡，乡又名清净、大宥。

⑩ 陈玉成：生于1837年，卒于1862年，广西藤县（一说桂平）人，十四岁加入太平军，骁勇善战，屡立奇功。咸丰九年（1859年）受封"英王"。咸丰十年（1860年）秋，奉命攻湖北以救安庆，翌年在安庆外围与清军激战，但安庆最终陷落，陈玉成退守庐州（今安徽合肥）。同治元年（1862年）四月，庐州失守，陈玉成突围后受苗沛霖蒙骗，北上寿州（今安徽寿县）与苗沛霖会合，反被苗沛霖擒获交给清军。在押解京师的过程中，清廷下令就地正法，遂在河南延津被凌迟处死。

楚军大帅杨载福、彭玉麟、曾国荃等调水陆诸将苦守数月①,陈贼始退。余时在枞阳军中管书记。)

　　射蛟台畔系孤篷②,入眼青山似梦中。牛卧秋场闲晒日,鸟栖荒垒自呼风。难将鸡酒招诗客③,(故友江待园死已廿三年)谁向虫沙问鬼雄④? 三十七年⑤桑海变,争叫两鬓不飘蓬?

<hr />

　　① 杨载福:即杨岳斌(1822—1890),原名载福,字厚庵,湖南善化(今湖南长沙)人。咸丰三年(1853年),随曾国藩创建湘军水师,任右营哨官,此后多次与太平军交战,屡立战功,累升至福建水师提督,赐号彪勇巴图鲁。同治年间,与曾国藩、曾国荃定计合围南京,围剿长江两岸,镇压太平天国,授陕甘总督,赏一等轻车都尉世职。光绪十一年(1885年),率军赴援台湾,协同刘铭传共御法军。光绪十六年(1890年)病逝,赠太子太保,谥勇悫。有《杨勇悫公遗集》传世。《清史稿》有传。彭玉麟:生于1816年,卒于1890年,字雪琴,号退省庵主人、吟香外史,祖籍衡州府衡阳县(今衡阳市衡阳县)。湘军水师创建者。太平军起,他投曾国藩,分统湘军水师。官至两江总督兼南洋通商大臣,封一等轻车都尉。光绪十六年(1890年)病逝于衡州湘江东岸退省庵。获赠太子太保,谥刚直。著有《彭刚直诗集》。《清史稿》有传。

　　② 射蛟台:位于枞阳县城西达观山之巅。汉武帝在此射江中蛟而得名。孤篷:孤舟。

　　③ 鸡酒:杀鸡备酒。招诗客:招待诗友。该句可视为双关语,可以理解为即使杀鸡备酒,也招待不了友人,因为友人已经去世了。也可以理解为周馥乘船经过枞阳,短暂停留,不及备鸡酒吊唁去世的友人江有兰。曹操《祀故太尉桥玄文》:"殂逝之后,路有经由,不以斗酒只鸡过相沃酹,车过三步,腹痛勿怪。"后世便以"斗酒只鸡"为悼念和祭拜亡友的典故。

　　④ 江待园:即江有兰(1800—1871),字贻之,号待园,清桐城县(今枞阳县)人,诸生,官署黟县教谕。幼年从师张敏求、方东树,为诗清雅格高且工书法。咸丰、同治年间与吴汝纶、方宗诚等桐城士人同入曾国藩幕府。著有《待园诗钞》,事迹见姚永概《江待园墓志铭》。死已廿三年:据本诗推测,江氏当死于同治十三年(1874年),实际上江氏死于同治十年(1871年),距光绪二十二年(1896年),前后有二十六年,此处写成二十三年,是周馥笔误或者相关信息传闻有误,已难考定。虫沙:比喻战死的兵卒。亦泛指死于战乱者。鬼雄:鬼中之雄杰。用以誉为国捐躯者。

　　⑤ 三十七年:指咸丰十年(1860年)至光绪二十二年(1896年)。周馥于咸丰十年(1860年)在枞阳湘军军营任文书,同治元年(1862年)入李鸿章军营办理文牍,之后随同淮军东下苏沪征战,太平军失败后,他襄办金陵善后工程。同治十年(1871年)应直隶总督李鸿章之召,北上襄助,参与治水、军港建设。光绪三年(1877年)任永定河道,七年(1881年)任津海关道,九年(1883年)又兼任天津兵备道,十年(1884年)奉李鸿章之命到渤海编练民舶团练,十四年(1888年)升任直隶按察使。甲午中日战争时,被任命为前敌营务处总理,马关议和后,以身体病弱自请免职。

寒食日与汪幼纯明经池州城外看桃花①

犹忆驰驱过战场，荒城寒雨眺重阳。十年花发春如海，万里人归鬓已霜。孤塔②可怜余劫火，青山浑惯阅兴亡。寺楼倚遍凭谁识，此日司勋③更断肠。

闻刘省三铭传中丞④归道山，伤感交集，诗以志之

厝火⑤艰危讵忍论，识时俊杰几人存？奇材自是无拘忌，小过何妨为谅原⑥。空使鼓鼙思后日，那闻鹰隼寄篱藩⑦？伤心一帖孤臣疏⑧，乐

---

① 寒食日：即寒食节，中国传统节日，在冬至后105日，清明节前一二日。是日初为节时，禁烟火，只吃冷食。并在后世的发展中逐渐增加了祭扫、踏青、荡秋千、蹴鞠、牵勾、斗鸡等风俗。汪幼纯明经：周馥长子周学海请的家庭老师，盱眙人，家在洪泽湖蒋坝镇。明经：明清时期对贡生的尊称。清代贡生有六种即岁贡、恩贡、优贡、拔贡、副贡、例贡。前五种是正途出身，总称五贡。

② 孤塔：指耸立于池州城东北白牙山东端的白牙山塔。明嘉靖十七年(1538年)池州知府陆冈筹建，为七层六角楼阁式塔。每层都有拱门拱窗，塔壁塑有佛龛，佛像，塔内砖阶铺设，可拾级曲折攀至顶层。原来塔旁还建有庙、亭等附属建筑，毁于战火，此塔独存。

③ 司勋：官名，指杜牧。杜牧曾为司勋员外郎，故称杜司勋，杜氏于唐会昌四年(844年)至六年(846年)任池州刺史。此处周馥自称。

④ 刘省三铭传中丞：即刘铭传巡抚。刘铭传(1836—1896)，字省三，自号大潜山人，安徽合肥(今肥西大潜山麓)人，清末淮军重要将领，洋务派代表人物，台湾首任巡抚。

⑤ 厝火：音 cuò huǒ，"厝火积薪"的缩略语。喻隐伏的危机。

⑥ 小过：小的过失。此处指同治四年(1865年)，刘铭传在曾国藩带领下平捻军，驻军济宁时，另一将领陈国瑞杀了刘铭传部下二十多人，抢了三百多支洋枪，刘铭传一怒之下，杀了陈国瑞的亲兵五百多人。此后，又在尹隆河因为会剿东捻军而与湘军大将鲍超争功，自己冒进失利却诿过于人，颇失厚道。谅原：原谅。

⑦ 鹰隼：音 yīng sǔn，泛指凶猛的鸟。此处比喻猛将刘铭传。寄篱藩：停落在篱笆上。此句指同治十一年(1872年)，在陕西作战的铭军因为闹饷哗变，刘铭传被劾革职。

⑧ 一帖：一篇。孤臣：古指孤立无援、性格刚耿的大臣或不受重用的远臣。孤臣疏：指刘铭传收到朝廷开缺他台湾巡抚、帮办海军事务差使诏令后，于光绪十七年(1891年)四月二十五日上《开缺假归谢折》。

毅何尝忘国恩①。

丙申②三月在池州，携子学渊、学辉、孙明达陪汪明经开仕、方学博汝金③游齐山，有怀华子西殿司、黄文贞侍中

（华子西名岳④，南宋时官殿前司官属，以劾韩侂胄⑤贬官羁建宁狱。赦回，复上章请杀史弥远⑥，被杖死西市。黄文贞⑦名观，明侍中，永乐靖难兵入南都，投江死，全家殉难。其宅皆在齐山之麓，今访其子孙，无复存者）。

---

① 乐毅何尝忘国恩：乐毅虽然投奔赵国，但他不愿为赵谋燕。乐毅：中山灵寿人，战国后期杰出的军事家、战略家，魏将乐羊后裔，始为魏国大臣，奉魏昭王命使燕，受燕昭王礼遇，拜为上将军，受封昌国君，辅佐燕昭王中兴燕国。公元前284年，他统帅燕国等五国联军攻打齐国，连下七十余城，报了强齐伐燕之仇。燕昭王死，燕惠王即位，因受燕惠王的猜忌，无奈投奔赵国，被赵国封于观津，号为望诸君。

② 丙申：光绪二十二年(1896年)。

③ 方学博汝金：贵池人，贡生，学官。唐制，府郡置经学博士各一人，掌以五经教授学生。后泛称学官为学博。光绪三十四年(1908年)五月任贵池商务分会总理。宣统三年(1911年)，武昌起义不久，贵池县宣告光复，十一月初十，贵池各界人士组织临时议会，他任副会长。其兄方汝霖，字云耕，拔贡生，光绪间任直隶永年、平山等县知县。

④ 华子西名岳：即华岳，南宋诗人，生卒年不详，字子西，贵池(今池州)人。因读书于贵池齐山翠微亭，自号翠微，武学生。开禧元年(1205年)因上书指斥韩侂胄等权臣结党营私，祸国殃民，被下建宁(今福建建瓯)狱。韩侂胄诛，放还。嘉定十年(1217年)，登武科第一，为殿前司官。密谋除去丞相史弥远，下临安狱，杖死东市。其诗豪放，有《翠微北征录》传世。

⑤ 韩侂胄：生于1152年，卒于1207年，字节夫，相州安阳(今河南安阳)人，南宋权相。任内禁绝朱熹理学，贬谪以宗室赵汝愚为代表的大臣，史称"庆元党禁"。他追封岳飞为鄂王，追削秦桧官爵，力主北伐金国，因将帅乏人而功亏一篑。开禧三年(1207年)，在金国示意下，他被杨皇后和史弥远设计杀死，函首送到金国，两国达成议和。

⑥ 史弥远：生于1164年，卒于1233年，字同叔，号小溪，别号静斋。明州鄞县(今宁波市鄞州区)人，南宋奸臣。嘉定元年(1208年)任右丞相，在宁宗、理宗两朝擅权共二十六年，货赂公行。

⑦ 黄文贞：即黄观(1364—1402)，字澜伯，又字尚宾，贵池(今池州)人，洪武二十四年(1391年)中会元，此后历任翰林院修撰、尚宝司卿、户部右侍郎、右侍中等职。靖难兵起，他草制责令燕王朱棣散军归藩，束身谢罪，辞极诋斥，燕军下京城，黄观时募兵上游，舟至罗刹矶，他自沉于急流中，其妻女在南京也投河殉难。万历二十四年(1596年)，巡按龚文选请求为黄观建祠、行赠录、表墓，得到神宗的同意。弘光年间，黄观被追谥为文贞。

翠微亭上俯遥岑①，云树层层入望深。千石欲飞腾羽翼，（山石片片如欲飞状）万峰清影逼衣襟。沧桑犹指先贤宅，生杀难明造物心。空谷寂寥鸾鹤②远，跫然③谁继后来音？

闻近事偶题

平生虑事颇慎密，伛偻循墙④幸免失。老来归卧茅檐下，梦里风波听犹栗⑤。客言瞿塘天下险，人自轻投欠检点。九头之鸟九尾狐⑥，世人遇者百一无⑦。如今朝市有醍醐⑧，其中置毒甘且腴。饮者颠仆饥者趋，智者惊避愚者沽。掉头不顾嗤我愚⑨，谁为叩关鸣冤诬？哀哉枉死敢嗫嚅⑩？

---

① 翠微亭：坐落在今池州市城南齐山之上，齐山是平天湖风景区境内一座岩溶地貌小山。历史上很多文人墨客登临此山此亭，留下佳作。遥岑：音 yáo cén，远处陡峭的小山崖。

② 鸾鹤：鸾与鹤，相传为仙人所乘。此处指池州先贤华岳、黄观。

③ 跫然：音 qióng rán，本是形容脚步声。此处表示稀少的样子。

④ 伛偻循墙：避开道路中央，靠墙而行。表示恭谨或畏惧。《左传·昭公七年》："故其鼎铭云：'一命而偻，再命而伛，三命而俯，循墙而走，亦莫余敢侮。'"杜预注："言不敢安行也。"

⑤ 梦里风波听犹栗：倒装句，即"风波梦里听犹栗"。栗：因恐惧而颤抖。

⑥ 九头之鸟：即九头鸟，中国古书里记载的不祥之鸟。周密《齐东野语·鬼车鸟》："鬼车，俗称九头鸟……世传此鸟昔有十首，为犬噬其一，至今血滴人家能为灾眚，故闻之者必叱犬灭灯以速其过。"九尾狐：传说中的奇兽。《山海经·南山经》："（青丘之山）有兽焉，其状如狐而九尾，其音如婴儿，能食人。食者不蛊。"比喻奸诈的人。

⑦ 百一无：百人中没有一人能够全身远离（奸诈的人）。

⑧ 朝市：本指朝廷与市集。此处指名利之所，官场。醍醐：音 tí hú，古时指从牛奶中提炼出来的精华。此处比喻名利富贵如同美酒。

⑨ 掉头不顾嗤我愚：倒装句，即"嗤我掉头不顾愚"。嗤笑我对名利掉头不顾是愚蠢的。

⑩ 嗫嚅：音 niè rú，想说话又吞吞吐吐不敢说出来的样子。

光绪二十年十月，皇太后六秩万寿，赏各省督抚提镇藩臬寿字一方，帽纬一束，江绸袍褂料一袭，并荫一子。今退老家居，检拾箱箧，捧睹赐物，感悚交集

慈极祥光照大千，霞觞余沥溉群仙①。锡龄②愿共斯民寿，脱颖争看后起贤。天阁影缥无素分③，故乡衣锦已华颠。酬恩马革知无日④，勉励儿孙著祖鞭⑤。

过三山峡⑥

昔日三山曾问津，重来不见昔时人。间关乱世谁肝胆⑦？驱遣穷途

---

① 霞觞：霞杯。盛满仙酒——流霞的酒杯。典出《论衡·道虚》。余沥：剩余的酒。溉：沾溉，沾濡浇灌。比喻恩典、德泽施及他人。群仙：众多仙人。此处指众多大臣。

② 锡龄：(上天)赐寿。此处指皇太后赐予周馥等大臣的寿字条幅。锡：通"赐"，赐给。

③ 天阁影缥：在朝廷六部任尚书或侍郎。《梁书·张充传》："影缥天阁，既谢廊庙之华；缀组云台，终惭衣冠之秀。"天阁：尚书台。影缥：飘动冠缨。影：音piāo，飘扬。无素分：没有资格。

④ 酬恩：此处指报答皇太后恩赐。马革：即"马革裹尸"，指牺牲在战场上，用马皮把尸体包裹起来。知无日：知道自己年已老，没有机会赴难捐躯了。

⑤ 著祖鞭：《世说新语·赏誉》："刘琨称祖车骑为朗诣曰少为王敦所叹"一则句末，刘孝标注引虞预《晋书》："刘琨与亲旧书曰：'吾枕戈待旦，志枭逆虏，常恐祖生(祖逖)先吾著鞭耳！'"后因以"先著祖鞭"为争先立功报国，努力进取的典故。祖逖(266—321)，字士稚，范阳遒县(今保定市涞水县)人，东晋名将，建武元年(317年)率部北伐，渡长江时中流击楫，誓复中原。所部纪律严明，得到沿途各地人民拥护，数年间收复了黄河以南地区。使得后赵石勒不敢南侵。由于东晋内部迭起纠纷，对他不加支持，他大功未成，忧愤而死。

⑥ 三山峡：即长江三峡。西起今重庆市奉节县白帝城，东至湖北宜昌市南津关，沿途两岸奇峰陡立、峭壁对峙，自西向东依次为瞿塘峡、巫峡、西陵峡。

⑦ 间关：本指旅途崎岖。此处指奔走世间。肝胆：肝和胆。比喻真诚的心。

有鬼神。杜甫无聊惟寄蜀①，张仪何意误归秦②。飘茵落溷③宁容计？信是前生有夙因。

蟂矶孙夫人祠④

千年恨魄镇江湍，信有人间作妇难。槛外吴山犹婉娈⑤，春来蜀水自汍澜⑥。英雄乱日家非计⑦，去住危时节独完⑧。独怪史臣无特传⑨，至今疑信尚参观。

---

① 杜甫无聊：杜甫没有生活依靠。惟寄蜀：只好在蜀地暂时安顿。杜甫于唐乾元二年（759年）底到成都，唐乾元三年（760年）春建起草堂，唐大历三年（768年）受其弟杜观之邀赴江陵，在蜀地前后度过了八年时间，在成都草堂断断续续住了四年。

② 张仪：魏国贵族后裔，战国时期纵横家，早年入鬼谷子门下，首创"连横"的外交策略，后得到秦惠王赏识，封为相国，以"横"破"纵"，促使各国亲善秦国，受封为武信君。何意：出于何种意图。误归秦：耽误了没能回到秦国。张仪一直忠于秦国，后来在魏国为相时，死在魏国。

③ 飘茵落溷：音 piāo yīn luò hùn，指花瓣随风而落，有的飘在茵席上，有的落在粪坑里。比喻由于偶然的机缘而有富贵贫贱的不同命运。《梁书·范缜传》："子良问曰：'君不信因果，世间何得有富贵，何得有贫贱？'缜答曰：'人之生譬如一树花，同发一枝，俱开一蒂，随风而堕，自有拂帘幌坠于茵席之上，自有关篱墙落于溷粪之侧。坠茵席者，殿下是也；落粪溷者，下官是也。贵贱虽复殊途，因果竟在何处？'子良不能屈。"

④ 蟂矶：地名。在安徽芜湖西面江岸，高十丈，片石傍江，周九亩有奇，上有孙夫人祠。矶：水边突出的岩石或石滩地，如"采石矶""燕子矶"。孙夫人：为三国吴主孙权之妹孙尚香，嫁与蜀汉主刘备，后在蟂矶投江，唐末始建庙祠祭祀，尊称灵泽夫人，所以孙夫人祠又称灵泽庙。

⑤ 槛外：栏杆外。吴山：指芜湖东面的山。婉娈：年轻美好的样子。此处形容山色青翠美好。

⑥ 蜀水：指长江流经蜀地的水流。汍澜：音 wán lán，泪疾流貌。此处形容水流很急。

⑦ 英雄乱日：英雄大乱的时候。家非计：家里用的计策不对。此处指东吴孙权出于政略婚姻的目的，把年轻的妹妹嫁给五十多岁的刘备。

⑧ 去住：去留。指孙夫人随刘备到蜀地与后来回到娘家不再回到刘备身边。节独完：都保全了节操。

⑨ 独怪：特别奇怪。史臣：史官。此处指《三国志》的作者陈寿。无特传：没有给孙夫人留下专篇传记。

采石矶太白楼①

逸气雄才隘九州，骑鲸②应逐海天游。至今杰阁③横江渚，疑有灵光射斗牛④。文字从来能贾祸⑤，功名何必慕封侯。笑他局促尘中客，枉上青山倚此楼。

卜宅偶题

大化推迁无生死，生非成兮死非毁。偶乘气化作游戏，出入循环幻影耳。人之大患在有身，堕地百忧从此起。口体驱入万火牛⑥，小儿丧家失所止。我游南柯⑦梦将终，好梦恶梦将毋同⑧？梦中好恶何须问，瞌眼蜗室如龙宫。斗室三椽⑨百本树，聊为老人散腰步。安眠饱食何所求？坐看天光自朝暮。

---

① 采石矶：原名牛渚矶，位于今马鞍山市的长江边，与南京燕子矶、岳阳城陵矶并称"长江三大名矶"。太白楼：位于马鞍山市采石矶，面临长江，背依翠螺山，是一座金碧辉煌，三重飞檐木结构古建筑。此楼在咸丰年间毁于战火。周馥所游太白楼是光绪三年（1877年）由湘军水师总督、太子少保彭玉麟捐资重建的楼。

② 骑鲸：俗传太白醉骑鲸鱼，溺死浔阳。后用为咏李白之典。

③ 杰阁：音 jié gé，高阁。

④ 灵光射斗牛：神奇的光芒照射北斗星和牵牛星。此处赞颂李白的浪漫主义诗歌才华。

⑤ 贾祸：音 gǔ huò，自招祸患。

⑥ 口体驱入万火牛：为了满足口体之欲求，人们东奔西走，如同万头火牛奔突一样。此句套用了陆游《秋思》首句"利欲驱人万火牛"。口体驱入：应为"口体驱人"之讹写。

⑦ 南柯："南柯一梦"的缩略语。指喻人生富贵荣华，如同一场梦幻。

⑧ 将毋同：亦作"将无同"。大概没有什么不同。典出《世说新语·文学》："阮宣子有令闻，太尉王夷甫见而问曰：'老庄与圣教同异？'对曰：'将无同？'"

⑨ 三椽：三间。

夜读《时报》慨然有感①

色声臭味②从何生？万物有托形乃成③。就中五性亦随具④，人也独得气之清。性有偏全分厚薄，气质乘之便为恶。礼乐刑政救不遑，况乃导伪恣贪虐。我闻赏罚国之柄⑤，尤贵礼仪淑民性⑥。四维不张⑦赏罚穷，纵极富强谁用命？呜呼！天地不变道不变，无体求用用难见。西法漫言可貌袭⑧，夷狄有君胜赤县⑨？

夜坐三首

其 一

萧瑟空阶雨，凄凉傍晓灯。清宵了无梦，小室静于僧。志业一杯水⑩，风尘三折肱⑪。老怀消遣得，佳日即扶藤⑫。

---

①《时报》：戊戌变法失败后，保皇党在国内创办的第一份报纸。光绪三十年（1904年）6月12日在上海创刊，由康有为弟子狄葆贤（即狄楚青）和罗普分任该报经理和主笔。该报重视新闻、言论，紧密配合时事要闻，辟有《时评》栏。慨然：音 kǎi rán，感慨的样子。

② 色声臭味：指人与动物的生理机能。视觉、听觉、嗅觉、味觉。

③ 万物有托：万物有了依靠。形乃成：于是就有了生命形体。

④ 就中：其中。五性：指仁、义、礼、智、信。《白虎通·情性》："五性者何？谓仁、义、礼、智、信也。"亦随具：也就随之具备了。

⑤ 赏罚国之柄：赏罚是治理国家最重要的两个手段。《韩非子·二柄》："明主之所导制其臣者，二柄而已矣。二柄者，刑德也。何谓刑德？曰：杀戮之谓刑，庆赏之谓德。"傅玄《傅子·治体》："治国有二柄，一曰赏，二曰罚。赏者，政之大德也。罚者，政之大威也。"

⑥ 尤贵礼仪：特别重视礼节仪式。淑民性：培植贤良的品性。

⑦ 四维不张：指纲纪废弛，政教不通。四维：《管子》中主张维系社会稳定的社会道德标准和行为规范，分礼、义、廉、耻四个纲要。

⑧ 西法漫言可貌袭：倒装句，即"漫言西法可貌袭"。西法：指西方的政治法律制度。漫言：随便说。貌袭：照样子抄袭。

⑨ 夷狄有君胜赤县：西方文化与制度，不一定比中国传统文化与制度好。典出《论语·八佾》："子曰：'夷狄之有君，不如诸夏之亡也。'"

⑩ 志业：志向与事业。一杯水：平淡无奇，微不足道。

⑪ 三折肱：典出《左传·定公十三年》："三折肱知为良医。"指多次折伤胳膊，就会悟出治疗的方法，甚至可成为良医。比喻屡次受挫，就会总结教训，领悟道理。

⑫ 佳日：此处指天气温和晴朗的日子。扶藤：拄着拐杖。

其　二

蚕老初团茧，蜂寒不觅花。余年付诗酒，生计乞桑麻。春雨青城路①，秋风黑海槎②。壮游恐不遂，聊弄钓鱼艖③。

其　三

曙色听鸣鸦，人声响渐哗。最怜一夜雨，催放数枝花。爨有知炊婢，门无飞盖车。得闲原是福，随处可为家。

六十自寿五首

其　一

星飞驿马不停鞭④，梦绕南柯六十年。呕血经营成底事⑤？填膺忠愤欲呼天。鸿翔已惜伤弓⑥去，牛老惟知藉草眠。揽辔异时应有客，河清能否待华颠⑦？

---

　　①青城路：青城路指建德、池州、芜湖等江南城市的路，非确指某一地。周馥于光绪二十一年（1895年）三月辞职，四月底被朝廷批准，五月初三乘轮船从天津南下，先后寄寓扬州、淮安府城，光绪二十二年（1896年），带学渊、学辉、孙子周达等回故乡建德扫墓，顺便过池州、芜湖、金陵等处。

　　②黑海：即黑水洋。宋元以来我国航海者对于今黄海不同区域分别称之为黄水洋、青水洋、黑水洋。北纬32°～36°、东经123°以东一带海水呈蓝黑色，故称黑水洋。槎：音chá，竹木编成的筏子。代称海船。此句是周馥拟想秋天乘海轮从黄海北上壮游，并非到海外游历。

　　③艖：音chā，小船。

　　④不停鞭：不停地挥鞭驱驰。

　　⑤成底事：成就了何事。

　　⑥伤弓：受过箭伤的鸟，听到拉弓开弦的声音也害怕。典出《战国策·楚策四》。此处比喻某个友人经过祸患，心有余悸，退出官场。

　　⑦华颠：音huá diān，头发上黑白相间，指年老。

其 二

甲胄生虮节落旄①，当时枉赠吕虔刀②。十年薪胆③臣心苦，万里风霜马骨高。天远不闻鸣鹤应，夜阑常听晓鸡号。艰危历尽知何补，赢得秋霜满鬓毛。

其 三

《金缕》高歌酒满卮④，老怀忍触少年悲。太真佩韨伤无母⑤，伯道逃兵幸有儿⑥。身脱危途心胆破，耳鸣阴德自家知⑦。门前何必宽容驷⑧，矮屋青毡要世持⑨。

---

① 甲胄：铠甲与头盔。虮：虱子的卵。

② 吕虔刀：三国魏刺史吕虔有一佩刀，铸工相之，以为必登三公始可佩带，虔谓属吏王祥曰："苟非其人，刀或为害。卿有公辅之量，故以相与。"祥固辞，强之乃受，后果然位列三公。祥临终，复以刀授弟王览；览后仕至大中大夫。事见《晋书·王览传》。后遂以"吕虔刀"代称宝刀，也用以称颂功名仕途远大。

③ 薪胆："卧薪尝胆"的缩略语。比喻刻苦自励，发愤图强。

④《金缕》：《金缕曲》《黄金缕》《金缕衣》等词牌或诗歌的省称。此处指酒宴上所唱的欢乐歌曲。酒满卮：酒满杯。

⑤ 太真：即温峤（288—329），字太真，太原祁县人，东晋著名的政治家，忠于王室，足智多谋。西晋倾覆时，他奉刘琨之命南下，劝进司马睿为帝，除散骑侍郎。初，峤欲将命，其母崔氏固止之，峤绝裾而去。其后母亡，峤阻乱不获归葬，由是固让不拜，苦请北归，而被东晋朝廷劝止。佩韨：佩玉与蔽膝。古代表示身份的一种服饰。

⑥ 伯道：即邓攸（?—326），字伯道，平阳襄陵（今山西南部襄汾县一带）人。七岁丧父，不久母亲、祖母相继亡故，和弟弟相依为命。后在逃难时为保全弟弟遗孤，把儿子拴在树上，领着侄儿离去。当时人们很钦佩他的义气，又同情他没有后代，都说："天道无知，使邓伯道无儿。"事迹见《晋书·邓攸传》。后人用"伯道无儿"表示德高望重之人没有后代。逃兵：逃避兵火。幸有儿：幸运地保住了儿子。此句反用了典故。

⑦ 耳鸣阴德自家知：指阴德如同耳鸣，只有自己知道。《隋书·李士谦传》："或谓士谦曰：'子多阴德。'士谦曰：'所谓阴德者何？犹耳鸣，己独闻之，人无知者。'"

⑧ 门前何必宽容驷：门前的路不必容得下驷马驾车而行。此处指不能要求后世一定发迹富贵，乘高车驷马。此句化用了"于公高门"典故。《汉书·于定国传》载，西汉于定国父于公为县狱吏，治狱公平，自谓有阴德，子孙必有兴者。因高大其门，令能容高车驷马。

⑨ 矮屋：低矮的房屋。青毡：泛指仕宦人家的传世之物或旧业。此处指寒素清白的家风。用了"青毡故物"的典故，见《晋书·王献之传》。要世持：要代代保持。

其　四

痴聋容易作翁家①，绕膝娇婴笑语哗。赁庑市边妻举案②，借瓻③门外客停车。爱劳筋力锄春圃，聊寄幽闲种晚花。欲访名山谁结约？余生常欲伴袈裟。

其　五

袍泽当年半劫灰，抽簪投老向江隈④。籯书⑤且课儿孙读，樽酒难招车笠来⑥。篱鷃⑦低飞原适性，社樗⑧得寿本非才。却惭故友烦书问，招隐无端到草莱。

月　落

月落星高近晓天，春回腊尽欲穷年。马瘏⑨仆倦将归客，帆折樯欹半朽船。小市鸡鸣千梦破，寒林鸟散一巢悬。老夫早起浑无事，独步溪桥听响泉。

舟行杂咏八首

其　一

树影依稀岸接天，平桥远水淡如烟。

---

①痴聋容易作翁家：痴傻耳聋（或者装傻装聋）的人容易当公公婆婆。翁家：公公、婆婆。该句化用了典故。刘熙《释名》："不喑不聋，不成公。"《宋书·庾炳之传》："不痴不聋，不成姑公。"赵璘《因话录》："谚云：'不痴不聋，不作阿家阿翁。'"

②赁庑：音 lìn wǔ，租借房屋。市边：城郊。

③借瓻：借书。瓻：音 chī，古代陶制的酒器。大者盛一石，小者五斗，古时借书还书时，分别送书主人一瓶酒。

④抽簪：音 chōu zān，辞官引退。古时做官的人须束发整冠，用簪连冠于发，故称辞官引退为"抽簪"。投老：垂老，告老。江隈：音 jiāng wēi，江水曲折处。

⑤籯书：音 yíng shū，用竹篓子装书。

⑥樽酒：音 zūn jiǔ，本指杯酒。此处指酒食。车笠：车子与斗笠。此处指称朋友。《古越谣歌》："君乘车，我戴笠，他日相逢下车揖。君担簦，我跨马，他日相逢为君下。"

⑦篱鷃：音 lí yàn，篱间小鸟。以喻材质低劣、胸无大志的人。此处是自谦辞。

⑧社樗：土地神祠处生长的臭椿树。比喻无用之才。此处是自谦辞。

⑨马瘏：马疲劳致病。语出《诗经·周南·卷耳》："我马瘏矣，我仆痡矣。"

扁舟何处归来客，独坐篷窗自抚弦。

其 二

寒日初升草舍凉，一畦蔬甲①自生香。

老牛闲卧人闲坐，野鸟翩翩入稻场。

其 三

岁事将阑②人事多，红灯隔岸影如梭。

老渔亦解勤生计，独守寒罾自补蓑③。

其 四

小市收帆一醉休，夜来霜重木绵裘。

明朝打桨须加力，一日扬州抵泰州。

其 五

红旗摇影隔溪呼，越境商船应倍输④。

新法莫言民不便，明明《周礼》⑤有成书。

其 六

列肆操赢计亦赊⑥，如何十事九相差？

近闻平准新垂法⑦。劝尔输金到铁车⑧。

其 七

从来富国说鱼盐⑨，逐日舻艎报水签⑩，

---

① 蔬甲：音 shū jiǎ，蔬菜的萌芽。典出梅尧臣《晴》："苑花犹带湿，蔬甲已微青。"

② 岁事将阑：一年事务将要结束。阑：将尽。

③ 罾：音 zēng，古代一种用木棍或竹竿做支架的方形渔网。蓑：音 suō，用草或棕等编成的雨衣。

④ 越境：此处指越过省界。倍输：加倍纳税。

⑤《周礼》：儒家经典，西周时期著名的政治家周公旦著。

⑥ 列肆操赢：开设商店居齐谋利。操赢："操奇逐赢"的缩略语。指商贾居奇牟利。典出《汉书·食货志上》。赊：音 shē，久远。

⑦ 平准：古代官府平抑物价的措施。此处指经济措施。新垂法：新近颁示法则。

⑧ 劝尔输金：劝你(指民众)捐出金钱。到铁车：修建铁路。

⑨ 鱼盐：鱼和盐。此处指渔业与盐业。

⑩ 逐日：每天。舻艎：音 yú huáng，泛指大船。报水签：通报水位数据。

闻道军需尤火急，劝输官令比租严。

其 八

潋潋清波荡荡风，疏林掩映夕阳红。

骚人醉起浑忘路，错认淮南是浙东。

老 年

老年心思自崎嵚①，坐听秋风百感侵。入梦故人多鬼箓②，过门胡贾半华音。天山柱折千年雪，东海桑垂百亩阴。看尽人间无限变，神仙不死亦酸心。

杨氏妹、洪氏妹来扬州寓所三首③

（光绪二十三年丁酉六十一岁）

其 一

骨肉宁常聚，相看发已皤。欲将家事诉，只觉泪痕多。霜铄孤鸾影④，风摧乳燕窠。茹荼兼食蓼⑤，辛苦一生过。

其 二

少小伤多难，衰年更拂心。恍疑鸮在屋⑥，那见鹤鸣阴。却幸诸孙

---

① 崎嵚：音 qí qīn，形容山路高低不平。比喻坎坷不顺。此处指心绪敏感多变。

② 鬼箓：迷信者所谓阴间死人的名簿。指死亡。

③ 杨氏妹：周玉兰（1843—1903），周馥的大妹，清授孺人貤赠恭人，嫁建德县城南关杨斌蔚（清授修职郎貤赠朝议大夫），慈善治家，乡里咸称。生子三：家鹏、家鸿、家容。洪氏妹：周馥三妹，名字待考，《建德纸坑山周氏宗谱》未载名。同治二年（1863年）春，周馥祖父挈家避乱安庆，感恩主人洪家厚待，遂将她嫁给洪家儿洪金和为妻，于归后，先意承志，恪尽妇道，勤苦持家，不几年，婆婆与丈夫相继去世，她痛不欲生，绝食七日，将绝之际，被人救活，在亲友开导下放弃了殉死之念，含辛茹苦，抚孩子成立。周馥寓扬州和后来为山东巡抚时，都接她到自己身边。光绪三十年（1904年）病殁于巡抚署中。周馥为其作传文《三妹洪节妇传》。

④ 霜铄孤鸾影：岁月风霜摧残丧偶人的身体。铄：摧残。孤鸾：指失去配偶的人。

⑤ 茹荼兼食蓼：音 tú liǎo，荼是一种苦菜，味苦，蓼是一种水草，味辛。吃荼蓼，比喻含辛茹苦，生活艰难。

⑥ 鸮在屋：猫头鹰在屋上。古人认为这会给主人带来不祥。鸮：鸟名，俗称猫头鹰。

起，相看头角森。他年应跨灶^①，一为慰烦襟^②。

其 三

亦识贫非病，忧多自损生。怜儿惟有母，似舅竟无甥。莫以崦嵫景^③，虚期河水清^④。相期共强健，饥饱^⑤度升平。

子学海作述怀诗，颇有感遇伤生之意，因作此广之，并示诸儿六首

其 一

古人尝有言，功名因时见。时也不可为，豪杰甘贫贱。世运有兴衰，吾道随隐见。所贵识先几，抱玉羞自炫^⑥。烈士当暮年^⑦，岂不惜露电^⑧？枉求^⑨未必得，苟得安足羡？感恩非知己^⑩，进退终获谴。谅哉古贤达^⑪，穷老守乡县！

---

① 跨灶：本指良马奔跑时后蹄印越过前蹄印。喻指好马。此处指儿子超越父亲。

② 烦襟：烦闷的心怀。

③ 崦嵫景：人的晚年时光。崦嵫：音 yān zī，山名。在甘肃天水县西境，传说中为日落的地方。喻指人的暮年。

④ 虚期：徒然期盼。河水清：黄河水变得清澈。古人以为难得的祥瑞征兆。此处指喻天下太平。

⑤ 饥饱：此处为偏义复词，吃得饱饱的。

⑥ 抱玉：怀抱德才，深藏不露。语出《老子》："知我者希，则我贵矣，是以圣人被褐怀玉。"自炫：音 zì xuàn，自我夸耀、炫耀。语出《战国策·燕策一》："处女无媒，老且不嫁，舍媒而自炫，弊而不售。"

⑦ 烈士：有气节与壮志的人。当暮年：正当晚年时。

⑧ 露电：本指露水与电光。此处指光阴。

⑨ 枉求：枉道而求，违背正道而营求。

⑩ 知己：理解、赏识自己的人。

⑪ 谅：正直。古贤达：古代贤能的人。

其 二

孔耻有道穀①，孟许为贫仕②。饥寒迫人身，事固非获己。官卑职易举，聊为吏隐③耳。我爱邴曼容④，宦达每辄止。我爱毛安阳⑤，捧檄为亲喜⑥。贤者不可测，尘浊固难滓。富贵等浮云，行藏若流水。以官较尊卑，失斯道远矣！

其 三

圣代重儒术，文章观国宾⑦。流品莫此贵⑧，雕鹗出风尘⑨。岂在邀

---

①孔耻有道穀：孔子认为国家昏暗无道，却做官领取俸禄是耻辱。诗句中"有道"应写作"无道"。《论语·宪问》："宪问耻。子曰：'邦有道，穀。邦无道，穀，耻也。'"意思是原宪问什么叫耻辱。孔子道："国家政治清明，做官领薪俸（那是很正常的）；国家政治黑暗，也做官领薪俸，这就是耻辱。"

②孟许为贫仕：孟子允许人们因贫穷而出来做官。《孟子·万章下》："孟子曰：'仕非为贫也，而有时乎为贫；娶妻非为养也，而有时乎为养。为贫者，辞尊居卑，辞富居贫。……位卑而言高，罪也；立乎人之本朝而道不行，耻也。'"

③吏隐：指不以利禄萦心，虽居官而犹如隐者。宋之问《蓝田山庄》："宦游非吏隐，心事好幽偏。"

④邴曼容：西汉哀帝时人，邴汉侄，做官不肯任超过六百石俸禄的官职，辄自免去，以此名重当世。《汉书·两龚传》："琅邪邴汉亦以清行征用，至京兆尹，后为太中大夫。……汉兄子曼容，亦养志自修，为官不肯过六百石，辄自免去。其名过出于汉。"

⑤毛安阳：即毛义。《后汉书·刘赵淳于江刘周赵列传》："中兴，庐江毛义少节，家贫，以孝行称。南阳人张奉慕其名，往候之。坐定而府檄适至，以义守令，（章怀太子注：檄，召书也，《东观汉记》曰：'义为安阳尉，府檄到，当守令也。'）义捧檄而入，喜动颜色。奉者，志尚士也，心贱之，自恨来，固辞而去。及义母死，去官行服。数辟公府，为县令，进退必以礼。后举贤良，公车征，遂不至。张奉叹曰：'贤者固不可测。往日之喜，乃为亲屈也。斯盖所谓家贫亲老，不择官而仕者也。'"后因以"毛义捧檄"为孝子因养亲而出仕的典故。

⑥捧檄为亲喜：捧着任命为官的檄文，父母为此感到开心。

⑦文章：此处指科举考试中所作的诗、八股文、策论。观国宾：成为入京城朝见天子的贵宾。典出《周易·观卦》："观国之光，利用宾于王。"所谓"观国光"，指朝见至尊，看到国家之荣光。筮时得此爻辞，利于作朝见君主的贵宾。唐诗中用为咏入京朝见天子之典。

⑧流品：品类，等级。本指官阶。后亦泛指门第或社会地位。莫此贵：没有比这（进士）更尊贵。

⑨雕鹗：音 diāo è，雕与鹗，猛禽。此处比喻杰出的人才。出风尘：展翅高飞。此处指志向远大。

膴仕①，礼义先淑身②。家无读书子，门阀叹沉沦③。昔贤淡荣利，席帽且一亲④。有时不对策⑤，犹为席上珍⑥。轩冕有显晦⑦，吾道无贱贫。时人论分达，安能测其真?

其　四

天地当否塞⑧，衣冠多险诐⑨。君子待物厚⑩，臭味终差池⑪。闲官无事权⑫，因以免诟訾⑬。讵不怀忠愤⑭? 借手或补裨。转喉动触讳⑮，祸伏不可知⑯。君门深九重⑰，大官多委蛇⑱。谁能照赤心，一洗白璧疵⑲。始

---

① 膴仕:音 wǔ shì,高官厚禄。典出《诗经·小雅·节南山》。

② 礼义先淑身:先用礼仪来培植良好的品性。淑身:以善修身。

③ 门阀:本指门第阀阅。此处指家族的社会地位及声望。沉沦:衰落。

④ 席帽且一亲:尚且戴席帽,做平民。

⑤ 不对策:不参加科举考试。对策:亦作"对册"。古时就政事、经义等设问,由应试者对答,称为"对策"。自汉朝起作为取士考试的一种形式。

⑥ 犹为席上珍:尚且成为筵席上尊贵的客人。汪洙《神童诗》:"学乃身之宝,儒为席上珍。"

⑦ 轩冕:古时大夫以上官员的车乘和冕服。此处指做官。有显晦:有人显达,有人困顿。

⑧ 否塞:音 pǐ sè,闭塞不通,犹困厄。

⑨ 险诐:音 xiǎn bì,亦作"险陂"。阴险邪僻。典出《诗经·周南·卷耳·序》:"内有进贤之志,而无险诐私谒之心。"

⑩ 待物厚:待人宽厚。

⑪ 臭味:气味。比喻志趣。终:最终。差池:音 cī chí,参差不齐。

⑫ 闲官无权:职务清闲的官(此处指周学海先后担任的内阁中书、河务水利同知等职)没有管理实际事务的权力。光绪十八年(1892 年),周学海与弟弟学铭同中进士,学海以内阁中书用,遂因俸满截取同知分发南河,是遵从父命。周馥念家事艰难,人口日繁,嘱学海回扬州经理生业,不愿其远仕,也不愿其宦京曹。他告诉儿子说:"官小易历练,命若显达,不在此时暂屈也。"

⑬ 诟訾:音 gòu zǐ,责骂诋毁。

⑭ 讵不:岂不。怀:心中抱有,心怀。忠愤:忠义愤激。

⑮ 转喉:引吭歌唱。此处指建言献策。动触讳:常常触犯忌讳。

⑯ 祸伏:灾祸潜藏。不可知:无法预知。

⑰ 君门深九重:天子的宫门有九重,深远难以拜见陈词。宋玉《九辩》:"岂不郁陶而思君兮,君之门以九重。"王逸注曰:"君门深邃,不可至也。"

⑱ 委蛇:音 wēi yí,随顺、顺应的样子。

⑲ 白璧:白色玉璧。璧:平圆形中间有孔的玉,古代在典礼时用作礼器,亦可作饰物。疵:瑕疵(音 xiá cī),玉上面的斑点。喻缺点或过失。

知藜藿^①中，其味甘如饴。

其　五

修短各有命^②，圣人顺受之。大化日迁流^③，谁复能把持？求仙堕杳茫^④，逆化讵非痴^⑤？人生苦奔走，十事九参差^⑥。不如委心^⑦去，乘运任推移^⑧。尽分自有道^⑨，溺心^⑩乃可危。譬如觅衣食，为御寒与饥。韦褐与貂裘^⑪，何必生欢悲？危身奉口体^⑫，得少失不赀^⑬。所以古达人，日饮且赋诗。非关心忘世，吾道固如斯。

其　六

我幼遭乱离，出入几生死。性命不自保，饥寒讵遑理^⑭。及壮从仕宦，忧恼几成痞^⑮。夸父空追日^⑯，颠蹶不知止^⑰。初疑蒲柳姿^⑱，难跻下

---

① 藜藿：音 lí huò，藜和藿，均是多年生草本植物，可食用。此处指粗劣的饭菜。

② 修短各有命：人的寿命长短各有命运支配。

③ 大化日迁流：生命每天都在流逝。

④ 求仙：求访仙人或仙方。堕：掉，落。杳茫：音 yǎo máng，迷茫，渺茫。

⑤ 逆化：违逆生命衰老变化的规律。讵非痴：岂不是很傻。

⑥ 参差：音 cēn cī，差错，不如意。

⑦ 委心：把心放下。

⑧ 乘运：安于自己的命运。任推移：听凭命运的安排。

⑨ 尽分：尽本身应尽的责任和义务。自有道：自然会有平安的路可走。

⑩ 溺心：沉溺心灵。指醉心于某件事而不能自拔。

⑪ 韦褐：音 wéi hè，韦带褐衣，指穿得很差。典出《世说新语·德行》。貂裘：音 diāo qiú，用貂的毛皮制作的衣服，指穿得很好。典出《淮南子·说山训》："貂裘而杂，不若狐裘而粹。"

⑫ 危身：使身体遭到危险。奉口体：满足自己衣食需求。奉：奉养。

⑬ 不赀：音 bù zī，无法计算，表示多或贵重（多用于财物）。

⑭ 讵遑理：音 jù huáng lǐ，岂有空闲料理。

⑮ 忧恼：忧愁烦恼。痞：音 pǐ，在中医上是指胸腹间气机阻塞不舒的一种自觉症状，有的仅有胀满的感觉，称"痞块""痞积"。

⑯ 夸父空追日：夸父徒劳地与太阳赛跑，追逐太阳。比喻人有大志，或比喻不自量力。周馥在此以夸父自比，形容自己空有大志，徒然辛苦，难望成功。

⑰ 颠蹶：音 diān jué，本指跌倒。此处指遭到挫折。不知止：不知停止。

⑱ 蒲柳姿：旧时称自己体质弱的客套话。

寿齿①。孰知远归来，徜徉又两祀②。较之在官时，如瘘今始起。乃知忧损人，有胜肌肤毁。我今梦初醒，梦境犹堪指。何须苦认真，等是③南柯耳！

小孙明泰（光绪二十四年戊戌六十二岁）④

我年六十尔才周，他日名成我见不？美果分甘聊慰老⑤，青毡无恙好常留。家风杨震传强项⑥，功业陈群过太邱⑦。解得躬耕遗世意，庞

---

① 难跻下寿齿：难以活到六十岁。下寿：六十岁。《庄子·盗跖》："人上寿百岁，中寿八十，下寿六十。"齿：此处指人的年龄。

② 徜徉：音 cháng yáng，盘旋往返。又两祀：又两年。祀：商代对年的一种称呼。

③ 等是：同样是。

④ 小孙明泰：即周明泰（1896—1994），字志辅，别号几礼居主人，安徽至德（今东至）县人。周馥孙（周学熙长子）。民国七年（1918年）任北洋政府秘书，民国十一年（1922年）调任农商部参事，民国十三年（1924年）任内务部参事等职。后从事实业。先后任青岛华新纱厂董事、天津元安信托（银行）常务董事及董事长、青岛华新纱厂董事长、上海信和纱厂董事长、上海茂华商业银行常务董事等职多年。是著名戏曲专家和历史学家。光绪二十四年：1898年。这年三月，周馥游茅山、黄山，九月游九华山，九月初三，朝廷下旨皖抚邓华熙，让他查明周馥是否病愈，周馥以"头苦眩晕，夜不安眠，步履维艰，两耳重听，衰惫已极，不堪再供驱策，莫由图报，愧悚无地"等语请邓抚转奏。十月十八日，李鸿章电召赴山东襄勘黄河工程，周馥推辞再三，不得已以客身北上勘筹办法。十一月，与山东巡抚张汝梅等同勘议河工事并拟定"治河办法十二条"上奏。

⑤ 分甘：分享甘美之味。以喻慈爱、友好、关切等。慰老：慰问老人，使老人心里安适。

⑥ 家风杨震：指后汉士人、名宦杨震的清白寒素廉洁耿直家风。《后汉书·杨震传》："后转涿郡太守。性公廉，不受私谒。子孙常蔬食步行，故旧长者或欲令为开产业，震不肯，曰：'使后世称为清白吏子孙，以此遗之，不亦厚乎！'"传强项：传承耿直倔强的品性。汉安帝的舅父耿宝向杨震推荐中常侍李闰的哥哥，杨震不从。耿宝就亲自拜访杨震说："李常侍是皇上重用的人，想让你征召他的哥哥做官，我只是传达皇上的意思罢了。"杨震说："如果皇上想让三府征召，那么应有尚书的文书。"于是拒不答应，耿宝忿然而离去。阎显是皇后的哥哥，官居执金吾，也向杨震推荐亲友入朝为官，杨震又没有答应。《后汉书·董宣传》记载，董宣为洛阳令，杀了光武帝大姐湖阳公主的恶奴，皇帝要他向公主当面磕头谢罪。他不肯，光武帝叫太监按住他的脖子，他还是不低头。后来就用"强项"形容人刚强、不屈服。

⑦ 陈群：陈群出身汉末至魏晋时期的望族"颍川陈氏"。其祖父陈寔，父亲陈纪，叔父陈谌，于当世皆负盛名，其子孙亦为勋贵。太邱：曾任太邱长的陈寔。此句是祝福语，周馥意在说明其孙子明泰的功业将会超过他自己。

公①不为子孙忧。

宿张公渡②（丹徒县境）

往年曾宿张公渡，细雨斜风困行路。溪声荡潏搅离魂③，灯影咿嚘啼稚孺④。一梦江湖四十年⑤，月明今夜又停船。溪声灯影犹如故，白发颓然自在眠⑥。

金坛县⑦农家

菜花如锦绕柴门，败瓦颓垣乱后村。天徙鱼龙开旷土，人逃劫火长儿孙。巢莺何处寻乔木？墙蛎⑧于今验涨痕。圣代爱民最宽大，重征不使到邱园。

---

① 庞公：东汉末年躬耕襄阳的庞德公。他多次拒绝荆州刺史刘表的延请，不愿得官禄，刘表问他"后世何以遗子孙"，他回答："世人皆遗之以危，今独遗之以安，虽所遗不同，未为无所遗也。"表叹息而去。后遂携其妻子登鹿门山，因采药不返。事迹见《后汉书·庞公传》。

② 张公渡：江苏省高邮州（今高邮市送桥镇张公渡村）境内渡口，距离大运河、高邮湖与邵伯湖均很近。

③ 荡潏：音 dàng yù，水流涌腾起伏的样子。搅离魂：打扰了游子的梦境。

④ 咿嚘：音 yī yōu，拟声词。此处指啼哭、呻吟声。稚孺：幼童，小孩。

⑤ 一梦：像做了一场梦，形容时间很短。江湖：江河湖泊。泛指四方各地。四十年：周馥二十二岁在彭泽九都洪家训蒙，二十三岁在建德袁家山训蒙，之后离开故乡，开始了为幕宾与为宦生涯。至光绪二十四年（1898年）六十二岁，正好四十年。

⑥ 颓然：形容衰老的样子。自在眠：身心舒畅的睡眠。

⑦ 金坛县：清代镇江府下辖县，今为常州市金坛区。

⑧ 墙蛎：墙壁上爬的牡蛎。

游茅山①

汉代有高士②，栖隐此山岑③。往迹不可见，清风直至今。辞荣梅福量④，采药仲雍⑤心。尤羡陶宏景⑥，能追空谷音⑦。千秋香火共，一望白云深。我敢希肥遁⑧，幽岩⑨自可寻。

茅　山

游龙夭矫西复东⑩，欲夸⑪大海凌长风。忽回辔勒开堂奥⑫，怒气盘

---

① 茅山：道教名山。地处今江苏省句容市东南的句容、金坛两地交界处。

② 高士：指西汉景帝时期的茅盈、茅固、茅衷弟兄三人。他们受请在江南句曲山修道，此山后来被易名茅山。

③ 栖隐：音 qī yǐn，隐居。栖：鸟在树枝或巢中停息。也泛指居住或停留。山岑：音 shān cén，山峰。

④ 梅福：汉九江郡寿春人，字子真。官南昌尉。及王莽当政，乃弃家隐居。后世关于其成仙的传说甚多，江南各地以至闽、粤，多有其所谓修炼成仙的遗迹。量：度量，器量。

⑤ 仲雍：人名，又称"虞仲"，周太王的次子，泰伯之弟。因欲让位其弟季历（即周文王之父），与兄泰伯偕赴荆蛮。后泰伯为吴君，泰伯卒，无子，仲雍继立为君。

⑥ 陶宏景：生于456年，卒于536年，字通明，自号华阳隐居，谥贞白先生，丹阳秣陵（今江苏南京）人。南朝齐、梁时道教学者、医药学家。二十岁时齐高帝引为诸王侍读，后拜左卫殿中将军。永明十年（492年），辞去朝廷食禄，隐居句容句曲山（今江苏茅山），传上清大洞经箓，开道教茅山宗。梁武帝即位后，多次派使者礼聘，坚不出山。《南史·陶弘景传》："国家每有吉凶征讨大事，无不前以咨询，月中常有数信，时人谓为'山中宰相'。"

⑦ 能追空谷音：能追随古代先贤的踪迹。空谷音：即"空谷足音"，在寂静的山谷里听到人的脚步声。比喻极难得到音信、言论或来访。

⑧ 希：希望求得。肥遁：隐居避世而自得其乐。典出《周易》"遁"卦爻辞："上九，肥遁，无不利。"

⑨ 幽岩：深山。

⑩ 游龙：游动的蛟龙。形容茅山山脉婉转多姿。夭矫：音 yāo jiǎo，屈伸貌，屈曲而有气势。形容山脉气势。

⑪ 夸：古同"跨"，跨越。

⑫ 回辔勒：回马。辔勒：音 pèi lè，驾驭牲口用的缰绳和带嚼子的笼头。开堂奥：指别开生面。堂奥：音 táng ào，厅堂和内室。奥：室的西南隅。

郁①犹熊熊。历代真仙②此栖止，诏书重叠③来岩中。闻道丹砂余屑在，往往涧水飘残红。乡人报赛有期会④，老幼喘息陟巃嵸⑤。神仙枯寂弃轩冕⑥，岂有福泽遗村翁？山僧乞供⑦人乞福，滔滔趋利无终穷。天风浩浩吹长空，振衣绝顶窥鸿濛⑧。黄云黯惨阊阖⑨远，茫茫何处金银宫⑩？长生有术虽可学，绝人逃世理未通。雄飞雌伏各有候⑪，吾道自古随污隆⑫。君看此山忽驻足，难进易退将毋同⑬？天地万物有伸屈⑭，此关运数非人功。告谢山灵请归去⑮，愿持斯意葆吾躬⑯。

访溧阳⑰陈作梅先生故居

闻道华堂手自开，移居犹傍水云隈⑱。诸孙已见翔霄汉⑲，生计⑳依

---

① 盘郁：音 pán yù，郁结。

② 真仙：仙人。此处指得道高士。

③ 诏书重叠：皇帝颁发的文书一件件发送过来。

④ 报赛：举办谢神祭典。有期会：有约定的时间。

⑤ 陟巃嵸：攀登上高峻的山峰。陟：音 zhì，登。巃嵸：音 lóng zōng，山势高峻貌。

⑥ 枯寂：音 kū jì，枯坐静修。弃轩冕：放弃官位爵禄。轩冕：古时大夫以上官员的车子和冕服（含礼冠与服饰）。

⑦ 乞供：乞求供养。

⑧ 振衣：抖去尘，整衣。典出《史记·屈原贾生列传》。绝顶：山的最高峰。窥鸿濛：仰视高空。窥：窥视。此处指仰视。鸿濛：音 hóng méng，高空。

⑨ 阊阖：神话中的西边的天门。

⑩ 金银宫：仙人所住的宫殿，用金银筑成。

⑪ 雄飞：比喻奋发有为。雌伏：比喻隐藏，不进取。各有候：各有时节。

⑫ 吾道：我（此处指儒家）的思想。随污隆：随政治的兴替而兴盛衰败。

⑬ 难进易退：慎于进取，勇于退让。典出《礼记·儒行》。将毋同：大概没有什么不同。此处指与隐居此山的古贤行止相近。

⑭ 伸屈：伸直与屈曲。比喻进和退，得意和失意。

⑮ 请归去：回去。请：表敬副词，不表义。

⑯ 葆：通"保"，保全，保护。吾躬：我的身体。

⑰ 溧阳：清镇江府下辖县，今为溧阳市。地处江苏省南部，苏浙皖三省交界处。

⑱ 水云隈：水与云相接，风景清幽的地方。清末溧阳县内可称水云隈的只有境内的长荡湖周边。陈作梅先生故居在这附近。隈：音 wēi，山水等弯曲的地方。

⑲ 翔霄汉：在天空飞翔。比喻已取得功名，崭露头角。

⑳ 生计：赖以为生的产业或职业。

然在草莱。遗稿零缣^①人共惜，只鸡斗酒^②我余哀。先生不死当今世，应向蓬山泛酒杯^③。

望练湖^④二首

其　一

昔日引湖济漕船，今朝宿麦^⑤翠连天。

书生要识因时略，沧海枯时可作田。

其　二

东南民力已凋残，西北荒芜万里宽。

闻道富强勤远略^⑥，可从闾里^⑦问饥寒？

自泾县至太平道中三首

其　一

破晓严行李^⑧，陂陀驿路遥^⑨。凉风穿洞口，宿雾亘山腰。岚重客衣湿^⑩，林深禽语骄。傍岩寻野店，已见酒旗^⑪招。

---

① 遗稿零缣：遗留下来的书稿和零碎文字。

② 只鸡斗酒：古人祭亡友，携一只鸡一壶酒到墓前祭奠行礼。后作为祭奠亡友的典故。

③ 泛酒杯：指参加文士雅集饮宴。

④ 练湖：古称曲阿后湖，又名练塘、开家湖。在今江苏丹阳市西北。李吉甫《元和郡县图志·润州丹阳县》："练湖在县北一百二十步，周回四十里。"此湖纳附近诸山溪水，注入运河，以济漕运。

⑤ 宿麦：秋种春收的越冬小麦。

⑥ 勤远略：筹谋建设国防以捍卫边疆的战略。

⑦ 闾里：里巷，乡村。

⑧ 破晓：天刚亮。严行李：整理好行装。

⑨ 陂陀：音 pō tuó，倾斜不平。驿路：驿道。供传车、驿马行驶的大道。

⑩ 岚：音 lán，山里的雾气。客衣：指客行者的衣着。

⑪ 酒旗：古代酒店悬挂于路边或屋顶房前用于招揽生意的旌旗。

其　二

峰乱疑无路，溪深尚可舟。遗民半主客①，古庙自春秋②。坞坞炊烟起，村村甽③水流。阳春媚花鸟④，谁解杜鹃愁⑤？

其　三

十里短长亭，连峰入杳冥⑥。飞云缭树白，峭壁接天青。石磴萦如带⑦，岩居散若星⑧。春山饶雾雨，行路叹竛竮⑨。

黄山麓农家二首

其　一

林深常畏虎，村近互闻鸡。环堵⑩围如井，高田级似梯。鼍鸣飞堰水⑪，虹饮⑫隔山溪。半岭谁家住？云封路自迷。

其　二

矮屋黄茅暖，空亭绿荫凉。颓坦见兵燹⑬，客户遍农桑。井口笋衣落，樵肩兰草香。新茶初上市，最喜客评尝。

三叉路

迢递关前路，艰难客子身。可怜⑭山水色，送尽别离人。投宿狼鸣

---

① 遗民：劫后余留的民众。半主客：一半当地人一半外来户。

② 自春秋：循自然时序交替，过着平静的日子。

③ 甽：音 quǎn，田间水沟。

④ 阳春：温暖的春天，指农历三月。媚花鸟："花鸟媚"的倒装。意思是花鸟逗人喜爱。

⑤ 解：理解。杜鹃愁：失意、漂泊异乡的感伤情怀。

⑥ 杳冥：音 yǎo míng，天空，极高远之处。

⑦ 石磴：音 shí dèng，石台阶。萦如带：像长长的衣带回旋缠绕。

⑧ 岩居：居住在山岩上的人家。散若星：像星星一样零碎分布。

⑨ 竛竮：音 líng pīng，此处指步态不稳的样子。

⑩ 环堵：四周环着每面一方丈的土墙。指简陋的房屋。

⑪ 鼍鸣：音 tuó míng，扬子鳄叫。此处形容水的喧哗声。堰：音 yàn，拦河坝。

⑫ 虹饮：传说虹能吸饮地上的水。

⑬ 兵燹：音 bīng xiǎn，因战乱而遭受焚烧破坏的灾祸。燹：野火。

⑭ 可怜：可爱。

夜，思归鸟唤春。谋生殊不易，安敢惜风尘？

黄华山松柏口号二首^①

其　一

乱后乔柯劫火焚，数株松柏尚凌云。

非关雨露留私惠，为托高岩免斧斤。

其　二

谁扶大厦振危颠^②，求木深山事偶然。

欲作栋梁无哲匠，不如云壑保天年。

黄　山

黄山江南众山祖，独跨半壁开土宇。有如祖宗积累厚，儿孙叠起多英武。大儿扬镳走吴越^③，小儿西向护彭浦^④。惟有中男趋金陵^⑤，自辟堂奥建旗鼓^⑥。鸿钧^⑦造物具胚胎，三十六峰郁天府^⑧。传闻黄帝此学道，浮邱容成互宾主^⑨。只今云销玉坛寒，往往百灵趋风雨。金床玉几俨然在，环卫森列难悉数。或如老人相对弈，旁有观者坐而伛。或如游僧结

① 黄华山：即黄山。口号：表示随口吟成，和"口占"同义。

② 振危颠：进行挽救，以免危险倾覆。

③ 大儿：此处用了拟人的修辞手法，指黄山最大的支脉。扬镳：音 yáng biāo，提起马嚼子，驱马前进。此处指山脉延伸。周馥认为，苏浙一带的山脉如天目山脉等发源于黄山。吴越：江浙地区的代称。

④ 小儿：指黄山最小的支脉。彭浦：指彭泽湖口一带地区。

⑤ 中男：指黄山中等支脉。趋金陵：往金陵（今南京）方向延伸。

⑥ 自辟堂奥：自己动手盖起壮观的房子。堂奥：厅堂和内室。建旗鼓：竖起旗子与鼓。旗鼓：古时军中用以发号施令的旗帜与战鼓。此句是形容黄山余脉延伸到金陵，突然崛起。

⑦ 鸿钧：指上天或大自然。

⑧ 三十六峰：据乾隆帝《题慎郡王黄山三十六峰图》，分别指浮邱、飞龙、叠嶂、芙蓉、天都、松林、翠微、紫石、掷钵、圣泉、仙都、轩辕、九龙、棋石、紫云、青鸾、上霄、云际、桃花、炼丹、云外、望仙、清潭、石门、云门、容成、石柱、狮子、丹霞、老人、仙人、布水、石木、采石、朱砂、莲花诸山峰。郁天府：隆盛如天上的府第。

⑨ 浮邱容成：本指仙人浮丘公、容成子。此处指黄山山峰。相传黄帝与浮丘公、容成子炼药于此，故有浮丘、容成诸峰。互宾主：友好往来，轮流当主人和客人。

伴行，一人先导临水浒①。或如攒剑或托钵，或如翔鸾或蹲虎。天生神物非世玩，时有仙人来摩抚。仰攀竟日才半山，危栈欲度战两股②。巨石千丈洞深黑，白波百道雪飞舞。沉雾挟雨天阴阴，下窥绝壑面如土。森然魄动亟返步，归坐茅庵雨入庑③。僧言乱后香火稀，百寮只存屋数堵。神仙惯阅世兴亡，万事仍随人仰俯。东南烽火十余载，坐使山川气消腐。至今盗贼尚横行，老僧深山被驱侮。吁嗟乎！安得轩辕④返世间，重使人心还太古！

游黄山以足力不胜未登顶而返

早被惠文⑤误，云山徒梦思。只今身属我，可惜力先衰。霄汉心常在，嵚岖⑥路自危。老来知量力，行止漫相疑⑦。

樵山⑧（泾县）

巉岩⑨直如削，半岭得茅亭。细路螺旋顶，飞泉屋建瓴。风高禽鸟少，地净鬼神灵。远望平原树，齐横云脚青⑩。

哭刘芗林观察

天靳功名复靳年，苍苍何意毓英贤？横流沧海将谁挽？潦倒风尘各

---

① 水浒：音shuǐ hǔ，水边。

② 危栈：高而险的栈道。战两股：两条腿颤抖。股：大腿。

③ 茅庵：音máo ān，茅庐，草舍。此处指僧舍。庑：音wǔ，走廊，屋檐下。

④ 轩辕：传说中的古代帝王黄帝的名字。《史记·五帝本纪》："黄帝者，少典之子，姓公孙，名曰轩辕。"曾战胜炎帝于阪泉，战胜蚩尤于涿鹿。在位期间，播百谷草木、大力发展生产、始制衣冠、建舟车、制音律、创医学等。被尊为中华"人文初祖"。

⑤ 惠文：即惠文冠，相传为赵惠文王创制，故称。后为武官和法官之冠。此处指代官职。

⑥ 嵚岖：音qīn qū，险阻不平。

⑦ 行止：行动，出仕和退隐。漫相疑："莫漫相疑"的省略语。意思是不要随便猜疑我。

⑧ 樵山：隶属今黄山市黄山区新明乡，位于太平、旌德、泾县三县交界地带。

⑨ 巉岩：音chán yán，一种陡而隆起的岩石，孤立突出的岩石。

⑩ 齐横：齐横山，在泾县之北，今芜湖市繁昌区境内。云脚：低垂的云。

自怜。心血尚存戎政牍，宦囊①都付义庄田。伤心三十年来事，翘首辽天一惘然。

过和悦州②

四十年前一泊舟，乱离踪迹类逃囚。烽烟南北天无色，饿殍纵横鬼亦愁。今日楼台成胜境，可怜朋旧不同游。沧桑何限伤心事，不是愁人也白头。

登九华山东岩③

红日在山上，白云出山腹。须臾云接天，上下白相属。中有光明镜，瞳瞳万里烛。我来东峰巅，鳌背不容足。泛览身若浮，高栖地偏局。帝乡杳何许，举目羡黄鹄。慨然念知音，魂断《紫芝曲》④（初刘芗林观察邀我赁东岩僧寮养静，观察今下世矣）。

小轮舟上有联语云："日月双轮转，江河万古流"因戏成一诗
（时李傅相屡电招赴山东襄勘黄河）

日月双轮转，江河万古流。人生那得息，苦为一身谋。而我胡为者，天寒事远游？师友忠义交，况尔急相求。草茅无王事⑤，窃抱饥溺

---

① 宦囊：因做官而得到的财物。

② 和悦州：即和悦洲。因形似荷叶，本名荷叶洲，土人从而文之曰"和悦"。位于铜陵大通镇北面的江州。

③ 九华山东岩：位于九华山化城寺东侧山峰巅。

④《紫芝曲》：隐逸避世之歌，据说为秦末商山四皓所作。典出《乐府诗集·琴曲歌辞·采芝操》："皓天嗟嗟，深谷逶迤。树木莫莫，高山崔嵬。岩居穴处，以为蝹茵。晔晔紫芝，可以疗饥。唐虞往矣，吾当安归？"

⑤ 草茅无王事：草野平民没有王命差遣的公事。《仪礼·士相见礼》："在野则曰草茅之臣。"草茅：杂草。比喻在野无权的人。周馥其时未受官职，故以之自比。

忧①。刍荛②倘可采，民困其或瘳③。多恐忘忌讳，一语遭众咻④。侧闻济济士⑤，慷慨展宏猷。老马但识途，幸勿比骅骝⑥。

题陆竺斋比部《镆邪出险图》六首

（光绪二十五年己亥六十三岁）⑦

其 一

意外风波劫外身⑧，至今谈虎骇心神。

问君柱折山崩日⑨，肝胆相逢⑩有几人？

其 二

共工怒触不周山⑪，一霎魂飞缥缈间。

---

① 窃抱：私下怀有。饥溺忧：对百姓困苦的忧虑。语出《孟子·离娄下》："禹思天下有溺者，由己溺之也；稷思天下有饥者，由己饥之也，是以如是其急也。"此句是周馥解释北上参与治理山东河患的缘故。

② 刍荛：音 chú ráo，割草打柴的人。此处是"刍荛之言"的省略语，谦辞。意思是浅陋无知的话。

③ 其或：可能，或许。其、或均为表示猜测的语气副词。瘳：病愈，康复。

④ 一语：指一句话。遭众咻：遭到众人的喧扰。咻：音 xiū，嘘气，喧嚣。

⑤ 侧闻：从旁听见。济济士：众多的士人。

⑥ 骅骝：音 huá liú，赤红色骏马。周穆王的"八骏"之一。常指代骏马。

⑦ 陆竺斋：即陆学源（1854—1900），字仲敏，号竺斋、笃斋，浙江湖州人，邑庠生。累官刑部陕西司郎中、江西司主稿、会典馆协修。加盐运使衔，赏双眼花翎并加二品衔。著有《领恭轩文存》。比部：明清时对刑部及其司官的习称。镆邪：音 mò yé，亦作"镆铘"。古代宝剑名。《庄子》成玄英疏："镆铘，古之良剑名也。昔吴人干将为吴王造剑，妻名镆铘，因名雄剑曰干将，雌剑曰镆铘。"光绪二十五年：1899年。这年二月，皇上与太后召见周馥三次，垂询事极多，慰勉有加。八月，周馥授任四川布政使。

⑧ 劫外身：幸运地逃过了劫难的身子。

⑨ 柱折山崩日：房梁折断山崩塌的日子，局势危急的日子。

⑩ 肝胆相逢：彼此肝胆相照，赤诚交往。

⑪ 共工怒触不周山：先秦神话传说。《淮南子·天文训》："昔者，共工与颛顼争为帝，怒而触不周之山，天柱折，地维绝。"共工：传说中的部落领袖，炎帝的后裔。不周山：山名，传说在昆仑山西北。《山海经·大荒西经》载："大荒之隅，有山而不合，名曰不周。"

百尺上竿①知力尽，二分垂足②觉心闲。

其　三

歧路东西误浅深，阿谁③为握指南针？同舟但作枯鱼泣④，痴念《高王观世音》⑤。（同舟人有诵此者。《南史·王玄谟传》：玄谟战败，萧斌将斩之，玄谟梦人曰："诵观世音千遍，则免。"明日将刑，诵之不辍，忽传停刑。《北史·卢景裕传》：景裕败，系晋阳狱，至心诵经，枷锁自脱。又有人负罪当死，梦沙门教诵经，觉时如所梦，诵之千遍，临刑刀折，主者以闻，赦之。此经遂行，号曰《高王观世音》云。此皆非常理所有，故儒者不道。）

其　四

一苇⑥西来若可呼，泼头⑦那畏浪花粗。

芦中一饭非容易，他日王孙忆得无⑧？

---

　　①百尺上竿：即上百尺竿（古代表演杂技用的长竿）。郑处诲《明皇杂录》："时教坊有王大娘者，戴百尺竿，竿上施木山，状瀛洲、方丈，令小儿持绛节，出入于其间，歌舞不辍。"

　　②二分垂足：两足分开下垂。类似在秋千上闲坐。

　　③阿谁：谁，何人。

　　④枯鱼泣：干鱼被人带着过河时绝望后悔的哭泣。喻身陷绝境。典出《乐府诗集·枯鱼过河泣》。

　　⑤《高王观世音》：又称《观音救生经》《观世音经》。《大唐内典录·历代众经应感兴敬录》："昔元魏天平年中，定州募士孙敬德，在防造观音像，年满将还，在家礼事。后为贼所引，不堪考楚，遂妄承罪。明日将决，其夜礼忏流泪，忽如睡梦，见一沙门教诵《救生观世音经》，经有诸佛名，令诵千遍得免苦难。敬觉，如梦所缘，了无参错，遂诵一百遍。有司执缚向市，且行且诵，临刑满千。刀下斫之，折为三段，皮肉不伤，易刀又斫，凡经三换，刀折如初。监司问之，具陈本末。以状闻丞相高欢。乃为表请免死。因此广行于世。所谓《高王观世音》也。敬还，设斋迎像。乃见项上有三刀痕。见《齐书》。"

　　⑥一苇：一条小渡船。

　　⑦泼头：扑到船头的水。

　　⑧王孙：指贵公子。忆得无：回想得起来吗？无：用在句末，表示疑问语气。

其　五

萧条行李问前村，回首东溟蜃气昏。

寄语蛟螭①稍敛迹，莫教鼓浪入郊原。

其　六

观海观潮气未伸，蓬莱弱水屡停轮。鱼龙他日如相识，应避乘风破浪人（竺斋屡应京兆试②，不售③，今以郎署资劳将持麾出守④矣，故末语调之）。

题厉樊榭⑤老人自书诗集

鲍氏溪楼⑥不可攀，马家山馆堕茅菅⑦。当时此卷落何处，独逃劫火留人间。长安五月热无奈，开卷淅淅风生座。先生满腔吐冰雪，此身岂

---

① 蛟螭：音 jiāo chī，蛟龙。泛指水族等。

② 屡应京兆试：多次参加顺天府（北京城就在府境内）乡试。

③ 不售：考试不中。

④ 持麾出守：秉持旌麾出任太守。指京官外任地方知府（或知州、知县）。

⑤ 厉樊榭：即厉鹗（1692—1752），字太鸿，又字雄飞，号樊榭、南湖花隐等，钱塘（今浙江杭州）人。康熙五十九年（1720年）举人，此后屡试不第，终身未仕。清代浙西词派中坚人物，擅长五言诗，叶衍兰等撰《清代学者像传》中称其："为诗精深峭洁，截断众流，于新城（王士祯）、秀水（朱彝尊）外自树一帜。"他以"清"与"雅"作为词好坏的标准，推崇姜夔、张炎等人为首的宋词南宗，贬低辛弃疾等人的北宗。著有《樊榭山房集》《南宋杂事诗》等。《清史稿》有传。

⑥ 鲍氏溪楼：在湖州吴兴城南，厉鹗客游吴兴时寄居于此。由友人沈丙谦做媒，厉鹗于中秋月夜迎娶十七岁孤女朱满娘为妾。作诗《中秋月夜吴兴城南鲍氏溪楼作》纪念。

⑦ 马家山馆：即扬州小玲珑山馆，其主人为徽籍扬州盐商马曰琯、马曰璐兄弟。厉鹗与马氏兄弟过从甚密，他们以山馆为基地，结为"邗江吟社"，吟诗作赋等。堕茅菅：指山馆已颓圮，遗址上长满野草。茅菅：音 máo jiān，茅、菅二草，形相似，多用以指野生杂草。

肯红尘涴①。少游豪士平生欢②，赁庑留得梁伯鸾③。青灯红袖足潇洒，想见精采流笔端。更闻余技善度曲，著作粗如牛腰束。林逋无子复无家，断编零落知谁属？读罢悠然逸思多，西湖谁复辟烟萝④？升平韵事才人福，空抚《兰亭》忆永和⑤。

感　事

（时荣文忠⑥相国荐余治水有功，可权河督，上已俞允⑦矣，文忠固夙无往来者，乃枢府有旧识假词阻之。逾数月，乃拜川藩之命⑧。君相恩遇出于意外。）

诏书重叠起衰疲，况值洪流告警时。赤手宁将西日挽？白头真愧

　　① 红尘涴：被飞尘玷污。

　　② 少游豪士平生欢：像秦观那样的豪放不羁之士（此处指厉鹗）与徽商马氏兄弟素来交谊深厚。秦观（1049—1100），字少游，一字太虚，号淮海居士，别号邗沟居士，江苏高邮人。北宋婉约派词人。著有《淮海集》等。《宋史·秦观传》："少豪隽，慷慨溢于文词，举进士不中。强志盛气，好大而见奇，读兵家书，与己意合。"

　　③ 赁庑：音 lìn wǔ，出租房屋。梁伯鸾：即梁鸿，东汉早期人，字伯鸾，扶风平陵人，曾作《五噫歌》讽世，与妻恩爱，有"举案齐眉"佳话传世。事迹见《后汉书·梁鸿传》。周馥在此句中以梁伯鸾代称厉鹗。

　　④ 烟萝：草树茂密，烟聚萝缠，谓之"烟萝"，指幽居或修道之处。辟烟萝：铲去烟萝，指筑室隐居。

　　⑤《兰亭》：即王羲之所作《兰亭集序》。忆永和：回忆升平盛世（文士会集，儒雅风流）。永和：东晋皇帝晋穆帝司马聃的第一个年号，共计12年。此处代称康乾盛世。

　　⑥ 荣文忠：即荣禄（1836—1903），字仲华，号略园，瓜尔佳氏。出身于军官世家，以荫生晋工部员外郎，后任内务府大臣，工部尚书，出为西安将军。因受慈禧太后器重，留京任步军统领、总理衙门大臣、兵部尚书。辛酉政变后，官至总管内务府大臣，加太子太保，转文华殿大学士。光绪二十九年（1903年），卒，赠太傅，谥文忠，晋一等男爵。著有《荣文忠公集》等。

　　⑦ 俞允：允诺，同意。多用于君主。

　　⑧ 拜川藩之命：得到担任四川布政使的诏令。

《北山移》①。交情深浅黄河险，宦迹崎岖蜀道奇。欲报涓埃②愧才薄，只将忠信答君知。

黄牛峡③

十日九雾雨，百里几茅村。黑虎横流卧，雷霆挟石奔。船真上霄汉，人已出中原。回首庐山瀑，知从脚底翻。

新滩④（即新崩滩，汉时两山崩入江中，至今称为至险）

连嶂疑无路，崩崖欲阻澜。仰头天在瓮，惊魄浪跳丸。晴日午方见，阴风夏亦寒。千夫争努力，相庆过危滩。

泄　滩⑤

水落新滩险，水涨泄滩恶⑥。客子行涉冬，泄滩犹喷薄。翻花涡旋转，激箭波奋跃。我懔垂堂戒⑦，篮舆绕崖壑⑧。下望所乘舟，雪浪船头落。百夫挽不上，性命寄朽索。泷吏⑨对余言，洪流被山缚。兹复添旁

① 白头真愧《北山移》：我年迈体衰，本来屡次从官场求退，但又远赴四川做官，如有人著文指责我虚伪与矫情我也只好愧对这种文章了。白头：犹白发，指年老（或老年人）。此处指周馥本人。《北山移》：即《北山移文》，南北朝人孔稚珪所写的骈体文。文章将假隐士周颙隐居时与出仕后截然不同的行为进行了鲜明的对比,揭露其虚伪本质。

② 涓埃：细流轻尘。比喻微小的力量。

③ 黄牛峡：位于长江三峡西陵峡中段。以长江南岸之黄牛山而得名。山又名黄牛岩。这里有一排陡峭石壁，形状似神人牵牛。峡中江水呈"之"字形流淌，水急滩险，舟楫难行。

④ 新滩：即新崩滩，位于今湖北秭归县新滩镇的长江中，巫峡的东面，为三峡险滩之一。汉永元十二年(100年)崩塌山岩，晋太元二年(377年)又崩塌过一次，堵塞江流，形成此滩。

⑤ 泄滩：三峡中三大险滩之一。同治《归州志》记载："泄滩，州西二十里。水势汹涌，有泄床，石长三十余丈，水落石出。水涨若隐若见，行者无不惊恐。"

⑥ 水涨泄滩恶：水位升高，泄滩很危险。同治《归州志》："土人云，有泄无新，有新无泄，盖言新泄二滩水涨则泄险，水涸则新险耳。"

⑦ 垂堂戒：指险境或挫折给人带来的教训。垂堂：靠近堂屋檐下。因檐瓦坠落可能伤人，故以喻危险的境地。典出司马相如《上书谏猎》："家累千金，坐不垂堂。"

⑧ 崖壑：高崖深谷。

⑨ 泷吏：音lóng lì，指长驻急流边以保行舟安全的小吏。典出韩愈《泷吏》。

溪，砂石下丛错①。独夫②罪滔天，廉来③更助虐。可怜每岁中，百命葬山脚。余闻此语悲，拯济无方略。一夫苟失所，大吏增惭怍④。异日铸铜山⑤，当为铲崖嶭⑥（时议开铜矿）。

巫峡⑦二首

其 一

鬼斧何年削，猱升竟绝踪。束江流一线，拔地耸千重。云雨自朝暮，神仙何处逢？岭凹有茅屋，愧尔力田农。

其 二

山意障全蜀，神功欲澹灾⑧。凿门三峡峻，涉险万艘来。岚气四时雨，涛声千壑雷。客心自凄切，不为断猿⑨哀。

出 峡

楚蜀严关键，行人困险艰。风腥人鲊瓮⑩，月冷鬼门关。天地留荒秽，山川自傲顽。我行幸安稳，已觉鬓毛斑。

---

① 丛错：庞杂，繁多。

② 独夫：本指残暴无道、众叛亲离的统治者。此处指湍急的河水。

③ 廉来：本指蜚廉、恶来父子。《史记·秦本纪》："蜚廉生恶来。恶来有力，蜚廉善走，父子俱以材力事殷纣。"此处指水下暗礁。

④ 大吏：大官。此处为周馥自称。惭怍：音 cán zuò，惭愧。

⑤ 异日：将来某一天。铸铜山：开铜矿铸钱。

⑥ 崖嶭：音 yá è，山崖。

⑦ 巫峡：长江三峡第二峡，自巫山县城东大宁河起，至巴东县官渡口止，有大峡之称。峡长谷深，奇峰突兀，层峦叠嶂，云腾雾绕，江流曲折，百转千回，船行其间，宛入画廊。

⑧ 澹灾：音 dàn zāi，消除灾害。

⑨ 断猿：即"断肠猿"，孤独悲啼之猿。典出《世说新语·黜免》"桓公入蜀"条故事。

⑩ 人鲊瓮：长江一险滩，位于今湖北秭归县西北归州镇西。王象之《舆地纪胜·卷第七十四·归州》："叱溪在秭归县，《旧经》云：'水石相激如喷咤之声，一名人鲊瓮。'"

夔州府①

　　豁眼千家市，缘崖百雉②崇。山围巴子国③，云掩汉王宫④。鸟道秦关接⑤，龙舟渤海通⑥。百蛮归锁钥⑦，八阵守罴熊⑧。高浪吞吴楚，危峰揖华嵩⑨。屯营当阃阈，割据想英雄。富庶熙朝泽⑩，葘畬累岁功⑪。井盐炊雪白，园橘灿珠红。霪潦⑫曾为患，闾阎尚未充⑬。侧闻民异教⑭，尤虑口兴戎（近颇因耶稣教案滋事）⑮。守望联同井⑯（各邑皆办团练），

---

　　① 夔州府：位于今重庆市北部。宋元时期为夔州路。明洪武四年（1371年）改夔州路置府，治奉节县。清代辖奉节、巫山、云阳、万、开、大宁6县以及尼溪1散厅。民国二年（1913年）废除。

　　② 百雉：高一丈、长三百丈的一堵城墙。此处指城墙。

　　③ 巴子国：周朝分封的诸侯国，国君为姬姓，子爵。位于今重庆、湖北、四川、贵州一带。

　　④ 汉王宫：即三国蜀汉刘备所筑行宫永安宫的台基遗址，位于今重庆奉节县县城。

　　⑤ 鸟道秦关接：通过险峻难行的山路，蜀地与秦地关塞相通。鸟道：只有飞鸟能通过的道。指险峻难行的山路。秦关：秦地关塞。大致指连接秦地与蜀地交通的大巴山麓的关口。

　　⑥ 龙舟：或称龙船，舟上画着龙的形状或把舟做成龙的形状，用人力划行。此处指大轮船。渤海通：通到渤海。轮船从夔门东下至沪上吴淞口，再从黄海航海北上，可入渤海。

　　⑦ 百蛮：古代对南方少数民族的总称。此处指西南少数民族。归锁钥：归属于这个军事重镇掌控。锁钥：本指锁和钥匙。此处指出入要道，军事重镇。

　　⑧ 八阵：指由天、地、风、云、龙、虎、鸟、蛇八种阵势所组成的军事操练和作战的阵图，是诸葛亮的一项创造。据《八阵图碑记》云："诸葛武侯之八阵图，在蜀者二，一在夔州永安宫，一在新都弥牟镇。"守罴熊：像熊罴一样地蹲守在那里。

　　⑨ 危峰：高峻的山峰。揖华嵩：对华山、嵩山拱手行礼。此句形容夔州境内山很高。

　　⑩ 富庶：物产富足，人口众多。熙朝泽：清朝的恩泽。熙朝：兴盛的朝代。此处指清朝。

　　⑪ 葘畬：音zī shē，耕耘。累岁功：连年累月才有劳绩。

　　⑫ 霪潦：音yín liáo，指久雨成涝。

　　⑬ 尚未充：（财富）尚未充足。

　　⑭ 侧闻：从旁听到。民异教：此句有歧义，有两种解释，其一指老百姓信仰不同的宗教，其二指老百姓信仰非正统的外来宗教（指耶稣教）。

　　⑮ 口兴戎：指说话不慎而惹起争端。《尚书·大禹谟》："惟口出好兴戎，朕言不再。"戎：战争。此处指争端。

　　⑯ 守望：（为了防御外来的侵害）看守瞭望。联同井：联络同一乡村的农民。同井：共一井田的乡邻。

征输义急公①。拊循重良吏②，何以继文翁③？

过蓬溪县④

篮舆百廿里⑤，夜半到蓬溪。灯火迎郊市，衣冠杂耄倪（子学铭前二年宰是邑，民颇爱戴，余此来，士民见者犹称颂不已）⑥。民醇勤稼穑，田少限山溪。欲究茶桑术，何人为指迷（蓬民诉学铭劝民种茶桑，事未竟去任。求饬后来宰斯土者继成之）？

寄呈奎乐峰制军、刘幼丹太守五首⑦

（光绪二十六年庚子六十四岁）

（光绪二十六年九月二十三日陕西行在电传，奉旨以馥调补直隶藩司，无庸赴行在请训，即沿江下驶抵沪，航海赴任。闻庆亲王、李傅相奏请也。

---

① 征输：缴纳赋税。义急公：即好义急公。信守道义，急于公事。

② 拊循：音 fǔ xún，安抚、抚慰，养护。良吏：贤能的官吏。

③ 文翁：名党，字仲翁，西汉舒县（今安徽庐江）人，景帝末年，为蜀郡守，"仁爱好教化"，在成都市中修建学宫，入学者免除徭役，成绩优者为郡县吏，每出巡视，"益从学官诸生明经饬行者与俱，使传教令"，蜀郡自是文风大振，教化大行。

④ 蓬溪县：清四川省潼川府下辖县（今为四川省遂宁市下辖县）。东与顺庆府西充县、南充县接壤。

⑤ 百廿里：一百二十里。

⑥ 衣冠：衣和冠。古代士以上戴冠。代称缙绅、士大夫。杂耄倪：杂着老人和少年。耄倪：老少。《孟子·梁惠王下》："王速出令，反其旄倪，止其重器。"赵岐注："旄，老耄也。倪，弱小，繄倪者也。"学铭：周馥次子周学铭。其于光绪二十二年（1896年）二月至二十三年（1897年）十一月为蓬溪知县，在任兴教育，劝农桑，恤孤贫，勤听讼，修县志，百废俱举，治行推全川第一。奉旨嘉奖，光绪二十三年（1897年）冬，调署江津知县。

⑦ 奎乐峰制军：即瓜尔佳·奎俊总督。奎俊（1843—1916），字乐峰。荣禄的堂叔父。历任山西布政使、陕西巡抚、江苏巡抚、四川总督、刑部尚书等。在官以贪腐著称。工书，近赵孟頫，得其神髓。刘幼丹太守：即成都知府刘心源（1848—1915），字亚甫，号冰若，另号幼丹、夔叟，晚号龙江先生，湖北嘉鱼县（今洪湖市）人，光绪二年（1876年）中进士，历任江南道监察御史、京畿道监察御史、四川夔州知府、成都知府、江西督粮道、按察使、广西按察使等官职。领导了湖北保路运动，辛亥首义成功后被举为湖北议会议长、国会会员，湖北首任民政长，湖南巡按使等职，为政廉洁。著有《古文审》《乐石文述》等。

不才以衰病乞告①之身，忽使理此糜烂之地，深惧未能胜任。时和议未成，天津海口已冻，傅相来电属到上海再定进止。因于十月十六日交卸川藩印务，即日登舟东下，僚友相送东门外，怅惘若失。逾日作此寄呈。）

其　一

少时多患难，老去益艰危。敢负平生志，难酬君相知。九衢②余战血，三辅遍疮痍③。东望沧溟阔，风涛正渺瀰④。

其　二

力弱宁肩重？年衰不任劳。分将死忧患，未必补毫毛。欲使敌忘鸩⑤，尤期民卖刀⑥。痴心祝丰岁，比户息啼号。

其　三

国事真儿戏，民情若水浮。老成支半壁（谓两江刘岘庄、两湖张香涛、四川奎乐峰三帅）⑦，上相补残瓯（谓李傅相）。祖泽留忠厚，天心见悔尤⑧。微臣余涕泪，日夕仰新猷。

其　四

一事何曾就，期年鬓欲焦。燎原机幸遏（夏秋间川中伏莽⑨皆蠢动，惟余与奎制军筹画，幸随即扑灭。同僚先多疑虑，后始心服），曲突见难

---

① 乞告：即请告，请求休假或退休。此处指因衰病请求退休。告：休假。

② 九衢：纵横交叉的大道，繁华的街市。

③ 三辅：京城附近地区。遍疮痍：到处遭到破坏。疮痍：音 chuāng yí，创伤。此处比喻遭受灾祸后凋敝的景象。

④ 渺瀰：水流旷远之貌。典出木华《海赋》。此处指海涛正在涌起。

⑤ 敌：指八国联军。忘鸩：忘记毒害中国人。

⑥ 尤期：尤其盼望。民卖刀：卖了刀，从事农业生产。《汉书·龚遂传》："遂见齐俗奢侈，好末技，不田作，乃躬率以俭约，劝民务农桑，……民有带持刀剑者，使卖剑买牛，卖刀买犊。"

⑦ 支：支撑。三帅：分别指两江总督刘坤一（字岘庄）、湖广总督张之洞（字香涛）、四川总督奎俊（字乐峰），清代总督一般加兵部尚书衔，故可称帅、制军。该句是赞美经历多、成熟稳重的地方督抚大员没有听朝命对外国宣战，而是保境安民，使中国东南半壁未卷入战火中。

⑧ 天心：上天之心。见悔尤：表现出悔恨之意。悔尤：即"悔"，为偏义复词。

⑨ 伏莽：潜伏的寇盗。

调①。民识茧丝急，朋怜松柏凋。深情惭幕府②，乏策献刍荛③。

其　五

暮景蛇添足，雄心鶂退飞④。只缘恩遇重，敢惜夜行非？峡暗猿声急，天寒雁影稀。前途惟叱驭⑤，相送勿沾衣。

庚子十月十六日川中官绅饯别东门⑥外舟行一路得绝句十首即寄以志别

其　一

玻璃江水绿如油，一路青山送客舟。

衰老料无重到日，一湾转处一回头。

其　二

望江楼⑦下泪沾巾，岂有新恩及吏民？

万里来游一年去，扪心终是负心人。

其　三

虚怀帅府幸同心⑧，默运元机虑患深⑨。

为问寥寥棋数著，当场谁许是知音（谓哥会匪起乱）?

---

① 曲突见难调：曲突徙薪(防患于未然)的主张难以让大家一致赞同。

② 深情惭幕府：倒装句，即"惭幕府深情"。意思是我惭愧幕宾们对我的深厚感情。

③ 乏策献刍荛：我缺少计策，无法向朝廷贡献浅薄之见。

④ 鶂退飞：六只水鸟倒着飞。典出《春秋·僖公十六年》："十有六年春，王正月戊申朔，陨石于宋五。是月，六鶂退飞，过宋都。"杜预注："鶂，水鸟，高飞遇风而退。"

⑤ 叱驭：音 chì yù，向驾车人叱喝。比喻为报效国家，义无反顾，不畏路途艰险。句中用了"王尊叱驭"典故，见《汉书·王尊传》。

⑥ 东门：成都府城东门。周馥从东门外府河，乘船南下，在彭山县江口再汇入岷江，而后经乐山、宜宾入长江

⑦ 望江楼：本名崇丽阁，位于今成都市区东南锦江岸边的名楼，清末为纪念薛涛而建。唐代女诗人薛涛曾在此汲取井水，手制诗笺。

⑧ 虚怀帅府幸同心：指四川总督奎俊胸襟宽大，与周馥齐心，政见一致，对当地会党采取镇压政策。

⑨ 默运：暗中运用。元机：即玄机，神妙的机宜。元："玄"的避讳字。

其 四

安得循良化俗醇①，愧无五裤②富吾民。桃源只在人间世，惟有刘郎解问津（刘心源，字幼丹，湖北嘉鱼人，时守成都府，与余同心靖乱，屡出巡，解散匪党）。

其 五

半载惊心听暮笳，谁叫戎马乱京华？丈夫忧乐关天下，莫学公孙笑井蛙③（谓川中团练有误会义和拳为忠义者）。

其 六

甘棠手植愿成林，岁岁移根剪伐深。寄语东风须护惜，有人陇上望清阴（川边地及多盗之区，皆选贤能吏任之，虑一年期满撤调，力请督部留之）。

其 七

忆昔秦淮汗漫游④，相逢蜀友尽风流。今来蜀道人何在？故友邱山我白头（谓江安傅励生别驾诸人）⑤。

其 八

西风料峭一帆轻⑥，千里遮留愧送迎。

---

① 循良：奉公守法的地方官。化俗醇：使风俗受德教而变得醇厚。

② 五裤：亦作"五绔"。比喻善政。《后汉书·廉范传》载，廉范为官，随俗化导，各得其宜，做蜀郡太守时，废除禁止百姓夜间点灯做事的制度，老百姓作《五绔歌》："廉叔度，来何暮？不禁火，民安作，平生无襦今五绔。"歌颂他的功绩。后遂用为称颂地方官吏施行善政之词。

③ 莫学公孙笑井蛙：不要学公孙述，否则会被人称为井底之蛙。公孙：西汉末年割据益州称帝的公孙述。马援曾评价他说："子阳（公孙述字）井底蛙耳，而妄自尊大。"

④ 汗漫游：典出《淮南子卷十二·道应训》："吾与汗漫期于九垓之外。"后用以指世外之游，或形容漫游之远。

⑤ 邱山：泛指山。此处指周馥友人已死，埋葬在山丘上。傅励生别驾：周馥友人，四川江安人傅诚，先后入曾国藩、李鸿章、左宗棠幕，爱藏书，官位不显，终北河通判。

⑥ 料峭：形容风冷而尖利。一帆轻：船顺风而驶，非常轻快。

忆得唐人罗隐①句，山将别恨水离声②。

其 九

久欲峨嵋作胜游，经年簿领③似羁囚。

山灵应笑红尘客，行止因何不自由。

其 十

王事难容滞客踪，此心已似水朝宗。

卧游他日能偿愿，应画巫山十二峰。

成 都

峻岭连西极④，重关护北垠⑤。桑麻称乐土，贡赋冠王臣⑥。昔沐文翁化⑦，今无司马⑧贫。人多五方杂，天作四时春。堰水环都甸⑨，山珍列海滨。弄机鲜夺锦，煮井色如银。邛竹宜为杖，桤林合作薪。一廛堪送老⑩，百物不求邻。往日曾戡乱⑪，重征遂⑫算缗。驭夷聊寄市⑬，奉上

① 罗隐：原名罗横（833—910），唐末文学家，字昭谏，杭州新城（今杭州市富阳区）人。十次进士试而未中，改名罗隐，隐居于九华山。光启三年（887年），归依吴越王钱镠，历任钱塘令、司勋郎中、给事中等职，人称罗给事。其著作《谗书》对社会进行的揭露和批判相当深刻，有很强的战斗性；诗集有《甲乙集》，颇有讽刺现实之作，多用口语，流传很广。

② 此句摘引了罗隐《绵谷回寄蔡氏昆仲》诗句，原文是："山将别恨和心断，水带离声入梦流。"

③ 簿领：官府记事的簿册或文书。此处周馥用以指称自己的政务工作。

④ 西极：西边的尽头，西方极远之处。

⑤ 重关：险要的关塞。北垠：北部边界。

⑥ 贡赋：租税，赋税。冠王臣：为民众之冠。王臣：君王的臣民。

⑦ 文翁化：即文翁教化。典出《汉书·文翁传》。后指官吏教化百姓，改易民风。

⑧ 司马：即司马相如。《史记·司马相如列传》载："会梁孝王卒，相如归，而家贫，无以自业。……文君夜亡奔相如，相如乃与驰归成都。家居徒四壁立。"

⑨ 堰水：此处都江堰的水流。堰：拦河蓄水，抬高上游水位的堤坝，水流从堰的顶部自由下泄。环都甸：环绕城市与郊外。

⑩ 一廛：一处宅地。此处指一处住所。堪：能够，足以。送老：度过晚年。

⑪ 戡乱：音 kān luàn，平定祸乱。此处指平定太平军起义、捻军起义。

⑫ 遂：达成，施行。

⑬ 驭夷：调控政府与外国人的关系，使对方不过于嚣张。聊：姑且。寄市：托身于闹市中。

凛如神①。生齿频加益，勤耕已尽畇②。岭头田列罫③，水涘屋排鳞④。但惜官尸职⑤，休言俗未醇。穷黎资教养⑥，久任见经纶。恨继凋疲后，惭无尺寸伸。斡旋非乏术⑦，力薄愧斯民。

过江津县⑧

（予甫入江津境，绅民然爆竹相迎，联绵百里不绝，止之，不可。先二年子学铭曾权江津篆，时土匪余栋臣⑨据大足，四出扰害，学铭力办乡团御之，得未窜入，至今民尚感颂。惜予与学铭宦蜀未久，旋俱去任。）

江津一载⑩尔何功，百里欢声接乃翁。

民不负官官自负，都如鸿影渡秋风。

重庆府⑪

双流千里合⑫，重镇握中权⑬。市宇蜂房密，山街螺顶旋。赋增蛮徼

---

① 奉上：侍奉君主。凛如神：像面对神灵那样敬畏。

② 畇：音yún，形容田地平坦整齐。此处指田地。

③ 田列罫：一块块田像围棋盘上的方格子。罫：音guǎi，方的网眼或围棋盘上的方格子。

④ 水涘：水边，岸边。涘：音sì，水边。屋排鳞：屋子像鱼鳞那样排得很整齐。

⑤ 尸职：失职。

⑥ 穷黎：贫苦百姓。资：资助，帮助。

⑦ 斡旋非乏术：缺少改善当地政治经济状况的办法。斡旋：调解，奔走活动。

⑧ 江津县：清为重庆府下辖县（今为重庆市江津区），以地处长江要津而得名。

⑨ 余栋臣：生年不详，卒于1912年，又名腾良，绰号余蛮子，清四川大足（今属重庆）人。初以挑煤营生，后多次在家乡率众起义，反抗外国教会侵略，后在清军围困下求降，被囚于成都。辛亥革命后获释。

⑩ 江津一载：周学铭于光绪二十三年（1897年）冬，调署江津知县，光绪二十五年（1899年）初离任。

⑪ 重庆府：清属四川省。辖长寿、巴县、江津、綦江、南川、武隆、定远、铜梁、大足、荣昌、璧山、合州、涪州、江北厅，合十一县二州一厅，民国二年（1913年）废。

⑫ 双流千里合：指长江上游与嘉陵江各自流淌了千里后，在重庆汇合。

⑬ 中权：本指主将所在的中军。《左传·宣公十二年》："前茅虑无，中权后劲。"杜预注："中军制谋，后以精兵为殿。"引申指政治的中心，犹言中枢。

货，帜别异邦船。轮轨西通①日，绸缪重守边②。

香溪（昭君故里属归州）③

美人香草恨同生，越国西施枉擅名。守命不甘求画手④，安边无计愧公卿。孤臣去国伤谗日⑤，义士投边恋主情⑥。同是人间不平事，借君吟出断肠声。

曩余辑古今治水各书成帙，今属友人重编之，戏题五绝

其 一

学得屠龙术已疏，十年辛苦困舟车。

补天⑦他日非无用，留得娲皇炼石书。

其 二

国门何敢换千金⑧，妙处须从淡处寻。

莫道陈言无去取，读书要见著书心。

其 三

治水休教水性违，此中人事具天机。

---

　　① 轮轨西通：指铁路通云南，并与外国铁路相连通。

　　② 绸缪：比喻事前做好准备工作。重守边：重视守卫中国西南边疆。

　　③ 香溪：又名昭君溪，是长江支流，发源于神农架山区，水色如黛，澄清可掬，位于西陵峡口长江北岸。相传香溪上游宝坪村乃汉元帝妃子王嫱（王昭君）出生地。归州：清属湖北宜昌府下辖州，治所在长江边。民国初年改为秭归县。

　　④ 守命不甘求画手：王昭君安于命运，不愿意求画师给她画漂亮一些。此句暗用了葛洪《西京杂记》中"画工弃市"典故。

　　⑤ 孤臣：忠贞自持孤立无援的大臣。去国：离开自己的国家（亦可指都城）。伤谗日：伤心遭到别人谗毁而失意的日子。

　　⑥ 义士：守义不苟的人。投边：被放逐到边远地区。恋主情：依恋君王的感情。

　　⑦ 补天：把天的损坏之处补上。典出《淮南子·览冥训》"于是女娲炼五色石以补苍天"。此处指治水。

　　⑧ 国门何敢换千金：周馥说自己的著述谈不上一字千金。典出《史记·吕不韦列传》："布咸阳市门，悬千金其上，延诸侯游士宾客有能增损一字者予千金。"

量沙鞭石①知何用，休与痴人辩是非。

其　四

安得逢时效薄能，滔滔自古恨难澄②。钟期③死后知音少，他日何人续《广陵》（谓潘骏文方伯）④？

其　五

撮要聊为记事珠⑤，在人举一反三隅。

山崩水竭理还在，休问他年覆瓿⑥无。

过空瓴峡⑦（前日有商人轮船过此触沉）

乱峰插天天欲黑，谽谺⑧出水森相逼。飞轮万斛行欲前，一触如糜救不得。阴风惨惨透骨寒，直疑下通罗刹国⑨。岩前佛像何清妍，舟行拜佛无后先。愚夫惧祸虽可笑，略如智者防未然。船窗镇日坐凄冷，怪石千形怒相逞。嗟哉我行何为来？弄人造物太顽犷。我闻黄龙昔开江，

---

① 量沙鞭石：又称"辇沙鞭石""囊沙鞭石"。用泥沙和石块垒堤坝。

② 滔滔：指洪水泛滥。澄：澄清。

③ 钟期：即钟子期。比喻知音者。

④《广陵》：即《广陵散》，古琴曲名。三国时魏国嵇康善弹此曲，秘不授人。后遭谗被害，临刑索琴弹之，曰："《广陵散》于今绝矣！"后用以称事无后继、已成绝响者。潘骏文方伯：生年不详，卒于1893年，字彬卿，潘锡恩之子，安徽泾县人。廪贡生，捐资得刑部郎中，改任山东知府，历道员至按察使，迁福建布政使。光绪十九年（1893年）卒于官。咸丰末至光绪年间，参与镇压捻军起义，并多次参加治河，堵塞侯家林河决，督办河南郑工西坝。方伯：布政使别称。

⑤ 记事珠：传说能帮助记忆的珠子。典出王仁裕《开元天宝遗事·记事珠》。

⑥ 覆瓿：音fù bù，覆盖瓦罐。喻著作毫无价值或不被人重视。亦用以表示自谦。瓿：古代容器，用陶或青铜制成。

⑦ 空瓴峡：又写作空舲峡，在今湖北秭归县（剪刀峪）西北。《舆地纪胜·归州》载，空舲峡"在秭归县东，绝崖壁立，湍水迅急，上甚艰难。舲中载物尽悉下，然后得过，故谓之空舲峡。上有火炬插在崖间"。《钦定大清一统志·宜昌府》"空舲峡"条载："《州志》：峡中有大石，大石左下，三石联珠，峙伏水中，土人号曰三珠石，舟行必由大石左旋，掖柁右转，毫厘失顾，舟糜石上。"

⑧ 谽谺：音hān xiā，山石险峻貌。

⑨ 罗刹国：指大海中食人的罗刹鬼聚居之处。

胡不铲削平惊泷①。至今留作鲸鲵穴，清平世界横戈铩。更闻海涌百灵怒，贪睡蛟龙亦颠仆。波平风定会有时，蛟龙幸勿睡如故。

赴保定藩司任

（光绪二十七年辛丑，六十五岁。时各国联军尚未尽退，土匪四起，剿抚兼施，越月始定。）

城郭人民果是非，无端烽火遍郊畿。愁云黯惨②狐群啸，故垒③荒芜燕子归。敢谓此来春有脚④，何时相对物忘机⑤？艰贞自是中兴象⑥，白首孤臣泪满衣。

顺德途中（时迎两宫回銮⑦）

雪霁⑧连峰净，云开晓日升。六军归意动，万井喜声腾。薄海瞻云日，回天仗股肱⑨。小臣惭负弩⑩，宣德慰黎蒸⑪。

---

① 惊泷：音 jīng lóng，激流。丁鹤年《次小孤山》："峡束千雷怒击撞，危峰屹立压惊泷。"

② 黯惨：天色昏黑。典出杜甫《溇陂行》："天地黯惨忽异色，波涛万顷堆琉璃。"

③ 故垒：古代的堡垒，旧堡垒。

④ 春有脚：春天来临，使民众感到温暖。"有脚阳春"为旧时称赞好官的套话。典出王仁裕《开元天宝遗事·有脚阳春》："宋璟爱民恤物，朝野归美，时人咸谓璟为有脚阳春，言所至之处，如阳春煦物也。"敢谓：岂敢说。此处是谦辞。

⑤ 忘机：忘掉世俗的机巧之心。指淡泊无为、安宁清静的心境。机：心机。

⑥ 中兴象：指国家由衰退而复兴的景象。

⑦ 两宫回銮：指逃八国联军之难的光绪皇帝与慈禧太后回到宫中。帝王及后妃的车驾称为"銮驾"。

⑧ 雪霁：雨雪停止，天放晴。

⑨ 股肱：音 gǔ gōng，大腿和胳膊。古代用以比喻身边得力的帮手。此句指使八国联军退兵，中外达成和约，参与谈判的得力大臣，如李鸿章等人。

⑩ 负弩：音 fù nǔ，身背弓弩作前导，为古代迎接贵宾之礼。《史记·司马相如列传》："乃拜相如为中郎将，建节，往使，……至蜀，蜀太守以下郊迎，县令负弩矢先驱。"

⑪ 黎蒸：音 lí zhēng，亦作"黎烝"。黎民，百姓。《史记·司马相如列传》："正阳显见，觉寤黎烝。"

过邯郸瞻卢生石像①

琢石犹存梦里身，定知不蹋世间尘。

笑他奔走红尘客，醒眼都如睡眼人。

老骥歌

老骥在德不在力，一生奔走困羁勒。主人刍秣②非不丰，垂首盐车③
气摧抑。年来拂拭④似有异，尔骥有心岂能识⑤？呜呼！主人已死槽枥
空⑥，骥亦瘦骨惊秋风。失机往事何堪说⑦？汗血微劳耻道功。君不见，
当日同群度绝漠，半化虫沙半猿鹤⑧。帷盖⑨余生幸已多，敢言老死填
沟壑？

随扈东陵有作

（光绪二十八年壬寅，六十六岁。上年冬，两宫自西安回銮，今二
月，即举此典礼。）

---

① 邯郸：古地名。今河北省邯郸市。战国时为赵国都城。卢生：典故"黄粱梦"中人物。
沈既济传奇小说《枕中记》载，卢生在邯郸客店中遇道士吕翁，用吕翁所授瓷枕，沉沉睡去，睡
梦中历数十年富贵荣华。及醒，店主炊黄粱未熟。后因以"邯郸梦"比喻人生的荣枯盛衰，实
如一场梦，不必积极营求富贵。

② 刍秣：音 chú mò，草料。

③ 盐车：运盐的车子。《战国策·楚策》："夫骥之齿至矣，服盐车而上太行。蹄申膝折，尾
湛胕溃，漉汁洒地，白汗交流，中阪迁延，负辕不能上。伯乐遭之，下车攀而哭之，解纻衣以幂
之。"后以"盐车"为典，多用于喻贤才屈沉于下。贾谊《吊屈原文》："骥垂两耳，服盐车兮。"

④ 拂拭：音 fú shì，掸去或擦去尘土。此处指主人对老骥的呵护。整首诗中，周馥以老
骥自比。

⑤ 岂能识：岂能不识。此处用了省略修辞手法。

⑥ 主人已死：字面义是老骥的主人去世了。隐喻义是指李鸿章在这年去世。槽枥：音
cáo lì，喂牲口用的食器。

⑦ 失机往事：失去很好机会的往事。对于国事，周馥曾为李鸿章筹谋了一些好的方策，
可惜有些未被采听。何堪说：怎能忍受说出来。

⑧ 半化虫沙半猿鹤：用了"猿鹤沙虫"典故。指阵亡的将士。

⑨ 帷盖：车的帷幕和篷盖。此处指自己有一定身份地位，出门能有车乘。

六龙回辔海天清，东望桥山①感圣情。阃外元戎严宿卫（时直督袁慰庭宫保率兵扈从）②，乱余父老见升平。彩云映树千峰出，微雨消尘万骑轻。人孝自因天下养，壶浆一路起欢声。

过马驹桥③，谒碧霞元君④庙

少日题桥一驻车，今朝白发叩荒庐。丰碑想见升平日，败瓦犹存劫火余。春尽不逢京兆马⑤，夜来谁授子房书⑥？应知鱼鸟瞻恩幸，一派清波绕玉渠。

壬寅六月舟行大清河有作⑦，即赠别保定诸公

（时天津各国兵未全退，将赴山东巡抚任）

流亡初复业，暑雨庆年丰。涕泪重来日，艰难一岁中。离怀翻感昔，话旧与谁同？溟海犹腾浪，阴云不散风。余腥豺虎窟，举步棘荆

---

① 桥山：山名。位于陕西省黄陵县西北，下有沮水穿山底而过，有如桥形，故称为"桥山"。上有黄帝冢，称为"桥陵"。此处指清东陵（位于今河北遵化境内）所在的山。

② 阃外：音 kǔn wài，指京城（或朝廷）以外。亦指外任将吏驻守管辖的地域，与朝中、朝廷相对。元戎：本指大的军车。后用以指主将，元帅。直督：直隶总督。袁慰庭宫保：即袁世凯，他被清廷封为太子少保，故有此称。

③ 马驹桥：位于今北京市通州区马驹桥镇。

④ 碧霞元君：中国历史上影响最大的女神之一。全称为"东岳泰山天仙玉女碧霞元君"，道经称为"天仙玉女碧霞护世弘济真人""天仙玉女保生真人宏德碧霞元君"，因坐镇泰山，又尊称"泰山圣母碧霞元君"，俗称"泰山娘娘"。道教认为，碧霞元君"庇佑众生，灵应九州"，"统摄岳府神兵，照察人间善恶"。

⑤ 京兆马：京城地方官顺天府尹的马。京兆：历代都城辖域的谓称。京兆尹：京师所在地行政长官的代称。此处指直隶省顺天府尹。

⑥ 夜来谁授子房书：夜里谁授予张良经书。《史记·留侯世家》载，黄石公在圯桥三试张良，而后把《太公兵法》授予张良。张良习诵此书，佐刘邦定江山。史书从未载碧霞元君授经书于张良的事迹，此诗句所言恐与民间传说有关。子房：即张良（？—前186），字子房，颍川城父（今河南郏县）人。秦末汉初杰出谋臣，西汉开国功臣，与韩信、萧何并称为"兴汉三杰"。

⑦ 壬寅：光绪二十八年（1902年）。大清河：海河流域支流之一，河水清澈，曾是保定至天津的主要航道。

丛。衰朽叨持节①，岩疆许总戎②。忘机碧眼客③，推毂黑头公④。拱卫星环北，朝宗水自东⑤。畿民宁失母？故吏已成翁。劳瘁平生惯，休教叹转蓬。

过天津（时各国剿义和团之军尚未退尽）

幸奠金瓯缺⑥，其如倒太阿⑦。积薪虽未火⑧，卧榻已横戈⑨。愚俗顽难化⑩，清流议转多⑪。鸿钧期斡运⑫，天意竟如何？

---

① 衰朽：老朽，年迈无用。叨持节：蒙恩持节，总领一方军政与民政。指周馥于光绪二十八年（1902年）授山东巡抚并加兵部尚书衔一事。持节：官名。魏晋以后有使持节、持节、假节、假使节等，其权大小有别，皆为刺史总军戎者。唐初，诸州刺史加号持节。叨：承受。古汉语中用于对受人恩惠及礼物表示感谢的谦辞。

② 岩疆：边远险要之地。此处指山东省。许总戎：同意统管境内军队。总戎：某种武职的别称。此处指巡抚。

③ 碧眼客：旧指胡人。此处指外国友人。

④ 推毂：本指推车前进。此处周馥表示将力荐年轻有才的僚友部属。黑头公：少年而居高位者。指一个人极其地年少有为。典出《世说新语·识鉴》："诸葛道明初过江左，自名道明，名亚王、庾之下。先为临沂令，丞相谓曰：'明府当为黑头公。'"

⑤ 水自东：当为"水向东""水往东"，因为大清河水是从西往东流的。

⑥ 幸奠金瓯缺：幸运地将已经破裂的国家，重新安定统一。奠：安、定。金瓯：音 jīn ōu，金的盆盂。比喻疆土之完固。

⑦ 倒太阿：倒拿着宝剑，把剑柄交给别人。比喻轻易把权柄送交别人，自己反遭其害。典出《汉书·梅福传》。太阿：音 tài ē，又作"泰阿"。宝剑名，相传为春秋时名匠欧冶子所铸造。

⑧ 积薪虽未火：堆积的柴草虽然还没引燃。指潜伏的危机尚未激化，维持表面的稳定。

⑨ 卧榻：床。指自己的势力范围。此处指京畿重地。已横戈：已有横持戈矛的人。此处指外国列强入侵中国的军队。

⑩ 愚俗：愚昧的大众。顽：迟钝，顽固。难化：难以开导教育。此处主要指普通百姓对西方宗教、科技、习俗等带有敌视排拒的心理。

⑪ 清流：晚清统治阶级内部的一个政治派别的名称。他们评议时政，上疏言事，弹劾大臣，指斥宦官，对外反对列强蚕食，对内主张整饬纪纲。中法战争前后，清流繁衍为前后两辈。前清流奉军机大臣李鸿藻为魁首，后清流以户部尚书翁同龢为支柱。光绪帝亲政后，他们以拥帝相标榜，称为帝党，以别于当权的后党。议转多：对政事的议论变得越来越多。

⑫ 鸿钧期斡运：倒装句，即"期鸿钧斡运"。期：期待。鸿钧：鸿钧老祖，《封神演义》杜撰出来的一个仙人。此处指天。斡运：旋转运行。此处指行好运。

过德州，寄袁慰庭宫保

逆风十日天无色，王事有程停不得①。假我轮舟捷若飞，千里云烟过顷刻。信哉我生自困苦，不恃天工恃人力。东望沧溟海尽头②，珠宫贝阙③一时收。当年若假乘风便，此日应从物外游。天心翻覆诚难卜，塞翁失马宁非福。回首沧桑四十年，可怜谁识唐衢哭④？

履勘运渠过南旺湖⑤，因谒明宋尚书⑥祠

三度停桡若梦游，今朝真入上滩舟。风波浩浩何终极，犬马区区枉抱忧⑦。炼石宁教天补漏⑧，移山难障海横流。从来勋业关天数，仰见馨香六百秋。

过东阿项羽墓⑨

气盖群雄力拔山，只今荒冢堕茅菅。难招黄石谈遗事（墓之东十里

---

① 王事：王命差遣的公事，一切重大的国家事务。有程：有期限，有定额。

② 海尽头：大海的终点。

③ 珠宫贝阙：用珍珠宝贝做的宫殿。指华丽房屋。此处指海市蜃楼。

④ 唐衢哭：唐衢，唐中叶诗人，屡应进士试，不第。所作诗意多伤感。见人诗文有所悲叹者，读后必哭。尝游太原，预友人宴，酒酣言事，失声大哭。时人称唐衢善哭。事见李肇《唐国史补》。后用为伤时失意之典。此处周馥以唐衢自比，表示对世事的忧伤。

⑤ 南旺湖：古湖名。在今山东省汶上县西南。是筑堤引汶水形成的人工湖，运河贯其中，此湖今已湮塞。

⑥ 宋尚书：即明永乐年间曾任工部尚书的宋礼。宋礼（1358—1422），字大本，河南省永宁县（今洛宁县）人。精于河渠水利之学，主持疏浚会通河以及引汶济运工程，保证了漕运畅通，死后，朝廷念其治水有功，尊之为河神，在汶上、南旺建祠和庙并塑神像。

⑦ 犬马：旧时臣子对君上的自卑之称。区区：谦辞，形容微不足道。

⑧ 炼石宁教天补漏：炼成五色石岂能补好天的漏隙。此处运用了女娲补天典故。

⑨ 项羽墓：民国《东阿县志》载，项羽墓在东阿县城南。

有黄石祠）①，莫望乌江是故关。大为亡秦成霸业，人因得鹿悟龙颜。汉家陵寝同消灭，秋草斜阳一望间。

过胶州澳②

朔风雨雪海天寒，满目沧桑不忍看。列国尚尊周版籍③，遗民犹见汉衣冠。是谁持算盘盘错？相对枯棋著著难。挽日回天宁有力，可怜筋骨已衰残。

有　感

主人入室四壁空，破墙不蔽雨与风。牵萝补屋犹穿漏，更苦饔飧④多缺供。邻家财力夸豪雄，欲佃我田宅我宫。子孙愚顽为所算，家产强半归牢笼。家僮酒食互征逐，老翁独坐吞声哭。莫信甘言是善人，强者终食弱者肉。

---

① 黄石：亦称"圯上老人"。秦汉时隐士。张良于博浪沙（今安徽亳州市）刺秦始皇失败后，逃亡至下邳（今江苏睢宁北），在圯上遇见一老父。老父授张良以《太公兵法》，并称十三年后，到济北穀城山下，见到一块黄石，那就是他。十三年后，张良从刘邦过济北，果在穀城山下得黄石。取而葆祠之。事见《史记·留侯世家》及《汉书·张良传》。黄公祠：黄石公祠，位于今山东省平阴县东阿镇庙头村。祠今已废。

② 胶州澳：即胶州湾，古称少海、胶澳，位于中国黄海中部、胶东半岛南岸、山东省青岛市境内，为半封闭海湾，近似喇叭形，出口向东，是中国较大的优良港湾。胶州湾因古时属胶州所辖，故而得名。光绪二十三年（1897年）冬，在山东曹州巨野县的德国两名传教士被杀，是为巨野教案，德国以此为由派军舰强占胶州湾。

③ 列国尚尊周版籍：西方列强尚且尊重中国版图的统一与主权。列强强占中国领土为租界，伤害中国主权，此句是掩饰的话。

④ 饔飧：音 yōng sūn，早饭和晚饭，熟食。饔：早饭。飧：晚饭。

威海租界英国办事大臣骆任廷过济南相访①，将过曲阜、泰山，临行索诗为赠（光绪二十九年②癸卯六十七岁）

亚欧海隅幸澄清，鼓棹东来喜气迎。十日酒樽惊送别，千年带砺喜同盟。杏坛花过春犹在，岱岳云兴雨便成。此去胜游增逸兴，风流应压鲁诸生。

黄河巡堤

浩浩复洋洋，中流若沸汤。气吞溟渤③小，色照日云黄。人事多磨折，天心正渺茫。何当成一笑，万井庆丰穰④。

闻宁海庄堤工漫溢⑤

束水⑥高于屋，修堤曲似钩⑦。是谁无远识？从此有遗忧。风雨狂澜

---

① 威海：今山东半岛东北端威海市。本是一个海防卫所，北东南三面濒临黄海，北与辽东半岛相对，东及东南与朝鲜半岛和日本列岛隔海相望，西与烟台市接壤。甲午中日战争后，被日本占领。清光绪二十四年（1898年）被英国强租。英国办事大臣骆任廷：(1858—1937)，又名骆壁、骆檄、洛克哈特，光绪二十八年（1902年），被英国殖民部派任威海卫租借地首任文职行政长官。民国十年（1921年），退休回国。

② 光绪二十九年：1903年。其时周馥正在山东巡抚任上。

③ 溟渤：音 míng bó，指溟海和渤海。泛指大海。

④ 庆丰穰：庆祝丰收。

⑤ 宁海庄：即山东省利津县宁海村，距离黄河入海口不远。漫溢：指实际洪水位超过现有堤顶高程，或因风浪翻过堤顶，洪水漫堤进入堤内。

⑥ 束水：带状的水流。指黄河下游水流，两面大堤约束，似带状奔流。黄河下游河道是悬河，水位高过大堤外民居屋顶。

⑦ 修堤曲似钩：修筑的黄河大堤像弯钩一样弯曲。周馥自编《年谱》"光绪三十年丙辰六十八岁"条："先是，山东抚臣皆不谙治河之法，随湾就曲立堤，水流不畅，尾闾更甚。""是年六月，河水大涨，直冲薄庄，数千家片瓦无存，幸预为筹备，民皆迁居，未伤一人。"

夜，官民急祷秋①。澹灾②心力瘁，赤手若为谋③?

学渊儿应经济特科已取前列，朝廷因疑干党禁④，故是科录用者极少

经济谈何易，高名不可居。荐贤知己误，于尔计非疏。国事椎心⑤日，吾侪尝胆余。春风岂私物？何必问吹嘘⑥。

舟行黄河，来往遇顺风

胜缘安望郑公溪⑦，问渡尤防妒妇迷。敢向蓬山论远近⑧，自怜弱水误东西⑨。栈云九折⑩朝停马，江雨三巴⑪夜听鸡。十日顺风抑何幸，河清一笑度沙堤。

---

① 祷秋：为秋收农作物祈祷(不要被洪水淹没)。

② 澹灾：音 dàn zāi，消除灾害。

③ 赤手：空手。若：若何，如何。为谋：筹谋，谋划。周馥曾请求户部拨银三百万两修治河道，某位户部尚书枢臣要求周馥保证以后河水永无漫溢，故巧其辞以为难周馥，周馥只好自己筹措经费裁直河道，买石料，烧砖筑堤，治河颇见成效，此后山东河道十多年未决一次。

④ 干：触犯，冒犯。党禁：禁止诽谤宦官的党人出任官职，并限制其与人交往。

⑤ 椎心：音 chuí xīn，捶击胸口。形容极度悲痛。

⑥ 问：访求。吹嘘：比喻奖掖，汲引。

⑦ 胜缘：佛教语，善缘。安望：怎么敢希望。郑公溪："郑公溪风"的缩略语。指顺风。典出《后汉书·郑弘传》李贤注："孔灵符《会稽记》曰：'汉太尉郑弘尝采薪，得一遗箭，顷有人觅，弘还之，问何所欲，弘识其神人也，曰：'常患若邪溪载薪为难，愿旦南风，暮北风。'后果然。故若邪溪风至今犹然，呼为'郑公风'也。"

⑧ 敢向：敢于面对着。论远近：谈论经过的路途很远。

⑨ 自怜：自伤，自我怜惜。弱水：古水名。此处指勘察水道过程中，遇到不通舟楫的浅水河流。误东西：迷路。

⑩ 九折：多次曲折。此处指蜀地九折坂山路曲折险峻。

⑪ 三巴：东汉末益州牧刘璋分巴郡为永宁、固陵、巴三郡，后又改为巴、巴东、巴西三郡，称为三巴。相当于今四川嘉陵江和綦江流域以东的大部。

光绪三十年四月泰山祀事礼成①，恭记

（光绪三十年甲辰六十八岁）

圣主祈年重②，斯民望泽深。远赍香案供③，高蹑碧云岑④。富媪方坤德⑤，元君实鉴临⑥。资生蕃庶汇⑦，配极体天心⑧。往者三春旱⑨，旋邀十日霖⑩。蛟龙时听命，鸾鹤夜闻音。灵脉来东北⑪，神都永带襟⑫。愿言洗兵甲⑬，四海共输琛⑭（泰山山脉本自辽东来，余游奉天山左最久，

---

① 光绪三十年：1904年。四月泰山祀事：四月十八日祭祀泰山女神碧霞元君。乾隆二十四年（1759年），清廷正式规定每年四月十八日遣使至泰山祭祀碧霞元君礼仪制度。遣使祭祀泰山神与碧霞元君，是明代礼制，清初延续山岳遣祭，但未及元君。朝廷遣使祭祀二神至此完全恢复。此后，在泰山祀典中，碧霞元君逐渐取代东岳神，成为祭祀之主神。

② 圣主：圣明的皇上。此处指光绪皇帝。祈年重：重视向泰山碧霞元君祈祷以求丰年的典礼。祈年：向神灵祈求丰年。

③ 远赍：从远处送到。此处指清廷每年四月上旬遣一名内务府司员送的祭祀山神的香供（藏香银尊等物）。赍：拿东西送人。香案供：供放在放置香炉烛台的条桌上。

④ 高蹑：高高地踏着。碧云岑：碧青云雾缭绕的山峰。

⑤ 富媪：音 fù ǎo，地神。《汉书·礼乐志》："后土富媪，昭明三光。"颜师古注引张晏曰："媪，老母称也；坤为母，故称媪。海内安定，富媪之功耳。"方坤德：与地德等同。

⑥ 元君：泰山女神碧霞元君。实鉴临：确实在察看着（祀典）。此句指元君在享用贡品，接受祭祀。

⑦ 资生：赖以为生。蕃庶：繁盛，众多。

⑧ 配极：配享于宗庙。杜甫《冬日洛城北谒玄元皇帝庙》诗："配极玄都闭，凭虚禁御长。"仇兆鳌注："《史记》：'始皇为极庙，象天极。'《索隐》曰：'为宫庙象天极，故曰极庙。'"体天心：领悟到上天的心。此句是说清朝把祭祀元君列为国家祀典，是领悟上天的好生之心。因为元君就是护佑世界平安繁荣的吉祥神。

⑨ 往者：往昔，往年。三春：指整个春季。也指春季的第三个月。

⑩ 旋邀：不久就求得。十日霖：连下十天的雨。时人认为，久旱降甘雨，乃是元君保佑。

⑪ 灵脉：神奇的泰山山脉。来东北：从东北来。周馥认可康熙帝见解，康熙帝认为泰山是东北的长白山脉余脉跨海而来形成的。

⑫ 神都：神圣的都城。永带襟：如同人身上的衣襟和腰带永远护持着主人。

⑬ 愿言：思念殷切貌。愿：思念。言：语助词，无实义。洗兵甲：洗濯铠甲和兵器，指战争结束。此处指日俄两国在中国东北的交战。

⑭ 四海：世界各地。共输琛：都进献珍宝，表示友好。琛：音 chēn，珍宝。

信仁皇帝①喻证不虚也。时日俄战争未已，登高遥望辽天，不胜感慨，故末语及之）。

泰安道中寄赠县令毛蜀云大令兼呈段春岩太守十首②

其　一

小雨清寒麦熟天，青山迎送马蹄前。

老农道左荷锄立，笑说今年大有年③。

其　二

酾渠分水度平皋④，须识山高水亦高。破浪乘风空有愿⑤，何妨农圃试牛刀⑥（劝作堰分水溉田）。

其　三

茅檐尚少读书声，不为穷经不为名⑦。但使儿童知礼义，自然有道

---

① 仁皇帝：清圣祖爱新觉罗·玄烨（1654—1722），清定都北京后的第二位皇帝，年号"康熙"。在任期间很有作为，有学者尊之为"千古一帝"，谥号合天弘运文武睿哲恭俭宽裕孝敬诚信中和功德大成仁皇帝。

② 毛蜀云大令：即毛澂（1843—1906），字蜀云，又字叔云，清四川仁寿人。光绪六年（1880年）庚辰科进士，光绪十八年（1892年）、二十六年（1900年）、二十八年（1902年）三次出任泰安知县。在任期间居官正直，切心民疾，兴学决狱，振贫锄盗，致力泰山的保护和开发，兴新学，倡新风，皆为民所称。大令：古代对县官尊称。段春岩太守：即段友兰（1846—1915），字桴仙，号春岩，江西永新人，光绪十五年（1889年）己丑二甲进士，在翰林院任职十三年，后出任山东泰安知府、登州知府、青州知府、重庆知府、川东记名道台、嘉定知府。品行端正，为官清廉。著有《小酉山房诗文集》。

③ 大有年：大丰年。《春秋·宣公十六年》："冬，大有年。"

④ 酾渠：音shāi qú，导水渠。度平皋：流过水边平展之地。

⑤ 破浪乘风：船只乘着风势破浪前进。此处比喻志趣远大，勇往直前。空有愿：空有心愿而无实际行动。

⑥ 农圃：农田与果园、菜园。试牛刀：此处指周馥尝试自己施政宏才。牛刀：宰牛的刀。比喻极大的才干、本领。

⑦ 不为穷经：不是为了把经籍钻研通透。不为名：不是为了追求名誉。此句指地方教育的宗旨是读书知礼。

际升平（劝多设蒙学堂）①。

其　四

萧条草树不成林，濯濯牛山②自古今。

若使县官留守户③，风吹松子亦成阴④（劝种树）。

其　五

征输原为佐军储，感泣当时诵诏书。

圣主恩深迈唐汉，不教桑孔榷舟车⑤（劝催办酒捐）。

其　六

当年锄笠亦躬亲，求法无如海外新。官自劝农农不信，劝农还要务农人（劝举知农事客民范一双⑥等为董事，设农桑会）。

---

　　① 际升平：实现太平。蒙学堂：清光绪二十八年（1902年）《钦定学堂章程》规定，初等教育分为蒙学堂、寻常小学堂、高等小学堂3级。蒙学堂"以六七岁为入学之年"，修业年限4年。以"培养儿童使有浅近之知识，并调护其身体"为宗旨。课程为修身、字课、习字、读经、史学、舆地、算学、体操等，每12日为1周期。

　　② 濯濯牛山：音 zhuó zhuó niú shān，牛山上光秃秃的。典出《孟子·告子上》。牛山：位于今山东省临淄城南。

　　③ 留守户：留住守护山林、阻止他人盗砍林木的民户。

　　④ 风吹松子亦成阴：风吹动松树果，里面的松子飘落在地上会自己发芽，长成树林。

　　⑤ 不教桑孔榷舟车：没有像汉武帝任命桑弘羊和孔仅那样，对车船都征税。榷舟车：对车船征税。汉武帝时，一车征一算，商人车加倍。船身长五丈以上的，纳税一算。

　　⑥ 范一双：生年不详，卒于1924年，字慕韩，辽东人，以监生入仕，光绪十八年（1892年），署理夏津知县，官至候补直隶州知州。光绪二十年（1894年），遭山东巡抚李秉衡奏劾去职。范氏遂在泰山西麓小王庄购田数十亩，躬耕陇亩，引山水溉田，种植各种林木果树，并总结经验，撰成农书，献给泰安知府石祖芬，后者激赏，择要编为《农桑简要新编》，并于光绪二十七年（1901年）梓行。光绪三十年（1904年）山东巡抚周馥力荐范氏出任泰安县农桑会"筹办"（会长）。四月，周馥奉旨赴祭泰山元君神时，写诗致敬范氏。除此首外，另一首："我爱辽东范一双，谪官高卧泰山旁。伯鸾栖隐陶朱富，何必功成返故乡？（自注：口占绝句，寄蜀云毛大令，转告范慕韩兄，当为忻然一笑也。）"两诗留镌于泰山云步桥头观瀑亭栏之上，至今犹存。

其　七

生齿日繁生计促①，欲将工艺补耕桑。屠龙未若屠牛利，适用由来即巧方（劝设工艺所，以养游民、教罪囚）。

其　八

慈悲佛法入中华，闻说菩提已绝芽。

地气自南来鸩毒②，中原开遍米囊花③。

其　九

常恐萑苻④扰市村，尤防雀鼠启邻言⑤。

威从爱出人无怨，信在言先道自尊。

其　十

捧檄娱亲举世荣（段春岩太守、毛蜀云大令皆禄养逮亲）⑥，官声如水喜双清。飞泉亭上垂云石，留得千秋守令名（时毛大令建飞云亭于泰山岩中）。

---

① 生齿：小孩长出乳齿。借指家中人口。日繁：一天天增加。生计：维持生活的办法。促：短少。

② 地气自南：热带北移，古人认为地气自南方至北方，是天下将乱的征兆。反之，则天下治。鸩毒：毒酒，毒药。此处指外国输入的鸦片。

③ 米囊花：罂粟花之别名。罂粟一名米囊子，故名其花为米囊花。罂粟是制作鸦片的主要原料。

④ 萑苻：此处指盗匪。典出《左传·昭公二十年》："郑国多盗，取人于萑苻之泽。"杜预注："萑苻，泽名。于泽中劫人。"

⑤ 雀鼠："雀鼠之争"的缩略语。指强暴侵凌引起的争讼。典出《诗经·召南·行露》："谁谓雀无角，何以穿我屋？……谁谓鼠无牙，何以穿我墉。"启邻言：引起邻居的指责。此处指民、教争讼招致外国舆论干涉。

⑥ 捧檄娱亲：为了让母亲高兴而出仕为地方官。《后汉书·刘赵淳于江刘周赵列传》载，东汉庐江郡毛义收到官府任他为县令的檄（公文）而高兴，其喜乃是因为家贫亲老，从安阳尉升为守令，俸禄多一些，可更好地供养母亲。后来母死，毛义终身不再出去做官。禄养逮亲：做官时，长辈还在世，俸禄能让长辈享用。

登岱①

晓步天门四塞开，青松丹壁接崔嵬②。烟岚遥映恒嵩外③，晴日忽闻风雨来（是日晴山半云起忽雨）。欲把东封问秦石④，谁能南望见苏台⑤？河山十二⑥今犹昔，千古泱泱感霸才。

旅邸主人有母寿九十余，五世同堂

车马喧如沸，茅檐梦自清。儿孙甘旧业，藜藿养长生⑦。顾我霜侵鬓，终年尘满缨。感恩惭未报，何日慰归情？

过兰陵镇⑧

小市古名郡，萧条数百家。山川周鲁邑⑨，人物晋琅琊⑩。冈起龙盘

① 登岱：登泰山。岱：泰山的别称。也叫岱宗、岱岳。位于山东省中部，绵亘于今泰安、济南、淄博三市之间。主峰玉皇顶海拔1532.7米。泰山被古人视为"直通帝座"的天堂，成为百姓崇拜，帝王告祭的神山。

② 崔嵬：崎岖不平的山。泛指高山。此处指山顶。

③ 烟岚：山林间蒸腾起来的雾气。恒嵩：北岳恒山与中岳嵩山。

④ 东封：帝王封禅泰山，祭祀天地，告太平于天地。此处指秦始皇封禅泰山。秦石：秦代刻石。

⑤ 南望见苏台：登泰山南望，见到姑苏台。此台为春秋时期吴王阖闾、夫差所立，位于今苏州市西南郊姑苏山上。朱长文《吴郡图经续记》中有"孔子登泰山，东望吴阊门"的传说。

⑥ 河山十二：指整个中国。传说中尧舜时代的地理区划为十二州。《尚书·舜典》："肇十有二州。"

⑦ 藜藿养长生：粗糙食物供养着高寿老人。

⑧ 兰陵镇：清山东省沂州府苍山县（今山东省临沂市兰陵县）下辖镇。兰山县西南部，清代称兰陵集。著名思想家、教育家荀子应楚相春申君所邀任兰陵令近二十年，后居于兰陵著书立说，死后葬于兰陵。

⑨ 山川：山与河流。指疆域。周鲁邑：周朝鲁国的城邑。西周时，兰陵本为鄫国领地，鲁国派兵占领，据兰陵而建立次室邑。

⑩ 琅琊：音láng yá，特定的行政区域，秦朝有琅琊郡，辖山东半岛和山东东南地区。东汉光武帝改琅琊郡为琅琊国，封子刘京为琅琊王，建都于莒（莒县），在此期间，琅琊国的治所从莒县又迁到开阳（今临沂市）。两汉以降，此地出现了三个显赫的家族：王氏、颜氏、诸葛氏。

地，溪清鸟篆沙①。荀卿坟未没，留碣镇烟霞（时为荀卿墓立碑）。

过会通河②

泰岱东来水趋西，中原西高东渐低。中留湖荡八百里，自古让水无敢堤。周曰汶上宋梁泊，沧海桑田湖日削。湖底渐狭湖壖③高，大湖小湖如贯索。黄河入淮七百年④，漕渠⑤一线达幽燕。沿湖闸坝纷如栉⑥，挽输费尽天家钱⑦。咸丰五年河北决，南渠虽通北渠绝。青徐舟路只恃此，补苴罅漏⑧安敢辍？年来湖浅水患多，河伯助虐复如何？求神拜社⑨都无应，精卫枉思填海波（时水患屡见请工款而部臣驳阻，屡呼不应）。

哭洪氏妹⑩

半生离乱百艰辛，同气五人今二人⑪。已分青年甘死节（妹丈洪金和殁，妹饿七日不食，将死，邻人以水灌之，复醒），幸看黄口半成姻⑫。贤

---

① 鸟篆沙：鸟在沙滩行走，留下脚印，像古人写的篆字一样。

② 会通河：山东境内用于漕粮北运的运河，又称山东运河。清代通称今山东卫河、黄河间和今黄河、昭阳湖间的运河及南段新道为山东运河。

③ 壖：音ruán，水边空地。

④ 黄河入淮七百年：宋建炎二年（1128年），南宋守将杜充为了阻遏金兵，扒开了黄河大堤，黄河水汹涌南侵，在宋绍熙五年（1194年）彻底占领了淮河河道。江淮平原在黄河水的冲击下，土地大面积盐碱化，湖泊淤塞，水患严重。咸丰五年（1855年），由于多年战乱，外加黄河大堤年久失修，黄河在铜瓦厢决口，再次发生大规模改道，黄河分成几大股窜入山东，沿着大清河故道入海。黄河"七百年夺淮入海"历史就此结束。

⑤ 漕渠：人工挖掘或疏浚的主要用于漕运的河道。此处指京杭大运河。

⑥ 纷如栉：多得像梳齿那样密密排列。栉：音zhì，梳篦。

⑦ 挽输：运输。费尽天家钱：花光了皇家的钱。

⑧ 补苴罅漏：音bǔ jū xià lòu，补好裂缝，堵住漏洞。比喻弥补事物的缺陷。韩愈《进学解》："补苴罅漏，张皇幽眇。"补苴：补缀。罅：裂缝。

⑨ 求神拜社：祈求并祭拜当地各路神灵（龙神、水神等）和土地神。

⑩ 洪氏妹：周馥三妹。

⑪ 同气五人：兄弟姊妹五人。周馥有三个妹妹、一个弟弟。今二人：指周馥与其二妹。

⑫ 黄口：黄口小儿，婴儿。此处指洪氏妹的孙辈们。半成姻：一半已结婚。

名戚党都无间①，福报来生或有因②。守业抚孤君勿念，九原为我告慈亲③。

冬雷（时俄国兵留东三省未退，尚与日本构战④）

一冬温暖忧天灾，喜见阴雨洗氛埃。痴人望雪占丰兆，忽闻虩虩鸣冬雷⑤。召沴干和岂无自⑥，繄余德薄天难回⑦。东南杼轴⑧民力竭，辽海锋镝何喧豗⑨。弱肉强食肆吞噬⑩，排山倒海谁挽推。我闻天心育万物，杀伐讵忍基祸胎⑪。阳和一脉幸未绝，春风指日苏蒿莱⑫。仰天四顾三叹息，空阶雨滴愁心摧。

---

① 戚党：亲戚与乡邻。无间：无间言，没有异议和非议。

② 福报：福德报应。来生：下辈子。或有因：或许有机会。

③ 九原：春秋时晋国卿大夫的墓地。后泛指墓地。慈亲：慈爱的父母。

④ 与日本构战：俄国与日本交战，即日俄战争。光绪三十年（1904年）到光绪三十一年（1905年），日、俄两国为了争夺中国辽东半岛和朝鲜半岛的控制权，在中国东北的土地上进行的一场帝国主义列强之间的战争。以俄国失败而告终。

⑤ 虩虩：音xì xì，本指恐惧的样子。此处形容隐隐雷声。《周易·震》："震来虩虩，笑言哑哑。震惊百里，不丧匕鬯。"

⑥ 召沴：招致灾害。沴：音lì，旧谓天地四时之气不和而生的灾害。干和：干犯天和。岂无自：难道没有缘由。

⑦ 繄余德薄：是我的德行浅薄。繄：音yī，文言助词，用在句首，无实义。天难回：难以使天回心转意。

⑧ 杼轴：用了"杼柚其空"典故，典出《诗经·小雅·大东》："小东大东，杼柚其空。"形容生产废弛，贫无所有。杼（音zhù）和轴，旧式织布机上管经纬线的两个部件。

⑨ 辽海：泛指今辽宁省东南一带。日、俄两国于清光绪年间在这里交战。锋镝：此处指作战双方刀来剑往厮杀。何：副词，多么。喧豗：音xuān huī，轰响，喧闹。

⑩ 弱肉强食：原指动物中弱者的肉是强者的食品。比喻弱的被强的吞并。此处指日、俄在中国土地上的厮杀，欺凌、屠杀中国人。肆吞噬：大肆侵吞中国土地与财富。

⑪ 杀伐讵忍基祸胎：倒装句，即"讵忍杀伐基祸胎"。杀伐：征战，杀戮。讵忍：岂能忍，怎能忍。基祸胎：埋下祸根。

⑫ 指日：不久，为期不远。苏蒿莱：使野草苏醒，恢复生机。蒿莱：音hāo lái。杂草，草野。

生　死

大化若无我，我生何由来？大化若有我，我死安在哉？生寄死归去①，躯壳有时摧。生如泛沤水②，死若火散灰。大化无死候③，微生永不隤④。何必求真如⑤，何用养仙胎。但须体天道，赤心保婴孩⑥。质存理苟亡⑦，虽生等浮埃⑧。所以古人达，生死无疑猜。雍门鼓瑟歌⑨，徒为俗人哀⑩。

初到金陵，逢元日立春（光绪三十一年乙巳六十九岁）

元辰朝罢喜迎春⑪，又见江南景物新。烽火十年⑫销劫地，沧桑卅载

---

① 生寄死归去：生似暂寓客舍，死如回到真正的家。这句话体现了周馥豁达的生死观。《淮南子·精神训》："生，寄也；死，归也。"

② 生如泛沤水：倒装句，即"生如沤泛水"。人活着就像漂浮在水面的水泡。沤：水泡。

③ 大化：生生不息的大自然。死候：死亡的征象。

④ 微生：细小的生命。永不隤：永不毁灭。隤：音 tuí，倒下。

⑤ 求真如：念佛修道，领悟自性本空即诸行无常、诸法无我、涅槃清净的佛理。

⑥ 赤心：赤诚之心。保婴孩：保持婴儿那样的天真无邪的心。

⑦ 质存理苟亡：形体虽存，假如抛弃了天理（即封建伦常）。

⑧ 虽生等浮埃：虽然活着却如尘埃一样渺小而无价值。

⑨ 雍门：即雍门周，战国时期的著名琴师，善于弹奏悲哀的曲子，听他弹琴的人，无不动容伤心流泪。孟尝君曾听他的琴曲，增悲流涕曰："先生之鼓琴，令文立若破国亡邑之人也。"故事见刘向《说苑·善说》。鼓瑟歌：弹瑟而歌。

⑩ 徒为俗人哀：只为不明大道的世俗人而悲哀。雍门周在分析了一段时局之后，向孟尝君指出：孟氏"千秋万岁之后，庙堂必不血食矣！"孟尝君闻之，悲泪盈眶。周馥认为，这二人言行，都是世俗人的言行。

⑪ 元辰：良辰、吉辰。此处指正月初一。迎春：迎来立春节气。

⑫ 烽火十年：指太平军占领南京，到南京被湘军攻陷，共十一年又四个月。

再来人①。天回景运看旋斗②，老荷殊恩愧此身。车水马龙夸后进③，济时谁与共艰辛。

过废庙

廪囷如洗甑生埃④，搜粟摸金更忌猜⑤。

偶听钟声开粥饭，误他饥雀四飞来。

煦园⑥早春（两江督署中有园名煦园，闻因英煦斋相国督两江时而作⑦）

花鸟依然人事非，老怀何意对芳菲。冰销池沼潜鱼动，春入园林醉

---

① 沧桑："沧海桑田"的缩略语。比喻世事变化很大。卌载：四十年。卌：音 xì，数词，四十。同治三年（1864年）六月，曾国荃攻克金陵，九月，李鸿章到金陵监考乡试，周馥到金陵参加考试，未售。同治四年（1865年），李鸿章署理两江总督，周馥复随同至金陵。同治四年（1865年）至光绪三十一年（1905年），正好四十年。

② 景运：好时运。旋斗：北斗星斗柄指向东偏北方位，显示春天来临。

③ 车水马龙夸后进：倒装句，即"后进车水马龙夸"。车水马龙：车如流水，马如游龙。形容车马来往不断，非常热闹。夸：张扬，炫耀。后进：新近登仕途资历较浅的人。

④ 廪囷：音 lǐn dùn，粮仓与粮囷。廪：粮仓。囷：用竹篾、荆条、稻草编成的或用席箔等围成的盛粮食的器具。如洗：如同水洗过的一样。形容贫穷。甑：音 zèng，古代炊具。

⑤ 搜粟摸金：搜刮粮食与盗墓。此处指地方当局曾以不光彩手段搜刮寺庙钱粮。搜粟：为古代官名，西汉武帝置，属大司农，职掌农耕、征粮及屯田事宜，不常置。摸金："摸金校尉"的缩略语。据说曹操特别设立发丘中郎将、摸金校尉等军职，专司盗墓取财，贴补军用。"摸金校尉"遂成为盗墓者的代称。更忌猜：更招人疑忌。

⑥ 煦园：又称西花园，是晚清江南园林保存较好的一处，也是江南园林的典型代表。位于今南京市玄武区总统府内。其历史最早可追溯至明成祖朱棣次子、汉王朱高煦府花园，后作为清两江总督署花园，太平天国定都天京后，被辟为天王府的一部分。

⑦ 英煦斋：即英和，全名索绰络·英和（1771—1840），初名石桐，字树琴，一字定圃，号煦斋，索绰络氏。乾隆五十八年（1793年）进士，选庶吉士，散馆后授编修。官至军机大臣、户部尚书，协办大学士，加太子太保衔。道光七年（1827年）因"家人私议增租"被降职，外放热河都统。次年，授宁夏将军，以病为由请求解职，获准。不久，因之前监修宣宗陵寝地宫浸水，被重责，本拟处死，幸有太后说情，改发配黑龙江充当苦差，子孙也一并革职。道光十一年（1831年）被释回，子孙复官。道光二十年（1840年）卒，赠三品卿衔。英和工诗文，善书法，著有《恩福堂诗集笔记》《恩庆堂集》等。他没担任过两江总督，诗题后的记述有误。

客稀。追想升平余胜迹，谁从安燕悟危机①。登台忽作尤穷感，云黯辽天雁北飞（时日俄战事方殷）。

煦园春望

权领乡山可是归②，雪消万宇净朝晖。补巢自信鸠无力，列阵犹看雁竞飞。风雨怀人春落寞，江湖回首梦依稀③。澄清瀛海知何日④，空负来时旧钓矶⑤。

通州如皋途中杂咏九首⑥

其 一

村村临水稻畦平，处处通潮钓艇轻。

欲访桃源无觅处，不知路向此中行。

其 二

堤外盐场堤内田⑦（范公堤⑧址犹存），只今堤外麦连阡。劝农自是官

---

① 谁从安燕悟危机：用了"燕巢幕上"的典故，暗示面临危机。《左传·襄公二十九年》："夫子之在此也，犹燕之巢于幕上。"

② 权领乡山：周馥以暂时代理两江总督身份管辖故乡山川。周馥故乡在两江辖区内，清廷特地让他回故乡做官，即以山东巡抚身份署理两江总督。可是：真是。

③ 江湖：本指江河、湖泊。此处指隐士的居处。回首：回顾。

④ 澄清瀛海：国家太平安定。澄清：使混浊变为清明。比喻肃清混乱局面。瀛海：浩瀚的大海。此处指中国。

⑤ 空负：白白地辜负。钓矶：钓鱼时坐的岩石。

⑥ 通州：本指清朝江苏通州直隶州（辖泰兴、如皋两县）。此处指州治所在地，即今江苏省南通市。如皋：清朝江苏通州直隶州所辖县，位于今江苏省南通市西北，南与张家港市隔江相望。

⑦ 堤外盐场堤内田：堤外是盐场，堤内是农田。光绪《通州直隶州志》载，全境积地六千九百三十方里，自范公堤分为堤外积地一千八百七十五方里合九千二百余顷为盐场地，堤内积地五千五十五方里合二万七千三百顷为州地。

⑧ 范公堤：本名"捍海堤"。宋天圣二年（1024年），为了阻挡海潮，范仲淹主持修建了从楚州盐城经泰州海陵、如皋至通州海门的捍海堤，它是一条重要的地貌界线，标志着当时苏中、苏北海岸的所在。百姓为了纪念范仲淹，故将此堤称为"范公堤"。

司意①，莫作催科听误传。

其　三

幽人②生计本无涯，奴橘千头五色瓜③。

何似隐君春在手④，尽教斥卤变桑麻⑤。

其　四

熬波出镬白如银⑥，矮屋浓烟面满尘。

难向天公论公道，盐商豪富灶丁贫⑦。

其　五

吉贝⑧牵丝日万梭，因人因地巧如何？一般机杼⑨分优劣，战胜原因
胜算多⑩（通州机器纺纱厂岁获利颇优）。

---

① 劝农：古代政府官员在春夏农忙季节，巡行乡间，劝农民耕田养蚕桑。自是：原来是。
官司意：上级官府的旨意。官司：官府。

② 幽人：幽居之人，隐士。典出《周易·履》："履道坦坦，幽人贞吉。"

③ 奴橘千头：一千棵橘子树。《三国志·孙休传》裴松之注引《襄阳记》："（吴国丹阳太守
李衡临终前告诉儿子：'汝母恶我治家，故穷如是。然吾州里有千头木奴，不责汝衣食，岁上
一匹绢，亦可足用耳。'吴末，衡甘橘成，岁得绢数千匹。'"五色瓜：东陵瓜。《史记·萧相国世
家》："召平（即邵平）者，故秦东陵侯。秦破，为布衣，贫，种瓜于长安城东，瓜美，故世俗谓之
'东陵瓜'，从召平以为名也。"据说邵平种的瓜有五种颜色，甚美，世称"东陵瓜"，又称"青门
瓜""故侯瓜"。

④ 隐君：隐居的人，隐士。春在手：折梅在手。此处赞美隐士有如春神一样的神通。典
出陆凯《赠范晔诗》："折花逢驿使，寄与陇头人。江南无所有，聊赠一枝春。"

⑤ 斥卤：音 chì lǔ，不宜种庄稼的盐碱地。变桑麻：变成可栽桑麻的良田。

⑥ 熬波出镬白如银：用大铁锅煎熬海水，水干了就成了银白色的盐。镬：音 huò，古代的
大锅。

⑦ 盐商：清廷特许的拥有垄断食盐运销经营特权的商人。灶丁：煮盐工。

⑧ 吉贝：梵语或马来语的译音。古时兼指棉花和木棉。此处指棉花。

⑨ 一般机杼：看似一样的纺织机器。机杼：音 jī zhù，纺织机。杼：织梭。

⑩ 胜算多：取胜的有利因素多。通州机器纺纱厂：即近代著名实业家、教育家张謇在南
通创办的第一家近代机器棉纺织厂——南通大生纱厂。大生纱厂具有多种优势，设备先进；
自建通海垦牧公司，提供纺纱原料；建资生铁厂，生产纺织器械。光绪二十五年（1899年）开
机出纱后，连续21年获丰厚利润并迅速崛起。

其 六

为决新渠引估航①，为移嘉卉辟农场。钓鳌②何必多垂饵，自有仙人海外方（通州开新渠辟作通商分埠）③。

其 七

新阴桃李接连柯④，喜为邦家酿太和⑤。淮海东来谁比数，斐然邹鲁起弦歌⑥（沙编修办如皋学堂⑦规模大具，而张季直殿撰所办通州学堂⑧尤为江北诸郡学堂之冠）。

---

① 估航：商船。估：通"贾"，商人。

② 钓鳌：指抱负或目标宏大。鳌：音 áo，是古代神话传说中海里的大龟或大鳌，它们能支撑起海上的神山。《列子·汤问》载，渤海之东有五座仙山漂浮海上，天帝命海神禺强使十五只巨鳌分三班轮流举首而顶住这些山。龙伯之国有大人，一钓而连六鳌，把它们背回国，灼其骨以数焉。于是岱舆、员峤二山流于北极，沉于大海。

③ 仙人：此处指来自西方国家的商务专家。海外方：此处指外国经济学说。此联体现出周馥思想通达开明的一面。

④ 新阴桃李接连柯：新栽的桃李树已长出新叶，柯枝相连。比喻培养的学生很多。赵简子说："夫春树桃李，夏得阴其下，秋得食其实。春树蒺藜，夏不可采其叶，秋得其刺焉。由此观之，在所树也。"后以此形容所栽培的门生、士人、后辈众多。

⑤ 邦家：国家。邦：诸侯封国。家：大夫封邑。酿太和：培植天地间的吉祥平和之气。

⑥ 斐然：音 fěi rán，有文采的样子。邹鲁：孟子故乡和孔子故乡。指文化昌盛之地，礼仪之邦。弦歌：依琴瑟而咏歌。《周礼》："小师掌教鼓、鼗、柷、敔、埙、箫、管、弦、歌。"郑玄注："弦，谓琴瑟也。歌，依咏诗也。"此句赞美南通教育发达，如同圣人孔子、孟子在故乡弦歌育才一样。

⑦ 如皋学堂：即如皋公立简易师范学堂。位于如皋古城东南隅，建于光绪二十八年（1902年），为全国第一所独立设置的公立师范学校，创办人为清翰林院编修沙元炳。沙在协助南通张謇创办通州学堂的同时创办该校。建筑格局参照日本宏文学院图样，融合中国书院风格。沙元炳（1864—1927），字健庵，江苏如皋人。近代如皋地方第一贤达。光绪二十年（1894年）中进士，后升翰林院编修。光绪二十四年（1898年），以双亲年高为由，辞官回乡，致力于兴办实业、教育等，造福桑梓。著有《志颐堂诗文集》。

⑧ 通州学堂：即通州师范学校，张謇创办，校址在江苏南通旧通州城外千佛寺，占地41亩，校舍500余间。清光绪二十八年（1902年）开始建校，次年开学，设有师范四年制本科、两年制简易科和一年制讲习科，培养师范人才，又附设测绘科、农科、土木工科、蚕科，为南通地方职业技术教育的发展打下基础。张謇（1853—1926），字季直，号啬庵。祖籍江苏常熟土竹山，同治十二年（1873年）归籍通州。光绪二十年（1894年）状元。一生创办了20多家企业，370多所学校，为中国近代民族工业的兴起、教育事业的发展作出了贡献。

其 八

市舶年来苦算缗①，艰难无术济斯民。

愿将圣主如伤意，常告当关握算人②。

其 九

沿村欢舞接兰桡③，欲绘《豳风》④颂圣朝。寄语海滨诸父老，为陈民隐献风谣（时属诸绅条陈地方利弊）。

谒方正学祠⑤（左文襄督两江时，就明代殿陛遗址建方正学祠）

桀纣未闻诛十族⑥，何期师傅被奇殃。一朝衅起伦常变⑦，万古心悬日月光。传嫡遗风宁失计⑧？戮忠国脉已先戕⑨。旧时殿陛今祠宇，灵魄

---

① 市舶：音 shì bó，古代中国对中外互市商船的通称。此处指国内各口岸的商船。算缗：此处指商船货物要交的税金、厘金。

② 当关握算人：指在榷关、海关从事征收税金、厘金的人。

③ 兰桡：音 lán náo，小舟的美称。

④ 绘《豳风》：绘《豳风图》，即创作描绘乡村风物与农事活动的劝农画。南宋马远、元代赵孟頫、林子奂都曾创作《豳风图》，明清时这类画作更多。《豳风》：指《诗经·豳风·七月》，此诗叙述了古人一年四季农耕生活的辛劳。

⑤ 方正学祠：此处指光绪七年（1881 年）至光绪十年（1884 年）年，左宗棠在南京明故宫内五龙桥的北面方孝孺殉节处建的方孝孺祠。方孝孺（1357—1402），字希直，一字希古，号逊志，曾以"逊志"名其书斋，蜀献王替他改为"正学"，因此世称"正学先生"。浙江宁海人。明建文帝时任翰林侍讲，颇受信任，凡大政多所咨询。在"靖难之役"期间，拒绝为篡位的燕王朱棣草拟即位诏书，刚直不屈，孤忠赴难，被诛十族。南明弘光帝时追谥文正。

⑥ 桀纣：分别是夏朝、商朝最后一个帝王，相传都是暴君。诛十族：诛杀父四族（自己一族、出嫁的姑母一族、出嫁的姐妹一族、出嫁的女儿一族）、母三族（外祖父一族、外祖母一族、姨妈一族）、妻二族（岳父一族、岳母一族）及门生。方孝孺及其宗族亲友、门生被杀者多达八百七十三人，其门生卢原质、郑公智、林嘉猷皆因此而死。

⑦ 衅起：寻衅，挑起事端。指建文元年（1399 年）七月，朱棣以尊祖训、诛"奸臣"齐泰、黄子澄，以为国"靖难"为名，誓师出征。建文三年（1401 年）六月，南京城陷落，建文帝朱允炆不知所终。伦常变：封建社会伦理道德所规范的君臣、父子、夫妇、兄弟、朋友五种关系被改变。此处指君臣关系被破坏。

⑧ 传嫡遗风：将皇位传给嫡子、嫡孙的古代风气。宁失计：岂失算。

⑨ 戮忠：屠杀忠良。国脉：国家的命脉。戕：音 qiāng，杀害。此句指朱棣屠杀了不少忠于建文帝朱允炆的大臣，如齐泰、黄子澄、方孝孺、陈迪、练子宁、铁铉等。

有知应感伤。

夜眠歌二首

其 一
藜床①眠得安，菜根②食得饱。

养身固甚拙，养心③乃至巧。

其 二
养心胜养身，心清身无扰。

富贵忧患多，志士欢娱少。

记 梦

前阻高山峰矗天，后追敌骑腾如烟。左有虎狼不可近，右见洪波阻大川。嗟哉世人望却步，我胡相与常周旋？搔首④问天天不语，有鬼敢与予龃龉⑤。我心鄙之不与言，乘云涉水静不喧。千重峻险忽飞渡，春风花鸟见平原。故人何来相款洽⑥，大言炎炎等龟策⑦。我方领取有所陈，砉然⑧一声天地惊。觉来情景在心目，寒灯炯炯⑨照我屋。

---

① 藜床：音lí chuáng，用藜藤编成的床。此处指简陋的床。

② 菜根：本指菜的根部。此处指称粗劣的饮食。周馥五六岁时，祖父周乐鸣公常以浅俗诗歌教他，如"身安茅屋稳，性定菜根香"等数十句，培养了他安贫守道的品性。

③ 养心：涵养心性，使之恬淡平和，乐观豁达。《孟子·尽心章句下》："养心莫善于寡欲。"

④ 搔首：音sāo shǒu，用手挠头发。形容焦急的样子。

⑤ 龃龉：音jǔ yǔ，比喻意见不合。

⑥ 故人：旧友，老朋友。款洽：情意融洽。此处指交往晤谈。

⑦ 大言炎炎：合乎大道的言论，其势如燎原烈火，既美好又盛大，让人听了心悦诚服。等龟策：与占卜一样灵验。龟策：音guī cè，龟甲和蓍草。古代占卜用的工具。

⑧ 砉然：音huā rán，象声词。常用以形容破裂声、折断声、高呼声等。

⑨ 炯炯：明亮。

雪夜起坐

少年埋迹①剑光露，老大穿杨②弩力微。感恩图报不自量，寸效未展遭时诽③。长江浩浩浊波远，暮景凄凄霰雪④飞。乞归未遂敢尸位⑤? 彷徨夜起长歔欷⑥。

守　岁

老人守岁守不住，睡眼朦胧岁已度。少年守岁岁偏长，华烛呼卢夜未央⑦。周子无聊亦守岁，支颐默坐数身世⑧。经过忧患重如山，较量事功轻若毳⑨。老去谁知未息肩，酬恩何日复归田⑩? 常将闲日如忙日，恍记增年是减年⑪。

---

① 埋迹：“埋声晦迹”的缩略词，义同“韬光养晦”。指隐藏自己的才能,使不外露。

② 穿杨：谓射箭能于远处命中杨柳的叶子。比喻射箭技艺高超。典出《战国策·西周策》：“楚有养由基者,善射,去柳叶者百步而射之,百发百中。”此处以射箭比喻为政。

③ 寸效未展：微小的成效都没有展现出来。遭时诽：遭到时人的毁谤。寸效未展是周馥自谦辞,周馥在治水、筹建北洋海军军港、兴办学校、为政理民等方面,都很有成就。但他也经受过多次打压与各种诋毁。

④ 霰雪：音xiàn xuě,雪珠和雪花。

⑤ 尸位：音 shī wèi,指占着职位却不做事。典出《尚书·五子之歌》：“太康尸位以逸豫,灭厥德,黎民咸贰。”

⑥ 彷徨：徘徊,犹豫不决。歔欷：音xū xī,哀叹抽泣。

⑦ 呼卢：犹今之掷骰子。

⑧ 支颐：以手托下巴。数身世：回顾自己的人生经历。

⑨ 毳：音cuì,鸟兽的细毛。此处形容轻。

⑩ 酬恩何日复归田：倒装句,即“何日酬恩复归田”。酬恩：报答恩德。此处指报答朝廷的恩德。归田：辞官归隐田园。

⑪ 增年：年龄增加一岁。减年：年龄减少一岁。范成大《丙午新正书怀十首·其四》：“人情旧雨非今雨,老境增年是减年。”

九月十二卸两江督篆文武官绅率各营将士各校生徒祖送江干感赋志别（光绪三十二年丙午七十岁）^①

江上西风涌怒涛，千军夹道肃弓刀。元戎不复权乡郡^②，后起争看出俊髦^③。对我三山含雨重^④，愁人五岭^⑤际云高。多惭赠策殷勤意^⑥，老马何堪万里劳？

长至日赴万寿宫朝罢^⑦，喜雨（广州督任）

好雨逢时春意生，烟尘净洗海天清。预占玉烛调元象^⑧，喜听茅檐祝岁声^⑨。新诏云雷同起舞（近日叠奉诏旨预备立宪，停科举，禁鸦片，

---

① 祖送江干：在江边祖饯送行。光绪三十二年：1906年。这年夏至，周馥正在两江总督任上。七月十三日，光绪皇帝发布《预备立宪上谕》，七月二十四日，上谕周馥著调补两广总督，周馥于九月十二日交卸两江督篆，九月二十六日抵广州，接收两广总督大印。

② 元戎：主将，元帅。此处指周馥自己。周馥时为总督带兵部尚书衔，故可以称元帅。权乡郡：周馥指自己署理两江总督。权：暂时代理。乡郡：此处指故乡两江地区。中国古代实行官员不得在故乡任职的属籍回避制度，周馥以山东巡抚身份代理两江总督，是一种破格礼遇。

③ 俊髦：音 jùn máo，才智杰出之士。

④ 三山：位于南京西南，突出江中，当其冲要。三山以有三峰得名，为护卫古都南京的西南江防要地，故又称"护国山"。含雨重：含有浓厚的雨意。

⑤ 五岭：长江与珠江流域的分水岭及周围群山。自西向东分别是越城岭（湘桂间）、都庞岭（湘桂间）、萌渚岭（湘桂间）、骑田岭（湘南）、大庾岭（赣粤间，腹地在江西大庾县）五岭。际云高：即"际高云"，靠近高高的云彩。

⑥ 赠策：致送书信或临别赠言。典出《左传》中秦大夫绕朝赠晋国大夫士会以策的故事。

⑦ 长至日：夏至日或冬至日。此处指冬至日。冬至又称小至，有"冬至大似年"之说。万寿宫：位于广州旧城文明门外青云直街、清水濠街交接处，建于康熙五十一年（1712年），是一座殿宇式建筑，民国七年（1918年）被拆除。在清朝，每逢万寿节（皇帝生日）、千秋节（皇后生日）、元旦、冬至令节，文武官员须至此望阙行礼。

⑧ 预占玉烛调元象：预先占得一年四季气候调和、太平兴盛的兆象。尸佼《尸子》："四气和，正光照，此之谓玉烛。"《尔雅·释天》："四气和谓之玉烛。"

⑨ 祝岁声：预祝来年丰收的欢呼声。

振兴农工商诸政，天下欢呼），衰年日夕望升平。筹边①自愧无奇略，惟劝间阎卖剑耕②。

---

① 筹边：筹划边境的事务，治理边疆。
② 卖剑耕：指卖掉武器，买牛从事耕种。后比喻一个地方从动乱走向安定。《汉书·龚遂传》："民有持刀剑者，使卖剑买牛，卖刀买犊。"

玉山诗集　卷四

丁未元日（光绪三十三年①丁未七十一岁）

七旬虚度复逢春，慈极乾宫②锡赉频。（上年十一月七十生辰，蒙恩赏赐书画寿佛文绮等件）五角六张③更世事，千金一刻报恩身。残年已愧知途马，后起争看纵壑鳞④。历请避贤犹未得，衰庸何以济艰屯⑤?

广州登舟偶成

日日思归未有期，今朝恰赋遂初诗⑥。张帆幸借西风力，转棹犹嫌下水迟。一枕槐安⑦醒后梦，百年尘劫⑧事前知。余生岁月皆君赐，好向湖山访药师（时奉恩旨开缺另候简用。余适因患病，奏请回籍医治）⑨。

---

　　① 光绪三十三年:1907年。这年四月十七日,上谕"两广总督周馥开缺,另候简用。"据周馥任两广总督才半年多。其中缘故是,庆亲王奕劻与袁世凯要将岑春煊排挤出京,以两广盗贼多,周馥年老体衰,恐精力不济为由,使岑回任两广总督。周以屡次乞退之身,得蒙恩开缺,对此并不遗憾。

　　② 乾宫:皇帝居住的宫殿,全称是乾清宫。此处指称光绪皇帝。周馥自编《年谱》"光绪三十二年丙午七十岁"条记载了这一年慈禧太后、光绪帝分别赐予他的生日礼物,太后赏"御书'风清南服'匾一方,御书'粤海波澄资上略,蓬山春蔼眷长年'对联一副,御书福字各一方,御书长寿字一轴,无量寿佛一尊,三镶玉如意一柄,尺头八匹。又蒙皇上赏御书福寿字各一方,无量寿佛一尊,三镶玉如意一柄,蟒袍料一件,尺头十六件"。

　　③ 五角六张:形容七颠八倒。比喻事情不顺利。典出郑棨《开天传信记》:"梦里几回富贵,觉来依旧凄惶。今日是千年一遇,叩头莫五角六张。"角、张本为星宿名,俗语有盖乖角、乖张,故有此词。

　　④ 纵壑鳞:畅游大壑的鱼。此处指后起之秀崭露头角。典出王褒《圣主得贤臣颂》:"千载一会,论说无疑,翼乎如鸿毛遇顺风,沛乎若巨鱼纵大壑。"

　　⑤ 衰庸:庸弱无能。济艰屯:度过艰难。

　　⑥ 赋遂初诗:本指遂其初愿。此处指实现辞官隐居心愿。典出孙绰《遂初赋》,赋中反映孙绰乐于隐居生活。后因以表示辞官隐居。

　　⑦ 一枕槐安:指一场富贵美梦。典出李公佐《南柯太守传》。

　　⑧ 尘劫:佛教称一世为一劫,无量无边劫为尘劫。此处指尘世的劫难。

　　⑨ 药师:药工、医师之古称。简用:挑选任用。

游庐山①南北各刹

往哲元风邈②，兹山无古今③。闲来访遗迹，泉壑有清音。欲觅诛茅④地，聊栖遁世心⑤。斯缘恐不遂，白首愧云岑⑥。

登匡庐顶

策杖匡庐顶上行，千岩万壑白云生。风雷尘世时兴灭，鸡犬仙家⑦自太平。莲瓣层层原有护（《志》⑧言山顶众峰多如莲瓣），竹林寂寂本无声（志言竹林寺有影无形时闻音乐，盖诞妄也）。月宫尚有闲田地，拟学庞公⑨买犊耕。

---

①庐山：位于今江西省九江市庐山市境内。有"三大名寺"（大林寺、西林寺、东林寺）与"五大丛林（丛林是大型寺庙代称）"（海会寺、栖贤寺、归宗寺、秀峰寺、万杉寺），此外还有太虚观、康王观、崇善观等道观。古代许多名贤与佛、道二教高人在此论道谈玄，留下佳话。

②元风：玄风。邈：音miǎo，久远。

③兹山无古今：此山风光古与今没有不同。司马光《玉徽亭》有"人事有忧乐，山光无古今"句子。

④诛茅，音zhū máo，芟除茅草。此处指结庐安居。

⑤聊栖：姑且安顿。遁世心：避世的心。

⑥云岑：音yún cén，云雾缭绕的山峰。

⑦鸡犬仙家：即鸡犬登仙。《论衡·道虚》："王（淮南王刘安）遂得道，举家升天。畜产皆仙，犬吠于天上，鸡鸣于云中。此言仙药有余，犬鸡食之，并随王而升天也。"此处指庐山太平祥和的景象。

⑧《志》：即毛德琦纂的《庐山志》，共十五卷，康熙五十九年（1720年）顺德堂刻本。

⑨庞公：即庞德公，东汉末高士，襄阳人。与诸葛亮、徐庶、司马德操为友。刘表数度延请，不至。隐居鹿门山，因采药不返，不知所终。事迹见《后汉书·庞公传》。

庐山（张弢楼京卿士珩①书来，拟卜筑庐山，却寄）

赣岭东尽见鄱湖，庐山崛起障洪都。山水有情相回顾，大钧②鼓荡谁为驱？我来小住避烦热，寒风六月如飞雪。悬流百道银河翻，怪石千寻地轴裂。香炉出烟飏紫霄③，五老势欲抟扶摇④。白云泱漭⑤日光冷，天桥夭袅⑥风萧萧。相传中有神仙窟，乘龙万里殊飘忽。惟见遥天一抹烟，金蛇掣电雨滂浡⑦。我闻神仙悯世人，宁忘淑世只淑身⑧？毋乃时屯未可用⑨，退栖岩谷甘沉沦。江山清空我尘土⑩，怆然身世两无补⑪。识

---

① 张弢楼京卿士珩：即张士珩(1857—1919)，字楚宝，号韬楼(亦作弢楼)，晚年自号因觉生，又号冶山居士，安徽合肥人，其母为李鸿章长妹。光绪十四年(1888年)乡试中举，入李鸿章幕府，助海军军港建设和器械制造。甲午中日战争，北洋舰队全军覆没，台谏弹劾李鸿章，张氏被波及而革职。乃回南京冶山，筑弢楼，以诗酒自晦。光绪二十八年(1902年)，周馥出任山东巡抚，奏准由张氏主持山东学务处，兼参谋处，办理武备学堂。光绪三十年(1904年)，周馥升任两江总督，又奏准张氏主办江南制造局。光绪三十三年(1907年)，张氏为山东补用道，擢四品卿。事迹见马其昶《抱润轩文集·四品卿衔张君墓志铭》。

② 大钧：天或大自然。

③ 香炉出烟：指香炉峰上升腾的烟雾。飏紫霄：飘荡在高空中。飏：音 yáng，飞动，飘扬。

④ 五老：即庐山五老峰，地处庐山东南，因山的绝顶被垭口所断，分成并列的五个山峰，仰望俨若席地而坐的五位老翁，故人们便把这原出一山的五个山峰统称为"五老峰"。它根连鄱阳湖，峰尖触天，海拔1436米，为庐山全山形势最雄伟奇险之胜景。抟扶摇：盘旋上升，如同龙卷风。出自《庄子·逍遥游》："鹏之徙于南冥也，水击三千里，抟扶摇而上者九万里。"

⑤ 泱漭：音 yāng mǎng，亦作"泱莽"。此处指舒卷弥漫。

⑥ 夭袅：音 yāo niǎo，摇曳多姿貌。

⑦ 滂浡：音 pāng bó，形容气势澎湃盛大。

⑧ 淑世：济世。只淑身：只以善修养自身。

⑨ 毋乃：音 wú nǎi，莫非，莫不是。时屯：音 shí zhūn，时世艰难。

⑩ 江山清空我尘土：江山洁净空灵如此美好，我却是尘世凡人，将归于尘土。苏轼《书王定国所藏烟江叠嶂图(王晋卿画)》："江山清空我尘土，虽有去路寻无缘。"周馥在此处引用了苏轼诗句，但意思与苏轼诗句有所不同。

⑪ 怆然：音 chuàng rán，非常悲伤的样子。身世两无补：(自己的一生)于自身于人世都没有补益。这是周馥自谦辞。

得庐山面已迟，老来学道羝望乳①（弢楼书有劝学道养气语）。

祭扫途中杂作四首

其 一

华屋山丘感寂寥②，四山云树莽萧萧③。

惊回三十年前梦，又蹋湖陂过板桥④。

其 二

周山郁郁气佳哉⑤！当日荆榛手自开⑥。传语儿孙重乔木⑦，先从心地植根来⑧（周家山马鞍岭）。

其 三

冰谷常封不见春，惊雷一日起潜鳞。

时人莫漫夸山水⑨，吉宅⑩还须贤主人（韩家滩）。

其 四

山水依然人事非，衰宗何日起寒微？

台倾池圮无人问，只有伤心丁令威⑪。

---

① 羝望乳：希望公羊产乳。指不可能发生的事。典出《汉书·苏建子武传》："(匈奴)乃徙武北海上无人处，使牧羝，羝乳乃得归。"颜师古注："羝不当产乳，故设此言，示绝其事。"

② 华屋山丘：壮丽的建筑化为土丘。比喻兴亡盛衰的迅速。此处指祖墓。寂寥：冷落萧条。

③ 云树：高耸入云的树木。莽：高大茂盛。萧萧：风吹树叶声。

④ 蹋：踏，踩。湖陂：音 hú bēi，湖泽。此处指湖堤。

⑤ 周山：即今安徽省池州市东至县官港镇秧畈村境内的周家山。周馥母亲和祖父母都葬在此山。山上古树参天，竹林叠翠。郁郁：指植被茂盛的样子。也可指烟气蒸腾。

⑥ 荆榛：泛指丛生灌木。手自开：亲自动手辟荆榛。此处指周馥安葬母亲时，曾亲自动手辟荆榛，掘墓穴。

⑦ 乔木：高大的树木。此处指故乡，也指建德周氏家族的声誉。

⑧ 心地：内心，心底。植根：扎根。

⑨ 莫漫：不要随便，不要随意。夸山水：夸奖风水好。

⑩ 吉宅：平安吉祥的住所。

⑪ 丁令威：中国道教崇奉的古代仙人。《搜神后记》："丁令威，本辽东人，学道于灵虚山，后化鹤归辽，集城门华表柱。时有少年举弓欲射之，鹤乃飞，徘徊空中而言曰：'有鸟有鸟丁令威，去家千年今始归，城郭如故人民非，何不学仙冢累累！'遂高上冲天。"诗中周馥以鹤自指，抒发对故乡人事变迁的感慨。

峡石行

（昔年行川峡中，见怪石千状，欲作诗纪异未果。今读范石湖诗，乃先得我心，犹惜其形容未尽。友人属余作诗广之，遂戏赋长句一篇。）

洪荒世老还太空，万类融熠飘罡风①。罡风偶有不到处，原形堕落扶舆②中。或有禽鱼留骨格，或有器具经斧工。树木轮囷③杂枝干，瓜蓏杂沓填樊笼④。更有排竿络以索，亦有叠笋载之舸⑤。牛鬼蛇神相喜怒，马蹄车轴分西东（有石如众童子聚语，但无面目手足耳。又有石如带，长千百丈，自此山络至彼山，石色与山色异）。令人目骇难思议，若非先天遗蜕谁雕镂⑥？我闻佛性真常历万劫⑦，仙人飞举游天宫。蠢兹顽石等唾弃，焉有灵性葆始终？或云世界各种类，或云化生⑧生不穷。胡乃冥顽脱造化⑨？万古大冶不能镕⑩。世人有身苦多欲，欲胜自烁⑪丧其躬。君不见扰扰梦幻真一瞥，情生情死如推蓬⑫。不然石骨具百象，何以不见

---

① 融熠：光亮。熠：音 yuè，火光。《史记·贾生列传》："弥融熠以隐处兮。"罡风：音 gāng fēng，道家谓高空之风。后亦泛指劲风。

② 扶舆：亦作"扶于""扶与"。犹扶摇，盘旋升腾貌，旋转貌。

③ 轮囷：音 lún qūn，硕大，盘曲的样子。《史记·天官书》："若烟非烟，若云非云，郁郁纷纷，萧索轮囷，是谓卿云。"

④ 瓜蓏杂沓：瓜果纷杂。此处比喻形形色色的石头。蓏：音 luǒ，草本植物的果实。杂沓：纷杂。樊笼：笼子。

⑤ 舸：舟船。

⑥ 遗蜕：音 yí tuì，此处指黄山形色各异的石头。这些石头原来是鲜活的动植物，后来石化了，变成了奇形怪状的石头。雕镂：音 diāo lóng，此处指雕刻，雕塑。

⑦ 佛性：佛教术语。意思是众生都有觉悟成佛的可能性。真常：真实常住，也指代真如本性，常见于佛教，与无常相对。万劫：佛经称世界从生成到毁灭的过程为一劫，万劫犹万世，形容时间极长。

⑧ 化生：化育生长，变化产生。

⑨ 胡乃：为何。冥顽：愚昧顽钝。脱造化：脱离自然世界的变化。

⑩ 大冶：古称技术精湛的铸造金属器的工匠。此处为"大冶炉"的缩略语。比喻造化如熔炉。不能镕：不能销熔，不能陶冶。

⑪ 欲胜自烁：欲望战胜自我，导致自我消亡。烁：音 shuò，通"铄"，销熔。

⑫ 推蓬：推蓬门（用蓬草编的轻便而简陋的门），形容轻易。蓬：蓬草。

横目公①？鲰生②贪嗔已断绝，尚余痴障忧忡忡。呜呼！安得无情似尔石，千秋万古常喑聋③！

题张弢楼《济上鸿泥图》

（弢楼名士珩，一字楚宝，先为予调赴济南办文武学堂练兵等事，旋办上海制造军械局，擢四品卿。）

人生何者非逆旅，泥上爪痕留几许。此邦我亦宦游人，转瞬惊沙散如雨。君性最爱江南山，言归冶麓④常闭关。牵率游踪到齐鲁，相期共济时艰难。公余遍访诸名胜，野鸥自适烟波性。潭影山光互送迎，诗心淡远禅心定。却恐履屐迹易荒，明年何处安吟囊？游踪一一寄图幅，幅幅烟云俱老苍。图中风景犹能记，小队郊垌⑤屡游憩。趵突名泉历下亭⑥，分明是我闲吟地。我今初服归牯牛⑦，君亦抱琴东海头。披图愿再添一客，月夜明湖⑧同泛舟。

---

① 横目公：指人类，人的眼睛横向而生，故有此称。《庄子·天地》："夫子无意于横目之民乎？愿闻圣治。"成玄英疏："五行之内，唯民横目。"后以"横目"指人类。

② 鲰生：音 zōu shēng，浅薄愚陋的人，小人。古代骂人之词。又可作自称的谦辞。此处是周馥自称。贪嗔：音 tān chēn，佛教语。指贪欲与嗔恚。

③ 喑聋：又哑又聋。

④ 冶麓：位于今南京城之西，本吴之冶官治。筑城卫之，故曰冶城。光绪年间，张士珩租此地冶山道院的一部分建设别墅，名韬楼。

⑤ 小队郊垌：人数少的队伍出行郊外。郊垌：音 jiāo jiōng，泛指郊外。

⑥ 趵突名泉历下亭：趵突泉位于今山东省济南市历下区，位居济南七十二名泉之冠，与千佛山、大明湖并称为济南三大名胜。历下亭位于济南大明湖水面诸岛中最大的湖心小岛上，因处历山之下而得名。

⑦ 初服归牯牛：穿着过去做平民时穿的服装回到故乡牯牛。牯牛降：安徽南部三大高山（黄山、清凉峰、牯牛降）之一，主峰海拔 1727.6 米，牯牛降以雄、奇、险著称，是黄山山脉向西延伸的主体，古有"西黄山"之称，其山形酷似一头牯牛从天而降，故名。

⑧ 明湖：即山东省济南市大明湖。

检历年废牍付火二首

其　一

兔鱼未获剩蹄筌①，鸿爪留痕只自怜②。

付与寒炉聊一笑，卅年心血散云烟。

其　二

故友零缣到眼明，装潢相对慰平生。

老夫如悟前生事，儿辈犹传父执③名。

丁未除夕五首

其　一④

瀛海惊涛暗远天⑤，中流把舵客心悬。

谁知一夜西风便，吹向芦花浅水边。

其　二

梨颜⑥白发又逢春，幸作陶唐击壤民⑦。

万事笑人还自笑，劳劳何补费精神。

---

　①蹄筌：音 tí quán，捕兔的网和捕鱼的竹篓。

　②鸿爪留痕：比喻往事留下的痕迹。典出苏轼《和子由渑池怀旧》："人生到处知何似，应似飞鸿踏雪泥，雪上偶然留爪印，鸿飞那复计东西。"只自怜：只觉得自己可怜。

　③父执：父亲的朋友。执：志同道合的人。

　④此诗以驾船为喻，说明寄任封疆时的戒惧小心，一夜西风，是说机缘凑巧，自己以屡次乞退之身得蒙恩开缺，如愿以偿。周馥自编《年谱》言及两广总督开缺原因："朝臣党争，互相水火，枢臣、疆吏有因之去位者，遂波及于余。"

　⑤瀛海：音 yíng hǎi，浩瀚的大海。惊涛：令人惊恐的汹涌波涛。暗远天：使遥远的天宇都变得阴暗。

　⑥梨颜：形容老人脸色像冻梨。《仪礼·士冠礼》"黄耇无疆"郑玄注曰："黄，黄发也。耇，冻梨也。皆寿征也。"《释名·释长幼》："九十曰鲐背……或曰冻梨，皮有斑黑如冻梨色也。"

　⑦陶唐击壤民：在尧帝时代悠闲地做着"击壤"游戏的人。此处指在清朝当一个生活简单，无忧无虑的人。陶唐：古帝名，即唐尧。帝喾之子，姓伊祁，名放勋。初封于陶，后徙于唐。

其　三

百劫①逃来剩一身，旧游回首总伤神。

沧桑阅尽吾还在，一世浑如两世人。

其　四

儿女同赓守岁歌②，深炉矮屋气温和。

衰年漫说光阴短，一日清闲两日多。

其　五

瓶插花枝盘满鲜，贫家随俗过新年。

门前风雪何须问，且拥围炉待晓天。

戊申人日③（光绪三十四年戊申七十二岁）

今年乡国逢人日，屈指浮生有几辰？晴雪欣占丰岁兆，衰颜乐睹故园春。庞公耕陇期贻后，陶令移家为择邻。我比荣期④多一乐，老来归作太平民。

答友人论颜跖⑤

（欧阳文忠有此诗，乃以身后毁誉判优劣，友人嫌义未尽，属拟一篇。）

① 百劫：数以百计的灾难。

② 赓守岁歌：酬唱奉和守岁诗歌。赓歌：音 gēng gē，酬唱和诗。赓：酬答，应和。

③ 戊申人日：光绪三十四年（1908年）正月初七。

④ 荣期：即春秋时隐士荣启期。

⑤ 颜跖：颜回与柳下跖。

福善祸淫天之常，跖何寿考颜早死①？或云阴德及子孙，多少忠贞断血祀。毁誉后世亦虚名，况乃史笔难尽恃。佛家创为轮回说，前因后果若可指。世人藐藐徒谆谆②，一若东风吹马耳③。我乃穷观事物变，始知阴阳无异旨。天地好生本至诚，人心合天天锡祉④。君问至诚在何许，花木何以无假花？至诚之中有不息，往复循环若逝水。循环自然因果见，栽培倾覆人自取。万物好恶本天真，不观禽兽爱其子？苟返此道拂其性，天地鬼神皆不喜。末流作伪日纵恣，虽具生质灭生理。生理已亡质安附？烜赫一时幻影耳。父母遗体且勿伤，秉彝天赋岂可毁？毁性孽重毁体轻，性是元神质乃滓。率性生死皆亨吉⑤，违性虽死祸未已。天道至远网恢恢⑥，俗眼得丧皆妄拟。孔圣罕言利与命，至若神怪尤不齿。为恐世人昧常道，舍近求远失所以。先天弗违后奉时⑦，趋吉避凶道在是。苟论报应泥寿夭⑧，较量尺寸亦浅矣。

---

① 跖何寿考颜早死：盗跖为何长寿，贤良的颜渊为何短寿。跖：音 zhí，即盗跖。生卒年不详，春秋末鲁国人，是江湖大盗，姬姓，展氏，名跖，又名柳下跖、柳展雄，在先秦古籍中被称为"盗跖"和"桀跖"，为当时鲁国贤臣柳下惠（柳下季）之弟，为鲁孝公的儿子公子展的后裔，因以展为氏。《史记·伯夷列传》："或曰：'天道无亲，常与善人。'若伯夷、叔齐，可谓善人者非邪？积仁洁行如此而饿死！且七十子之徒，仲尼独荐颜渊为好学。然回也屡空，糟糠不厌，而卒蚤夭。天之报施善人，其何如哉？盗跖日杀不辜，肝人之肉，暴戾恣睢，聚党数千人横行天下，竟以寿终。是遵何德哉？"

② 藐藐：音 miǎo miǎo，不经意、不留心的样子。《诗经·大雅·抑》："诲尔谆谆，听我藐藐。"谆谆：音 zhūn zhūn，形容恳切地教导。

③ 东风吹马耳：东风吹过马耳边。比喻对别人的话无动于衷。李白《答王十二寒夜独钓有怀》："世人闻此皆掉头，有如东风射马耳。"

④ 锡祉：赐福。祉：音 zhǐ，福。

⑤ 率性：依从并发挥上天赋予的道德本性（善性）。亨吉：大吉。

⑥ 网恢恢：即天网恢恢，疏而不漏。天道像一张网，广大无边，看起来很稀疏，却不会有遗漏。比喻天道公平。

⑦ 先天弗违后奉时：先于天行事而天不违背他，后于天行事而能顺奉天时。《周易·乾卦·文言》："夫大人者，与天地合其德，与日月合其明，与四时合其序，与鬼神合其吉凶。先天而天弗违，后天而奉时。天且弗违，而况于人乎？况于鬼神乎？"

⑧ 苟论报应泥寿夭：假如只依据因果报应之说，拘泥于人的寿命的长短，来探讨天理道与人事话题。泥：音 nì，拘泥于。

寄黄暄庭星使①二首

（出使意大利国黄暄庭星使来书言，在罗马晤日本头等公使高平君②，云予任鲁抚时有诗一律，曾由高平译出英文交美国外部呈大总统一阅，击赏。属将原诗抄寄，俾得校对珍藏，且将原诗译成英文，复由英文译汉，寄予阅政。予甚异之。忆昔年巡海至胶澳，偶题七律一首。即"朔风雨雪海天寒"句也。旋将稿弃去，以伤时之作，不欲示人也。后来不知何人检取登于报纸，又不知日本使臣高平君因何得之，转呈美总统罗斯威路特③过目。此等琐琐闲事，若拒其请，必招猜疑。美总统凤重邦交，殆亦心乎中国有所感而出此耶？因书前诗寄暄庭转寄高平君呈之。并赠暄庭二绝，以志感愧。）

其 一

万里传书为索诗，雅人深致最堪思，

巴音那可赓瑶瑟④？鸟弄虫吟⑤只自知。

---

　　① 黄暄庭星使：即黄诰(1865—?)，字宣廷。光绪十一年(1885年)中举人，光绪二十四年(1898年)中进士，改翰林院庶吉士，光绪二十七年(1901年)报捐道员，分省试用，复以江苏候补道赏四品卿衔身份，于光绪三十一年(1905年)八月六日被任命为出使意大利大臣，外交衔级为二等公使。光绪三十四年(1908年)六月二十五日离任。宣统二年(1910年)任陕西陕安道，次年底，因陕西民军响应辛亥革命，攻下汉中，他化妆出逃。民国二十年(1931年)，他和温肃联名上书，劝溥仪复辟。之后事迹不详。

　　② 高平君：即高平小五郎(1854—1926)，日本明治时代外交官，男爵，贵族院议员。精通汉学。先后出任日本驻朝鲜代理公使、驻意大利公使、驻美国公使。

　　③ 罗斯威路特：即西奥多·罗斯福(1858—1919)，人称老罗斯福，荷兰裔美国军事家、政治家、外交家。1900年当选副总统，1901年他继任成为第26任美国总统，是美国历史上最年轻的在任总统。

　　④ 巴音：即下里巴人。春秋时代楚国的民间流行的一种歌曲，后来泛指通俗的文学艺术，常与"阳春白雪"相对。此处是周馥对自己诗作的谦称。宋玉《对楚王问》："客有歌于郢中者，其始曰《下里》《巴人》，国中属而和者数千人。……其为《阳春》《白雪》，国中属而和者不过数十人。"韦庄《三用韵》诗："铮鏦闻郢唱，次第发巴音。"赓瑶瑟：应和美妙的音乐。瑶瑟：音yáo sè，用美玉装饰的琴瑟。

　　⑤ 鸟弄虫吟：鸟叫虫鸣。此处是周馥谦称自己的诗作。

其　二

东瀛明月照西州，为羡乘风快壮游。

鸾鹤钧天饶雅奏①，采风何意到沙鸥②?

邛竹杖（川友罗莘农赠）③

邛海仙人为折枝，诗囊酒榼日相携④。看云花坞春行早，步月园林
夜睡迟。难得艰危逢佐助，敢因颠沛失操持⑤? 邓林却笑痴夸父⑥，追日
当年枉自疲⑦。

再游庐山下山作三首

其　一

千条奔瀑吼如雷，万叠浓云絮作堆。

雨后看山更奇绝，人生能得几回来?

---

① 鸾鹤:鸾与鹤。相传为仙人所乘,借指神仙。此处指称高平小五郎、西奥多·罗斯福。
钧天:中国神话传说中天帝住的地方。有"钧天广乐"之典,指天上的美妙音乐。典出《吕氏
春秋·有始》。

② 采风:采集歌谣。此处指高平抄录并翻译周馥《过胶州澳·朔风雨雪海天寒》一诗。何
意:何故,为什么。沙鸥:栖息在沙滩或沙洲上的鸥一类的水鸟。此处指周馥。

③ 邛竹:竹之一种,产于邛崃山(今四川荥经县西南),故名。罗莘农:即罗庆昌,字莘
农,清四川省顺庆府营山县人,廪生。曾任直隶总督袁世凯、四川布政使周馥幕僚,光绪二十
七年(1901年)协助袁世凯处理直隶教案,受清廷褒奖,光绪三十四年(1908年)被两江总督
张之洞派往日本考察学习,清末与民国年间,先后担任过湖北、江苏、浙江等省的多处州、县
长官。著有《营山罗莘农游记》《谨拟厘定外省官制条陈》《建德尚书七十赐寿图》等。

④ 酒榼:音jiǔ kē,古代的贮酒器,可提挈。

⑤ 敢因:岂敢因为。颠沛:困顿挫折,跌倒。失操持:双关语,本指丢失手持的拐杖。此
处指放弃正直的操守。

⑥ 邓林:古代神话传说中的树林,为夸父(中国古代神话传说中的人物)的手杖化生而
成。《山海经·海外北经》:"夸父与日逐走,入日。渴,欲得饮,饮于河、渭,河、渭不足,北饮大
泽。未至,道渴而死。弃其杖,化为邓林。"毕沅《山海经新校正·第八》:"邓林即桃林也,邓、
桃音相近。"此处指邓林民众,受夸父恩泽,却嘲笑夸父痴傻。

⑦ 追日:追逐太阳。此处指追求造福民众的为政理想。枉自疲:白白地让自己辛苦。周
馥在此处指自己当年辛勤从政,造福于民众,却被人笑痴愚。

其 二

重上天关复下关，风雷几度欲摧山。

昨宵雨过天容净，云自无心石自顽①。

其 三

跨鹤难乘万里风，凌云一笑海天空。

归来戏向人间说，两度层霄访月宫②。

湖 上

湖上归来旧业荒，忻然鼓腹咏陶唐③。招凉爱种当檐树，待月犹修近水廊。抱石沉河何褊急④？为文誓墓亦疏狂⑤。行藏自是关天命⑥，敢谓山林与世忘⑦？

游山（宣统元年⑧己酉七十三岁）

门无车马偏宜懒，架有诗书不患贫。家事几番分付了，余闲犹作看山人（时赴宣城南陵看山）。

---

① 云自无心：白云飘浮在空中，一切顺其自然，没有个人意志。石自顽：石头本质坚固。

② 层霄：高空。月宫：也称蟾宫，广寒宫，古代中国神话传说中位于月球的宫殿，嫦娥奔月后居于此。

③ 鼓腹：饱食。《隋书·儒林传·何妥》："上古之时，未有音乐，鼓腹击壤，乐在其间。"此句能作两解：一是歌咏帝王英明；二是像上古尧帝时的民众一样，无忧无虑，鼓腹而歌。从上下文语境看，第二种解释稍优。

④ 抱石沉河何褊急：申徒狄愤世嫉俗，抱石自沉于河，为何性情那么急躁？褊急：音biǎn jí，气量狭小，性情急躁。

⑤ 为文誓墓亦疏狂：王羲之作《誓墓文》，对父母灵魂发誓不再出仕，其行为也是太狂放不羁。

⑥ 行藏自是关天命：出处与行止本来是与上天的意志相关。行藏：进取与退隐。

⑦ 敢谓山林与世忘：岂敢说悠游于山川林野中便忘怀世事？敢：此处指岂敢。

⑧ 宣统元年：1909年。这年，周馥住芜湖，参与纂修《建德县志》与《建德纸坑山周氏宗谱》，次年三月均修竣，其间，携晚辈友人杨焕之赴南陵看山（寻墓穴），访宣城周浩中丞，至太平府访问长江水师提督程文炳。

小圃①（初苦雨旋苦旱）

占雨占晴望岁丰，忧心还与在官同。宵愁水阁蛙鸣沼，晨喜晴窗鸟唤风。巫觋岂能消沴气②，蛟龙犹诩赞神工③。迩来④小圃伤枯旱，学得忘机抱瓮翁⑤。

四月二十四夜

（昔有日者言予七十二岁四月二十四日午时考终⑥，去岁未验，或虑今岁满运当应，乃又逾限，夜坐戏题。）

白鸡⑦已遇未停鞭，天赐清闲更赐年。梦里沧桑千劫⑧换，宵残云雾一星悬。阮孚⑨且蜡游山屐，陶令犹耕种秫田⑩。莫笑衰翁无恋慕，欲将风浴⑪拟神仙。

---

① 小圃：种植菜蔬、花草、瓜果的小园子。

② 消沴气：消除邪恶之气。此处指干旱气候。

③ 诩赞：夸耀赞助。神工：能工巧匠。此处指善于治水的人。

④ 迩来：音 ěr lái，近来。

⑤ 抱瓮翁：抱水瓮灌园的（淳朴无机心）老人。传说孔子的学生子贡，在游楚返晋过汉阴时，见一位老人一次又一次地抱着瓮去浇菜，"搰搰然用力甚多而见功寡"，就建议他用机械汲水。老人不愿意，说这样做，为人就会有机心，"吾非不知，羞而不为也"。后以"抱瓮灌园"喻安于简陋生活之典。

⑥ 日者：古时以占候卜筮为业的人。此处指以算命为业的人。考终：亦作"考终命"。老寿而死，善终。《尚书·洪范》："五福……五曰考终命。"

⑦ 白鸡：此处指辛酉年。古人视辛酉年为不祥之年。

⑧ 千劫：佛教语。指旷远的时间与无数的生灭成坏。现多指无数灾难。

⑨ 阮孚：字遥集，陈留尉氏（今河南尉氏县）人，东晋大臣，其人酷好饮酒，性豁达，有远见。《晋书·阮孚传》："初，祖约性好财，孚性好屐，同是累而未判其得失。有诣约，见正料财物，客至，屏当不尽，余两小簏，以著背后，倾身障之，意未能平。或有诣阮，正见自蜡屐，因自叹曰：'未知一生当着几量屐！'神色甚闲畅。于是胜负始分。"

⑩ 陶令犹耕种秫田：陶渊明还在用官田种秫稻，满足饮酒爱好。此处是指周馥自己还在官府任上。《宋书·陶潜传》载，陶公赴彭泽县令任，"公田悉令吏种秫稻，妻子固请种粳，乃使二顷五十亩种秫，五十亩种粳。郡遣督邮至，县吏白应束带见之。潜叹曰：'我不能为五斗米，折腰向乡里小人。'即日解印绶去职，赋《归去来》。"

⑪ 风浴：利用空气吹拂来锻炼身体。

芜湖别墅

秋花开更晚，三径少车尘。鱼鸟忘机友①，乾坤冷眼人②。浮生几纳屦③，佳日一壶春④。饶有沧州兴⑤，桃源莫问津⑥。

宣统元年九月周瀚如中丞⑦访予芜湖别墅，因约吴赞臣中丞、崔春江水部⑧共饮李家湖酒楼，拍一影相志之

四叟问年三百春⑨，相看俱是五朝⑩人。黄花故里篱边酒，白发南柯梦后身⑪。回首风尘同辈少，惊心棋劫⑫几番新。画图休拟耆英会⑬，故是尧天击壤民⑭。

---

① 鱼鸟忘机友：不存巧诈之心，与鱼和鸟结成坦然相处，不需戒备的伴友。典出《列子·黄帝篇》。此处是周馥比喻自己淡泊隐居，不以世事萦怀的生活。

② 乾坤冷眼人：时局的冷静旁观者。此处指周馥自己。

③ 几纳屦：即"几量屦"，几双鞋。典出《晋书·阮孚传》。纳：双，用于鞋袜。此句大意是人的一生很短暂，穿不了很多双鞋，贪得无厌毫无意义。

④ 佳日：天晴的日子。一壶春：一壶美酒。

⑤ 沧州兴：归隐的念头。沧州：也作"沧洲"。靠近水的地方。常指隐士的居处。

⑥ 莫问津：不要去寻访。津：渡口。

⑦ 周瀚如中丞：即周浩（1838—1919），字瀚如，晚年号退叟，宣城新田凉亭村人，附生，曾任湘军鲍超文书，后来其子周凤冈娶了李瀚章（李鸿章兄）的女儿。先后任江西南安知府、吉南赣宁道、直隶按察使、甘新布政使、直隶布政使、江西布政使、署理江西巡抚。中丞：此处为巡抚的代称。

⑧ 水部：职官名，魏置水部郎，晋设水部曹郎，隋唐至宋均以水部为工部四司之一，明清改为都水司，掌有关水道之政令。明清时期以水部为工部司官代称。

⑨ 三百春：四叟年龄加起来只有280岁，此处三百春是举整数。

⑩ 五朝：指道光帝、咸丰帝、同治帝、光绪帝、宣统帝五朝。

⑪ 南柯梦后身：从宦海中退出，清醒领悟到人世富贵荣华如同一场梦幻的人。此处指周馥与饮酒友人。

⑫ 棋劫：围棋的劫争。此处比喻时局反复动荡。

⑬ 耆英会：音 qí yīng huì，年高有德者的聚会。北宋时文彦博留守西都洛阳，集年老士大夫十一人，聚会作乐，当时谓之"洛阳耆英会"。

⑭ 尧天击壤民：尧帝时代击壤游乐无忧无虑的人。

元夜读罢偶题（宣统二年庚戌七十四岁）

赋命原知是腐儒，滔滔今世论黄虞①。遣愁安得中山酒②？问道犹求象罔珠③。三径雪封春意在④，六街灯满月明孤。高文倚马⑤人何限，书味从来餍老夫⑥。

婿刘述之以亡女淑芳手书字装册⑦，嘱题

忽睹零缣泪黯然，琐窗⑧问字想当年。乘龙⑨幸遂生前愿，舐犊⑩难

---

① 黄虞：黄帝、虞舜的合称。此处指上古盛世。

② 中山酒：相传产于中山国的一种名酒，又称千日酒。亦泛指名酒。《搜神记》："狄希，中山人也，能造千日酒，饮之千日醉。"

③ 象罔珠：象罔寻到黄帝所遗失的玄珠。比喻求道的方法，不在聪明才智与有力，而在于无形无心。《庄子·天地》："黄帝游乎赤水之北，登乎昆仑之丘而南望。还归，遗其玄珠。使知索之而不得，使离朱索之而不得，使吃诟索之而不得也。乃使象罔，象罔得之。黄帝曰：'异哉！象罔乃可以得之乎？'"

④ 三径：亦作"三迳"。指归隐者的家园或是院子里的小路。此处指周馥家里院中小路。典出赵岐《三辅决录》。

⑤ 高文倚马：倚靠在马旁，片刻就写好一篇文章。形容才思敏捷，文章写得又快又好。典出《世说新语·文学》："桓宣武北征，袁虎时从，被责免官。会须露布文，唤袁倚马前令作，手不掇笔，俄得七纸，殊可观。"

⑥ 餍老夫：让自己饱足。餍，音 yàn，吃饱。老夫：年老男子的自称。此处为周馥自称。

⑦ 刘述之：即刘体信（1878—1959），字述之，后来改名刘声木（字十枝），安徽庐江人，晚清翰林院侍讲学士、淮军名将、四川总督刘秉璋的第三子，光绪末分省补用知府，历任山东、湖南学务，民国后居上海，中华人民共和国成立后任市文史馆馆员，著名的学者、藏书家。著有《苌楚斋书目》《苌楚斋随笔、续笔、三笔、四笔、五笔》《桐城文学渊源考》。淑芳：即周馥长女周瑞钿（1879—1905），生有一对儿女，在儿子约八个月时病逝。

⑧ 琐窗：镂刻有连琐图案的窗棂。

⑨ 乘龙：比喻得佳婿。欧阳询等纂《艺文类聚·礼部下·婚》："《楚国先贤传》曰：'孙俦，字文英，与李元礼俱娶太尉桓焉女。时人谓桓叔元两女俱乘龙，言得婿如龙也。'"

⑩ 舐犊：音 shì dú，比喻父母对子女的疼爱。

忘旧日怜。见说双珠①俱长大，可能再世缔良缘。何时宅相②辉门阀，凤诏荣封到九泉③？

自郑州游洛七日，随所见以句记之，不足言诗七首

其 一

郑国虚传守虎牢④，更闻楚汉扼成皋。山川平远地无险，戎马纵横民亦劳。治国谁如东里惠⑤？城周犹想圣人褒⑥。于今四海车书一⑦，轮轨将通垄坂高（汴洛铁路将进潼关）。

---

① 双珠：一对珍珠。比喻以风姿或才华见称的兄弟(姊妹)二人。此处应指一对儿女。

② 宅相：本指住宅风水之相。《晋书·魏舒传》："(舒)少孤，为外家宁氏所养。宁氏起宅，相宅者云：'当出贵甥。'外祖母以魏氏小而慧，意谓应之。舒曰：'当为外氏成此宅相。'"后用为将出贵甥之典。

③ 凤诏：音 fēng zhào，天子的诏书。荣封：给官员的祖先封官晋爵。

④ 虎牢：古邑名，传说周穆王时有武士生擒老虎，关押于此，故得名。春秋属于郑地，在今河南省荥阳市汜水镇。城筑在大伾山上，形势险要，为军事重镇。汉置成皋县。南北朝时为北魏的河南四镇之一。

⑤ 东里惠：春秋时郑国贤相子产对民众的慈爱。

⑥ 城周："城成周"的缩略语。西周初年，成王率诸侯合力建造成周城，迁殷民于此。《左传·昭公三十二年》："昔成王合诸侯城成周，以为东都，崇文德焉。"史载，周敬王四年(前516年)以王子朝之乱，东周王朝由王城迁都于成周，成周在拉锯战中遭毁坏，周请诸侯修复此城，周敬王十年(前510年)，晋魏舒、韩不信、齐高张等大夫会于此，晋士大夫弥牟制订工程方案，计算城墙高度、长度、厚度和沟渠深宽，考察土方数量、运输远近，以及所需器材和粮食，预计用工多少和完工日期，以命令诸侯服役。次年夏，诸侯之大夫率其役徒筑成周城，三旬而成，诸侯之师归去。褒：赞扬。

⑦ 四海车书一：全国统一，实行一样的制度。此处指中国各地铁路交通执行的标准完全一致。

其 二

四山①环卫帝王州，四水②东行汇巨流。营洛本为均轨度③，迁都岂便固金瓯④? 醇醲民性犹三代⑤，寒燠⑥天时冠九州。礼乐征诛⑦俱一梦，丰碑谁与认王侯?

其 三

尚见天津桥一䡋⑧（北魏初建，至隋复修葺之，土人言初建七十二䡋），龙门造像凿山空（即阙塞山，乃伊水之口。两崖山上皆北魏君民所凿佛像，名石窟寺，精巧绝伦）。金墉寂寂乌鸢语（金墉城⑨在今洛城东北二十里，无迹可寻。晋时屡迁帝后居此），甲马离离禾黍丰（甲马营即夹马营，在洛城东北，宋太祖诞生之地，今见荒村平田而已）。安乐有窝传邵子（邵子祠颜曰安乐窝，有后裔二十余家，业农），忧勤遗像仰周公（周公庙塑公手扶成王像，令人蔼然生敬爱之心）。岿然狄墓今无恙，千载

---

① 四山:洛阳东有嵩岳，南有伏牛山(大虎岭南麓)，西面是秦岭余脉，北面有邙山。

② 四水:指洛阳境内四条主要河流，即洛河、伊河、瀍河、涧河。瀍河与涧河均自北向南汇入洛河，由南部发源的伊河在流经龙门山后，于偃师市杨村也与洛河交汇，形成伊洛河(也叫南洛河)继续东行。

③ 营洛:西周初成王、周公营建洛邑。均轨度:使四方各方国距离洛邑里程一样长。《水经注》卷十五《洛水注》引《孝经·援神契》曰:"八方之广，周洛为中，谓之洛邑。"周成王、周公在邙山以南洛水北岸兴建洛邑，以作东都，为了更好地控制东方新占领区和监视商朝遗民。

④ 迁都:周平王即位后的第二年(前770年)，在郑、秦、晋等诸侯的护卫下，将国都从镐京迁至洛邑(东周都城洛阳的古称)，开始了东周的历史。岂便:哪里方便。固金瓯:保护国土完整。金瓯:金盆。后用以比喻疆土之完固。亦用以指国土。

⑤ 醇醲:音 chún nóng，亦作"醇浓"。酒味浓厚甘美。此处指人情淳厚。三代:中国历史上的夏、商、周三个朝代的合称。此处指上古盛世。

⑥ 寒燠:音 hán yù，冷热。此处指当地气候。

⑦ 礼乐征诛:制作礼、乐征伐诛戮，指帝王行使权力。

⑧ 䡋:音 hóng，此处指桥拱。

⑨ 金墉城:古城名，三国魏明帝时所筑，为当时洛阳城西北角的一座小城，唐贞观后废。嘉平六年(254年)，司马师废其主曹芳，迁于金墉。晋杨后及愍怀太子为贾后之废，皆徙金墉城。永康二年(301年)，赵王伦篡位，迁惠帝居此城。后亦指称帝后贬居之所。

人思复辟功（狄梁公①墓在洛城东，土人耕毁，经官吏存护立碑）。

其　四

龍嵷共指晋宣陵（司马懿高原陵在洛城北，人谓是佳城，已遭掘）②，已掘还摧地脉崩（陵后车马陵轹成大道如沟，深三四丈）③。漫说地灵人自杰，须知理定数难胜。汉安何并遭焚椁④（汉安帝恭陵被掘成洼最惨），郭后今犹闭漆灯⑤（汉光武郭后陵近安帝陵，竟未掘。光武陵在北邙山北，巍然无恙）。后事安危谁料得，休言果报渺无凭。（洛阳汉、晋帝陵皆被掘，惟周陵独否。按《金国志》⑥，刘豫曾使刘从善为淘沙官，遍发山陵取

① 狄梁公：即狄仁杰（630—700），字怀英，并州晋阳（今山西省太原市）人。唐代政治家，宦历丰富，武周时期任宰相，为人忠直敢谏，为政有方，力荐贤才。曾犯颜直谏，力劝武则天复立庐陵王李显为太子，使得唐朝社稷得以延续。病逝后，唐朝廷念其复辟功，追赠他司空、梁国公。

② 晋宣陵：晋宣帝司马懿陵墓。司马懿：生于179年，卒于251年，字仲达，河内郡温县（今河南省焦作市温县）人，三国时期曹魏政治家、军事家，西晋王朝的奠基人之一。魏明帝曹叡崩，幼帝曹芳继位，司马懿始被排挤，正始十年（249年），他起兵政变并控制京都洛阳。自此，掌握了曹魏的军政权力。嘉平三年（251年）病逝，辞郡公和殊礼，葬于首阳山，谥号宣文。其次子司马昭封晋王后，追谥为宣王；其孙司马炎称帝后，追尊为宣皇帝，庙号高祖。

③ 地脉：土地的脉络，地形的走势。此处指风水龙脉。陵轹：音líng lì，凌驾，车轮碾过。

④ 汉安：汉安帝。此处指安帝陵。汉安帝刘祜（94—125），汉章帝刘炟之孙，清河孝王刘庆之子，东汉第六位皇帝，在位19年，内忧外患四起，没有功德，不辨忠奸，重用宦官。死后葬于恭陵，谥号孝安皇帝。何并：字子廉，平陵（今陕西咸阳）人，西汉官员。初为郡中小吏，后历任大司空掾、长陵县令、陇西太守、颍川太守，以不畏强暴、居官严正而闻名。他为官清廉，妻子儿女不到官舍。病重时，他召来丞掾写下遗令，说："告子恢，吾生素餐日久，死虽当得法赗，勿受。葬为小椁，亶容下棺。"何恢按父言办丧。遭焚椁：棺材被人掘出并且焚烧。《后汉书·刘玄、刘盆子列传》载，西汉末年，樊崇带领的赤眉军"逢大雪，坑谷皆满，士多冻死，乃复还，发掘诸陵，取其宝货"。焚椁之事当载于当地方志。

⑤ 郭后：即光武郭皇后郭圣通（？—52），东汉王朝开国皇帝刘秀的第一任皇后，其外公为汉景帝七世孙、真定恭王刘普。更始二年（24年），刘秀为平定河北之需要，与河北真定府联姻，迎娶了真定王刘扬之外甥女郭圣通。刘秀登基称帝之后，郭圣通被册封为皇后。建武十七年（41年），郭氏被废为中山王太后，阴丽华荣登后位。建武二十八年（52年），在被废十一年之后，病逝，安葬于京师洛阳近郊的邙山。闭漆灯：指藏于墓室中的灯烛。此处指墓穴没有被盗掘。

⑥ 《金国志》：又称《大金国志》，记述金代史事的纪传体史籍，四十卷。虽该书题宋宇文懋昭撰，但据书中内容分析，该书应是元代人伪托宇文懋昭之名，杂采诸书，排比而成。

宝玉，想此时事也。）

其　五

可叹灵陵四幛空①，何堪悼定敬相同（洛城西二十余里有周灵王陵，又西二里有周悼定敬三王陵，皆有碑，盖北邙支护，地师所谓风吹水劫凶地也）②。古来卜兆③原无术，但识阴阳亦避风。当日臣僚殊忽略④，惟承酆镐⑤托岣嵝。东陵似有遥遮映，一望荒烟碧草丛。（洛城东数里有大冢，土人皆言平王陵。非也。考《志书》：平王陵在太康县金堆乡，其西，土人言共叔段⑥墓在焉。然亦无考。凡周陵皆平顶四方式，高二十余丈，周四五十丈，盖沿陕西周陵式。若汉魏晋陵，皆圆式。）

其　六

当时礼葬只侯封，今日巍巍拟帝宫。千古人心重忠义（乾隆年改关壮缪谥为忠义），三分气数困英雄。汉陵抔土香烟冷⑦，博士承家圣裔

----

①　灵陵：周灵王墓。周灵王，姬姓，名泄心，周简王之子，东周第11代君主，在位27年。在位期间，周朝国势日益衰败，周天子威信日益低落。四幛空：指墓地四周都没有山环抱。古人认为，吉祥的墓地正前方要有照山，后面有靠山，左右有抱山。幛：通"嶂"，屏障的山峰。

②　何堪：怎能忍受。悼定敬相同：周悼王、周定王、周敬王墓地风水一样地恶劣。三王陵：指周景王、周悼王、周定王（敬王？）陵墓。位于今河南洛阳市西南秦山之巅。《水经·洛水注》："……三王或言周景王、悼王、定王也。魏司徒公崔浩注《西征赋》云：'定当为敬。'子朝作难，西周政弱人荒，悼、敬二王与景王俱葬于此。故世以三王名陵。"北邙支护：洛阳北邙山的支脉。地师：看风水，并以此为职业的人。风吹水劫：不能蓄气聚水。阴宅风水，讲究蓄气和得聚水，风吹则气散而穴寒，人丁难兴；水劫则水不聚，财富难旺。

③　卜兆：音 bǔ zhào，选择吉地以下葬。

④　臣僚：君主时代的文武官员。殊忽略：太疏忽大意。

⑤　酆镐：音 fēng gǎo，酆与镐同为西周国都。

⑥　共叔段：生于公元前754年，卒年不详，姬姓，名段。郑武公少子，郑庄公同母弟。庄公即位后，封以京邑。后来举兵造反，被击败，流亡至卫国共邑，故称共叔段。

⑦　汉陵：指西汉和东汉的皇帝墓墓。位于汉代故都今陕西西安和河南洛阳附近。抔土：音 póu tǔ，一捧之土。此处指陵墓颓败。香烟冷：此处指汉帝子孙衰败，没有人来祭祀祖陵。

同①。正统有归臣节著，漫将成败论神功②。

其 七

伊洛传心③百世师，嵩高正气毓英奇。微言独阐羲文秘④，大道昭如日月垂。更喜紫阳联俎豆⑤，始知王学失藩篱（谓安石）。富强郅治休旁骛⑥，愿辑残编抵蔡蓍（二程子祠在洛西关，朱子祠邻焉，谒庙问其后裔遗书所在，言版缺不全，将购其残集补辑之）。

题苏门山孙登⑦啸台（辉县）

晋祚将颓日，名流欲尽时。百年须有托，四海竟何之？故里兹山近，高栖与世辞。无言复无怒，魑魅岂能欺？

---

① 博士承家圣裔同：关羽后裔与圣人孔子后裔中都有人被清朝授予翰林院属官五经博士，继承家族事业。博士：此处指明清时朝授圣贤先儒后裔（清朝加上关羽后裔）世袭翰林院五经博士。他们唯居乡给俸，以奉先世祭祀，不治院事，正八品。清末废。

② 漫将成败论神功：不要拿关羽的失败来评价他的功绩与德行。漫：莫，不要。成败：偏义复词，失败。论：评价。神：指关羽。功：功行。

③ 伊洛传心：指二程理学以儒家道统相传。二程理学是北宋程颢、程颐兄弟所创理学学派。世称程颢为"大程"，程颐为"小程"，他们是洛阳（今属河南）人，长期在洛阳讲学，后来程颐又居住伊川，二人讲学于伊河、洛水之间，所以称其所创学派为"伊洛之学"或"洛学"。

④ 羲文秘：指《程氏易传》阐发的易学奥秘。羲文：音 xī wén，伏羲氏和周文王。

⑤ 紫阳：指宋代理学家朱熹。朱熹的先祖在安徽省徽州（后改歙县）的黄墩居住了近30年，附近有一座紫阳山，为了铭记先祖的来源，朱熹在他的一些著述中，署名"紫阳朱熹"。联俎豆：一并受到后人祭祀崇仰。俎豆：音 zǔ dòu，古代盛放祭祀食物的两种器具，代指祭祀。《史记·孔子世家》："常陈俎豆，设礼容。"

⑥ 郅治：音 zhì zhì，大治。休旁骛：不要对正业不专心而追求其他。

⑦ 孙登：字公和，号苏门先生。汲郡共（今河南辉县市）人。长年隐居苏门山，博才多识，熟读《周易》《老子》《庄子》，会弹一弦琴，尤善长啸。阮籍和嵇康都曾求教于他。

曹操疑冢①（土人言自彰德至磁州有小墩者皆是）

疑冢消沉不计年，犹言铜雀锁婵娟②。
谁知青史诛奸外，更有《曹瞒传》③一编。

辕骡④叹

愚弱每安闲，聪强多摧踔⑤。毋乃⑥天不公，或者人失律⑦？辕骡可任重，步步遭呵叱。边骡一身轻，伺隙啖田秫⑧。刍秣岂有殊⑨，饥饱未尝惜⑩。彼餐此未餐，彼逸此未逸。论价此倍高⑪，偿功百无一⑫。岂惟无所偿，未老先退黜。我闻骡抱德，受屈无忌嫉。驽马常恋栈⑬，金埒

---

① 疑冢：为迷惑盗墓人而设的假坟墓。传说曹操怕自己坟墓被人发掘，在河北省邯郸市临漳县、磁县漳河一带造了七十二个疑冢。此传说于史无据。2009 年 12 月，国家文物局认定，河南省安阳市安丰乡西高穴村南的高陵墓主为曹操，此墓位于魏王都邺北城（河北临漳县邺镇一带）西。彰德至磁州之间一百多处小土墩乃是北朝的大型古墓群，不是曹操疑冢。

② 铜雀：曹操建的铜雀台，为很高的台式建筑。婵娟：音 chán juān。形容姿态美好，多用来代称女子、月亮、花等。此处指孙权、周瑜所娶的大乔和小乔。

③《曹瞒传》：三国时期吴国人所作的一部记载曹操生平事迹的书，书中记载了曹操生平的许多逸闻趣事。此书已失传，现在能看到的仅是裴松之《三国志注》里引用的部分内容。

④ 辕骡：音 yuán luó，驾车辕的骡子。

⑤ 聪强：聪明能干。摧踔：音 cuī zú，驱迫。踔：踢。

⑥ 毋乃：莫非，莫不是。

⑦ 或者：或许。失律：本指行军无纪律。此处指不按规矩行事。

⑧ 伺隙：钻空子，观察等待可以利用的机会。啖田秫：音 dàn tián shú，吃田里谷物。啖：吞吃。秫：稷之黏者。此处指谷物。

⑨ 刍秣岂有殊：指辕骡负重致远却没得到善待。刍秣：音 chú mò，草料，即喂辕骡的饲料。岂有殊：哪有不同。

⑩ 饥饱：此处用为偏义复词，指饥饿。未尝惜：从没有怜悯。

⑪ 论价：商议身价。此倍高：边骡比辕骡高一倍。

⑫ 偿功：回报劳绩。百无一：边骡没有辕骡的百分之一。

⑬ 驽马常恋栈：比喻无能的人只贪图安逸，无远大志向。驽马：劣马。常恋栈：常常恋着马棚（因为那里有草料）。

气洋溢①。吁嗟理岂然②？有命不可诘③。造命者谁欤？梦梦天无术④。

宝月寺⑤（清化镇北）

宝月何年寺，山风此日清。盘阿蜗转曲⑥，飞栋兽狰狞⑦。地僻香烟冷⑧，时和驿道平⑨。太行低有脉，谁与问佳城⑩?

过朝歌⑪有感

管叔流言⑫日，顽民复叛时⑬。斧斨宁得已⑭？衮舄本无私⑮。室有漂

---

① 金埒：音jīn liè，用钱币筑成的城垣。此处借指名贵的马。气洋溢：很有气势。此处指豪横。此句嘲讽无能小人得志后猖狂的样子。

② 吁嗟：音xū jiē，叹词，相当于"唉"，表示忧伤或感叹。理岂然：道理难道是这样的吗？

③ 有命：有命运在主宰着。不诘：不可以责问。

④ 梦梦：昏乱，不明。天无术：上天没有本事。

⑤ 宝月寺：本名宝光寺，又称明月寺、月山寺，位于清化镇（清河南省怀庆府河内县所辖镇，今为焦作市博爱县，位于太行山南麓）北，太行、少室南北二山之间的明月山上，金朝僧人空相法师于正隆年间在此建茅庵清风庵，大定年间，金世宗敕赐为大明禅院，明英宗天顺年间敕赐改称明月山宝光寺。

⑥ 盘阿蜗转曲：盘山的建筑，像蜗牛壳那样盘旋上升。盘阿，音pán ē，盘绕山阿。蜗转曲：像蜗牛壳那样回环旋转。

⑦ 飞栋：高耸的屋梁。狰狞：音zhēng níng，相貌凶恶。

⑧ 香烟冷：此处指烧香拜佛的人稀少，敬佛所燃的香早已熄灭。

⑨ 时和：本指天气和顺。此处指时局平安。驿道平：本指驿道平坦通畅。此处指驿道平安。

⑩ 佳城：指墓地。典出葛洪《西京杂记》："佳城郁郁，三千年见白日。吁嗟滕公居此室！"

⑪ 朝歌：商朝的首都，位于河南省卫辉府淇县（今鹤壁市淇县）。境内有朝歌古城、鹿台、淇水关、荆轲冢、卫国城墙等历史遗迹。

⑫ 管叔流言：周公旦之兄管叔散布没有根据的话。《尚书·金縢》："武王既丧，管叔及其群弟乃流言于国，曰：'公（指周公）将不利于孺子！'"孔颖达疏："盖遣人流传此言于民间也。"

⑬ 顽民：指殷代遗民中坚决不服从周朝统治的人。复叛时：再次叛乱时。周武王去世后，其子成王年幼，其弟周公旦摄政，这招致周公群兄弟的不满和猜忌，流言四起，商纣王儿子武庚遂利用这个机会带领殷遗民叛乱反周。周公亲率大军东征，诛杀了武庚。

⑭ 斧斨：音fǔ qiāng，泛指各种斧子。此处指周公动用武力镇压管、蔡、武庚之乱。宁得已：岂是出自本人意愿。

⑮ 衮舄：音gǔn xì，本指衮服舄履（复底厚履）。借指诸侯王。此处指周公以诸侯王身份自持，没有僭越。衮服：汉朝皇帝及上公穿的礼服。

摇虑①，人谁吐握思②？鸱鸮方在野③，彻土④莫教迟。

予苦短视⑤，近买新式眼镜中凹较大，吸光更多，因有悟，戏题

孔言约礼⑥，孟收放心⑦。惟约能远，惟静乃明。《易》说谦光⑧，《书》称容大⑨。谦而能容，其光无外。日鉴于前，习焉不察。因器悟道，迷途速拔。

庐山六月十六夜

峰影沉沉星斗⑩垂，万家烟雾自迷离。

何人夜静千峰顶，坐看月明云起时。

庐山风雨

云自堂坳起，雷从山脚鸣。须臾天地合，恍惚石岩倾。小阁寒生

---

① 室有漂摇虑：家宅随时倾覆的忧患。漂摇：摇动，随波浮动。《诗经·豳风·鸱鸮》："予室翘翘，风雨所漂摇。"

② 人谁吐握思：倒装句，即"谁人思吐握"。大意是当今还有谁思念周公的勤政并仿效呢？吐握："握发吐哺"的缩略语。比喻为国家礼贤下士，殷切求才。典出韩婴《韩诗外传》。

③ 鸱鸮：猫头鹰。方在野：正在野外巡视。

④ 彻土：提前做好准备。彻：通"撤"，取。此联指面对强敌侵犯，应及早加强防备，以保护家园。

⑤ 短视：眼睛近视。

⑥ 孔言约礼：孔子说，要用礼来约束人。《论语·子罕》："夫子循循然善诱人，博我以文，约我以礼。"

⑦ 孟收放心：孟子要求人们寻回丢失了的仁爱之心。《孟子·告子上》："孟子曰：'仁，人心也；义，人路也。舍其路而弗由，放其心而不知求，哀哉！人有鸡犬放，则知求之；有放心而不知求。学问之道无他，求其放心而已矣。'"

⑧ 《易》说谦光：《周易》说君子谦让，就会具有道德光辉。《周易·谦》卦《彖传》："谦尊而光，卑而不可逾，君子之终也。"

⑨ 《书》称容大：《尚书》宣扬"有容乃大"。典出《尚书·君陈》："尔无忿疾于顽。无求备于一夫。必有忍，其乃有济。有容，德乃大。"

⑩ 星斗：夜晚天空中闪烁发光的天体的总称。

雾，层霄沸有声。明朝观瀑布，百道泻纵横。

庐山多黄花，非菊也，其修茎丹心金黄瓣者，五六月开尤鲜明夺目。戏题寄友人

上世雨金散未收，至今犹见宝光浮。石家①豪侈难争富，陶令归来不待秋。尘世几人知正色②？山林随处有真修③。寄言采药寻芳客，勿到风霜始见求。

庐山十一首

（余三次登山避暑，得诗十余首。友人谓："详山水而略人事。"近年欧美士商旅此者殆千家，何可略而不记？因随所见咏之，得十一绝。）

其 一

凌歊千仞辟烟萝④，裙屐纷纷海客多⑤。

寰宇清平⑥魑魅少，尚分巡伍⑦到山阿（山设巡警局）。

其 二

北户迎风亦快哉，千家丹碧小楼台。

---

① 石家：指石崇家。石崇(249—300)，字季伦，小名齐奴。渤海南皮（今河北南皮东北）人。西晋开国元勋石苞第六子，西晋时期文学家、大臣，以豪奢著称。

② 正色：指青、赤、黄、白、黑五种纯正的颜色。《礼记·玉藻》："衣正色，裳间色。"孔颖达疏引皇侃曰："正谓青、赤、黄、白、黑五方正色也。"

③ 真修：精诚修持的人。

④ 凌歊：音 líng xiāo，台名，遗址在今安徽省当涂县城关镇，相传南朝宋武帝刘裕所建，南朝宋孝武帝刘骏筑避暑离宫于其上。此处指建在庐山上的避暑公馆。千仞：音 qiān rèn，古时七尺或八尺叫一仞。千仞，多用来形容山很高。此处指避暑公馆建得很高。烟萝：音 yān luó，草树茂密，烟聚萝缠。

⑤ 裙屐：音 qún jī，原指六朝贵游子弟的衣着，后指贵游子弟的时髦装束。此处指贵游子弟。裙：下裳。屐：木底鞋。海客：航海者，海商。此处指海外商客。

⑥ 寰宇清平：天下太平。寰宇：整个宇宙。

⑦ 巡伍：庐山地方当局派遣的巡警队。

青山如旧人如蚁，谁见游僧卓锡来①（山上无一僧刹）？

其 三

小市人烟接翠微②，葡萄缥氎列岩扉③。

白云亦似谙趋避④，不向箫声闹处飞（山有市肆百余家）。

其 四

圣教榛芜外教侵⑤，礼堂⑥复起月山阴。微风吹送瑶琴奏，又似丛林出梵音（历代梵宇百余座，经咸丰兵乱尽毁。现西人已建教堂矣）。

其 五

黄龙古井⑦几摩娑，时听《沧浪》孺子歌⑧。莫向灵湫弄芳饵⑨，恐招雷雨起蛟鼍⑩（晋时井出黄龙，今有庙）。

其 六

屋角悬旗是客官，三年两至户常关。始知热恼名场客，欲博清闲一日难（各国领事官有寓屋在山而不常至）。

---

① 卓锡：僧人居留。卓：植立。锡：锡杖，僧人外出所用。

② 人烟：人家，住户。翠微：青绿的山色，青山。

③ 缥氎：音 piǎo dié，淡青色细棉毛布。此处形容葡萄藤茂密。谢肇淛《滇略·卷三·产略》："氎者，织羊毛为之，其细如绒，坚厚如毡，染成五色，谓之缥氎，永昌、丽江人能为之。"岩扉：岩洞的门。

④ 谙趋避：精通回避。

⑤ 圣教：指儒教。榛芜：荒废，衰微。外教：外来宗教。此处指西方基督教。

⑥ 礼堂：此处指天主教堂和基督教堂。清末，西方人在庐山牯岭镇先后建有多所教堂。

⑦ 黄龙古井：据说庐山黄龙潭有群蛟为害，彻空禅师为了彻底降服群蛟，造福黎民，便在离黄龙潭不远处，修建了黄龙寺，以镇群蛟，并在黄龙寺赐经亭旁掘下制龙洞，将神钟倒扣洞中，这样便降伏了群蛟摩龙。现在黄龙寺三宝树附近有一块巨石，上刻"降龙"两字，就是那口神钟所化的"降龙石"。周馥用手抚摸的黄龙古井，乃是此石。

⑧ 时听《沧浪》孺子歌：倒装句，即"时听孺子歌《沧浪》"。意思是经常听到小孩子们唱《沧浪歌》。《孟子·离娄上》孟子曰："……有孺子歌曰：'沧浪之水清兮，可以濯我缨；沧浪之水浊兮，可以濯我足。'"孺子所歌被后世称为《沧浪歌》。

⑨ 灵湫：音 líng qiū，深潭，大水池。古时以为大池中往往多灵物，故称。弄芳饵：投下钓鱼用的芳香鱼饵。

⑩ 蛟鼍：音 jiāo tuó，水中凶猛的鳄类动物。此处指引发雷雨的蛟龙。

其 七

小亭六角压峻嶒①，坐看晴云坞坞生②。

最爱夜凉云散后，层崖灯火彻霄明。

其 八

射猎如今不动心，斧斤何日望成林。当时猿鹤归何处？避地应知虑患深（山经频岁樵采无禽兽矣）。

其 九

攀跻革履几经穿③，九叠屏风三叠泉④。仙洞虽无香火愿，也携妇孺掷金钱（寓山避暑多耶稣教洋人，间亦布施洞中道士）。

其 十

香醪乳酪醉比邻⑤，蹴鞠⑥连场斗技新。谁识一龛云雾里，闭门尚有草元人⑦？（寓山上者皆欧美教士、商人，每以抛球⑧为乐。华人佣贩千余家，间有读书养疴者，盖千百之一耳。）

---

① 峻嶒：音 líng céng，形容山势高峻重叠。

② 坐看：坐着看。晴云：晴空的白云。坞坞：每个山坞。坞：音 wù，地势四周高而中间凹的地方。

③ 攀跻：音 pān jī，攀登。革履：皮鞋。穿：破。

④ 九叠屏风：又名屏风叠，在庐山三叠泉之东北，呈西北至东南走向，长约700米，相对高差220米，是庐山最为陡峭高大的一个悬崖绝壁。屏下即九叠谷。三叠泉：在庐山风景区中的九叠谷中，又名三级泉、水帘泉，古人称"匡庐瀑布，首推三叠"，誉为"庐山第一奇观"，由大月山、五老峰的涧水汇合，从大月山流出，经过五老峰背，由北崖悬口注入大盘石上，又飞泻到二级大盘石，再喷洒至三级盘石，形成三叠，故名。

⑤ 香醪：音 xiāng láo，美酒。乳酪：奶酪。比邻：近邻，邻居。

⑥ 蹴鞠：音 cù jū，亦作"蹴毬"。此处指近代的足球运动。

⑦ 草元人：即"草玄人"，避康熙帝名讳改称。指淡于势利，潜心著述的人。此处周馥以扬雄自比。典出《汉书·扬雄传》"哀帝时丁、傅、董贤用事，诸附离之者或起家至二千石，时雄方草《太玄》，有以自守，泊如也。"

⑧ 抛球：此处指篮球运动。

其十一

电语邮书达九州，更开驰道送行辀①。圣朝柔远无私覆②，漫拟徐仙六百秋③。（山上租界数百坰，先经洋官请准设邮电二局，今年复开马路至山脚。因设车马局。将来旅居渐多，永作租界矣。张华《博物志》④：庐山神姓徐，受封庐山，吴猛⑤经过，神迎之，猛曰："君主此山近六百年，符命已尽，不宜久居非据。"因赠诗云云。）

下庐山过东林，谒濂溪先生⑥祠二首

其 一

四年三度作山宾，阅尽云烟涤尽尘。

为问山头裙屐侣⑦，几时曾见白头人？

其 二

南游栗里⑧北东林，又过濂溪一整襟。

---

① 开驰道：修筑公路。驰道：古代供君王行驶车马的道路，泛指供车马驰行的大道。行辀：音 xíng zhōu，行驶的车辆。韩愈《赴江陵途中寄赠三学士》："商山季冬月，冰冻绝行辀。"

② 圣朝：本是封建时代尊称本朝。此处是周馥尊称清朝。柔远：安抚远人或远方邦国。此处指清朝对外国人很友好。无私覆：像天一样，完整地覆盖宇下，没有偏私。

③ 漫拟：随意打比方。徐仙：神话传说中的庐山山神，姓徐。

④ 张华：生于232年，卒于300年，字茂先。范阳郡方城县（今河北固安）人。西晋时期政治家、文学家、藏书家，西汉留侯张良的十六世孙。曹魏与西晋时担任过多种职务，晋惠帝继位后，累官至司空，封壮武郡公，被皇后贾南风委以朝政。他尽忠辅佐，使天下保持相对安宁。永康元年（300年），赵王司马伦发动政变，张华惨遭杀害。《博物志》：是中国的一部博物学著作，作者为西晋文学家张华，内容包罗万象，记载异境奇物、琐闻杂事、神仙方术、地理知识、人物传说，保存了不少古代神话故事。

⑤ 吴猛：生年不详，卒于374年，字世云，三国至东晋时濮阳人，仕吴，为西安令，因家分宁。精通法术，为道教祖师。《晋书·艺术传·吴猛》载，吴猛"少有孝行，夏日常手不驱蚊，惧其去己而噬亲也。年四十，邑人丁义始授其神方。因还豫章，江波甚急，猛不假舟楫，以白羽扇画水而渡，观者异之。"北宋政和二年（1112年），追封真人。

⑥ 濂溪先生：即周敦颐（1017—1073），又名周元皓，原名周敦实，字茂叔，谥号元公，道州营道县（今湖南省道县）人，世称濂溪先生。是北宋五子之一，宋朝理学思想的开山鼻祖，文学家、哲学家。著有《周元公集》。

⑦ 裙屐侣：成群贵游子弟。

⑧ 栗里：山村名。在今江西省九江市西南马回岭，晋陶潜曾居于此。

万法漫言心自造①，须知妙造本天心②。

中秋寄铭、熙、渊、辉四子并示达孙等，时谋卜居齐、豫二首

其 一

七十四年今夜月，一家五处异乡人。鹦鹏各抱飞鸣路③，节序④常惊老病身。自古贤愚觇出处⑤，要知畎亩有经纶⑥。两河僻处堪偕隐，试访桃源待卜邻。

其 二

万事云烟一梦过，且希康节卧行窝⑦。君亲安有酬恩日，世事徒教虑患多。半榻图书娱暮景，百年堂构在《卷阿》⑧。青山易买邻难买，聊与渔樵共涧薖⑨。

---

① 万法漫言心自造：倒装句，即"漫言万法心自造"。意思是不要随便地说万法由心造。佛教唯识论学说认为，一切万法皆是缘起性空，"一切唯心造""万法唯心造"，即是天地万物或情形，都是由本心产生出来的，心生则种种法生，心灭则种种法灭。

② 妙造：深湛的造诣，上乘境界。本天心：以天心(真诚无私)为依托。

③ 鹦：音yàn，斥鹦；鹦雀，鹌的一种，弱小不能远飞，为麦收时候鸟。鹏：古代传说中最大的鸟。此句是说家里孙曾辈不论志向与才华高下，都在努力奋斗着。

④ 节序：节令，节气，某个节气的气候和物候。

⑤ 贤愚：贤能者与平庸者。出处：音chū chǔ，行进和静止。此处指个人举止行为。

⑥ 畎亩有经纶：庄稼地里也含有治理国家的学问。畎亩：音quǎn mǔ，田间，田地。畎：田间小沟。经纶：整理蚕丝。比喻筹划、处理国家大事。也指治理国家的抱负和才能。

⑦ 希康节：仰慕追随邵雍先生。邵雍(1011—1077)，字尧夫，谥康节，北宋著名理学家、诗人，生于林县上杆庄(今河南林州市刘家街村邵康村，一说生于范阳，即今河北涿州大邵村)，与周敦颐、张载、程颢、程颐并称"北宋五子"，著有《皇极经世》《伊川击壤集》等。行窝：本是宋人为接待邵雍，仿邵氏所居安乐窝而为之建造的居室。此处指可以小住的安适之所。

⑧ 百年堂构：百年家业(家声)代代相传。《尚书·大诰》："若考作室，既厎法，厥子乃弗肯堂，矧肯构？"孔传："以作室喻治政也，父已致法，子乃不肯为堂基，况肯构立屋乎？"后世用肯堂肯构或堂构比喻子承父业。《卷阿》：即《诗经·大雅·卷阿》。《毛序》说，此诗为召康公戒成王而作。内容是赞美君子性情和乐平易，品格纯洁如圭璋，有孝有德，辛劳终生，忠君爱民。

⑨ 共涧薖：共享山涧与棚屋。《诗经·卫风·考槃》(共三章)："(第一章)考槃在涧，硕人之宽。独寐寤言，永矢弗谖。(第二章)考槃在阿，硕人之薖。独寐寤歌，永矢弗过。"薖：音kē，"窠"的假借字，貌美。引申为心胸宽大。一说同"窝"。

奠亡室吴夫人墓①（在桃源横山坂坞内，箬岭其来龙②也）

泉下君安否？年来家事屯③。扶筇一酹奠④，宿草对伤神。箬岭横山路，桃源古渡津。云礽⑤应望此，佳气郁长春。

亡儿学海⑥夫妇安葬毕，孙媳陈氏⑦祔焉，
达孙不知山势，述形家言示之

形如蝙蝠头向西，后乐大与前鼓齐⑧。两墩侧去形如釜⑨，三案⑩层

---

① 亡室：旧时自称去世的妻子。吴夫人：周馥元配吴夫人（1835—1907），育有四子（学海、学铭、学涵、学熙），生性善良、不尚纷华，勤俭乐施，很受乡民爱戴。其墓地在今安徽省东至县花园乡桃源横山坂坞内箬岭。

② 来龙：指龙脉的来源。旧时堪舆家以山势为龙，称其起伏绵亘的姿态为龙脉。

③ 年来：近年来。家事屯：家事艰难，不顺遂。屯：音zhūn，艰难。典出《周易·屯》。此处艰难指的是周馥长子周学海于光绪三十二年（1906年）去世，周馥本人于光绪三十三年（1907年）免去两广总督职务，因病休养。

④ 酹奠：音lèi diàn，祭奠。酹：把酒浇在地上，表示祭奠。

⑤ 云礽：音yún réng，远孙。比喻后继者。

⑥ 学海：即周馥长子周学海（1856—1906），字澂之，一字健之，光绪十八年（1892年）进士，以内阁中书用，分发南河同知，未到任。遵父命回扬州，任河捕同知，后任江苏候补道三年。光绪三十年（1904年）周馥升署两江总督，他改任浙江候补道，因病体不支，以假还江宁，光绪三十二年（1906年）病故。对仕途经济不热衷，唯好读书，尤喜钻研医学。他博览历代医学名著，广研前贤医案，有医学著述传世。夫人姓徐，育有五子七女，宣统元年（1909年）去世，学海夫妇合葬墓地位于今东至县花园乡新塘村同心组东北方向的打鼓滩。

⑦ 孙媳陈氏：即学海长子周达的夫人陈氏。

⑧ 后乐：风水学上指穴后之山。前鼓：墓地前方的如鼓形的案山，这是风水宝地征象之一。传统风水学认为，以鼓山做案山，后人多富甲一方。

⑨ 两墩侧去形如釜：指周学海墓地两侧各有山包，外形如釜（圆底而无足的锅）。侧去：像是从坟两边迤逦而去。

⑩ 三案：三层案山。案山是穴山和朝山间的山，即位于穴场正前方的山峰或者山丘，不能太高或者太低，在财水之后，案山能使穴前萦绕更为周密，有助于生气凝聚。

高级似梯。铁磡水流元武去①，马鞍尖起众山低。吾儿卜吉曾示梦②，后嗣谨护防耕犁。

宣统三年正月乃孝钦显皇后、德宗景皇帝三年服满之期③，老臣悲不自胜，用写短篇以抒哀感（宣统三年④辛亥七十五岁）

龙驭天庭去日遥⑤，空瞻遗墨泣云霄。卅年雨露孤根植，万里风霜两鬓凋。犬马宁能酬覆帱⑥？室家何日息漂摇⑦？伤心一掬灵均泪⑧，寂寞春宵望斗杓⑨。

感怀平生师友三十五律

曾文正公

（公讳国藩，字涤生，湘乡进士，两江总督、钦差大臣。咸丰洪逆

---

① 铁磡水流元武去：铁色山岩下方曲水流向坟北方。磡：音 kàn，堤坝。此处指山岩。元武：即玄武。此处指代北方。

② 卜吉：此处指占问风水好的葬地。示梦：指周馥亡儿学海灵魂出现在他的梦中，并对择墓地基址一事作了提示（这是迷信说法）。

③ 孝钦显皇后：慈禧太后去世后，朝廷定谥号孝钦慈禧端佑康颐昭豫庄诚寿恭钦献崇熙配天兴圣显皇后，简称孝钦显皇后。德宗景皇帝：即光绪皇帝（1875—1908），名爱新觉罗·载湉，庙号德宗，年号光绪，谥号同天崇运大中至正经文纬武仁孝睿智端俭宽勤景皇帝。光绪三十四年十月二十一日，年仅38岁的光绪帝驾崩。次日，慈禧太后去世。三年服满：三年服丧期满。汉代规定，皇帝驾崩，臣为君服丧三年，百姓自愿服丧。

④ 宣统三年：1911年。这年，辛亥革命爆发，宣统帝被迫退位。

⑤ 龙驭天庭去日遥：指慈禧太后与光绪皇帝去世的日子越累越久。龙驭天庭：义同"龙驭上宾"，指称帝王的死。

⑥ 犬马：狗和马，旧时臣子在君主前的自称。宁能：岂能。酬覆帱：酬报大恩。覆帱：音 fù dào，施恩，加惠。

⑦ 室家：本指房舍、宅院。此处指家庭。漂摇：漂泊不定。

⑧ 一掬：两手所捧（的东西），表示少而不定的数量。灵均泪：屈原的泪。此处指忠君爱国的周馥的眼泪。灵均：屈原之字，后引申为词章之士、爱国之士。

⑨ 斗杓：音 dòu sháo，北斗星斗柄。比喻为人所敬仰者或众人的引导者。

之乱，扰及十余省，公手戡定之。左文襄①抚浙，李文忠抚吴，皆公荐也。余曾沐公一荐，余家自公克复安庆后，始免流离之苦。）

谁数中兴第一功？诗书礼乐出元戎②。人从阴曀瞻山斗③，我正漂摇困雨风④。何幸鸠安逃小劫⑤，竟叼鹗荐⑥录愚忠。元成门馆曾游燕⑦，凄怆山阳⑧一梦中（公哲嗣劼刚通侯与余交⑨，惜中年而殁）。

---

① 左文襄：即左宗棠(1812—1885)，字季高，一字朴存，号湘上农人。湖南湘阴人。洋务派代表人物之一。道光十二年(1832年)乡试中举，虽此后在会试中屡试不第，但由此更加潜心经世之学，留意农事，遍读群书，钻研舆地、兵法。后参与平定太平天国运动、兴办洋务运动、镇压捻军，又主持平定陕甘同治回变、收复新疆并推动新疆置省，其间，他历任闽浙总督、陕甘总督、两江总督，官至东阁大学士、军机大臣，封二等恪靖侯。中法战争时，自请赴福建督师，光绪十一年(1885年)在福州病逝。朝廷追赠太傅，谥号文襄。著有《左文襄公全集》。

② 诗书礼乐：儒家经典《六经》的一部分，即《诗经》《尚书》《礼经》(含《周礼》《仪礼》《礼记》)《乐经》。此处指儒家经典。出元戎：培养出元帅。元戎：统帅，元帅。曾国藩以儒生起家而为湘军统帅，故有此说。

③ 阴曀：音 yīn yì，比喻政局昏乱。瞻山斗：瞻望泰山北斗。形容敬仰德高望重的贤人。

④ 困雨风：受困于风和雨。此处指周馥携家人逃避战祸，生活动荡不安。

⑤ 何幸：何其幸运。鸠安：鸠鸟(周馥自指)得到平安。逃小劫：逃脱了一场小劫难。

⑥ 鹗荐：音 è jiàn，比喻推举有才能的人。典出孔融《荐祢衡表》："鸷鸟累百，不如一鹗，使衡立朝，必有可观。"同治三年(1864年)，两江总督曾国藩保举周馥为县丞，部驳，复奏，照准。

⑦ 元成门馆曾游燕：周馥当年入曾国藩幕府。元成：指唐太宗时直言敢谏的名臣魏徵。魏徵，字玄成，周馥诗文中，玄都被改写为元，避康熙帝名讳之故。咸丰元年(1851年)，曾国藩上书《敬陈圣德三端预防流弊疏》，直指咸丰帝的过失，其忠直敢谏，可比魏徵。门馆：旧时权贵招待宾客、门客的馆舍。

⑧ 山阳：即山阳郡，其后为山阳国、昌邑国，中国古代行政区划，在今山东省菏泽市巨野县一带。此处暗用了"山阳闻笛"的典故，表示沉痛怀念故友。典出向秀《思旧赋》。

⑨ 哲嗣：对别人的儿子的敬称。劼刚通侯：即曾纪泽(1839—1890)，字劼刚，号梦瞻，清代著名外交家，是曾国藩次子(长子纪第早殇)，光绪三年(1877年)袭侯爵。光绪四年(1878年)出任驻英、法大臣。光绪六年(1880年)兼驻俄大使，与俄谈判收回伊犁事宜，光绪七年(1881年)签订《中俄改订条约》，收回伊犁特克斯河流域土地及部分利权。光绪十六年(1890年)去世，追赠太子少保，谥号惠敏。曾纪泽学贯中西，工诗文，书法篆刻，善山水，尤精绘狮子。著有《佩文韵来古编》《说文重文本部考》《群经说》等，后人辑为《曾惠敏公全集》。

李文忠公

（大学士、直隶总督、一等侯、议和全权大臣，讳鸿章，合肥人。）

吐握余风①久不传，穷途何意得公怜（咸丰十一年冬，公见余文字，谬称许，因延入幕）？偏裨骥尾三千士（余从公征吴三年，公剿捻时，余留宁办善后，旋调直隶，保擢津海关道，例兼北洋行营翼长，复与诸军联络），风雨龙门四十年②。报国恨无前箸效（余屡陈海防策，公以部不发款，枢不主持，未能施举。甲午之役，枢臣竟请旨宣战，责成北洋防剿），临终犹忆泪珠悬（时公奉旨与庆亲王③为议和全权大臣，公独任其难。光绪二十七年秋，议和事尚未全毕，两宫在西安未回銮，各国兵未退。公临终时，两目炯炯不瞑。余抚之曰："未了事我辈可了，请公放心去。"目乃瞑，犹流涕口动欲语，可伤也）。山阳痛后侯芭老④，翘首中兴望后贤。

醇贤亲王⑤

（德宗之本生父，今上之本生祖父，即摄政王之父也。）

冰心谁意点尘缁⑥？紫气临关忽照垂（余任津海关道兼办洋药厘金，

---

①吐握余风：周公遗留下来的"一饭三吐哺、一沐三握发"那种勤于政务、礼贤下士的风尚。此处指李鸿章继承了这种风尚。

②风雨：风和雨。此处指经历各种波折与磨难。龙门：指李鸿章府邸。刘义庆《世说新语·上卷上·德行第一》："后进之士，有升其（指李元礼）堂者，皆以为登龙门。"四十年：周馥自同治元年（1862年）正月入李氏幕府办理文牍，至光绪二十七年（1901年）李氏去世，其间一直协助李氏办理军政事务，前后正好四十年。

③庆亲王：即爱新觉罗·奕劻（1838—1917），晚清宗室重臣，清朝首任内阁总理大臣。清高宗爱新觉罗·弘历曾孙，庆僖亲王爱新觉罗·永璘之孙，不入八分辅国公爱新觉罗·绵性长子。其人庸碌无为而贪腐成性。光绪二十六年（1900年）八国联军入侵北京之后，慈禧太后带着光绪帝逃往西安，奕劻奉命留京，与李鸿章同任全权大臣，负责与各国议和。光绪二十七年（1901年），代表清政府签订《辛丑条约》。

④山阳痛：义同"山阳闻笛"。指怀念故友的悲痛。三国魏嵇康、吕安被司马昭杀害后，其友人向秀路过嵇康山阳旧居时，听到邻人的笛声，感音而缅怀亡友，于是写下了《思旧赋》。后遂以"山阳笛"等喻悼念、怀念故友。侯芭：又名侯辅，西汉巨鹿人，著名文学家、哲学家扬雄的弟子，学习了扬雄的《太玄》《法言》，扬雄于天凤五年（18年）卒，侯芭为起坟，服丧三年。

⑤醇贤亲王：即爱新觉罗·奕譞（1840—1891）。

⑥冰心：像冰一样晶莹明亮的心。此处指喻心地纯洁，操守清廉。点尘缁：被尘垢玷污。此处指被人污蔑贪腐。

一清如水，乃遭农部误劾，王至津沽阅操，察知其冤，乃请特旨复职，旋请擢直隶）①。草木荣枯原有命，钧陶天地本无私。最难负扆躬三握②，空抚遗编诵《九思》（王曾赐自著《九思堂诗集》）。欲上陪陵重哭奠，衰微无路达崇墀③。

荣文忠公

（大学士、军机大臣讳荣禄，字仲华，正白旗人。）

平生未扫相公门④，三荐频叨诏语温。爱士公为天下计，逃名我脱党人冤。（光绪甲午中日之役，我军屡挫，言者皆归咎李文忠，其实主战计者枢相某⑤，防奉天者乃旗⑥，奉湘淮众军也。议和毕，余因告归，嗣公督直隶，知余在北洋办事有微劳，乃特荐举，擢川藩）百年身世蛇添足⑦，

---

① 紫气临关：贵人莅临。刘向《列仙传》"老子""关尹喜"条载古代传说，言老子骑青牛出函谷关而天浮紫气，关令尹喜登楼望见，知有圣人过境。乃斋戒恭候，果见老子，便请老子写下了《道德经》。照垂：吉星高照。洋药厘金：鸦片烟正税之外的厘税。农部：户部。光绪十二年（1886年）八月，户部以洋药税厘箱数不符，奏请严议，周馥被革职。后来经李鸿章调查，证实周馥清白，朝廷于是撤销了这桩参案。

② 三握：一次洗头须三度握其已散之发。表示事务繁劳和礼贤下士之意。典出《史记·鲁周公世家》："周公戒伯禽曰：'我文王之子，武王之弟，成王之叔父。我于天下亦不贱矣，然我一沐三捉发，一饭三吐哺，起以待士，犹恐失天下之贤人。'"

③ 崇墀：音chóng chí，高高的台阶。此处指陵墓台阶。墀：台阶上的空地，亦指台阶。

④ 未扫相公门：没有求谒巴结荣禄相公。汉代魏勃少时欲求见齐相曹参，贫无以自通，乃常早起为齐相舍人扫门。齐相舍人怪而为之引见。见《史记·齐悼惠王世家》。后以"扫门"为求谒权贵的典故。

⑤ 主战计者枢相某：即李鸿藻（1820—1897），同、光年间的清流领袖，光绪八年（1882年）至十年（1884年），光绪二十二年（1896年）至二十三年（1897年），先后担任协办大学士，为晚清主战派重臣之一。

⑥ 防奉天者乃旗：保卫奉天省（今辽宁省）的人即清晚期将领依克唐阿。

⑦ 百年身世：指人的一生。此处周馥指自己的一生。蛇添足：画蛇时给蛇添上脚。比喻多此一举，毫无意义。

万里旌麾鹤驾轩①。一自骑鲸②思引退，忧勤无补负君恩。（公殁后，事多掣肘，余屡求退而枢府固留之，在两江任请开缺，未奉旨允。迨至督粤时，适遇谗间，乃得开缺另简之旨。余因请回籍养病。抑不幸中之幸。追慕公德，益令难忘。）

孙文正公③

（讳家鼐，字燮臣，寿州人，大学士，资政大臣。）

名儒共仰帝王师（公为景庙④授读师），良玉精金绝点缁⑤。谦德致疑经济掩，公忠原是富强基。静观物理穷丝发，闲品人才见等差。可惜经纶施未竟，天恩三世⑥重门楣。

---

① 万里旌麾：在万里外拥帅旗，当总督。指周馥当两广总督。清代总督加兵部尚书衔，称军帅。旌麾：音 jīng huī，帅旗，古代用羽装饰的军旗，用以指挥军队。鹤驾轩：鹤乘在车上。此处周馥谦称自己叨居官位，滥竽充数。典出《左传·闵公二年》："卫懿公好鹤，鹤有乘轩者。"

② 骑鲸：指周馥从两广总督任上退职休养。《文选·扬雄〈羽猎赋〉》："乘巨鳞，骑京鱼。"李善注："京鱼，大鱼也，字或为鲸。鲸亦大鱼也。"后用以比喻隐遁或游仙。

③ 孙文正公：即孙家鼐（1827—1909），字燮臣，号蛰生、容卿、澹静老人，安徽寿州（今寿县）人。咸丰九年（1859年）状元，与翁同龢同为光绪帝师。累迁内阁学士，工部侍郎，光绪十六年（1890年），任都察院左都御史、工部尚书，兼顺天府尹。光绪二十四年（1898年）光绪帝下诏推行变法，孙以吏部尚书、协办大学士受命为京师大学堂首任管理学务大臣。光绪二十六年（1900年），义和团运动爆发，帝、太后西行陕西，孙家鼐被任为礼部尚书。还京后，任体仁阁大学士等。光绪三十二年（1906年），清廷宣布立宪，设立资政院，他出任总裁。光绪三十四年（1908年），赏太子太傅。宣统元年（1909年）病逝，谥文正。《清史稿》有传。其孙（孙多焌）娶了周馥孙女（周同庆，周学熙次女）为夫人。

④ 景庙：即清德宗爱新觉罗·载湉。清朝第十一位皇帝，年号光绪，史称光绪帝。他去世后，庙号德宗，谥号同天崇运大中至正经文纬武仁孝睿智端俭宽勤景皇帝，简称景皇帝。

⑤ 绝点缁：一点杂质都没有。点缁：即"缁点"，污染。

⑥ 天恩三世：皇朝对孙家的恩典已经延续了三代。孙家鼐祖父孙克伟是贡生，父亲孙崇祖为廪贡生，署池州府学教谕，长兄家泽中道光十八年（1838年）进士，礼部主事。二兄家铎中道光二十一年（1841年）进士，瑞州知府。三兄家怿中咸丰二年（1852年）举人，奉天司行走。四兄家丞优廪生，浙江乐清知县。孙家鼐本人是咸丰九年（1859年）状元，光绪帝师，宦途显达，官至文渊阁大学士、武英殿大学士。

忠愍公恩铭①

（字新甫，满洲镶白旗人，安徽巡抚，光绪三十二年夏，被革命党枪伤，卒。）

为国区区本荐贤，同舟况欲济危川。谁知来歙遭鱼剑②，翻使桥玄酹墓田③。两世交情成断梦（君与亡儿学海盟好甚笃），百年伉俪又重泉（公夫人痛公被刺，旋殁）。叔敖④廉吏谁怜后？北望遗孤泪泫然。

陈作梅先生

（先生名鼐，江苏溧阳人，道光丁未进士，改庶吉士，朝考日以旧本诗韵余纸上载有典故语被忌者搜检，落职。咸丰初，粤匪乱起，历佐胡文忠林翼、李忠武续宜、曾文正国藩、李文忠鸿章军幕，授直隶清河道，殁于官。）

---

① 忠愍公恩铭：即于库里·恩铭（1845—1907），于库里氏，字新甫，满洲镶白旗人，庆亲王爱新觉罗·奕劻的女婿。同治十二年（1873年）中举，纳赀授知县，后历任太原知府、山西按察使、两淮盐运使、江苏按察使、江宁布政使等职，光绪三十二年（1906年）升任安徽巡抚，次年五月二十六日，在安庆巡警学堂举行毕业典礼检阅学生时，被警察处会办、光复会会员徐锡麟开枪杀死。朝廷赠太子少保，谥忠愍。《清史稿》有传。子咸麟袭骑都尉兼一云骑尉世职。

② 来歙：生年不详，卒于35年，字君叔，南阳新野（今河南新野）人，东汉光武帝时的名将，曾率军平定割据陇右的隗嚣，又在河池、下辨打败公孙述军，被对方所派的刺客杀死。光武帝闻讯，极为哀痛，使太中大夫赠歙中郎将、征羌侯印绶，谥曰节侯，谒者护丧事。丧还洛阳，乘舆缟素临吊送葬。《后汉书》有传。遭鱼剑：遭到暗杀。鱼剑：鱼肠剑，古代名剑，专诸置匕首于鱼腹中，以刺杀吴王僚，故称鱼肠剑，是绝勇之剑。典出《史记·刺客列传》。

③ 翻使：反而使得。桥玄酹墓田：长辈友人（周馥自指）祭奠晚辈朋友（恩铭）的墓。此句反用了曹操《祀故太尉桥玄文》中的典故。曹操结交前辈桥玄，蒙对方器重奖掖，桥玄曾与曹公开玩笑约定："（自己）殂逝之后，（曹公）路有经由，不以斗酒只鸡过相沃酹，车过三步，腹痛勿怪！"桥玄：生于110年，卒于184年，一作乔玄，字公祖，梁国睢阳县（今河南省商丘市睢阳区）人。东汉末期名臣，宦历丰富，灵帝年间，先后官拜河南尹、少府、大鸿胪、司空、司徒、光禄大夫、太尉、太中大夫等职。其人性格刚强，恩德卓著，为官清廉。

④ 叔敖：即孙叔敖（约前630—前593），芈姓，蒍氏，名敖，字孙叔，楚国期思邑（今河南信阳市淮滨县）人。因出色的治水、治国、军事才能，后来官拜令尹（宰相），佐楚庄王成就霸业。《韩非子·外储说左下》："孙叔敖相楚，栈车牝马，粝饼菜羹，枯鱼之膳，冬羔裘，夏葛衣，面有饥色，则良大夫也。其俭逼下。"《史记·滑稽列传》载："孙叔敖之为楚相，尽忠为廉以治楚，楚王得以霸。今死，其子无立锥之地，贫困负薪以自饮食。"

一第荣枯讵足怜？翩然江海凤高鶱①。陈东②议论关天下，郭泰丰神是地仙③。蜡里传书曾借箸④，牛心啖炙愧当筵⑤。韬钤未究长星陨，肠断机云入洛年⑥。（以后诗二十九首，有作于数年前，十余年前者，故措语间与时事不符，因检稿汇录于此。）

王介和先生⑦

（师名应兆，安徽建德附生。余十三岁受业，至十八岁因乱离馆。）

眼底龙猪一见分，提携望我到青云。廿年兵火悲生死，几辈风霜守典坟？韩信千金酬漂母，魏徵十策出河汾⑧。白头报答知无日，泪洒袁

---

① 高鶱：高举，高翔。鶱：音xiān，（鸟）向上飞的样子。

② 陈东：生于1086年，卒于1127年，字少阳，太学生，学生领袖，爱国者。徽宗政和三年（1113年）入太学，曾多次上书言政事，在当时颇有影响。建炎元年（1127年），他与另一位上书人欧阳澈一起被杀于集市上。《宋史》有传。

③ 郭泰：生于128年，卒于169年，字林宗，太原郡介休县（今山西省介休市）人。东汉时期名士，与许劭并称"许郭"。《后汉书·郭太传》："（郭太）博通坟籍，善谈论，美音制。""后归乡里，衣冠诸儒送至河上，车数千两。林宗唯与李膺同舟而济，众宾望之，以为神仙焉。""明知人，好奖训士类。身长八尺，容貌魁伟，褒衣博带，周游郡国。"范晔父亲名泰，为避讳，在《后汉书》里将郭泰改为郭太。丰神：风度神采。地仙：道教认为住在人间的仙人。

④ 蜡里传书：将文书封在蜡丸中传送。借箸：音jiè zhù，借筷子来指画当时的局势。《史记·留侯世家》："臣请藉前箸为大王筹之。"后以"借箸"指为人谋划。

⑤ 牛心啖炙：即"啖牛心炙"，在筵席上最先请吃烤牛心。此处周馥指自己很年轻、籍籍无名时，得到陈先生特别优礼。《晋书·王羲之传》："羲之幼讷于言，人未之奇。年十三，尝谒周顗，顗察而异之。时重牛心炙，坐客未啖，顗先割啖羲之，于是始知名。"愧当筵：在筵席上感到很惭愧。

⑥ 肠断：十分伤心。机云入洛年：用了陆机、陆云的典故。指三十岁左右。机即陆机，云即陆云。陆机（260—303）、陆云（261—303）兄弟是东吴丞相陆逊之孙，他们二十来岁时，东吴灭亡，遂退隐家乡，闭门勤学十年，于晋太康十年（289年）到京都洛阳拜访名臣张华，张华颇为看重。因此，声名大噪。此处指周馥三十多岁时，陈先生去世了。

⑦ 王介和先生：周馥恩师，字应兆，建德县元甲山人，庠生，品学纯正，教生徒极多，家贫无力者不受脩金或减其数。事母极孝。有知人鉴，周馥幼时，一见称为大器。宣统《建德县志》有传。

⑧ 魏徵十策出河汾：（唐代政治家）魏徵的政治谋略和才能，得自老师王通的传授。隋代王通设教黄河汾水之间，受业者达千余人。其中著名弟子有魏徵、薛收、温彦博等人。此处周馥以魏氏自比，说自己得益于王介和先生的教诲。

山对夕曛①。

陈虎臣先生②

（先生名艾，安徽石埭人，道光己酉拔贡，寓居金陵。荐保江苏候补知府，不仕。）

霁月光风③物外游，蔼然道貌见儒修。高年奉母周莱子④，乱世全名汉太邱⑤。折节公卿多俗眼，问经子弟半清流。平生师友今谁在，洒泪停桡问石头⑥。（去年归舟过金陵，访先生，乃先数日归道山⑦矣。予怀渺渺，此后谁可共清谈者？）

---

① 泪洒袁山对夕曛：此句表达了周馥对王介和先生之恩未报的伤感。

② 陈虎臣先生：即陈艾（1810—1896），字虎臣，号勿斋，池州石埭人。道光二十九年（1849年）拔贡生。咸丰十年（1860年），曾国藩驻师祁门，晤谈之下，视之为国士，遂委以忠义采访局事宜，采访记录因战祸死难者姓名事迹。湘军围攻金陵，曾氏派他赴江苏巡抚李鸿章所，挟苏省财富以济湘军。同治三年（1864年），金陵被攻下，陈因功升至道衔候补知府。后因母亲高年，他事母至孝，故谢绝荐举，不愿入仕。曾氏任两江总督时，拟任他为江宁知府，不就。李鸿章署两江总督时，拟委以扬州知府，也不就。有《求放心斋集》传世。事迹见马其昶《抱润轩文集·石埭陈虎臣先生墓志铭》。

③ 霁月光风：雨过天晴明朗洁净的景象。比喻人的胸怀坦白开朗。霁月：音jì yuè，明月。光风：雨后初晴时的和风或月光照耀下的和风。

④ 周莱子：即老莱子，春秋时楚国人。欧阳询等纂《艺文类聚·人部四·孝》引《列女传》："老莱子孝养二亲，行年七十，婴儿自娱，著五色采衣，尝取浆上堂，跌仆，因卧地为小儿啼，或弄乌鸟于亲侧。"后遂用以表示年长者孝养父母。

⑤ 汉太邱：即陈寔（104—187），字仲弓，颍川许县（今河南省许昌市长葛市）人。东汉时期官员、名士。出身微寒，起家任都亭佐，转为督邮，迁西门亭长，四为郡功曹，司空黄琼辟选人才，补闻喜令，治理闻喜半岁，复除太丘长，后世称"陈太丘"。其子陈纪、陈谌（一作淑）并著高名，时号"三君"。事迹见《后汉书·陈寔传》。

⑥ 石头：即石头城，清代金陵府城（今南京市）的别称。

⑦ 归道山：去世的委婉称谓。

陈序宾刺史①

（名黉举，安徽石埭人，直隶候补直隶州知州，久管淮军饷糈，未仕。）

俊才入世自翩翩，输挽劳心二十年②。每叹积薪后居上，尝闻举案妇称贤。春寒桃李花迟放，雨过蛟龙倦欲眠。清德自应余庆报，承欢惜未到黔川（陈有子宦贵州③）。

袁子久观察④

（名保龄，河南项城举人，端敏公⑤之子，保举直隶候补道。）

---

① 陈序宾刺史：陈黉举（1834—1884），字退谦，一字序宾，安徽石埭人。少年时师从同乡前辈、理学名儒陈艾先生，年十六为秀才，太平军起，避乱至祁门，为曾国藩所识拔，负责建昌盐榷。李鸿章督师，令主办行营支应，军行数载，饷节民和，平捻之功实基此。鸿章移直隶筹海防，凡炮台、船坞、制造、电报及疏河、屯田诸役，需费尤巨，皆倚之以办。先后综军糈二十余年，一介不苟，将吏服其廉洁，虽被裁抑，无怨言。直、晋大灾，兼筹赈务，废寝忘食，稽核勤挚，人不忍欺，全活数十万，众皆德之。旋以积劳病卒。初由训导累功至知府，诏赠道员。与刘含芳同附祀李鸿章祠，入祀淮军昭忠祠，并祀乡贤祠。《清史稿》有传。事迹见马其昶《抱润轩文集·皇赠中议大夫道员候补知府陈君墓表》、洪良品《龙冈山人文钞·中宪大夫直隶知州陈君墓志铭》。

② 输挽：音 shū wǎn，运送物资。劳心：费心，操心。

③ 陈有子宦贵州：即陈惟彦（1856—1925），字邵吾，光绪十年（1884年）投效北洋，亦见重于鸿章，命继司军计。由大理寺丞累保知府，官贵州，历开州知州、婺川知县、署黎平知县府，在贵州共七年，政绩卓著，被举为全省良吏第一。后任总办南京厘捐局，湖南财政正监理等职，以廉直著称。事迹见吴闿生《清故二品衔四品卿衔湖南财政正监理官江苏补用道陈公墓碑》。

④ 袁子久观察：即袁保龄（1841—1889），字子久，又字陆龛，河南项城人。系咸丰、同治年间钦差大臣漕运总督袁甲三次子，袁世凯的叔父。同治元年（1862年）中举人，曾随其父镇压过捻军。父死，蒙恩赏内阁中书。积劳保举侍读。光绪四年（1878年）河南饥荒，遂请辞回乡办赈，毁家纾难，全活无数。光绪七年（1881年），李鸿章以"佐理需才"为由，奏请朝廷将其调到天津，委办北洋海防营务。次年出任旅顺港坞工程总办。积劳成疾，死在任上。著有《阁学公集》。

⑤ 端敏公：即袁甲三（1806—1863），字午桥，河南项城人。袁耀东次子，袁世凯叔祖。先后参与了平定太平军、捻军的军事行动，屡建战功，官至漕运总督兼江南河道总督。同治二年（1863年）病故，谥号端敏，著有《端敏公遗著》。事迹见章梫《碑传集三编·袁保龄传》。

意气功名众所推，十年薇省惜良时①。面如田字②身应贵，腹带壬形③寿亦宜。君相竟难回造化，簪缨何术卜兴衰？伤心伏榻沉吟日，犹费巫医颂祷词。

刘芗林观察

（名含芳，安徽贵池人。管军械四十年，后由山东登莱青道告病归里。余第四儿妇之父也。）

壮志桓桓隘九州，储胥坐老雪盈头④。天心如果安边塞，将略谁能媲故侯⑤？谈论有时惊鬼胆，穷通从不借人谋。清闲莫叹髀生肉⑥，天使余年事钓游。

刘崑圃观察⑦

（名秉琳，湖北黄冈进士，任直隶天津道，告老归乡，卒。）

四十鸣琴七十归，官声福分近人稀。青云正上君初退，华屋重来⑧事已非。（余权天津道时，君已归道山）弟子传经争甲第，（门下士捷乡会

① 十年薇省：袁保龄自同治五年（1866年）至光绪四年（1878年）任内阁中书，十年是约举整数。薇省：即紫薇省，中书省的代称。中书省地处宫内，掌制命决策、发布政令，为中央最高权力机关，与帝星紫微星的地位对应，故得此名。惜良时：珍惜美好时光。指袁氏恭校《剿平粤匪方略》《剿平捻匪方略》、编纂《穆宗毅皇帝实录》史书时很勤奋认真。

② 面如田字：古代迷信星相的人认为脸面方正是富贵之相。《南史·李安人传》载："帝大惊，目安人曰：'卿面方如田，封侯状也。'"后用为富贵之相的典故。

③ 腹带壬形：即腹有三壬，三壬笔画组合，为"垂"字，象征大腹便便，古代相书认为是长寿之相。周行己《浮沚集》中七言律诗《寿沈守》首句："三甲三壬五福俱，胸中落落贮琼琚。"吴心鉴《通玄赋》："三甲三壬，退龄永保。"

④ 储胥：音 chǔ xū，奴仆。指刘芗林一直当个小官，功名不显。雪盈头：满头白发。

⑤ 媲：音 pì，匹敌，比得上。故侯：过去做官的人。此处指刘芗林。

⑥ 髀生肉：大腿上长出赘肉，表示生活安逸。《三国志·先主传》裴松之注引《九州春秋》："备住荆州数年，尝于表坐起至厕，见髀里肉生，慨然流涕。"

⑦ 刘崑圃观察：即刘秉琳（？—1882），字崑圃，湖北黄安人。咸丰二年（1852年）进士，历任宝坻、宛平、任丘知县、深州知州、正定知府等职，在任勤政爱民，治行卓著。咸丰四年（1854年），乞病归。著有《黎照堂古今体诗文集》传世。《清史稿》有传。光绪元年（1875年），李鸿章命周馥与长芦盐运司如冠九、津海关道黎兆堂、天津道刘秉琳办海防支应局，面嘱"会办此局四人，专责成周一人驻局经理"。海防支应局负责筹措经费来建设北洋海军。

⑧ 华屋重来：重回故居。此处指刘崑圃灵魂归来。

者百数十人）遗民祀社①遍王畿。《朔风》吟罢谁同调？（君有诗集名《朔风吟》）雨雪河梁泪满衣。

郑玉轩光禄②

（名藻如，广东顺德举人，任津海关道，出使美国，授光禄寺卿。以病告归。末年以粤民流亡外国者，多被苛待，欲赴朝奏事，至天津病发而归。）

山玉渊珠自蕴辉，十年③海上迹孤微。（君初襄办上海机器局）夜光价为争售贵④，野鹤心羞逐队飞。乡国流亡仁者憾，天恩倚畀病臣归。可怜忠策抒难尽，头白扶筇走帝畿。

黎召民光禄

（名兆棠，广东顺德进士，津海关道升江西按察使，未抵任，告病归里，后授福建船政大臣、光禄寺卿，复告病归。）

不争名利不言功，挥手常叫巨万空。持论独关天下大，宅心雅与古人同。知几贵早君将老⑤，投分非迟我去匆⑥。十载岭南疏问讯，愁闻衰病近盲聋。

---

① 遗民祀社：亡清的老百姓祭祀土地神。

② 郑玉轩光禄：即郑藻如（1824—1894），字志翔，号豫轩，又号玉轩。广东广州府香山县（今中山）人。咸丰元年（1851年）举人，咸丰四年（1854年）组织东乡总局团练，因支援清兵镇压红巾军卢灵飞等人起义立有军功，得授内阁中书衔。并得曾国藩、李鸿章赏识，罗致为幕僚，负责办理洋务、外交等事务。同治八年（1869年）受李鸿章聘，到上海任江南机械制造局帮办。光绪四年（1878年）任津海关道。累升内阁侍读学士、鸿胪寺卿、通政司副使、光禄寺卿。光绪七年（1881年）以三品官衔大臣出使美国、日斯巴尼亚（西班牙）、秘鲁三国，在任大使期间热心保护华工，维护华侨利益。光绪十二年（1886年）因病请辞，回故里定居，直至终老。

③ 十年：指郑藻如于同治八年（1869年）被李鸿章聘到上海任江南机械制造局帮办，总理局务，督造枪炮、弹药、机器、轮船和船坞，光绪四年（1878年）出任津海关道，前后正好十年。

④ 夜光：夜光璧。美玉名。《史记·李斯列传》："必秦国之所生然后可，则是夜光之璧不饰朝廷，犀象之器不为玩好。"此处比喻友人的价值。争售贵：大家争着买，使夜光璧身价更贵。此处比喻郑藻如被权贵们争相罗致重用。

⑤ 知几：有预见，看出事物发生变化的隐微征兆。

⑥ 投分：音 tóu fèn，情投意合，兴趣相投。去匆：离开比较匆忙。

裴浩亭刺史^①

（名大中，安徽霍邱人。任江南无锡县，升通州直泰州知州，遭谗间落职。）

廉吏棱棱不可为^②，遭逢几见有终时？坦怀不惯看人面，俗眼从来相马皮^③。天遣余年受清福，民怀旧德竞生祠。海南近说多仁政，治谱传家幸有儿^④。

甘愚亭大令

（名绍盘，安徽桐城人，任江苏江宁、崇明等县知县，以事褫职。）

督师曾下林宗榻^⑤，太守尝留闵贡餐^⑥（公为胡文忠林翼赏识，涂朗斋制军^⑦任江宁府时，特信任之）。时局迁流知己少，微官骯髒^⑧事人难。

---

　　① 裴浩亭刺史：即裴大中（？—1911），字浩亭，安徽霍邱人，文童出身。光绪年间先后任无锡、上海等县知县，通州知州。所至勤政爱民，颇负能员之誉。后来遭谗毁，落职。

　　② 棱棱：严肃方正。不可为：不可以当。此处暗用了先秦歌谣《慷慨歌》"廉吏可为而不可为"诗句，表示对友人清廉为官，却受排斥的愤怒之情。

　　③ 俗眼：一般人的眼睛。相马皮：指察看马的外表。反用了欧阳修《长句送陆子履学士通判宿州》"古人相马不相皮，瘦马虽瘦骨法奇"句意。

　　④ 幸有儿：幸好有儿子。此处指裴大中儿子裴景福很出色。裴景福：生于1854年，卒于1926年，字伯谦，号睫闇，光绪十二年（1886年）进士，任户部主事，后任广东陆丰、番禺、潮阳、南海县令，皆有声绩，开敏有智略，为历任督府所倚重。总督岑春煊因个人恩怨弹劾景福贪赃，裴氏被撤职并罚十二万金。因无力交足罚金，被谪戍新疆。宣统元年（1909年），有人上书讼景福冤，得恩敕赐还，遂卜居无锡，以金石书画自娱。

　　⑤ 督师曾下林宗榻：指甘绍盘受到湖北巡抚胡林翼的礼遇。化用了"陈蕃礼遇徐稚"的典故。《后汉书·徐稚传》："（陈蕃为豫章郡守）蕃在郡不接宾客，惟稚来特设一榻，去则县（通'悬'）之。"林宗：即郭泰（字林宗）。此处指胡林翼。

　　⑥ 太守：此处指江宁府知府涂宗瀛。闵贡：东汉末年的气节之士。《后汉书·周黄徐姜申屠列传》："太原闵仲叔（谢承《书》曰：'闵贡，字仲叔'）者，世称节士。……客居安邑。老病家贫，不能得肉，日买猪肝一片，屠者或不肯与，安邑令闻，敕吏常给焉。仲叔怪而问之，知，乃叹曰：'闵仲叔岂以口腹累安邑邪？'遂去，客沛。以寿终。"

　　⑦ 涂朗斋制军：即涂宗瀛（1811—1894），安徽六安人，号朗轩。道光二十四年（1844年）中举，同治元年（1862年）大挑一等。曾负责办理曾国藩湘军饷需，同治六年（1867年）保授江宁知府。同治九年（1870年）擢苏松太道，累官至湖南布政使。光绪二年（1876年）升广西巡抚，橄所属府县，广建学堂。同年十一月调任河南巡抚，光绪七年（1881年）九月又调任湖南巡抚，继任湖广总督，光绪九年（1883年），革职留任。在任勇于任事，颇有政绩。

　　⑧ 骯髒：音 kǎng zǎng，高亢刚直的样子。

鳏居落落忘薪米，雄论时时吐肺肝。犹忆秦淮风雨夕，唾壶击罢①语辛酸。

洪琴西都转

（名汝奎，湖北武昌举人。原籍安徽泾县，为湖北巡抚胡文忠、两江总督曾文正、沈文肃②所赏识，历邀保荐，由江苏候补道员授两淮盐运使。以误谳盗案，谪戍军台，旋蒙赦归。粤督张香涛制军③奏调赴粤，综理财政。甫至，病殁于客邸。逾年南北洋大臣等会奏都转生平政绩，请开复原官，迟久始邀俞允。）

中兴使帅鉴人伦，抗节酬恩不惜身。讵料世途多忌讳，故应吾道守清贫。朔风冰雪孤臣泪，南国旌干处士轮④。气节勋名古难并，穷通果否有前因？

傅励生别驾⑤

（名诚，四川江安县人。左文襄招致甘肃军营，以无恩遇而归。余留于直隶襄理饷事，以通判需次，未补缺而殁。）

少年侠气鸟翻翰⑥，老去忘机马脱鞍⑦。百技尽时余一剑，四方游遍

---

① 唾壶击罢：此处用了"唾壶击缺"之典。形容心情悲愤。典出《世说新语·豪爽》

② 沈文肃：即沈葆桢(1820—1879)，原名沈振宗，字幼丹，又字翰宇，福建侯官(今福建福州)人。道光二十七年(1847年)进士，宦历丰富，光绪元年(1875年)升任两江总督兼南洋通商大臣，光绪五年(1879年)十一月病逝在江宁任上。《清史稿》赞他："清望冠时，力任艰巨，兵略、吏治并卓然。"

③ 张香涛制军：即两广总督张之洞(1837—1909)，字孝达，号香涛，别号壶公、抱冰，直隶(今河北省)人。1863年中进士，宦历丰富，1883—1889年间署理两广总督。与曾国藩、李鸿章、左宗棠并称晚清"四大名臣"。《清史稿》有传。

④ 旌干：音 jīng gàn，亦作"旌竿"。旗竿。处士：有德行而隐居不仕的人。

⑤ 傅励生别驾：即傅诚，生卒年不详，四川江安城内人。初习举业，旋弃去，就武试，精技击，孝慈端悫，无文饰，乐助人。先后入曾国藩、李鸿章、左宗棠幕府，官终北河通判。富藏书，与吴汝纶因书结友。曾从友人莫友芝处获元代兴文署刊《资治通鉴》。逝世后，吴汝纶为其作《江安傅君墓表》，言其"常县小刃胸臆前，象忍字，用自警省。少好读书击剑"。

⑥ 鸟翻翰：鸟展翅高翔。翻：掀动。翰：长而硬的鸟羽。

⑦ 老去忘机：年纪大了，忘去机心，淡泊名利。马脱鞍：马给卸下马鞍。此处指傅诚再也不用辛劳奔走以谋生。

就微官。风尘论友同心少，君相知人自古难①。悟得尧夫《击壤》②意，穷通都作等闲观（君有诗集，不减《击壤集》气味）。

张意堂观察③

（名观诚，安徽建德人，予邻里也。直隶候补通判，积功保至候补道，先后管理军饷、厘务多年，廉而不苟，乙未告病归里。）

瀛州回首话茅檐④，客里频惊白发添。应世常存三代厚，持躬如懔四知严⑤。平生雅喜行藏共，老退应夸福寿兼。闻道曾孙已总角⑥，含饴想见笑掀髯⑦。

章琴生太守⑧

（名洪钧，安徽绩溪进士，以翰林院编修入合肥相国幕，授宣化府知府，未几病故。）

---

　　① 君相：国君与国相。知人：谓能鉴察人的品行、才能。指了解并重用某个人。

　　②《击壤》：即邵雍的《伊川击壤集》，共二十卷，诗一千五百余首，收入《四库全书》。该诗集抒发了邵雍的哲学思想，以及乐天安命、安时处顺、自得之乐、不事妄求的处世思想。《宋史》评价邵雍说："雍高明英迈，迥出千古，而坦夷浑厚，不见圭角，是以清而不激，和而不流，人与交久，益尊信之。"

　　③ 张意堂观察：名观诚，字意堂，安徽建德人，周馥邻里，由廪生捐教职，署太和训导，课士重根柢之学，旋改通判，洊升道员，需次直隶，李鸿章器重之，委管海防支应局十六年，人称其廉，年七十四卒。宣统《建德县志》有传。

　　④ 瀛州：直隶河间府（今河北河间市）。境内有子牙河、卫河等多条河流，周馥曾在此地治理河道。回首话茅檐：回忆故乡的往事并聊起来。

　　⑤ 四知：此处用了"杨震四知"之典。《后汉书·杨震传》："当之郡，道经昌邑，故所举荆州茂才王密为昌邑令，谒见，至夜怀金十斤以遗震。震曰：'故人知君，君不知故人，何也？'密曰：'暮夜无知者。'震曰：'天知，神知，我知，子知。何谓无知！'密愧而出。"又《传赞》："震畏四知。"后多用为廉洁自持、不受非义馈赠的典故。

　　⑥ 总角：古时儿童束发为两髻，向上分开，形状如角，故称总角。借指幼年。

　　⑦ 掀髯：音 xiān rán，指笑时捋须愉快的样子。

　　⑧ 章琴生太守：即章洪钧（1842—1888），字梦所，号琴生，安徽绩溪人，同治初年入李鸿章幕府，同治六年（1867年）中举人，同治十年（1871年）登进士，入翰林院。光绪三年（1877年）散馆，授编修、国史馆协修，光绪七年（1881年）为直隶总督李鸿章奏调赴津办海防并中外交涉事。光绪十一年（1885年）以知府留直隶补用。次年补宣化府知府，在任治河修路、扩充书院、整理义仓诸端，因染时疫，病逝于任上。

理识清超议不疏，知公能读宋儒书。一行作吏谁同调①？八口空归慰倚闾②。（公殁后数年，太夫人犹未知也）时事如今公识否？会盟当日③策何如？九原④他日重相遇，应见唐衢泪满裾⑤。

邹岱东太守⑥

（名振岳，山东淄川进士。由县令洊升天津府知府。）

发论群惊胆气粗，能持大体慑奸谀⑦，恩隆可惜微臣老，公死方知我道孤。谁采循良归史传，更闻宾客散江湖。最怜六幅银钩字⑧，珍重如今当画图。

周薪如提军⑨

（名盛传，安徽合肥人。咸丰初粤匪乱起，练团保乡，积功洊升甘肃提督，统领盛军驻扎天津小站，屯田百余里，练精卒万人。每欲立功报国，谥武壮。）

---

① 一行作吏：一经做了官。同调：比喻志趣相同的人。

② 倚闾：音 yǐ lǘ，此处指母亲倚靠里巷的门，期盼着孩子归来。典出《战国策》。

③ 会盟当日：此处指与列强订立《辛丑条约》那天。

④ 九原：春秋时晋国卿大夫的墓地。后泛指墓地。

⑤ 唐衢：音 táng qú，唐中叶诗人，屡应进士试，不第。所作诗意多伤感。见人诗文有所悲叹者，读后必哭。尝游太原，预友人宴，酒酣言事，失声大哭。时人称唐衢善哭。事见唐李肇《唐国史补》卷中、白居易《伤唐衢》诗二首、《旧唐书·唐衢传》。后用为伤时失意之典。裾：音 jū，衣服的前襟。

⑥ 邹岱东太守：即邹振岳（1831—1893），字岱东，山东淄川人，博通文章，兼擅武事，同治二年（1863年）进士，历官直隶怀安知县、易州知州、宣化府知府等，以治行卓异荐，积功以道员用，加二品衔。为官三十余年，所至有声，曾国藩、李鸿章、周馥等均对他赞誉有加。

⑦ 奸谀：音 jiān yú，奸诈谄媚的人。

⑧ 银钩字：形容友人写的书帖字体清秀而刚劲。

⑨ 周薪如提军：即周盛传（1833—1885），字薪如，晚号北海老农，安徽合肥人，周盛波弟，排行第五。清咸丰年间，同兄盛华、盛波分领团练在紫蓬山等地对抗太平军，升千总。同治元年（1862年），随兄盛波加入淮军，任"盛字营"亲兵营哨官。在江浙攻打太平军，官至记名提督。同治四年（1865年），随曾国藩镇压捻军。攻占雉河集，以提督记名。同治六年（1867年），授广西右江镇总兵。同治九年（1870年），李鸿章疏调盛传率所部屯卫畿辅。光绪八年（1882年），擢湖南提督，仍留镇训练士卒。光绪十年（1884年），丁母忧，命改署理，予假回籍治丧。盛传事亲孝，不久以哀毁致旧伤复发而卒，诏优恤，谥武壮，建专祠。

刁斗森严细柳营①，畿疆十载重干城。屯田原为腹心计，运甓深忧髀肉生。多难竟逢公死后，残军无复旧威名。代君骑劫②非君意，应识黄泉恨不平。

周海舲提军③

（名盛波，薪如提军之兄。精密不及薪如而豁达过之，善于用兵，论事能持大体。薪如殁后接统盛军，未几亦病殁于军，谥刚敏。）

释甲还乡著彩衣，将军荣遇古今稀。无端墨绖④衔哀出，快睹英姿食肉飞⑤。每惜艰难扬节士，生憎⑥粉饰酿危机。伤心一夕长星陨，故垒烟销万事非。

张靖达制军⑦

（名树声，字振轩，谥靖达，安徽合肥人，两广总督、署北洋大臣、直隶总督。壬午朝鲜内乱，日本将与构衅，余所陈无不采纳。事旋戡

① 刁斗森严：形容军队的营地戒备森严。刁斗：古代军队中用的一种器具，又名"金柝""焦斗"，白天用作炊具，夜间用来警戒报时。细柳营：西汉名将周亚夫当年驻军细柳的军营。此处指盛军军营。

② 骑劫：战国时期燕国将领，燕惠王任命他代替乐毅为将。赵惠文王二十年（前279年），田单在即墨城以火牛阵大败燕军，骑劫也在此战中阵亡。此处指继周氏兄弟统领盛军的卫汝贵，他在甲午中日战争中未能严明军纪，临敌节节退缩，光绪二十一年（1895年）一月十六日，被清廷问罪斩首。

③ 周海舲提军：即周盛波（1830—1888），字海舲，安徽合肥人。同治元年（1862年），与弟盛传选募练勇组成淮军"盛字营"，赴上海、苏南等地攻打太平军，官至记名提督。同治七年（1868年）春，西捻军张宗禹部进逼北京。盛波率部北上围攻西捻军，不久，西捻军于山东茌平全军覆没。同治八年（1869年），以奉养老母为由回乡，筑周老圩闲居。光绪十年（1884年），中法战争爆发，奉诏募淮勇五千人赴天津训练，防备法军由海路侵津、京，并受命总统前敌各军。次年，因弟周盛传病死，代湖南提督，后实授，仍驻防天津。光绪十四年（1888年）十月初三，病死于天津海防营，谥刚敏。《清史稿》有传。

④ 墨绖：音 mò dié，黑色丧服。绖：旧时用麻做的丧带，系在腰上或头上。

⑤ 快睹：开心地看到。食肉飞：封侯的祝福语。《后汉书·班超传》："（超）行诣相者，……相者指曰：'生燕颔虎颈，飞而食肉，此万里侯相也。'"

⑥ 生憎：特别厌恶。

⑦ 张靖达制军：即张树声（1824—1884），字振轩，安徽合肥人。廪生出身，清末淮军将领。以军功起家，历任直隶按察使、漕运总督、江苏巡抚、两广总督等职。是地主阶级开明派代表人物，提倡"采西人之体，以行用"。

定，临去任时，移书合肥相国，叙余赞助功多，亦平生知己也。）

知己从来胜感恩，廿年臭味共寒温①。先几敢诩扶危局②，大度谁能纳直言？时事迁流何所底③？吾侪痛哭与谁论？公灵不灭忠忧在，披发当应叫帝阍。

赵敦善明经④

（名昌本，安徽建德人，予戚也。平生不习书生业，而道义自持，乡里称为长者。）

十步寻芳果不虚，里仁我欲择邻居。治家颇守牛宏⑤法，教子常观马援书⑥。每见息争遍闾里，信知谈道有樵渔。预占余庆光门祚，岐嶷⑦诸孙玉不如。

---

　① 廿年：周馥与张树声都是同治元年（1862年）入李鸿章在安庆的军营。至树声去世，二人交往二十来年。臭味：音 xiù wèi，气味。此处指二人情投意合。共寒温：甘苦与共。

　② 先几：此处周馥指自己有远见，预先洞知细微。敢：岂敢。诩：自我夸耀。扶危局：挽救危急的局势。

　③ 时事迁流：时局的变化。何所底：在哪儿会停止。

　④ 赵敦善明经：名昌本，字敦善，安徽建德人，性廉直，仗义轻财，族中有贫乏者，辄解囊资助，使营生业。尤善排解，遇有争讼事，辄反复开导，人多感化，不起讼端。居近徽皖通道，乃创建西林桥，修道路数里，行人称便。又在当地禁鸦片赌博，劝惩兼施，为人爱戴。《宣统建德县志》有传，但未言及其贡生身份。明经：明清时期对贡生的尊称。

　⑤ 牛宏：即牛弘。周馥为避乾隆帝名讳而改古人名字。《隋书·牛弘传》载，弘谓其诸子曰："吾受非常之遇，荷恩深重。汝等子孙，宜以诚敬自立，以答恩遇之隆也。""弘荣宠当世，而车服卑俭，事上尽礼，待下以仁，讷于言而敏于行。"

　⑥ 马援书：即马援《诫兄子严、敦书》。这封信中，马援告诫两个侄子，要端谨，不要成为轻薄子，不要议论他人过失。"龙伯高敦厚周慎，口无择言，谦约节俭，廉公有威。吾爱之重之，愿汝曹效之。"马援：生于公元前14年，卒于49年，字文渊，扶风郡茂陵县（今陕西兴平）人，西汉末年至东汉初年的著名军事家，东汉开国功臣之一。

　⑦ 岐嶷：音 qí yí，《诗经·大雅·生民》："诞实匍匐，克岐克嶷。"朱熹《集传》："岐嶷，峻茂之状。"后用以形容幼年聪慧。

孙海岑观察①

（名云锦，安徽桐城人，予戚也，以军功起家，历任淮安、江宁、开封知府，告老卒于家。）

敷政优优②众望推，即论儒雅亦人师。万言献策才难尽，五马频移③岁已衰。经济多从盘错见④，清廉何取俗流知。稽山可惜今无贺⑤，一度过门一度思。

戴孝侯观察

（名宗骞，安徽寿州人。光绪十三年余创议设大连湾威海卫之防，荐戴于合肥李相国，统军守威海。曾嘱其侯修建炮台后，请相另委他员接统。逾数年台工告成，请退未允。甲午日本逼威海，戴出战不利，殉节死。奉旨建祠。）

荐祢原无杀祢心⑥，敢言虑事欠深沉。恋恩自少当机断，效死当抒报国忧⑦。大节无惭昭日月，惨怀惟我痛人琴⑧。衔冤何独公遗憾？欲语

---

① 孙海岑观察：即孙云锦（1821—1892），字海岑，安徽桐城人。以诸生入曾国荃幕府，曾三任江宁知府，历官通州知州、淮安知府、开封知府等。著有《流离杂记》《筮仕后编》《宦游偶录》等。其子孙孟平辑为《孙先生遗书》。周馥自编《年谱》"光绪五年乙卯四十三岁"条称赞孙氏："海岑文章经济为一时冠，历任江督倚重，且精星命之学，曾推余命，终身不爽。"周馥孙女周津午（周馥长子周学海女儿，行四）嫁孙云锦之孙孙济（云锦次子孙仲平的儿子）。

② 敷政优优：为政温和宽厚。

③ 五马频移：指孙云锦被多次调动，在不同地方任知府。五马：太守的代称。汉代时以四马驾车为常礼，唯有太守加一马。

④ 经济：经世济民，治国理政。盘错：（树根或树枝）盘绕交错。也用来比喻事情错综复杂。见：音xiàn，古同"现"，显示，显露。

⑤ 稽山可惜今无贺：暗引了李白诗句，表示故地再无契友的哀伤。李白《重忆》："欲向江东去，定将谁举杯。稽山无贺老，却棹酒船回。"此诗为李白于天宝六年（747年）游越时悼念贺知章而作。稽山：即会稽山，在今浙江绍兴县东南十三里。贺知章为越州人，会稽山为贺知章故乡的山。此处稽山指孙云锦故乡安庆附近的山。

⑥ 荐祢原无杀祢心：借孔融推荐祢衡的典故，周馥为自己向李鸿章推荐戴宗骞作辩解。祢衡（173—198），字正平，平原般（今山东乐陵县西南）人。少有才辩，任气刚傲，孔融非常器重他。特写《荐祢衡表》向汉献帝举荐，盛赞祢衡奇才超群，卓荦非凡，以期皇帝选拔任用。

⑦ 效死：尽力并且不惜牺牲生命。效：致力，奉献。抒忧：抒发内心的诚意。

⑧ 痛人琴：义同"人琴俱亡"。看到遗物，引起对死者的痛悼之情。典出《晋书·王徽之传》。

吞声口半喑。

李菊圃中丞①

（名用清，山西平定州进士，海、铭两儿塾师也，以编修授广东惠州府，擢贵州布政使，署巡抚，复署陕西布政使，以不合时趋被劾归，主讲平阳书院②。）

师范尊严吾道隆③，身甘布粟气常丰。清贫太守推刘宠④，独行儒臣比李充⑤。当职何知看人面，挥金⑥仍作守田翁。名山化雨多培植⑦，衣

① 李菊圃中丞：即李用清（1829—1898），字澄斋，号菊圃，山西乐平（今昔阳）人。同治四年（1865年）进士，被选为翰林院庶吉士，同治七年（1868年）授翰林院编修，出大学士倭仁门。安贫励节，日研四子书、朱子《小学》，旁稽掌故，于物力丰瘠，尤所留意。大婚礼成，加侍读衔。同治十二年（1873年），丁父忧，徒步扶榇返葬。服阕，入都，仍课生徒自给。光绪初年入张树声幕府。后历任惠州知府、贵州布政使、贵州巡抚、陕西布政使等。其人严于自治，勇于奉公。所留著作颇多，计有《山西办赈公牍》《贵州批信稿》等。经后人刊行的有《课士录》《李菊圃先生遗文》等。《清史稿》有传。

② 平阳书院：在山西临汾的官办书院。据史料载，李用清返乡主讲晋阳书院（位于山西太原，今山西大学前身），奖勤罚懒，省城学风大振。

③ 师范尊严：为师的风范尊贵、庄严。吾道：我（实指儒家）的学说或主张。《论语·里仁》："子曰：'参乎！吾道一以贯之。'"

④ 刘宠：字祖荣，莱芜牟平（今山东省烟台市牟平区）人，东汉大臣，西汉齐悼惠王刘肥之后，因通晓经学被举荐为孝廉，出任东平陵县令，有仁惠之政。之后连续担任豫章、会稽太守。在会稽郡时，简除烦苛政令，禁察官吏的非法行为，政绩卓著。后被升职入京，山阴县有五六位须眉皓白的老人，特意从乡下远来给他送行，每人带了百文钱赠送他。他不肯接受，只从许多钱中挑选一个最大的收下。因此，被后人称为"一钱太守"。其后历任将作大匠、宗正、大鸿胪等职。《后汉书》有传。

⑤ 李充：特行独立的东汉儒士，兄弟六人，家贫，妻子有私财，希望分家，他当众休妻。大将军邓骘权倾一世，曾当满堂宾客面下跪，盼宾客代为延揽奇伟之士，以匡不逮，李充却当众说冷语。由是见非于贵戚。《后汉书》有传。

⑥ 挥金：散发或挥霍钱财。此处指李先生为救济灾民而倾囊相助。史载："用清严于自治，勇于奉公。俸入不以自润，于黔以购粟六千石，于陕购万石，备不虞。郑州河决，捐工需二万两。"

⑦ 名山：著名的大山。此处代称李用清巡抚。化雨：滋养万物的时雨。比喻循循善诱，潜移默化的教育。语出《孟子·尽心上》："君子之所以教者五：有如时雨化之者……"

钵何人继素风①?

聂功亭军门

（名士成，安徽合肥人。先为铭军统将。法越乱起，余劝其带队援台湾。旋与刘省三爵帅龃龉而归②，余复荐入旅顺庆军③，当营官数年。嗣经提军叶志超委统芦台防军④。光绪十九年单骑游东三省及俄罗斯东疆、朝鲜八道⑤，意欲有所为也。逾年日韩乱起，扼守摩天岭，击退日兵，以功擢直隶提督，今统武毅军，防守畿疆。）

国士何难遇赏音？十年南北历崎嵚。据鞍早具安边略，探穴方知虑患深⑥。军败两甄犹作气⑦，功传三箭⑧本无心。临淮壁垒⑨今谁属？回首津门感不禁。

---

① 衣钵：音 yī bō，佛教僧尼的袈裟与饭盂。中国禅宗师徒间道法的授受，常付衣钵为信证，称为衣钵相传。后也用衣钵相传来表示技术、信念、事业的传承过程。素风：清寒纯朴的风尚。

② 刘省三爵帅：指时任台湾巡抚的刘铭传。刘因战功获得清廷三等轻车都尉世职及一等男爵的封赏，所以叫爵帅。《清史稿》有传。龃龉：音 jǔ yǔ，比喻意见不合，相抵触。

③ 旅顺庆军：驻扎旅顺的淮军吴长庆军。聂士成于光绪十三年（1887年）入庆军，任亲兵新左营管带官，参与旅顺要塞建设。

④ 芦台防军：驻扎在芦台镇的武毅军。聂士成于光绪十七年（1891年）任此军统领。

⑤ 朝鲜八道：指朝鲜王朝时期的行政区划，包括咸镜道、平安道、黄海道、京畿道、江原道、忠清道、全罗道、庆尚道。

⑥ 探穴："探虎穴"的省略语。比喻冒险。《后汉书·班超传》："不入虎穴，不得虎子。"虑患深：忧虑祸患，用心深沉长远。

⑦ 两甄：音 liǎng zhēn，两翼，两侧的部队。作气：振作勇气。

⑧ 功传三箭：谓聂士成武艺高强，敌人畏服。《新唐书·薛仁贵传》："诏副郑仁泰为铁勒道行军总管……时九姓众十余万，令骁骑数十来挑战，仁贵发三矢，辄杀三人，于是虏气慑，皆降。……军中歌曰：'将军三箭定天山，壮士长歌入汉关。'"后以"三箭定天山"谓大将武艺高强，声威服人。

⑨ 临淮壁垒：军容严整的营垒。临淮：李光弼（708—764），营州柳城（今辽宁省朝阳市）人，契丹族。唐军名将，以功进封临淮郡王。平定安史之乱，战功推为中兴第一，获赐铁券，名藏太庙，绘像凌烟阁。谥号武穆。世称"李临淮""李武穆"。其人足智多谋，治军威严有方，善于出奇制胜，以少胜多，与郭子仪齐名，世称"李郭"。壁垒：指驻军堡垒。

徐仁山提刑①

（名文达，安徽南陵人。任淮扬道、两淮盐运使，擢福建按察使，未抵任病殁。同治元年，淮军赴沪三千人，皖南从军之士无凭藉而起家者，惟仁山提刑，刘芝田中丞兄弟及予而四耳，今只芗林与予存云。）

江南烽火涨天昏，几辈从戎赴海门②？君正挽刍吾橐笔③，生相投分死联婚④。勋名未信才难致，蹭蹬同嗟晚受恩⑤。旧事沧桑那忍说，凄凉愁对庚家园⑥（公殁后，其子因债务以扬州旧园⑦庐畀予）。

---

① 徐仁山提刑：即徐文达（1825—1890），字仁山，安徽南陵人，咸丰三年（1853年）始，太平军多次攻打南陵县城，他以"俊秀"（无功名的书生）出面组织民团协助清军加强县城四门守卫。后来去安庆谒见曾国藩，甚得器重，被委檄办军械。同治元年（1862年），又随李鸿章赴沪，任淮军粮台、总理前敌支应局务。因功保升直隶州知州。同治六年（1867年），以道员留江苏缺即补，并赏加盐运使衔，兼办淮军后路营务处。光绪元年（1875年），叙劳赏加布政使衔，二年（1876年），山东、河南岁饥，南下就食，他在扬州集资收养，次年资遣使归，凡活十三万口。后历任两淮盐运使、淮扬海道、漕运总督等职，十五年（1889年）五月，两江总督曾国荃疏保他"才猷卓越，器识深沉，讲求吏治"，十月，授福建按察使，十六年（1890年）三月赴任，行至扬州，病逝。《民国南陵县志》有传。提刑：即提刑按察使。

② 几辈：几批。从戎：投身军旅。赴海门：此处指赴沪。

③ 挽刍：押运粮草。刍：音chú，喂牲畜的草料。此处指军队使用的粮草。橐笔：古代书史小吏，手持橐橐，簪笔于头，侍立于帝王大臣左右，以备随时记事，称作持橐簪笔，简称橐笔。此处指从事文书工作。

④ 死联婚：指徐文达死后，周馥第五子周学渊与徐文达女儿结婚。

⑤ 蹭蹬：音cèng dèng，困顿，失意。晚受恩：很晚才得到幕主与朝廷的恩遇。

⑥ 庚家园：此处指友人徐文达死后，徐之子因还债务而出售给周馥的徐家园林——小盘谷。庚信《小园赋》："余有数亩敝庐，寂寞人外，聊以拟伏腊，聊以避风霜；虽复晏婴近市，不求朝夕之利；潘岳面城，且适闲居之乐。"后世文士遂以"庚园"称私家园林。

⑦ 扬州旧园：即扬州小盘谷，在今江苏省扬州市丁家湾大树巷内，现为全国重点文物保护单位。小盘谷可能始建于嘉庆间，园主人失考，蒋超伯、徐文达、周馥先后为小盘谷园主。光绪三十年（1904年），周馥购自徐文达之子，葺为家园。

桂芗亭观察①

（名嵩庆，江西临川人。同治初年从淮军立功，洊擢淮扬道。）

二十年前著豸冠②，白头依旧客江干。黄杨厄闰春常在③，翠柏凌霜影自单。世态原知多反覆，干才从古出艰难。徐方父老歌来暮④，迎拜应惊两鬓残。

吴肃斋孝廉⑤

（名瀚，安徽泾县人。同治初年与余以布衣从军皖省。乙卯举于乡，文笔绝佳，学者皆推翰院⑥手，竟遭坎壈⑦以殁。同时同邑有布衣潘古

---

① 桂芗亭观察：即桂嵩庆（1827—？），字芗亭，一作香亭，江西抚州临川县人，贡生，咸丰十一年（1861年）在京铜局报捐同知，同治元年（1862年）入淮军，由此迭经李鸿章、曾国藩保举，同治年间以候补道起家。历任江南筹防局总办、江宁布政使（代理）、江宁商务局总办、江南水师学堂总办、上海商务局道台等职，是洋务运动的重要人物。

② 著豸冠：头戴法冠。豸冠：又称法冠、铁冠，据记载是楚文王所制，为执法官吏所戴，所以称为法冠。法冠上有象征獬豸角的装饰，所以又称"獬豸冠"。獬豸是古代传说中的一种神羊，头上有一角，能辨曲直，见人争斗，则以角触无理者。此处指友人任职兵备道，兵备道为按察司官员，具有监察权、司法权。包括监督官兵，问理刑名，禁革奸弊等权力。

③ 黄杨厄闰：旧时传说，黄杨木年长一寸，遇到闰年会倒退一寸。比喻运气不好。典出苏轼《监洞霄宫俞康直郎中所居四咏》："园中草木春无数，只有黄杨厄闰年。"春常在：还保持着勃勃生机。

④ 徐方：古徐国。此处指徐州、淮扬地区。歌来暮：吟唱贤官您为何来晚了。《后汉书·廉范传》载，东汉廉范，任蜀郡太守，废旧令，施德政，百姓称便，歌之云："廉叔度，来何暮？不禁火，民安作。平生无襦今五绔。"后因以"歌来暮"为称颂地方官施行德政的典故。

⑤ 吴肃斋孝廉：事迹不详，待考。从本首诗周馥自注中可知：吴瀚，泾县人，咸丰五年（1855年）乙卯科举人，后来坎壈以终，"只博一第，早死"（《玉山文集一·潘古愚诗序》语），有著述传世。咸丰五年（1855年），东南半壁战火纷飞，此次考试没有举办，是咸丰九年（1859年）己未恩科时，补行乙卯正科乡试。该年泾县吴姓有两个人中举，一为吴以烜，官云南知县，一为吴履亨（中江南乡试第七十名举人）。吴履亨应是本名，瀚、肃斋当分别是吴履亨的字与号（《潘古愚诗序》又称吴瀚作肃斋）。

⑥ 翰院：翰林院。中国古代以文学供奉宫廷的官署，掌编修国史及草拟制诰等。长官为掌院学士，属官有侍读、侍讲、修撰、编修、检讨，统称翰林。

⑦ 坎壈：音kǎn lǎn，困顿。

愚①，尤善古文词，亦在军中，先吴卒。皆俊才也。）

翩翩书记阮元瑜②，曾共题桥皖水隅。偶谒牙门③论兵事，懒持手版向庭趋。风云有路凫飞短④，枳棘争栖鹤立孤⑤。毕竟文章胜富贵，至今人尚忆潜夫⑥。

魏荫亭观察

（名承樾，湖南衡阳人。以军功起家，受曾文正、李少荃两相国知遇，洊升直隶候补道，旋以论事不合，告归，优游扬州二十余年，卒。）

姜桂休嫌老愈辛（李相国谓魏语），须知直道在斯民。华歆那可常同

---

① 潘古愚：即潘威，字古愚，泾县布衣，咸丰十一年（1861年）与吴瀚避难安庆，周馥与之订交，二人一见如旧识，次年，吴瀚从军皖北，潘氏与周馥随李鸿章至沪上，同幕治军书，朝夕相处甚乐。同治三年（1864年）底，潘氏病逝于金陵。周馥作《潘古愚诗序》，赞曰："暇则读书不辍，间作文遣意，见者无不惊绝。""古愚为人，磊落轩豁，倜傥有大志，虽偶谈笑，必有所见。""遇交游极厚，无矜色吝容。论军事与天下大计，缕缕若指诸掌，皆切事情可实行者。"

② 翩翩：形容风采、文辞的美好。书记：旧称从事文书工作的人。阮元瑜：即阮瑀（？—212），字元瑜，建安七子之一，为曹操掌记室，善军国书檄。后因以"阮元瑜"指称执掌文书的官员。

③ 牙门：军门。古时行军扎营，主帅或主将帐前树牙旗以为军门，故称。

④ 风云有路：富贵发迹有一定的途径。风云：《周易·乾》卦《文言》："云从龙，风从虎，圣人作而万物睹。"意谓同类相感应。后因以"风云"比喻遇合、相从。凫飞短：野鸭飞行距离很短，难以青云直上。

⑤ 枳棘争栖：鸟儿争着停落在枳木与棘木（多刺的恶木）上。比喻人们为卑下的职位而争抢。此处反用了"枳棘栖凤"典故。《后汉书·仇览传》载，东汉时，考城县令王涣认为仇览（一名香）任主簿是屈了才，有"枳棘非鸾凤所栖，百里岂大贤之路？"感叹。后用以表示大材小用。鹤立孤：鹤孤立。指周馥友人吴瀚品性高洁孤介，不争官位。

⑥ 潜夫：隐遗之士。

席^①？王导原来不受尘^②。鹤返扬州谐夙愿^③，雁回衡岳认前因。人间五福^④谁能备？始信天优物外身。

裕朗西星使^⑤

（名裕庚，字朗西。汉军旗人。初以军功洊升安徽候补道，屡蹶屡起。日本议和后，奉简出使日本大臣。）

几次惊涛扑纵鳞^⑥，天教才俊出艰屯。海枯已变桑田界，势去谁为砥柱身？自古国危难择使，敢言臣老不如人^⑦？千钧一握谈何易？应悟

---

① 华歆那可常同席：不可与那些贪鄙羡慕富贵的人长久来往。华歆：(157—232)，字子鱼，平原郡高唐县（今山东省高唐县）人，汉末三国时期名士、重臣。早年拜太尉陈球为师，与卢植、郑玄、管宁等为同门。汉灵帝时，任豫章太守，甚得民心。曹操讨伐孙权时，担任军师。曹操封王后，担任魏国御史大夫，支持曹丕即位，出任魏国相国，册封安乐乡侯。曹魏建立后，担任司徒。魏明帝即位，升任太尉，晋封博平县侯。谥号敬。他与管宁共锄菜，见到地上一块金子，管宁视而不见，他捉而掷去，又尝同席读书，有乘轩冕过门者，宁读如故，华废书出看，宁割席分坐，曰："子非吾友也！"

② 王导原来不受尘：指喻魏氏身份高贵，不愿忍受权臣的威压。王导：(276—339)，字茂弘，小字赤龙，琅琊郡临沂县（今山东省临沂市）人。东晋开国元勋，政治家。先后辅佐元帝、明帝、成帝，识量清远，老成持重。孙绰《丞相王导碑》赞之曰："存烹鲜之义，殉易简之政，大略宏规，卓然可述。"不受尘：不忍受权臣的气焰。典出《世说新语·轻诋》："庾公权重，足倾王公。庾在石头，王在冶城坐，大风扬尘。王以扇拂尘，曰：'元规（庾亮字）尘污人。'"后以"庾公尘"喻权贵的气焰。

③ 鹤返扬州：化用了"骑鹤下扬州"典故。殷芸《小说·卷六》："有客相从，各言所志：或愿为扬州刺史，或愿多货财，或愿骑鹤上升，其一人曰：'腰缠十万贯，骑鹤下扬州。'欲兼三者。"谐夙愿：实现了平素的心愿。

④ 人间五福：指人间五种幸福，即长寿、富足、健康安宁、遵循美德、高寿善终。典出《尚书·洪范》"五福：一曰寿，二曰富，三曰康宁，四曰攸好德，五曰考终命。"

⑤ 裕朗西星使：即裕庚（1838—1905），本姓徐，字朗西，汉军正白旗人。光绪优贡生，初参两广总督英翰幕事。光绪十三年（1887年）转投李鸿章，光绪十五年（1889年）帮鄂督张之洞管厘税事，后以补道员身份明保送部，转内阁侍读学士。后历任驻日公使、太仆少卿衔总理各国事务衙门行走等。光绪二十八年（1902年），授三品卿，光绪三十一年（1905年）于上海病死。

⑥ 惊涛：令人惊恐的波涛。此处指宦海风波。纵鳞：指自由游于水中之鱼，也可指仕途得意的人。此处指裕庚。

⑦ 敢言：岂敢言，怎敢说。臣老不如人：臣（我）年纪老了，能力不如其他人。

詹何下钓纶^①。

愚戆

愚戆曾蒙圣主知^②，艰难无补负明时。老成已往^③谁堪语，积毁^④犹逃已觉迟。忧国匹夫空有泪，回澜^⑤大海竟无期。自惭樗栎^⑥延残岁，阅尽沧桑只益悲（昔日者言余七十二考终，今已七十五矣。医谓尚可多延年岁，窃恐垂尽之年而睹沧桑之变也）。

潇洒

潇洒江湖又五年，天教闲处看云烟。捉鸥自信无渔父^⑦，驾鹤何妨学散仙^⑧。香草美人残梦断^⑨，药炉经卷暮年缘^⑩。江天清旷堪娱老，只

---

① 应悟詹何下钓纶：应该懂得詹何钓鱼的寓意。詹何：战国时楚国思想家，善术数，属于道家学派。《列子·汤问篇》载："詹何以独茧丝为纶，芒针为钩，荆篠（细竹子）为竿，剖粒为饵，引盈车之鱼于百仞之渊、汩流之中，纶不绝，钩不伸，竿不挠（弯曲）。楚王闻而异之，召问其故。詹何曰：'曾闻先大夫之言，蒲且子之弋也，弱弓纤缴，乘风振之，连双鸧（鸟名）于青云之际，用心专，动手均也。臣因其事，放（仿）而学钓，五年始尽其道。当臣之临河持竿，心无杂虑，唯鱼之念，投纶沉钩，手无轻重，物莫能乱。鱼见臣之钩饵，犹沈埃聚沫，吞之不疑。所以能以弱制强，以轻致重也。大王治国诚能若此，则天下可运于一握，将亦奚事哉？'"

② 蒙圣主知：蒙圣明的光绪皇帝的知遇。

③ 老成已往：经历多，成熟稳重的人已经去世。指李鸿章、陈作梅、刘芗林等一众友人。

④ 积毁：众口不断毁谤。

⑤ 回澜：音 huí lán，指回旋的波涛。喻挽回局势。

⑥ 樗栎：音 chū lì，平庸之材。此处为自谦辞。典出《庄子·逍遥游》和《庄子·人间世》。樗和栎这两种树材质都不好。后因以"樗栎"喻才能低下，亦用为自谦之辞。

⑦ 捉鸥自信无渔父：倒装句，即"自信无渔父捉鸥"。相信自己没有机心，可与鸥鸟作伴而不会招致对方猜疑，不像像海边渔父听说儿子与鸥鸟相处无猜，就叫儿子捉鸟给自己玩。《列子·黄帝》："海上之有人好沤（鸥）鸟者，每旦之海上，从沤鸟游，沤鸟之至者百数而不止。其父曰：'吾闻沤鸟皆从汝游，汝取来吾玩之。'明日之海上，沤鸟舞而不下也。"

⑧ 散仙：道教专有名词。指天界中未被授予官爵的神仙，或者指一些散修（无师门）的仙人。

⑨ 香草美人：指周馥追求美德、忠君爱国的理想。典出王逸《离骚序》。残梦：凌乱不全之梦。

⑩ 药炉经卷：守着熬药的火炉和经书典籍。暮年缘：晚年结缘。

恐风涛聒醉眠。

腐　儒①

（《大学》格物②，乃穷事物之理也。物理不穷，则一切应为者不知其所以然，徒外饰而无实际，虽九流百技、《六韬》《七略》③，何用哉？客有善文趋时尚者，乃以西国艺学诠格物④，而欲聚民财以强国势，蒙窃惑焉。客退赋此。）

《大学》千秋郅治书⑤，如何后辈误虫鱼⑥？理财新学王安石⑦，媚世俳文马相（去）如⑧。公道要存三代直⑨，大纲宁使四维⑩疏？腐儒老死知无恨，日带残经自荷锄。

---

　　① 腐儒：迂腐的儒生，只会读书，不通世事。此处为周馥自称，没有贬义。

　　②《大学》：是一篇论述儒家修身齐家治国平天下思想的散文，原是《小戴礼记》第四十二篇。相传为春秋战国时期曾子所作，实为秦汉时儒家作品。格物：接触事物，透彻地研究其规律。《二程遗书》："格犹穷也，物犹理也，犹曰穷其理而已也。"朱熹《大学章句·补传》："所谓致知在格物者，言欲致吾之知，在即物而穷其理也。"

　　③ 九流：本指先秦的九个学术流派，即儒、道、阴阳、法、名、墨、纵横、杂、农。此处指各种技艺。《六韬》：又称《太公六韬》或《太公兵法》，是中国古代著名兵书。《七略》：西汉刘歆汇录的中国第一部官修目录和第一部目录学著作。作品分为辑略、六艺略、诸子略、诗赋略、兵书略、术数略、方技略等七部。此处指各类典籍。

　　④ 西国：西方国家。艺学：技艺之学，即应用科学、自然科学等。郑观应《盛世危言·考试下》："一为艺学科。凡天文、地理、测算、制造之类皆属焉。"

　　⑤ 千秋：千年。形容岁月长久。郅治书：能使国家大治，清明太平到极点的典籍。

　　⑥ 虫鱼：即蠹虫，雅称蠹鱼，蠹鱼虫。此句是说误让蠹虫食用治世经典——《大学》。

　　⑦ 理财：管理财物或财务。此处指为朝廷搜刮百姓钱财。王安石：生于1021年，卒于1086年，字介甫，号半山。抚州临川（今江西省抚州市）人。北宋时期政治家、文学家、思想家、改革家。宋神宗为了富国强兵，借以扭转北宋积贫积弱的局势，熙宁三年（1070年），任王安石为同中书门下平章事，位同宰相，在全国推行新法，称为"王安石变法"。

　　⑧ 媚世：求悦于当世。典出《孟子·尽心下》："阉然媚于世也者，是乡原也。"俳：音pái，杂戏，滑稽戏。马相如：司马相如（约前179—前118），字长卿，汉族，蜀郡成都人，祖籍左冯翊夏阳（今陕西韩城南），侨居蓬州（今四川蓬安），西汉著名辞赋家。

　　⑨ 公道：正义之路。三代直：夏商周三代，古人循正直之路而行。《论语·卫灵公》："斯民也，三代之所以直道而行也。"

　　⑩ 四维：指礼、义、廉、耻四种道德。《管子·牧民》："礼义廉耻，国之四维，四维不张，国乃灭亡。"维：原指系物的大绳。此处指维系政权的准则、纲绳。

感　赋

勋名何敢望旗常①？犬马孤忠愿未偿。难得同心联指臂，每嗟大事
沸蜩螗②。屠龙自信乖时好③，失马谁知免祸殃④？欲上万言嫌僭越⑤，灯
前揽涕独彷徨。

月

簿书堆里寡清欢，箜鼓声中客梦寒⑥。

为问平生明月夜，几回无事故乡看？

《养生歌》示暹孙⑦

多受空气，小劳筋力。高枕安眠，匀餐淡食。惩忿窒欲⑧，和气愉

---

　　① 旗常：王侯的旗帜。借指王侯。典出《周礼·春官·司常》。

　　② 蜩螗：音 tiáo táng，亦作"蜩螗"。蝉的别名。比喻喧闹、纷扰不宁。《诗经·荡》："咨女
殷商。如蜩如螗，如沸如羹。"

　　③ 自信：自己断定。乖时好：音 guāi shí hào，与世俗的爱好相违背。

　　④ 失马谁知免祸殃：用了"塞翁失马，焉知非福"的典故，指周馥卸任津海关道、直隶按
察使，调任四川任布政使，远离义和团运动的中心，避免了一场大祸。当时，吏部左侍郎、京
师大学堂总教习兼管学大臣许景澄、太常寺卿袁昶、兵部尚书徐用仪、内阁学士联元和户部
尚书立山等人力谏朝廷不可利用义和团与外国开衅而被清廷处死。

　　⑤ 僭越：音 jiàn yuè，超越身份职位行事。

　　⑥ 客梦：异乡游子的梦。寒：凄清。

　　⑦ 暹孙：周馥长子周学海第三子周叔弢。光绪三十四年（1908年），周馥赴庐山休养，携
孙叔弢（时患肺结核病）随侍。此诗当作于此期间。周叔弢（1891—1984），原名暹，字叔弢，
以字行。从民国八年（1919年）起，随叔父周学熙（两任袁世凯政府财政总长）在青岛创办华
新纱厂，任专务董事。后历任青岛、唐山、天津华新纱厂董事、经理，启新洋灰公司董事、协
理、总经理、董事长，成为我国北方民族工业代表人物。1949年，他担任全国政协委员，翌年
任天津市副市长，后历任天津市工商联主任委员、天津市人大常委会副主任、全国工商联副
主任委员等。1952—1972年，他先后将收藏的宋、元、明抄本、清代善本及其他中外珍贵图书
计3.6万余册和历史文物1200余件全部献给国家。

　　⑧ 惩忿窒欲：克制愤怒，抑制嗜欲。惩：惩戒。忿：愤怒。窒：抑止。欲：嗜欲。《周易·
损》卦"象"辞："君子以惩忿窒欲。"

色①。心与天通②，万物生殖。身随时安，万化游息③。横逆之来，虚己受愬④。困苦已极⑤，古人式则⑥。发肤无伤，天君自得⑦。黾勉从之⑧，百年乐国⑨。

书　憾

养亲禄不逮⑩，报国功不遂。此憾何时消？余事亦颠踬⑪。骨肉多感伤，朋友乏讲肄⑫。筹边缪先识⑬，治水梗浮议⑭。徒抱荐贤诚，每招论事忌。戚党苦难赒⑮，门阀尤恐坠⑯。读书耳目瞢⑰，游山腰足痹⑱。年衰

---

① 和气愉色：态度温和，脸色愉悦。《礼记·祭义》："有和气者必有愉色，有愉色者必有婉容。"

② 心与天通：指人的内心要中和博大、公平无私，与天心相通，与天理相合，成就中和位育之功，使万物各得其所，欣欣向荣。

③ 万化游息：与自然万物一起活动或休息。万化：万事万物，大自然。典出荀悦《申鉴·政体》："此谓道根，万化存焉尔。"

④ 虚己受愬：逆来顺受。愬：音 tè，阴险，邪恶。此处指冒犯，伤害。

⑤ 困苦已极：处境艰难已经到了极点。

⑥ 式则：法则，规范。此句指古人重视苦难，能在苦难中自觉磨炼意志，以提升自己的品德与才干。

⑦ 天君自得：内心满足而舒适。天君：旧谓心为思维器官，称心为天君。《荀子·天论》："心居中虚，以治五官，夫是之谓天君。"

⑧ 从之：遵从这些养生规则。

⑨ 百年：一生。乐国：乐土。

⑩ 养亲禄不逮：没赶上用俸禄奉养双亲。

⑪ 颠踬：音 diān zhì，困顿，挫折。

⑫ 讲肄：音 jiǎng yì，讲论练习，共同研讨。

⑬ 缪：音 miù，错误。此处是谦辞。周馥在处理朝鲜半岛事宜上洞烛机先，其建议却没有被当道大员与朝廷采听，后来甲午中日战争中中国惨败，是清廷昏聩造成的，周馥念此，始终无法释怀。先识：先见之明。

⑭ 梗浮议：受别人没有根据的议论的干扰阻碍。

⑮ 赒：音 zhōu，接济，救济。

⑯ 门阀尤恐坠：家族勋业与声望。尤其害怕堕落下去。

⑰ 瞢：同"懵"，音 měng，昏昧无知。

⑱ 腰足痹：腰与脚疼痛麻木。

恨修①迟，身藏犹俗累②。百岁几何时？十事九拂意③。缅怀在昔贤，外物不夺志④。穷通当齐观⑤，顺逆无易义⑥。亹勉希前哲⑦，瞑目庶少愧⑧。

海宁州⑨观潮

银涛一线亘海东⑩，雷霆风雨声摩空。须臾飞沫溅城堞⑪，欲卷钱江作龙宫。我闻天地无私潮有信，趋吉避凶万物顺。舟子乘潮去若飞，官吏补堤争一瞬。今秋霪潦岁不登⑫，何堪天再降灾馑⑬？呜呼！安遇中和位育天⑭，熙熙四海无瑕衅⑮。

---

① 修：修身，提升自己的品格与才能。

② 身藏：指自己藏匿身影，退居在家。俗累：世俗事务的牵累。

③ 拂意：违逆自己的心意，不如意。

④ 外物：身外之物。此处指利欲功名之类。不夺志：不能强迫他改变自己的志向。

⑤ 穷通：困厄与显达。当齐观：应该同等看待。

⑥ 顺逆：顺境与逆境，境遇顺利或不顺利。无易：不改变信念。

⑦ 亹勉：音 mǐn miǎn，努力，勉励。《诗经·谷风》："亹勉同心，不宜有怒。"希前哲：仰慕并追随前贤。

⑧ 瞑目：闭上眼睛，指人死时无所牵挂。此处指死亡。庶少愧：希望少一些惭愧。

⑨ 海宁州：今浙江省海宁市。清代时属于杭州府。据周馥自编《年谱》载，周馥于宣统三年（1911年）八月间游上海、苏州虎丘、范坟石湖、杭州西湖、至绍兴谒大禹陵、游鉴湖（鉴湖无水，极望平田）、旧友傅世榕观察自天津来，谐赴海宁州观潮。旋回舟过苏州，闻湖北兵变（即武昌起义），失守。八月底回芜湖。海宁潮是浙江杭州湾钱塘江口的涌潮，每年农历八月十五，钱江涌潮最大，潮头可达数米。

⑩ 银涛一线：这是钱塘江著名的一线潮，潮头初起时，天边闪现出一条横贯江面的白练，伴之以隆隆的声响，如闷雷滚动，潮头由远而近，飞驰而来，涌至海堤时，掀起高9米的潮峰，景色颇为壮观。亘海东：横贯在东面的大海上。亘：音 gèn，（空间上）延续不断。

⑪ 城堞：音 chéng dié，城上的矮墙。泛指城墙。

⑫ 霪潦：音 yín liáo，久雨成涝。岁不登：谷物歉收。岁：年成。不登：歉收。

⑬ 灾馑：灾难与饥荒。

⑭ 中和位育天：万物各居其位，欣欣向荣的世界。典出《中庸》："喜、怒、哀、乐之未发，谓之中。发而皆中节，谓之和。中也者，天下之大本也。和也者，天下之达道也。致中和，天地位焉，万物育焉。"

⑮ 瑕衅：音 xiá xìn，本指可乘之隙，嫌隙。引申指事端，过失。此处指事端。

游石湖范致能参政①别墅四首（石湖在苏州胥门外十余里）

其 一

太湖杳渺②三万顷，泉壑参差十里间③。

花木已荒风景在，高名犹并石湖山。

其 二

当年范陆并诗名④，文采风流孰重轻。

犹见断碑刊绝句，柳花深巷午鸡声。

其 三

曾使虏廷出戆语⑤，旋登政府赋《归田》⑥。

死生荣辱都忘却，为问时贤孰后先⑦?

其 四

政事文章一梦过，至今香火在岩阿。

苏台芜没吴园改⑧，不及公家烟景多⑨。

---

① 范致能参政：即范成大(1126—1193)，字致能，早年自号此山居士，晚号石湖居士。吴郡(今江苏省苏州市)人。宋高宗绍兴二十四年(1154年)登进士第，宦历丰富，颇具政绩。因曾任参知政事，故称参政。《宋史》有传。

② 杳渺：音 yǎo miǎo，悠远，渺茫貌。

③ 泉壑：泉水和山谷。参差：音 cēn cī，形容长短、高低、大小不齐的样子。

④ 范陆：范成大、陆游。与杨万里、尤袤一起被称为南宋"中兴四大诗人"。并诗名：诗人名气相等。

⑤ 戆语：憨厚而刚直的话。

⑥ 登政府：进入宰相府为宰相。政府：宰相治理政务的处所。范成大曾任几个月的参知政事，与宰相一道在政事堂同议政事，职权、礼遇大致等同宰相。赋《归田》：指辞官归隐。张衡作《归田赋》，陶渊明作《归去来兮辞》，二文均表示辞官归隐之念。

⑦ 为问时贤孰后先：有谁能在思想境界上与范成大作比较。时贤：当时有才德的人。孰后先：谁先谁后。

⑧ 苏台：即姑苏台。又名胥台。在苏州西南姑苏山上。相传为春秋时吴王阖庐所筑，夫差于台上立春宵宫，作长夜之饮。吴园：苏州四大名园之一的拙政园。

⑨ 公家：即范成大别墅园林。烟景：烟云缭绕的美景。

望鉴湖怀陆放翁四首①（湖在绍兴府城南二里）

其　一

水秀山明古越州②，当年吟眺擅风流。

沧桑莫问人间事，十里平湖禾黍秋（湖已涸成田）。

其　二

烟横瓦屋梅仙市③，水绕朱扉夏禹祠④。

共道山阴风景好，谁将风景入新诗？

其　三

石帆山⑤下放翁村，子姓枝繁各启门。风景不殊邱垄在，诗魂应恋旧林园（陆放翁后裔繁盛，问之无居湖旁者）。

其　四

偶登快阁眺晴空，千古诗人想像中。气节文章谁与并？吉州翁与剑南翁（杨诚斋⑥为韩侂胄所抑，放翁被摈于秦桧，情事略同，诗名亦相等）。

---

①　鉴湖：位于今浙江省绍兴市区西南的柯岩风景区，为浙江名湖之一。陆放翁：即陆游（号放翁），前有注。

②　古越州：绍兴在隋唐北宋属于古越州境内，南宋时改越州为绍兴府，府治设山阴，辖山阴、会稽、诸暨、萧山、余姚、上虞、嵊县、新昌八县。

③　梅仙市：指绍兴市。《绍兴县志》记载：“梅山、梅里尖山等地尚有梅福殿、炼丹井等遗迹。”

④　夏禹祠：位于今浙江省绍兴市越城区东南稽山门外会稽山麓大禹陵南侧，为夏氏之宗祠。禹祠内有“禹井”，相传为大禹穿凿。禹祠几经重建，现存夏禹祠为绍兴市政府于1986年在禹祠遗址上重建而成。

⑤　石帆山：即今浙江省绍兴市东南越城区皋埠镇吼山。陆游祖居和祖先坟墓所在之地。《水经·浙江水注》：“北则石帆山，山东北有孤石，高二十余丈，广八丈，望之如帆，因以为名。”陆游有多首诗词写到吼山，如《雨中宿石帆山下民家》等。

⑥　杨诚斋：即杨万里（1127—1206），字廷秀，号诚斋，自号诚斋野客。吉州吉水（今江西省吉水县）人。与陆游、尤袤、范成大并称为南宋“中兴四大诗人”。绍兴二十四年（1154年）举进士，历任赣州司户、永州零陵丞、国子监博士、漳州知州、提点刑狱、东宫侍读、枢密院检详、左司郎中等职。开禧二年（1206）卒于家中。谥号文节。

谒大禹陵①

犹见丰碑识兆基，不封不树②仰遗规。华夷玉帛③思王会，吴越风云护帝祠。生寄死归④心自达，卑宫菲食⑤理同推。南巡尽瘁忘衰暮，千载翘瞻并九嶷⑥。（陵上惟见一丰碑如笋，即后人所称石纽也。按《礼记》：丰碑为天子下棺之柱，其上有孔以穿绋⑦索悬棺而下，取其安审。事毕即闭圹中。今石纽乃在土面，或留其一以志之与？）

留别章介眉⑧二首

其一

简书⑨奔走半天下，鱼水交亲⑩共白头。

---

①谒大禹陵：拜谒大禹陵。此陵古称禹穴，是大禹的葬地。它背靠会稽山，前临禹池，位于今浙江省绍兴市越城区东南稽山门外会稽山麓。

②不封不树：古代人死后安葬，既不堆土为坟，也不种植树木以为标志。

③华夷玉帛：指夏、夷诸部众多邦国和部落的首领以玉帛为礼品来朝见大禹。《左传·哀公七年》："禹合诸侯于涂山，执玉帛者万国。"

④生寄死归：生似暂寓，死如归去。指把生死看得很平常。《淮南子·精神训》："禹南省方，济于江，黄龙负舟，舟中之人五色无主，禹乃熙笑而称曰：'我受命于天，竭力而劳万民，生寄也，死归也，何足以滑和？'视龙犹蝘蜓，颜色不变，龙乃弭耳掉尾而逃。"

⑤卑宫菲食：指宫室简陋，饮食菲薄。旧时用以称美朝廷自奉节俭的功德。典出《论语·泰伯》："禹，吾无间然矣！菲饮食，而致孝乎鬼神；恶衣服，而致美乎黻冕；卑宫室，而尽力乎沟洫。"

⑥九嶷：山名，在今湖南宁远县南，相传是舜安葬的地方。此处指舜。并九嶷：与大舜齐名。

⑦绋：音凫，粗绳子。

⑧章介眉：即章恩寿(1855—1925)，字介眉，又字介胤，浙江绍兴人，贡生。曾任周馥幕下刑名师爷，官至直隶州知州。后任袁世凯政府财政咨议、财政部秘书，民国五年(1916年)任财政部会计司长。民国九年(1920年)北京敷文社编《最近官绅履历汇录》中有记载。

⑨简书：是指用于告诫、策命、盟誓、征召等事的文书，亦指一般文牍。此处指从事文牍工作。

⑩鱼水交亲：密切不可分的亲密关系。

我愧无功君有福，稽山剡水擅风流^①。

其　二

四十余年少别离，衰年难订再来期。

烦君写入丹青^②里，常见山阴泣别^③时。

胶澳岛^④上

西风萧瑟动寒林，白发行吟感不禁。《哀郢》《问天》骚客泪^⑤，居夷浮海圣人心^⑥。已知春燕无归信，空听飞鸿振远音。独立苍茫谁与语，愁云漠漠夕阳沉。

青岛元旦

（宣统四年即中华民国纪元，先数日传有明诏改民主国体，并用阳历。按阴历宣统三年辛亥十一月十三日为阳历民国元年一月第一日。是时明诏改用阳历从宣统四年壬子正月初一日起，是日已为阳历民国元年二月十八号矣。时年七十有六岁。）

---

① 稽山剡水：音 jī shān shàn shuǐ，会稽山与剡溪，均在清浙江省绍兴府境内。擅风流：拥有杰出的风采。

② 丹青：丹砂和青膜，可作颜料。此处指图画。

③ 山阴泣别：指周馥与他多年幕宾章介眉在绍兴分别时伤心哭泣的场景。

④ 胶澳岛：此处指青岛。周馥自编《年谱》"宣统三年辛亥七十五岁"条目："……八月底回芜湖，九月移居上海，十一月移居胶澳即青岛。"

⑤《哀郢》《问天》：指屈原的《哀郢》与《天问》，前一首诗哀悼楚国都城郢都陷落，后一首诗对宇宙万象、历史、神话、人生等问题作出一连串追问。骚客泪：诗人屈原忧国忧民的泪。此处指周馥也同屈原一样为时事而忧伤。

⑥ 居夷浮海圣人心：孔子曾打算移居到九夷或渡海远行。《论语·子罕》："子欲居九夷。或曰：'陋，如之何？'子曰：'君子居之，何陋之有？'"《论语·公冶长》："子曰：'道不行，乘桴浮于海。从我者，其由与？'"居夷浮海之念，表现了孔子晚年时的遁世情怀。周馥借此典故表达不满现实，欲高蹈远世的念头。夷：即九夷，也称东夷，古代对东方沿海一带夷人的总称。《尔雅·释地》"九夷"邢昺疏："依《东夷传》，夷有九种，曰畎夷、于夷、方夷、黄夷、白夷、赤夷、玄夷、风夷、阳夷。又一曰玄菟、二曰乐浪、三曰高俪、四曰满饰、五曰凫更、六曰索家、七曰东屠、八曰倭人、九曰天鄙。"

争传民国历更新，白发凄然草莽臣①。桂树幸无招隐客②，桃源尚有避秦人。羁鸿雨雪天边路，杜宇河山梦里春③。老死胶东吾愿足，唐虞自昔有遗民④。

读《五代史》

天运阳九民生厄⑤，朝野纷纷血狼籍⑥。君亲大义无人闻，日月韬光五星逆⑦。乡愿⑧争称长乐翁，愧煞承业死唐宫（张承业⑨乃唐宦者，劝李存勖⑩勿遽称尊号，不听，遂返太原，不食卒）。纲常已颓天自弃，如山之

① 草莽臣：本指草野间未做官的人。此处指辞官乡居的周馥本人。《孟子·万章下》："在野曰草莽之臣。"

② 桂树幸无招隐客：西汉淮南小山作《招隐士》赋中有"攀援桂枝兮聊淹留"句子，始将隐士与桂树联系在一起。李白有诗句"方从桂树隐，不羡桃花源"，此处反用李白诗意，表示"未从桂树隐，正居桃花源"，周馥表明自己非清高的隐士，而是避世乱的人。

③ 杜宇河山梦里春：在梦里思念故国（清朝）江山的美好。

④ 唐虞：唐尧与虞舜的并称，也指尧与舜的时代，古人以为太平盛世。遗民：此处指隐士。

⑤ 天运：天命，自然的气数。阳九：指厄运。

⑥ 朝野：朝廷与地方。纷纷：事情接连不断。狼籍，音 láng jí，又作"狼藉"。此处形容死亡或受伤的惨状。

⑦ 韬光：tāo guāng，敛藏光采。五星逆：指金木水火土五大行星由东向西逆行。

⑧ 乡愿：外貌忠诚谨慎，实际上欺世盗名的人。此处指冯道。冯道（882—954），字可道，号长乐老，瀛洲景城（今河北沧州西北）人，五代时期著名宰相，历经五代十国十代君王，始终担任将相、三公、三师之位，世称"十朝元老"。后周显德元年（954年）四月病逝，被追封瀛王，谥号文懿。后世史学家出于忠君观念，对他多有指责，欧阳修骂他"不知廉耻"，司马光斥其为"奸臣之尤"。但他又有事亲济民、提携贤良、清廉勤劳等善行，在当时颇有声誉。

⑨ 张承业：生于846年，卒于922年，本姓康，字继元，太原府交城（今山西交城）人，唐末五代宦官。乾宁三年（896年）出任河东监军，加左监门卫将军。他执法严明，得到晋王李克用器重，并接受遗命辅佐李存勖。唐灭亡后，他拒绝李存勖的加官晋爵，仍旧担任唐朝官职。在梁晋争霸时，他执掌后方军政，为李存勖灭梁建国提供后勤保障。龙德二年（922年），因李存勖执意称帝，他劝谏不被采纳，忧愤得病，死于晋阳。后唐建立后，追赠左武卫上将军，赐谥贞宪。

⑩ 李存勖：生于885年，卒于926年，本姓朱邪，字亚子，应州金城县（今山西省应县）人，沙陀族。五代时期后唐开国皇帝，后唐太祖李克用之子。善于骑射，文武双全。唐朝末年，随父征战四方，颇有功勋，同光元年（923年）称帝，建立后唐。带兵灭亡后梁，定都洛阳。同光四年（926年），于兴教门之变中被杀，谥号光圣神闵孝皇帝，庙号庄宗。

势旋成空。呜呼！如山之势旋成空，后之来者犹梦梦①。

读《辽》《金》《元》三史毕，感赋

大地北高南低下，北俗粗犷南文雅。文雅枵虚弓马健②。弱肉终为人所鲊③，辽起朔方胜五胡④，金更划界抵淮隅⑤。元拓万里跨西夏⑥，至今闻者惊顽愚。马上得之马上理，北人炎炎南瀰瀰⑦。鲍鱼内腐外奚救？亢龙有悔运自陁⑧。缅想中兴全盛年，圣谟兢惕臣安便⑨。天潢不受诗书泽⑩，长白难钟管葛贤⑪。世事沧桑倏如电，天地虽变道不变。愿持公心保太和，千秋万岁无争战。

① 梦梦：昏乱，不明。

② 枵虚：音 xiāo xū，空虚。此处指身体虚弱。弓马健：指善于骑射的北方游牧民族身体健壮。

③ 鲊：音 zhǎ，用盐和红曲腌的鱼。泛指盐腌食品。

④ 辽起朔方胜五胡：辽国在中国北部地区崛起，势力胜过两晋时期先后在中国北部与西南地区建立政权的五个少数民族（匈奴、鲜卑、羯、氐、羌）。

⑤ 金更划界抵淮隅：指金国与南宋以淮河为边界。

⑥ 跨：跨越，越过。西夏：本指中国历史上由党项人在中国西北部建立的朝代，自称邦泥定国或大白高国。因其在西北，故称之为西夏（1038—1227）。此处指中国西北地区。

⑦ 炎炎：火势、威势很盛。瀰瀰：水深满貌。此处指气质深沉。

⑧ 亢龙有悔：本指龙飞到了过高的地方，会遭受灾难。喻指高位的人要戒骄，否则会失败而后悔。后也形容倨傲者不免招祸。《周易·乾》卦爻辞："上九，亢龙有悔。"运自陁：运气自然会毁败。陁：音 zhì，崩塌，毁坏。

⑨ 圣谟：圣人治天下的宏图大略。后亦为称颂帝王谋略之词。《尚书·伊训》："圣谟洋洋，嘉言孔彰。"兢惕：音 jīng tì，戒惧。《南史·王融传》："悚怍之情，夙宵兢惕。"

⑩ 天潢：音 tiān huáng，皇族，帝王的宗室。不受诗书泽：没有受到圣贤诗书的恩泽施与。

⑪ 长白：长白山。长白山脉主峰位于吉林省白山市长白朝鲜族自治县，是鸭绿江、松花江和图们江的发源地，是中国满族的发祥地和满族文化圣山。难钟管葛贤：难以孕育出管仲、诸葛亮那样的优秀人才。

题傅润沅①提学《游吴越诗草》

（傅随尚书唐绍仪②赴沪，与革命军议抚，未终事，旋告退，游吴越。）

昔君示我庐山吟，泉声山色清我心。今游吴越诗满轴，尤觉风光溢我目。六朝山水尚依然，姑苏台上草芊芊③。沪渎④犹名黄歇邑，《兰亭》不记永和年⑤。冬去春来尧历⑥改，日与高僧话桑海⑦。春山杜宇向人啼，昔日繁华竟何在？脱去危机万事轻，吴山顶上御风行⑧。谁知一笛《梅花落》⑨，带出胥江⑩风雨声。

---

① 傅润沅：即傅增湘(1872—1949)，字润沅，号沅叔，别署双鉴楼主人、藏园居士、清泉逸叟、长春室主人等，中国近代著名藏书家。四川省江安县人。光绪二十四年(1898年)进士，选入翰林院为庶吉士。民国六年(1917年)至五四运动前，任教育总长。傅氏一生藏宋金刻本一百五十种，四千六百余卷；元刻本善本数十种，三千七百余卷；明清精刻本、抄本、校本更多，总数达二十万卷以上，是晚清以来继陆心源皕宋楼、丁丙八千卷楼、杨氏海源阁、瞿氏铁琴铜剑楼之后的又一大家。他是周馥写诗题咏的傅励生别驾(傅诚)的孙子。

② 唐绍仪：生于1862年，卒于1938年，字少川，广东广州府香山县(今珠海市唐家湾镇)人，清末民初政治活动家、外交家，留学美国归来后，历任驻朝鲜总领事、全国铁路总公司督办、税务处会办大臣等职。清末为南北议和北方代表，民国时出任第一任内阁总理。民国二十年(1931年)出任中山县县长。上海沦陷后，因盛传被日敌利用组织伪政府，蒋介石下令戴笠派赵理君于民国二十七年(1938年)将其刺杀于家中，时年七十五岁。

③ 芊芊：音 qiān qiān，草木茂盛的样子。

④ 沪渎：上海的别称，境内吴淞江下游(今黄浦江下游)近海处一段称"扈渎"，渔民创造捕鱼工具"扈"，江流入海处称"渎"，故有此称，后改为"沪渎"。

⑤《兰亭》：本指东晋名士、大书法家王羲之的《兰亭集序》(有"永和九年，岁在癸丑"句子)。此处指傅增湘《游吴越诗草》。不记永和年：指《游吴越诗草》不用民国纪年(这是政治立场的宣示)。

⑥ 尧历：尧的历法。相传上古尧帝曾设官掌时令，定历法，确定了春分、秋分、冬至、夏至的日子，366天为一周年，29.5日为朔望月，19年设7个闰月来调整年与月的关系，所定历法为尧历。

⑦ 话桑海：谈论世间事务的巨大变化。桑海：义同"沧海桑田"。典出《神仙传·麻姑》。

⑧ 御风行：驾着风而行，形容行走轻快。

⑨《梅花落》：汉乐府中二十八横吹曲之一，自魏晋南北朝以来，历唐、宋、元、明、清数代一直流传不息，是古代笛子曲的代表作品。

⑩ 胥江：指周敬王十四年(前506年)，伍子胥主持开挖的人工运河，这是从苏州通太湖的第一条人工运河，后名胥溪。此处指吴越之地。

和友人消寒酒后见赠

安得随阳逐塞鸿，管宁①自分老辽东。烟尘莽莽思乡路，霰雪凄凄②渡海风。孤坐神游千载上，故人时喜一樽同。夜来忽梦少年事，横槊沧溟气吐虹③。

癸丑④元旦二首（时寓青岛癸丑七十七岁）

其　一

七六鸿泥迹已陈，又逢七七迓⑤新春。年衰异地思儿女，世难天涯喜故人。犹见遗风尊汉腊⑥，不须驱疠换门神⑦。朝来传得佳消息，四海联盟欲睦邻。

其　二

癸好妖氛久已销⑧，如何尚数太平朝（咸丰三年，洪秀全踞金陵，自称太平天国，改癸丑为癸好。近闻有人尚称引太平国事者）？遗民孤寡犹余痛，残劫河山可再摇？天运从来随剥复⑨，人心要使靖浮嚣⑩。多惭海

---

①管宁：(158—241)，字幼安，北海郡朱虚县(今山东省临朐东南)人，汉末三国时期著名隐士，其时天下大乱，他避难于辽东，在当地只谈经典而不问世事，很受敬重。魏文帝黄初四年(223年)返乡，此后曹魏几代帝王数次征召他为官，他都没有应命。

②凄凄：寒凉的样子。

③横槊：音héng shuò，横持长矛。此处比喻气概豪迈。气吐虹：吐气能形成天上的彩虹。形容气势很大。

④癸丑：民国二年(1913年)。周馥用干支纪年而不用民国纪年，体现出其对清朝的忠诚。

⑤迓：音yà，迎接。

⑥尊汉腊：遵守清代的历法和节日风俗。汉腊：音hàn là，汉代祭祀名。各代名称不一，夏曰嘉平，殷曰清祀，周曰大蜡，汉改曰腊。汉以戌日为腊，即农历冬至后第三个戌日。

⑦驱疠：音qū lì，驱除疫病。此处指驱除恶鬼。换门神：旧时农历新年，在家门上贴上崭新的门神像。古代著名的驱邪门神有神荼、郁垒、钟馗、秦琼、尉迟恭等。

⑧癸好：即癸丑。太平天国历书将干支癸丑改称癸好。妖氛：不祥的云气。多喻指凶灾、祸乱。此处指太平军起义。

⑨剥复：《周易》二卦名。坤下艮上为剥，表示阴盛阳衰。震下坤上为复，表示阴极而阳复。后因以谓盛衰消长。

⑩靖：音jìng，使安定，平息。浮嚣：浮躁，不踏实。

客尊王意①，投刺频来贺岁朝（青岛德国官仍照阴历投刺贺元旦不绝）。

清明建德道中

暖日蒸云晓雾昏，春山如翠绕柴门。纸幡处处频标冢②，杜宇声声欲断魂。十载重归人更老，古风僻地礼犹存。当年亲旧知谁在？为向③遗居访子孙。

祭扫途中作

白发难酬罔极④恩，归心日夜忆邱园。斑衣安得承欢日⑤？封诰⑥虚垂报德言。百里云山天惨目，一春风雨客销魂。老怀更有伤心处，舐犊私情⑦不忍论（子学海、学铭墓皆率孙男等顺路往奠）。

长安铺（东流县地逆旅主人言守此业十世矣）

北游曾走长安城⑧（涿州属），南来三宿长安铺。长安劫火几飞灰⑨，山中尚有千年树。

① 海客：航海者，海商。此处指住在青岛德国租界的德国官员和外国商人。尊王：尊奉清朝正朔。

② 纸幡：音 zhǐ fān，纸制的招魂幡。标冢：插在墓地上。

③ 为向：直接走过去。

④ 罔极：《诗经·小雅·蓼莪》："父兮生我，母兮鞠我……欲报之德，昊天罔极。"朱熹集传："言父母之恩，如天无穷，不知所以为报也。"后因以"罔极"指父母恩德无穷。

⑤ 斑衣安得承欢日：倒装句，即"安得斑衣承欢日"。

⑥ 封诰：我国古代社会帝王对有功之官员及其先代和妻室授予封典的诰命。

⑦ 舐犊私情：疼爱孩子的感情。《后汉书·杨彪传》："愧无日磾先见之明，犹怀老牛舐犊之爱。"

⑧ 长安城：直隶省顺天府涿州（今河北省涿州市义和镇）境内一村庄。村附近有郦道元故居、涿州卢氏宗祠、涿州永济桥等。

⑨ 长安：西汉都城。此处指北京城。几飞灰：几次成为飞扬的灰烬。北京城在清末先后遭到英法联军和八国联军的劫掠破坏。

甲寅①元日偶题（甲寅七十八岁）

三千里外客，七十八年身。老态霜前叶，生涯水上蘋。鱼龙瀛海浪②，花柳异乡春。且共儿童乐，分甘③笑语频。

正月二日作

一日一日又一日，劳劳碌碌一生毕。分阴陶侃敢轻抛④？九折王尊空自叱⑤。感事伤时一怆然，当年心血已云烟。犹将白发桑榆日⑥，希睹康衢击壤天⑦。

红梅戏咏五首

其 一

餐霞仙客早忘机⑧，那解人间有等威⑨？

青帝⑩欲回春世界，白衣先使换朱衣。

---

① 甲寅：民国三年(1914年)。

② 瀛海：浩瀚的大海。此句指海上景色，轮船在大海上行驶，船头掀起浪花。

③ 分甘：分享甘美零食。

④ 分阴陶侃敢轻抛：陶侃岂敢轻易抛掷一分光阴。《晋书·陶侃传》载陶侃语："大禹圣者，乃惜寸阴，至于众人，当惜分阴。"

⑤ 九折王尊：出自《汉书·赵尹韩张两王列传》："先是，琅邪王阳为益州刺史，行部至邛崃九折阪，叹曰：'奉先人遗体，奈何数乘此险！'后以病去。及尊为刺史，至其阪，问吏曰：'此非王阳所畏道邪？'吏对曰：'是。'尊叱其驭曰：'驱之！王阳为孝子，王尊为忠臣。'"空自叱：徒劳地叱马前行。此处指周馥勤于王事，义无反顾，却没有获得任何实际效果。

⑥ 桑榆日：暮年。日落时日光照在桑树、榆树梢上，因以指日暮。又可指暮年，垂老之年。

⑦ 希睹：希望见到。康衢击壤天：上古贤君统治的盛世。康衢：大路。击壤：上古游戏。典出皇甫谧《帝王世纪》。

⑧ 餐霞仙客早忘机：得道成仙的人早就忘掉世俗的机巧之心，淡泊清净，与世无争。此处譬喻梅花的品格。餐霞仙客：得道成仙的人。

⑨ 等威：与一定的身份、地位相应的威仪。《左传·文公十五年》："伐鼓于朝，以昭事神，训民事君，示有等威，古之道也。"杜预注："等威，威仪之等差。"

⑩ 青帝：我国古代神话中的五天帝之一，是位于东方的司春之神，又称苍帝、木帝。

其　二

欲转阳和愿尚存，当时涂抹枉承恩。

纷纷红紫休相妒，高卧袁安①雪满门。

其　三

举世曾夸时世妆②，谁知空谷压群芳。

朱颜自有金丹换③，休拟当年傅粉郎④。

其　四

浪蕊浮花⑤几度春，行踪已脱软红尘⑥。

谁知梅鹤孤山客⑦，又作桃源避世人。

其　五

朔风雨雪压茅茨，小室春光欲破颜。

莫怪癯仙⑧太孤绝，丹心犹自照人间。

---

① 高卧袁安：《后汉书·袁安传》"后举孝廉"句子后，唐章怀太子注引《汝南先贤传》一段文字："时大雪积地丈余，洛阳令身出案行，见人家皆除雪出，有乞食者。至袁安门，无有行路。谓安已死，令人除雪入户，见安僵卧。问'何以不出？'安曰：'大雪人皆饿，不宜千人。'令以为贤，举为孝廉也。"

② 时世妆：又称啼妆，入时或时髦的装饰打扮。典出白居易《时世妆》。这种妆面由西北少数民族传来，曾流行于中唐长安妇女中。其特点是两腮不施红粉，而以乌膏涂在唇上，两眉画作"八字形"，头梳圆环椎髻，似悲啼之状。

③ 朱颜自有金丹换：倒装句，即"自有金丹换朱颜"。

④ 傅粉郎：本指抹粉的何晏。后泛指美男子。何晏，字平叔，曹操养子，南阳宛（今河南南阳）人，三国时期曹魏大臣、玄学家。面白，如同搽了粉一般。典出《世说新语·容止》。傅粉：敷粉，抹粉。

⑤ 浪蕊浮花：寻常花草。浪蕊：盛开的花，不结果实的花。

⑥ 软红尘：飞扬的尘土。此处指繁华热闹的地方。

⑦ 梅鹤孤山客：本指林逋。此处将红梅比作隐士。林逋：字君复，杭州钱塘人，北宋诗人，工书画，初游江淮间，后归隐杭州西湖之孤山，二十年不入城市。不娶，种梅养鹤以自娱，因有"梅妻鹤子"之称。

⑧ 癯仙：身姿清瘦的仙人。此处指梅花。

夜　坐

身世翛然粥饭僧①，白头相对短檠灯。应时未觉丝毫合，问道犹期百一能②。旧管新收③俱错算，天边海底总翻腾。老夫有愧忘机叟④，痴坐幽岩待日升⑤。

题《十老图》⑥

十人七百廿四岁，千里蘋飘东海滨。樽酒莫辞佳日会，莺花犹是太平春。衣冠人物今何世？风月江湖有比邻。珍重加餐相努力，披图等是劫余身。（甲寅三月，吕镜宇尚书海寰约寓青岛年高者为十老会，时镜宇年七十三、陆凤石中堂润庠年七十四、刘云樵封翁裔祺年七十三、劳玉初京卿乃宣年七十二、童次山观察祥熊、李惺园封翁思敬、赵次山制军尔巽，三人年俱七十一，王石坞观察季寅年七十二，张安圃制军人骏年六十九、仆年七十八，共十人，摄影题诗以志之。）

---

① 粥饭僧：音 zhōu fàn sēng，只吃粥饭而不努力修行的僧人。此处是周馥谦称自己饱食终日无所用心。

② 问道：请教道理、道术。此处指追求道义。犹期：尚且希望。百一能：百样事情中只会做一样事，形容能力低下。此句是自谦语。

③ 旧管新收：相当于旧账新账。"旧管""新收""开除""见在"一起构成我国古代重要的会计结算方法——四柱结算法的基本要素。"旧管"即"期初余额（或上期结存）"，"新收"即"本期增加额"，"开除"即"本期减少额"，"见在"即"期末余额"。四柱结算的基本公式为"旧管+新收−开除=见在"。

④ 忘机叟：忘却机巧之心的老人。典出《庄子·外篇·天地》："为圃者（即汉阴老人）忿然作色而笑曰：'吾闻之吾师，有机械者必有机事，有机事者必有机心。机心存于胸中则纯白不备。纯白不备，则神生不定；神生不定者，道之所不载也。吾非不知，羞而不为也。'"

⑤ 痴坐：呆坐，傻傻地坐着。幽岩：幽暗的山岩。

⑥ 《十老图》：民国三年（1914年）春，吕海寰倡言年七十以上隐居青岛的晚清遗老结成率真会，仅得九人，张人骏求入会，以足数，被众人许可，周馥遂置酒欢饮竟日，并摄影留念，照片题为《十老图》，众人还赋诗以张扬此事。不久因德、日战事起，青岛一夕数惊，会众遂各逃散。据周馥《十老图照像记》一文可知，合影图实有十一人，海州人、官安徽道、府的许鼎霖也在其中，但他只有五十七岁，虽与宴而未入会，故合影以《十老图》为题。十老：清朝灭亡后，隐居青岛的十位清朝遗老。除周馥本人外，还有陆润庠、吕海寰、刘裔祺、劳乃宣、王季寅、赵尔巽、童祥熊、李思敬、张人骏九人。

题张弢楼《竹居图》（竹居在金陵城中冶山旁，弢楼幼时读书处）

秀才读书志天下，寄兴乃在衡茅间。十年灯火君子馆，万个烟雨冶城山①。当时题咏半耆旧②，想见文谦寓清闲。高材已看作梁栋，劲节安肯溷茅菅③。天涯披图一叹息，沧桑忽变难追攀。清芬常仰乔木在，寒谷已见春风还。我有旧庐秦淮湾，因之夜梦金陵关。何时携手弢楼上？高吟大醉开心颜。

上齿落尽，下齿亦渐脱

羁臣去国无归日，仙子升天有蜕形。破屋强支终虺虺④，孤峰虽在亦伶仃。已开狗窦⑤防难固，尚喜牛呞⑥食未停。大胾⑦不愁无匕箸，清斋藉可却膻腥⑧。

醉　歌

昼能餐，夜能宿，足能步，眼能读。世人莫不然，老人得之即为福。利不趋，害不避，难可平，国可治⑨。世人或不然⑩，老人视之分内

---

① 万个：万竿竹子。冶城山：江宁石城门内（今南京城西秦淮区朝天宫一带）的一个小土山，本是春秋时吴国冶铸之所，故称。东晋丞相王导以为西园，孝武帝太元中在此筑冶城寺，安帝时以寺为苑，广起楼榭。

② 耆旧：音 qí jiù，年高望重者。《汉书·萧育传》："上以育耆旧名臣，乃以三公使车载育入殿中受策。"

③ 溷茅菅：与野生杂草相混。溷：音 hùn，混乱。

④ 虺虺：音 wù niè，危险，不安。

⑤ 已开狗窦：此处周馥指自己已掉了牙齿。典出《世说新语·排调》："张吴兴年八岁亏齿，先达知其不常，故戏之曰：'君口中何为开狗窦？'张应声答曰：'正使君辈从此中出入！'"

⑥ 牛呞：音 niú shī，牛反刍。此处是幽默语，指将食物含在嘴里慢慢吞咽。

⑦ 大胾：音 dà zì，切好的大块肉。

⑧ 清斋：茹素戒荤，素食。膻腥：shān xīng，荤腥指鱼肉类食物。

⑨ 难可平，国可治：从语境上看，含有"国难我可助平定，国家我可助治理"之意。

⑩ 或不然：有的人不是这样做、这样想。

事①。吁嗟乎！大道隐兮大陆沉②，滔滔荡荡兮谁鉴此忧③？日月盈昃兮有剥而复④，鱼龙噂沓兮古今同哭⑤。我将排阊阖而叩上帝兮⑥，为之旋乾枢而转坤轴⑦。

至天津

（时德奥与法俄英塞四国构战⑧，风闻日本将攻青岛，全球几震，青岛戒严，遂避至津。）

南国烽销烬尚然，寰瀛旋见浪滔天⑨。难从齐国求三窟⑩，可叹殷人已五迁⑪。黄口几疑桑梓地⑫，白头又到乱离年。人民城郭何从辨，凄切重来化鹤仙⑬。

----

① 分内事：本分之内的事情，自己应负责任的事情。

② 大陆沉：本指陆地沉入海底或国土遭外敌侵占。此处指清朝覆灭，传统文化与封建道德沦亡。

③ 滔滔荡荡：本是形容水势广大的样子。此处指随波逐流的民众。鉴此忧：察看我内心的真情。

④ 日月盈昃：太阳东升西落月亮圆缺交错。有剥而复：亦作"剥极则复""剥极必复"。剥、复是《周易》里两个卦名。卦象是剥卦阴盛阳衰，复卦阴极而阳复。比喻物极必反，否极泰来。

⑤ 鱼龙噂沓：麟介水族纷乱喧闹。噂沓：音 zǔn tà，喧哗吵闹，纷乱。古今同哭：古代与当代都会为此而悲伤痛哭。

⑥ 阊阖：音 chāng hé，传说天宫的南门。叩：求教，询问。

⑦ 旋乾枢而转坤轴：旋转天球与地球的主轴，重整乾坤，使之恢复正常秩序。此处指整顿国家，改变纷乱局面。

⑧ 德奥与法俄英塞四国构战：即第一次世界大战，交战双方是德国、奥匈为首的同盟国阵营和英国、法国、俄国、塞尔维亚一方的协约国阵营。

⑨ 寰瀛：音 huán yíng，天下，全世界。浪滔天：白浪滔天。此处指第一次世界大战爆发。

⑩ 齐国：西周到春秋战国时期中国北方的一个诸侯国，疆域位于今山东省大部，河北省南部。此处指山东省与河北省。三窟：引用了"狡兔三窟"典故。此处指避祸的住所。

⑪ 五迁：商朝人多次迁都。《尚书·盘庚》《竹书纪年》均言及商朝多次迁都。张衡的《西京赋》也说："殷人屡迁，前八而后五，居相圯耿，不常厥土。"此处指周馥为避祸而多次搬家。

⑫ 黄口：本指雏鸟的嘴，借指儿童。《淮南子·氾论训》："古之伐国，不杀黄口，不获二毛。"高诱注："黄口，幼也。"此处指家里孙曾辈儿童。桑梓地：指故乡。

⑬ 凄切重来化鹤仙：运用了"丁令威化鹤归乡"典故。表示对人世变迁的感慨。

论　性①

前有万古②我未生，后有万古我已徂③。我厕其间不须臾④，遑遑汲汲何其愚⑤！前若无我我何来，后若无我我何去？我人之性出于天⑥，性无死生⑦身不与。天地不灭性不灭，人性天性无分处。释老养性保真元⑧，欲分公产为私田。牛山之泣⑨亦无谓，痴望躯壳成金仙⑩。性是阳春身是木，一茎一枝在养蓄。木外寻春等捕风，梏身求性如堕谷⑪。为劝世人重人伦⑫，人伦之中有至神。若问此性寄顿处，只在六根与

---

① 性：人与物的自然质性，即上天赋予人类与万物的生命本质和特性。它决定了人与万物的存在，在人则指人的禀性（又可称为人性、生性、本性、性灵、天赋善性等）。

② 万古：万世。形容时间很长。

③ 已徂：已离开人世。徂：音 cú，往。

④ 我厕其间：我置身于前世与后世之间的当代。不须臾：不到片刻时间。

⑤ 遑遑汲汲：又可作"汲汲皇皇"，形容急切匆忙的样子。扬雄《法言·学行》："尧、舜、禹、汤、文、武汲汲，仲尼皇皇，其已久矣。"后用以形容匆遽貌。何其愚：多么愚蠢。

⑥ 性出于天：宋代理学家二程认为，人性出于天性，天性又等于天理。天性与天理俱是善的，人的天赋本性当然也是善的。《二程遗书》："性出于天，才出于气。气清则才清，气浊则才浊。……才有善与不善，性则无不善。"

⑦ 性无死生：性就是天理，它是客观存在，本身无所谓生与死。朱熹《晦庵集》："身有死生而性无死生。"

⑧ 释老：佛教与道教。真元：指人的元气。

⑨ 牛山之泣：齐景公因为生命不能永存而悲伤哭泣。《晏子春秋·谏上》："齐景公游于牛山，北临其国城而流涕曰：'若何滂滂去此而死乎？'艾孔、梁丘据皆从而泣，晏子独笑于旁。公刷涕而顾晏子曰：'寡人今日游悲，孔与据皆从寡人而涕泣，子之独笑，何也？'晏子对曰：'使贤者常守之，则太公、桓公将常守之矣；使勇者常守之，则庄公、灵公将常守之矣。数君者将守之，则吾君安得此位而立焉？以其迭处之，迭去之，至于君也。而独为之流涕，是不仁也。不仁之君见一，谄谀之臣见二，此臣之所以独窃笑也。'"

⑩ 金仙：道教仙的最高境界，代指佛教的最高果位。

⑪ 梏身求性：禁锢身体以寻求天性。堕谷：堕落坑谷。

⑫ 人伦：中国古代指人与人之间的关系，特指长幼尊卑之间的关系（如君臣、父子、夫妇、兄弟、朋友间的关系）和应遵守的行为准则。

六尘①。

论果报②

天堂地狱渺何许③，恶人滋生如雀鼠④。悠悠果报何所凭？或信或疑难辄语。我观人心知天意，是非好恶不可易。赤子在抱爱其亲⑤，可见天意重人伦。小人为恶心忸怩⑥，可见天意恶其欺。权力炎炎雄一世⑦，人心不顺终倾隳⑧。天视善人如肖子⑨，一气相感⑩共悲喜。升济神明⑪古有言（晋竺法师已死，现形告王坦之语，载《晋史》），阴德况能及后祀。君不见显者之祖多贱贫，又不闻聪明正直死为神⑫？百年之计在树德⑬，树德初非乞福人。若执一时较祸福，更演轮回儆愚族⑭。此与天意不相

---

①六根：指六种感觉器官，即眼、耳、鼻、舌、身、意。佛教中眼是视根，耳是听根，鼻是嗅根，舌是味根，身是触根，意是念虑之根。六尘：佛教名词。佛教将心和感官接触的对象分成色、声、香、味、触、法六尘。

②果报：佛家语。因果报应。即所谓夙世种善因，今生得善果，为恶则得恶报。

③渺：模糊不清，渺茫。何许：在哪里。

④恶人滋生如雀鼠：恶人如鼠雀，滋生得快，数量多。

⑤赤子：初生的婴儿。在抱：抱在怀中。

⑥忸怩：音 niǔ ní，羞愧，踌躇。

⑦权力炎炎：权位与势力煊赫。雄一世：为一世之雄长。

⑧倾隳：音 qīng huī，倾覆崩毁。

⑨肖子：音 xiào zǐ，在志趣等方面与其父一样的儿子。

⑩一气相感：气是宇宙万物构成的物质材料或元素，古人认为同一气的事物（即同类属性事物）之间的相互感应，相互影响。《吕氏春秋·精通》："故父母之与子也，子之与父母也，一体而两分，同气而异息，若草莽之有华实也，若树木之有根心也，虽异处而相通，隐志相及，痛疾相救，忧思相感，生则相欢，死则相哀。"

⑪升济神明：超度灵魂。《晋书·王坦之传》载，竺法师亡灵告诉坦之语："贫道已死，罪福皆不虚。惟当勤修道德，以升济神明耳。"

⑫聪明正直死为神：聪明正直的人，死了会成为神。出自《左传·庄公三十二年》："神，聪明正直而一者也，依人而行。"柳宗元《骂尸虫文》："聪明正直者为神。帝，神之尤者，其为聪明正直宜大也。"

⑬百年之计：为了谋求长远利益的策略。树德：培植美德。

⑭演：阐述。轮回：佛教用语。儆：使人警醒，不犯过错。愚族：愚昧无知的众人。

干①，天自无为人逐逐②。苟向此心问升沉，天堂地狱森在目③。（或谓儒家不谈轮回，儒者拘墟之见④也。余曰：儒书所载轮回事不少，此因生性未散，暂时寄顿，非常道也。乾道变化无穷，安有只此一人屡转世间，不增不减之理？如此则乾道无此变化之权，天地生生之道亦有限矣。《楞严经》"宿命通⑤"之说，乃指误修者而言。若三途六道⑥之说，则彼教借以警世，智者不道也。若论因果，触处皆是。天堂地狱，只在人心之中，一念而善，隐与天合，即福基也，即天堂也，不得以跖寿颜夭⑦一二事为造物憾。若拘拘论轮回则小矣、泥矣。轮回之说，儒者固尝及之，书籍中识井探丸⑧之类甚多，以予闻见，亦屡屡矣。今所录三事于左：

《北史·李谐传》："谐次子庶死，积五年，妻元氏更适赵起。妻梦庶告曰：'我薄福，托刘氏为女。明旦当出，彼家甚贫，恐不能见养，请乞取我，刘氏家在七帝坊十字街南，东入穷巷是也。'元氏不应，庶曰：'君似惧赵公意，我自说之。'于是起亦梦焉，起寤，问妻，言之符合。遂持钱帛躬往求刘氏，如所梦得之，养女长而嫁焉。"

《金·五行志》⑨：世宗大定十三年，宛平张孝善有子曰合得，大定十二年三月旦以疾死，至暮复活，云本是良乡人王建子喜儿——而喜儿前三年已死，建验以家事，能具道之。此盖假尸还魂，中书拟付王建为子，上

---

① 天意：指上天（自然、道的实体代表）的意旨。不相干：没有关联。

② 无为：不进行人为干预，听任万物自然生长。逐逐：为谋取利益奔走忙碌的样子。

③ 天堂地狱：佛教用语。森在目：阴森可怕，如在眼前。

④ 拘墟之见：受狭小环境影响，产生的狭隘短浅见识。

⑤ 宿命通：佛教用语。谓佛、菩萨、阿罗汉等通过修持禅定所得到的神秘法力，由此能知众生的过去宿业，知道现时或未来受报的来由。

⑥ 三途六道：佛教术语。六道指凡俗众生因善恶业因而流转轮回的六种世界，又称"六趣"，即地狱、饿鬼、畜生、阿修罗、人、天。其中，地狱、畜生、饿鬼称"三恶道"，即"三涂（途）"。阿修罗、人、天称"三善道"。

⑦ 跖寿颜夭：盗贼柳下跖长寿，贤人颜渊短命而死。

⑧ 探丸：为"探环"的讹写。《晋书·羊祜传》："祜年五岁，时令乳母取所弄金环。乳母曰：'汝先无此物。'祜即诣邻人李氏东垣桑树中探得之。主人惊曰：'此吾亡儿所失物也，云何持去！'乳母具言之，李氏悲惋。时人异之，谓李氏子则祜之前身也。"后因以借指转世。

⑨《金·五行志》：即《金史·五行志》。

曰："若是，则奸幸小人竞生诈伪，渎乱人伦，止付孝善。"①

《全唐诗》载：岭南从事卢传素寓居江陵，元和中有一黑驹，乘之甚劳苦，然未尝有衔橛之失，颇爱之。一日，忽人语曰："阿马是丈人表甥贺兰家通儿也，丈人使通儿卖一别墅，得钱一百贯，通儿破用此钱，今作畜生，在槽枥五六年，与丈人偿债，畜生寿已尽，当死，请将阿马货卖，将有一篇留别，乃骧首朗吟曰：'既食丈人粟，又饱丈人刍。今日相离了，永离三恶途。'"②)

论才德

三代言德不言才，才乃肢体德为胎③。后世重才不重德，急功近利务诡得④。无德有才虎而翼（金相高汝砺语。张子《正蒙》亦谓："不悫而多能，如豺狼不可近"）⑤，有德无才胜贪墨。（《汉·黄霸传》称："许

---

① 此段文字与《金史》原文略有出入，原文载是尚书省上奏此事，并拟议将喜儿付王建为子，不是中书省拟议。

② 衔橛之失：指车马倾覆的危险，发生意外事故。衔橛：音 xián jué，马嚼子。相离：《全唐诗》原文作"相偿"。意思是已经补偿你了。三恶途：即三恶道，指畜生、恶鬼、地狱。按：此则文字录自《钦定四库全书·全唐诗·黑驹别卢传素诗》条目下，原文"兼有一篇留别"在此处写作"将有一篇留别"，诗句中"相偿"讹写成"相离"。《太平广记·卢从事》亦载此故事，内容更详细。《太平广记》的记载又是录自唐代薛渔思传奇集《河东记》。

③ 德为胎：品德是人的胚胎，生命的源头。

④ 诡得：通过欺诈手段得到。

⑤ 高汝砺：生于1154年，卒于1224年，金朝大臣，字岩夫，应州金城（今山西应县）人。大定间，中进士，莅官有治绩。明昌中，章宗亲点为石州刺史。入为左司郎中，由左谏议大夫渐迁户部尚书。时钞法不能流转，汝砺随事上言，多所更定，百姓甚便。贞祐二年（1214年），随宣宗南迁，授参知政事。历尚书左右丞、平章政事。累迁右丞相，封寿国公，忠厚廉正，为相十余年，于朝政多有匡弼。屡上表乞致仕不许。正大元年死。《金史》有传。"不悫而多能，如豺狼不可近"在《张子正蒙·有德篇》中作："不悫而多能，譬之豺狼不可近。"典出《孔子家语·卷第一》："不悫而多能，譬之豺狼不可迩。"

丞廉吏，重听何伤？"①）睿智烛照自无遗②，何用凿空逞胸臆③。孔孟常言仁与义，先正人心后治事。托孤寄命④苟无心，旋乾转坤奚可致？圣贤用才不言才，精诚所至金石开⑤。庸主嗤德为疏拙，日月无光地流血。君不见周勃安汉狄安唐⑥，朴忠⑦危时著大节。又不见列国分崩秦社亡，斯高之心仪秦舌⑧。用才用德效若此，今古茫茫同一辙。吁嗟乎！古人应笑今人非，今人翻笑古人拙。

论气数

品物流行⑨有气数，一瞬一息无停步。天地寒暑国兴衰，人世存亡

---

① 引自《汉书·黄霸传》："许丞老，病聋，督邮白欲逐之，霸曰：'许丞廉吏，虽老，尚能拜起送迎，正颇重听，何伤？且善助之，毋失贤者意。'或问其故，霸曰：'数易长吏，送故迎新之费及奸吏缘绝簿书盗财物，公私费耗甚多，皆当出于民，所易新吏又未必贤，或不如其故，徒相益为乱。凡治道，去其泰甚者耳。'"重听：音 zhòng tīng，听觉不敏，耳聋。

② 睿智：英明，极有智慧。烛照自无遗：自然明察一切，没有遗漏。烛照：烛光照射，明察。

③ 凿空：本指凿开通路。此处指牵强附会地解说。逞胸臆：任凭心意与主观想象臆测。

④ 托孤寄命：受遗命托付辅助幼君，君主居丧时，受命摄理朝政。亦泛指付托以常之重任。《论语·泰伯》："可以托六尺之孤，可以寄百里之命。"邢昺疏："可以托六尺之孤者，谓可委托以幼少之君也。若周公、霍光也；可以寄百里之命者，谓君在亮阴，可当国摄君之政令也。"

⑤ 精诚所至金石开：人的诚心所到，能感动天地，使金石为之开裂。王充《论衡·感虚篇》："精诚所至，金石为开。"

⑥ 周勃安汉：周勃安定汉室。周勃：西汉开国功臣，祖先为卷（今河南原阳县西南）人，后徙居沛（今江苏沛县）。出身贫苦，秦二世元年（前209年），随同刘邦起兵于沛，为中涓。在推翻秦王朝、楚汉战争和汉初平定异姓诸侯王叛乱的过程中，所统军队一直担任主力，经常被配置为禁旅前锋，功勋卓著。刘邦称帝后，周勃受封为绛侯，食邑八千一百八十户，先后任太尉、丞相。刘邦死后，吕后专权，吕后死，周勃与陈平等合谋智夺吕后侄子吕禄的军权，一举灭吕氏诸王，安定汉室。狄安唐：狄仁杰安定唐社稷。

⑦ 朴忠：纯朴忠诚。

⑧ 斯高之心：秦朝相国李斯、中车府令赵高的心。司马迁评价李斯："斯知《六艺》之归，不务明政以补主上之缺，持爵禄之重，阿顺苟合，严威酷刑，听高邪说，废嫡立庶。诸侯已畔，斯乃欲谏争，不亦末乎！"赵高是一个富有权谋和野心、导致秦朝灭亡的人物。仪秦舌：战国时代纵横家苏秦、张仪能言善辩的舌头。

⑨ 品物流行：指万物受自然的滋育而发生运动变化。《周易·乾》卦《象传》："云行雨施，品物流形。"品物：万物。流形：生长成体。

物新故。或云气数天为之，人力宁非枉自苦？譬若夏葛而冬裘①，气偏要在人防护。嗟嗟！天地并在气数中，安得百岁无污隆②？先天后天《易》③有训，持盈守约④保其终。达人言数不外理⑤，贤哲诠理数亦通。天人一气⑥本无二，中和乃见维皇衷⑦。能挽中和破倾侧⑧，即复天性昭至公。狂澜可挽山可徙，当事讵作长乐翁⑨？藉曰阳九运已尽⑩，先几遁世可藏躬⑪。安可随流滔滔去，任运天地无人功⑫？为劝世人言理勿言数⑬，数说只可诳愚蒙⑭。潜龙勿进亢龙退⑮，三十六宫皆春风⑯。

论感应

我闻程子①言，万事惟感应②。善行无恶报，祸福皆自定。汉末戮忠贤，曹操已露肩。魏初吞吴蜀，司马功烂然③。晋祚方一统④，贾女联帝姻⑤。天道自循环，家国惟一理。忠厚出跨灶⑥，骄蹇出败子⑦。恶言招祸殃，温恭受福祉⑧。一言一动间，吉凶隔千里。《易》言谦受益⑨，《书》称善余庆。嗟哉世间人，权力尚争竞⑩。

叹叱⑪

经济敢言优⑫？所施十不一⑬。职卑已掣肘，位高更谤嫉⑭。谤嫉庸

---

① 程子：此处指程颢（1032—1085），字伯淳，世称明道先生。其弟程颐（1033—1107），字正叔，人称伊川先生。二程是北宋著名的理学家，程朱理学的奠基者。

② 万事惟感应：所有的事物都是有感有应，即施加影响与接受影响。感应：是古人用以解释事物之间普遍联系的一对范畴。孔颖达《周易正义》："感者，动也；应者，报也，皆先者为感，后者为应。"这就是说，"感"是甲作用于乙，"应"是乙对于甲所施作用的反应。《周易·咸卦·象辞》："咸，感也；柔上而刚下，二气感应以相与。"《钦定四库全书·二程遗书》："（程颢先生说）天地之间，只有一个感与应而已，更有甚事？"

③ 司马：指司马昭。挟灭吴蜀之功，篡夺了魏国的军政大权。烂然：光明，卓著。

④ 晋祚：晋朝的福气、气运。方一统：刚统一中国。

⑤ 贾女：大臣贾充的女儿贾南风，晋惠帝司马衷皇后。生性悍妒，专权乱政，是西晋时期"八王之乱"、西晋灭亡的罪魁祸首。联帝姻：与帝室结成婚姻关系。

⑥ 忠厚出跨灶：忠诚厚道的人会生下胜过自己的儿子。跨灶：本指良马奔跑时后蹄印跃过前蹄印，因用以喻指良马。后多用于比喻儿子胜过父亲。

⑦ 骄蹇：音jiāo jiǎn，娇纵傲慢。出败子：出败家的儿子。

⑧ 温恭：温和恭敬。《尚书·舜典》："浚哲文明，温恭允塞。"孔颖达疏："温和之色，恭逊之容。"受福祉：蒙受福禄。福祉：音fú zhǐ，福气。

⑨ 《易》言谦受益：指《周易·谦》卦阐发谦逊的作用。

⑩ 权力尚争竞：倒装句，即"尚争竞权力"。重视争夺权力。争竞：争胜。

⑪ 叹叱：义同"叹咤"。叹息感慨。

⑫ 经济：治国安邦，从政理民。敢言：岂敢说。优：优秀。

⑬ 所施十不一：所实行的政略不到自己提议的十分之一。

⑭ 谤嫉：诽谤妒忌。

何伤①？国事机遂窒②。圣恩岂不厚？乞退屡见尼③。幸遭猘犬④噑，得遂驽马逸⑤。谋谟既不行⑥，素餐实愧栗⑦。至今悼时事，中夜泪犹溢。有客为余言，今乃阳九⑧日。尔身如不退，宁能止荡汩⑨？得年逾中寿⑩，呱呱⑪满庭室。愍志与伤时⑫，毋乃寻苦疾⑬？余闻之辴然⑭，仰天一叹吔。

读史二首

其一

天下本无事，人生亦有涯。如何趋欲壑⑮，而忘堕危崖。大道昭如日⑯，群氛积若霾⑰。海滨有遗老⑱，歌哭独伤怀。

---

① 庸何伤：有什么损伤，有什么关系。庸："何"的同义词，什么。

② 国事机：国家处理重大事务的好时机。遂窒：于是就堵塞了。指丧失机会。

③ 见尼：被阻止。

④ 猘犬：音 zhì quǎn，疯狗。此处指诽谤攻击周馥的官员。

⑤ 得遂驽马逸：指周馥终于被免去官职，恢复了自由之身。驽马：体质差劣的马。此处是自谦辞。

⑥ 谋谟：谋划，制定谋略。不行：不施行。

⑦ 素餐：即尸位素餐，占着职位而不做事，吃白食。愧栗：音 kuì lì，惭愧惶恐。

⑧ 阳九：古代术数家的学说。此处指厄运。

⑨ 荡汩：音 dàng yù，迅疾流动。此处指动乱局势。

⑩ 中寿：中等的年寿。古时说法不一，如《庄子·盗跖》："中寿八十。"王充《论衡·正说》："上寿九十，中寿八十，下寿七十。"《淮南子·原道训》："凡人中寿七十岁。"《吕氏春秋·安死》："中寿不过六十。"此处指八十岁。

⑪ 呱呱：音 gū gū，形容小儿哭声。此处指孙、曾孙满堂。

⑫ 愍志：哀痛自己的抱负无法实现。愍：音 mǐn，哀怜，哀伤，哀痛。伤时：因时世不如所愿而哀伤。

⑬ 毋乃：莫非，岂不是。寻苦疾：找罪受。

⑭ 辴然：音 chǎn rán，笑的样子。此处指苦笑。

⑮ 趋欲壑：奔向欲望的沟壑。欲壑：音 yù hè，像沟壑一样深的欲望，指欲望之大。

⑯ 大道：天道。此处指儒学著作所宣扬的最高的治世原则，包括伦理纲常等。昭：明亮。

⑰ 群氛：浓厚的雾气。霾：音 mái，空气中大量烟、尘等微粒悬浮而形成的浑浊现象。此句用氛、霾比喻社会昏暗氛围。

⑱ 海滨：与海邻接的陆地。此处指周馥所居的天津。遗老：前朝老人或旧臣，改朝换代后仍然效忠前一朝代的老年人。指经历事变的老人。此处指周馥。

其　二

天人逢劫运①，六合共风波②。自古骄兵败，其如骎竖多。井蛙宁识海③？篱鹨且迁柯。叹息生灵苦，苍苍意若何④？

乙卯⑤元日二首（乙卯七十九岁）

其　一

六十年前号乙荣⑥，黄巾红袄⑦势纵横。谁知世道今尤变，不事戎衣告武成⑧。（咸丰年，粤贼洪秀全据金陵，称太平天国，改乙卯为乙荣。黄巾红袄乃其服色，彼固不知汉时及六朝贼有此服也。）

其　二

当年南北苦风尘，瞎马深池几灭身⑨。
沧海横流天地变⑩，白头犹作读书人。

---

① 天人：天与人。此处指世界与人类。劫运：厄运。

② 六合：上下和东西南北四方，即天地四方。泛指天下或宇宙。共风波：指第一次世界大战。

③ 井蛙宁识海：用井蛙指喻见识短浅的人。典出《庄子·秋水》"井蛙不可以语于海者，拘于虚也"句子。宁：岂，难道。

④ 苍苍：本指深青色。此处指天。意若何：心意是怎么样的？

⑤ 乙卯：民国四年（1915年）。

⑥ 乙荣：乙卯在太平天国时的称谓。太平天国制订了历法，叫《天历》，规定每年366日，12个月，单月31天，双月30天，每个月固定安排两个节气，没有闰年和闰月。采用干支纪年月日，但其地支的名称与农历有三字不同，即改"丑"为"好"，改"卯"为"荣"，改"亥"为"开"。

⑦ 黄巾红袄：头裹黄巾，身穿红袄的人。此处指太平军。

⑧ 不事戎衣告武成：不用武力行动就宣告推翻了旧政权，建立了新朝代。戎衣：军服，军事行动。《尚书·武成》："一戎衣，天下大定。"孔传："衣，服也。一著戎服而灭纣。"一说谓用兵伐殷。《礼记·中庸》："一戎衣而有天下。"郑玄注："衣读如殷，声之误也，齐人言殷声如衣，……一戎殷者，一用兵伐殷也。"告武成：宣告推翻旧王朝的武功成就。

⑨ 瞎马深池：比喻处境凶险。《世说新语·排调》："盲人骑瞎马，夜半临深池。"几灭身：几乎丧身。

⑩ 沧海横流：海水四处奔流。比喻政治混乱，社会动荡。天地变：天地发生灾害和变异。此处指清朝灭亡。

天津新岁作

世运何时泰？天涯老此身。易逢新岁月，难遇旧交亲。烟景三生梦①，毡裘②万户春。旅怀多感触，不敢逐游尘③。

古　意④

危途趋愈险，洪涛奔愈深。有目不忍睹，有口将欲喑⑤。叩天渺无路，问海茫无浔⑥。鱼烂⑦恐不免，鸟飞安择林⑧？

水仙花

天宇清寒池馆闭⑨，微阳透窗漏春意。瑶琴三叠无知音⑩，天末美人期不至⑪。东邻赠我琼瑶枝⑫，泠然一室生凉飔⑬。温温恭人玉缀珮⑭，濯

---

① 烟景：烟雾缭绕的景色，亦指春景。三生：佛家所说的三世转生，即前生、今生和来生。

② 毡裘：古代北方民族用毛制的衣服。此处指穿毛皮衣服的天津居民。

③ 逐游尘：驱车跟随别人游玩。游尘：飞扬的尘土。

④ 古意：拟古、仿古，模拟古诗的风格趣味。

⑤ 喑：音 yīn，本义指小儿哭泣不止。后用以指嗓子哑，不能出声。

⑥ 浔：音 xún，边岸。

⑦ 鱼烂：鱼腐烂。此处指时局败坏，无法收拾。

⑧ 鸟飞安择林：鸟（受惊）飞翔，怎么够选择树枝停栖。周馥指喻自己在乱世中无法选择安身之地。

⑨ 池馆闭：池苑馆舍幽静。闭：音 bì，掩蔽，幽静。

⑩ 瑶琴三叠：用古琴弹奏《阳关三叠》。知音：知己，志同道合的人。

⑪ 天末：天边，天际。美人：品德美好的人。期：约定时间会面。

⑫ 琼瑶枝：如美玉一样的花枝。

⑬ 泠然：音 líng rán，寒凉的样子。凉飔：音 liáng sī，凉风。

⑭ 温温恭人：温和谦恭的人。语出《诗经·小雅·小宛》："温温恭人，如集于木；惴惴小心，如临于谷。"《诗经·大雅·抑》："温温恭人，维德之基。"玉缀珮：用玉片连缀成佩饰。珮：音 pèi，玉佩，古人佩带的饰物。

濯仙子冰为姿。缟裙练帨意自远①，凌波步月肩相随②。世言银台托金盏③，我对几席比宗彝④。山梅太寒竹太瘦，爱此雅淡含清奇。嗟余尘土三十载，肝胆未醒颜貌改⑤。今日俯首向花前，洗胃涤肠⑥为忏悔。

老　拙⑦

老拙应无济物功，读书有课似儿童⑧。开门罕遇偿心⑨事，食粟真成赘世翁⑩。何日倾樽逢旧雨⑪？有时倚杖眺东风。自惭一事追康节⑫，也傍天津作寓公（邵康节诗屡道天津之胜，盖洛阳天津桥也。诗借用其名）。

---

① 缟裙练帨：音 gǎo qún liàn shuì，白色裙和白色佩巾。此处形容水仙花的姿态。意自远：胸怀自然旷达，意趣超逸。

② 凌波步月：体态轻盈的仙子在月光下散步。此处形容水仙花的姿容。肩相随：与之并肩而行，自己位置稍微退后一些。肩随：古时年幼者事年长者之礼。并行时斜出其左右而稍后。《礼记·曲礼上》："年长以倍，则父事之；十年以长，则兄事之；五年以长，则肩随之。"郑玄注："肩随者，与之并行差退。"后遂用作忝在同列，得以追随于后之意。

③ 银台拖金盏：即金花银台盏，宋代一种酒器的名字，下面是银色台盘，上面放置金花盏。此处指水仙花，其花瓣润白似玉，状如圆盘，心呈金黄，宛如酒盏，故有是称。

④ 几席：几和席，为古人凭依、坐卧的器具。宗彝：音 zōng yí，宗庙祭祀所用酒器。此处指贵重的礼器。

⑤ 肝胆：此处指忠义品性。未醒：没有唤醒。

⑥ 洗胃涤肠：清洗肠胃。比喻彻底清除自己的旧习性。

⑦ 老拙：旧时老年人自称的谦辞。形容为人忠厚，循规蹈矩，不偷奸耍滑。

⑧ 有课：有自己规定的书本与份量。

⑨ 偿心：满足心愿，满意。

⑩ 食粟：食新朝的粟。表达了自己的愧疚之心。此处暗引了庾信《哀江南赋·序》"畏南山之雨，忽践秦庭；让东海之滨，遂餐周粟"的典故。赘世翁：宋王樵别号。王樵，字肩望，淄川人。咸平中，契丹游骑至，举家被虏。樵挺身入契丹访寻父母，累年不获，还东山，刻木招魂以葬，立祠画像，事之如生，服丧六年，哀动行路。自叹曰："身世如此，自比于人可乎？"遂与俗绝，自称赘世翁，言己无用于世，徒为世之累赘。此处用作自谦之辞。

⑪ 旧雨：老朋友。典出《杜甫·秋述》："常时车马之客，旧，雨来；今，雨不来。"后用以表示老朋友。

⑫ 追康节：追随宋代理学大师邵雍。

赠杨焕之①（四川射洪人）

鸾鹤飘然迥不群，多情犹复忆河汾。蓍龟术妙通神鬼（君星命医卜诸学皆精），班马才高富典坟。几辈公卿曾折节，（君游西藏、秦、陇、燕、豫、湘、鄂、齐、吴，名公多结纳）十年江海共论文。好开三径兰溪畔，待我归舟访白云。

张弨楼京卿赠白莲，诗以答谢（时避兵难同寓天津）

夺紫争朱安有穷②？自甘淡泊③任污隆。君如靖节来僧社④，我愧濂溪守素风⑤。炎景不侵香径远⑥，月明无影碧潭空。横塘烟雨堪追忆⑦，白发江湖叹转蓬⑧。

---

① 杨焕之：即杨昌邠(1850—1932)，字焕之，四川射洪金山乡人，以教书为业，光绪二十三年(1897年)任《潼川府志》射洪采访，光绪二十六年(1900年)岁贡。民国二年(1913年)作袁世凯顾问，后因时局混乱，乃托辞离去，寄友人处襄办公务。所著诗词甚丰，有《北山草堂诗记》等。周馥助印杨氏诗集，并作《杨焕之诗序》，赞其诗作"得性情之真""逸兴淋漓，达之亹亹，皆出于肺腑而不容已者。词藻之工则其余事也。"

② 夺紫争朱：争夺高官职位。朱紫：古代高级官员的服色或服饰，谓红色、紫色官服。安有穷：哪有止境。

③ 自甘淡泊：自己甘愿过淡泊清贫的生活。指不崇尚名利奢华。

④ 靖节：即陶渊明(约365—427)，字元亮，晚年更名潜，字渊明。别号五柳先生，私谥靖节，世称靖节先生。来僧社：来到寺庙。

⑤ 濂溪：指周敦颐。濂溪本是湖南省道县水名。宋理学家周敦颐世居溪上，晚年移居江西庐山莲花峰下，峰前有溪，因取旧居濂溪以为水名，并自以为号，世称濂溪先生。

⑥ 炎景：炎热的阳光。香径：花间小路，或指落花满地的小径。

⑦ 横塘：古大堤名，在南京秦淮河南岸。此处指称南京。此句是说在南京生活与交游情景值得回忆。

⑧ 转蓬：蓬草随风飘荡。此处形容周馥暮年多次迁居，漂泊不定。

张弨楼复惠苹婆果、安石榴①，再索诗，谢二首

其 一

甘露金茎②事已虚，何人解渴慰相如③？馈贫为写《来禽帖》④，寿世曾探种树书⑤。红映衰颜中酒后，香生枯吻咽津⑥余。文林郎果名难称，惭愧高文一起予⑦。（按《本草》：苹婆即柰，又名文林郎果，与林檎一类，林檎一名来禽。）

其 二

休怪东皇⑧弃未收，懒随桃李竞风流⑨。生来僻地无车马，老去时人笑赘瘤⑩。难把甘酸调众口，漫同枣栗荐群羞⑪。移根雅识相期意，欲取

① 苹婆果：此处指柰，苹果的一种，体小质脆，别称柰子、花红、沙果。安石榴：石榴。

② 甘露金茎：承露盘与盘中的露水。本指皇宫景物。此处指清朝。曹植《承露盘序》载，魏明帝仿效汉武帝所建之承露盘，先树立十二丈高大十围的擎盘铜柱（即金茎），上盘径四尺九寸，下盘径五尺。铜龙绕其根，龙身长一丈，背负两子。自立于芳林园，承接甘露。

③ 何人解渴慰相如：倒装句，即"何人解慰相如渴"。何人能慰问司马相如的消渴病。此处周馥以司马相如自比。

④ 馈贫：此处指馈赠知识贫乏的人以精神食粮。典出刘勰《文心雕龙·神思》："是以临篇缀虑，必有二患：理郁者苦贫，辞溺者伤乱，然则博见为馈贫之粮，贯一为拯乱之药。"写《来禽帖》：临摹法帖《来禽帖》。此帖又称《青李帖》或《青李来禽帖》，为王羲之写给友人的一封信札。共二十个字，楷书，个别字带行书意。此帖收录于王羲之草书丛帖《十七帖》中，是研究王羲之书法的极宝贵的资料。

⑤ 寿世：造福世人。种树书：中国古代农书的统称。

⑥ 咽津：音 yān jīn，咽口水。形容思食之切。

⑦ 起予：音 qǐ yǔ，启发自己之意。典出《论语·八佾》："子曰：'起予者，商也。始可与言《诗》已矣。'"何晏集解引包咸曰："孔子言子夏能发明我意，可与共言《诗》。"

⑧ 东皇：指司春之神。

⑨ 竞风流：争奇斗艳，争相展示自己的风采。

⑩ 赘瘤：音 zhuì liú，比喻多余无用之物。

⑪ 荐群羞：进献各种美味食物。荐：进献。羞：美味。

天浆岁献酬。（按《本草》^①：安石榴来自安石国^②，其实垂垂如瘤，故名。朱子《榴诗》^③："可怜此地无车马，巅倒苍苔落绛英"。道家谓榴为天浆，弢楼谙导引术^④，故及之。）

答友祝寿

回首云烟万事空^⑤，青灯^⑥依旧伴衰翁。沉河未效申屠狄^⑦，瞻澳犹吟卫武公^⑧。生免杖朝称国老^⑨，死留楹语^⑩诫儿童。社樗^⑪得寿知何用？徒受漂摇困雨风。

---

①《本草》：此处指李时珍的《本草纲目》。

②安石国：中国史书中有"安国"和"石国"的国名，为古代粟特人建立的中亚小国家，不见安石国，美国学者劳费尔在其所著《中国伊朗编》中认为，安石国极可能是汉代时位于伊朗高原的安息国。此见解可从。

③朱子《榴诗》：实为韩愈所作，《朱文公校昌黎先生集》收录了此诗，诗题作《题张十一旅舍三咏·榴花》，末句作"颠倒青苔落绛英（绛或作细）"。《千家诗》题为朱熹作，误。

④导引术：我国古代的呼吸运动（导）与肢体运动（引）相结合的一种养生术。常见的导引术有"易筋经""八段锦"等。练习此术，可以祛病延年，强健体魄。

⑤回首云烟万事空：倒装句，即"回首万事云烟空"。回想起过去许多事，如同云烟一样消逝得无影无踪。

⑥青灯：光线青荧的油灯。借指孤寂、清苦的生活。

⑦申屠狄：在先秦典籍中，申屠狄生活年代，有商初、商末、周初、春秋不同说法，韩婴《韩诗外传》载："申屠狄非于世，……遂抱石而沉于河。"

⑧瞻澳：本指观看水湾。此处指拜读《诗经·卫风·淇奥》。澳即淇澳，亦作"淇奥"。淇水弯曲处。吟卫武公：吟诵卫武公的美德。卫武公：生年不详，卒于公元前758年，姬姓，卫氏，名和，是卫釐侯之子。父亲去世后，他的哥哥（太子余）继位，史称卫共伯。和便用财物收买武士，在卫釐侯的墓前袭击卫共伯，卫共伯躲进墓道里自杀而死，卫国人转而拥立他继任国君，史称卫武公。即位后，修先祖卫康叔善政，虚心纳谏，和集百姓，辅佐周平王平叛犬戎之乱，平王因此赐命为公，百姓爱戴之，赋《淇奥》歌其美德。

⑨生免杖朝称国老：用了"杖朝"典故，免杖朝就是不倚老而接受朝廷优礼，拄杖上朝。《礼记·王制》："八十杖于朝。"谓八十岁可拄杖出入朝廷。后用作八十岁的代称。国老：卿大夫致仕者。此处指已退休的周馥。

⑩楹语：音 yíng yǔ，先人遗书。此处指周馥所作用以训诫子孙的家训《负暄闲语》。

⑪社樗：音 shè chū，土地神庙祠处长的臭椿树。此处是周馥自谦不才。

天旱栽竹喜遇雨（丙辰①八十岁）

乞得新篁②手自栽，连宵好雨间轻雷。严冬得此成三友（先有松梅），快事平生无几回。赤壁风从公瑾便③，南山云为退之开④。他年竹实⑤邀鸣凤，瑞气还应达九垓⑥。

答友人问寓天津近况

不扬汉德不论秦，更不摛文著《美新》⑦。东海枉劳填石鸟⑧，西山

---

① 丙辰：民国四年（1915年）。

② 新篁：音 xīn huáng，新生之竹。

③ 赤壁风从公瑾便：赤壁地区冬季刮起东风，为周瑜火攻曹营提供了方便。此处是说，天旱栽竹时，遇到东南风，带来了及时雨。公瑾：即周瑜（175—210），字公瑾，庐江舒县（今安徽省庐江县西南）人，东汉末年名将，先后辅佐孙策、孙权兄弟据有江东，建安十三年（208年），他率军与刘备联合，于赤壁之战中大败曹操，由此奠定了"三分天下"的基础。又率军大破曹仁，拜偏将军领南郡太守。建安十五年（210年）病逝于巴丘。

④ 南山云为退之开：终南山的云为诗人韩愈而散开。韩愈作《南山诗》，其中描绘了山和云的形态。他的《八月十五夜赠张功曹》首句（纤云四卷天无河，清风吹空月舒波）也写到云彩。

⑤ 竹实：竹子结的果实，也叫竹米。韩婴《韩诗外传·卷八·第八章》："凤乃止帝东园，集帝梧桐，食帝竹实，没身不去。"

⑥ 九垓：中央至八极之地，九州。也指九天，天宇。

⑦ 摛文：音 chī wén，铺陈文采，作美文。《美新》：即扬雄《剧秦美新》。王莽篡汉自立，国号新。扬雄仿司马相如《封禅文》，上封事给王莽，指斥秦朝，美化新朝，故名《剧秦美新》。文中抨击秦始皇焚书、统一度量衡等措施，对王莽则歌功颂德。此文损毁了扬雄的声誉。

⑧ 填石鸟：指精卫鸟。此处为周馥自指。

原有食薇民①。荒凉丞相门前路②，凄切山阳笛里人③。四十余年何限事，那堪白首尚风尘④？

临榆道中过故垒有感

（光绪甲申法越构衅，余襄筹海防，时戴宗骞观察守洋河口，叶志超提督守山海关。后十年中日之战，戴戍威海卫殉难。叶由平壤退军，逮诏狱，死狱中。）

故垒荒寒百草腓⑤，海风激浪尚群飞。何人为铸六州错⑥，有鸟真如千岁归⑦。猿鹤虫沙⑧今已化，人民城郭是耶非？绕朝未死秦廷改⑨，泪眼河山吊夕晖⑩。

---

① 食薇民：抱节守志之士。此处为周馥自指。典出《吕氏春秋·诚廉》《史记·伯夷列传》。伯夷、叔齐是商末孤竹君的两位王子，孤竹君遗命立三子叔齐为君，孤竹君死后，叔齐让位给伯夷，伯夷不受，叔齐也未继位，哥俩先后出国前往周国考察，周武王伐纣，二人扣马谏阻。武王灭商后，他们耻食周粟，采薇而食，饿死于首阳山。

② 荒凉丞相门前路：指清朝覆灭后，朝廷重臣寓居天津，也没人拜见。典出李适之《罢相作》："避贤初罢相，乐圣且衔杯。为问门前客，今朝几个来？"

③ 凄切：凄凉而悲哀，多形容声音。山阳笛里人：即山阳闻笛追念亡友的人。此处指周馥本人。山阳笛：晋向秀经过山阳旧居，听到邻人吹笛，不禁追念亡友嵇康、吕安，因作《思旧赋》。后用为怀念故友的典故。

④ 尚风尘：仍然在江湖漂泊。

⑤ 百草腓：所有的草都枯萎了。腓：音féi，草木枯萎。

⑥ 铸六州错：即"铸成大错"，造成严重而又无法挽回的错误。典出《资治通鉴·唐纪》。

⑦ 有鸟真如千岁归：用了"丁令威化鹤归来"典故。周馥以丁令威自比，表达了不胜今昔存亡之感。

⑧ 猿鹤虫沙：此处指战死沙场的北洋军将领与士兵。

⑨ 绕朝：有卓见的大臣。绕朝是春秋时秦康公时大夫，晋国大夫士会奔秦，为秦谋，晋人患之，乃使魏寿余伪以魏归于秦而诱士会归晋。计得逞，士会将行，绕朝以策赠之曰："子无谓秦无人，吾谋适不用也。"后以"绕朝策"指喻有先见之明的策略。周馥在此诗中自比绕朝，以秦廷指称清廷。

⑩ 泪眼河山：眼里含泪面对祖国河山。吊夕晖：怀着感伤情绪面对夕阳余辉。吊：凭吊，悼惜。

诸孙有不好学者，有好学而不知道①者，时以为忧

开门觇世事②，怒然③怀百忧。闭户欲著书，何人为校雠④？平恒⑤绕冈哭，陶潜惟饮酒⑥。命运天主之，谆谆枉痡口⑦。积善苦不厚，万事误在己。耄年何所为？强饭一瓯耳⑧。何以慰幽忧⑨？时复读书史。（《北史·儒林传》：平恒耽勤诵读，多通博闻，迁秘书丞，三子并不率父业。恒常忿其世衰，植杖巡舍侧冈而哭。陶潜《命子诗》云："日居月诸⑩，渐免于孩⑪。福不虚至，祸亦易来。夙兴夜寐⑫，愿尔之才。尔之不才，亦已焉哉！"）

屯民⑬乐

（我邑屯田向于纳正租外，又纳帮丁之费，俗名余租，一亩共费钱七八

---

① 不知道：不明道义。

② 觇世事：暗中察看世间事务。

③ 怒然：音 nì rán，忧思貌。

④ 校雠：音 jiào chóu，本指两人相对校阅，考订版本文字，纠正讹误。今指校订书稿错讹。

⑤ 平恒：北魏燕郡蓟县（今北京市西南）人，字继叔。多通博闻，曾撰《略注》百余篇，记述周、秦以来帝王将相之是非得失。安贫乐道。征为中书博士，出为幽州别驾，后拜著作佐郎。献文帝时迁秘书丞，为秘书监高允所称。有三子，不从父业，好酒自弃，平恒非常绝望，常忿其世衰，植杖巡舍侧冈而哭。别构精舍，置经籍于其中，一奴自随，妻子不得往。太和十年（486年），以为秘书令，而固请为郡，未受而卒。

⑥ 陶潜惟饮酒：东晋诗人陶渊明寄迹于酒，曾写过《饮酒二十首》，借酒后直言，抒发自己对历史、对现实、对生活的感悟，显示其潇洒旷达的人生态度。

⑦ 痡口：音 tú kǒu，犹苦口。不辞繁劳、反复地说。典出《诗经·豳风·鸱鸮》："予口卒痡。"意思是因口舌劳累致病。痡：病。

⑧ 强饭：音 qiǎng fàn，努力进食。一瓯：一小盆。此处指一小碗。

⑨ 幽忧：过度忧劳。《庄子·让王》："我适有幽忧之病，方且治之，未暇治天下也。"

⑩ 日居月诸：时光一天天地过去。语出《诗经·邶风·日月》："日居月诸，照临下土。"居、诸，皆语助词。

⑪ 孩：幼儿。

⑫ 夙兴夜寐：早起晚睡，形容勤奋不懈。夙：早晨。

⑬ 屯民：参加民屯的农民。民屯是古代屯田的一种组织形式，由政府招募无地农民集体耕种官田或垦荒，按规定纳粮。汉以后历代政府为取得税粮和军队给养，均采取过此措施。

百文，较各省屯民最苦。余租本屯民自贴修船押运之费，与国家正供无涉，官为代收而已，向多逋欠①官亦不严催也。咸丰军兴，漕运停行，大吏误将余租并入正租，拨充军饷，屯民益不可支。同治初，官军克复金陵，屯民屡诉江督，请免，予亦屡以为言，皆以旧案难改，未理。迨余权江督，欲奏免之，亦以事未果。近年革命军起，清太后②推治权于民，万年君主之国遂称民国，各省藩司俱撤，设财政厅总摄之。安徽财政厅为合肥龚仙洲心湛③，建德知县为霍邱王友梅人鹏④能念民瘼，余先请缓征，嗣承龚饬，将余租永免，通省屯租改与民粮一律，而建德三百余年之苛政，一旦铲除，不禁喜为之赋。）

圣代迈前古，宜民德政多。何期恩不究，小邑政犹苛。法令久生弊，群僚唯且阿⑤。滔天鲛鳄浪⑥，藐尔沐恩波（革命军起，各省盗贼滋多，四民交困，惟建德屯民万余家得休喘息，亦天道往复之报耶）⑦。

---

① 逋欠：音 bū qiàn，拖欠，拖延。

② 清太后：即隆裕皇太后（1868—1913），名叶赫那拉·静芬，满洲镶黄旗人，封一等承恩公副都统叶赫那拉·桂祥（慈禧太后弟弟）之女，光绪帝表姐。光绪十四年（1888年）被慈禧太后钦点成婚，次年立为皇后。宣统三年（1911年），辛亥革命爆发后，清廷以她的名义颁布《宣统帝退位诏书》，结束了清朝的统治。

③ 龚仙洲心湛：即龚心湛（1871—1943），原名心瀛，号仙舟，安徽合肥人。监生，金陵同文馆毕业后驻英、日、美等国使馆随员多年，回国后，任广州知府、署广东按察使等职。民国成立后，历任安徽省财政厅厅长、安徽省省长、内务总长兼交通总长等职。民国十五年（1926年）去职移居天津，任中国实业银行董事长等。民国三十二年（1943年），在天津病逝。

④ 王友梅人鹏：即王人鹏（1866—1921），字友梅，清末贡生，祖籍安徽霍邱。辛亥革命后，出任过秋浦县（今东至县）县长等职，为官十载，恪尽职守，廉洁奉公，多有善政。

⑤ 群僚：百官。唯且阿：即《唯阿》，《老子》："唯之与阿，相去几何。"唯、阿皆应诺声。后用以喻差别极小。此处形容卑恭顺从，不敢为民去除虐政。

⑥ 鲛鳄浪：惊涛骇浪，巨浪、恶浪。鲛鳄：音 jiāo è，鲨鱼与鳄鱼。此处"鲛"同"蛟"，指蛟龙，古人认为蛟、鳄可以引发洪水。此处指各地大动乱。

⑦ 藐尔：音 miǎo ěr，渺小。此处指建德县屯民。沐恩波：本指得享帝王的恩泽，此处指民国建立后安徽省与建德县政府的善政，即免除该县屯民每年一亩七八百文的余租。革命军：指辛亥革命后，各地涌现的起义军。四民：古代中国的四种公民，分别指士、农、工、商。

芦沟桥上

永定河边榆柳秋，昔年华屋感山丘①。后人那识前人苦？智者常为拙者谋。安得贤明同努力，可怜忠直易招尤②。五云楼殿③依稀见，白首孤臣④涕泗流。

过武昌有感

滔滔江汉尚朝宗⑤，浪说兴王媲沛丰⑥。抚宇十朝恩尚在⑦，复仇九世道难通⑧。深仁远轶元明上⑨，多难原因气数终⑩。八色旌旗更五色⑪，愿跻五族大同中⑫。

回建德上冢⑬

路远三千里，身衰八十年。迎车皆后辈，衣锦愧前贤⑭（我乡先达如

———————————

① 华屋：华美的屋宇。感山丘：感叹变成山丘。此句感叹由盛到衰的巨大变化。

② 招尤：招致他人的怪罪或怨恨。

③ 五云楼殿：豪华富丽的楼阁。此处指京城楼殿。

④ 孤臣：本指孤立无助或被国君遗弃的臣子。此处指周馥。

⑤ 江汉尚朝宗：江水汉水尚且知道奔流入海。此处指人心归向清朝。

⑥ 浪说：妄说，乱说。兴王：开创基业的君主。此处指发动武昌起义的革命党领袖蒋翊武、孙武等人。媲沛丰：媲美汉高祖刘邦。沛丰：刘邦故乡沛郡丰县。

⑦ 抚宇：安抚宇内。此处指统治国家。十朝：指顺治、康熙、雍正、乾隆、嘉庆、道光、咸丰、同治、光绪、宣统十朝。

⑧ 复仇九世：为九世先人复仇。典出《左传》，春秋时期齐哀公遭到纪国国君谮毁，被周夷王烹杀，齐襄公打着为九世祖先复仇的旗号，出兵灭了纪国。道难通：道理说不过去。

⑨ 深仁：清朝对人民深厚的仁爱。远轶：远远地超过。

⑩ 气数终：指人或国家运气已失，即将衰亡，无法挽救。

⑪ 五色：中华民国建立后，以五色旗作为国旗，分别代表汉族（红）、满族（黄）、蒙古族（蓝）、回族（信仰伊斯兰教的诸多民族，白）、藏族（黑）。

⑫ 跻：音 jī，登，置身于。五族大同：清末立宪派人士主张，满、汉、蒙、回、藏平等一家，成为大国公民。

⑬ 回建德上冢：指民国五年（1916年）十月从天津寓所回到家乡建德县，祭扫亲人墓地。

⑭ 愧前贤：在前贤面前感到惭愧。

孔文忠贞运①，郑吏部三俊②，皆于明社未覆③时告归，或谓山川气运使然）。望陇心先怯，辞茔泪更悬，再来恐无日，凄切暮云边。

过徐村庙前（余四五岁时曾随先大父光禄公嬉游于此）④

堕沟犹忆儿时路，含饭⑤难忘昔日恩。

七十余年重过此，只余血泪染衣痕。

至天津

燕赵魏楚吴鲁齐⑥，飞轨⑦两月八千里。耄年⑧上冢古来稀，邻闾惜别怅未已。铁瓮城边称寿觞⑨，津门羔酒争跻堂⑩。譬如祖饯二疏⑪去，

① 孔文忠贞运：即孔贞运（1574—1644），字开仲，号玉横，建德县（今东至县）人，万历四十七年（1619年）登乙未科殿试一甲第二名（榜眼），赐进士及第，授翰林院编修。崇祯九年（1636年），官至礼部尚书兼文渊阁大学士，又加封太子太保，代为辅相。崇祯末，忧劳成疾，辞官归里。明亡，不胜哀恸，不久病故。谥文忠。

② 郑吏部三俊：郑三俊（1574—1656），字用章，号元岳，池州建德（今安徽东至县）人。万历二十六年（1598年）进士，授元氏知县，累任南京礼部郎中，归德知府，福建提学副使。天启初，被召为光禄少卿，因反对魏忠贤阉党，被罢斥。崇祯初，官拜南京户部尚书。考绩入都，留为刑部尚书，加太子少保，吏部尚书。《明史》赞其"为人端严清亮，正色立朝"。

③ 明社未覆：明朝还没有灭亡。

④ 徐村：周馥故乡在建德县城东门外纸坑山，徐村位于纸坑山东北不远处。先大父光禄公：即周馥已去世的祖父周乐鸣，因周馥显贵，清廷诰封他为光禄大夫。

⑤ 含饭：指祖父含饭哺孙子（周馥）。

⑥ 燕赵魏楚吴鲁齐：周馥在民国五年（1916年）十、十一两个月间从秦皇岛、天津回乡扫墓，而后到镇江、苏州，再返回天津，沿途经过的地方，分别属于春秋战国时燕赵魏楚吴鲁齐国境。

⑦ 飞轨：铁路。此处指乘火车。其时京汉线（1906年通车）、沪宁线（1908年通车）、津浦线（1912年通车）已通车有年。

⑧ 耄年：高年，八九十岁。戴圣《礼记·曲礼上》："人生十年曰幼，学；二十曰弱，冠；三十曰壮，有室；四十曰强，而仕；五十曰艾，服官政；六十曰耆，指使；七十曰老，而传；八十、九十曰耄，七年曰悼，悼与耄虽有罪，不加刑焉。百年曰期，颐。"

⑨ 铁瓮城：又名京口城、子城，指代镇江。称寿觞：举起祝寿的酒杯。

⑩ 津门：天津。羔酒：羊羔儿酒，用糯米酿成的美酒。争跻堂：争着登堂（祝寿）。

⑪ 二疏：指汉宣帝时名臣疏广与侄子疏受。广为太傅，受为少傅，同时以年老乞致仕，时人贤之。归日，送者车数百辆，设祖道，供张东都门外。

送者欣慕行者伤。嗟哉人生戏一场，戏中甘苦何较量？退一步想万事康，进一步想万事忘。有酒盈缶①身且强，今胡不乐徒惶惶？且将冬日如春日，更把他乡作故乡（丙辰冬过镇江，达孙等自沪来为余介寿②。沪苏宁扬芜亲友有来者，及回津寓，乃知寿日贺客更多，益增感愧）。

苏州晤王毅卿廉访仁宝③

治河久佩贾三策④，却馈常怀杨四知⑤。

八十老人廿年别，匆匆握手暮天时。

丁巳人日⑥家宴口占（丁巳八十一岁）

四十三人同介寿，八十一叟庆长生。

陋儒不作蛇年梦，乱世尤欣人日晴⑦。

---

① 盈缶：装满酒罐子。缶：音fǒu，盛酒浆的瓦器，大腹小口，有盖子。

② 达孙：周馥长房长孙周达（1873—1949），又名周今觉，字美权，至德（今东至县）人。集邮大王和数学家。介寿：祝寿。

③ 王毅卿廉访仁宝：即王仁宝（1840—1917），字毅卿，吴县（今苏州市）人，监生，同治三年（1864年）至十三年（1874年）为底层治河官。光绪八年（1882年）至九年（1883年），参与修建旅顺军港，与周馥为同事。光绪二十八年（1902年），署通永道，因替顺天府办理赈抚善后有功，受到朝廷奖叙。光绪三十一年（1905年），升任浙江按察使，次年因病解职。

④ 贾三策：贾让治河三策。西汉成帝绥和二年（前7年），待诏贾让指出，治理黄河有上、中、下三策。上策是不与水争地，将"当水冲"的冀州（今河北南部）百姓全部迁徙，决黎阳（今河南浚县东）遮害亭，放河使北入海，让黄河在宽广数十里的范围内漫流，西有群山，东有大堤，可保证洪水不危害其他地区。中策是在从淇口到漳水的中游地带大量建闸引水，分杀水势，减轻下游防洪压力。下策则是在弯曲河道上不断加固原有堤防。他认为，上策可以永葆平安；中策可以改良土壤，发展农业，还可资航运，维持数百年；下策则劳民伤财，灾害不止。三策在治河史上有较深远的影响。《汉书·沟洫志》对贾氏三策有完整记载。

⑤ 杨四知：即杨震四知。

⑥ 丁巳人日：民国六年（1917年）正月初七。

⑦ 人日晴：古人认为，正月初七天气晴好，预兆该年内人事兴旺，平安吉祥。传说正月初七是人类的诞辰日，即人日，宋人高承《事物纪原》卷一载："东方朔《占书》曰，岁正月一日占鸡，二日占狗，三日占羊，四日占猪，五日占牛，六日占马，七日占人，八日占谷。皆晴明温和，为蕃息安泰之占，阴寒惨烈，为疾病衰候。"

答朝鲜金云养

（名允植，光绪初年金任朝鲜参判，曾领生徒至天津，入兵器厂习艺。后复以事来往数次，博学能文，老成人也。）

公年八十三，我年八十一。别离三十载，问讯无传驲[1]。昨朝奉书翰，惊喜不可述。高情与古谊，字里纷流溢。更遗参一匣，助我扶老疾[2]。拜嘉[3]感且愧，琼瑶[4]照我室。我衰百无能，养疴守衡泌[5]。世事风霆翻，跧伏犹惕栗[6]。譬若天地变，顽石犹存质。缅想壮年事，梦幻邈然失。天涯隔山斗[7]，会面安必？千里海茫茫，惟瞻日东出。皇天辅善人，黄耇履贞吉[8]。愿保松柏资，年年富华实。

记五月十三日事[9]

诏书[10]午夜下天阍，父老惊疑破涕痕。何故夺门同景泰[11]，有谁感泣

---

① 传驲：古代驿站用来送信的车。传、驲均指驿车。

② 扶老疾：调护老病身体。

③ 拜嘉：拜谢美好的惠赠。《左传·襄公四年》：“《鹿鸣》，君所以嘉寡君也，敢不拜嘉。”

④ 琼瑶：音qióng yáo，原指美玉。《诗经·卫风·木瓜》：“投我以木桃，报之以琼瑶。”此处比喻对方酬赠的礼物、诗文、书信等。

⑤ 衡泌：音héng mì，指隐居之地。《诗经·陈风·衡门》：“衡门之下，可以栖迟。泌之洋洋，可以乐饥。”

⑥ 跧伏：音quán fú，蜷伏，曲体伏卧。惕栗：音tì lì，战战兢兢，恐惧颤抖。

⑦ 山斗：泰山、北斗的合称，犹言泰斗。比喻为世人所钦仰的人。此处用来敬称对方。

⑧ 黄耇：huáng gǒu，年老。《诗经·小雅·南山有台》：“乐只君子，遐不黄耇。”毛传：“黄，黄发也；耇，老。”履贞吉：奉行正义之道，获得吉祥。《周易·履》卦“九二”爻辞：“履道坦坦，幽人贞吉。”孔颖达疏：“幽人贞吉者，既无险难，故在幽隐之人守正得吉。”

⑨ 五月十三日事：即张勋复辟，宣统皇帝溥仪发布即位诏，称“共和解体，补救已穷”，宣告亲临朝政，收回大权。并一连下了八道上谕。

⑩ 诏书：指宣统九年（1917年）五月十三日，在张勋等人的操纵下，12岁的溥仪发布了改变国体，恢复帝制的诏令。此次复辟招致各方反对，12天就失败了。

⑪ 夺门同景泰：指溥仪复辟。明英宗朱祁镇在土木堡被蒙古人俘虏，其异母弟弟朱祁钰被大臣拥戴，在北京即位，次年改元景泰，在位期间，知人善任，励精图治，重用于谦等人，击退瓦剌对北京的入侵，景泰八年（1457年）正月，夺门之变爆发，明英宗复辟，软禁其于西苑，改元天顺。二月，明英宗废其为郕王，不久朱祁钰去世。

似兴元^①？宗贤负扆^②应难选，旧制违时讵可援^③？自是老臣过忧虑，孤忠无路达修门^④。

太平石寓舍^⑤题（在临榆县西南海边，土人总称其地为北戴河）

窗外绿槐风袅袅，门前碧海浪差差^⑥。

龙蛇起陆^⑦民逃尽，病叟荒山总不知。

偶题五首

其 一

场中傀儡忘嘲讥^⑧，场外侏儒有是非^⑨。

土偶^⑩不知风雨至，须防牵线^⑪堕危机。

---

① 感泣似兴元：唐德宗因朱泚叛乱称帝，逃到凤翔，为收聚民心，经陆贽劝说，下《罪己诏》，虽骄将悍卒闻之，无不感激挥涕，政局很快就稳定下来。兴元：德宗逃难后次年改年号为兴元，大赦天下，以示与民更始，国家复兴。

② 宗贤负扆：宗族贤者像周公辅佐成王一样辅佐宣统皇帝溥仪。

③ 旧制违时：旧的议政王制度违背了时代。指张勋给自己加封"钦命御前议政大臣"头衔。清初设议政大臣制，即议政王大臣会议，亦称"国议"，协议国政，军国大事，均于此决之。此体制在乾隆末年裁撤。讵可援：岂可援引。

④ 孤忠：忠贞自持的人。此处为周馥的自称。达：到达。修门：本指楚国郢都的城门。此处指北京城门。本句指周馥没办法直接到京城面见昔日君王，表达其对时局的忧虑。

⑤ 太平石寓舍：即周馥四子周学熙于民国五年（1916年）在北戴河建造的"趣园"。此园地处东联峰山西麓，迎面朝海，背靠群山，具有中国园林格局与建筑特色。

⑥ 差差：音 cī cī，参差不齐貌。

⑦ 龙蛇起陆：本指因地震、海啸，水中动物都会逃离爬上岸。典出《黄帝阴符经》："天发杀机，移星易宿；地发杀机，龙蛇起陆；人发杀机，天地反覆。"此处指战乱和饥疫，造成人民大量逃亡。

⑧ 场中傀儡：演傀儡戏场中的傀儡。亦喻指官场中的官员。傀儡：音 kuǐ lěi，木偶戏里的木头人。忘嘲讥：忘记了别人的嘲笑。

⑨ 场外侏儒有是非：没有参加演出（即没参与复辟闹剧）的清朝贵族对复辟后自己没得到利益而争闹。

⑩ 土偶：泥塑的人像。此处指张勋复辟时，被人操控而粉墨登场的人。

⑪ 牵线：比喻在背后操纵的人。

其　二

鸒鸠①曾共同林乐，犬马难忘旧主恩②。

火爇昆冈③梁栋折，呢喃何处认巢痕④？

其　三

冰谷回春原有日，桑林求帛⑤未逢时。

寒冬薰得花如锦⑥，转眼都成憔悴姿。

其　四

飓母⑦张威海雾腾，一波未伏一波兴。

老渔幸未遭颠覆，忍饿芦矶⑧待日升。

其　五

死灰讵有重然日⑨？病木难回大地春。

恩命传来成一笑⑩，朝廷谁识有斯人？

---

① 鸒鸠：音 xué jiū，即斑鸠。此处指周馥自己与他的官场同仁。

② 犬马难忘旧主恩：周馥以犬马不忘旧主人恩情自比，表达对清朝的忠诚与思念。

③ 火爇昆岗：烈火燃烧了产玉的宝山。比喻国家遭遇毁灭性的动乱。昆冈：古代传说中产玉的山。爇：音 ruò，点燃，焚烧。

④ 呢喃：音 ní nán，燕子的叫声。此处指燕子。此句以燕子因房屋倒塌无法找到旧巢，表达周馥在清朝覆灭后的落寞情怀。

⑤ 桑林求帛：要等树叶长大成桑林，才可以养蚕缫丝纺纱织成丝帛。指不切实际，急于求成。

⑥ 寒冬薰得花如锦：字面意指寒冬时在温室里培养的鲜花，非常鲜艳漂亮，但颜色不能保持长久。此处指称走捷径而获取功名富贵与声誉，转眼间也会失去。

⑦ 飓母：预兆飓风将至的云晕，形似虹霓。亦用以指飓风。

⑧ 芦矶：长了芦苇的石滩。

⑨ 死灰讵有重然日：反用了"死灰复燃"典故。《史记·韩长儒列传》："御史大夫韩安国者，梁城安人也。……其后安国坐法抵罪，蒙狱吏田甲辱安国。安国曰：'死灰独不复然（燃）乎？'田甲曰：'然即溺之。'居无何，梁内史缺，汉使使者拜安国为梁内史，起徒中为二千石，田甲亡走。"讵：岂有。句中"死灰重然"是指清朝灭亡后，宣统帝复辟。然：同"燃"。

⑩ 恩命传来成一笑：民国六年（1917年）五月十六日，溥仪授徐世昌为太傅，张人骏、周馥为协办大学士。恩命即指此诏。"一笑"乃是周馥自嘲。

张家口戍楼①

风烟泱漭气萧飕②，被褐来登万里楼。汉垒秦城遗迹远，天容③山色四时秋。嫖姚箫鼓从军乐，公主琵琶④出塞愁。昭代绥边迈前古⑤，不教壮士觅封侯。

宣化大同途中杂咏九首

其 一

自古天骄扰北边⑥，干戈金帛祸相延⑦。

何如昭代怀柔远⑧，朔漠烟销四百年⑨。

其 二

蚩尤冢⑩上光奄灭，涿鹿山⑪中迹尚传。

可惜余氛销未尽，至今时作雾漫天。

---

① 张家口：又称"张垣""武城"，在今河北省西北地区，明朝时，是茶马互市的地方。清朝初年，设立张家口路，归宣化府管辖。此后，张家口又成为中俄贸易的口岸，雍正年间，正式设立张家口直隶厅。戍楼：古代边防用以防守、瞭望的岗楼。

② 泱漭：音 yāng mǎng，弥漫。萧飕：xiāo sōu，风吹树木发出嗖嗖声。

③ 天容：天空的景象，天色。

④ 公主琵琶：汉朝公主远嫁西北异域时所弹琵琶曲调，多幽怨之声。

⑤ 昭代：政治清明的时代。此处称颂本朝（清朝）。绥边：安定边疆地区。绥：音 suí，安抚，使安定。迈前古：超越往古。

⑥ 天骄：指中国北方游牧民族。匈奴人自称"天之骄子"，意为天所骄宠，故极强盛。扰北边：侵犯中国北部边境。

⑦ 干戈金帛：交战与赠送钱物。干戈：干和戈是古代常用兵器，后用来泛指武器，也可指称战争。金帛：黄金和丝绸。此处指奉送给北方游牧民族的钱物。

⑧ 何如：哪比得上。怀柔远：用政治手段和恩德笼络远方民族。

⑨ 朔漠烟销：北方沙漠地带战火硝烟熄灭，再无战事。四百年：指清朝皇族与蒙古王族结为姻好，维护了四百年的友好关系。四百年不是实数，大约三百年。

⑩ 蚩尤冢：蚩尤坟墓。据说蚩尤战死后，被分尸埋葬，在今河北、河南、山东等省境内都有蚩尤墓。此处指位于涿鹿县塔儿寺村境内的墓。蚩尤：古代传说中九黎族的首领。与黄帝战于涿鹿，失败被杀。

⑪ 涿鹿山：古山名，又作浊鹿山，在今河北省涿鹿县东南。《史记·五帝本纪》：黄帝"与蚩尤战于涿鹿之野，遂禽杀蚩尤"，即此地。

其 三

宝符觅得辟边关①，骨肉摧伤亦等闲。赵氏已无分寸土，磨笄尚有代王山（《史记》：赵简子曰："我藏宝符于常山②上。"诸子上山求之，无所得。子毋恤还曰："得之。"简子问之，对曰："常山上临代，代可取也。"简子于是知毋恤贤，乃废太子而以毋恤为太子。后简子卒，毋恤立，是为襄子。遂取代，杀代王。代王夫人襄子姊也，磨笄自杀。今名其山为磨笄山③，山在保安州④西北）。

其 四

汉祖白登幸退兵⑤，贾生更欲请长缨⑥。少年新进徒高论⑦，始信为邦贵老成⑧。（白登山在大同城北七里。）

---

① 宝符：古代朝廷用作信物的符节。辟边关：开拓边疆。

② 常山：此处指今河北省阜平县东北的古北岳恒山。顺治十八年（1661年）改封山西天峰岭为北岳，祭祀恒山已到山西浑源县。

③ 磨笄山：一作"摩笄山"，在今河北省张家口市东南。

④ 保安州：隶直隶宣化府。位于今河北省涿鹿县。民国二年（1913年）保安州改称保安县，因与陕北"保安县"重名，又改为"涿鹿县"。

⑤ 汉祖白登幸退兵：汉高祖七年（前200年）年冬天，刘邦率三十万大军出征匈奴并镇压韩王信叛乱，因轻敌，在平城白登山被匈奴四十万大军围困，七天七夜围莫解，后来采用了陈平秘计，才得以解围。幸退兵：侥幸让匈奴退兵。

⑥ 贾生：指贾谊。请长缨：请求长的绳索以捆缚敌人。典出《汉书·终军传》。终军曾自向汉武帝请求："愿受长缨，必羁南越王而致之阙下。"后被南越相所杀，年仅二十多岁。

⑦ 少年新进：新近被擢升录用的年轻人。此处指贾谊。徒高论：只能高谈阔论却不切实用。

⑧ 为邦：治理国家。贵老成：以做事稳重老练的人为贵。

其 五

沙陀举义为扶唐①，三矢诛奸宿愿偿②。

可怪史臣无特识③，却将正统与朱梁④。

其 六

国乱华夷无界限，情离姻娅亦仇雠⑤。

石郎⑥愿作儿皇帝，忍割燕云十六州⑦。

其 七

失援孤军入敌深，三千貔虎葬山阴⑧。至今人唱杨无敌，始信尊攘⑨

---

① 沙陀举义为扶唐：沙陀首领李克用曾率沙陀、鞑靼兵击败黄巢，迫使黄巢从长安退兵，此举可称扶唐义举。沙陀：沙陀族为中国北方少数民族，原名处月，西突厥别部。分布在金娑山（今新疆博格多山，一说为尼赤金山）南，蒲类海（今新疆东北部巴里坤湖）东，名为"沙陀"的大沙漠一带，因此称为沙陀突厥，简称沙陀。沙陀人从唐末迅速崛起在代北后，非常活跃，参与镇压黄巢起义并争霸中原，建立了后唐、后晋、后汉、北汉。

② 三矢诛奸：指后唐庄宗李存勖接受了父亲遗命赐予的三根箭，让他用来诛杀三个仇敌。《新五代史·伶官传序》："世言晋王（即李克用，李存勖之父）之将终也，以三矢赐庄宗而告之曰：'梁，吾仇也；燕王，吾所立，契丹与吾约为兄弟，而皆背晋以归梁。此三者，吾遗恨也。与尔三矢，尔其无忘乃父之志！'庄宗受而藏之于庙。其后用兵，则遣从事以一少牢告庙，请其矢，盛以锦囊，负而前驱，及凯旋而纳之。"宿愿偿：旧日的心愿得到了满足。指李存勖建立了后唐，并为父亲复了仇。

③ 可怪：令人诧异。史臣：史官。特识：独立不凡的见解。

④ 正统：一系相承、统一全国的封建王朝，与"僭窃""偏安"相对。朱梁：指五代后梁。为朱温所建，故称。

⑤ 姻娅：音 yīn yà，有婚姻关系的亲戚。典出《诗经·小雅·节南山》"琐琐姻亚，则无膴仕"，杜预《左传注》："婿父曰姻，两婿相谓曰亚。"姻亚即姻娅。仇雠：音 chóu chóu，仇敌。

⑥ 石郎：即石敬瑭（892—942），太原人，本为后唐明宗李嗣源帐下将领，战功卓著。后唐末帝李从珂即位后，拜为河东节度使，封为赵国公，赐号"扶天启运中正功臣"。清泰三年（936年），起兵造反，困守太原，遂向契丹求援，割让幽云十六州，称契丹国王耶律德光（902—947）为"父皇帝"，随后在契丹援助下，灭后唐，正式即位，定都汴梁，建立后晋。

⑦ 忍割：忍心割让。燕云十六州：古代地理名词，指中国北方以幽州（今北京）和云州（今山西大同）为中心的十六个州，即今北京、天津北部（海河以北），以及河北北部、山西北部地区。后晋天福三年（938年），石敬瑭按照契丹的要求把燕云十六州割让给契丹，使得辽国的疆域扩展到长城沿线。

⑧ 貔虎：当作"貔虎"，音 pí hǔ，本指猛兽貔和虎。此处比喻勇猛的将士。

⑨ 尊攘：尊王攘夷。尊崇王室，排斥夷狄。

万古心。（宋杨业丧师以王侁援兵不至①，统帅潘美失于调度。其地在大同西朔州界，杨业骁勇，时称杨无敌。）

其 八

土木②荒凉噪暮鸦，千军护跸③葬胡沙。西湖尚有于公冢④，白下已无王振家⑤（金陵城内承恩寺系明权奄王振宅）。

其 九

昔防沙漠今防海，卅载楼船⑥枉讨论。防海防边俱莫问，单于台上望中原⑦（自宣统三年革命军起后，蒙古各部尚驯服。惟各省迄未统一，更无志力议海防矣）。

---

① 杨业：原名重贵，麟州（今陕西神木）人，北宋抗辽名将，少年倜傥任侠，擅长骑射，忠烈武勇，曾追随北汉世祖刘崇，北汉灭亡后，宋太宗索闻杨业之名，委以守边重任。宋太平兴国五年（980年），杨业率军在雁门关大破辽军，威震契丹，因此得名"杨无敌"。宋雍熙三年（986年），宋军三路大举北伐，任西路军副帅的杨业因监军王侁威逼，统帅潘美坐视不管，不得已冒险出兵，孤立无援之下力战被擒，绝食三日而死。王侁：字秘权，开封浚仪人，父亲王朴，曾任后周枢密使，因上筹边之策而名噪一时。王侁虽系名门之后，本人也有战功，《宋史》言其为人"性刚愎"，"以语激杨业，业因力战，陷于阵，侁坐除名，配隶金州"。

② 土木：即土木堡。位于怀来县城东，为一船形城堡，堡城南北长约五百米，东西长一千米左右，在明代，榆林堡、土木堡和鸡鸣堡是京北三大堡。正统十四年（1449年），明英宗亲征蒙古瓦剌部，不料被瓦剌军队围困于土木堡，明军大败，史称"土木堡之变"。

③ 护跸：护卫帝王的车驾。此处指明军将士与大太监王振死于土木堡并埋尸于此。

④ 于公冢：明代贤臣于谦的坟墓，位于杭州市西湖区三台山麓。于谦（1398—1457），浙江钱塘（今杭州）人，字廷益。正统十四年（1449年）"土木堡之变"英宗被俘后，从兵部侍郎升任尚书，拥立景帝，反对南迁。调集重兵，在北京城外击退瓦剌军，北京保卫战获胜。次年（景泰元年），也先因无隙可乘，被迫释放英宗。景泰八年（1457年）"夺门之变"中英宗复辟，于谦以"谋逆罪"被杀，葬于三台山。

⑤ 白下：南京的别称。王振：生年不详，卒于1449年，蔚州（今河北蔚县）人。明朝初年宦官，英宗即位，升为司礼监掌印太监，勾结内外官僚，擅作威福，英宗称之为先生。公卿大臣称之为翁父。正统十四年（1449年），瓦剌大举入侵，王振力劝英宗亲征。途中又邀英宗幸其蔚州宅第，致耽误行程，行至土木堡时被瓦剌兵追至，全军覆没，英宗被俘，王振也被杀死。

⑥ 楼船：有楼的大船，古代多用作战船。此处指代海军。

⑦ 单于台：在今山西大同市西北，汉武帝曾率兵登临此台。后以"单于台"为典，泛指北方边陲。

上冢道中作

颓然八十一年身，重谒邱原倍怆神。陈迹因增今昔感，暂归犹作别离人。已开云谷营生圹①，更浚兰溪救族贫（现改择云雾坑立生圹，再浚纸坑山村外兰溪，以保本族田亩）。国事无关身事了，待乘鸾鹤上朝真②。

作生圹

司空生圹起新阡③，为问尘游尚几年④？草芥功名⑤今已矣，蘧庐天地⑥故依然。魂游应傍先人陇，德薄犹期后嗣贤。一笑浮生浑是寄，聊为遗蜕卜牛眠⑦。

过袁家山⑧

兵燹⑨伤残后，于今六十年。旧交无一在，逸事有谁传？废苑犹生

---

①生圹：(周馥)生前预建的墓穴。位于今安徽省东至县尧渡镇梅城村。

②朝真：升天而朝见真人。真人：天尊的别名，道家称存养本性或修真得道的人。亦泛称"成仙"之人。

③司空生圹：《旧唐书·文苑列传》载，唐末诗人司空图在住地中条山预先做好了坟墓，如有老友来访，他将酒席摆在墓穴中，与友人饮酒作诗。此处指周馥生前为自己营造的墓穴。新阡：音 xīn qiān，新筑的墓道。

④为问：借问，请问。尘游：游于尘世，活在世上。

⑤草芥功名：像小草一般卑微的功业与名声。

⑥蘧庐天地：把天地当蘧庐(即客舍)。蘧庐：音 qú lú，古代驿站中供人休息的房子。

⑦遗蜕：音 yí tuì，指遗体。僧、道认为死是遗其形骸而化去，故称其尸体为"遗蜕"。卜牛眠：挑选风水好的坟地。《晋书·周光传》："初，陶侃微时，丁艰，将葬，家中忽失牛而不知所在。遇一老父，谓曰：'前岗见一牛眠山污中，其地若葬，位极人臣矣。'……言讫不见。侃寻牛得之，因葬其处。"

⑧袁家山：即建德县元甲山，今东至县泥溪镇元潘村的一个山庄。历史上曾有袁氏家族在此生活过，后来袁氏外迁，明永乐中王姓家族移居此地，太平军战乱后，村名改称元甲山，以祈吉祥。此村地处皖赣交界的新岭梅山脚下，三面环山，绿树成荫，溪水绕村，这里文风昌盛、人才辈出，周馥、许世英先后在此村书馆就读。

⑨兵燹：音 bīng xiǎn。因战乱而造成的焚毁、破坏。燹：野火。

棘，高门或断烟①。归来丁令鹤②，相对独凄然。

拜王介和先生墓

地水火风灾劫过，山丘华屋③尚依然。

伤心六十余年后，白发门生拜墓前。

四角山④僧妙法（僧一百四岁，今夏殁）

心无机事⑤面无尘，四角山头百岁身。

多少朱门无白发，始知富贵不如贫。

东流口⑥阻风二首

其 一

朔风冷雨泊东流，百斛舟装百斛⑦愁。忆得皖城沦贼日，一旬八日守矶头⑧。（咸丰九年、十年及十一年春间，粤贼踞安庆，长江商船不通，楚军于五、十等日用炮艇护送商船上下，每月六次，皖军守贼望之夺气⑨。下驶之船则先期泊黄石矶⑩守候，予躬遇其事。）

---

① 高门或断烟：有的显贵人家因战乱饥疫，人口灭绝。断烟：此处指没有后嗣。烟：此处指子孙燃香祭祀祖先的香火。

② 丁令鹤：指化为鹤归故乡的丁令威。丁氏为中国道教崇奉的古代仙人。典出《搜神后记》。诗中周馥以鹤自指，抒发对故乡人事变迁的感慨。

③ 山丘华屋：本指山上土堆与壮丽的房屋。此处指墓地。

④ 四角山：全称四角尖山，位于安徽省东至县官港镇西皖赣交界处，四峰矗立在一高山谷地四周。明初朱元璋特赐在此地建庙，钦赐寺名为"明王禅寺"。清后期，寺旁建有学堂。妙法法师是陕西咸阳人，本晚清翰林，光绪末年辞官来此修行。

⑤ 机事：机巧、巧诈的事情。《庄子·天地》："有机械者，必有机事；有机事者，必有机心。"

⑥ 东流口：尧渡河流入长江的河口。过去是东流县码头。

⑦ 百斛：音bǎi hú，泛指多斛。斛，量具名。古以盛十斗量器为斛。

⑧ 矶头：音jī tóu，保护河岸、堤防和滩地的靠岸较短建筑物，也叫鸡嘴坝、马头。

⑨ 夺气：丧失勇气。

⑩ 黄石矶：在今安徽省东至县东流镇东北，滨长江。明正德十四年（1519年），宁王朱宸濠叛，在进犯安庆途中泊舟于此。

其 二

游山廿日晴无雨，返棹①刚逢雨满川。

万事成功半侥幸②，三分人力七分天。

题徐友梅观察③小像四首

其 一

济上春光海上风，沧桑阅遍已成翁。

中年哀乐知多少，并在萧然不语④中。

其 二

须鬓星星意态真，含饴鼓腹乐天伦。

今年更比前年健。清福由来属散人⑤。

其 三

甘棠遗爱⑥口碑同，何意收帆趁好风⑦。

犹忆济南民吏语，黄堂应作黑头公⑧。

其 四

还乡衣锦色怡怡，犹忆娱亲戏彩时。行遍天涯千万里，几人白首咏

---

① 返棹：音 fǎn zhào，乘船返回。棹：划船的一种工具，形状似桨。又可指划船。

② 侥幸：音 jiǎo xìng，由于偶然原因意外获得成功。

③ 徐友梅观察：即徐世光（1857—1929），字友梅，号少卿，直隶（今河北）天津人，出生于河南省卫辉府（今卫辉市），徐世昌之弟。光绪八年（1882年）与兄同时中举，后捐官分发山东，曾任青州知府、济南知府、登莱青道道台兼东海关监督。辛亥革命爆发之后，革命党人在烟台起义，徐氏仓皇出逃青岛。在位时官声不好，周馥任山东巡抚时，以徐氏有名士习气，且多病，谓"道府为全省官场枢纽，非可卧病者能治理"，勒令开缺。

④ 萧然不语：神情空寂，默默无语。

⑤ 清福：清闲安逸的生活。散人：不为世用的人，闲散自在的人。

⑥ 甘棠遗爱：为旧时颂扬离去的地方官的常用词。典出《诗经·召南·甘棠》："蔽芾甘棠，勿翦勿败，召伯所憩。"史载，召伯曾在甘棠树下听政，使人各得其所，周人怀念其德政，作此诗以歌颂。遗爱：遗留下来的恩泽。

⑦ 收帆趁好风：趁着顺风收帆停船。此处指趁革命军起事之机，退出官场。

⑧ 黄堂：古代太守衙中的正堂。此处指时任济南府知府的徐世光。黑头公：此处用作祝福语。

埙篪①（卷首有其兄菊人相国②题词，叙及幼时奉亲事）？

生日放歌③

　　我生不意布衣滥忝至旌旄④，勋业未建神疲劳。更不意我生马齿⑤逾八十，眼见坤维震荡天雨泣⑥。龙蛇起陆⑦海水飞，嗷嗷攘攘将安归⑧？予亦吞声痛哭无所依，海滨息影逃是非。天有时而倾，地有时而缺，大道⑨千古万古永不没。燠寒休咎气使然⑩，飘风骤雨⑪行自歇。嗟嗟世事莽莽等飞烟，草堂风日尚清妍⑫。残书伴我送流年⑬，耳聋足僵断世缘，

----

　　① 埙篪：音xūn chí，埙、篪皆古代乐器，二者合奏时声音相应和。常用以比喻兄弟亲密和睦。《诗经·小雅·何人斯》："伯氏吹埙，仲氏吹篪。"毛传："土曰埙，竹曰篪。"

　　② 菊人相国：即徐世昌（1855—1939），字卜五，号菊人，又号弢斋、东海、涛斋，晚号水竹村人、石门山人、东海居士，直隶（今河北）天津人，出生于河南省卫辉府（今卫辉市）府城曹营街寓所。光绪十二年（1886年）进士，授翰林院庶吉士，光绪十五年（1889）授编修。光绪三十一年（1905年）任军机大臣。民国四年（1915年）任国务卿。民国七年（1918年）10月，被国会选为民国大总统，即下令对南方停战，次年召开议和会议。民国十一年（1922年）6月通电辞职，退隐天津租界以书画自娱。徐氏国学功底深厚，工于山水松竹，一生编书、刻书30余种，有《清儒学案》《退耕堂集》等传世，被后人称为"文治总统"。

　　③ 生日：周馥八十一岁生日，时为民国六年（1917年）十一月二十三日。放歌：高歌，放声歌唱。

　　④ 忝：音tiǎn，辱，有愧于。常用作谦辞。至旌旄：指周馥当军帅。周馥先后任两江总督和两广总督，在清代，总督加兵部尚书头衔。故可称帅。旌旄：音jīng máo，军中用以指挥的旗子。

　　⑤ 马齿：本指马的牙齿，人们看马的牙齿可知马的年龄。常作为谦辞，指称自己的年龄。

　　⑥ 坤维：该词可指西南方、南方、大地正中央。天雨泣：天泪下如雨。

　　⑦ 龙蛇起陆：此处指政局的变化，清朝灭亡。

　　⑧ 嗷嗷：音áo áo，哀鸣，哀号。攘攘：形容纷乱拥挤的样子。将安归：将要回到哪儿去。

　　⑨ 大道：宇宙规则。此处指封建伦理纲常。

　　⑩ 燠寒休咎：音yù hān xiū jiù，暖寒吉凶。此处指时局好与坏。气：气数，气运，命运。

　　⑪ 飘风骤雨：来势急遽而猛烈的风雨。此处指时局混乱。飘风：疾风。骤：迅疾，猛快。《老子·第二十三章》："故飘风不终朝，骤雨不终日。"

　　⑫ 草堂风日：草庐风光。草堂：草庐，隐者所居的简陋茅屋。此处指周馥居所。风日：风光。清妍：音qīng yán，美好。

　　⑬ 残书：未读完的书。流年：如水般流逝的岁月。

此心独游羲皇前①。

蜡梅②（戊午年八十二岁）

蜡封初启报春先，月地云阶自放妍。恍讶玉人披道服，元来萼绿是金仙③。锦囊觅句④荒溪路，朱阁凭栏霁雪天。问及和羹⑤原误会，黄冠⑥早已卸尘缘。

友人赠《弥陀经》⑦

心清自觉万尘空，休说人偷造化工⑧。
若果此身似莲净，来生应坐白莲中⑨。

---

① 羲皇：即伏羲，华夏民族人文先始，三皇之一，楚帛书记载其为创世神，是中国最早的有文献记载的创世神。风姓，又名宓羲、庖牺、包牺、伏戏，亦称牺皇、皇羲，在后世被朝廷官方称为"太昊伏羲氏"，燧人氏之子，生于成纪，定都在陈地，所处时代约为旧石器时代中晚期。此句表现了周馥对风俗民情简朴浑厚的上古时代的向往。

② 蜡梅：别称金梅、腊梅、蜡花、蜡梅花、黄梅花，蜡梅科蜡梅属，落叶灌木，常丛生。叶对生，先花后叶。霜雪寒天傲然开放，花黄似蜡，浓香扑鼻，是冬季观赏主要花木。

③ 萼绿：指绿萼梅花。金仙：浑身金色的仙人。此处比喻梅花的颜色。

④ 锦囊觅句：此处用了拟人的修辞手法，将蜡梅比作在荒溪边辛苦觅诗的诗人。典出李商隐《李长吉小传》："恒从小奚奴，骑距驴，背一古破锦囊，遇有所得，即书投囊中。"

⑤ 和羹：音 hé gēng，配以不同调味品包括梅子而制成的羹汤。用以比喻大臣辅助君主综理国政。此处指梅花并不结果，不能制作和羹。徐夤《梅花》："结实和羹知有日，肯随羌笛落天涯？"，徐夤误以为调制和羹的梅子是梅花树结的果实，其实是果梅树所结果实。周馥本诗正是解释此事。

⑥ 黄冠：黄色的帽子。多为道士所戴，指道士。此处用了拟人的修辞手法，指喻梅花高洁。

⑦《弥陀经》：即《阿弥陀经》，佛教经典，又称《小无量寿经》，与《无量寿经》《观无量寿经》合称"净土三经"。《阿弥陀经》详细介绍了西方净土的种种殊胜，令众生树立信心，只要一心念诵阿弥陀佛的名号，死后均可往生到西方净土，享受无边无尽的幸福。

⑧ 造化工：大自然化育万物的本领。

⑨ 来生：指来世，下一世，佛教指人死后再转生到世上的那一生。坐白莲中：表示自己的心清净无染。

闻故里灾象

天灾世难百年中，侥幸浮生鸟避弓。犹有穷乡遗老①在，闲时挥泪说咸同。（闻道光十五年以前，我邑屡遭旱荒，民屑禹余粮②和糠充饥，道光二十一年，英夷兵船扰金陵。道光二十八九两年，江溢我邑，尧渡市民楼栖数月。咸丰三年正月，粤贼洪秀全破安庆，二月破金陵，自此十余年，江南北各省俱罹兵劫，民死十八九，旋遭革命之乱，民国五年七月初八，有怪风③自梅山口起，向县城止，当之者屋倒树拔，幸移时即止。民国六年正月初二地震，二月初一复震。）

天津葺寓庐有感

解组归来已四迁④，天津信是有前缘⑤。

山川如故人如海，谁话沧桑问老禅⑥？

重阳日携儿孙观剧感赋二首

其　一

浮生八十二重阳⑦，七十重阳在异乡。

---

　①穷乡遗老：偏僻乡村经历世变的老人。此处指故乡经历战乱和灾难幸存下来的老人。

　②禹余粮：中药名。又名禹粮石，为一种褐铁矿矿石。性微寒，味甘涩，有涩肠、止血功能。《太平御览·药部五》"禹粮"条："《博物志》曰：'……今药中有禹余粮者，世传昔禹治水，弃其所余食于江中，常为药也。'"

　③怪风：怪异的风。此处指龙卷风。

　④解组：犹解绶，解下印绶。意思是辞去官职。四迁：周馥退休后，先住芜湖，后移居上海、青岛，最后移居天津。

　⑤信是：的确是，真是。前缘：过去所结下的缘分。

　⑥老禅：老年禅师。此处指得道高人。

　⑦浮生：空虚不实的人生，指人生。重阳：即重阳节，是中国传统节日，节期为每年农历九月初九。"九"在《易经》中为阳数，"九九"两阳数相重，故曰"重阳"；因日与月皆逢九，故又称为"重九"。重阳是吉祥的日子，古时民间在重阳节有登高祈福、秋游赏菊、佩插茱萸、拜神祭祖及饮宴祈寿等习俗。

今日异乡成故里，一回佳节一称觞①。

其　二

总角②追陪拜祖祠，连朝箫鼓彻崇墀③。

宾朋满座山殽④足，犹忆升平乐业时⑤。

自嘲（己未八十三岁）

大耋不妨鼓缶歌⑥，忻然斗室养天和⑦。款门渐觉亲朋少⑧，点额何嫌骇稚多⑨。亦拟乘桴长泛海⑩，恨难挽日一挥戈⑪。自嘲万念消除尽，尚玩韦编日抚摩。

白桃花四首（时避兵难，寓天津）

其　一

当年洞口引渔郎，流水桃花片片香。

---

① 称觞：音 chēng shāng，举杯庆祝。

② 总角：少年时代。中国古时少儿男未冠，女未笄时的发型。头发梳成两个发髻，如头顶两角。

③ 萧鼓：箫与鼓。泛指乐奏。崇墀：音 chóng chí，高的台阶。彻：通，达。

④ 山殽：音 shān yáo，山中的野味。

⑤ 升平乐业时：太平安定，民众安居乐业的时代。此处指周馥少年时所处的时代。

⑥ 大耋：音 dà dié，古八十岁称耋。一说指七十岁。故以"大耋"指老年人，或指高龄。鼓缶歌：敲击瓦缶而歌。缶：音 fǒu，盛酒的瓦罐，秦国人唱歌时敲击它以伴奏。此处化用《周易·离》"九三"爻辞："日昃之离，不鼓缶而歌，则大耋之嗟，凶。"意思是太阳将要落山，垂垂悬附在西天，若不击瓦缶而歌，将有老暮穷衰之嗟叹，必遭凶险。乐天知命、安时处顺就会平安吉祥。

⑦ 天和：人体的元气。

⑧ 款门渐觉亲朋少：倒装句，即"渐觉亲朋款门少"。款门：敲门。此处指拜访。

⑨ 点额：此处指在孙曾辈的额头上点红色吉祥痣。代称孙曾辈。骇稚：音 ái zhì，幼稚无知。

⑩ 乘桴：音 chéng fú，乘坐竹木小筏泛海远游。此句暗引典故，表示对社会理想不能实现的哀伤与自己的归隐之念。典出《三国志·管宁传》："遂避时难，乘桴越海，羁旅辽东三十余年。"后用以指避世。

⑪ 挥戈：挥舞戈，赶回太阳。形容力挽危局。典出刘安《淮南子·览冥训》。

今日红尘①都隔断，问津谁过白云乡②？

其　二

梦醒繁华悟道真，何尝靧面③对时人？

东皇莫漫加颜色④，四皓无心拜紫宸⑤。

其　三

千载开花觉太迟，纷纷红紫已离披⑥。

公门寥落刘郎老⑦，惆怅重来白发时。

其　四

少年曾侍瑶池宴⑧。老去还看金谷春⑨。

却被武陵人⑩一笑，山中宰相白衣身⑪。

---

① 红尘：此处指人间俗世。

② 问津：询问渡口的所在。津：渡口。白云乡：此处指白桃花园林。

③ 靧面：音 huì miàn，洗脸。典出《太平御览》。

④ 东皇：司春之神。莫漫：不要。加颜色：增添色彩。

⑤ 四皓：即东园公唐秉，夏黄公崔广，甪里先生周术和绮里季吴实，本为秦博士，为避焚书坑儒，隐居商山。此处以高尚的隐士(四皓)指喻白桃花。紫宸：宫殿名。此处指东皇。此句用拟人的修辞手法，形容白桃花的高洁品格。

⑥ 离披：繁盛。

⑦ 公门寥落：官府人物稀少。刘郎：指刘禹锡。他曾两游长安玄都观，观赏桃花，写诗《元和十年自朗州承召至京，戏赠看花诸君子》《再游玄都观》记事抒怀。

⑧ 瑶池宴：瑶池是古代神话中神仙居住之地，位于昆仑山上，西王母曾在此宴请远道而来的周穆王。后喻指宫廷宴会，也借咏仙境和寿宴。

⑨ 金谷春：金谷园的春天。金谷园由晋大富豪石崇筑，后泛指富贵人家豪华园林。

⑩ 武陵人：借指因战乱而流落他乡之人。

⑪ 山中宰相：南朝梁时陶弘景，隐居茅山，屡聘不出，梁武帝常向他请教国家大事，人们称他为"山中宰相"。比喻隐居的高贤。此处指白桃花品质高洁。白衣身：平民的身份。此处指桃花的白色花瓣。

春日遣怀

嗜蔬不叹食无鱼①，爱读犹欣架有书。曳履高歌出金石②，畏人终岁掩蓬庐③。无心胜负弹棋戏④，挥手琳琅醉墨⑤余。最喜童孙解人意，联翩笑舞绕庭除⑥。

腐　儒⑦

赋性原来是腐儒，乱时闭户讲唐虞⑧。眼明尚作墨猪⑨戏，齿豁不知侯鲊腴⑩。感旧沧桑余断梦，传家孝友守贻谟⑪。玉峰山下兰溪水，奕世清风继得无⑫？

---

① 嗜蔬不叹食无鱼：周馥在此处反用了"冯谖弹铗以求食有鱼"的典故，说明自己不介意过清贫生活。冯谖(音xuān)：战国时齐人，是薛国(今滕州市东南)国君孟尝君门下的食客之一，著名策士。

② 曳履：音yè lǚ，拖着鞋子。形容闲暇、从容。出金石：歌声像从钟磬发出的一样，清越优美，悦耳动听。金石，钟磬之类乐器。韩婴《韩诗外传》："原宪乃徐步曳杖，歌《商颂》而反，声沦于天地，如出金石。"

③ 掩蓬庐：音yǎn péng lú，掩上寒舍的大门。蓬庐：茅舍，简陋的房屋。

④ 弹棋戏：弹棋游戏。源于汉代，盛行于魏晋至唐代，明代已失传。此处指棋类游戏。

⑤ 醉墨：指醉后所作的书画。典出陆龟蒙《奉和袭美醉中偶作见寄次韵》："怜君醉墨风流甚，几度题诗小谢斋。"

⑥ 联翩：鸟飞的样子，形容连续不断。庭除：庭阶。此处指庭院。除：台阶。

⑦ 腐儒：迂腐的儒生，只知读书，不通世事。此处为周馥自称，没有贬义。

⑧ 讲唐虞：此处指研读先秦儒家经典。

⑨ 墨猪：书法术语。比喻笔画丰肥而无骨力的书法。因字如墨团，故名。典出韦续《墨薮·王逸少笔势图》："凡书多肉微骨者谓之'墨猪'。"此处为自谦辞。

⑩ 侯鲊：王侯家里用盐、酒腌制的鱼或肉。腴：音yú，味肥美。

⑪ 贻谟：流传下来的谋略。此处指家规家训。

⑫ 奕世：音yì shì，累世，代代。无：吗，么。

先慈忌日二首①

其　一

春露秋霜去日远，途遥世乱上坟难。

曾元斑彩重重拜②，安得慈颜一顾欢？

其　二

风木含悲③诚痛哉！乱离人世更堪哀。

从来志士多迟达④，三釜几人逮养来⑤？

题　画

山水清幽古木稠，数间茅屋枕溪流。

何人把卷身无事？不惹红尘不解愁。

重阳后一日作二首

其　一

茱萸黄花又匆匆，客里情怀谁与同？

天下滔滔遗老尽⑥，独留泪眼眺西风。

---

①先慈：去世的母亲。忌日：先人的卒日。因禁忌饮酒、作乐等事，故称。每逢忌日设筵席祭祀称为做忌日。周馥母亲叶太夫人于光绪四年（1878年）六月十一日去世。

②曾元：春秋时鲁国南武城人，曾参子。孟子比较了曾参奉养父亲曾皙与曾元奉养父亲曾参的言行，评论说："此（指曾元）所谓养口体者也。若曾子（指曾参），则可谓养志也。事亲若曾子者，可也。"斑彩："斑衣戏彩"缩略语。指身穿彩衣，作婴儿状以娱乐父母。后用为高年孝亲典故。

③风木含悲：意比喻因父母亡故，孝子不能奉养的悲伤。典出韩婴《韩诗外传》："夫树欲静而风不止，子欲养而亲不待也。"

④从来志士多迟达：很晚才能得到较高职位。志士：有远大志向和高尚节操的人。迟达：发达晚。

⑤三釜：一釜为六斗四升，三釜为古代一般年成每人每月的食米数量，又喻微薄的俸禄。典出《庄子·寓言》："吾及亲仕，三釜而心乐；后仕，三千钟而不洎，吾心悲。"几人：有几个人。此处指人很少。逮养：音dǎi yǎng，趁双亲在世而孝养。此处指用俸禄孝养父母。

⑥天下滔滔：本指洪水弥漫。后以指社会普遍纷乱。遗老：此处为周馥自指。

其　二

少年故里作重九，旧友于今无二三。

白发天涯乡思在，年年独唱《望江南》①。

大　雪

苦寒连日失冬曦②，滕六张威暗四垂③。闭户袁安饥卧④日，投荒⑤韩愈远行时。山川缟素⑥天容改，市井荒凉客路危。闻道灞桥风色恶，有人驴背动吟思⑦。

读《易》偶题十首（庚申八十四岁）

其　一

微于瞬息大乾坤⑧，万象森然共一源⑨。

---

①《望江南》：原唐教坊曲名，后用为词牌，又名《忆江南》《梦江南》《江南好》。此指怀念家乡的歌谣。

②冬曦：冬日阳光。此处指太阳。曦：音 xī，太阳光（多指清晨的阳光）。

③滕六：传说中雪神名，又可指雪。张威：逞威风。暗四垂：使四方天际光线变暗。

④袁安饥卧：东汉贤士袁安在大雪天困卧洛阳租住的屋中，数日不举火，也不乞食，怕麻烦同样穷饿的人。

⑤投荒：贬谪、流放至极边远之地。韩愈晚年上《谏迎佛骨表》，谏阻唐宪宗迎佛骨入大内，触犯人主之怒，几被定为死罪，经裴度等人说情，才由刑部侍郎贬为潮州刺史。当韩愈到达离京师不远的蓝田县时，其侄孙韩湘，赶来送行。韩愈于是写了《左迁至蓝关示侄孙湘》，诗中有"一封朝奏九重天，夕贬潮州路八千""云横秦岭家何在？雪拥蓝关马不前"等名句。

⑥缟素：缟与素都是白色的生绢。此处指白色衣服。

⑦有人驴背动吟思：此处用了典故。计有功《唐诗纪事》引《古今诗话》："或曰：'相国（郑綮）近为新诗否？'对曰：'诗思在灞桥风雪中驴背上，此处何以得之？'"

⑧微于瞬息大乾坤：在极短时间内，诞生了天地、宇宙万物。

⑨万象森然：世间万物众多，会聚一处。共一源：从同一个源头（太极）派生出来。

安得此心大无外，先天画处见真元①。

其 二

后天特著流行妙②，气运循环若旋风。

天根月窟途休误③，须守中庸慎独④功。

其 三

乾知大始⑤主生生，成物惟坤万汇呈⑥。

---

　　①先天画处：指先天八卦图，又称伏羲八卦图。此图以乾坤定南北，离坎定东西。乾一，兑二，离三，震四，巽五，坎六，艮七，坤八。先天八卦图循环的过程有顺逆之分：由一至四，逆时针方向，顺序为乾、兑、离、震四卦，乾象征天在最上方，即南方。由五至八，顺时针方向，顺序为巽、坎、艮、坤四卦。坤象地，在最下方，即北方。真元：玄妙的哲理。此处指一年四季阴阳消长变化的规律。

　　②后天：指后天八卦图。后天八卦图也称文王八卦图。为周文王所画。《周易·说卦》："帝出乎震，齐于巽，相见乎离，致役乎坤，说言乎兑，战乎乾，劳乎坎，成言乎艮。"后天八卦图是离坎定南北，震兑定东西。特著：特别显示出。流行妙：后天八卦以父母子女（乾为父，坤为母，其余六卦皆乾坤所生，共三男三女。震为长男，坎为中男，艮为少男，巽为长女，离为中女，兑为少女）为比喻，内寓天地阴阳为万物之母，阴阳交合乃生万物，从无形到有形的哲理。此处指天理运行的规则非常美妙。

　　③天根月窟：指阴尽阳生，阳尽阴出，阳消阴长，周而复始。天根：即八卦地逢雷之相。地逢雷者：坤为地，震为雷，地上雷下《复》卦也。《复》卦者，五阴在上，一阳在下，以根之象以喻阳也。月窟：八卦中乾遇风之相。乾为天，巽为风，乾上巽下《姤》卦也。《姤》卦者，五阳在上，一阴在下，以窟之象以喻阴也。

　　④中庸慎独：该词可有两解，即中庸、慎独；《中庸》"慎独"。按前一种理解，中庸与慎独都是修身方法。中庸即中庸之道，指无过无不及的态度。慎独指人在独处中谨慎不苟。按后一种理解，则指遵从《中庸》阐述的"慎独"旨意而培植德性。《礼记·中庸》："天命之谓性，率性之谓道，修道之谓教。道也者，不可须臾离也；可离，非道也。是故君子戒慎乎其所不睹，恐惧乎其所不闻。莫见乎隐，莫显乎微，故君子慎其独也。"

　　⑤乾知大始：此词可有三解，即孔颖达释为乾知道万物开始产生生机；司马光与朱熹释为乾的规律主宰着宇宙万物的最初开始；王念孙释为乾的作为，令宇宙万物开始。周馥为朱子信徒，此处当以第二种解释为据。

　　⑥成物惟坤：能生成万物的只有大地。《周易·系辞上传》："乾知大始，坤作成物。"孔颖达疏："'乾知大始'者，以乾是天阳之气，万物皆始在于气，故云知其大始也。'坤作成物'者，坤是地阴之形，坤能造作以成物也。"万汇呈：万物涌现出来。

万汇赋形有纯驳①，各私一己②乃相争。

其　　四

相争必至两相伤，清气归天浊气亡。

公道人心终不灭，始知善恶判灾祥③。

其　　五

刚正原难中更难④，才须泛应理须完⑤。

时中圣道几非易⑥，学步先教放步宽。

其　　六

天运平陂⑦本自然，从来世事少安全。

至人却有安身法⑧，不处高危自不颠⑨。

---

　　① 纯驳：纯粹与驳杂。此处指万物之间、同类物体之间形与质千差万别，有的纯粹有的驳杂。

　　② 各私一己：各人偏重自己的利益。私：偏爱。

　　③ 善恶判灾祥：通过一个人的行为是善还是恶，就可以判别行为的结果是吉利还是灾祸。《周易·系辞上传》："言行，君子之枢机。枢机之发，荣辱之主也。言行，君子之所以动天地也，可不慎乎！"《周易·系辞下传》："善不积不足以成名，恶不积不足以灭身。小人以小善为无益而弗为也，以小恶为无伤而弗去也，故恶积而不可掩，罪大而不可解。"

　　④ 刚正：坚强方正。中：行中道。

　　⑤ 泛应：广泛应对，多方应酬。理须完：必须完全合理。

　　⑥ 时中：音 shí zhōng，儒家谓立身行事，合乎时宜，无过与不及。《周易·蒙》卦《彖传》："蒙亨，以亨行，时中也。"孔颖达疏："谓居蒙之时，人皆愿亨，若以亨道行之，于时则得中也。"《礼记·中庸》："君子之中庸也，君子而时中。"孔颖达疏："谓喜怒不过节也。"几："知几"（察觉事物的苗头）的简略词。《周易·系辞下传》"子曰：'知几，其神乎？君子上交不谄，下交不渎，其知几乎？几者，动之微，吉之先见者也，君子见几而作，不俟终日。'"非易：不容易。

　　⑦ 平陂：音 píng bì，平地与倾斜不平之地。语出《周易·泰》卦"九三"爻辞："无平不陂，无往不复。"后常用以指事物的变迁不定或世道的盛衰兴亡。

　　⑧ 至人：有大德的人，思想或道德修养最高超的人。安身法：立身处世的方法。

　　⑨ 高危：此处指显赫的官位。颠：跌落。

其 七

人心同处天心见①，人事凌夷运自乖②。

造化元机谁握得③？阳春动处发枯荄④。

其 八

佛遁西方事落空，老持三宝⑤道能通。

阶天捷径⑥吾能说，且玩谦谦一卦⑦中。

其 九

人从气体欲随炽⑧，能拓良知理可求⑨。

识得天心看人事⑩，百年身世等浮沤⑪。

---

① 人心同处：人心相同的地方。比如人人都希望公平友爱，都爱自己的亲人等。天心
见：显示出天心。

② 人事凌夷：人情事理（传统道德风尚）被毁弃。凌夷：也作"陵夷"。衰败，毁坏。运自
乖：运气自然就不顺。

③ 造化元机：天地化育万物的奥妙。谁握得：有谁能掌握。

④ 阳春动处：温暖的春天到来。发枯荄：音 fā kū gāi，干枯的草根又长出嫩芽。

⑤ 老持三宝：老子所持的三件宝物，即慈、俭、不为天下先。《老子·第六十七章》："我有
三宝，持而保之：一曰慈，二曰俭，三曰不敢为天下先。慈故能勇，俭故能广，不敢为天下先，
故能成器长。"

⑥ 阶天捷径：登上天庭的近便小路。此处指领悟天道理的窍门。

⑦ 谦谦一卦：指《周易·谦》卦。该卦坤在上山在下，为地下有山之象。山本高大，但处
于地下，高大显示不出来，此在人则象征德行很高，但能自觉地不显扬。君子观此卦象，以谦
让为怀，称物平施，卑以自牧，则非常吉利。

⑧ 人从气体欲随炽：听凭本能支配，欲望就会膨胀。气体：人的精气和身体。

⑨ 良知：天赋的向善的智能。《孟子·尽心上》："人之所不学而能者，其良能也；所不虑而
知也，其良知也。"王阳明《大学问》："良知者，孟子所谓'是非之心，人皆有之'者也。是非之
心，不待虑而知，不待学而能，是故谓之良知。"理：天理。宋明理学中，与"人欲"相对，实指
仁、义、礼、智等纲常伦理。

⑩ 天心：天的心意，即公平、仁爱之心。人事：人的生存境遇、聚散离合等情况。

⑪ 百年身世：人的一辈子。浮沤：音 fú ōu，水面上的泡沫。因其易生易灭，常比喻变化
无常的世事和短暂的生命。

其 十

坦然大道棘榛横[①]，始信非人道不行[②]。

天自福人人自祸[③]，总因理欲[④]不分明。

立 春[⑤]

又喜新春至，天涯岁月长。人犹知汉腊，家尚寄殊方[⑥]。斗室诗书在，晴郊花柳香。衰翁消遣得，儿女识农桑。

白杜鹃花赠人

蜀王家国已沉沦[⑦]，红紫纷纷各自春。

尚有王孙伴泉石，年年常作白衣人。

---

① 坦然大道：平坦的大路。此处指体悟天理、修养心性之路。棘榛：音 jí zhēn，荆棘，山野中带刺的小灌木。此处借喻作艰险处境与阻碍。横：拦路。

② 始信非人道不行：开始相信《论语·卫灵公》所说的"人能弘道，非道弘人"。钱穆先生在《论语新解》中认为："道由人兴，亦由人行。"也就是说，道的兴起与发展都离不开人，这便是人能弘道。"若道能弘人，则人人尽成君子，世世尽是治平，学不必讲，德不必修，坐待道弘矣。"

③ 天自福人：上天总是赐福于人。古人相信上天能保佑人，赐福于人。如《诗经·大雅·下武》："于万斯年，受天之祜。"《尚书·伊训》："圣谟洋洋，嘉言孔彰，惟上帝不常。作善，降之百祥；作不善，降之百殃。"人自祸：人总是自己祸害自己。《左传·襄公二十三年》："祸福无门，唯人所召。"刘昼《刘子·慎隙》："祸之至也，人自生之；福之来也，人自成之。"

④ 理欲：天理与人欲。

⑤ 立春：此处指民国九年（1920年）十二月二十七日立春。时周馥八十四岁。

⑥ 殊方：远方，异域。此处指天津。

⑦ 蜀王家国：古蜀王国。已沉沦：已经灭亡。相传古蜀国国王杜宇，很爱百姓，禅位于鳖令，死后化为子规鸟（又名杜鹃），每当春季，杜鹃啼鸣，似催人布谷，嘴巴啼得流出了血，鲜血洒在地上，将漫山杜鹃花都染成了红色。

忆少年事，效白香山体十一首

其 一

六年负笈远从师，三节还乡半月期①。常忆慈亲含泪别，门前伫望
转山时（村外有汪家山，余过山路转，我母望不见始回）。

其 二

粤氛②西至地天昏，十户逃生九不存。

应有神灵呵护我，每逢绝路见桃源③。

其 三

世乱安知家获全④，每逢患难烛几先⑤。

祖宗积累儿孙福⑥，半是人谋半是天。

其 四

曾逐儿童入县闱（县尊王开诒）⑦，旋闻学使丧重围（孙文节铭

---

① 三节：中国三个大节日，即春节、端午节、中秋节。半月期：指回家过一个节，只有半个月时间。

② 粤氛：指太平军于咸丰元年(1851年)起义，广西、湖南、湖北一路向北攻城略地，咸丰二年(1852年)底连克岳州、武汉三镇，而后顺江东下，占领九江、安庆、芜湖、南京等地。

③ 桃源：此处指避难之所。

④ 安知：怎么知道，哪知道。家获全：家得到保全。

⑤ 烛几先："洞烛机先"的缩略语。预先察知事情的发展、征兆。几先：先兆。

⑥ 祖宗积累：指祖宗积累阴德。儿孙福：给儿孙带来福气。

⑦ 曾逐儿童入县闱：指周馥曾在县城考场参加童生考试。王开诒：字鹤舟，河南光州人，举人出身，道光三十年(1850年)任安徽建德知县，在任爱民息讼，捐廉课士，咸丰三年(1853年)，办团练助饷，冬，城陷，往徽州请兵复之。咸丰四年(1854年)秋，督勇登陴抵御太平军，城陷，死之。宣统《建德县志》有传。

恩①），毛锥②都说今无用，独抱遗经守绛帏③。

其 五

一日两餐行四里，终年只觉菜根鲜（袁家山从王介和师授业事）。心清体健能勤苦，天补聪明亦有缘。

其 六

八九童蒙四五年，鸡豚栅外坐青毡④。村童亦有圭璋器⑤，抛掷樵夫牧子边（咸丰年余为蒙师，见村童聪俊而家贫者，不受脩金）。

其 七

同治元年海上游，共推年少最风流⑥。
如今流辈百无一⑦，独上津门旧酒楼。

其 八

偶觇启事许人豪（咸丰十一年官军收复安庆，余为湘人石姓作启事一通。时李文忠在曾文正幕中见之，招余办文案，文忠时已简授江苏巡抚），

---

① 孙文节铭恩：即安徽学政孙铭恩。孙铭恩（1809—1854），字书常，号兰检，江苏通州人，道光十五年（1835年）登乙未科进士，选庶吉士，授编修，累迁詹事。连擢内阁学士、兵部侍郎，督安徽学政，学署在太平府，咸丰四年（1854年），太平军攻破太平府，孙不肯离城避难，说："城亡与亡，以明吾心。"太平军将他押到南京，孙绝食不降，终被杀。谥文节。《清史稿》有传。

② 毛锥：毛笔。泛指笔。此处指读书做学问。

③ 遗经：古代流传下来的经书。守绛帏：坚持着听老师讲课。绛帏：音 jiàng wéi，红色帷帐。此处指乡村学塾。

④ 青毡：此处指草地。

⑤ 圭璋器：圭璋为古代两种贵重玉制礼器。此处指杰出人才。圭璋：音 guī zhāng，古代玉制礼器。

⑥ 风流：英俊杰出。

⑦ 如今流辈百无一：指同治元年（1862年）随李鸿章赴上海的一众淮军文武大员大都去世了。

四十余年逐节旄①。天运潜移人事变②，自伤功业愧萧曹③。

其　九

陈公许我吹筎贵④，或疑当是为人吹⑤。谁知郑五登庸⑥日，不乞人知君不知⑦（陈鼐字作梅，溧阳人，善相人）。

其　十

少年避乱⑧棘荆丛，老去西川又粤东⑨。贵贱悬殊忧患一，可怜无补鬓飘蓬（咸丰六年至十年避寇彭泽九都山中）。

其十一

平生求志⑩不求名，运若来时不用迎。

回首中兴诸将士⑪，几人徒手⑫到公卿？

---

①　四十余年:指周馥追随李鸿章四十多年，周馥自同治元年(1862年)正月在安庆入李鸿章幕府，直到李鸿章去世(1901年)，前后恰好四十年。逐:追随。节旄:音jié máo,系于竿首的牦牛尾，为天子赐给使者的信物。此处指李鸿章,他被任命为钦差大臣,访问过欧美多国。

②　天运潜移:指清朝气数已尽。人事变:人世间事有了变化。

③　萧曹:即西汉初年名相萧何、曹参。

④　许:期许。吹筎贵:指陈鼐为周馥看相,预言他会贵为总督。清代总督都加兵部尚书衔,享鼓吹仪仗。筎即我国古代北方民族的一种乐器,类似笛子。中国古代有鼓吹乐,用鼓、钲、箫、筎等乐器合奏,源于北狄,汉初边军用之,以壮声威,后渐用于朝廷。鼓吹可指仪仗乐队,帝王宴饮与出行时所用。此类乐队又可赏赐功臣。

⑤　或疑当是为人吹:有人怀疑陈鼐先生特意为周馥吹嘘扬名。

⑥　郑五登庸:郑五被提拔为宰相。郑綮排行第五,故称郑五。《旧唐书·郑綮传》:"明日果制下,亲宾来贺,搔首言曰:'歇后郑五作宰相,时事可知矣!'累表逊让不获。"此处周馥以郑五自嘲,指谁(包括自己)也没想到真的荣升督抚,成为方面大员,得享鼓吹仪仗。

⑦　不乞人知君不知:用了跳脱修辞手法。意思是我不求别人知道您的预言已应验,但祈望您知道此事。可惜您已去世,没法知道了。

⑧　避乱:指咸丰四年(1854年)至十年(1860年)周馥在家乡躲避太平军。

⑨　此处指光绪二十五年(1899年)八月奉旨简放四川布政使,次年九月即奉旨简放直隶布政使,光绪三十二年(1906年)七月钦命任两广总督事历。

⑩　求志:"隐居求志"的省略语。隐居不仕,以实现自己的志愿。语出《论语·季氏》:"隐居以求其志,行义以达其道。"

⑪　回首:回头看。中兴诸将士:指同治、光绪年间镇压太平军与捻军而崛起的湘军、淮军一众将领。

⑫　徒手:空手,白手,赤手。本指没有任何器械或工具辅助。此处指没有德与能。

小　园

小园信步散腰痹①，弄笔②弹棋亦偶为。天下原多可忧事，老夫如过少年时。分甘③取笑天然乐，食力为生岁不饥④。自笑此身原不负，只惭负国负天慈⑤。

生日偶题十首

其　一

人言五福寿居首，此事何关愚与贤。

释迦八十孔七十⑥，我愧不才相后先。

其　二

天地何尝有不仁，只应刍狗⑦待群生。人生若不如刍狗，天下应无地著人。（《老子》："天地不仁，以万物为刍狗。"盖言天地无心以仁施万物。刍狗若涂车刍灵⑧之属，祀亡者仪器，事过则焚之。）

其　三

天运往还炉上鞴⑨，化机聚散海中沤。休将聚散论生死，沤散仍归

① 信步：随意走动。散：舒散，排遣。

② 弄笔：谓执笔写字、作文。

③ 分甘：分甘味与人以示慈爱。

④ 食力：靠劳动生活。为生：谋生。

⑤ 天慈：皇帝的慈爱。

⑥ 释迦：即释迦牟尼佛。他在八十高龄时示寂，涅槃于拘尸那迦城（今印度联合邦迦夏城）外河边一片茂密的娑罗林中。孔七十：孔子七十岁。《史记·孔子世家》："孔子年七十三，以鲁哀公十六年四月己丑卒。"此处"孔七十"是举整数。

⑦ 刍狗：音 chú gǒu，古代祭祀时用草扎成的狗。

⑧ 涂车刍灵：《礼记·檀弓下》："涂车刍灵，自古有之，明器之道也。"郑玄注："刍灵，束茅为人马。谓之灵者，神之类。"孙希旦集解："涂车刍灵，皆送葬之物也。"涂车：泥车，古代用于陪葬的明器（冥器）。

⑨ 炉上鞴：火炉上鼓风吹火的皮囊。

大海流。（韝如风箱，来瞿唐①言阴阳之气如手扯风箱相似，即老子"天道如张弓②"之意。"水成沤，沤散仍即水"③"气聚为生④，气散则死"之喻，宋儒成语。）

其 四

帝泽亲恩⑤无报日，功名经济⑥等飘风。

艰虞已过心犹在，尚有游思到梦中。

其 五

春秋佳日园三亩，眠食终朝屋两头。

闭户怕看俗人⑦面，开编时与古人游。

其 六

扶筇尚可一二里，作字能挥数百言。

轮轨若通九洲外⑧，老夫尚欲跨行辕⑨。

其 七

畏寒八月已披裘，减睡三更起沐头。

日费半升何补世，恰如老衲苦潜修⑩。

---

① 来瞿唐：即来知德（1525—1604），字矣鲜，号瞿唐。四川梁山（今重庆梁平）人。嘉靖三十一年（1552年）举人，屡上公车不第，遂"杜门谢客，穷研经史"，著有《周易集注》《来瞿唐先生日录》。因喜瞿唐、滟滪之胜，遂号瞿唐，世称来瞿唐。

② 天道如张弓：典出《老子·第七十七章》："天之道其犹张弓与？高者抑之，下者举之，有余者损之，不足者补之。"大意是天之道不是很像张弓射箭吗？弓身举高了就把它压低一些，瞄低了就把它抬高一些，弦拉得太满就放松一些，力量不足就补充一些。

③ 典出释道原《景德传灯录·乐普浮沤歌》："云天雨落庭中水，水上漂漂见沤起。前者已灭后者生，前后相续无穷已。本因雨滴水成沤，还缘风激沤归水。不知沤水性无殊，随他转变将为异。……"

④ 气聚为生：源出《庄子·知北游》："人之生，气之聚也，聚则为生，散则为死。"

⑤ 帝泽亲恩：指清朝对周家的恩泽与祖父母、父母对自己的恩情。

⑥ 功名经济：官职名位与治理政务的才能。

⑦ 俗人：平庸的人。

⑧ 轮轨：铁路轨道，火车道。九洲外：外国，海外。

⑨ 行辕：正行进中的车。

⑩ 老衲：年老的僧人。亦为老僧人自称。潜修：专心修炼。

其 八

天生万物物依天，修短穷通各自然①。

解得启期三乐意，朝朝都是喜欢缘②。

其 九

斗室穴南③延暖日，茅亭泥北④障寒风。

养生治国原无二，都在阴阳燮理⑤中。

其 十

绕膝孙曾将四十，愧无遗德少遗金⑥。

他年家运谁能料？只在孙曾一片心。

辛酉元日（辛酉年八十五岁）

大耋逢春喜可知，门庭如在太平时。耳聋不听掀天浪，舌謇犹吟感世诗⑦。栽竹种花殊有意，篮舆蜡屐⑧各随宜。陈编探道⑨依稀见，欲写微言待寄谁？

---

① 修短穷通：指人的寿命长短以及困顿显达。自然：听其自然。

② 朝朝：天天，每天。喜欢缘：开心的缘由。喜欢：愉快，高兴。

③ 穴南：南面开个窗口。

④ 泥北：把茅亭北面的砌墙并涂抹泥巴。此处暗用了《诗经·豳风·七月》"塞向墐户"（堵好北面窗户并用泥巴涂抹篱笆编的门，防止寒风进入室内）的典故。

⑤ 阴阳燮理：调和阴阳，使阴阳平衡。燮：调和。理：治理。《尚书·周官》："立太师，太傅，太保。兹惟三公，论道经邦，燮理阴阳。"

⑥ 愧无遗德少遗金：只是稍微给后人留了点金钱，但很惭愧没留下德泽。遗德：给后人留下的德泽。少遗金：稍微留下一点金钱。周馥的俸禄，多用于公益，分给几个儿子的遗产不多。

⑦ 舌謇：又名舌涩，指舌头僵硬转动不灵，说话迟钝的病症。謇：音 jiǎn，迟钝，不灵活。感世诗：感慨世事的诗。

⑧ 篮舆蜡屐：轿子和涂蜡的木屐。此处指乘轿出行或步行。

⑨ 陈编探道：在中国古代经典中探寻自然与社会的规则（即天理）。陈编：古书。此处指先秦儒学著作和宋元明清理学著作。

天命已尽，书示家人

天命运已尽，徒将医药缠。长饥不思食，醒卧亦安眠。默数平生事，多邀意外缘①。皇天偏厚我，世运愧难旋。

① 多邀意外缘：多次幸遇没有预料到的好缘分。

参考文献

[1]陈乃乾编:《清代碑传文通检》,中华书局1959年版。

[2]杨伯峻译注:《孟子译注》,中华书局1960年版。

[3]周馥著,沈云龙主编:《秋浦周尚书(玉山)全集》,(台北)文海出版社1967年版。

[4]金天翮撰:《皖志传列稿》,(台北)成文出版社1974年版。

[5]杨伯峻译注:《论语译注》,中华书局1980年版。

[6]钱实甫编:《清代职官年表》,中华书局1980年版。

[7]沈葆桢总裁,何绍基等纂:《光绪安徽通志》,江苏广陵古籍刻印社1986年影印版。

[8]周家楣、缪荃孙等编纂:《光绪顺天府志》,北京古籍出版社1987年版。

[9]费行简:《近代名人小传》,中国书店1988年版。

[10]顾廷龙主编:《清代朱卷集成》,(台北)成文出版社1992年版。

[11]马昌华主编:《淮系人物列传》,黄山书社1995年版。

[12]秦国经主编,唐益年、叶秀云副主编:《清代官员履历档案全编》,华东师范大学出版社1997年版。

[13]张赞巽、张翊六监修,周学铭总修:《宣统建德县志》,江苏古籍出版社1998年版。

[14]魏秀梅编:《清季职官表(附人物录)》,(台北)"中央研究院"近代史研究所2002年版。

［15］黄彭年纂修:《光绪畿辅通志》,上海古籍出版社2002年版。

［16］来新夏主编:《清代科举人物家传资料汇编》,学苑出版社2006年版。

［17］李鸿章著,国家清史编纂委员会编:《李鸿章全集》,安徽教育出版社2008年版。

［18］清华大学图书馆科技史暨古文献研究所编:《清代缙绅录集成》,大象出版社2008年版。

［19］曾国藩著,湖湘文库编辑出版委员会编:《曾国藩全集》,岳麓书社2011年版。

［20］夏征农、陈至立主编:《辞海》,上海辞书出版社2011年版。

［21］周学熙著,文明国编:《周学熙自述》,安徽文艺出版社2013年版。

［22］朱其诏、蒋廷皋纂:《光绪永定河续志》,学苑出版社2013年版。

［23］吕宗力主编:《中国历代官制大辞典(修订版)》,商务印书馆2015年版。

［24］何九盈、王宁、董琨主编,商务印书馆编:《辞源》,商务印书馆2016年版。

后　记

一、今注工作的缘起

我在与同事祝中侠院长、孙琪老师一起给周馥先贤家训《负暄闲语》作注译工作时，就非常留意《玉山诗集》，因为诗歌与家训一些内容是互相呼应的，它们可以作为家训注译时的参考。在注译家训期间，我收到东至周氏家风研究中心副会长兼秘书长周胜良先生的来信，谈到如何才能做到准确理解该诗集中每首诗具体内涵这个问题，我当时给的答案是：首先是参看字词类工具书，比如《汉语大词典》《康熙字典》《词源》《古汉语常用词词典》等。其次是利用网上搜索引擎，如百度、搜狗等，搜索字词之义。后来我发现，我这答案过于疏略，仅靠阅读工具书和网上搜索，是无法全面准确理解周馥诗歌旨意的。因为，这些诗中运用了各种修辞手法（如用典、委婉、互文等），还有词类活用、错综句法、句子成分省略等。而且古今词义有同有异，一个词，在古代可能有十多个义项，在具体的诗句中，代入不同的义项有时也能说得通，到底哪个才是正确的？还有一种情况，一个词的所有义项都代入诗句中，但都没有合适的，那又如何解读？另外，如果对诗歌的写作背景毫不了解，对诗歌旨意的理解，也会产生偏差。

有鉴于此，我打算与池州学院书记、家风文化研究中心主任孙晓峰教授、李志英老师合作，将沈云龙先生主编、（台北）文海出版社1967

年出版的《近代中国史料丛刊·第九辑·秋浦周尚书（玉山）全集》中的《玉山诗集》作简要注释。在正式启动工作之前，我将此事告诉了周启群先生，他立即来信热情鼓励，他说："我觉得您和您的同事有三大优势：第一，您在高校讲授'古代汉语'这门课，熟悉古汉语语言，具备较好的考据训诂功底，家风文化研究中心孙晓峰教授与李志英老师熟悉晚清历史与先祖事迹，你们联手，可以做到优势互补。第二，您熟悉玉山公的思想体系，并写了专篇论文阐发；第三，您和同事合作曾注释了《负暄闲语》，也比较了解玉山公的交游与事迹，兼有这三方面优势，肯定有望达成目标。"他还建议我，为了让读者全面了解玉山公诗歌创作的内容，可以考虑为整部《玉山诗集》作注而不是为诗选作注。

周先生的话，对我和同事们是友善的提醒、热情的勉励与敦促，我们认为，他的话应该听取，利用现有的便利条件为《玉山诗集》作注解很有必要，因为给《负暄闲语》作注译时有关资料还在，周馥先贤的故乡就在池州境内，他所写的诗歌很多与故乡有关，诗歌涉及的人事、景致、风俗等，我们便于实地考证。周馥先贤的诗歌内容丰富，风格多样，成就显著，如果有了注解，那么先贤的道德、事功与宝贵的诗歌，可以被更多的读者理解、欣赏和敬仰，这有利于推动池州家风文化研究与建设。周馥先贤交往的部分友人在后世寂寂无闻，通过我们的精心考证，其身世、事迹得以挖掘，并在注释里得到展示，可补史料之缺失，具有重要的历史与文化意义。周启群先生得知我们着手为周馥先贤诗集做笺注后，立马写了一篇文章，介绍《玉山诗集》的版本、诗歌内容与艺术特色，还有他作为周馥先贤后裔在阅读这些诗歌时的切身感受，文章里还为我们今注工作做了宣传。该文非常可贵，我们把它作为《玉山诗集笺注》的序言。笺注工作能顺利展开，与周启群先生的关注与支持是分不开的。

《玉山诗集笺注》由丁士虎老师、孙晓峰教授、李志英老师三人协同完成。在笺注工作开始之前，确立了目标，即资料性、学术性、可读性三者的统一，并作了具体分工，由丁士虎统一录成文档，加标点符

号，而后三人分选诗集的部分诗篇做注释，注释完成后，互相传阅、商榷修订。经过两年多时间，终于大功告成。

二、今注的具体做法

笺注组成员在今注时采用了训诂学者常用的方法与技巧，即注意诗歌的修辞方式、句法与语气、词类活用、句子成分的省略等。在辞书释义与语境不合时，采用因境索义的方法，按自己的理解为该词作注。另外，重视人名、地名的考证。谨举例说明：

第一，重视人物（人名、生卒年）、地名、事物的考证。

周馥称人，为表尊敬，多用字与号，很少直呼其名，而现存各种人物辞典，都是以名为条目编录的，所以按人物的字、号来搜索该人的身世事迹是非常困难的，且不准确（古人异名同字号的很多），要费一番功夫才能寻得答案。比如《曹耕之太守辞官后携家寓金陵，颇享湖山之乐，昨书来，以余两儿今科通籍，辱诗致贺。依韵答之，聊抒离索之绪云尔二首》，网上搜索不到曹耕之太守的籍贯、履历，我们通过这首诗中的内容，判断曹氏是读书有功名的人，至少是举人出身，而且是周馥的池州老乡，于是就调阅《光绪重修安徽通志》，在该书卷一百六十四《选举志表》中，看到了道光庚子科举人名单，其中有铜陵人曹翰田，再利用古人名与字的词义呼应关系，推测出此人很可能为曹耕之，进而考证，发现猜测无误。另外该首诗所附周馥自注中言及"耕之昆仲昔年皆以文名于时"，其昆仲人名履历，因晚清铜陵县没有编写县志，资料缺乏。我们通过检索陈乃乾编《清代碑传文通检》，利用古人名与字的词义呼应关系，终得具体材料证实。再如《游惠山，谒淮军昭忠祠》诗句"拄杖敲门唤未应（谓杨临笙观察）"，这位杨临笙观察是谁？我们通过惠山景区名园与无锡名人的关系入手，得到答案，此人即杨以迥，字霖士，无锡人，官至候补道。其父杨延俊为李鸿章同年进士、挚友。以迥与兄宗濂、弟宗瀚均入李鸿章幕府，为洋务派重要成员。

关于人物的生卒年，比如张谐之，从《（民国）陕县志》中才找到正确答案，当下能查到的网络资料介绍张谐之时，所附的生卒年数据均有误。石埭（今石台县）名贤陈艾的生卒年，我们据马其昶《抱润轩文集·卷七·石埭陈虎臣先生墓志铭》、吴翊寅《曼陀罗花室文三·诰授中宪大夫陈君勿斋墓志铭》，推定是嘉庆十五年（1810年）和光绪二十二年（1896年），而臧世凯等编《安徽历史名人词典》，将陈艾的生卒年均向后推迟了十年。石埭另一位名贤陈黉举的生卒年，公开资料没有记录，我们通过石台县新近出土的载有陈氏墓志铭的石碑碑文，才推测出来。墓志铭多是应逝者的亲人请求而写，刻在石板上并埋在墓地下，记述传主的生卒年，具有权威性，当可以为据。再如：安徽太平县人崔春江水部，本名崔锦中，后来改为国霖，字启人，号春江，他的履历是从《宁国府志续编》《清代科举人物家传资料》《清代官员履历档案全编》这几种书中，才搜集齐全的。

为地名注释时，我们将有关文字资料与古今地图相对照，获得直观准确印象后，才动笔作注。

为事物注释时，我们也做了一番考证功夫。如《夜行永定河口占》一诗："满天明月乱飞沙，卷地狂风欲覆车。远火一星高不灭，招摇飞度黑云斜。"诗里"招摇"是什么？笺注初稿注作"摇动船桨"，我们经再三思考，根据诗题中"夜行"二字，再根据诗歌的内容可知，当时是月明之夜，突然刮起了大风，飞沙卷地，车子险些要吹倒。"招摇"应是指天上的星，而招摇星又有两个，其一即牧夫座γ星。《星经》："招摇星在梗河北，主边兵。"其二即北斗第七星摇光。笺注者认为，此处招摇星不是牧夫座γ星，也不是摇光，因为狂风卷起沙尘，天空能见度不高，只有最亮的星才能看到，牧夫座α星是北天夜空中最亮的恒星，颜色黄里带红，很醒目，所以只能是亮度最高的牧夫座α星（中国人称大角星）。《史记·天官书》："大角者，天王帝廷。"《晋书·天文志》说："大角者，天王座也，又为天栋。"周馥以牧夫座γ星（招摇星）代替牧夫座α星（大角星），不是误用，而是避讳手法。

第二，重视诗歌修辞艺术。

诗集中运用了多种修辞手法，有用典、比喻、委婉、夸张、代称、合叙、双关等。其中，运用用典修辞手法的频率最高，典故的来源以及在句子中的意义是我们关注的重点。如下几种情况值得注意：

一是反用典故。比如《随北洋大臣阅海军，归途成六律·其三》："牙爪当关踞，层冰敢渡狐。"就反用了"狐疑"典故，表示将士们的勇敢精神。

二是割裂式代称。如《李藻舟观察示永定河合龙纪事诗即和其韵并呈吴赞臣司马桂礼堂别驾》诗句"忌者复以喜"中"以喜"是什么意思？我们通过寻找该词的典源（《周易·序卦传·上篇》："以喜随人者必有事，故受之以蛊，蛊者，事也。"）得到了答案，即"以喜：随人，附和别人"。这就是割裂式代称修辞手法。古人以"圣善"代称"母亲"（《诗经·邶风·凯风》："凯风自南，吹彼棘薪，母氏圣善，我无令人。"），也是运用了这种手法。

三是双关语。如《邛竹杖（川友罗莘农赠）》诗句"敢因颠沛失操持"中的"失操持"就是双关语，即丢失手持的拐杖，放弃正直的操守。《随北洋大臣阅海军，归途成六律·其四》："我自茹荼苦，人思食蛎甘（大连湾原名大蛎湾）。"也是双关语，字面意思是"他人设想吃海蛎是在享受甘美食物"，实际意思是"别人以为周馥监理海防工程是个美差，不知道那是苦差"。

四是偏义复词，如《辕骡叹》诗句"饥饱未尝惜"中的"饥饱"就是偏义复词，只有"饥"的含义。

五是跳脱。《忆少年事，效白香山体十一首·其九》："陈公许我吹箎贵，或疑当时为人吹。谁知郑五登庸日，不乞人知君不知。"周馥默默无闻时，胡林翼、曾国藩、李鸿章的幕上嘉宾陈鼐就看出周馥前程远大，预言周馥会总督一方。有人并不相信陈氏的预言，以为陈氏特意吹捧周馥，多年后，周馥真的贵为一方督抚，周馥本人并不乞求别人知道陈公（鼐）往日预言真的应验了，但还是非常希望陈公能知道这件事。

"不乞人知君不知"即运用了跳脱修辞手法，它的本意是不乞人知，乞君知。但是君已离世，不能知了。

第三，重视语境与语气。

如《醉歌》诗句："利不趋，害不避，难可平，国可治。世人或不然，老人视之分内事。"大致的意思是世上有些人趋利避害，对国事抱有悲观看法，认为难不可平，国不可治。我与他们不一样，我不会趋利避害，我认为自己能为国平难，治理国家，这都是本分内的事。"难可平，国可治"二句，从语境上看，周馥把平难治国看成分内之事，是可以完成的事，隐含着"国难我可助平定，国家我可助治理"之意。

句子语气非常值得留意。比如，"敢"在句子中既可以表示"岂敢""怎敢"之意，也可表示"敢于"之意。《叹叱》诗句"经济敢言优"与《正月二日作》诗句"分阴陶侃敢轻抛"两句中，"敢"都表示"岂敢"的意思。《舟行黄河，来往遇顺风》诗句"敢向蓬山论远近"与《腊月初十日，天津寅友祖送红桥，别后途中成七律六首·其三》诗句"敢以饮冰夸末俗"两句中，"敢"均表示"敢于"的意思。

第四，知人论世，以意逆志。

先圣孟子曾说："故说《诗》者，不以文害辞，不以辞害志；以意逆志，是为得之。"意思是所以解说《诗》的人，不要拘于文字而误解原意，应该用自己切身的体会去推测作者的本意，这样做就对了。他还说："颂其诗，读其书，不知其人，可乎？是以论其世也。是尚友也。"意思是吟咏他们的诗歌，研究他们的著作，不了解他们的为人，可以吗？所以要讨论他们那个时代。这就是要追溯历史，与古人交朋友。陈寅恪先生在为冯友兰先生《中国哲学史》上册所作的审查报告中，有一句很有名的话，指导人们客观公正地分析评价古人的思想，即"对于古人之学说，应具了解之同情，方可下笔"。

有鉴于此，我们在为《玉山诗集》作注时，对周馥先贤的身世事迹、平生交游、思想体系又做了全面的了解，知其人，论其世，在此基础上，对周馥产生"理解之同情"。如《生日放歌》是周馥作于民国六

年（1917年）八十一岁生日时，周馥对于清朝覆灭抱有无限痛惜的心情，他作为遗老，对时局非常不满，他坚信"大道千古万古永不没"，这个"大道"，不同于一般常用意义（即"宇宙规则"），而是指封建伦理纲常。《题徐友梅观察小像四首·其三》："甘棠遗爱口碑同，何意收帆趁好风。犹忆济南民吏语，黄堂应作黑头公。"徐友梅是曾任民国大总统的徐世昌胞弟，为人官声不好，周馥任山东巡抚时，以徐氏有名士习气，且多病，谓"道府为全省官场枢纽，非可卧病者能治理"，勒令开缺。民国时，周馥与徐氏同为隐居青岛的遗民，同病相怜，有共同语言，周馥以"甘棠遗爱"套语赞颂徐氏为地方官时的政绩，这是粉饰性的套话，也是言不由衷的话，读者通过我们的注文，可以知道徐氏并不是真有善政播于众口。《老骥歌》这首诗，感情沉郁宛曲，内容丰富，是读者了解周馥身世事迹的绝好诗篇。周馥在诗中以老骥自比，他的辛劳、待遇，他与恩主李鸿章的关系以及李鸿章死后他的处境与心态，展示无遗。周馥还为过去的事情而痛惜，自己为国家大事辛苦筹谋，好的计策未能施用，最后国家沉沦，宗社为墟。在诗末，周馥将自己与战死的淮军将士相比，不幸中，又感到一丝欣幸。这首诗，我们是紧扣周馥的生平事迹来作出注解的。其中"尔骥有心岂能识"诗句，我们认为是"尔骥有心岂弗能识"的省略。周馥为人忠厚和平，自从同治元年（1862年）跟随李鸿章之后，四十年不离不弃，感恩彻骨。有心能识主人恩，才是对该句的正确理解。类似的例子，《玉山诗集》中还有很多，此处不再一一列举。

三、感言

首先要感谢周馥先贤玄孙周启群先生对我们笺注工作的支持与鼓励。

其次要感谢池州学院孙晓峰书记、郑兰荣校长、吕刚副校长以及池州学院马克思主义学院刘为国书记、叶三梅院长、鲍红信副院长的全力

支持，尤其是孙晓峰书记对池州古典文献整理、对池州家风文化研究的重视与垂范，是这次笺注工作顺利展开的重要依托。

再次要感谢方文、方运生、方元康三位先生热心赐信解答诗歌中贵池人方汝金的事迹。

还要感谢东至县周氏文化研究会周胜良、姚北生副会长，马民新、丁德芬副秘书长，感谢他们像关心《周馥〈负暄闲语〉注译》进程一样，一如既往地关心《玉山诗集》笺注工作，或热心寻找资料，或热情鼓励。

复次要感谢同仁，诗歌中涉及的古今中外人物与历史事件、词语的本义与在诗句中的意义，笺注组成员都做了诠释，注释里的引文都利用的是第一手资料，注释文字言必有据，征引资料丰富，注明原始出处。任务十分繁重，但都尽心尽力地完成了。

最后还要感谢安徽师范大学出版社领导的支持，感谢出版社编校人员为本书的出版付出了辛勤的劳动。

在笺注工作过程中，我们笺注组成员收获了友谊，提高了古籍研究能力，开阔了学术视野。家风文化研究的学术之路很长，我们将会踏实前行，献出更多的成果。限于能力和学术水平，本书一定还存在不如人意之处或者舛误，敬请专家学者批评指正。

丁士虎

2022 年 8 月 26 日